U0688442

大鱼

有爱的青春陪伴者

人间热恋

上

山栀子 / 著

四川文艺出版社

图书在版编目（CIP）数据

人间热恋／山栀子著．－－成都：四川文艺出版社，
2023.8
ISBN 978-7-5411-6717-1

Ⅰ．①人… Ⅱ．①山… Ⅲ．①长篇小说－中国－当代
Ⅳ．① I247.5

中国国家版本馆 CIP 数据核字 (2023) 第 134903 号

REN JIAN RE LIAN
人间热恋

山栀子 著

出 品 人	谭清洁
责任编辑	黄　舜　王梓画
特约编辑	欧雅婷
装帧设计	刘　艳　唐卉婷
责任校对	段　敏

出版发行　四川文艺出版社（成都市锦江区三色路 238 号）
网　　址　www.scwys.com
电　　话　0731-89743446（发行部）　　028-86361781（编辑部）

排　　版　长沙大鱼文化传媒有限公司
印　　刷　长沙鸿发印务实业有限公司
成品尺寸　145mm×210mm　　开　本　32 开
印　　张　19　　　　　　　　字　数　510 千字
版　　次　2023 年 8 月第一版　印　次　2023 年 8 月第一次印刷
书　　号　ISBN 978-7-5411-6717-1
定　　价　62.80 元（全 2 册）

目　录

Renjian

relian

目 录

Renjian
relian

夏天的阳光炽烈，从不温柔。

可就是这样炎热的天气里，还是有人打了一个大大的喷嚏。

"桑枝，你感冒啦？"

穿着蓝白校服、留着短发的女孩儿歪头看了一眼坐在她身边的人。

她叫封悦，是桑枝的同桌。

桑枝揉了揉鼻子，没精打采地"嗯"了一声。

"你昨天不还好好的吗？怎么今天就感冒了？"封悦把手里那瓶刚拧开瓶盖的矿泉水递到桑枝手里。

桑枝那双本来圆圆的眼睛半睁着，神情恹恹道："我爸昨天带我飙车了。"

飙、飙车？！

封悦眼睛一亮，瞬间就想起来她之前跟桑枝出去玩的时候，看见的那个骑着酷炫机车来接桑枝的男人。

桑枝的父亲桑天好长了一张英俊的脸，轮廓硬朗。他穿着黑皮夹克，里头搭着白T恤，黑色修身的长裤衬得他的腿又直又长，手里拿着头盔，懒懒地靠着机车向桑枝招手的样子，她可是亲眼见过好几回了。

"桑枝，我好羡慕你啊……"封悦捧着自己的脸，叹了一口气。

桑枝打了一个哈欠，阳光刺得她的眼眶变得湿润了一些，身旁的女孩儿还在叽叽喳喳地说着些什么，但她却没办法再集中注意力去听了。

涂了绿漆的铁网后面的篮球场上，传来了热闹的声响。

"是孟清野欸！"封悦站起来，望见人群里，在球场上来回穿梭的那个身形高挑的男生。

那是刚转来他们班几个月的转校生。

因为被身旁的封悦牵扯着衣袖，桑枝也往绿漆网后头望了一眼，她也没太看清那边的状况。

太阳穴隐隐有点痛，桑枝这会儿对什么都提不起兴趣。

"孟清野长得真好看啊，打球也好厉害……"

身旁传来封悦激动的声音的同时，桑枝的衣袖都要被她给揉皱了。

桑枝却不接话，只是盯着从树荫缝隙里落在地上的细碎光影，在细微的风拂过耳畔的刹那，她的脑海里不由自主地浮现出某个人的身影。

她看了一眼手腕上的表，脑子仿佛瞬间就清醒了许多，秒针的声音也在顷刻间被放大在她的耳侧。她越是期盼着下课，期盼着放学，时间就流逝得越缓慢。

体育课过后，又上了一节生物课，终于到了放学的时间。

天气骤变，之前的万里晴空在生物课上到一半的时候就开始阴沉下来，渐渐地，有凉风穿透半开的玻璃窗，卷着浅色的窗帘来回晃动。

天边有雷声裹挟着闪电而来，远远望去，就好像画布上愈加深邃的色彩，掩映在重重的高楼大厦后，形成一幅孤清深沉的画面。

幸好桑枝有把折叠的雨伞日常放在书包里的习惯，放学后，她同封悦撑着那把伞走出校门。

"桑枝你上来吗？我爸爸说可以送你回去。"封悦坐上车后，也没忙着关上车门，她对桑枝招了招手。

"不用了，我还有别的地方要去。"

桑枝摇了摇头，然后对着坐在驾驶座上朝她看过来的中年男人说："就不麻烦您了，封叔叔。"

封悦刚走，桑枝撑着伞往公交车站台走的时候，衣兜里的手机忽然响起来。

她拿出手机，就看见屏幕上闪烁着的是她爸爸的名字。

"桑枝，爸爸来接你好不？"

电话刚接起来，桑枝就听见那端传来她爸爸桑天好中气十足的声音。

"……下雨天还骑摩托车吗，爸爸？"桑枝已经有点鼻塞，这会儿说话时鼻音就显得有些重。

"嘿嘿嘿……"桑天好干笑了一声，"我坐出租车来。"

桑枝看了一眼站牌："不用了，我可以自己回去。"

挂了电话，她等的公交车也刚好停在了站台前。

她把手机放回衣兜里，收好雨伞上了车，刷了学生卡，就找了个位置坐下。

或许是因为许多人雨伞上的水渍滴答滴答地落下来，车窗也都紧闭着，车里就开始弥漫着一种若有似无的铁锈味道。

并不是什么好闻的味道。

雨势渐盛，敲打着玻璃窗，发出清脆的声响。

下车后，桑枝撑着伞往对街走去。

空气里都是湿冷的味道，灰蒙蒙的天色仿佛就要将这座城市里所有还未来得及亮起来的霓虹灯火都笼罩，只留下这样一片浅薄的灰色，贴合着钢筋水泥浇筑而成的高楼大厦的色调。所有的行人、车辆匆匆往来在这幅灰白画卷里。

在超市里买了一袋小包装的猫粮、一袋小鱼干后，桑枝走进那家她常去的蛋糕店，把伞放在玻璃门边的铁质架子上。

店里打着的暖色灯光，映衬着烘焙展示柜里的蛋糕，为它们平添了几分精致诱人。

她特地挑了自己最爱的草莓蛋糕。

等店员帮她打包好，桑枝拿出手机付了款，接过来说了声"谢谢"，转身就取了雨伞走出店门。

站在檐下，还没来得及撑开雨伞，她的手机微信提示音就响起来。

是她的好朋友阮梨。

中考后，阮梨跟着父母搬去了京都，那里有全国最好的舞蹈学校。

但桑枝和她从没断过联系。

"确定不告白吗，枝枝？"

看来她是忙完了，看到了桑枝昨天晚上发给她的微信消息。

桑枝有一个喜欢的人。

这是除了她自己，只有阮梨一个人知道的秘密。

他就住在桑枝家对面的那栋旧居民楼里，他的窗对着她的小阳台，中间仅隔着一条狭窄的小巷。

在看见来自阮梨的这样一句话时，桑枝的手指微动，握紧了手机，半晌才发了一个表情包过去糊弄了一下。

她歪头看了一会儿旁边那一盆沾了些雨水的绿植，忽然耷拉下脑袋。

告白？

她怎么敢……

桑枝默默地收好手机，撑着伞往雨幕里走去。

狭窄的小巷里，零散行人撑着伞，匆匆来去。

袋子里的草莓小蛋糕是她这个月送给他的第一份礼物。她打算像以前一样，穿过这条狭窄的巷子，走到巷尾尽头靠右的小区里，走进他居住的单元楼里，把蛋糕放在他的门口。

这种心情很简单。

她理所当然地想要将自己喜欢的东西，都分享给他。

以前桑枝一股脑儿地送过他许多她爱吃的零食，但那些东西始终孤零零地摆放在他的门外，无人问津。

所以后来桑枝就默默地改成两周送一次。

如果是不易存放的食物，她就会时不时偷偷溜去对面的小区里看几眼。如果他没有收她的礼物，她就自己坐在楼梯上，化失落为食欲，当场吃掉。

有好几次她发现自己放在他门外的小零食或者小蛋糕都消失了，她一开始还以为是他收下了，夜里躲在被窝里傻笑了好久。

后来事实证明，吃掉她送的那些小零食的，是那个小区里的一个小屁孩儿。

那天，桑枝气得追着那个小屁孩儿在小区里来来回回跑了好几圈儿。

桑枝平日里并不是这样，她人缘很好，很多人都愿意跟她玩，她也很健谈，但一旦涉及他的任何事，她就变得胆小了许多。

即便是住得这样近，桑枝也从来没有一次在外面遇见过他。

她不知道自己该怎样敲开那扇门，才不算唐突。

至少现在，她没有那个勇气。

雨珠一颗颗地坠在伞檐，汇成如注流水淌下来，滴落在长久的年岁里被碾得并不平整的地面，积聚在水洼里。

桑枝小心地护着蛋糕的袋子，身后发尾已经被雨水淋湿了一些，她却浑然未觉。

当她在朦胧雨幕中抬眼，被这窄巷框住的那一方天幕好像已经从阴沉的灰色渐渐转为浅淡的鸦青。

破旧的砖瓦在雨滴的碰撞中发出清晰的声响。

而桑枝的脚步骤然停顿。

那只狸花猫全身的毛发都被雨水浇湿，殷红的血迹染着它后腿上方一寸寸粘连起来的毛发，雨水冲淡了地上的血色，只留下微红的痕迹。

穿着雪白衬衫、深色长裤的少年静立在那儿半响，低垂着眼帘看向地上那只可怜到只会发出几声脆弱的"喵喵"的狸花猫。

像是停留在画卷之间的一抹留白。

他的侧脸在这样烟雨朦胧的天色里，显得更加冷白无瑕。

即便只是这样稍显模糊的侧面轮廓，也仍旧好看得令人心悸。

那一瞬，桑枝的呼吸微窒。

她见他忽然俯下身，半蹲在那只狸花猫身前，狸花猫将带血的爪子搭上他骨节分明的手指。

殷红的血珠滴落在他白皙的手背上。

彼时，一个腋下夹着公文包，撑着一把黑色大伞的"地中海"大叔匆匆走过他的身旁。

桑枝亲眼看见，在那位中年大叔路过少年身旁的时候，他半边伞檐如同触碰空气一般，擦着少年半边臂膀，径自穿透，毫无阻隔。

那一瞬，桑枝分明瞧见，少年的身形在顷刻间开始变得半透明，周围零零散散有人路过，却没有任何一个人注意到他分毫。

雨势盛大，而他却始终沾衣未湿。

手里的蛋糕袋子掉在地上，被雨水敲打出令人难以忽视的声响。

桑枝的大脑一瞬空白，她握着伞柄的手一抖，脸色都开始变得苍白了一些。

她不知道究竟该如何形容自己眼前这样诡秘的一幕。

后背犹如被冰刺轻轻擦过似的，令人汗毛倒竖，她瞪圆了眼睛，浑身都变得僵硬了起来。

"啊啊啊啊鬼啊！"

桑枝扔了雨伞，转身就跑。

少年和那只狸花猫同时偏头，正瞧见那把碎花雨伞在雨幕里翻滚着坠在了砖瓦墙边，而那个女孩儿惊慌失措的背影在朦胧浅雾里已经变得渺小不堪，最终消失在了窄巷尽头。

少年神情寡淡阴郁，垂眸时，他漫不经心地抹掉了自己手背上的血珠。

他将那只狸花猫收进臂弯里，踩过那被行人不小心踢过来的蛋糕袋子，消失在了层层雨幕之间。

桑枝回到家的当晚就发了高烧。

连着两天脑子都昏昏沉沉的，她自己都分不清自己什么时候是清醒的，什么时候又身在梦里。

少年纯白的衣衫停留在那片阴沉天色里，在朦胧烟雨间，成了那条狭窄小巷里唯一的一抹亮色。

所有人都看不见他的身影，唯有她和他的猫。

带血的猫爪，脆弱可怜的猫叫声，甚至还有少年在雨幕里不甚清晰的侧脸……一直在她的梦境里循环往复。

那种毛骨悚然的阴森感在梦里都还是那么清晰直观。

后来，她梦里的许多场景都开始变得光怪陆离，譬如那永不停歇的暴雨，再譬如她朝他伸手时，她看见自己的手臂生生地穿透了他的胸腔。

雨水冲刷不散地面上殷红的血液。

不知道从什么时候开始，就连那一片阴沉天空也开始倒映出地面血红的颜色。

雨滴下坠的速度开始变得缓慢。

容貌昳丽的少年轻瞥她一眼，苍白的面容不带丝毫情绪，那双眼瞳空洞无神，像是在看一件无关紧要的死物。

桑枝是被吓醒的。

睁开眼睛的时候，她的眼眶里还噙着没来得及落下的泪花。

桑天好正坐在旁边打哈欠，看见女儿醒了，他瞬间就清醒了许多，连忙开口问道："桑枝，你怎么样？头痛不痛？饿不饿？哪儿不舒服你告诉爸爸。"

桑枝愣愣地望着坐在她床边的桑天好，半晌都没有什么反应。

好不容易回过神，桑枝混沌的脑子清醒了些，才记起来自己这会儿不在家里，在医院。

走廊里是许多人来来回回的脚步声，单间病房里墙壁雪白，浅色的窗帘遮掩不住过分炙热耀眼的阳光。

桑枝下意识地抓紧了盖在身上的被子，仿佛此刻她仍然在为那个暴雨天里自己亲眼看见的一切而惊慌无措。

可此刻没有淅沥的雨声，也不复那样阴沉湿冷的天气，她怔怔地望向窗外，阳光晃了她的眼睛。

好像那天她所经历的一切，都不过只是一场停留在暴雨天里不甚明晰的梦。

想起梦里那个少年半透明的身影，甚至是那双空洞冰冷的眼瞳，桑枝没来由地打了个寒战。

"爸爸，"她抿着没有多少血色的唇半晌，忽然望向坐在旁边，正忙着给她弄保温桶里的鸡汤粥的桑天好，"我好像看见……"

鬼了。

她话说一半，戛然而止。

在桑天好疑惑地看向她的时候，桑枝忽然耷拉下脑袋："没什么……"

以前的桑枝从来不信这世上真的会有鬼。

可是在那个雨天她亲眼看见的那一切，又该怎么解释？

难道是幻觉？

因为桑枝生着病，桑天好也不敢再骑摩托车载她，所以离开医院的时候，他规规矩矩地叫了出租车。

在车上，桑天好还很不放心地嘱咐了她一句："可别告诉你妈啊……"

桑枝正失神地盯着车窗外看，闻言就回头看向他。

桑天好摸了摸鼻子："你妈那脾气，跟炮仗似的，她要是知道我又带你骑车去玩，还把你弄感冒了……"

太阳穴已经隐隐作痛，他说不下去了。

虽然桑天好和赵籁清在桑枝中考结束后就已经办理了离婚手续，但很显然，桑天好还是对赵籁清的炮仗脾气心有余悸。

用赵籁清的话来说，他们父女两个，没一个能让她省心的。

"我知道了。"

桑枝其实也挺怕她妈妈唠叨的。

回到家，桑枝推开自己卧室的门，却站在那儿，盯着书桌前的那扇窗发呆，半天都没挪动一步。

"桑枝？"桑天好扔下钥匙，正打算去一楼给自己的爱车洗个澡，却看见自己的宝贝女儿站在那儿一动不动的，他就走过去拍了拍她的肩。

他总觉得她有点怪怪的。

桑枝的反应有点大，一下子往前走了两步，然后反应过来，才回头看他。

"傻站在这儿做什么？"桑天好摸了摸她的额头，"还是不舒服？你快去睡一觉，一会儿饭好了我叫你。"

桑枝没什么精神，只点点头："……好。"

关上卧室的门，桑枝又静静地站了一会儿。在她走到书桌边，去翻自己的书包时，她顿了一下，从里面拿出小包装的猫粮和小鱼干来。

她揉了一把自己的头发，抬眼看向窗外时，就看见窗台上原本放置着的小碗里已经空空如也，就连她放在旁边的小鱼干也不知所终。

她眨了眨眼睛，像是有些惊喜。她直接推开窗，抬眼就看见了对面窗台上的那只胖狸花猫。

那只狸花猫或许是听到了响动，它也歪着脑袋看向桑枝。

这会儿它看起来懒洋洋的，跟平日里一样在窗台上晒着太阳，大约是反射性地想舔一舔爪子，却舔到了纱布。

它望着自己的爪子片刻，又恹恹地躺好，也不再注意桑枝。

而桑枝看着它被绑了纱布的一只后腿和前爪，脸上欣喜的笑容刹那消失，她的脑海里仿佛又一次显现出那个雨天里发生的一切。

她下意识地低头，朝底下望去。

窄巷仍是那天的窄巷。

地面凹凸不平的地方甚至还有积水，这时来往的人很少，也并不嘈杂。

青苔覆着砖瓦，潮湿的痕迹一如那天。

"喵……"

她忽然听见那只狸花猫软绵绵地叫了一声。

然后，那只猫迅速地从窗台跃下，跳到二楼的护栏，又顺着护栏爬下去，落在矮矮的砖墙上。

它的尾巴晃啊晃的，好像特别开心。

而桑枝知道，这只冷淡高傲的胖猫，只有在见到一个人的时候，才会表现出这样兴奋的样子。

从桑枝注意到那个住在她对面的少年开始，这几个月的时间，她看过太多次这只狸花猫从外面跑回来，坐在窗台边，摇着尾巴，一边"喵喵"叫，一边用爪子拍打窗户的情形。

桑枝以前还不知道她对面的那层楼上住着人，因为她从没见过那屋子里亮起过灯火。

所以当某天清晨她推开窗，发现那只睡在她窗外护栏垫着的木板上的狸花猫时，她还以为它是一只流浪猫。

桑枝当时就冲下楼，去了小区外面的超市里买了小袋猫粮回来倒给它吃。

谁会不爱这样胖乎乎、毛茸茸的小可爱？

桑枝那天以为自己终于要有猫了，都开始盘算起自己该去买一些猫猫吃的、用的东西回来，谁知道她刚忍不住上手摸了它一把，就被它挠了一爪，然后她就眼睁睁地看着它毫不留恋地跑掉了，只留下一只空空的碗。

桑枝没有办法忘记那一天。

她举着被挠伤的手，忽然听见那只猫的声音，于是她一抬头，就看见它不知道什么时候已经站在了对面那栋旧居民楼的三楼的窗台上。

冬末的风仍旧带着凛冽的感觉。

清晨寒雾稍浓，像是停留在遥远天边的层云缭绕，浮动飘散。

对面那扇灰尘斑驳的窗忽然被人推开，或许是因为边缘有了斑斑锈迹，所以当那人推开窗时，边角摩擦着发出一阵短促刺耳的声响。

少年站在窗边，眉眼都似浸润了山光水色一般，他的肌肤苍白无瑕，连带着唇色都有些淡。

桑枝发誓，她这辈子还从来没有见过像他那样好看的人。

他的五官精致漂亮，却又区别于女孩子的柔和，轮廓线条流畅稍硬，身形修长，短发乌浓如缎。

桑枝愣在那儿，直到少年把猫抱进臂弯里，关上那扇玻璃窗，她仍久久无法回神。

那时的惊艳一瞥，令她胸腔里的那颗心顿时就像是被什么蜇了一下似的。

后来，她总会忍不住守在窗前，偶尔趁着他开窗的时候，偷看他一两眼。

他似乎不太喜欢阳光太强烈的天气，桑枝只见他在阴雨天里，偶尔打开窗，就坐在那里看书，或是下棋。

或黑或白的棋子被他修长的手指捻起来，稳稳地落在他面前的棋盘上。

桑枝的角度并不能看清他面前放置的棋盘，却能瞧见他偶尔捏着棋子在指尖摩挲半刻，像是在思考着什么。

桑枝并不能经常看见他，因为阴雨连绵的天气总是比不得晴朗的日子多。

或许就是从那时候，她才开始喜欢，甚至期盼每一个将至未至的阴雨天。

可是此刻，当她亲眼看见穿着白色衬衣的少年步履轻缓地从窄巷的另一头走来，彼时烈日正盛，可他却并没有像之前那样流露出自己对于这种燥热天气的烦躁情绪，那张精致昳丽的面容在强烈的光线下稍显模糊。

而他的身旁路过的每一个人，都像是全然没有发现他的存在似的。

就像是那个雨天。

此刻的桑枝看见有人的手肘擦过他的衣袖，他的身形分明有几分减淡的痕迹。

他周身散开细碎零星的淡金色光芒，却比阳光要更加耀眼。

转瞬即逝。

像是忽有所感，少年忽然停住，仰头时，准确地顺着她的方向看过去，那双冷淡的眼瞳顷刻间锁定她的身影。

他就站在那儿，像是隔绝了这个夏末最后的炎热，一如她初见他时，那天穿透清晨薄雾冷冽的微风。

他，他……没有影子！

桑枝瞪圆了眼睛，倒吸一口凉气，慌乱之间往后退，却被身后的椅子腿绊了一下，整个人后仰，直接摔在地上。

屁股生疼，桑枝却来不及去揉，她满脑子都是方才外边阳光铺散的那一方不够平整的地面上，有一旁绿树投下的浓荫轻晃，也有矮矮的砖瓦墙的两方斜影，来往行人的阴影拉长，随着他们渐渐远去。

唯有他……没有影子。

她躺在地板上，久久没有动弹。

桑枝从来没有想到过，以前跟阮梨在一起看过的那些鬼片，会像现在这样，在夜里她一闭上眼睛的时候就开始在她的脑海里自动循环播放。

原本有些已经不太记得了的恐怖情节也在这个时候一点点地，在她的脑海里变得清晰起来，吓得她一晚上都缩在被窝里，就算捂出一身汗也不敢掀开被子。

阮梨的电话来得很突然。

桑枝迷迷糊糊快要睡着的时候，又被惊醒。

她从枕头底下摸出手机，哆哆嗦嗦地接通电话。

"枝枝？"阮梨的声音稍低，"我之前给你打电话，是你爸接的，他说你生病了，怎么样你现在好点了吗？"

她是在学校宿舍的厕所里给桑枝打的电话。

今天是周五，学校还没放假。

"好点了……"桑枝吸了吸鼻子，抹了一把额头上的汗，声音有点闷。

"那就好。"

阮梨放心了一些，顿了顿，她转而又道："我给你寄了零食，你到时候记得收啊。"

"哇，"桑枝听见"零食"，裹着被子一下坐起来，"有阿姨做的芝士酥吗？"

阮梨笑了一声："当然有呀。"

桑枝紧绷着的神经终于稍稍放松了一点点，但没和阮梨聊两句，阮梨就要挂电话了，因为她必须要抓紧时间去洗漱。

"练舞练了一身汗，臭死了，我得赶紧去洗洗。"阮梨说着，就要挂电话。

桑枝却忽然唤她："阮梨。"

阮梨重新把手机凑到耳边，问她："怎么了？"

桑枝张了张嘴，想要一股脑儿地把那个雨天，甚至是今天她看到的事情都告诉阮梨。

可她还没说话，阮梨略带几分揶揄笑意的声音就从电话那端传来：

"怎么了？你跟你暗恋的那个男生告白啦？"

"……"

桑枝苦着脸，把被子又不由得裹紧了一点。

阮梨似乎还想问些什么，却被室友敲厕所门的声音打断，原来是宿管来了，于是她匆匆跟桑枝说了一句，就挂断了电话。

"说起来你可能不信，我觉得我好像暗恋了个鬼……"

这句话桑枝还没来得及说出口。

电话里的忙音催促着她按灭手机屏幕，桑枝裹着被子，就像是一块隆起的小山丘。

半晌，她耷拉下脑袋，整个人往下一倒，缩在被子里不敢再露头。

那天以后，桑枝再不敢打开自己卧室的窗。

即便已经过去了小半个月的时间，桑枝夜里有时还会忽然想起来以前看过的许多恐怖片的某些情节，然后被吓得睡不好觉。

她也开始慢慢地回想起许多被自己忽略掉的事情。

譬如对面三楼与她相对的那扇窗里，从来都没有灯光亮起过。

边缘生锈的玻璃窗上灰尘斑驳，像是久未有人擦洗过似的，陈旧晦暗。

再譬如，即便是两个小区中间只隔着这样窄的一条巷子，桑枝也从没有在外面遇见过他一次。

她之前偷溜去他家门前送他小零食的时候，那层楼的楼道里已经结了不少蛛网，而那扇门上也覆着浅薄的灰尘。

越是细想，桑枝就越是后背发凉。

她之前没有注意到的许多细节，都开始在她的脑海里一点点地清晰起来。

简直细思极恐，遍体生寒。

封悦觉得这些天的桑枝有些不大对劲，看起来总是魂不守舍，甚至还有些战战兢兢的。

譬如这会儿，她打个哈欠的工夫，偏头就看见桑枝腰背直挺挺地坐着，动也不动，像是在发呆。

"桑枝？"

封悦索性伸手戳了戳她的手臂。

桑枝被封悦忽然的举动弄得惊了一下，偏头看她。

"你怎么了？是不舒服吗？"封悦拆了一袋小饼干，递给桑枝一块。

桑枝接过来咬了一口，说话时声音有点含糊："没，就是昨晚没睡好觉。"

有关于那个少年的事情，她还是没有告诉任何人。

原本是想说的，但这种荒诞的事情，谁会信啊？

如果不是她亲眼所见，她也不会信的。

这几天桑枝的脑子一直很乱，"喜欢"是一种很没道理的情绪，说到底，她也只不过是隔着玻璃窗，偷偷关注了他几个月的时间。

她甚至都没有跟他说过一句话。

桑枝曾幻想过无数次和他正式初遇的场景，她该用怎样的表情，该和他说什么样的话……

那些在她的想象中弥漫着粉红泡泡的场景，现在再回想起来，都会变成那个雨天里阴沉灰败的颜色，森冷又可怕。

现在，她仅仅只是被他看上一眼，就会浑身都写满恐惧。

桑枝哭丧着脸，哆哆嗦嗦地捧起水杯，拧开盖子喝了一口热水，算是压压惊。

"桑枝，你检讨写了没？"

坐在桑枝前桌的微胖男生转头问她。

"……"

桑枝都快忘了这件事了。

她原本不怎么去网吧，基本都是自己在家里玩，但那天她路过学校附近一家新开的网咖，就忽然想进去看看。

那家网咖环境很不错，而且那里提供的甜品都是他们店里自己聘请的甜品师现做的，连奶茶都很好喝。

桑枝当机立断，直接在网管那儿开了三个小时，又点了几份小蛋糕和一杯奶茶。

她就是在那儿遇见她的前桌的。

这位叫赵一鸣的同学。

那会儿他身后还跟着两个别班的同学，说是他的朋友。

赵一鸣觉得在网咖里遇见桑枝就已经是一件很神奇的事情了，在看见她玩游戏的利落操作时，他就更加惊愕了。

桑枝是属于那种看起来就很舒服的长相，干净明秀。

就像是南方最柔软的春水柔波似的，清甜动人。

她长得好，成绩也好，看起来完全就是那种很乖的学生，但这样的印象，都终结在了赵一鸣亲眼看见她咬着棒棒糖，操作着游戏人物一枪爆掉别人的头的时候。

他果断邀请她一起四排。

然后……他们就被学校新上任的教导主任给抓住了。

因为他们都穿着三中的校服，本来就很打眼，那位教导主任隔着外头的玻璃窗就瞧见了他们几个。

那天回家后，桑枝还被她爸桑天好给唠叨了好一阵儿。

"是家里的电脑不'香'吗？你非要去什么网咖？你去就去吧你怎么还能被抓住了？"

"你在家玩多好？你爸爸我和你一起打不'香'吗？你就说我哪次没带你'吃鸡'？"

这都是桑天好的原话。

桑枝她爸桑天好，吃喝玩乐样样行，不是玩机车，就是玩游戏，要么就去打台球……每天的娱乐项目多到爆炸。

而在这些方面，桑天好几乎每一项都很优秀。

桑枝跟他玩游戏，几乎就没怎么输过。

就是赢到麻木的那种，全程被带躺，游戏体验感……极差。

桑枝揉了一把自己的头发，盯着面前空白的那一张纸，有点烦躁。

这大约是她上高中以来，第一次写检讨。

她都忘了检讨书是什么格式了。

下午第一节生物课下课后，桑枝刚撕开小零食的包装，还没来得及吃，班主任赵宇忽然从教室外走了进来。

"都静一静啊。"赵宇用教棍敲打着讲台的边缘。

原本嘈杂的教室里瞬间没了声音。

"今天咱们班转来了一位新同学。"

赵宇性子很直，也不喜欢弄那些铺垫，直接就朝教室外挥了挥手："周尧，进来吧。"

那一刻，班里所有人的目光都停留在了教室门口。

从教室外洒进来的一片刺目的阳光里，他迈着轻缓的步子走进来，就那么站在了讲台边。

桑枝无意识地抬眼一瞥，下一秒，她手一抖，一袋巧克力豆都散了出来，掉在了地上。

她瞪大双眼，浑身僵硬。

那张漂亮无瑕的面庞，是她无论如何都没有办法忘却的一张脸。

此刻，他穿着和她一样的蓝白校服，里头搭着一件纯白的衬衫，静静地站在那里，眼角眉梢都好似笼着薄冷朦胧的雾。

如同被岁月遗忘的遥远荒山的皑皑雪色一般，四季轮转，春花秋月，都同他毫无干系。

他，他怎么会……

桑枝的脸色一瞬变得苍白起来。

仿佛曾经那些朦胧不清的暗暗喜欢，从那个雨天之后便已摇摇欲坠，脆弱不堪。

那些心思终究比不上她此刻内心里的恐惧。

因为她知道，他并不是一个活生生的人。

可是为什么，这一次，他却能够站在所有人的面前，而大家都能清楚地看见他？

"还以为会是什么帅哥呢……结果很一般嘛。"

也是这时，桑枝忽然听见身旁的封悦小声嘟囔了一句。

很，很一般？

桑枝猛地抬头，再看了一眼站在班主任旁边的那个少年一眼，她又偏头去看封悦，有些不敢置信："一般？"

封悦觉得桑枝有点奇怪，但她还是老老实实地答："对呀，就很一般。"

桑枝整个人都呆滞了。

她望了望四周的同学，见大家神色如常，没有任何人因为讲台上那个少年的容貌而产生任何或惊艳或异常的神情，就连欢迎新同学的掌声也很敷衍。

不像是孟清野上学期刚转来的时候，班里的许多女生鼓掌都把手给拍红了。

他们……是眼睛出问题了？

或许是见桑枝还是一副不愿相信的模样，封悦忽然开始怀疑起桑枝的审美。

为了证明这个同学的长相真的很一般，封悦眼见着班主任赵宇走出教室门，她迅速掏出手机对准新同学周尧拍了一张照片。

然后，她把手机屏幕凑到桑枝眼前："来，你好好看看，你放大了看，我不信你还能看出花儿来？"

桑枝恍惚低眼，只见手机屏幕上的那张脸皮肤微黑，眼皮因为有些肿，而显得眼睛有些无神，就连鼻梁也有些塌……

这和她刚刚看在眼里的那张脸，几乎是天差地别。

桑枝嘴唇微颤，后背已经有了细微的冷汗。她忽然回头，看向已经在倒数第二排的位置坐下来的少年。

也是此时，他忽然偏头，望向她。

那双眼睛瞳色稍暗，却又因为此刻窗外映照进来的阳光晕染而多添了如星子点滴的光泽，如同琉璃般清透动人。

可他的眼神，晦暗又冰冷，不带丝毫温度。

桑枝呼吸凝滞，眼前一黑，晕了过去。

封悦被桑枝忽然的晕倒吓了一跳，她惊呼一声，连忙扶住了桑枝。

顿时，教室里所有人的目光都停留在了桑枝那边。

有人匆匆忙忙跑出去叫老师。

而那位新来的周同学则静静地站在那儿，他冷眼看着那个晕倒在一个女生怀里，不省人事的女孩儿。

他眼睫微动，神情像是终于有了一些变化。

从那个雨天里惊慌失措的背影，再到那个烈日正盛的午后她站在三楼窗边向下望的模样，他不止一次见过她。

她果然，连他此刻的幻术伪装，都能轻易看透。

这都是那只猫惹出来的麻烦事。

桑枝从没想过，有一天他会出现在她的学校，甚至她的班级里。

晕倒前一刻，她在封悦手机上看见的那样一张普通的面容，是一张她

017

并不算特别陌生的脸，因为她有时会在回家的路上遇见那个男生。

他似乎就住在对面小区的某一栋单元楼里，桑枝有许多次都见过他一个人背着书包穿过窄巷，手里时常捧着一个小的单词本，目不斜视，沉默寡言。

那时候桑枝并没有觉得他有什么不正常。

他看起来就是一个再正常不过的人。

可那天出现在教室里的那位新同学，又是怎么一回事？

在除了她的所有人眼里，那位新同学的样貌都与她之前见过的那个住在附近的男生几乎如出一辙，但现在在她的眼里时，他却又分明是另外一张容颜。

这原本该是出现在电影里的魔幻情节，却那么鲜明直观地展现在了她的眼前。

桑枝当时就被吓晕了。

纵然她也曾在那几个月的时间里，悄悄喜欢过住在她对面的那个少年，但要说到底也不过只是一种不甚明晰的朦胧情思，她也不过只是惊艳于他那一张过分出色的面容。

她分明，一点也不了解他。

仿佛是刚刚催生出的一簇星火，在还未来得及趁势燎原时，就已经被那天的一场暴雨毫不留情地浇熄按灭。

桑枝借着那天晕倒，在家装病两天，最后还是被她爸爸给硬是从被子里抓出来，送到学校来了。

"我今天要跟你黎叔叔他们骑车去玩，你在家没人给你做饭吃。"

出租车里，桑天好摸了摸坐在自己旁边的女儿的脑袋。

"就不能带我去吗，爸爸？"桑枝歪着头望他，有点蔫哒哒的。

"我们兄弟的聚会，不能带你。"

桑天好果断拒绝，并且和她讲了讲道理："你妈昨天还问你最近学习怎么样呢，我要跟她说你连学校都不愿意去了，她还不得立刻从国外跑回来揪你耳朵？"

"……"

桑枝下意识地摸了摸自己的耳朵。

她哭丧着脸，神情委顿。

"不是我说你，你到底怎么了？怎么忽然就不愿意去学校了？"

桑天好也没觉得她有什么厌学的倾向啊。

"……学校有鬼。"桑枝闷闷地说。

桑天好闻言，像是被逗笑了，他捏了一下自己女儿的脸蛋，说："我看你就是。"

"凭什么天天你吃喝玩乐，我就得去上学……"

桑枝躲开他的手，抱怨得很小声。

无论是离婚前，还是离婚后，桑天好一直是家里最闲的那个人。

他原本也有一份软件工程师的工作，但桑枝的爷爷桑福车祸意外死亡之后，他就辞掉了那份工作。

桑家原本并不是什么富户，桑福也做过一些小生意，但都以失败告终，后来他就在餐馆里给人做厨子，维持生计。

桑天好的母亲在他上高中的时候就因病去世，就剩下桑福一个人带着他。

桑天好大学毕业后，桑福又失了业，也不知道桑福那时是怎么想的，从来没有买过彩票的他，竟临时起意就在附近买了一张彩票。

而谁也没有料想到，桑福买来的这一张彩票，竟然让他中了五亿。

一夜暴富的桑福先胡乱买了十几栋房子，又学着炒了一下股，结果就又大赚了一笔。

除却慈善捐款，他手里的钱还剩下许多，那明明是他曾无法想象的天文数字，可那时候，他却真的在一夜之间就轻易拥有。

这件事在当年的林市也曾引发一时轰动。

无数人眼热于桑福这样的好运气，无数"彩民"化身酸柠檬，想不明白那么大的一张彩票掉下来怎么就没砸到自己头上。

这或许就是生活才能赋予人生的戏剧性。

你越是期盼一样东西，它就越是不会到来，而旁人的无心插柳，却能成就一片浓荫。

而桑天好和赵簌清的婚姻，也缘于桑福的这笔天降横财。

赵簌清是本地赵氏企业董事长的千金，赵氏企业当时急需资金周转，所以赵家就盯上了桑家。

为了让公司挺过眼下的难关，他们就有了想要让赵簌清跟桑天好结婚的意思。

桑福把那么大一笔钱握在手里，一时也不知道自己该怎么用，正好赵家抛出橄榄枝，桑福看赵家那个项目像是有利可图，他也就有些意动。

但他也并不是那种卖儿子的人，桑天好和赵簌清的事情成不成，都全凭他们年轻人自己的意愿。

于是两家人商量着，让他们一起吃顿饭，看看他俩能不能看对眼。

结果，赵簌清和桑天好居然都觉得对方还不错。

赵簌清爽朗大方，桑天好幽默健谈，两个人聊天也不尴尬，甚至还挺合得来。

两个人试着在一起了几个月，就被安排着结了婚。

当时他们年纪轻，以为那样忽然而至就已经足够热烈的情感能够抵挡住岁月的变迁。

但事实却是，当他们的婚姻生活进行到第三年的时候，他们就已经明显察觉到了对方和自己在生活上的种种问题。

但当时的赵簌清已经怀孕，而赵家和桑家合作的项目也进行得十分顺利，赵家也因为桑福大大方方投过来的资金而挺过了这一次的危机，桑福甚至还赚回来不少钱。

赵簌清和桑天好尽力弥补彼此之间的裂痕，因为桑枝的到来，两个人谁也没有要离婚的意思。

但是日子久了，两个人还是会因为在许多事情上的不同意见而争吵。

就在两个人考虑着要不要再维持这段婚姻关系的时候，赵氏企业却因为赵簌清的哥哥赵明希的种种错误决策而宣告破产。

桑福投进去的钱全打了水漂。

赵家老头原本就已经生病，又听闻公司破产，他心灰意冷，没过多久就去世了。

祸不单行，在这件事过去的两年后，桑福就因为车祸而丧命。

那时的赵簌清说不出离婚的话，一是因为桑家的钱都损失在了赵家的投资里，她觉得自己对不起桑天好，二是因为桑枝还小，所以她没有办法说服自己在这种时候离婚。

赵家和桑家的事情，早年在林市也算是许多人茶余饭后的谈资。

曾经那些羡慕过桑福的人，最终都只剩一片唏嘘。

虽然桑福的钱没了，但是他先后买下来的那几十栋房子却都还在，桑天好根本不用朝九晚五地去上班，收的房租就已经比他的工资不知道高出多少倍了。

赵簌清却并不是那种能闲得下来的人，仍然坚持着自己的工作。

所以桑枝的童年，都是桑天好陪伴她的时间最多。

因为从那时候起，桑天好就已经是家里最闲的那个人。

他的日常就是要么在家陪桑枝玩，要么就是骑着自己的爱车出去跟他的那群朋友们玩。

就像今天一样。

下了车，桑枝站在路边，手指捏着书包肩带，看着对面的三中校门，她还有点挪不动步子。

"桑枝，等你下午放学，爸爸来接你哦！"桑天好从车窗里探身出来，冲她招手。

那副笑容实在有点扎眼。

桑枝哼了一声，自己往前面的斑马线走。

她从来都没任何时候像现在这样，有害怕踏进学校大门的感觉。

但在校门口来回犹豫好久，桑枝听到预备铃声响起来的时候，她还是迅速地冲进了校门。在跑上教学楼四楼的时候，她又停在了走廊上，跨踌着不敢走进高二（3）班的教室里。

"桑枝？"封悦正啃了一口面包，往玻璃窗外望的时候，没瞧见老师，却瞧见了站在那边一动不动的桑枝。

"桑枝，你傻站在那儿做什么？"

封悦推开窗，朝她招手："你快点，等下班主任来啦！"

桑枝闭了闭眼睛，深吸了一口气，然后迈着沉重的步子，往教室门这边走过来。

封悦咬着面包，眼见着桑枝磨磨蹭蹭的，好不容易走进教室里，拉开她身边的椅子坐下来，她连忙凑过去问了一句："你好点了没？"

桑枝点了点头。

"那就好。"封悦说着，又想起来那天的事情，就又道，"你那天忽然晕倒可真是吓死我了……"

桑枝闻言，干笑了一声，刚想说些什么，她抬眼却见教室门口有人走了进来。

落在她眼里的，仍是那样一张干净无瑕的面庞。

桑枝的表情有一丝龟裂。

这一整天的时间，桑枝都一直僵硬着脊背，连打瞌睡也没敢。

他来这里的目的是什么？

难道，难道仅仅只是因为她能发现他的秘密，所以他就要来杀人……灭口？

桑枝浑身一抖。

窗外的阳光渐渐不再那么刺眼，转而晕染成天边一片暖黄的颜色，温柔又绮丽。

因为是下课时间，桑枝趴在自己的臂弯里，调整了一下角度，睁着一只眼睛往后瞟了瞟。

只是这一眼，桑枝却发现他此刻正偏着头，像是在看谁。

桑枝不由得顺着他的视线看过去，

发现他看的不就是中午才过来学校，然后就趴在桌子上睡了两节课的……孟清野？

他为什么要盯着孟清野看？

桑枝稍稍皱了皱眉。

而那边的少年似乎是察觉到了什么，他回过头，那双冷淡的眼就那么直勾勾地望向她。

桑枝一下子就像是被火燎了尾巴的小动物似的，瞬间把脑袋埋进臂弯里，双眼紧闭，一动也不敢动。

一直到放学，桑枝都没敢再往后看一眼。

走出校门后，桑枝就站在人行道的绿荫下等着桑天好过来。

但当她不经意地往四周张望着的时候，正见孟清野打着哈欠从校门里走出来，校服外套懒懒地搭在肩上，他一手插在裤袋里，直接往对街走去了。

而那位被叫作周尧的新同学，就那么不紧不慢地跟在他的身后，始终隔着适当的距离。

那一瞬，桑枝的脑海里忽然闪过了许多她以前看过的恐怖片里的杀人场景。

难道……

桑枝怔怔地看着就要消失在对街的那两抹人影，她指节稍稍用力，攥紧了书包肩带。

在狭窄潮湿的小巷里，空气里都是灰尘的味道。

容徽垂着眼帘，似是漫不经心地瞧着自己手指间细微闪烁的淡金色光芒，再抬首看向这个站在他眼前的少年。

脑海里十五年前的陈旧记忆似波澜微泛，那许多张面庞如今想来，仍旧令人憎恶。

他的眸底像是笼着朦胧不清的寒雾，却又像是不知道想起了些什么，有片刻的迷茫。

目光停在他眼前这个少年的脖颈间良久，微青的血管在浅薄的肌肤之下，痕迹仍旧隐约可见。

他指节微动，忽然伸手。

却在此刻，似乎有人冲破了结界。他忽然听到了一阵急促的脚步声，然后就有一只手，准确地攥住了他的手指。

彼时，原本戴在孟清野脖颈间的那枚玉坠周身忽然凝聚起一束强烈的淡金色光芒。

光芒盛大，几乎刺得人睁不开眼。

星星点点的光影凝成了一道符纹，却又好像在瞬间被空气生生割裂，一半刻进了容徽的手掌，而另一半则印在了那个握住他手指的人的手心里。

"啊啊啊！"

桑枝眼见着自己的手心着了火，她吓得惊声大叫，骤然松开了他的手。

女孩儿带着哭腔的惊叫声就在耳畔，容徽那张没有什么表情的面容上终于多了几分细微的烦躁之色。

又是她。

这大约是他第一次这样仔细地打量着眼前这个上蹿下跳，鼓着脸颊去吹自己手掌上燃烧着火焰的女孩儿。

他讨厌她的聒噪。

手心的火焰终于熄灭，桑枝跪坐在地上，吓得眼泪都掉出来了。她转脸又看见容徽站在那儿，正低睨着她。

她嘴唇颤抖，脑子里一片空白。

眼见着他一步步走过来，那清晰的脚步声每一下都好像踏在了她的胸腔，碾着她的心脏。

当他俯下身来的时候，桑枝忽然嗅到了一抹隐秘的香味。

桑枝无比后悔自己为什么要跟过来，几乎是在他俯身的刹那，她就哭得鼻涕泡都出来了。她双臂抱紧自己的脑袋，闭紧眼睛喊道："对不起，我错了……你不要吸我的阳气！"

？

容徽像是有片刻愣怔。

然后，他修长的手指扣住了她的下巴，逼迫她抬头，用那双泛红的眼睛望向他。

他在她的眼里，看清了恐惧。

于是，他微弯眼眉，鲜有情绪表露的面容骤然像是冬末的冰雪消融在了初春柔软的风里，潋滟动人。

桑枝几乎是当场呆滞。

她愣愣地看着他，几乎忘了反应。

直到她听见他忽然开口：

"这么怕啊……"

嗓音清冽，敲冰戛玉。

像是荒雪原里吹进这夏末的一缕凛冽的风，明明语气平缓，却仍旧令人无端生寒。

似无端的哂笑。

值此深夜，桑枝拥着被子坐在床上。

下午的深巷，以及那个伸手扣住她下巴的少年，就好像是一场梦似的，在她的脑海里回闪的时候，笼了烟云薄雾般，就连他的眉眼也淡了。

回到家之后，桑枝把自己关在洗手间里，平复了好久。

在暖黄的灯光下，镜子里她的下巴还留有稍红的痕迹，她只是看了一眼，就好像又一次回想起来他手指间冰凉的温度。

桑枝打了个寒战，裹紧了被子。

那时她跟着他们两个人跑了一路，还没来得及喘口气，就莫名踏入了一片浓雾之中，等到她眼前的一切都变得明晰起来的时候，桑枝就看见他将手伸向了孟清野的脖颈。

而那时的孟清野站在那儿，却始终闭着眼，就像是被抽去了魂灵的傀儡一般，对周遭所有的一切都失去了应有的感知。

桑枝那时也不知道自己究竟为什么要冲上去，只是见他伸手似乎是要掐孟清野的脖子，她脑子里什么也来不及想，就跑了过去。

可当她触碰到他手背的瞬间，孟清野脖颈上挂着的那枚玉坠就散出了极盛的金光，最后在她的手心里燃烧成了火焰。

想到这里……

桑枝忽然把右手从被子里伸出来，在台灯微暗的光芒下，她盯着自己的手心看了好一会儿。

看起来并没有被灼烧过的痕迹，但那时的疼痛感却又是那么真实。

可那火焰……又是怎么一回事？

桑枝怎么也想不明白。

也是这个时候，她忽然感觉到自己右手的手心里好像又开始泛起细密的刺痛感。

如绵密的针从她的掌心跟随血液的流动，蔓延至她手臂的每一根血管里，疼痛感变得越来越强烈。

桑枝的脸色已经变得苍白起来，额角也有了冷汗。

她痛得连胳膊都抬不起来，眼眶已经憋红。

下一秒，她又忽然看见自己右手的手心里有细微的金光闪烁着，好似跳跃的火焰勾连着，在她眼中渐渐形成了一个模糊的轮廓。

那是一个"徽"字。

她的手止不住地发颤，而那一抹"徽"字的痕迹却好似是从她的血肉里蔓延出来似的，是无论如何都没有办法擦拭消磨的印记。

桑枝瞪大双眼，她捧着自己的手心，惊惶无措。

桑天好把她接回来之后，就又出去了，到现在都还没回来。桑枝没有办法向任何人说明自己此刻内心的恐惧与迷茫，她只能把那扇窗前的帘子拉得严严实实，又把自己缩进被子里。

也不知道什么时候，她手心的疼痛渐渐隐没，可那一抹"徽"字的浅金色纹样却仍旧还在。

她脑子里始终绷紧了一根弦，却还是挡不住最深的夜色里席卷而来的困意。

在梦里，他的手再一次扣住她的下巴，指节毫不留情地用力，几乎就要捏碎她的颌骨。

她又听到了他那一声似是讥诮的轻笑。

那是很轻很轻的声音，却令她毛骨悚然，连做梦都皱着眉。

她不知道的是，与此同时，住在她对面的那个少年正坐在棋盘前下棋。

他最是喜欢这样的深夜，白日里所有的喧嚣繁杂都将在这一刻归于平静。

他讨厌的一切也都被这漆黑的夜幕暂时淹没，短暂地给予他一个黎明尽失，永夜不明的假象。

容徽漫不经心地将一枚白子握进手里，棋子却因手心忽然的刺痛而骤然掉落在棋盘上，碰撞出"啪嗒"的声响。

一个"容"字，就那么印在他左手的手掌里，仿佛是从骨肉里浸出来的痕迹。

胖胖的狸花猫正趴在他的桌前，一边舔着毛，一边晃着尾巴，偶尔也会歪着脑袋看他两眼。

他垂着眼，定定地瞧着自己手心里的"容"字片刻，忽然皱眉。

房间里分明没有半点灯影，于是这一室的昏黑就只能依靠窗外的月辉或霓虹来照映。

昏暗不定的光影之间，少年清癯的身影似画。

他忽而抬眼，意味不明地瞥了一眼那扇玻璃窗。

或是想起来下午的深巷里，那个跪坐在地上，双臂护着脑袋，吓得鼻涕眼泪都出来了的女孩儿。

他扯了一下嘴角，神情却仍旧沉静冷淡。

好似永远照不见暖阳光芒的深渊潭水，永远波澜不兴，深不见底。

桑枝是被痛醒的。

还没等桑天好推开她卧室的门来叫她起床，她就已经坐了起来。

手心里的"徽"字仍旧清晰。

她疼得脸色发白，连嘴唇都失了血色。

就跟胃痛似的，总是隐隐地痛着，却有片刻骤然像针扎一样，令人眼眶泛酸，难以忍受。

桑天好推门进来的时候，就看见桑枝这样一副模样。

他脸上的笑容顿时隐没下去，连忙走过去："桑枝，你怎么了？"

"爸爸……"

桑枝刚想说些什么，却发现自己的手忽然就不疼了。

她眨了一下眼睛，盯着自己手掌心里的那一抹仍在闪着金色光芒的印记，她忽而又看向伸手贴在她额头感受温度的桑天好："爸爸你看。"

桑天好将目光移到她的手掌，有些疑惑："怎么了？"

桑枝愣了一下："你看不到吗？"

桑天好顿时觉得更奇怪了："什么？"

桑枝原本要说的话，骤然卡在喉咙里。她耷拉下脑袋，闷闷地说了一句："没什么……"

又在家里借着病假赖了两三天，桑枝每天都会被自己手心里时不时的刺痛给折磨得难受至极。

但她到底摸清了一个规律，一般到了晚上六七点的时候，那种莫名的疼痛就会消失。

一直到第二天清晨八九点的时候，又会开始。

这种疼有时候很难挨，桑天好带着桑枝去医院里检查也没能查出个所以然，还被医生怀疑是她厌学而找的借口。

桑枝讨厌那个医生的阴阳怪气，以及那样一副"你这样的小把戏我见多了"的模样。

但一方面，她又觉得有些迷茫无助。

好像根本没有人可以看见她手上的淡金色印记，除了她自己。

桑枝到底还是不得不去学校。

因为这一天，是月考的日子。

她之前跟赵簌清打电话的时候，答应了赵簌清要好好考试。

因为赵簌清在桑枝面前永远说一不二，只要是她答应了桑枝的事情，她就一定会做到，她一向也是这样教育桑枝的。

桑枝不能连考试都逃掉。

所以她只能早早地起床洗漱，吃过早餐后，就出门去学校。

很奇怪的是，当她坐上出租车，距离自己家越来越远的时候，她的手忽然就又开始痛了起来。

桑枝欲哭无泪，在车上愁得把自己的头发都揉乱了。

封悦一见桑枝顶着乱糟糟的头发，一副无精打采的模样，就忍不住笑："桑枝，你这是怎么了？"

她说着就拿出自己随身携带的小梳子，解了桑枝的发圈，替桑枝梳头发。

"谢谢你啊，悦悦。"桑枝忍着隐隐的疼痛，说话时嗓音还有点干涩。

"桑枝，你是不是病还没好啊？"封悦看着她脸色发白的样子，有些

028

担心，"你看起来有些不太好。"

桑枝摇了摇头，只说："没事。"

看了考室的位置，桑枝就拿了考试用具，去了四楼的一间教室里。

在贴了自己考号的课桌前坐下来，桑枝看着自己的右手，皱了皱眉。

她这只手疼得已经有些发抖，连握笔的力气都不剩多少。

正犯难的时候，她却又感觉到自己的手……好像不疼了？

"咦？"

紧接着，桑枝手心里的那个"徵"字的边缘忽然有繁复的纹样显现，一缕细微的金色光芒碾碎成了丝缕的线，从她的手掌里蔓延了出去。那一瞬，桑枝好像听见了风吹树叶般的簌簌声。

桑枝不由得顺着流光蔓延的方向望过去。

下一秒，她忽然望见了那样一只骨节分明、修长白皙的手。

他的指节稍屈，却仍挡不住他手掌间隐约闪烁着的淡色光芒。

那一缕流光牵连着，她和他的手心。

桑枝骤然抬眼，果然望见了他薄冷如画的眉眼。

她骤然握紧手里的那支笔，力道稍大，指节泛白。

也是那一刻，她的脑海里忽然回想起来，那天深巷之间，坠在那个叫作孟清野的少年颈间的那枚发光的玉坠。

是那个东西的缘故吗？

容徵并不知道自己现在究竟算是死了，还是活着。

明明在十五年前的那个冬天，他用刀片划破了自己的手腕，躺在放满了水的浴缸里。

他原以为，自己从此就能从这个无趣的世界解脱。

可事实却是，当他再一次恢复意识的时候，身体就已经成了半透明的状态，而在所有人眼里，淹没在血水里的那副躯壳，不过只是一道虚假的幻象。

没有人发现，那曾被他们埋入坟冢之下的，不过只是一件衣衫而已。

或许，也根本没有人会关心这一点。

从容徽选择死亡的那一天起，他就一直被困在那间屋子里，始终没有办法踏出门外一步。

十几年的时间，晨光与夜色都在他的窗外来回千万遍。

可他大多时候，却只能那样静静地望着灰尘斑驳的窗外，望着每一个日升月落的瞬间，听着来自外界的每一分嘈杂。

直到第十四年，他终于能够伸手触碰到每一件物体，重拾早已被他遗忘许久的真实触感。

推开那扇玻璃窗的那天，容徽的窗台上蜷缩着一只狸花猫。

冬雪覆盖了这座城市多余的色彩，天与地在那时阴沉的天色里都成了灰蒙蒙的色调，那只猫在他的窗台上瑟瑟发抖，被冻得奄奄一息。

它两只前爪的指甲似乎是被人硬生生地拔掉了，殷红的血液已经在它的茸毛间干涸成了更深的颜色。

它无法感知他的存在，那双圆圆的眼睛里只剩下忽然被打开的玻璃窗，它整只猫都被吓得毛发倒竖，却没有力气站起来。

直到容徽伸出一根手指，勾住它的一只爪子，它被吓得发出微弱的"嗷呜"声，下意识地张嘴咬了一口。

它惊惧又警惕的模样，就像是垂死挣扎的小可怜。

容徽轻瞥自己指节上的血珠，再看向那只猫时，他便见它周身已有淡金色的光泽隐隐浮动。

从那天起，容徽有了一只猫。

它可以看清他的身影，也能伴他日夜，度过无尽孤独的时光。

直到这一年，容徽发现自己终于可以不受束缚，离开那间困住他十五年之久的屋子。

他终于记起来，自己该来拿回一样属于自己的东西。

走廊上有人来来回回，声音嘈杂。

此刻，容徽站在教室门口，阳光落在他的肩头，有些刺眼。

他顺着那一抹勾连着他手心那半道符纹的淡金色流光看过去时，正撞见女孩儿那双写满惊慌的眼。

容徽收紧指节，掩去掌心里闪烁的光痕。

如果不是那只狸花猫在灵识即开的时候挠伤了她的手背，或许也不会惹出这样的麻烦。

桑枝仅仅只是被他瞥了一眼，就僵直着脊背半晌都不敢动弹。

直到他走到后头的位置上坐下来，桑枝才悄悄地松了一口气。

考试的时候，她全程盯着试卷，哪儿也不敢看。

月考两天的时间，桑枝根本没有心思跟封悦他们去讨论哪道题最难，因为她发现，只要考试一结束，只要她走出校门，她的手就会疼。

除却早上的八九点，和晚上的六七点，其他的时间桑枝根本找不到任何规律可言。

直到这天中午，她在食堂吃饭的时候，手疼得连勺子都拿不起来，她的脑海里忽然回想起来当他出现在那间考室里时，她和他的手之间牵连着的那一抹似线的流光。

那天那枚玉坠上似乎有两道光分别落入了他和她的手心里。

那么她疼的时候，他也会疼吗？

如果他是鬼的话……他应该不会疼吧？

桑枝勉强把一块里脊肉咬进嘴里，她愣在那儿。

"桑枝？桑枝？"

端着餐盘过来的赵一鸣在她眼前挥了挥手："你有没有在听？"

"啊？"桑枝回过神。

"我说，放学打游戏去呗？"赵一鸣再重复了一遍。

桑枝站起来，也没有什么胃口再吃，勉强单手把餐盘端起来："不去了，手疼。"

这天晚上，桑枝坐在书桌前做作业，好不容易解出一道物理题，她稍松了一口气，目光从草稿纸上移开，却又不禁盯着自己握着笔的那只手片刻。

她搁了笔，手掌舒展时，那一抹闪烁着微光的字迹仍然烙印在她的手心。

但这会儿，她却感觉不到痛。

桑枝不由得抬头看向窗外。

黑沉沉的天色如浓墨一般晕染不开，楼下窄巷里昏黄的光明灭不定。

这样寂静的夜里，狗吠的声音最为清晰。

在这样昏暗不清的夜色里，她看不太清对面的那扇窗。

他应该在吧？

这些天，桑枝终于算是摸清了她手疼的缘由。

只要她和他距离太远，她的手就会疼。

可要她靠近一只鬼……

桑枝猛地晃了晃脑袋，浑身都写满了拒绝。

好像那几个月里朦胧浮动的暗恋心思，早已经被这些日子以来的惊吓全都消磨湮灭。

这实在不算是多深刻的喜欢，于是山雨袭来，当他撕破她脑海里所有的完美假象，露出他的本来面目时，她理所当然地害怕、退却。

重新拿起笔，桑枝翻了翻练习册，继续做题。

垂着头的她，并没有发现,此刻她的窗外忽然多了一团诡异的朱红火焰。

那火焰燃烧着，一点点地浸透进玻璃窗内，周身都缭绕着若有似无的缕缕黑气。

随后，火焰无声没入了她的后颈。

"啪嗒"一声，桑枝手里的笔掉在了地上。

她的双眼忽然变得空洞无神，眼白隐隐有些泛红。

这会儿桑天好还没回来，桑枝就好像没有意识似的，动作机械地走出卧室，又穿过客厅，走到玄关，打开门走了出去。

彼时，容徽正坐在棋盘前，漫不经心地摩挲着手里的棋子，却迟迟不见落下一子。

"喵！"

那只原本蜷缩在桌上的胖猫像是透过玻璃窗，看到了什么似的，它摇晃的尾巴骤然不动了，连忙站了起来。

见容徽不理它，它有点着急地"喵喵"几声，又开始用爪子去抓玻璃窗。

它尖利的指甲划过玻璃的声音很刺耳，坐在那边的少年皱起眉，有些不耐烦地将手里的白子丢了过去。

狸花猫反应很快，准确地叼住了那颗棋子。

它吐掉，接着"喵喵喵"个不停。

大约是被它吵得有些烦躁，少年按了按眉心，终于站起来，走到窗边。

当他垂眼往下望的时候，就看见一抹瘦小的身影靠坐在路灯下的墙边，身边好像还摆了一大袋子的东西。

最重要的是，她的周身都涌动暗红的光芒，还隐隐泛着黑气。

原来是被脏东西缠上了啊。

容徽眉眼未动，舒展手掌时，他看清自己手心里的那一抹闪着金光的"容"字。

他扯了一下嘴角，神情寂冷。

"喵喵喵？"狸花猫见他没什么反应，它又着急了，爪子抓着窗框，却始终推不开。

只不过是吃了她两顿猫粮，怎么就担心起她了？

容徽并不明白这只猫的心思，他也懒得去管，但见此刻它这副聒噪的样子，他又瞥了一眼底下窄巷里那抹纤瘦的身影，便将手里那颗棋子往后一扔，准确地落在了棋笥里。

然后在他推开窗的瞬间，整个人就化作了一道淡金色的流光，转眼间就出现在了巷子里。

狸花猫看见他已经站在了楼下，它也借着墙壁和窗台，几下跳了下去。

坐在路灯下的女孩儿这会儿是完全没有意识的，她只是一罐又一罐地往自己嘴里灌酒。像是在喝没有味道的水似的，她身边放着的袋子里，全是酒。

她周身的暗红光芒隐隐闪烁，她就像是滴水未进的旅人，恨不得霸占绿洲里所有的水源。

"喵喵喵？"狸花猫跑过去，用爪子拍了拍她。

她却没有任何反应，只管灌酒。

整个窄巷里，只剩下她指节用力扣紧铁皮罐发出的清晰声响。

狸花猫连忙又跑回容徽身旁，蹭了蹭他的腿。

故作讨好。

容徽懒得理它，只是瞥见那个女孩儿灌酒的模样时，眼底难免多了几分兴味。

他甚至站在那儿，颇有兴致地欣赏了一会儿。

直到那只猫急得在地上打着滚儿，用爪子扒拉他的裤腿。

容徽这才收敛神情，稍稍动了动手指。

一缕淡金色的流光飞出去，直接落在了女孩儿的后颈，灼烧着那片火焰似的红痕。

同时有几声短暂急促的尖锐声音响起，就好像挤压玩具鸭子时发出的声音。

她周身暗红的光芒终于消散，黑气也骤然陨灭。

桑枝不太清楚现在是什么状况，她只觉得脑袋晕晕的，眼前有一团红色的火焰飞来飞去。

她手里还握着一罐啤酒，脑子里关于刚刚的所有记忆都被保留了下来，她摸了一把灌酒的时候脸上沾染的水痕，忽然"哇"的一声哭了出来，哭着哭着还打了个酒嗝。

泪眼蒙眬间，她望见眼前站着一个人。

脑子虽然晕晕乎乎，但她却清晰地记得，好像是他把她从这种诡异又可怕的处境中拉出来的。

明明她该怕他的，但这会儿，也许是清楚刚刚发生的一切，也许是酒精的作用，让她的内心里对于他的诸多恐惧都被压下。

她一边哭一边开始说醉话："呜呜呜，好可怕啊，为什么我手和脚都不是我的了。

"我没想买酒为什么我去超市里买了这么多……呜呜呜，还是最贵的那种，呜呜呜我零花钱全没了，呜呜呜……

"明明我自己都忘了支付密码了，呜呜呜……所以为什么要有刷脸支付这么可恶的功能……

"酒好难喝……"

她一边抹眼泪，一边望着他："我是不是被鬼缠住了……"

她甚至大着胆子去拉他的衣袖边角，却被他毫不犹豫地甩开。

下一秒，他就听见她哽咽着说："你们明明都是同类，差别怎么就这么大……还缠我，还骗我零花钱……"

容徽原本转身要走，听见她这句话，他整理袖口的动作微顿，他的眉眼忽然添了几分阴郁，于是他回过身，骤然俯身，抓住她的衣领。

"拿我跟那些臭东西比？"

他轻嗤一声。

桑枝顿时忘了哭，眼眶里还有泪珠要落不落。

夜风微凉，拂过她的脸颊时，泪痕未干的地方泛起些微的刺痛。

她终于看清眼前这样一张漂亮的脸。

靡颜腻理，令人心悸。

这一刻，在酒精麻痹掉所有理智与之前那些恐惧之后，她好像终于又重拾了当初第一眼看见他时的那份心动。

同时，她又嗅到了他身上隐秘沁人的香。

桑枝吸了吸鼻子，下意识地答："你不臭……挺香的。"

她糊里糊涂地说着不负责任的醉话：

"如果是你缠我的话，也行。"

　　"如果是你缠我的话，也行。"

　　这到底是什么虎狼之语……

　　桑枝坐在书房的电脑桌前，脑子里总是不由自主地回荡着自己昨晚亲口说出的这句话。

　　昨天晚上发生的一切，就好像是一场虚幻诡秘的梦境。

　　但她微信钱包里的"0.00"却昭示着，那一切到底有多真实。

　　昨天晚上她好像是被莫名其妙的东西给缠住了，她明明很清醒，却没有办法控制自己的身体，约束自己的行为。

　　从下楼，到走进超市里买了那么一大袋子啤酒，再到蹲在小巷的路灯下一瓶又一瓶地往嘴里灌酒，就算她浑身都写满了拒绝，她也还是被自己不受控制的手强迫着灌了不少的酒。

　　她也不是很清楚，为什么这种东西缠上她之后，也并没有像那些恐怖片里那样，发生多么惊悚血腥的事情，反而只是蹲在巷子里灌酒？

　　这种神奇的操作，实在让人有些摸不着头脑。

　　而即便是喝了那么多的酒，桑枝也还是记得昨天夜里发生的种种事情，她也很清楚昨天晚上救她的，就是住在她对面的那个少年。

　　她记得昨天晚上他像是拎萝卜似的，揪着她的衣领，半眯着眼睛睨着她时，神情不耐烦。

那时她哭得上气不接下气，也根本想不起来怕他这回事，嘴里的胡话简直一串接着一串。

然后，他就化作了一道淡金色的流光，拎着她落入了她房间半开的窗内。

那时桑枝被他毫不怜惜地随意往床上一扔，她翻了个身，蒙胧中瞥见房间里早已少了他的身影，连一丝烟火似的流光都不曾剩下，就好像他从没出现在这里。

桑枝一觉睡到了大天亮，桑天好叫她吃早饭她也没反应，就在床上躺了一上午，满脑子都是昨天夜里发生的一切。

他为什么会救她？

桑枝思考了这个问题很久，却始终没有得出答案。

"桑枝？"桑天好伸手在桑枝眼前晃了晃。

桑枝骤然回神，茫然地望向他："嗯？"

"愣着干什么？快，进游戏。"桑天好嘴里咬着一颗剥掉外壳的板栗，催促着说。

"哦。"

桑枝抢过来她爸手里刚剥好的一颗板栗喂进嘴里，移动鼠标点开游戏图标。

家里的书房里一直有两台电脑，桑枝一台，桑天好一台。

又到了每周六，属于桑氏父女联络感情的亲子游戏互动时间。

这是桑枝九岁的时候，桑天好跟她约定好的专属于他们父女的游戏时间。

以前桑枝年纪小，所以桑天好每周六都跟她玩 4399 小游戏。

现在她长大了，桑天好也就告别了什么《×大战僵尸》《五子棋》……开始转战 MOBA（Multiplayer Online Battle Arena，多人在线战术竞技游戏）。

桑天好在旁边喊："快跟我跳跟我跳。"

桑枝刚吃完板栗，耳麦里就传来了另外两个随机匹配到的队友的说话声。

是两个很年轻的男孩子。

桑天好游戏技术一向过硬，每次跳伞都是哪儿人多往哪儿跳，美其名曰：富贵险中求。

这次他也是一样。

桑天好虽然都已经迈进四十岁的关口，今年正好四十一，但是他的声音听起来却仍旧年轻，所以那两个男生见他操作优秀，人又爽朗，就一口一个"哥"地叫上了。

桑枝原本是没有开口说话的，因为脑子里还装着昨天夜里的事情，她打游戏也不在状态，在跑毒的时候她忽然被人狙了一枪，击倒了。

桑枝想也不想，连忙喊："爸爸救命！"

"来了！来了！"桑天好反应很快，找准方向开了几枪，就把击倒桑枝的人给淘汰了。

然后他才跑过来救桑枝。

队伍里那两个话痨男生忽然沉默下来。

过了片刻，桑枝的耳麦里传来其中一个男生迟疑的声音："……现在管大佬叫哥已经过时了吗？得叫爸爸了？"

"厉害……"另一个男生感叹。

"……"

桑枝索性不再说话了。

游戏没打几局，桑枝就不想玩了，她把她爸点的外卖寿司吃完，又喝了一口桃子汽水，就说要去写作业。

桑天好干脆也不玩了，哼着歌下楼去给自己的爱车洗澡去了。

桑枝家在三楼，这个房子是她的爷爷桑福以前还没因为中彩票而发迹的时候存了好些年的钱买下来的，就算是后来有钱了，也买了那么多套房子，但桑福却一直惦记着老婆还在世的时候他们一家人刚搬进这里来的时光，所以一直没有搬去条件更好的房子里。

桑福念旧，桑天好也是。

从桑福意外去世之后，桑天好就和赵簌清带着桑枝搬回了这里。

即便这房子已经有些旧了，户型也并不算多好，房子面积也没有很大，但桑天好就是不愿意离开这儿。

他甚至把一楼的一套房也买了下来，却也不住，只是存放一些他平时买的杂七杂八的东西，每栋单元楼下都有停车间，桑天好买下了两间，停放他的机车。

桑枝是不懂他改装机车的那些东西的，他也从不往三楼拿，全都放在了一楼。

晚上吃完晚饭，桑天好就去了朋友那儿看改装机车的新图纸。

桑枝一个人在家，裹着被子躺在床上，打算玩一会儿游戏就睡觉。

十月的夜，已经初见些许凉意。

容徽懒懒地靠坐在沙发上，长腿交叠。

闭着眼睛时，他仍在思考着，该如何从孟清野的手里拿回他的东西。

还有……

容徽睁眼，他忽然想起来昨天夜里那个哭得不像样的女孩儿。

想起她嘴里那些不着调的胡话，他笑了一声，声音很轻。

像是冬日里覆了薄薄冰层的湖面，再多的晦暗都被淹没封存在了他的眼底。

蜷缩在他身边的狸花猫发出放松舒适的咕噜声，容徽转了转手腕，偏头静默地盯着那扇玻璃窗。

忽然，敲门声传来，一声比一声更急促。

那扇门，明明已经十五年都没有被人敲响过。

原本在打瞌睡的胖猫惊醒，它炸着毛站起来，警惕地望向玄关。

容徽收敛神情，半晌才站起来，一步步走向那扇门。

他打开门的瞬间，在楼道里昏暗微闪的路灯下，望见了一张……色彩缤纷的脸。

眼前的女孩儿满脸惊惶，眼影和眼线已经晕染成她眼下那乌黑的一片，腮红在她的脸颊上打了重重的一层，几乎遮住她原本白皙的皮肤，嘴唇的口红已经被抹出了嘴角的边缘，看起来有些滑稽。

在这样秋天的夜里，她却穿着一件单薄的殷红缎面连衣裙，赤着一双脚，局促不安地站在他的面前。

她的周身都泛着浅淡的暗光。

那是被灵操控的象征。

只是这次的这只灵，并没有多强的力量，并不能时时刻刻地控制住她的身体，所以她才有机会凭借自己的意识，跑过来敲响他的门。

"救命呀周……周同学……"桑枝用那双泪意闪烁的杏眼望着他，说话时嘴唇都在颤抖。

昏暗的光影里，她看不清站在门内的他究竟是什么神情。

周遭静悄悄的，让她越来越觉得害怕。

"凭什么？"

半晌，她忽然听见他的嗓音传来。

漫不经心似的，情绪很淡。

他并没有那么多的心思去管她的事情。

狸花猫用爪子扒拉着他的裤腿，"喵喵"叫了好几声，又像那天夜里那样，讨好似的蹭了蹭他的腿。

"怎么？"容徽怎么会不懂它的意思，但这会儿他俯身抓住它的后颈，对上那双圆圆的猫眼，嗓音平淡，"难道每一次，我都要管？"

"喵……"狸花猫晃了晃尾巴，发出细弱软绵的猫叫声。

明显是在装可怜。

无论是这只猫，还是站在他面前的那个女孩儿，都用同一种可怜巴巴的模样望着他。

容徽松开狸花猫的后颈，脸上的神情越发冷淡。

"周……周同学，"桑枝这会儿已经很害怕了，眼圈里聚着浅薄的泪花，她想伸手去拉他的衣袖，却又没敢，"要不……要不我让你，"她停顿了一下，犹豫了一会儿，才说，"我让你，吸一点点阳气，行不行？"

末了，她又添一句："就一点……你不要吸多了哦，不然我死掉之后变成鬼，会一直缠着你，我会打你的……"

她这副虚张声势的样子，落在容徽的眼里，就显得十分好笑。

他不知道的是，这会儿桑枝已经把他自动划分到了"艳鬼"的分类里，或许因为他过分精致优越的容貌，让她联想到了自己以前看过的某些电影。

有些孤魂容色秾丽，依靠美色来引诱生人，吸食阳气，维持自身。

"你，嗯……"

桑枝支支吾吾好一会儿，才又开口："你是不是第一次做这种事啊？感觉你业务还不太熟练的样子……"

她顿了顿，又小心翼翼地望着他："你要怎么吸啊？"

大约是在脑海里脑补了许多种方式，她试探着往前凑了凑，浑身绷紧："是这样吗？"

女孩儿忽然凑近，那张被涂抹了可笑色彩的面庞这会儿就在他的眼前，她的睫毛一直颤啊颤，明明在害怕这样近的距离，但她却仍然逼迫自己靠近了一些。

容徽低睨着她，眼眉微弯，像是在嘲笑她。

他稍微俯身，女孩儿骤然往后一缩，瞬间捂住自己的嘴巴："不……不会吧……"

她的眼珠转啊转，像是特别挣扎。

半晌，她又望他一眼，小心开口："如果，如果是这种方式的话，嗯……我觉得，你就……就不要惦记孟清野的阳气了。他……"

桑枝想起学校盛传的孟清野和他的小青梅的故事，甚至还有人用作业本写了厚厚两三本的《孟清野和他的小青梅》的"著名"言情小说，从八班传啊传，一直传到他们班，桑枝还跟封悦看过几页。

"他应该不喜欢男的……"

她说话的声音变得很小声。

"……"

容徽的神情一瞬变得有些奇怪。

桑枝只来得及看清他忽然轻抬起一只手，然后她的脑袋就一阵眩晕。

再醒过来的时候，桑枝是被小腹的疼痛给疼醒的。

她不知道什么时候已经回到了自己的卧室里，身上还穿着那件稍大一些的，她妈妈赵籁清没带走的红色裙子。

在洗手间里，桑枝看清了自己那张腮红和眼线的颜色糊成一团的脸。

"……"

这已经无法用丑来形容了。

桑枝很难想象，自己到底是怎么顶着这副模样出去的。

这次缠上她的这个，不酗酒，也不蹲巷子里了，就在她妈妈曾经住过的房间里摆弄化妆品，什么都想往她脸上敷。

桑枝不太确定昨天周同学有没有吸走她的阳气，因为这会儿她实在是被例假折磨得小腹疼痛，脑门儿冒虚汗，也分不清自己此刻的身体不适，到底是因为被吸了阳气，还是单纯地就是例假造成的。

毕竟她以前也没这么疼过。

可她摸了摸自己的后颈，那一抹微暗的光芒早已经消失不见。

那种毛茸茸，会发光的像一团小火焰的东西，好像已经不见了。

第二天一早，桑枝就被闹钟吵醒，她迷迷糊糊地打了个哈欠坐起来，发了一会儿呆，然后才推开卧室的门，走到洗手间里去洗漱。

天气渐渐转凉，三中夏天的校服换成了秋天的两件套，桑枝换好衣服，收拾着书包，这时桑天好还在睡觉，桌上放了他凌晨回来时留的早餐钱。

桑枝匆匆忙忙地拿了钱，走到玄关换了鞋，打开门就往楼下跑。

她飞快地跑出小区，穿过旁边的窄巷，去了对面的小区。

走进那栋单元楼里，桑枝走上三楼的拐角处时，正看见那扇锈迹斑斑的防盗门被人从里面打开。

他走出来，抬眼就望见几级阶梯下的她。

稍短的碎发遮掩不住他的眼眉，那张冷白的面庞上依旧情绪平淡，望向她的那双眸子里也依旧黑沉沉的，没有什么光彩。

桑枝浑身一僵，她只好试探着踏上两级阶梯，站直身体，干笑一声，又抿了抿唇，小声解释："那个……我能跟你一起去学校吗？"

她摸了摸自己的右臂。

他却像是根本没什么心思理会她，也不答话，只是转身时，他忽然蹲下去，伸手摸了摸在他脚边来回打转儿撒娇的狸花猫："看好他，别乱跑。"

他简单地嘱咐它。

桑枝却无法理解他的这种行为，她挠了挠后脑勺。

看好谁？

但她为了表示友好，还是伸长了脖子，也跟那只狸花猫说了一句："要是饿了就去对面吃猫粮和小鱼干哦！"

少年回头，瞥她一眼。

桑枝的声音顿时变得超小："你不吃就被别的猫吃了，不吃白不吃……"

她听见他关门的声音，也听见他一步步走下楼梯的脚步声。

当他从她的身旁走过，桑枝垂着眼，只来得及看清他挽起校服外套的衣袖下，露出的一截白皙的手腕。

一缕浅淡的香袭来，似有若无。

像是有一抹青橘的微酸，又添了些薄荷的凉沁，如同甘冽清澈的泉水，气息偏冷。

桑枝悄悄地嗅了嗅。

怪好闻的。

见他就要走远，她连忙跟了上去。

不论是过了多久，桑枝很显然，还是没有办法接受这种在所有人眼里的他和她实际看到的他是两张脸的事实。

她始终惊艳于他的盛世美颜。

但好像大家……都觉得他很普通。

这让她有一种是自己出现了审美偏差的错觉。

因为害怕手臂继续痛下去，更怕再被那些奇奇怪怪的东西缠上，所以，桑枝一整天跟他都跟得很紧。

为了讨好他，桑枝甚至还把自己放在书包里的一包糖果，还有一瓶酸奶，都放在了周同学的课桌上。

"……你这是什么操作？"

封悦一时呆住。

桑枝摸了摸鼻子："关心新同学。"

"……他不都转来一个多月了？"

封悦觉得这个答案有点牵强。

容徽回到教室的时候，就看见了自己课桌上多出来的两样东西。

他皱了一下眉，抬眼扫视四周。

桑枝正在偷看他，见他忽然抬眼看过来，她反应迅速地偏过头，假装在看玻璃窗外的走廊。

容徽的神情没有什么变化，却直接将桌上的东西拿起来，丢进了后面的垃圾桶里。

几乎是毫不犹豫。

封悦看见了，不敢置信地看了看那位周同学，又回头来看桑枝。

桑枝当然也看到了。

她叹了一口气，揉了揉太阳穴。

"他这么酷的吗？"封悦显然还有点回不过神。

"……"

桑枝趴在课桌上，没有说话。

中午在食堂吃饭的时候，因为容徽从不在食堂出现，所以桑枝的手理所当然地又开始痛了，再加上她小腹的疼痛，这种折磨可真是令人难以忍受。

这大约是封悦第一次见桑枝餐盘里三道菜，全是肉。

"你今天这么想吃肉？"封悦咬了一口排骨，问她。

"我得补一补。"

桑枝也没什么力气说话，她只简短地答了一句，然后就开始一口一口地吃饭。

其实痛成这样，她早就没有什么胃口。

但惦记着昨天夜里她被他吸了一点阳气，她决定逼着自己吃下餐盘里所有的肉。

封悦觉得桑枝有点奇奇怪怪的，但又说不上来到底是哪里奇怪。

这顿饭桑枝吃得很艰难，几乎是把最后一口肉喂进嘴里的瞬间，她就站起来去把餐盘放好，跟封悦一起离开了食堂。

回到教室见到坐在倒数第二排的那个少年的瞬间，桑枝站在教室门口，有了一种终于得救的感觉。

手上的疼痛感消失，因为例假，小腹的疼痛却还纠缠着她。

坐在座位上，桑枝喝着水杯里的热水，脑子里想的却是自己今天晚上该吃什么大餐来补一补身体。

连着好些天，桑枝上学放学都跟在容徽的身后，却也始终没敢跟太紧。

这天下午最后一节课是体育课，三班的所有人都在操场里，除了周尧。

他从没来过体育课。

桑枝跟着大家跑了几圈下来，手又在隐隐作痛，连带着她的脸色也苍白起来。

她干脆跟老师说了一声，就去学校的便利店里买了一瓶水，打算回教室。

天色渐沉，忽然飘起了细密的小雨。

天空是灰暗的色调，不远处的树影也成了更深的青黑色。

雨势并不大，桑枝也就不紧不慢地往教学楼那边走。

她走的是教学楼后面的那条路，需要穿过小花园的竹林小径，这里平时人本来就很少，现在又是上课时间，这里就更没有什么人了。

没走几步路，桑枝就察觉到自己的手忽然不再痛了。

她一怔。

他在这里吗？

在这条小径的转角处，桑枝停在那儿，抬头就看见了站在不远处的容徽。

他不知道什么时候已经脱了校服外套，只穿着一件薄薄的衬衣，而在他面前的，则是刚刚还在篮球场上打球的孟清野。

孟清野身上还穿着宽松的篮球服，明朗的轮廓上残留着的，不知到底是汗珠还是雨水。

就像那天一样，他的双眼空洞无神，站在那里，就好像是被放置在橱窗里的傀儡玩偶。

桑枝亲眼看见，站在孟清野身前的少年伸手握住了孟清野脖颈间那枚散着浅淡光晕的玉坠，却又在刹那骤然松开指节，他手掌里的淡金色字迹被几道破开的伤口隐没，殷红的血液顺着他的手滴落下来，在地上绽开一寸又一寸的血花。

他的脸色更显苍白，身形时隐时现。

桑枝见他绷紧下颌，神情似乎更加阴郁寡冷。

鬼……会流血吗？

桑枝愣在那儿，仿佛之前对于他的认知在这一刻再一次被打破，她恍惚间瞥见少年的侧脸，又觉得此刻这一片迷蒙雾雨再一次将他包裹得更加神秘难测。

孟清野却在这一刻忽然有了意识，他打了一个大大的喷嚏，却根本看不见站在他身前，始终冷眼瞥他的少年，但他却总觉得后背有些发凉，抱着双臂吸了吸鼻子。他皱着眉头，盯着眼前这一片绿油油的竹子，有点蒙："我怎么在这儿？"

到底没想起来，他那张俊逸的面庞上流露出几分茫然，嘴里嘟囔了两句，无意识地往旁边看了看，在发现站在不远处的桑枝时，他吓了一跳。

"桑枝？"他看清了她的模样。

桑枝站在那儿，勉强对他笑了笑。

他看起来，似乎一点儿异样也没有。

桑枝偷偷地瞟了一眼仍旧站在那儿，慢条斯理地用湿纸巾擦拭自己手上的伤口的少年。

他低垂着眉眼，她并不能看清他的神情，她只能瞧见他没有分毫迟疑地用那纸巾擦拭过他血肉微翻的手掌，任凭伤口撕裂着，再涌出更多的殷红血液来，他也毫不在意。

就好像他根本感觉不到疼似的。

可桑枝只是那么看着，就觉得好像自己有了疼痛的错觉。

跟桑枝说了两句话，孟清野就转身往教学楼那边去了。

转身时，他还挠了挠自己的后脑勺，像是还在思考自己为什么会忽然出现在这里，但他却没有半点记忆。

"……我梦游了吗我？"孟清野嘟囔着走远。

容徽早在他手上的疼痛骤然消失的瞬间，就已经知道她在这儿。

她倒是跟得紧。

容徽眼底没有一丝笑意，随手将沾满血迹的纸巾丢进旁边的垃圾桶里，他就要走过她的身旁。

"周同学……"

桑枝却叫住他。

可他却像是没有听到似的，没有回头，也没有看她一眼。

"周同学，你的手……"

桑枝跟上去，嘴里的话还没有说完，她就被骤然转过身来的少年眼里的阴戾给吓得失了声。

她停在那儿，怔怔地望着他，一句话也说不出来了。

"不要再跟着我。"

他终于开口说了一句话，原本清冽的嗓音却在此刻有些低哑。

层层雾色里，雨水的味道湿冷，空气里夹杂着细微的竹叶清香。

他的面容在这样的天色里，更添几分生人勿近的冷感。

就好像他的心肠早已冰封冷硬，这世间也不会有人能令他那犹如浸润过冰雪的眉眼，刹那温软成春水柔波。

"你的事，我没有兴趣管。"他说，"你如果再靠近我，不等那些东西吞了你——"

桑枝终于又再见到他弯起眉眼笑着的模样，仍旧好看得令人心惊。

可此刻，当他稍稍俯身，她的视线落在他那未曾被雨水沾湿半分的乌浓短发上，她清晰地听见他凑近她的耳畔，轻声说："我也会，杀了你。"

是刻意的恫吓。

也是他最后的警告。

那样轻缓无波的语气，却令她浑身骤然冰凉，仿佛所有滴在她身上的雨珠都在无声中转化成了尖锐寒凉的冰刺，下一秒就要一寸寸地划破她的皮肤。

当他已经走远，桑枝仍旧浑身僵硬地站在雨幕里。

她怎么忘了，她将消除疼痛，摆脱那些脏东西的希望寄托在他的身上，不就是在渴求一只鬼的善良吗？

可他，并不良善啊。

连着下了两天的雨，天色始终阴沉沉的，压抑得令人有些喘不过气。

从那个下午开始，桑枝再没有见过容徽。

而每天坐在教室里上课的那位周同学的模样看在桑枝的眼里，也终于和其他人眼里的那张脸一般无二。

这才是真正的周尧。

桑枝很想知道为什么他看起来没有半点异样，就好像那些天坐在这间教室里的人，真的就是他似的。

如果不是她右手手心里的那一抹"徽"字仍在，如果不是她手心的疼痛从未断过，她几乎都要以为，自己之前所经历的一切，包括遇见的那个人，都是一场梦。

这些天，她过得不太好。

她经常能够看见一团又一团，颜色不一的火焰状的小绒球出现在她的窗外，在每一个幽深寂静的夜里，她始终睡得不够安稳。

她怕再一次被他口中的那些恶灵缠上，因为再没有人能够帮她。

她记着他那天说过的那些话，也记得他那样凉薄阴戾的神情。

手心里那一抹字迹带给她的折磨从来没有消停过，她没有再见过他，却也能凭借着某些时候手上的疼痛骤然消失时，知道他仍然住在她的对面。

也不知道是为什么，窗外盘旋的那些东西始终没有穿过玻璃的阻隔，落在她的肩颈。

她每天夜里有时睡着后迷迷糊糊又醒过来，就会看见半开的窗帘外无端闪烁的几抹火焰似的光影。

然后，她就会吓得埋进被窝里，瑟瑟发抖。

有的时候，她也会被手心的疼折磨得埋在被窝里偷偷地哭，心里的委屈让她没有办法止得住眼眶里掉下来的一颗颗眼泪。

桑枝也无比后悔，如果那天她没有跟着他走进那条深巷里，如果她没有伸手去制止他，或许她也就不会被这种莫名其妙的疼痛折磨成现在这样。

她没有再打开自己卧室里的那扇玻璃窗，所以她并不知道，那只从不愿意搭理她的狸花猫每天夜里就守在对面的窗台上，替她看着那些灵力微弱，却妄想吞噬掉她手心符纹的力量的那些恶灵。

但凡它们有谁想要跑进她的窗内，它就会站直身体，毛发竖起，露出尖利的指甲，嘴里发出威胁恐吓的声音。

有时如果是狸花猫解决不了的恶灵，那么半开的窗户里就会飞出来一枚棋子，消散它们的火焰，陨灭成窄巷不平整的地砖缝隙里，最不起眼的青灰。

容徽也仅能做到这一步。

等他找到解除她手心符纹的办法，或许要取回那枚玉坠也就不会再那么艰难。

他对她的性命，没有兴趣。

那天他之所以那么说，是想让她离自己远一点。

她最好记得那天的恐惧，因为他不喜欢她的靠近。

他抗拒任何一个人的无端接近。

"桑枝，你听说了吗？高一(6)班有个学妹被高三的两个女生给打了。"封悦戳了戳桑枝的肩膀。

桑枝有点困，听见封悦的声音，她反应了一下，才回神。

"听说是不止一次了，我上次听我隔壁班的朋友说，他还看见那两个女生带着外校的几个人，在学校后面的那条巷子里打她……"

赵一鸣平时就挺八卦的，这种事儿他和封悦一样，都在吃瓜第一线。

他掏出手机在她们俩眼前晃了晃："就是没想到被欺负的那个小学妹自己留了证据，这会儿都上热搜了。"

他一点进去，就是网友们不遗余力地骂那两个女生的言论。

"咱们三中这下真出名了……"封悦感叹一声。

桑枝这些天都没有什么网上冲浪的兴趣，听见他们说的这些话，她就把赵一鸣的手机拿过来，点开那个视频看了几眼。

视频有些抖动，时长只有两三分钟，这样的角度也没有办法看见被打的那个女孩儿，却能看见几个女生的动作，也能听见她们尖厉的嗓音，嘴里的脏话，还有抽巴掌的声音。

这件事一出，学校领导今天早上就在开会。

原本监督各个班早读的教导主任今天早上也没了影子。

桑枝把手机还给赵一鸣，然后就趴在桌上，也不说话。

令她没有想到的是，上午她刚听封悦和赵一鸣说了这事儿，下午班级大扫除，她和封悦去教学楼后面的垃圾房倒垃圾的时候，在靠近围墙的墙根儿里听到了一阵打骂声。

"你胆子倒是大啊？偷拍我们？还敢放网上？"

桑枝听见这句话时，正见一个短发女生扯着一个女孩儿的头发。

那个女孩儿刚被她们两个人扔进垃圾桶里，裹了一身的脏污，她们又把她抓出来，狠狠一巴掌打在她原本还有些瘀青的脸上。

"她们……"封悦瞪大眼睛，也是第一回真实地看见这样的阵仗。她和桑枝各自抬着蓝色大垃圾桶的一端，她刚要回头去说些什么，却见桑枝已经松了手，往那边走了过去。

垃圾桶的边缘着地，发出声响。

封悦只来得及看清桑枝挽起了袖管，露出两截纤细白皙的手腕。

她无论如何都没想到过，看起来纤瘦乖巧、从来都是一副笑脸的桑枝，竟然会打架。

在教导主任办公室外面，桑枝脊背挺直，站得很端正。

她的鼻子擦破了皮，手肘上也有大小不一的擦伤，左边下颌骨磕到砖墙上，这会儿已经红肿起来。

右腿校裤被磨破，膝盖上划了一条口子。

但站在她旁边那两个垂着头的女生却比她还要狼狈。

对面教学楼上的许多学生都在往这边张望着，大概是她打架的事情已经传开了。

桑枝站在那儿，听着旁边女生"嘤嘤呜呜"的小声哭泣，她面无表情，第一眼蒙眬地瞥见对面三楼的阳台上的一抹身影。

他穿着蓝白的校服，就站在人群之后。

桑枝一怔，杏眼里光影闪动。

而他对上她的目光，却好似是毫无意义的一眼，下一秒，他转过身，往走廊另一边的楼梯走去。

桑枝抿紧嘴唇，或许是手臂从没停过的疼痛，又或许是他刚刚那轻飘飘的一眼，让她的鼻子有点隐隐泛酸。

她干脆深吸一口气，踢了一下旁边哭个不停的短发女生："哭什么？"

女生反射性地往旁边一个女生的身边躲了躲，像是还对桑枝心有余悸。

桑枝偏头看着那两个形容狼狈的女生，觉得她们有点好笑："你们欺负人的时候不是很厉害？怎么现在就只会哭了？"

短发的女生这会儿所有的嚣张气焰都没了，听见桑枝的话，她连大气都不敢出，但她旁边那个皮肤稍黄，身形高挑的女生却是个跋扈惯了，听不得一点儿不顺意的话的人。

她拉开旁边的短发女生，朝桑枝伸手过来，却被桑枝一脚踢在了腿弯。

她吃痛一声，却是下意识地忍着没敢发出太大声，怕惊动了正在办公室里跟被她们打过的那个女孩儿说话的副校长和教导主任。

桑枝扯了扯有些破皮的嘴角，疼得她顿时"嘶"了一声。

她练过柔道，虽然并不算是多么正式地学过，仅仅只是在她妈妈赵簌清的朋友——周阿姨家里学过一段时间，但对付这两个女生，也算是足够了。

但她疏于练习已经有一段时间了，那个高个子女生力气又比较大，桑枝跟她们两个打架，也难免受了点伤。

"你为什么要把视频放到网上？"教导主任刘新平的声音从办公室里传来，语气并不算好，还有点咄咄逼人的意味。

"老师不信我，我跟您说您也不信……"

那个女孩儿的声音小小的，站在外面的桑枝只能勉强听清。

"所以你就放到网上？"刘新平的声音听着有一股火气，"你知道这给咱们学校带来了多不好的影响吗？你先赶紧把视频删了，后续你也不要再回应媒体任何事情，我们这边好处理！"

因为视频拍摄日期是周六，那天放假，殴打她的那两个女生并没有穿三中的校服，而她也没有露脸。

所以他们有理由反驳，说视频里的学生不是三中的。

桑枝仅仅是听了这么几句，就明白了刘新平的意图。

她在外面这么久，也听见女孩儿说了父母在外地打工，家里只有外婆和外公，可两位老人到现在还没赶到这儿来。

于是，桑枝干脆推开办公室的门，走了进去。

刘新平看见脸上带伤的桑枝，这是他今天亲自去抓来的打架斗殴的学生，他皱紧眉头："你进来干什么？在外边给我站好！"

"主任，你们想怎么解决这件事？"

桑枝却站在那儿，腰背直挺，身形纤瘦，看似乖巧的女孩儿脸上带着几处擦伤："是解决问题，还是解决提出问题的人？"

坐在那儿一直没怎么说话，任由主任刘新平处理事情的赵副校长这会儿抬起了头，像是有些不悦："你这是什么话？"

桑枝也不怕他："实话。"

她指了指一直站在那儿，校服上满是脏污，脸颊红肿，嘴角还有干涸血渍的女孩儿："她被外面那两个欺负了多少次，你们为什么不管？"

"这件事，我们也不知情……"赵副校长推了推眼镜，试图解释。

"副校长，您跟这个小孩儿解释这些做什么？她懂什么？"

刘新平对副校长说了一句，转而又看向桑枝："你今天打架斗殴，这性质很恶劣啊我告诉你，你是不是想被记大过？还是想被开除？"

他故意吓唬桑枝。

桑枝却站得端端正正，理直气壮："主任，我这叫见义勇为。如果见义勇为就要被开除，那我也没什么好说的。"

这大约是桑枝来到高中后第一次惹事，以前她把想收额外补课费的小学老师气得拍桌子，后来初中又把喜欢收礼，并且对家长不送礼的学生区别对待的班主任气得脸红脖子粗，现在她又把高中这一个教导主任、一个副校长气得面色发青。

班主任赵宇匆匆忙忙带着桑枝的爸爸桑天好赶过来的时候，桑天好正好听到了桑枝说的话。

他原本在朋友的店里自己修机车，听见班主任赵宇打电话说桑枝在学校里打架了之后，他也没工夫换下自己身上那沾了不少脏污的 T 恤衫和工装裤，连忙坐了出租车就跑来了。

"开除我女儿行啊，那我可得再帮助您二位上个热搜啊？"

桑天好一手插在裤袋里，扬着眉眼，笑意却很淡。

桑枝转头的时候，正看见她爸爸桑天好站在门口，背着光，那张沾了些灰痕的面庞仍旧一如她儿时记忆里的那样，永远轮廓刚毅。

父亲的肩是山，能替她挡住所有刺眼的光，隔绝所有雨雪风霜，只留浓荫遮蔽，只留清风徐徐。

他从不舍得苛责她的勇敢。

他只会大大方方的，像现在这样，毫不避讳所有人的目光，朝她竖起大拇指。

桑天好刚把话说完，就对上了桑枝那张有着好几处擦伤，甚至下颌骨的地方还红肿着的脸，他脸上的笑意陡然消失。

他连忙走过去："怎么伤成这样？"

桑天好想触碰她的脸，却又不敢上手。他眉头皱得死紧，心里的那股火气一下子就上来了，他看向刘新平："我女儿被打成这样，你们不但不管，还想着开除她？"

"……"

刘新平在面对家长的时候，态度一般都有所收敛。这会儿，他也忍着没跟桑天好急眼，只是伸手指了指办公室外头："你是桑枝的家长吧？你可以先去看看外头那两个学生。"

桑天好走进来的时候也没注意外头站着的那两个女生，这会儿听了刘新平的话，他看了桑枝一眼，还真走出办公室去瞟了两眼。

外面那站着的两个女生，都是鼻青脸肿的，脸上和手上也有不少擦伤，看起来比桑枝要狼狈许多。

"桑先生，她们两个可比你女儿要伤得重。"刘新平看着桑天好又走进来，就说了一句。

桑天好哼笑了一声，他伸手摸了摸女儿的脑袋，眼睛却仍是看向刘新平的："听您这意思，这事儿是谁伤得轻，就是谁的错？"

刘新平连忙摆手，还没说话，那边的赵副校长先开了口："桑先生误会了，我们并没有这个意思，我们学校该处理的，我们还是会处理，但是无论是谁，参与打架这事总归是不对的……"

"就刚才她们那打人的架势可不会听我讲道理！"桑枝说了一句。

"桑枝！"

班主任赵宇一直没什么机会说话，这会儿听了桑枝的话，连忙叫了她一声，又赶紧对刘新平和副校长说："主任，副校长，这件事情桑枝说到底也是为了帮萧铃，那种情况下，她动手也是合理的自卫行为。"

桑枝说得对，就算她肯讲道理，那两个女生是那种愿意讲道理的人吗？她们要是肯听些话，又怎么会为了一点儿鸡毛蒜皮的事情就殴打萧铃？

叫作萧铃的女孩儿一直站在那儿，像是无根的浮萍一般，站在这间偌大的办公室里，她红着眼眶，手足无措，像是始终找不到任何依靠。

她看了看桑枝，睫毛颤了又颤，眼泪没憋住掉下来，手指紧紧地蜷缩起来。她开口说话的时候，嗓音细弱："主任，我……我可以删视频，你们别开除桑学姐。"

在被欺负的这几个月里，只有这么一个人站出来帮她。萧铃并不想因为自己，害得桑枝被开除。

"删什么删？用不着删。"

桑天好这会儿才打量了那个脸上又是瘀青又是血渍的女孩儿："好好的一个女孩儿，你们看看，被外头那两个欺负成什么样了？删视频是解决问题的办法吗？

"我说了，要开除我女儿可以，但必须给我一个合理的理由，不然这事儿可没完！"

桑天好这人平时看起来笑嘻嘻的，一旦脾气上来，也十分不好惹。

刘新平和赵副校长是真的很久都没有遇见过这么强硬的家长了，他们是一个头两个大。

这还没解决完呢，外头那两个女生的家长也赶过来了。

那一个个的，瞧见自己女儿脸上的伤，顿时就怒气冲冲地冲进来，又是好一顿吵闹怒骂。

那个短发女生的妈妈一直在嚷嚷着，要报警，要桑枝跟她去警察局。

桑天好顿时就气笑了："行啊，咱们可以去警察局，反正你们也不会教育孩子，正好让你们家孩子去少管所待一待，治治这爱欺负人的毛病。"

无论是刘新平，还是赵副校长，甚至是站在那儿插不上一句话的班主任赵宇，都眼睁睁地看着桑天好一个人跟那两个女生的父母你来我往地，斗嘴皮子。

最后，他活生生把那四位家长撑得一句话也说不出来了。

围观了好久的刘新平擦了擦额头上的汗，半晌都没有反应过来。

桑天好最后只扔下一句话："视频是不能删的，你们学校要解决问题就解决问题，好好地处理这件事情，要开除我女儿也可以，大不了我就多做点好事让您二位在热搜上待得久一点，让广大网友认识认识你们，了解一下贵校的办事风格。"

至于到底是什么样的办事风格？

他笑起来，露出整齐洁白的牙齿："别问，问就是不关贵校的事。"

嘲讽意义颇浓的一句话，让在场的副校长和主任刘新平的脸色顿时一阵红一阵白。

他们也总算是知道了，桑枝的嘴皮子功夫到底是随了谁。

这天下午剩下的课，桑枝也没有去上，直接被桑天好给带去了医院。

在医院里包扎了膝盖的伤，桑天好带着桑枝回到家里后，还坐在客厅里认真地看了看医生写的涂药的顺序、用量。

晚上吃完晚饭，桑天好坐在沙发上给她脸上的擦伤涂药。他向来大大咧咧的，手也没个轻重，但这会儿却小心翼翼，几乎是用棉签蹭一下桑枝的伤口，就要问一句"疼不疼"。

桑枝一开始还认真地答，后来被她爸爸这副紧张模样逗笑，扯到了嘴角的伤口，她一下子就皱起一张脸。

桑天好拍了一下她的肩："不要乱动。"

后来终于涂好了药，桑枝见她爸桑天好放下了药瓶，伸手摸了摸她的脑袋，笑眯眯地说："今天做得很好。"

他从不吝啬对她的夸奖。

从小到大都是这样。

只要她做了对的事情，他就会像现在这样，夸赞她。

桑枝忍不住抿着唇笑了一下，眼睛弯弯的。

"明天爸爸带你出去吃大餐好不好？"

桑天好见她弯着眼睛笑，他也跟着笑，又忍不住摸一摸她的头发。

"但是不能吃辣啊，医生说了。"他末了又添了一句。

桑枝点了点头："好。"

这天夜里，桑枝的手还是很疼，她躺在床上翻来覆去都始终没有办法睡着。

窗外不知道什么时候又下起了雨，淅淅沥沥的声音听得很清晰。

她干脆裹着被子爬起来，望着半开的窗帘外那黑沉沉的一片发呆。

手心的疼痛告诉她，此时此刻，他并不在对面。

他去哪儿了？

为什么这么晚还不回来？

桑枝一头栽进被子里，却不小心弄到了脸上的伤，她疼得眼眶里都有了泪花。

她赶紧又坐起来，抱着被子吸了吸鼻子，小声嘟囔："还让不让人睡觉了？"

桑枝再抬头看了一眼窗外，却并没有在窗外发现连续好些天晚上都出现在她窗外的那毛茸茸、火焰状的东西。

也是这一刻，外头好像有一声声猫叫传来，却被雨声淹没在窗棂外，显得模糊不清。

桑枝一开始还以为是自己的错觉。

直到她亲眼看见一只猫爪拍打着她的窗户，听见更加清晰急促的猫叫声传来。

她看见了那只被雨淋湿的狸花猫。

桑枝愣了一下，只见那只猫睁着那双圆圆的眼睛望着她，"喵喵喵"

的声音近乎哀求。

她连忙下了床，终于在这许多天之后，再一次推开了那扇窗。

"你这是怎么了？"

桑枝伸手摸了一下它湿漉漉的脑袋，而它竟也乖巧地蜷缩在她的窗台，任由她摸。

然后，她就见它伸出一只猫爪，往下面的窄巷指了指，仍然不住地发出"喵喵喵"的叫声。

桑枝下意识地往下一看。

在昏黄的路灯下，雨幕朦胧晦暗。

她看见那个少年倒在巷子里，一身雪白的衣衫早已被殷红的鲜血浸湿大半，血液混合着雨水在地砖的缝隙里蜿蜒流淌。

明明之前再盛大的雨势都无法沾湿他的衣衫半寸，但这一回，她却亲眼见他乌发湿透，浑身都已经被雨水浸湿。

这凛冽的秋日夜雨，每一滴都如融化的冰雪一般寒凉。

空寂的窄巷里，没有一个人。

他倒在那儿，桑枝根本看不清他的脸。

"喵……"

狸花猫蹭着她的手背，是故意的讨好。

桑枝回过神来，她先把它抱进屋子里，又拿了一块干毛巾包裹住它，只说了一句："我知道了，我知道了，你就待在这儿，我马上下去！"

她转身就打开了卧室的门跑出去。

桑天好这会儿已经睡了，客厅里空无一人，桑枝也没敢开灯。

她摸着黑往玄关走，还不小心撞到了自己受伤的膝盖，她只能忍着疼，连拖鞋都没来得及换下，就跑了出去。

昏黄的灯光在容徽的眼里仅剩那么小小的一簇，就好像是在这雨夜里摇晃着，将要熄灭的烛火。

他什么都来不及思考，冰冷的雨水打在脸上，也并不能令他清醒半分。

模糊间，有一抹身影从那边的巷口冒雨前来，他却没有办法看清来人半分。

直到她在他身前蹲下来，他好像听见她惊慌无措的声音："你……你还好吗？"

他眼睫微动。

原来是她。

近看之下，桑枝才发现他身上分布着许多大大小小的伤痕，有的直接割开他的衣衫，血肉微翻，触目惊心。

她的手有点抖，但还是想去扶他。

"不要碰我。"

她却听见他微弱嘶哑的声音响起。

桑枝一顿，她瞥见他那双阴沉的眸子，顿时就僵在那儿，动也不敢动了。

而此刻，那只原本被桑枝抱进卧室里的狸花猫却又从她的窗台跳了下来，跑到她的面前，"喵喵喵"地围着她打转。

桑枝看了看狸花猫，又看了看他。

她最后还是咬牙，伸出手去扶他，嘴里还小声念着："你说不让碰就不碰？我偏不。"

容徽用了所有的力气来挥开她的手，他仰躺在地上，胸膛起伏，剧烈地喘息着，那张面庞已经苍白如纸。

桑枝差点就一屁股坐在地上，她稳住身形，也来了点脾气，干脆就挽起袖子，伸手就要去扶他，却在他的二次挣脱中，无意间抓住了他的手。

当她和他的手掌心相扣的瞬间，他和她手里的字迹所散发出的淡金色光芒就瞬间盛大了许多，刺得她几乎就要睁不开眼。

猝不及防的剧烈疼痛袭来，染得容徽的眼尾更为绯红。

他痛苦的低吟压抑在唇齿之间，浑身都已经开始颤抖。

这一刻，桑枝看见淡金色的光芒顺着他手腕的血管蔓延，如不断生长的繁复枝叶一般，从手臂，到脖颈。

她忽然感觉到了自己手掌上一阵如火燎过的灼痛。

于是，她连忙缩回手，又鼓着脸颊吹了吹手心。

等她再去看他的时候，就发现他不知道什么时候，已经闭上眼睛昏迷了过去。

在那只狸花猫的叫声中，桑枝只好勉强扶起他，然后一点点地拽着他，往对面的小区里去。

这过程实在是太艰难，桑枝几乎用尽了所有力气，耗费一个多小时的时间，才连背带拽地把他弄到三楼的楼梯上。

她把他放在楼梯上，自己也坐在那儿，喘了好一会儿气。

好不容易平复过来，她还没来得及跟那只狸花猫吐槽一个昏迷的人有多重，她偏头就撞进了一双漂亮的眼里。

桑枝到嘴边的话，哽在了喉咙。

少年明净的轮廓仍沾着雨水，可楼道里昏暗的灯光下，她看见他的这双眼睛里，却已经隐没了所有的阴郁寡冷，反而带着浅淡的水雾。

在一片寂静之中，桑枝忽然听见他开口：

"姐姐？"

他嗓音仍旧嘶哑，却莫名添了几分迷茫与稚嫩。

桑枝瞪圆了眼睛，整个人都蒙了。

？？？

他，他刚刚叫她什么？！

那是一扇锈迹斑斑，仿佛被灰尘与铁锈封锁了多年，从不曾打开过的房门。

可在这个雨声淅沥的夜晚，桑枝却走进了那扇门，站在光影晦暗的客厅里。

空气里是灰尘的味道，还有一种潮湿的霉味若有似无。

这房间里没有一盏灯影，只有玻璃窗外窄巷里路灯橙黄的光芒铺开浅淡一层，染着窗棂，落入屋子里。

在楼道里，少年那一声可怜稚嫩的"姐姐"就如同无形的火焰燎过她的耳尖，令她到现在都还久久无法回神。

浑身的毛发都已经湿透的狸花猫趴在地板上，一双圆圆的眼瞳如同两颗坠在无边夜色里的星子一样，闪着清莹的光。

少年躺在沙发上，似乎是难以忍受自己身上那些纵横交错的伤口的疼痛，稍稍凝固的血液已经将他的衣料与伤口凝结在了一起。

他脸色苍白，望着坐在他面前的地板上，浑身都在滴着水珠的桑枝，眼眶渐红："姐姐，我会死吗？"

他看着她时，是那样一副惊惶无助的模样。

就好像刚刚在底下的窄巷里，那个奋力推开她，咬牙说着"不要碰我"的人，并不是他似的。

此刻的他，更像是一个心智单纯的孩童。

桑枝又听他唤了一声"姐姐"，她的神情变得有些怪异，再也没有办法说服自己刚刚听到的这一声轻唤也是幻觉。

但在此刻，她却没有办法回避眼前这个少年望向她的目光。

"不会。"

桑枝艰难开口，才发觉自己的嗓子很干。

她把自己刚刚折返回家里去取来的医药箱打开，想帮他的伤口做处理。

"怕，怕疼……"

他在沙发上蜷缩起来，警惕地望着她向他伸过来的手，那张漂亮的面容上是毫不掩饰的恐惧与惊慌。

"……"

他……脑子是不是坏了？

桑枝嘴唇抖了抖，要不是自己膝盖上的伤口还在疼，她简直都要怀疑自己是在做着一场最为荒唐离奇的梦。

还有什么比"恶鬼忽然变成小可怜"这样的梦更荒诞呢？

桑枝从没哄过小孩儿，但给他上药，她几乎用尽了自己所有哄人的招数，还得轻言细语，绝不能大声说话，否则他就得掉金豆子。

他腰腹上血肉外翻的伤口已经跟衣料粘连在了一起，桑枝给他清理伤口也花了好大一番功夫，生怕动作太大，牵扯着他的伤口再一次出血。

好不容易上好了药，替他包扎的时候，她的目光停在他清瘦柔韧的腰腹，差点回不过神。

她原本拿了一件干净的衣服过来，但也没顾上自己换，给他上了药之后，就披在了他的身上。

桑枝抹了一把脑门儿上的汗，一屁股坐在地板上的时候，抬眼才注意到他不知道什么时候已经红了眼圈，眼皮微垂着，一副委委屈屈的模样。

她的衣服有点小，遮不住他的上身，在这样昏暗的光影里，她仍可看清他露在衣服外头的狭长锁骨，线条流畅漂亮的肩颈，以及微翻的衣摆下，露出的一截白皙劲瘦的腰身。

乌黑柔软的短发仍然湿润，却遮不住他泛红的眼。

她晃了晃脑袋，看着他这副模样，脑海里又回荡起他的那一声"姐姐"。

……这实在太诡异了。

桑枝替狸花猫擦了擦湿漉漉的毛发，她犹豫了好一会儿，又望向躺在沙发上看起来像是快要睡着的少年，小心翼翼地问："你叫什么名字？"

他强撑着睁起眼睛，乖乖地回答："容徽。"

"容……徽？"

桑枝对这个"徽"字很敏感，她下意识地就去看了一眼自己右手的手心。

也是这个时候她才发现，她手心里的"徽"字不知道什么时候就已经仅剩下一半的痕迹仍在闪烁着淡金色的光。

容徽也发现了自己手心里的痕迹，他像是看到了什么新奇好玩的东西似的，眼睛变得亮晶晶的，那是桑枝从未在他眼里见过的光彩。

"姐姐，这是什么？"他把自己的手掌伸到她的眼前，"为什么会发光啊？"

也是这一刻，桑枝在他的掌心看见了一个"容"字，还有她手心里那个"徽"字的上半部分，繁复的纹样在字迹的轮廓边缘蔓延闪光。

桑枝对上那双纯净的眸。

他不记得他和她掌心符纹的由来，也忘记了他那天曾那样恶狠狠地警告她。

周遭一片静悄悄的，唯有窗外的雨声不断，拍打着玻璃，一声声一阵阵。

桑枝隔了好一会儿，才重新看向那个正在打量自己手心的少年。

"容徽。"

她终于知道，他的名字原来就是深刻在她手心的痕迹。

在他闻声望向她的时候，桑枝问："为什么要叫我'姐姐'？"

他却皱了皱眉，小声说："你就是姐姐啊。"

她是他养父母的女儿，他九岁来到这里时，认识的姐姐。

这是桑枝好不容易从他口中得来的信息。

"……"

果然，他不但失了忆，还失了智！

他神经错乱了吗？！

"那我叫什么名字？"桑枝又问他。

容徽张了张嘴，像是想回答，但他却忽然皱了眉，一个字都说不出来。

"姐姐？"

他只会唤她一声，用那样迷茫无助的目光望着她。

就好像这是一场不甚圆融的梦境，她始终是他的这场梦里最难以解释的一抹痕迹。

他无法掌控，却又对她莫名留有些微的印象。

"你父母呢？"

桑枝干脆换了个问题，打算继续试探他的脑子到底出了多严重的问题。

"姐姐你忘了吗？"这一次容徽却答得很流畅，就好像一切真是他所说的那样似的，"爸爸妈妈出差了。"

"那这只猫是谁的？"

桑枝指了指那只胖狸花。

"你捡的。"他答得毫不犹豫。

"喵？"

那只狸花猫大约是听懂了，它站起来，用那双圆圆的眼睛望了望容徽，又回头来看桑枝。

"……我捡的？"

桑枝指着自己，更觉不可思议。

这一晚的雨是什么时候停的，桑枝并不知道。

她问了容徽无数个问题，而他也自始至终乖乖答她，直到他不自觉地闭上眼睛。

桑枝发现，他把她和那只猫完美融合在了他十岁的记忆里。

他的养父叫孟家和，养母叫孙茹。

九岁前，他被孟家和的父亲领养，在那位老人去世后，他被孟家和接到了林市来抚养。

他能够清晰地说出他口中养父母的名字，也记得他有一个姐姐，却又说不出姐姐的名字。

他记得那只狸花猫，却不记得那原本就是他的猫。

他似乎能够把所有超出他现有认知的人或事，都轻易地融合在了自己的逻辑里，自圆其说，形成令他自己信服的"记忆"。

比起失忆，他更像是把自己困在了这样一段真假参半的回忆里，回到了某段过去。

桑枝也不知道自己是什么时候睡着的，醒过来时，窗外已经是一片天光大亮。

那扇窗不甚明净，锈迹堆叠。

她骤然清醒了许多，一下子反应过来这里并不是她的家。

晨光柔软，洒进来的光线落在沙发上仍然沉沉睡着的那个少年身上，那件原本盖在他身上的衣服早已被他不知不觉地压在了沙发的缝隙里。

桑枝听见他清浅的呼吸声，不由得愣了一下。如果他真的是鬼，那么他为什么会有呼吸，又为什么……会流血受伤？

可当桑枝轻手轻脚地走到沙发背后，屏着呼吸伸手去拽嵌在沙发缝隙里的衣服时，她却分明看见，他身上的纱布不知道什么时候已经变得松松垮垮的了，她昨天绑在他肩背后的蝴蝶结也已经没了。

从她俯身的角度看下去，昨天还被纱布裹着的那些血肉外翻的伤口竟然都已经消失无痕。

没有一道伤疤，一点血痂。

他仍在熟睡，大约是昨夜翻来覆去太多次，头发已经凌乱得不成样子，还竖着两缕呆毛。

那只狸花猫就睡在他的身旁，蜷缩成了一团，也发出了舒服的呼噜声。

桑枝匆匆忙忙跑回家，站在家门前掏了掏衣兜，才想起来自己昨天晚上再回来那一趟太急，把钥匙忘在玄关的柜子上了。

　　她只好伸手敲门。

　　桑天好打着哈欠从卧室里走出来打开门的时候，他抓了一把头发，眼睛半睁着，还带着几分迷蒙睡意："你这么早出去干什么了？钥匙也不带。"

　　"……跑步。"

　　桑枝小声答了一句，莫名有点心虚。

　　她哪里是跑步去了，分明是去捡了一个"弟弟"。

　　"你去跑步怎么还穿着睡衣？"

　　桑天好一开始还没反应过来，等他转身揉了揉眼睛，往自己卧室那边走了两步后，他才回过味儿来。

　　他又回过头，皱着眉打量她："还弄得这么脏？"

　　桑枝睡裤上已经沾了不少泥泞痕迹，脚上穿着的那双拖鞋也已经被水浸湿，头发毛糙凌乱，看起来有些狼狈。

　　"我忘记换了！"

　　桑枝越来越心虚，也怕她爸继续追问下去，忙扔下一句话，就往自己的卧室里跑。

　　今天是周六，本该是桑枝和桑天好一起打游戏的日子，桑枝却借口说她今天跟同学封悦约好，去市中心的图书馆里做作业。

　　女儿要爱学习，桑天好当然不会阻止，拿起手机用微信给她转了几百块钱，并嘱咐她："中午在外边请你同学吃点儿好的。"

　　桑枝忙不迭点头应了，在卧室里换好衣服，又胡乱收拾了一些练习册作业本，又趁着桑天好去浴室里洗澡的时候，溜进他的房间里，在他的衣柜里翻找出来一套他并不常穿的衣服，然后匆忙塞进自己的书包里，迅速出了门。

　　在巷口那家早餐店里买了一个煎饼，桑枝跑到巷子另一边的小区里时，正好撞见从一栋单元楼里走出来的周尧。

　　他并没有注意到小花坛后面的桑枝，只是垂着眼，匆匆地往小区外走去。

桑枝咬着煎饼，又看了看他的背影，然后才往靠近巷子旁边的那栋楼里跑。

站在三楼的楼道里，桑枝还没敲门，那扇门就已经骤然打开。

挂在门把手上的猫在门打开的瞬间就掉在了地上，打了个滚儿，翻过身，它一抬头就对上了桑枝咬着煎饼，呆愣愣的模样。

"喵……"狸花猫试探着晃了晃尾巴，叫声软绵绵的。

桑枝还是第一次看见这么会开门的猫。

走进客厅里，桑枝才发现原本睡在沙发上的人，不知道什么时候已经醒来，这会儿正站在窗前，伸出手指的瞬间，他的指节蹭下来一抹灰尘。

他上身未着寸缕，无瑕的肌肤在这秋日的光线里更透出几分冷感的白皙。

桑枝手里的半块煎饼差点掉在地上，好像脑子里有什么如沸水一般翻腾，在她的脸颊浸润出浅淡的红。

她三两口把煎饼吃了，连忙打开书包的拉链，取出里面的那套衣服。

"姐姐。"

但当她走到他面前，还没来得及开口说话时，她就听见他的声音响起。

原本望向窗外的少年终于舍得将那双漂亮的眼看向不知道什么时候就已经站在他身侧的她："你去哪儿了？"

他的眼圈竟然是红的。

桑枝曾见过的这双眸子里，没有光彩，没有情绪，荒芜得好像是这世上最空洞幽深的长渊里最冰冷刺骨的一潭死水。

他怎么会像现在这样，红着眼眶，用这样水雾蒙胧的可怜目光望着她？

桑枝稍稍恍惚，却被他忽然握住了手腕。

"我不喜欢自己一个人待着。"

他在看她，且是用那种她仍旧无法适应的委屈目光。

他忽然的拥抱，就像是冬日里最凛冽的冰雪，伴着他的呼吸融化在她的脖颈间，他的脸颊贴着她的耳郭，她所感受到的属于他的温度，是冷的。

"姐姐……"

他的声音渐渐弱下来，好像从来没有人能令他这样依赖过。

他也并不知道，他所依赖的"姐姐"，不过是他在这段无可依靠的回忆里，替曾经那个孤单的自己编造的幻梦。

桑枝几乎红透了脸。

她把自己偷偷拿来的桑天好的衣服扔给他，让他换上，然后她就用她带来的iPad随便点了一个动画片给他看。

下午，桑枝蹲在容徽时常下棋的小桌前写作业，而容徽就坐在沙发那儿，认认真真地盯着iPad屏幕。

他坐得很端正，未经梳理的头发仍然乱糟糟的，一两撮呆毛竖着。桑枝偶尔悄悄瞟一眼，觉得好笑，却又不敢笑出声。

正当她在跟自己练习册上的一道物理题作斗争的时候，她的习题册上忽然掉了一只……老鼠？

桑枝吓了一跳，反射性地往后躲，却一屁股坐在了地上。

那只狸花猫不知道什么时候爬上的桌子，用那种乖巧坐姿坐在桌角，此刻正歪着脑袋望着她。

很显然，那只老鼠是它弄来的。

"你，你想干吗？"桑枝都不敢看自己练习册上的那只不知道是晕过去还是死掉了的老鼠。

"喵……"它像是不能理解她这样的反应。胖猫望了望她，又望了望那只老鼠，它晃了晃尾巴，干脆叼起老鼠，又从半开的窗户跑了出去。

桑枝都不敢再碰那本练习册，她仍然心有余悸，作业也做不下去了。她一抬头就看见原本在看动画片的少年这会儿已经转过身，下巴抵在沙发背上，正在望着她。

只要是被他注视着，桑枝就会下意识地僵直脊背。

更不提……他现在好像还失了智。

桑枝也不知道自己究竟为什么要跟他坐在一起看动画片，反正她也始终没有看进去过，神思飘啊飘的，她差点就要睡着。

"容徽。"

她揉了揉自己的脸，试探着问他："你昨天夜里明明受伤了，但是为什么你……"

"是吗？"

桑枝的话还没说完，容徽就已经开了口，他在低眼打量自己，眼睛里是毫不作假的迷茫之色。

"……"

桑枝呆了一会儿，原本想说的话哽在喉咙里，一个字都说不出来了。

他居然忘记了？

桑枝脑子里好像拧着一团乱麻，她根本没有办法判断他现在到底是怎么了。

客厅里除却平板里动画片播放的声音，就再也没有一点儿声响，她身旁少年的侧脸柔和又乖巧。

桑枝瞥见他纤长的睫毛，她沉默了好久，一时间也不知道自己究竟应该怎么办才好。

直到那只狸花猫再一次出现，坐在她的面前，嘴里还叼着一只羽翅雪白的鸟。

桑枝亲眼看见它把那只鸟扔在地上，还用猫爪往她面前推了推。

"……"

这似乎是它在向她表达谢意，也是这一刻，桑枝才终于明白过来。

见那只猫仰着脑袋，仍用一种期盼的目光望着她，桑枝好半响才找回自己的声音："……倒也不用这么客气。"

昨天晚上没有睡好，桑枝一边看动画片，一边打瞌睡，也不知道什么时候就没了意识。

等她清醒时，她还没睁开眼睛，就觉得自己的脸有点痒痒的。

她一睁眼，就看见了容徽的脸。

刚醒过来就被这样的盛世美颜占据视线，桑枝脑子里一片空白，险些没反应过来。

他在低头看她。

是那样近的距离。

直到她看清他手里握着的一支红色记号笔。

她忽然有了点不太好的预感……

桑枝抹了一把脸，果然在手指上发现了一点微红的痕迹。她皱起眉，正要开口说话，抬眼却对上他的眼睛。

桑枝从没见他笑过。

至少以前是这样。

但这一刻，那双清晰地映着她的影子的清澈眼瞳里，终于有了鲜活的神采。

他抿着唇，笑起的时候，眼睛是微弯的弧度。

眼眉生动，潋滟含光。

像是荒芜的雪原里，终于迎来了此间第一抹春色。

那天，桑枝在镜子里看清了自己的脸。

左右脸颊一边一个红色的字，虽然字迹已经被她之前用手指抹得模糊了许多，但她还是认出来，那是他的名字。

他拿着红色记号笔，眼眉含笑的模样仿佛仍在眼前，在洗手间里暖黄的灯光下，桑枝听着"哗哗"的水声，看着镜子里湿了额发的自己。

脸上的字已经被水冲洗得更淡，只留下两抹微红，已经看不出丝毫字迹轮廓。

幸好桑天好不在家，不然桑枝还真不好解释自己脸上的痕迹到底是怎么一回事。

接下来的这几天，桑枝每天都在忙着学校、家，以及对面小区，三个地方来回跑，她没有办法不去管对面楼上的那个"失智"少年。

她其实也想过不要去管他的事情，毕竟她现在连他到底是个什么都不清楚。说他是鬼吧？他却会流血，会受伤，也有呼吸有温度；可要说他是人吧？他却偏偏又和普通人不太一样。

但她每每想起他那天站在窗边，抱住她，红着眼圈说"不喜欢一个人待着"时的可怜模样，她又会有一点点动摇。

更何况，只要她每天去晚了一些，那只狸花猫就会过来趴在她的窗户上，一直"喵喵"叫个不停。

容徵的家里除了客厅是一尘不染，其他的几间房都像是很久没有被人推开过，桑枝那天只是因为好奇而推开了一扇门，就被忽然落下的尘灰给呛得咳嗽了好一阵儿。

桑枝长这么大，还从来没有做过这么彻底的清扫。

她把容徽的家从里到外都打扫了一遍，又整理出来一间卧室，给他换上全新的被套，连那陈旧积灰的窗帘也都换了新的。

桑枝做完这些事，就让她的手臂和腰酸痛了两天。

她瘫在沙发上的时候，容徽却趴在他的小桌子面前画画，乱七八糟各种颜色在纸上都涂一遍，谁也看不出来他画的究竟是什么。

半开的玻璃窗外有风吹来，吹得窗帘摇曳晃动，也吹着他如缎的乌发，半张侧脸都浸润在这秋日的阳光里。

桑枝看着他的背影，仍然觉得眼前这一幕就好像是梦似的，并不真切。

曾经她亲眼见过的他，像是浑身都长着尖刺，他讨厌旁人的触碰与接近，对这个世界充满了警惕与厌恶。

但在这一刻，桑枝只看着他的背影，就能察觉得到，现在的他和之前的他到底有多不同。

脑海里再一次浮现出那个暴雨天里遇见他的场景，再到后来当他出现在她所在的那间教室里的种种情形。

后来深巷里他的嘲笑，学校小花园里他的恫吓……

桑枝忽然一下子从沙发上坐起来。

或许是因为她弄出的动静有些大，原本在埋头画画的容徽忽然回头望向她。

仍是那样一双清亮漂亮的眸子，好似从未经世事挑染濯洗。

"容徽你过来。"

桑枝清了清嗓子，拍了拍沙发。

容徽闻言，顿时丢掉了手里的彩笔，赤着脚就跑到了她的面前来，就像是一只小狗似的，乖乖地坐在她的面前。

"你怎么又不穿鞋子……"桑枝蹙了一下眉。

容徽连忙又跑回去，把那双拖鞋穿上，又跑回来重新坐好。

"姐姐……"

他拉住她的衣袖。

桑枝最受不了他这样一副乖巧的模样，这会儿她的睫毛眨了又眨，抿着嘴唇半晌才结结巴巴道："我、我们看点有趣的东西吧……"

"好。"容徽从不拒绝她。

桑枝嘴上说着"有趣"的东西，实际她掏出 iPad 后，却点开了一部最近新出的恐怖片，她还没来得及看。

她偷偷地弯了弯嘴角。

因为气不过这段时间自己受到的种种惊吓，桑枝决定趁着他失智的这个时候，"报复"一下。

计划原本是很完美的。

但桑枝远没有料到，这部新出的高口碑恐怖片竟然能恐怖到令人头皮发麻的程度，就算她以前跟阮梨在一起看了一些同类型的片子，但也没有哪一部能比得上这一部的刺激观感。

桑枝被吓得一个劲往旁边那个人的怀里钻。

"姐姐不哭……"

当他用纸巾轻轻地擦拭她脸颊上的泪痕时，桑枝才反应过来，她这会儿正紧紧地搂着容徽的腰，还趴在人家怀里……

眼眶里被吓出来的泪花将落未落。

桑枝整个人都呆了。

"你……不怕吗？"

桑枝好半天才找回自己的声音，她指着屏幕里那只拿着电锯，浑身鲜血，面容恐怖丑陋的鬼："他……他都这么变态了你都不怕吗？"

容徽抿唇，眼睛弯弯的。

那一瞬，桑枝听见他平静地说："姐姐，都是假的。

"不怕。"

他竟还轻轻地拍了拍她的肩，是最稚嫩又笨拙的安慰方式。

"……"

桑枝一下按灭了 iPad 屏幕。

这天，桑天好不在家，他去了隔壁市参加朋友的婚礼。

夜里桑枝也不敢自己回去睡，在容徵家客厅的沙发上躺着，但她只要一闭上眼睛就满脑子都是白天里看过的那部恐怖片的许多场景。

因为这里没有电，桑枝只能缩在被子里瑟瑟发抖。

直到她听见开门声响起，她警惕地抬头，就看见穿着单薄睡衣的少年站在那儿，手里握着一只手电筒，那光晕扩散开来，顿时照亮了这一室的黑暗。

他另一只手里还抱着一只枕头。

桑枝裹着被子，眼睁睁地看着他走过来，把枕头扔下，而他就那么躺了下来，就躺在沙发面前的地毯上。

手电筒的光在他修长的指节间疏漏成零散的光线，照得他的面庞更加无瑕动人。

"你，你这是做什么？"桑枝抱着被子望他。

容徵侧着身，将手电筒放在了她的被角边缘，看着她，认真地说："姐姐，不要害怕。"

他说："我会陪着你的。"

他的眼瞳柔软清透，比窗外夜空里的星子还要漂亮。

桑枝的手紧紧地攥着被子的边角，嘴唇微动，半晌挪开视线。她闭紧了眼睛，原本想说"不用了"，可是支支吾吾了一会儿，她最终说出口的却是："你、你不盖被子吗？"

容徵听话地抱来了被子，又在玻璃茶几上点亮了几根蜡烛。

他盯着摇曳的火光，也不知道是过了多久，他才听到她渐渐平稳的呼吸声。他回头望她，在铺满了整间客厅里的暖色光芒里，久久地盯着她。

后来，他把那只钻进他被窝里的狸花猫抓出来，悄悄地放进了她的被子里。

天色渐渐变得明亮起来，桑枝是被狸花猫一爪子拍醒的。

她睁开眼睛，捂着自己的半边脸还有点蒙，就见那只狸花猫坐在她的肚子上，不停地"喵喵"叫。

"妙妙你干吗？"

"妙妙"是桑枝给它取的名字，因为它总是"喵喵喵"个没完。

胖狸花从她身上跳下去时，桑枝坐起来，才发现昨夜躺在地毯上的少年不知道什么时候已经不在了。

　　桑枝推开那间卧室的门，却发现里面根本没有人。

　　她出来就发现那只狸花猫蹲着在抓另一间屋子的门。

　　那是一间堆放东西的小杂物间，桑枝只打开过那扇门一次，就再也没有进去过。

　　桑枝眼见着狸花猫坠在门把手上，把那扇门打开，然后就跑了进去。

　　"妙妙……"

　　桑枝走过去，原本要说些什么，却在抬眼看见屋子里那一抹身影时，就没了声音。

　　少年蜷缩在积满灰尘的墙角，垂着眼帘，神色不清。

　　"容徽？"

　　桑枝好半晌才开口唤了他一声。

　　也是这一刻，当他抬头看向她时，桑枝才看清他的那双眼睛灰蒙蒙的，就像是阴雨天里最朦胧灰暗的颜色。

　　没有光彩，少了生气。

　　那是一种绝对陌生的目光。

　　桑枝没来由地眉心一跳。

　　果然，下一秒她就听见他开口：

　　"你是谁？"

第三章 //
你是小仙男

现在的容徽，是十二岁那年的他。

他忘记了自己编造出的养父母的女儿，也忘了自己前一天晚上才那样亲昵地唤她"姐姐"。

但也仅仅只过了几分钟，他看向她的陌生目光，却又有了变化。

瞬息之间，桑枝就从他养父母的女儿，成了邻居家的姐姐。

又一次，他将她完美融合在了他十二岁的那段记忆里。

"桑枝？"

封悦连着唤了桑枝好几声，见她没有反应，就戳了戳她的手臂。

桑枝回过神："啊？"

"外面有人找你。"封悦指了指教室门外。

桑枝抬眼看过去，门外站着一个身量娇小的女孩儿，校服穿在她身上显得有些肥大，而她脸上仍有些瘀青。

竟然是萧铃。

桑枝站起来，走到教室外："有什么事吗？"

萧铃起初还有点不好意思，她的手指捏着袖口，支支吾吾好一会儿，才说："桑学姐，我、我是来谢谢你的……"

上次那件事过去了一个多星期，她也是今天才回的学校。

而那两个欺负她的女生已经被她们的父母张罗着转了学。

桑枝有点不太好意思，对萧铃笑了一下："你不用谢我的……其实这件事说到底也是因为你自己留了证据，不然这事也不可能这么容易解决。"

桑枝把自己兜里的一颗巧克力递到她手里："你已经足够勇敢，而我只是教训了她们一顿。"

对待那两个惯用暴力的女生，桑枝觉得也必须让她们尝尝挨打的滋味。

不然她们怎么会知道，打在别人身上的每一下到底有多疼？

萧铃眼眶有点发红，她抿紧嘴唇半晌，还是对站在她面前的女孩儿弯了弯腰："真的很谢谢你，桑学姐。"

当一个女孩儿决定变得更勇敢，那些曾经加诸她身上的恶意纠缠就已经变得不再可怕。

当桑枝回到教室里，拉开椅子坐下来时，封悦立刻凑上来："小学妹跟你说什么啦？"

"没什么……"桑枝没什么精神，只随口回了一句，就打了个哈欠。

封悦撑着下巴望着她，感叹道："就算我是亲眼看见的吧……我也还是觉得你会打架这事儿太玄乎了。"

不单单是封悦，还有其他的同学，谁都没有办法相信，看起来性格温软的桑枝，竟然会打架。

桑枝笑着把一颗巧克力扔进封悦的嘴巴里，堵住封悦接下去要说的话。

后来，她趴在桌子上，歪着头打量窗外的阳光。

"你为什么要待在这儿啊？"

她想起来那天，她曾这样小心翼翼地问过那个躲在阴暗杂物间里的少年。

"这是我的房间。"

她记得他是这样答的。

他的神情很平静，虽然不似停留在十岁记忆时的他那样活泼黏人，却也不是她曾经亲眼见过的那样浑身生刺、尖锐冰冷的模样。

他只是过分沉默了一些，那双眼里清亮的光芒也已经磨灭。

"你的爸爸妈妈呢？"

她问他。

"上班。"他答。

明明前些天，桑枝提起他的养父母时，仅拥有十岁记忆的他是那样满心欢喜地告诉她，爸爸妈妈对他很好。

可是时隔几天，当他的记忆从十岁过渡到十二岁这一年。

他竟连多提他们一句也不愿意。

这大约是桑枝第一次开始好奇他的过去，好奇他记忆里的童年生活。

从他的十岁到十二岁之间，到底发生了什么？

窗前忽然走过一抹修长的身影。

那人把校服外套搭在肩上，正大刺刺地打着哈欠。

桑枝看清了他脖颈间挂着的那枚玉坠。

"孟清野。"

桑枝忽然站起来，叫住他。

孟清野脚下一顿，看向玻璃窗里的她。

他眼见着她忽然推开玻璃窗，探出半个身子来，朝他招了招手："你过来一下。"

孟清野满腹疑惑，虽然不知道她到底想要做什么，却也还是走近窗边："干吗？"

桑枝伸手指了指他脖颈间的那枚玉坠："你这个玉坠挺好看的……"她问他，"我能看看吗？"

孟清野咬了一口面包，闻言低眼看了一眼自己的那枚玉坠："不行。"

他拒绝得很果断，然后就直接往教室门那边走了过去。

"……"

桑枝只能讪讪地关上窗，重新坐了下来。

在把容徽当成鬼的时候，她原以为容徽是想杀了孟清野，又或者是吸孟清野的阳气……后来她才发现，他的目标，似乎从来都只是孟清野的那枚玉坠。

那枚诡异的玉坠似乎有某种神秘的力量，而她和他掌心的符纹也都是拜它所赐。

桑枝本能地察觉到，那枚玉坠对于容徽来说，很重要。

藏在容徽身上的秘密太多，桑枝不知道他有着怎样的过去，也并不知道他为什么会变成现在这样。

下午放学之后，桑枝没有回家，直接穿过窄巷，去了旁边的小区里。

她之前在容徽家的客厅里找到了一枚钥匙，所以她再也不用让妙妙从里面开门。

打开门走进去时，桑枝抬眼就看见容徽正坐在软垫上，而他面前的小桌上则摆着一方棋盘、两只棋笥。

偶有棋子敲击棋盘的声音响起，他甚至没有抬头看她一眼。

他面对着那一方棋盘，神情从来专注沉静。

"容徽。"

桑枝走过去，把书包放在沙发上，就把自己打包的饭菜放到他面前："要吃饭吗？"

容徽并没有抬头："吃过了。"

他有没有吃东西，桑枝很清楚。

但不知道为什么，他却总会觉得自己已经吃过饭，但事实上，这么多天来，桑枝从没见他吃过任何东西。

他就像是分毫感觉不到饥饿似的，不吃饭对他也没有任何影响。

"你坐在这儿多久了？"桑枝和他说话时，语气也很小心。

"四个小时。"他简短地答。

"你休息一下吧。"她说。

容徽摇了摇头，终于看她："他们会不高兴的。"

他们？

桑枝反应过来，他说的应该是他的养父母。

"他们为什么会不高兴？"桑枝不解。

"不好好练棋，他们会不高兴的。"

他垂下眼帘，将一枚棋子放在棋盘上。

这一天，桑枝终于知道。

十二岁的容徽，是曾经得过许多围棋比赛冠军的天才少年。

杂物间里的纸箱里堆满了他曾经赢来的奖杯。

而他每天夜里，都睡在那儿。

他习惯于灰尘的味道，习惯于深不见底的黑暗。

他每天都要练棋，如果达不到养父母的要求，他就会被关进那间没有灯光的小屋子里，不给他饭吃。

与许多同龄的孩子不一样，他早早地失去了本该属于这个年纪的所有鲜活色彩。

他怕他们的无端斥骂，也畏惧他赢了比赛后，他们在闪光灯前每一次做给旁人看的慈爱。

桑枝跟十二岁的他相处起来也并不算难，毕竟至少他还没有到后来那样生人勿近的地步。

一个多月的时间，桑枝每天都会去他的家里。

他一直都很乖，也很安静。

他的生活简单又枯燥，桑枝每一次见他，他几乎都乖乖地坐在小桌前练棋。

桑枝也想过要带他出去玩，去游乐场，去海洋馆，去每一个他从来都没有去过，却又分明向往过的地方。

听她提起外面的一切，好玩的事物，他那双沉静的眸子里明明也曾有期盼的光芒闪动，但也仅仅只是片刻，他就又会很平静地拒绝她："不了。"

初冬时节，这场瓢泼大雨来得很突然。

桑枝在蛋糕店里买了蛋糕之后，撑着伞走到公交车站台时，衣兜里的手机铃声响了起来。

是桑天好打来的电话。

"桑枝，你怎么还没回来？"桑天好在电话里问她。

"马上就回来了。"

桑枝咬着棒棒糖，说话时有点含混不清。

"你先不用回家了，直接去荣悦酒店，你舅舅他们来林市了。"桑天好说了一句。

舅舅？

桑枝愣了一下，片刻后才问："他们来干什么？"

"说是你舅舅公司的老板把他从京都调过来林市了，今后怕是就在这边定居了。"桑天好拿着一罐可乐喝了一口，随口说了一句。

桑枝听了，脑海里瞬间想起来那个一向看不上她家的舅妈的脸……

"你先去，我马上就过来。"桑天好在电话里嘱咐。

她皱起眉头："我知道了。"

桑枝瞥了一眼自己手里提着的草莓蛋糕，原本是想带给容徽的……但现在好像暂时去不了他那里了。

桑枝的舅舅赵明希，当初赵氏企业破产，他从生活富裕到拮据，这么多年来都在一家外企摸爬滚打，到现在才终于升职加薪，成了林市分公司的项目经理。

桑枝到现在都还记得小时候去京都舅舅的家里时，亲耳听过他那位妻子对他的冷言冷语、冷嘲热讽。

因为当时赵氏企业破产，赵明希好不容易得来的去那家公司工作的机会，也都是多亏了他妻子田晓芸娘家人找的关系，所以每每面对田晓芸的刻意讥讽时，他通常只是沉默。

当桑枝再见这一家三口时，她几乎都要以为她的舅妈田晓芸转性了，曾经对她和她爸没什么好脸的舅妈，在她一进门的时候就很热情地迎了上来："哟，桑枝都长这么大了？"

田晓芸拽着桑枝过去，坐在自己的女儿——赵姝媛旁边。

"桑枝啊，这是姝媛，你还记得吧？"田晓芸满脸笑容地看着她。

赵姝媛穿着一件雾霾蓝的卫衣，一头长发被她自己用卷发棒卷出了蓬松的弧度。桑枝在她身边坐下的时候，她连眼皮都没抬一下，仍然在盯着自己的手机看。

这饭桌上的热闹终究还是属于他们三个大人的，多半是赵明希和田晓芸找些话题来谈，桑天好附和着点点头，说上两句。

桑枝没什么胃口，吃了两筷子东西就说去洗手间。

可她没想到的是，等她再回到包房里的时候，原本被她放在旁边柜子上的蛋糕不知道什么时候已经被拆开来，放置在圆桌上，被赵姝媛吃了一大块。

桑天好并不在房间里，桑枝愣在门口，怔怔地盯着那个已经被吃得差不多的蛋糕。

"桑枝？站在那儿做什么？快过来坐啊。"赵明希朝她招招手。

桑枝抿了抿嘴唇，走了过去。

"这个蛋糕……"

"蛋糕挺好吃的，给你留了点。"赵姝媛打断了她。

这还是赵姝媛今晚第一次开口说话。

桑枝还没来得及说些什么，就见桑天好拿着手机推门走了进来，他走过来的时候摸了摸自己女儿的脑袋，重新坐了下来："不好意思啊大哥大嫂，我这通电话有点久。"

桑枝原本想说的话都咽了下去，她默默地低下头，盯着面前的那杯橙汁发呆。

当这顿饭快要进行到尾声的时候，所有久别的寒暄都已经不再必要，田晓芸他们也终于说出了自己的目的。

"天好，你看我们刚来林市，这住的房子也还没有定下来，我们……"

田晓芸拍开赵明希在桌底拽她衣袖的手，对着桑天好笑着说："我这不是听说，除了你爸当初买的那一套房，你后来又买了一套……你看，能不能先让我们在那儿住着？"

田晓芸又添了一句："当然我们也不白住，我们会付房租的！"

桑天好到底有多少套房，这事儿怕是只有赵明希清楚，但很显然，他从没把这事儿告诉过田晓芸，所以田晓芸一直都以为，桑天好是个不求上进的无业游民。

但眼下有事求着桑天好，田晓芸当然不会再用之前那样的态度对待他。

这顿饭吃完，桑枝坐在出租车上，深深地松了一口气。

"爸爸，你真的要把房子租给舅舅他们吗？"桑枝问。

这事儿对于桑天好来说也有些为难，一楼的那套房子里堆了不少杂物，这会儿要他收拾出来租给他们，他也觉得费事。

"毕竟是你妈的哥哥和嫂子，我不帮……也不太好。"

桑天好挠了挠后脑勺。

"你要跟妈妈说吗？"桑枝问他。

"这事儿可不能告诉她，她那炮仗脾气，我都能想得到她会怎么喷我……"桑天好连忙摆手。

赵籁清很要强，她离婚之后，从不拿桑天好一分钱。而依照她的脾气，毕竟桑天好已经跟她离婚了，她大哥大嫂的事情也用不着桑天好来管。

只是很显然，她那大嫂却不这么想。

下了车，桑枝原本是要跟桑天好回家的，可她望了望小区旁边的那条窄巷，一双脚却像是生了根，再挪不动一步。

雨水拍打着伞檐，发出脆响。

黑沉沉的夜幕里，只有昏黄的路灯能将雨丝照得清晰一些。

"桑枝？"桑天好回头。

"爸爸，我去前面的超市买点东西，你先回去吧。"桑枝朝他挥挥手。

桑天好也没多想，就点了点头，只说了一句："快点儿回来啊。"

等桑天好往小区里走去，暗沉的天色淹没了他的身影，桑枝才握紧了伞柄，往旁边的那条巷子里跑去。

可当她刚刚跑进巷口，在摇晃闪烁的橙黄灯光下，层层雨幕的那一头，似乎有一个人久久地立在那儿。

雨水浸湿了他的衣衫，淋湿了他的乌发。

暖色的灯光照在他的身上，他却仍像是落在远山朝暮之间的第一捧雪，轮廓朦胧似画，肌肤也是透着冷感的苍白。

桑枝愣在原地，连一脚踩在水洼里都好像没有察觉。

但也仅仅只是片刻，她就撑着伞，一步步朝着他跑了过去。

在这寂静的巷子里，她的脚步声是除却淅沥雨声外，落在他耳畔最后的声音。

容徽看她从巷口走来，看着她站在那儿，也看着她撑着伞跑过来，稍稍踮脚，替他挡住雨水。

他久久地盯着她，像是忘记了要说话。

"容徽？"

桑枝小心翼翼地唤了他一声。

"你怎么站在这儿淋雨？"

她始终无法分辨，他那双被雨水浸润过的灰蒙蒙的眼里，到底是什么样的情绪。

"等你。"

他像是终于找回了自己的声音。

目光落在她另一只手上时，他眼睛里的光影明灭，终于又黯淡下去："蛋糕呢？"

蛋糕？

桑枝怔住。

她想起来昨天她对他说过，今天会给他买一个草莓蛋糕，让他尝一尝。

他总是拒绝得很果断。

昨天也一样。

但桑枝还是缠着他："你就试试嘛，真的很好吃的！我喜欢的你肯定也喜欢呀！"

他没有说"好"，也没有再说"不要"。

"你、你昨天不是……"

桑枝喃喃出声，话还没有说完，就见他忽然转过身，声音有点闷："骗子。"

桑枝连忙跟上去给他撑着伞：

"对不起嘛，我明天再给你买，好不好？

"容徽，你理我一下呀，我真的知道错了……

"我也不想呀，我今天本来都已经买了，但是我舅舅他们忽然来林市了……"

她跟着他走进小区，唠唠叨叨地解释了一堆，却也不知道他究竟听进去没有。

最后站在三楼昏暗的楼道里，她剥开一根棒棒糖的糖纸，试探着送到他的眼前，小心地望着他："这个也是草莓味的，你要不要吃？"

容徽像是有点挣扎，但看着她手里捏着的棒棒糖，又瞥见她那双清澈的杏眼。

他还是低头，咬住糖果。

那一瞬，他柔软微凉的嘴唇轻触她的指节，她下意识地松了手。

那样温软的触感仿佛残留在她的手指，她抿着嘴唇，睫毛颤啊颤的，她结结巴巴地问他："甜、甜吗？"

"甜。"

少年乖乖地应声，那双眼睛望向她时，终于多了一丝欢欣。

他抿着唇片刻，最终轻轻地唤她："姐姐。"

这是十二岁的容徽，第一次叫她"姐姐"。

赵明希一家租房的事情还是被赵簌清知道了。

是赵明希给她打的电话。

她当天晚上就给桑天好打了一个电话。应该是赵明希跟她说了些什么，赵簌清虽然对自己那位大嫂从来都不"感冒"，但对待她的哥哥赵明希还是有着很深的感情。

但她从来都是一个很理智的女人，所以那天晚上，她跟桑天好说："其实这件事你可以不用管，毕竟我们已经离婚了……"

"没事的，就是让他们暂住几个月的时间，反正楼下那套房子也没住人，我把它收拾出来就行了。"桑天好说道。

说到底，当初赵家和桑家也还是很好的关系。

这位大舅哥以前也帮过他几次忙，桑天好不是那种喜欢欠着人情的人。

"那你记得，千万不要透露你还有多少房产的事儿，不然我那大嫂她肯定……"赵簌清话没说完，揉了揉眉心。

大嫂田晓芸就是个势利眼，要是她知道桑天好不是她以为的穷光蛋，估计又得生出不少事儿来。

桑天好只能应声。

第二天，桑天好就开始张罗着让自己的朋友们来帮他搬东西，忙了一天总算是把一楼的房子收拾出来了。

当天晚上，桑天好约好请他的几个朋友在外面吃饭，桑枝说不去，他就给她微信转了点钱让她自己吃晚饭。

桑天好走之后，桑枝就把自己中午取回来，放在冰箱里的草莓蛋糕拿出来，去了容徵那里。

夜幕降下来时，容徵家的客厅里全然没有一丝灯光。

桑枝在玻璃茶几上点了十根蜡烛，摇曳的火光像是点亮这夜的星子，一颗颗坠在他的眼睛里，形成模糊的剪影。

"容徵，你的生日是哪一天？"

桑枝把蛋糕盒子拆开来，问他。

"12月26日。"

容徵虽然不知道她问这个做什么，但还是乖乖地回答。

桑枝一愣，那不就是明天吗？

她看了看桌上的蛋糕，又看了看他，最后她把蛋糕上的一颗草莓拿下来递到他面前。

容徵低眼看着她手指间捏着的那颗草莓，最后在她期盼的目光中，还是吃了。

就像是多年未吞咽过东西后，身体对于异物的本能排斥感，一种恶心的感觉骤然袭来，他不可抑制地弓腰干呕。

桑枝吓了一跳，连忙轻拍他的背："容徵，你怎么了？"

容徵此刻已经无暇回答，他憋得眼眶发红，一双眼睛雾蒙蒙的，连他自己都有些迷茫。

他抓着她的手腕，有一瞬攥得很紧。

桑枝被他捏得有点疼，但她还是忍着没有挣脱开他的手指。

她小心翼翼地观察他的神情："你没事吧？"

难道是草莓有问题？

桑枝干脆伸手去拿了蛋糕上的一颗草莓，喂进自己的嘴巴里。

酸甜的味道刺激着味蕾，仍然是她最喜欢的味道。

桑枝咬着草莓，有些疑惑："没有问题啊，为什么你会……"

她没再说下去，当她对上他那双眼睛时，他薄薄的眼皮已经被莫名的温度烧红，颜色就像是绮丽的云霞一般，铺散在他的眼尾。

最终，这个蛋糕他还是没能吃上一口。

桑枝孤单地吃着草莓蛋糕，但不知道为什么，她总觉得今天的这个蛋糕再没有之前那样的味道，当她看着沉默地坐在沙发上的少年时，她就更有些食不知味。

"容徽。"

桑枝忽然唤他。

容徽应声抬头，望向她时，那双眼瞳仍然水雾蒙胧。

"我明天帮你过生日吧？"

桑枝弯起眼睛，对他笑。

她绝不知道，此刻她的面庞落在他的眼里，到底是什么样子。

蜡烛的火光凝聚起的暖黄色光芒铺散了整个客厅，而她就坐在他面前的地毯上，仰着一张白皙秀净的面庞望着他。

她的一双眼睛明亮清透，弯起来的时候，就像月亮。

客厅里寂静无声，他久久地盯着她的脸。

或许他的记忆里从来都没有出现过这样一个人，在容徽最孤单无助的十二岁那年，也从未有过这样一个人，每天敲响他的门，陪着他下棋，同他说话，对他笑。

他记得她的话痨，也记得那天雨夜的楼道里，她喂给他的那颗糖。

记得她讨好似的一遍遍说"我错了"。

也记得她偶尔也想捉弄他，却总是失败时的气鼓鼓的模样。

容徽手指动了动，忽然伸出手，用指尖轻轻地触碰了一下她的眼尾。

忽然的触碰带着微凉的温度，令桑枝不受控制地眨了眨眼睛。

那一刻，她听见他说：

"姐姐，我很开心。"

这大约是桑枝这一个多月以来，第一次见他笑。

他笑起来的时候，脸颊会有两个浅浅的梨窝若隐若现，一双眼像是被月辉浸润濯洗过，清澈又动人。

他抿着唇，有些羞怯。

当他的指腹抹去她嘴角沾染的奶油痕迹，桑枝的心脏就好像是被什么蜇了一下，她几乎就要陷在他的目光里。

"再见，姐姐。"

这夜，当桑枝离开的时候，少年站在楼道朦胧昏暗的光线里，轻声说。

桑枝并不知道，当十二岁的容徽对她说出这一声"再见"时，要再见，就已是遥遥无期。

这夜桑枝睡得并不安稳，她半梦半醒时，目光总会不由自主地看向半开的窗帘外，对面隐没在黑暗里的那扇窗。

他睡了吗？

她迷迷糊糊地想着，又沉沉睡去。

第二天，桑枝放学后回来，就被桑天好叫去一楼的房子里做最后的清扫。

桑天好把自己仅剩的几箱东西搬出去，那其中还有一些桑枝的爷爷桑福生前留下的老物件，桑天好一直保存得很仔细。

以前桑福喜欢看报，一直有订报纸的习惯。他去世后，报纸也被桑天好续订了一年之久。桑天好或许也是仍然惦念着，他父亲留下的每一丝痕迹。

纸箱受了潮，桑天好刚搬到客厅里来，箱子就烂了。

里面散落出来一沓又一沓的报纸，几只相框也摔落在地。

桑天好手忙脚乱地把相框捡起来，跟桑枝说了一句："我去找个新的箱子。"

桑枝"嗯"了一声，有点敷衍。她的脑海里还惦记着，等会儿要去买些什么东西，晚上再去容徽那儿给他过生日。

把扫帚放在一边，桑枝蹲下身子去捡地上散落的报纸。

连续收捡了几沓报纸，桑枝趴在地上，把落进沙发底的那张报纸捡出来时，目光却骤然定在了报纸上。

养父母离奇死亡后，十七岁围棋天才容徽自杀死于家中，新星就此陨落。

这条新闻，占据了报纸的头版，是发生在十五年前的事。

而在报纸版面的中间，是一个少年站在领奖台上的照片。

乌黑的短发，冷白的肌肤，那样一张漂亮得令人心惊的面容轮廓，分明是她昨夜才见过的那个少年的模样。

几乎如出一辙。

他手里握着一只奖杯，站在那儿，神情寂冷又空洞。

12 月 25 日，围棋天才容徽的养父母离奇死亡，次日容徽于家中割腕自杀……

报纸上的小字仍旧清晰，落在她的眼里字字惊心。

次日？

——"容徽，你的生日是哪一天？"

——"12 月 26 日。"

容徽……

桑枝攥着报纸的手骤然收紧，她一双眼睛瞪大。

不好的预感顿时在心底蔓延，她再也没有办法冷静，扔掉手里刚刚捡起来的报纸，转身就往外面跑。

客厅里静悄悄的，光线很暗。

那只狸花猫被关在玻璃窗外，不停地"喵喵"叫着，它的爪子挠着窗棂发出尖锐的声响。

他却像是听不到似的，一双眼睛默默地注视着沙发背后的地板，神情空洞。

在他的脑海里，昨天的地板上该有一片无论怎么擦洗都洗不掉的殷红血迹。那两个他最讨厌的人，就躺在血泊里，表情都定格在生前最后那一刻。

小孩儿刺耳的哭声犹在耳侧，吵得他耳郭生疼，眼前像是被朦胧的血雾笼罩，他眼前所见，都是一片难以擦拭的绯红。

警察在这屋子里来来回回，看清女儿女婿凄惨死状的老妇人掐着他脖子的窒息感犹在，挂在那个小孩儿脖颈间的玉坠就晃荡在他的眼前。

"是不是你杀了他们？是不是你？"老妇人尖锐失控的质问如同瞬间袭来的冰冷浪潮一般将他淹没，他无法对上那样一双恨意充盈的眼睛。

犹如疯子一般的老妇人还在一声声地骂着他"白眼狼"，那个身上沾了父母血迹的小男孩却被外公小心地抱进怀里，擦拭眼眶落下来的泪珠。

不是我……

我没有。

他明明想要这么开口，却被周遭的吵闹声、哭喊声，淹没在了喉咙。

十七岁的容徽做过最重要的决定，是要逃离这个并不属于他的家，他想要逃开养父母的斥骂、指责，与忽视。

在还未来得及实现的前一天，当他从围棋馆回到这里时，他站在门口，亲眼看见他们倒在地上，殷红的鲜血从他们身上汩汩流出，在这最冰冷的冬日里，温热的血液还散着似雾的热气。

就在他的眼前，血液渐渐冰冷，凝固。

满怀悲痛的老夫妇把他们年仅两岁的小外孙接走了，从头至尾都没再看一眼站在那儿的容徽。

容徽是被孟家和的父亲孟少堂收养的孤儿，他的襁褓之中别无他物，唯有脖颈间挂着的一枚玉坠，上刻"容徽"二字。

孟少堂一直将他当作亲孙子一样抚养。

容徽九岁那年，孟少堂因病辞世，他将自己所有的财产，一半留给了容徽，一半给了儿子孟家和，并嘱咐孟家和要善待容徽，抚养容徽长大。

孟家和与妻子孙茹当年并无所出，他们作为养父母，也曾对容徽好过。

原本想要替他改孟姓，但因为当时要改名已经是一件麻烦事，所以他们只能作罢。

刚到这里的那一年里，容徽也曾真心地叫过他们"爸爸妈妈"。

但当孙茹连续两次怀孕都流产之后，她的性情开始变得阴晴不定，又有老一辈的人在她耳朵边念叨，说收养来的孩子会挡了亲生骨肉的命数。

孙茹开始变得疑神疑鬼。

当初那么小的容徽想不明白，为什么爸爸妈妈会变得不再喜欢他，是他不够听话吗？

有许多次，容徽躲在门外时，偷听到养母孙茹劝着孟家和把他送走的话，那时候的每一天夜里，他都会害怕得睡不着觉。

他怕被丢弃，怕被讨厌。

虽然孟家和一向脾气软，对孙茹也一直是言听计从，但在这件事上，他一直坚持着没有松口。

只因为这是他父亲临终的遗愿，也因为父亲的另一半遗产继承权，在容徽的手里。

但他，也仅能做到不把容徽送走这一件事。

孙茹对待容徽的态度一日比一日差，孟家和或许都看在眼里，但他总是默不作声。

容徽从孙茹替他准备的房间里搬出来，住进了那间还堆着不少杂物的小房间里。

那个小房间只有小小的一扇窗，还被杂物挡了大半。

他每晚蜷缩在一架窄窄的钢丝床上，眼前是漆黑一片，空气里都是潮湿的味道。

直到他在围棋比赛上拿了奖。

那些年，外界关于他的许多赞誉与掌声全都如浪潮一般向他涌来，网络与媒体开始将目光放在他的身上。

那也是时隔那么久的日子，容徽第一次看见养母孙茹对他露出了笑脸。

就在闪光灯下，那么多的镜头前，她对他笑得慈爱，眼睛里也终于有了温度。

孙茹大方地替他交了学棋的费用，准许他去围棋馆练棋。

天真的容徽以为，她终于看到了他的努力。

但事实却是，孙茹的虚荣心令她开始贪恋着站在所有镜头前，做一个少年天才的母亲。

她会在镜头前夸他千万遍，脱口而出许多她所谓成功的教育方式。

但回到家里，她却只会把外套往沙发上一扔，皱着眉对他冷声道："不练棋不准吃饭。"

她会打他，会骂他。

有时候那么重的一巴掌打过来，他的耳畔就会出现短暂尖锐的声音，她那张刻薄冷漠的面容落在他的眼里，堪比噩梦。

在许多少年也曾叛逆的那些年里，容徽却从来都没有资格去做任何自己想做的事情。

他把太多的时间用在了讨好养父母上，他渴盼他们能够像从前那样对待他，但那到底是不可能的事情。

孙茹总是给他报名参加围棋比赛，逼迫他在学校的学习成绩也要足够出色。

无论是孙茹还是孟家和，他们不过是喜欢做外界那许多人口中培养出天才的父母。

容徽是用了好多年，才想明白这一切。

或许在他们心里，他不过是一只摇尾乞怜的狗。

多可笑。

当他不再渴盼亲情，他们在他心里也就变得不再那么重要。

容徽十五岁那年，孙茹终于生下一个男婴。

孟家和激动得一宿没睡，连夜翻着字典犹豫再三，终于给自己唯一的亲生儿子取名——孟清野。

从那一天起，容徽在他们眼里，就更加是一个可有可无的存在。

容徽想要离开这里，十七岁这一年，他就做了决定。

可这件事还没来得及去做，那天他从围棋馆回来，打开门时就看见了他的养父母已经倒在一片殷红的血色里。

年仅两岁的孟清野坐在冰冷的地板上，衣服和稚嫩的面容上都沾染了大片大片的血迹，正在一声声地大哭。

"哥哥，哥哥……"

在看见站在门口的容徽时，年幼的孟清野朝他伸手，含混不清地叫他"哥哥"。

容徽自始至终站在那儿。

他的手指紧紧地攥着门框，挪不动一步。

不知道从什么时候就开始在脑海里紧绷着的那根弦，仿佛就在那一刻应声断裂。

与孙茹长相相似的那个老人指着他斥骂的声音，周遭所有人来来去去的声音，都成了令他片刻都无法忍受的噪音。

这个世界在容徽十七岁这一年，就将他所有对生的期望消磨殆尽。

他开始自我厌弃，更讨厌这个世界。

那压在内心经年未解的负面情绪一朝决堤，将他整个人裹挟淹没，不留一丝缝隙。

活着，是一件多无趣的事情。

他的内心早已在孙茹对他年深日久的打骂斥责声中，甚至是他们对他几近严苛的要求下，渐渐紧闭，再透不进一点光来。

容徽眼前摆着一把刀。

刀刃极薄，却尤其锋利，凛冽含光。

当他握住刀柄，刀刃上映照出他那双黑沉沉的眼瞳，寡冷阴郁，没有温度。

手腕的皮肤被刀刃毫不留情地深深割破，划出一道深刻的血痕，鲜血汹涌流淌出来，那样刺眼的红色落在他的眼睛里，却反而令他眼底多了几分快慰。

血液在地板上绽开一簇又一簇的血花，刀尖上也坠下来一两滴血珠。

他指节微松，那把刀落在地上，发出清晰的声响。

他躺在盛满水的浴缸里，溺死在那种折磨心肺的窒息感里。

当桑枝匆匆跑来时，正见那只狸花猫也飞快地跑上楼来，爪子抓在门上，不停地发出"喵喵喵"的叫声。

她掏钥匙的手不知道为什么还有点抖，她哆哆嗦嗦地好不容易开了门，跑进去时却发现客厅里空无一人。

可当她的目光停在沙发那边的地板上，一寸寸的血迹蜿蜒着，一直蔓延去了洗手间里。

狸花猫最先跑进去，叫声陡然尖锐急促。

桑枝跑过去，却定在了门口，一双眼睛瞪大。她不由得惊叫一声，浑身都在颤抖。

少年安静地躺在落满灰尘的浴缸里。

他的右手就搭在浴缸的边缘，一道深可见骨，血肉外翻的伤口出现在他的手腕上，殷红的鲜血从伤口不断流淌出来，沿着浴缸的边沿，一滴滴落下。

他闭着眼睛，一张面庞惨白如纸，却是眼眉舒展，仿佛只是沉沉睡去。

"容徽！"

桑枝的腿已经软了，她挪动步子的时候，双膝跪在了地上。她趴在浴缸边缘，去推他的肩膀，眼眶里已经有泪水不自觉地大颗大颗地掉下来。

"容徽，你醒醒！容徽……"

她扶着他的肩膀，一遍又一遍地唤他。

容徽陷在黑暗里，当他一步步地往更深的深渊里走去的时候，却在朦胧间仿佛听见有人在一声声地唤着他的名字。

那是一个女孩儿的声音。

细弱温软。

还带着哭腔。

"容徽你醒醒啊，你不要吓我……"

女孩儿哭得更凶了，连说话的声音都不甚清晰。

她是谁？

容徽根本来不及深想，只觉得原本渐渐变得不那么明晰的感官好像再一次复苏，他甚至能够感受到她手心的温度。

就好像是有人把他从漆黑无尽的深海里一把拉了出来。

眼睫微动，当容徽勉力睁眼时，正有两滴眼泪落在他的脸颊上。

那种温热微湿的触感，令他大脑短暂停滞了片刻，直到他看清眼前这张泪痕满布的脸。

对十七岁的容徽来说，眼前这个哭得鼻尖发红的女孩儿的脸，是一张完全陌生的脸。

在他还在发怔的时候，他却见眼前这个女孩儿忽然俯身抱住他。

她的发丝贴着他的脸，微凉的触感，弄得他脸颊有些痒。

"你吓死我了，呜呜呜……你干吗想不开啊？你可不能死啊……"

她的怀抱，是暖的。

"有事就跟姐姐讲啊，你不要做这种极端的事情，呜呜呜……"她还在哭。

姐姐？

容徽怔怔地望着眼前的，她的一缕发丝，那双眼睛里像是终于有了光影闪动。

十七岁的容徽本该死在他的这段无法逾越的痛苦回忆里。

而穿越了十五年时光，忽然出现的"姐姐"，救了他。

桑枝原本是要带容徽去医院的。

就算她很清楚他和普通人并不一样，但她看着他将自己手腕上深深割出的那一道伤口，就已经顾不了太多。

这样重的伤，并不是她能简单处理得了的。

桑枝本来想把他带去她爸爸桑天好的一位朋友那儿，那个叔叔是一名医生，应该也能处理这样的状况。

可现在的情况却是，除了她，再没有任何人可以看得见他。

仅仅只是这一点，就把桑枝难得团团转。

她只能先替他包扎伤口，试着止血。

彼时，容徽已经陷入昏睡，她是费了好大的力气，才把他从浴缸里背出来，把他放到了她之前给他收拾出来的房间里的床上。

但正当她要替他包扎伤口的时候，却见他周身金色光芒缓缓涌动着，只不过是顷刻之间，他的伤口就已经结了血痂，再也没有她之前第一眼看时，那么可怕。

这大约是一种神奇的自愈能力。

桑枝上一次就见识过。

她也仅仅只是呆愣了片刻，就连忙替他擦了点药，然后用纱布裹起来。

当容徽睁开眼时，他盯着自己被包扎成粽子的右手看了好久。

桑枝推门进来，就看见他怔怔地望着自己的手。

"你醒啦？"

桑枝抱着狸花猫跑到他的面前，在床沿坐下来。

容徽看着她，脑海里又不自觉回想起他失去意识前，望见的她那副哭得很厉害的模样。

泪从她的眼眶里一颗又一颗地掉下来，许多都滴在他的手背上。

那种湿润的触感，仿佛现在还有残留。

"你是谁？"

容徽翻遍记忆，也找不出任何有关于她的记忆，他开口说话时，嗓音近乎嘶哑。

桑枝指了指窗外："我住在你对面小区。"

这么长的一段时间，桑枝也大约摸清楚了他的记忆是怎么一回事。

从十岁，到十二岁，再到十七岁。

他从那个雨夜开始，就好像回到了过去似的，再一次陷入了他曾真切经历过的那些岁月里。

沉浸在十岁和十二岁记忆里的他，可以将她、将这只狸花猫，甚至是所有与他那段记忆不符的人或事都完美融入在他的逻辑里，令他犹如陷在一段梦境之中似的，任何人都无法唤醒他。

但当他陷在这段十七岁的记忆里时，他却再也没有办法将她和任何事物融合进他的回忆里。

因为在十五年前，他十七岁生日的这一天，他选择结束了自己的生命。

而他所有的记忆，也都在这一天戛然而止。

现在，桑枝救了他，这也就意味着，她无形中改写了他的这一段记忆。

曾经生命终止在这一天的他，因她而获得了一段空白的余生。

十七岁的容徽，认识了住在对面，自称是他"姐姐"的桑枝。

"你喝水吗？"桑枝伸手摸了摸他的额头，又问他。

容徽的眼睫微颤，泛白的嘴唇微动，但终究没有说出一句话。

他仍旧警惕着这个陌生的她。

从这天开始，桑枝每天都一定会来容徽这里。有的时候她晚饭都顾不得在家里吃，随便找了个理由跟她爸爸说了几句，就跑出来在外面的饭馆里买上一份盖浇饭，就匆匆跑到他家里去。

像是生怕他想不开似的，她连趴在玻璃茶几上吃饭的时候，都在偷偷瞟他，观察他的神情。

容徽的手里捏着棋子，但面前的棋盘自始至终只落了一颗白子。

他没有抬头，却也很清楚她的目光一直都落在他的身上。

像是没有办法忍受她这样的注视，他终于开口："为什么盯着我看？"

他的嗓音还有点哑，听着也没多少力气，语气很平静。

桑枝差点被刚喂进嘴里的红烧肉给噎住。

她咳嗽了好一阵儿，才放下手里的筷子，跑到他的面前来，坐在蒲团上，趴在小桌对面，小心翼翼地望着他，犹豫了好一会儿，才开口："你……不会再想不开了吧？"

这是她这几天以来，一直担心着的事情。

容徽虽不似之前她见过的他那样尖锐生刺，却也已经被他那许多年来噩梦般的生活折磨得失去了内心里的那份热切。

他阴郁冷淡，对一切充满警惕与抗拒。

此刻听着桑枝的话，他甚至连眼皮都没有掀一下，始终沉默不语。

桑枝等不到他的回答，就有点着急了。她拖着蒲团，移到他身边坐下："容徽，我跟你说啊，这个世界还是很美好的，有很多好玩的好吃的，你千万不能想不开，放弃自己就等于放弃了好多东西，那样你会后悔的……"

他是死在十五年前的人，或许只有孤魂才能留在这世上十五年之久。

但桑枝却不再觉得他是鬼魂那么简单。

因为他的身体有温度，会流血，会受伤。

但他到底是什么样的存在？桑枝也不清楚，她就是凭着自己的直觉，相信自己的判断。

就算真的是鬼，那又能怎么样？

桑枝以前很怕他，从那个暴雨天开始。

可是她却从没见过他伤害任何人。

而他那些刻意的恫吓，也不过只是他要她远离他的借口。

她已经见过他的十岁、十二岁，她能够感受得到他到底该是怎样的一个人。

桑枝想要留住十七岁的容徽，即便这只是他的一段记忆。

可容徽却对她口中所说的一切，全然没有半分兴趣，他甚至神情都没有任何变化，手里攥着的棋子被他重新扔回棋笥里。

他垂着眼睑，神色不清。

周三的下午刚上完一节化学课，桑枝趴在桌子上，心里还惦记着容徽，她生怕他一个人在家又会生出什么不好的想法。

手在兜里摸着手机，她像是忽然想到了什么，然后就把手机掏出来，按亮屏幕，点开微信查看了一下微信钱包里的余额。

才八百块……

桑枝咬着封悦递过来的辣条，干脆点开她爸爸的对话框。

"爸爸……"

桑枝随手按了一个可怜巴巴的表情包发过去。

那边的回复来得很快：

"干吗？上课时间玩手机啊桑枝？想挨打？"

桑枝赶紧打字：

"现在是下课时间呀。"

她看着屏幕上方显示着"对方正在输入"的字样，没一会儿她爸就又发了消息过来：

"有啥事？说。"

桑枝连忙表明目的："爸爸，你可以从之前叔叔们给我的新年红包里拿一千块给我吗？"

原本她自己的压岁钱该由她自己保管，但赵簌清却要桑天好替她管着。

这么多年一直是这样。

她发完消息还在思考自己该用什么理由来要这一千块，却没想到她一抬眼就看见她爸爸直接给她转了一千块过来。

"……爸爸你都不问我要钱干什么吗？"

桑天好的回复很果断：

"你都十七岁了，可以自己支配自己的钱了。明天跟我去银行，给你办张卡吧，你的钱都存上去，以后都自己保管。"

这简直是天降惊喜。

桑枝满心欢喜地打字："谢谢爸爸！"

为了表达自己的兴奋，她还连发了好几个可爱的表情包过去。

"行了，退下吧，你爸爸我要给我的爱车洗澡去了。"

桑天好回了一句。

"对了，今天你舅妈他们搬过来了，晚上咱们得一起吃饭。"

桑枝正要退出微信的时候，又见桑天好发了一条微信过来。

桑枝皱起眉，犹豫了一会儿，她还是打字回复：

"爸爸，我今晚可能要在外面吃，我跟同桌约好了。"

她撒起谎来，多少还是有点心虚。

所幸桑天好也没怎么在意这事，他直接回：

"行，那你九点前必须回家啊。"

桑枝连忙答应，然后就退出了微信。

上课铃声响起时，桑枝刚拿着水杯喝了一口水，就看见班主任赵宇带着一个女孩儿走了进来。

她一口水还没咽下去，就差点被呛住。

那不是……赵姝媛吗？

赵姝媛站在那儿，一眼就看见了坐在靠窗第四排的桑枝，但她也仅仅只是瞥了一眼，然后很快移开视线，在所有人的注视下，扬起笑脸，开始自我介绍："大家好，我是赵姝媛……"

她说了一大堆，桑枝却没再仔细听。

眼见着赵宇把她安排去了中间那组第二排的位置，封悦转头过来跟桑枝搭话："桑枝，这个赵姝媛说话喜欢掐着嗓子似的……有点腻。"

桑枝扯了扯嘴角，没有说话。

她也是没想到，赵姝媛竟然会转来三中，而且还这么巧就在三班。

也许根本就不是巧合，是她舅妈田晓芸安排好的。

赵姝媛不大搭理桑枝，桑枝当然也不会去跟她说什么话，下午放学后她跟封悦说了两句话，然后就匆匆离开。

她去了一家手机专卖店。

在听着导购介绍了一堆之后，桑枝把自己微信里大部分钱都花了出去，买了一部手机。

坐公交车回去之后，桑枝在小区对面的那条街上打包了一份饭，然后就赶紧往容徽家里跑。

拿出钥匙开了门，桑枝站在玄关里，抬眼看见少年坐在客厅里的身影时，她才算是松了一口气。

她紧皱的眉也舒展开来，开开心心地蹬掉鞋子，又把自己之前在超市买了，放在这边的拖鞋穿上，然后就跑到他的面前。

"容徽！"

她一屁股坐在他的对面，望着他笑。

容徽一抬头，就对上了她那张笑容明艳的面庞。

冬日的阳光并不强烈，照在她的脸上也是最柔和的光，映着她的眉眼，在细碎的光影里，显得有些耀眼。

心里有些莫名的情绪稍稍涌动，容徽抿唇，低眼时，他握紧了手里的棋子。

"你的手还疼吗？"

桑枝望着他那只被她包扎成了粽子的手，从那天以后，他就不让她碰。

她也难免有点失落。

之前会叫她"姐姐"的他，在那天夜里说了"再见"之后，就消失得彻底，再也没有留下一丝痕迹。

桑枝有点怀念那个沉默乖巧，又会抿着唇，羞怯地叫她"姐姐"的少年。

但她不敢说。

"不疼。"

容徽并不知道她在想些什么，他的回答也十分简短。

桑枝"嗯"了一声，她看了一下乖巧蹲在桌角的狸花猫，就摸了摸它的脑袋："妙妙，你饿不饿？"

她站起来去看它的猫碗，发现它碗里的猫粮已经没了。

桑枝连忙去给它倒了一碗，而它也晃着尾巴赶紧跑过来，一口一口地吃着猫粮。

以前它分明不大愿意吃她给的猫粮，就连小鱼干也诱惑不了它，但是这些日子以来，它似乎已经习惯了她的投喂。

桑枝摸了摸它的脑袋。想起来自己斥巨资买来的东西，她就连忙走到沙发边，从书包里掏出那个手机盒子。

她把它递到容徽的面前："送你的。"

容徽盯着那个手机盒子半晌，他没有抬眼看她，拒绝得很果断："我不用。"

"为什么呀？"

桑枝干脆自己拆了盒子，把装在里面的手机给拿了出来。

那里头已经有了一张电话卡，是她用自己的名义买的。

"这个我就是买来给你用的！"

桑枝把那款黑色全屏手机塞到他的手里："你不用它就没什么用了……里面存了我的电话号码，你要是遇上什么事情了，你就给我打电话。"

桑枝拍了拍自己的胸口，向他保证："我不骗你，就算是我在上课，只要你给我打电话，我就是逃课也来找你！"

她觉得自己这话说得已经够义气。

"我……"

容徽皱眉，本能地想要拒绝。

但他却被她的手忽然捂住了嘴巴。

那一瞬，他怔怔地望着忽然凑近的她。

好像阳光的光线转化为很小的光点，全都落在了她的眼睛里，成了一颗颗的星子。

"你就拿着吧容徽，只要你有了手机，我就可以随时联系你了……"这大约是桑枝第一次在他面前装可怜，"我联系不到你，会很担心的！"

当这样一句话落在他的耳畔时，容徽的心口就好像是被忽然的心火灼烧过似的，烫得他眼睫微颤，呼吸凝滞。

担心？

为什么？

她明明和他只是毫不相干的两个人，她又为什么要担心他？

容徽明明是想问她的。

可是他动了动嘴唇，却轻触了下她的掌心，他又无论如何都开不了口了。

"就这么说定了哦！"

桑枝见他久久出神，就伸手在他眼前晃了晃，她还特意强调："不可以反悔！"

见他始终没有开口说话，桑枝就当他是默认。

于是，她就站起来，跑到玻璃茶几那边去吃饭。

桑枝也不是没想过要给他买些吃的东西，但不知道是因为什么，他连喝一口水都会干呕，难受得不成样子。

桑枝也没敢再给他吃什么东西。

他好像不用依靠食物来获取能量。

桑枝觉得今天的这顿饭格外香，她咬着一块肉，还不忘同他说话："手机里我下载了微信，你要是有事情可以给我打电话，也能在微信上面给我发消息……"

说到一半，她忽然想起来，现在的他的记忆，还停留在十五年之前，他十七岁的时候。

"哦，对了，你是不是还不知道什么是微信啊？"

桑枝连忙放下筷子，跑到他身边坐下来，然后把他放在棋盘下面的手机拿起来，按亮屏幕，点开微信，演示给他看。

"这个就是我，你要找我，你就点开这个对话框，可以打字，也可以这样给我发语音消息……"桑枝详细地给他讲解着，抬头却发现他仍漫不经心地盯着棋盘在看，根本没有将目光放在她手里的手机上。

桑枝根本没多想，直接就戳了一下他的脸颊，说："容徽，你能不能认真听我说？"

就像是忽然被触碰的含羞草下意识地蜷缩起自己的叶片，容徽脊背一僵，反射性地往后躲了躲，他的目光终于落在她的脸上。

她气鼓鼓的样子，像一只小河豚。

容徽眼睛里有一瞬染了极浅的笑痕，却是微不可见，转瞬即逝。

"看手机，你看我干什么？"桑枝瞪他。

容徽眸光微闪，终于肯听话地将目光停在她手里的手机屏幕上。

桑枝耐心地又跟他解释了一遍，停顿了片刻，她抬头看他一眼，瞥见他细腻无瑕的侧脸，她呼吸稍窒，然后她垂下眼帘。

"容徽……"

"嗯？"他的声音清凌。

"你……要是有什么不开心的，或者觉得很难受的时候，你就给我打电话，发消息也行。"

她下意识地去拉他的衣袖，语气十分认真："我刚刚说的都是真的，只要你找我，我就会很快过来的！"

他或许并不知道，他眼前的这个女孩儿，在小心翼翼地保护着，一个曾经威胁过她，说过要杀了她，后来却又红着眼圈告诉她，不喜欢一个人待着，甚至站在楼道里，咬住她喂给他的那颗糖的恶鬼。

或许他曾是恶鬼。

也是无数不堪的经历，那许多痛苦的岁月令他把自己折磨成了那样一副模样。

他也曾纯善，也曾腼腆。

纵然他现在，不过是记忆倒退在了他的十七岁，但桑枝也不想再让他像十五年前那样将生命终结在他原本该好好活着的年纪。

她想让他感受人间温暖，想让他对人生重燃希望。

她想告诉他，这个世界上能让一个人贪恋的东西，有很多。

当桑枝回到家里的时候，她站在玄关里，还没换鞋，就看见她的舅舅和舅妈，甚至是那个比她大了五六个月的表姐赵姝媛正坐在客厅的沙发上，一口一口地吃着桌上切好的水果，一副其乐融融的模样。

"桑枝回来啦？"田晓芸一见桑枝，就朝她招手，"快过来，你舅舅给你买了水果，快过来吃点儿。"

赵姝媛回头看了她一眼，又咬着叉子转了回去，继续在手机屏幕上划来划去。

桑枝扯了扯嘴角，走了过去。

"怎么晚饭也不回来吃啊？你舅舅今晚做了一大桌子菜，你怎么还跑出去吃呢？那外头的东西多不干净啊……"

从桑枝坐下的时候，田晓芸就一直在说个不停。

"对了，今天姝媛转去你们学校了，跟你在一个班。桑枝啊，你们两姐妹要好好的啊，以后相处的日子长着呢……"

桑枝胡乱应了两声。

桑天好洗完澡，换了衣服出来，就看见桑枝坐在沙发上。

"桑枝回来了？"桑天好走过来，摸了摸她的脑袋，"今天在外面吃了什么？"

"火锅。"桑枝随口说了一句。

舅舅他们算是正式住在了楼下，田晓芸总让赵姝媛跟桑枝一起去上学，但事实上却是，赵姝媛前脚答应，后脚出来却没等桑枝，自己就走了。

桑枝也无所谓，反正也没什么话跟她说。

这天放学后，桑枝照例跑去了容徽的家里。

可她一打开门，就看见他坐在沙发上，正盯着自己拆了纱布的手在看，神情迷茫又阴郁。

"容徽？"

桑枝把门关好，忙换了鞋，跑到他面前："你怎么了？"

她看了一眼他的手腕，原本那样一道深可见骨的伤口如今已经恢复如初，连一丝疤痕都不曾留下。

"你的伤都好啦！"桑枝笑着说。

可容徽却没有表露出半分轻松的神情，他的脸色反而显得有些凝重，久久地盯着自己的手腕。

他忽而抬头对上她的眼："一个正常人，会恢复得这么快吗？连一道疤都没有。"

记忆停留在十七岁的容徽，对自己产生了怀疑。

他甚至舒展左手的手掌，将掌心闪着淡金色光晕的符纹展露在她眼前：

"一个正常人，会有这么奇怪的东西吗？"

一个正常的人，能够连续两周都不用吃饭，却不会产生任何饥饿感？

眼前仿佛笼罩着云山雾霭，他发现他甚至都开始认不清自己。

"容徽……"

桑枝愣在那儿，轻轻地唤了他一声。

"我到底……是什么？"

他垂着眼睑，沉默地盯着自己的双手。

是否他本来就是什么不堪的存在，所以才注定被所有人遗忘、厌弃？

"是鬼？还是妖怪？"

他轻喃着，像是在问自己。

客厅里很安静，安静得一点儿声响也没有。

直到容徽看清站在他眼前的女孩儿忽然把书包扔在地上，然后她蹲下身，伸手抓住他的手。

"你看，你有温度。"她轻声说，"你也有呼吸。"

她弯起眼睛，眼瞳里的光细碎成影："你不是鬼，也不是妖怪。你就是那种仙男……哦不，神仙！"

她握紧他的手，像是在用手心的温度告诉他，她说出口的每一句话都是真的。

"鬼啊，妖怪啊，怎么可能是你这样的？"

她说："只有神仙，才能长得像你这么好看啊。"

……

"你的自愈能力超强难道不好吗？我可是特别羡慕你啊！有超能力多好啊，这就是老天爷偏爱你的地方嘛，别人想拥有都是不可能的事情……"

那天，桑枝絮絮叨叨地说了好多话。

直到她蹲得腿都麻木了，不得不坐在地毯上缓一缓。

她或许只是胡言乱语，说的话并没有什么说服力，但是当那一刻容徽静静地凝望她的面庞，他心里就好像有一个声音在告诉他，他应该相信她。

天气渐渐变得越来越冷。

桑枝在校服外面还裹了一件浅色的羽绒服，或许是因为昨天晚上睡觉的时候蹬了被子着了凉，她今天鼻子一直不怎么通畅，偶尔还咳嗽两声。

喝着从商店里买来的热牛奶，桑枝跟封悦回到教室里的时候，就看见一两个女生围在赵姝媛的面前，正在看她手腕上的那条手链。

"姝媛，你爸爸对你太好了吧……这手链得要好几千块吧？"

一个扎着马尾的女生细细打量着赵姝媛手腕上的那条手链。

"这个我也想买来着，但我妈不愿意……"另一个女生叹了一口气。

赵姝媛弯着嘴角，没有说话。

封悦"啧"了一声，咬着吸管扯着桑枝回到座位上坐下来，才凑到她面前小声说："你那小表姐家里很有钱吗？"

"不太清楚……"

桑枝对舅舅家的事情也没有很了解。

但看她舅妈田晓芸如今那副底气十足的模样，他们家的生活应该是比以前好过许多了。

班长李双鱼正在统计申请贫困生补助的人数，桑枝看见一直沉默寡言的周尧走过去签了字。孟清野打球回来，看着讲台那儿聚了一堆人，也凑过去看了两眼，然后签下了自己的大名。

封悦瞧见了："孟清野家里很困难吗？"

桑枝看了孟清野一眼，目光仍不自觉地落在他脖颈间的那枚玉坠上。

也是这个时候，一向不大跟桑枝说话的赵姝媛走了过来，站在她的面前。

"干吗？"桑枝被赵姝媛挡住了视线。

赵姝媛俯下身，说话的声音却也并没有压得很低："桑枝，你不申请一下吗？"

"？"

桑枝没弄明白赵姝媛的意图。

"你申请一下，也可以减轻一点姑父的负担呀。"赵姝媛眼眉含笑，一副为她考虑的样子。

什么叫减轻一点她爸爸的负担？

桑枝皱起眉头。

"这种机会应该留给更需要它的同学，我没理由去申请。"桑枝耐着性子回了一句。

"桑枝，你……"赵姝媛欲言又止，有点嗔怪，"你也不用觉得不好意思，大家也不会因为这个……"

"搞不清楚你到底想说什么，还是别说了吧。"

桑枝打断赵姝媛。

她实在不太想听下去了。

赵姝媛脸上的笑意僵了僵，她似乎还想说些什么，但瞥见桑枝盯着她的冷淡目光，她还是忍了下来。

"桑枝，你家里……很困难吗？"封悦见赵姝媛坐了回去，她才抓了抓脑门儿，凑过来问桑枝。

"……一点都不困难，年年有余。"

桑枝把一颗巧克力糖喂进封悦的嘴里。

下午第二节课下课后，桑枝打了一个大大的哈欠，然后就趴在课桌上，用臂弯挡着，在桌底下拿出手机，点开微信。

她给容徽发了一条消息：

"容徽你在干什么呀？"

一直等到上课，桑枝都没有收到他的回复。

桑枝撇撇嘴，有点失望。

这节课下课后，她不死心，又继续给他发消息：

"容徽容徽，你理一下我嘛，今天有点冷，你在客厅里下棋的时候记得裹个小被子呀！"

"你今天有没有练习你的超能力？"

"你今天心情应该还好吧？"

她的手指在屏幕上戳啊戳："等我这周放假，我们出去玩儿吧？"

她跟话痨似的发了好多消息过去，但那边却一直没有什么回复。

桑枝愤愤地戳开他的个人页，把备注改成了"十七岁的小神仙"。

她抿着唇偷笑，然后退出微信页面，把手机屏幕按灭，重新放回衣兜里。

下午放学回家时，田晓芸把桑枝叫去了一楼的房子里。

桑枝不好拒绝，只好进了门。

谁知道，赵姝媛先她一步走进去后，就开始跟田晓芸说起今天在学校里她和桑枝之间发生的事情。

她拉着田晓芸的手臂，瘪着嘴，一副委屈的模样："妈妈，我不过只是惦记着姑父也不容易，就想跟桑枝说一声，申请一下贫困生补助，也算是帮姑父减轻负担，结果桑枝她……"

说了一堆，桑枝人还站在玄关，就已经愣住了。

田晓芸听了，转头看桑枝还站在那儿，她就走过去拉着桑枝在沙发上坐下来。

可桑枝才刚坐下，就听见田晓芸开口了："桑枝啊，这可就是你的不对了。你爸爸也确实不容易，学校里既然能帮着减轻一下你爸爸的负担，你为什么不去申请一下呢？我们姝媛啊，也是为你们在考虑……"

"……"

桑枝就不明白了，她爸爸为什么需要她申请贫困补助来减轻负担。

"我爸爸没什么负担……"桑枝干巴巴地说了一句。

"桑枝，你得理解你爸爸一些，你说说，他在车厂里做修车工也不容易……"

田晓芸话还没说完，桑枝却先愣住了。

修……修车工？

"我爸爸什么时候做修车工了？"桑枝皱起眉头。

"桑枝你就别瞒着了，你爸爸这些天回来，衣服上头哪次不是沾了那些机油啊什么的，我还能看不出来？"田晓芸拍了拍她的肩。

"……"

那其实是她爸爸和那几个叔叔一起改装机车的时候弄的吧？

但桑枝记着她爸爸的嘱咐，这会儿也就憋着没有解释。

"修车的工资也并不算少，舅妈，我不认为我需要申请补助，这些钱对真正需要它的人很重要，而我们家也没到那地步，我不想在这个问题上纠结。"最终，桑枝对田晓芸说道。

她实在是不太明白，为什么赵姝媛和田晓芸非要在她申不申请补助的这件事儿上来回纠结。

桑枝不喜欢在舅妈他们那里待着，只坐了一会儿，她就回家了。

桑天好见着自己的女儿闷闷不乐地回来，就走过去摸了摸她的脑袋，问："怎么了？"

桑枝就把刚才的事情跟他说了。

"……修车工咋了？我这位大嫂真的是……"

桑天好听完就皱了眉，想说些什么吧，却又说不出来。

"桑枝啊，以后少去他们那儿得了。"

桑天好叹了口气。

桑枝应了一声，就回自己的房间去换了一身衣服，然后再出来的时候，桑天好已经做好了晚饭。

桑枝吃得很快，吃完她就站起来，说要出去散散步。

"别走远了，这天挺冷的，你在外面待一会儿就赶紧回来！"

桑枝一边应声，一边往外走。

她已经习惯于每天穿过小区旁边的那条窄巷，跑到巷子另一头挨着的那个小区里，走进那栋靠着窄巷的单元楼里，用衣兜里的钥匙打开三楼的门。

现在是晚上八点，容徵不在客厅里。

桑枝用手机照亮黑漆漆的屋子，那只狸花猫跑过来时，那双眼睛幽绿透亮。

桑枝被它吓了一跳，反应过来后就蹲下身子去摸了摸它的脑袋。

"妙妙，你肚子饿不饿？"

她刚问完，就摸到了它鼓鼓的肚子。

"看来你吃得很饱。"

"喵……"狸花猫蹭了蹭她的手背。

桑枝抱它起来，去卧室找容徵。

房间里没有光亮，桑枝只能凭借手机的手电筒功能，照见那个躺在床上一动不动的人。

平时别说是她推门的动静，就是她人在客厅里，再轻的脚步声，他也能察觉，但这夜，他却一直没有什么反应。

桑枝忽然有了一种不太好的感觉。

她连忙把狸花猫放下来，跑过去："容徽！"

可她刚站在床沿，俯身的时候，借着手机的光，就看清了他那双半睁着的眼睛。

她一时怔住。

"你……你没事呀？"桑枝松了一口气。

容徽终于抬眼看她："以为我死了？"

桑枝干笑一声，干脆就坐在了地上，她下巴枕着床沿，望着他："容徽，你会好好活着，对吧？"

容徽没有任何要回答她的意思。

"容徽……"桑枝有点丧气，她的手抓着床单的边缘，"你别不说话呀。"

她开始碎碎念："我今天给你发了好多信息，你都不回我，你知不知道我可担心了……我给你发消息，你得回我呀，至少回一句，回一个字也行啊，你不能不理我。"

桑枝看着稍稍遮挡住他右侧眉眼的碎发，她也没多想，直接伸手替他理了一下。

她的指腹轻轻地触碰到了他的眼皮，他的眼睛在那一瞬间眨了又眨。

"容徽，你听见没有？"

桑枝还在固执地想要他的回答。

容徽垂眼，也不知道究竟听进去没有。

就在桑枝感到挫败的时候，她却忽然听见他轻轻地应了一声：

"嗯。"

桑枝的眼睛顷刻亮了起来。

"你答应我啦？！"

容徽不自然地侧身偏到另外一边，不再面对她。

桑枝却特别高兴，她拿着手机，跑到另一边，又坐下来，下巴撑着床沿："答应了我就要做到哦！你是神仙，一定得说话算话！"

她拉住他的衣袖。

容徽再一次听到她口中的"神仙"两个字，第一反应是觉得好笑。

但他到底也没有反驳她，只是默默地闭上眼睛。

直到他忽然察觉到她的气息渐近。

她温热的呼吸拂过他的脸颊。

容徽骤然睁开眼。

他看见的，是一张近在咫尺的脸。

"你……"他嘴唇微动，嗓音都有些哑，"你做什么？"

桑枝伸手，轻触他眼尾至太阳穴的位置，那一抹蔓延流转的金纹痕迹。

这一抹忽然出现的金纹，令他这张原本就昳丽如画的面容更添几分神秘难言的风情。

像是开在荒芜之地，最绮丽惑人的逢生花。

那是桑枝小时候听过的传说里，最秾丽危险的花。

"容徽，你的脸……"桑枝措辞好半晌，才憋出一句，"怎么好像要裂开了似的？"

她后知后觉，那金纹看起来就像是裂痕似的。

"你有没有觉得哪里不舒服？"她问他。

容徽有些愣神，半晌都不明白她的意思。

"没有。"他简短地答。

桑枝紧张地观察了好一会儿，见那金纹慢慢地隐没消失，再也没有痕迹，而容徽也好像真的没有什么异样，她才终于放下心来。

她又往地上一坐，趴在床沿，感叹着说："你们神仙让人看不懂的花样还挺多……"

"……"

容徽半晌都没有言语。

容徽的记忆停留在十五年前，但很显然，这个世界已经变得跟他记忆里的一切不太一样。

这是十五年后的世界，那天容徽盯着手机屏幕上的日历许久，才不得

108

不相信这件事。

他的记忆，到底出了什么问题？

容徽百思不得其解。

放置在桌角的手机被狸花猫坐在屁股底下，容徽手里捏着棋子盯着棋盘上的格子出神的时候，那只猫就坐在那儿梳理毛发。

直到手机屏幕忽然亮起，发出清晰的提示音，狸花猫被吓了一跳，翻身跳下桌子。

容徽回过神。

片刻后，他还是把棋子扔回棋笥里，伸手把手机拿了过来。

"容徽，你在干什么呀？"

是桑枝发来的消息。

容徽看了一眼就想将手机搁下，但他又想起来那天晚上她拉着他的衣袖，可怜巴巴的模样，他抿着嘴唇，还是回了两个字：

"下棋。"

这是桑枝第一次收到他的回复。中午教室里很安静，大家都在午睡，她看到他的回复的时候，差点一下子站起来。

她忍不住笑，戳着屏幕发了好几个她最喜欢的表情包过去。

拿着保温杯喝了一口热水，桑枝捏着手机，随意地往四周望了望。

她的目光停在了中间那组，倒数第二排睡得正香的孟清野身上，细碎的额发稍稍遮掩了他的眉眼，他脖颈上的那枚玉坠就贴在他的手背。

桑枝盯着那枚玉坠，原本轻松的神情骤然有了些变化。

她不由自主地低眼看了看自己手心里已经只剩下半个字的那道符纹。

或许正是因为这道符纹在她的手心里淡去一半，所以她现在手心的疼痛也再没有以前那样频繁，即便是痛起来，也只是轻微的疼痛感。

容徽的记忆到底为什么会出现错乱的情况？或许这本就跟孟清野的那枚玉坠脱不开干系。

可是孟清野那个小气鬼连看都不给她看一眼。

桑枝叹了一口气。

下午快上最后一节课的时候，桑枝打了个哈欠，忽然感觉到衣兜里的手机在振动。

她拿出来一看，屏幕上闪烁着的"容徽"两个字，令她原本有些昏昏欲睡的脑子骤然清醒了许多。

她连忙压低身体，点了接听键："喂？"

但她还什么都没来得及说，就看见物理老师已经走了进来，她只能急匆匆地对电话那端说了一句："你等等我，我马上回来！"

然后，她迅速挂断电话，把手机塞进兜里的瞬间，就站起来捂住肚子："林老师，我能去一趟医务室吗？我肚子痛……"

她皱着眉头，一副很不舒服的模样。

林老师一向很喜欢桑枝这个成绩好又很听话的好学生，她一见桑枝这样，就连忙让桑枝去了，本来还想让同桌的封悦陪桑枝去，却被桑枝拒绝了。

而被桑枝挂了电话的容徽盯着手机屏幕，像是并没有明白她的意思，但电话已经挂断，他就把手机收进了裤袋里。

桑枝出了教室，还捂着肚子装模作样地下了楼，然后跑到学校的后门。

上课期间，学校的大门是不允许学生出去的，后门也是时常锁着的，就像是一个摆设。

这大约是桑枝上高中以来，第一次翻学校的围墙。

冬天里穿得有点厚，一身羽绒服让她施展不开，她就干脆把外套脱了，直接扔到围墙外面。

"谁乱扔衣服？"

谁知道她刚把衣服扔出去，就听见一抹朗润的嗓音，语气并不算好。

桑枝好不容易爬上围墙一看，底下蹲着的不是孟清野是谁？

她的衣服就顶在他的脑袋上，而他一只手里端着一碗关东煮，另一只手则拿着一串刚吃了一半的鱼丸。

学校后面的后街是出了名的小吃街，他应该就是在对面买的。

"……"

桑枝干笑了一声："对不起啊，孟清野，我不知道你在这儿……"

孟清野一见桑枝，原本烦躁的神情收敛了一些，反倒是有些惊诧，问：

"你……这是干吗？"

桑枝这才想起来自己的事，她连忙朝他摆手："你快往旁边去一点儿！"

孟清野下意识地往旁边挪了两步。

然后，他就看见桑枝果断地从围墙上跳了下来。

"我有点急事，就先走了啊！"桑枝说着，把外套拿回来穿上，就头也不回地往对街跑。

孟清野咬着鱼丸，盯着她的背影片刻，然后就迈开长腿往另一边走。

桑枝打车回去之后，就直接穿过巷子跑到了旁边的小区里，可当她走进那栋单元楼，跑上三楼开门之后，却并没有在客厅里发现容徽的身影。

就连那只狸花猫也消失得无影无踪。

她推开所有房间的门，都没有找到容徽。

桑枝有点慌了，她站在客厅里愣了片刻，才从自己的衣兜里掏出手机，拨通了容徽的电话。

单调的铃声响在她耳畔，她的心脏像是被一只手紧紧攥住，时间显得格外漫长难挨。

电话骤然接通的那一刻，桑枝听见那端传来他冷静又清凌的嗓音："桑枝。"

这大约是她第一次听他如此清晰地唤她的名字。

桑枝有些晃神，但也仅仅只是两秒，她就连忙问："容徽你去哪儿了？你千万不要想不开啊，我跟你说……"

"我在外面。"

他打断了她。

当桑枝凭借着他发来的定位跑到林市最著名的云珠塔时，她爬了半个小时的阶梯，才看见站在那片朦胧雾霭间的他。

在这座山上的云珠塔很高，在这样散漫的寒雾之间就更显得高耸入云。

值此午后，云珠塔上那一颗颗犹如明珠一般的灯还未亮起，阴沉寒冷的天气里，整座塔都显得没有一丝温度。

容徽站在那儿，望着云珠塔的钢架上那几只停驻的羽翅雪白的鸟，在这样苍翠的山色与凛冽微寒的雾气之间，他的眉眼显得过分冷淡。

他穿着单薄的衬衣，衣摆被这冷风吹得猎猎作响。

那只毛茸茸的狸花猫就坐在他的肩上，也在盯着钢架上的那几只鸟。

桑枝一屁股坐在地上，缓了好一会儿才平复下来。

"容徽你能不能不要吓我啊？"

她是真的生气了。

容徽回头时，就看见坐在地上的她，脸颊绯红，额角还有些细密的汗珠。

这会儿她正用那双眼睛瞪着他。

"原本想告诉你，"他竟然破天荒地解释，"但你挂了。"

"我什么时候……"

桑枝挺起胸膛，话说一半，忽然想起来上课前的那通电话……她好像的确没有给他说话的机会。

她一下子住了口，摸了摸自己的鼻子，有点尴尬地讪笑一声："是我弄错了……"

停顿片刻，她就站起来，走到他的身边："你看，我是不是说话算话？本来我要上物理课的，你给我打电话我直接就逃课了！"

容徽偏头看她片刻："我只是想告诉，今天不用去我家。"

言下之意就是根本没想让她逃课。

桑枝一时哽住。

半晌，她转移话题："你、你为什么要来这儿啊？"

容徽望了一眼云珠塔，沉默了许久。

就在桑枝以为他不会回答的时候，她却听见他忽然开口："我想看看，这个城市到底变成了什么样子。"

云珠塔下，就是半个林市的风景。

他的记忆出了问题，所有的一切都和他认知里的事物有了很大的出入。

"这样啊……"

桑枝大约也能够体会他此刻的心境。

狸花猫已经从他的肩头跳下来，自己在草地上打着滚儿玩。

桑枝站在他的面前，望着他："你有没有什么喜欢的东西？"

容徽稍怔，他的目光落在她身后那片若隐若现的城区。半晌，他垂下眼帘，神情平淡："这很重要吗？"

桑枝点点头，认真地说："很重要啊！"

她冲他笑："你喜欢什么，什么就能成为你活着的意义。"

桑枝说完，就把自己的外套脱下来，踮着脚往他身上披："你出来怎么也不多穿两件衣服？你这么穿，我看着都冷……"

他的身高几乎快高出她一个头，桑枝踮着脚想要帮他整理羽绒服外套的时候，脚下却没稳住，额头直接撞在了他的胸口上。

她的衣服上带着一种浅淡微甜的气息，隔着单薄的衬衣衣料，他能够清晰地感受到她的温度。

她的脑袋撞上他胸口的瞬间，容徽脊背僵硬，眼睫颤啊颤，耳郭几乎在瞬间红透。

他手指动了动，几乎是下意识地就把身上的那件衣服拽下来，直接扔向她，遮住了她的整个脑袋。

她"咦"了一声，连忙把衣服拿下来，抬眼就看见少年渐行渐远的单薄背影。

"容徽你等等我！"

桑枝连忙跟上去。

第四章 //
记忆恢复

寒假来临，桑枝终于可以不用早早地起床，迎着寒风去学校。

"今年过年……可能要跟你舅舅他们一起过。"桑天好坐在沙发上，对桑枝说。

他说起这事儿来，也有点烦心，毕竟就在楼上楼下的，他那大嫂一提，他也没办法拒绝。

"我不想跟他们过……"桑枝原本在写作业，听见桑天好的这句话，她就皱了一下眉。

上次她逃课的事儿，原本只有桑天好知道，结果赵姝媛放学回来，直接就跟她舅妈田晓芸讲了，田晓芸直接就抖搂给了桑枝的母亲赵簌清。

于是那天晚上，桑枝接到了赵簌清的越洋电话。

但所幸赵簌清并没有责怪她的意思，赵簌清的第一反应是关注女儿的心理状态，是不是在学校里受欺负了，还是厌学什么的。

桑枝基本没怎么解释，赵簌清也没有细问。

因为赵簌清很了解自己的女儿，而桑枝的学习成绩也一直很稳定，没有退步。

"等他们找好房子就好了，还是我们父女俩自己过年舒服啊……"桑天好也有点后悔自己当初的决定了。

但这会儿说什么都晚了。

除夕这天，桑枝的舅舅和舅妈带着赵姝媛早早地就上三楼来了，一整天都在桑枝家的客厅里嗑着瓜子，吃着水果，说说笑笑。

年夜饭是田晓芸抢着做的，她自从来到林市，自从住进一楼的房子里，就一直显得过分热情。

饭桌上，田晓芸的话很多，桑天好却变得话少起来。

桑枝跟赵籔清通了视频电话，聊了会儿天，又跟阮梨互道"新年快乐"，说了些话。

"大哥大嫂，你们的房子看得怎么样了？"桑天好喝了一口酒，随口问道。

赵明希听了，原想回答，却被田晓芸抢了先："天好，这大过年的你提这个事儿做什么？怎么，想过完年就把我们赶出去？"

桑天好愣了一下，解释道："大嫂，我不是这个意思……"

"天好啊，这找房子哪里是那么随便的事儿，你说是吧？我们得好好斟酌。"田晓芸说道。

桑天好还没说话，赵明希先开了口："天好，房子我已经看了不少，等这个年过完，应该很快就能定下来。"

田晓芸剜他一眼，像是有些不满，但还是顾忌着桑天好在这儿，也就忍了下来。

桑天好摸摸鼻子，觉得气氛有一点尴尬。

这顿年夜饭大约是桑枝这些年来吃得最不愉快的一顿饭，幸好到十点多的时候，他们就都下一楼去了。

桑枝跟桑天好一起收拾好了餐桌上残留的狼藉，就已经累得瘫在沙发上。

因为昨天晚上熬夜打游戏，本来就没睡多久，今天又很早起床，桑天好这会儿是真的困得不行。他打着哈欠从自己兜里掏出一早准备好的红包，递到桑枝的手里："新年快乐，乖女儿。"

"谢谢爸爸。"桑枝拿着红包，笑着说。

桑天好洗了澡就回卧室去睡觉了，桑枝把她爸爸和舅舅给的红包都收好，然后也去洗漱完，就回了房间。

等到十一点多的时候，桑枝才小心翼翼地打开卧室的门。

她仔细听了听，好像还听见了她爸的呼噜声。

桑枝放下心来，穿着一件厚厚的长款羽绒服，背着书包，就轻手轻脚地溜去了玄关。

换好鞋子，桑枝打开门，轻手轻脚地走了出去。

夜里寒雾更重，桑枝跑过巷子的时候，脸被冷风吹得有些刺痛。

跑进巷子尽头转角的小区里，她借着楼道里的声控灯的光，上了三楼。

从衣兜里拿出钥匙打开门，那只狸花猫就热情地跑过来，蹭她的腿。

"妙妙，新年好！"

桑枝蹲下身把它抱进怀里，用脸颊蹭了蹭它的脑袋。

等她站起来，抬眼就看见容徽正站在客厅里的那扇窗前，而此刻，他已经回头看向她。

当一根又一根的蜡烛点亮，驱散这客厅里所有的黑暗，桑枝也终于看清了他的脸。

"为什么要来？"

良久，她忽然听见他开口。

然而此刻，他却坐在沙发上，垂着眼，并没有在看她。

"来跟你过年呀。"桑枝答得很坦然。

她把自己从家里拿的水果零食全都摆在了玻璃茶几上："你不能吃东西真是太可惜了，你就只能看着我吃了……"

她说着，还把啃了一半的苹果拿到他眼前晃了晃。

桑枝也不太明白，自己究竟为什么会跟他坐在棋盘前，下棋。

"那个……我不会下围棋啊，我只会一点五子棋。"桑枝抓着棋筒里纯黑的棋子，强调着说。

"嗯。"

容徽轻轻地应一声。

"你再等等，我先给自己倒上一杯。"

桑枝把自己早就馋了好久的果酒也拿过来了，在饭桌上她没喝，这会

116

儿她却有点想喝。

水蜜桃味的果酒味道清甜，桑枝只喝了一口，就喜欢上了这个味道。

她攥着棋子，一双杏眼盯着容徵手指里落下的白子，她紧跟着落下黑子。

也不知道一共下了多少局，总之桑枝是一次都没有赢过。

她有点丧气："不玩了！"

或许是因为喝了果酒，她原本白皙的面庞此刻已经稍稍泛粉，在这满室的烛光之间，颜色仿佛更明显了一些。

后来，桑枝坐在地板上，点燃了她带来的仙女棒。

火花灿烂，耀眼动人。

桑枝偏头望向坐在她身边的少年："好看吗容徵？"

彼时，她手里的仙女棒已经燃尽，容徵只瞥了一眼，并没有说话。

桑枝又点燃三根仙女棒，递给他："你拿着呀。"

容徵接过来，就听见她在笑。

他偏头看她时，就见她把自己的书包拿了过来，拉开拉链的瞬间，从里面取出来一条围巾。

那是和她的差不多的红色毛线围巾。

眼前的女孩儿跪在地上，把围巾在他脖颈间绕了一圈，又盯着他打量了片刻，然后就开始傻笑。

"你好好看呀容徵。"

她的声音又软又柔。

"新年快乐。"她说。

那一瞬，容徵望着她那样一张犹泛微红的明净面庞时，望着她傻笑的模样，好像她那只无意识地扶在他后颈的手掌里的温度已经浸透他的肌肤，如灼烧的火焰一般顺着血液流淌至他的胸腔，令他有半刻呼吸微窒。

"为什么？"

容徵开口时，嗓音有些哑。

这大约是他第一次这样认真地凝望她的那双眼睛："你到底，为什么要救我？"

"我就是想让你活着。"

桑枝的回答几乎不经思索。

"容徽，"她的手轻轻地扯住他的衣袖，"这世上有可多好东西了，你好多都还没见识过，死了多可惜呀。

"你只有活着才能得到你想要的呀。"

这几个月以来，这些话仿佛都已经印在了她的脑海里，她时刻都能脱口而出，讲给他听。

她是那么认真地，想要留住这个人的生命。

她见过他眼睛里有光彩的样子，像是月亮浸润涧泉留下的清澈光影。

他不该悄无声息地死在这里。

"我没有什么想要的。"

容徽的手指收紧，薄唇微动。

"你肯定有！"桑枝用手捧住他的面庞，"就算现在没有，你以后也会有的！"

她说得很笃定。

那双眼睛里的光芒也尤为动人。

容徽几乎就要相信她口中所说的每一个字。

后来，两个人坐在地板上，容徽听着她在自己身旁叽叽喳喳地说个不停，说着这世上有多少好玩的，好吃的。

不知道什么时候话题忽然变了。

"我跟你说，我就从来没见过比你还好看的人……"

她也许是有些醉了，大约是想起来某些事情，她捂着嘴巴笑了一会儿，忽然凑近他的耳畔："我偷偷告诉你哦，我以前……"

她抿着嘴唇闷闷地笑了两声，然后才开口："我以前还暗恋过你呢。"

随着她的嘴唇开合，温热的气息喷洒在他的耳郭上、脖颈上。

当容徽听见她的这句话时，他那双情绪鲜露的眸子里恍若万顷江海的浮浪翻滚奔流，胸腔里的那颗心脏仿佛也跳得更快，他整个人都愣住了。

女孩儿熟睡在他的肩头，容徽仍久久不能回神。

他大约是此生第一次这样小心翼翼地将一个女孩儿抱进怀里。

淡金色的流光隐没了他和他怀里的女孩儿，瞬间流窜出了窗外，落入了对面的窗台里。

桑枝躺在她自己的床上，仍然沉沉地睡着。

而她却不知，那个住在她对面，曾被她偷偷看过多少回的少年，此刻正站在她对面的那扇窗前，久久地凝望她的窗。

本该死在十七岁的容徽，被忽然闯进他那段身为凡人最后的记忆里的女孩儿救了下来。

他记得那天她趴在浴缸边哭得满脸泪痕的模样。

也记得她是那么认真地说要他好好活着时的模样。

"你只有活着才能得到你想要的呀。"

她的声音仿佛仍在耳畔。

好像忽然之间，他有了想要的。

被高楼大厦遮掩的遥远天边，绽开一簇又一簇的烟火，五光十色，绚烂至极。

新年伊始。

十七岁的容徽，心底有一抹隐秘的、朦胧的种子从今夜埋下。

他，忽然想将对面的那个女孩儿，据为己有。

清晨寒雾弥蒙，昨夜里下了雪，窗外的护栏与底下窄巷的砖墙上都覆了一层积雪，地上不平整的地砖都积着已经融化的浅薄雪水。

桑枝的窗被雾气染得朦胧不清。

在被窝里挣扎了好一会儿，桑枝才打着哈欠坐起来。

在衣柜里找了衣服换上，桑枝走到窗边，伸手用手掌将窗前的雾气擦去一些。

落着雪的天色稍暗，那种冰雪浸润的寒气仿佛就在她用手抹掉的雾气里，此刻停留在她的手指间，在开着空调的温暖房间里，这样凛冽的温度却无端令人觉得舒服。

桑枝虽然没有很喜欢冬天，却十分喜欢这样下着雪的时刻。

她兴奋地推开窗，窗外的寒风骤然袭来，令她下意识地缩了缩脖子。

伸出手去接雪花时，桑枝望见对面那扇被寒雾覆了薄薄一层的窗，她根本看不清那扇窗里的情形。

也许只是巧合，又或许是那人不知不觉已在这窗前站立了一夜，此刻，桑枝分明看见那扇窗被人推开来。

站在窗前的少年，一只骨节分明的手搭在窗棂，他仍穿着那一身单薄的衬衣，脖颈间却是她昨夜送给他的那条红色的毛线围巾。

昨夜喝醉了酒，后来的许多事情在桑枝的脑海里只留有模糊不清的影子。

此刻她也只是猜想，自己昨天晚上应该是已经将那条围巾送给了他，却记不清那原是她亲手替他围在脖颈间的，而他站立在窗前一整夜，从未舍得摘下。

这一刻，桑枝只是望着他，望着他衣衫的白，或是那条围巾的红。

她忍不住想，好像无论是清淡如雪，还是浓烈如火的颜色，衬着他时，都能令人只一眼，就不由得心绪晃荡，神思无往。

"容徽，下雪啦！"

桑枝扬起笑脸，站在窗前，向他招手。

而站在对面的少年，也不由得微微弯了眼睛。漫天纷飞的雪色间，他那双漆黑的眸子，却只专注地在望着她。

像是在打量自己昨夜忽然的心思微动间，为自己在这个了无生趣的尘世里，寻找到的唯一想要的存在。

活着没有那么重要，容徽或许早已经将自己这残缺的生命，当成了这世上最无关紧要的东西。

但要他活着，对住在对面的那个女孩儿来说，似乎是一件很重要的事情。

而这个世界上，也只有她一个人，珍重着他的生命。

胸腔里像是裹着一团火，从昨夜她睡在他肩头的那一刻开始，那团心火便一直长燃不熄。

容徽从没有体会过这样的感觉。

他只是这样看着她那样灿烂的笑脸，就好似心火燎原，烧得喉咙干涩，却始终挪不开眼。

"桑枝，你在叫什么？"

当桑枝还在朝容徽招手的时候，她忽然听见门外传来她爸爸桑天好的声音。

她吓了一跳，连忙转过身，在桑天好推门进来的时候，干笑一声："没、没什么……"

桑天好觉得她有些奇怪，却也到底没多说什么，只是说了一句："我把早餐买回来了，快出来吃。"

"好。"桑枝连忙点头应声。

待桑天好出去之后，桑枝才又回头去看对面那扇窗，少年不知道什么时候已经不在那儿了。

那扇窗也已经紧闭着，仿佛从未有人推开过。

桑枝连忙走到她的小床边，从枕头底下摸出手机来，打开微信，又点开那个被她备注了"十七岁的小神仙"的对话框。

"容徽，我爸爸叫我吃早饭啦，等会儿我吃完就来找你，我们一起出去玩好吗？"

桑枝发完消息，就拿着手机走出了卧室。

吃饭的时候，桑枝把手机放在桌子上，无论是吃着包子，还是喝粥的时候，她都会忍不住瞥一两眼手机屏幕。

"看什么呢你？吃饭不好好吃饭。"桑天好伸手过来揉了一把她的头发。

桑枝只是对他笑了笑，咬着包子不说话。

直到她的手机屏幕亮起来，与此同时微信提示音也响了起来。

桑枝连忙拿起手机，划开屏幕就看见了他的回复：

"嗯。"

只简短的一个字，却让桑枝忍不住傻笑起来。

那双眼睛里的欢欣雀跃是怎么都掩饰不了的。

他终于愿意跟她出去玩啦！

等她抬头的时候，正好撞见桑天好咬着筷子，正盯着她看。桑枝脸上的笑容一僵，然后她讪笑一声，咳嗽了两声，才开口："爸爸……我吃完饭就要出去玩了哦，跟我同学一起。"

"男同学女同学？"桑天好摸着下巴问。

"……女同学，你见过的，就是封悦，她不是还来过咱们家嘛。"桑枝说起谎来还是有点心虚，但她还是努力地摆正神情。

"哦，那你们去哪儿玩？"桑天好又问她。

"去新湖公园。"桑枝笑着说，"今天下雪，那里应该很漂亮。"

桑天好点了点头："嗯，记得早点儿回来。"

"知道了。"桑枝喝着粥，模糊地应了一声。

吃完早餐，桑枝就穿好外套，又把那条红色的围巾给绕在了脖颈上，穿上雪地靴，她背着书包就出门去了。

在去隔壁小区之前，桑枝先去超市里买了一袋猫粮，她记得之前买给妙妙的那袋猫粮已经见了底。

桑枝跑进小区里，迅速走进单元楼里，上了三楼。

桑枝刚拿出钥匙要开门，门却忽然被打开了。

狸花猫从门把手上掉下来，在看见桑枝的瞬间，就开始摇晃着尾巴，发出软绵绵的"喵喵"声。

明明它之前那么冷淡，除了容徽，就不爱搭理任何人，现在在桑枝面前却变得又乖又黏人。

"妙妙，开饭啦！"

桑枝蹲下身摸了摸它的脑袋，然后就连忙走进去。

容徽正坐在沙发上，手里捏着桑枝送他的手机，屏幕亮着，也不知道他在看些什么，只是当那只狸花猫跑去开门时，他的目光就落在了玄关，停在了她的身上。

少年的目光仿佛仍旧阴郁冷淡，却在看向她时，那双琉璃似的眼瞳里，到底还是浸润了浅薄的温度。

而她对他的神情变化，毫无察觉。

桑枝把猫粮给狸花猫倒了一些在猫碗里，然后就走到他的面前来："容徽，我们今天去新湖公园吧？那里很漂亮，是林市最大的公园。"

容徽垂下眼睑，应声时，嗓音仍旧有些发干。

被她遗忘了的、昨夜的那些事，却令他在此刻看见她，看见她脖颈间绕着的围巾时，又如电影般在脑海里一帧帧闪过。

心动或许是一件很忽然的事，但也许，那已是潜意识里的蓄谋已久。

被他遗忘了的那两段真假参半的十岁，再到十二岁的所谓记忆，或许也并非没有留下丝毫痕迹。

他忘记了他把她当成养父母的女儿，又或者是邻居家姐姐的那些错乱的记忆。

可她留给他的温度，或许已经无意识地根植在他的心头。

如果是她最初在那个暴雨天里遇见的那个早已经死在十七岁，却并未散去魂魄，反而被困在那个房子里十五年之久的容徽，或许他这辈子，无论是多漫长的岁月，他那扇早已紧闭的心门，都不会再透进一点光来，而他那副早已冷硬的心肠，也不会再有一丝的温度保留。

该是这样的巧合，令她得以遇见他的十岁、十二岁，甚至是十七岁。

那该是他最脆弱不堪的过去。

幸而她，有机会去触碰他的曾经。

"你只穿这个衣服，不冷吗？"

或许是见他出神，桑枝伸手在他眼前晃了晃。

纤长的睫毛不由得颤了一下，他回过神来，轻轻摇头。

或许是冷的，但他早已经习惯这种麻木的感觉。

桑枝轻触了一下他的手指，冰冷的温度似乎是从他骨子里透出来似的，她皱起眉："你的手都这么冰了，你怎么会不觉得冷？"

她直接把背上的书包取下来，扔在沙发上，然后就跑进她之前帮他清扫整理出来的卧室，在里面找出来一件米色的羽绒服。

那是她刚入冬的时候就买给他的，却没见他穿过。

"把这件衣服穿上。"

桑枝把衣服拿出来，递到他眼前。

羽绒服是长款的薄羽绒服，穿在他身上也不会显得臃肿，反而很修身，红色的毛线围巾就围在他的脖颈，衬得他冷白的面庞终于多了一丝暖色。

现在的容徽似乎已经摸清了一些自己身上所具备的神奇力量的使用诀

窍，而他也终于能在所有人面前显露身形。

就像今天一样。

桑枝之前有买一个猫包，原本是打算以后带着妙妙出去的时候，这样也能方便一点。

但是妙妙死活不愿意进去。

桑枝把它按进去，它就在里面夗了毛似的"喵喵"叫。

所以她也就不强迫它了。

出来的时候，她就把它抱在怀里。

和容徽一起坐出租车到了新湖公园，妙妙就从桑枝的怀里跳出去，一下子爬上了容徽的肩头坐着。

动作十分熟练。

桑枝也正好转了转有点发酸的手腕："妙妙你又胖啦！"

因为今天是大年初一，所以公园里的人比平时要少许多。

桑枝和容徽一路走着，遇上的都是在这冷天里来去匆匆的零散行人。

新湖公园很大，这里的园林设计完美融合了现代与古代的建筑之美，有亭台楼阁，有假山顽石，也有清幽小径，湖畔风光。

还有一个大的滑冰场。

桑枝早就想来滑冰，却一直没有时间过来，这会儿见了滑冰场，就走不动道了。

她想让容徽跟她一起滑冰，但容徽却站在那儿，轻瞥她一眼。她就讪笑了一声："那，我自己去。"

桑枝不放心地嘱咐一句："你和妙妙在这儿等我哦！不能走掉！"

那片坚冰形成的滑冰场上，容徽眼看着她在冰上来回穿梭。

那么远远地看着，容徽都能看清她发红的鼻尖。

她的呼吸氤氲着一缕又一缕的雾气。

她似乎是一个很容易就会觉得满足的人，开心对于她来说，也是一件很简单的事情。

就仿佛此刻，在雪花纷飞，寒雾弥漫的这片灰暗的天色里，她穿着滑冰鞋，在冰场上转着圈儿，笑得眼睛都弯起来了。

人间烟火到底该是一种什么样的气息？

那一瞬，容徽在她的身上，仿佛看到了什么。

然后……他就看见她摔倒了。

侧着身一下子倒下去，摔在坚硬的冰面上，容徽看到的瞬间就下意识地伸手，却在看见她往他这边看过来的时候，他反射性地缩回了手，背在身后。

桑枝跑过来的时候，还有点不太好意思。

她摔倒的狼狈样子被他看到了，身上还粘了些冰碴子，头发也湿了一些。

脸颊有些发红，大约是她摔倒时贴在冰面上，被那样刺骨的冷冰给刺激得烧红的。

容徽抿着唇片刻，指节动了动，终归还是没有忍住伸手轻触她围巾上粘染的一点冰碴。

指腹轻触的瞬间，冰碴就已经融化成透明的水痕。

他的眼睫微垂，停在她右手手背上的一点擦伤，开口说话时，他的嗓音仍旧冷静平淡："疼吗？"

"只是破了一点点皮，不疼。"桑枝虽然惊异于他忽然的动作，但还是下意识地乖乖回答了一句。

新湖公园的湖中心有一个亭子，桑枝捧着一杯热奶茶，跟容徽坐在亭子里看雪。

这会儿的雪似乎要比之前还要盛大一些。

"容徽，你喜欢雪吗？"桑枝咬着吸管喝了一口奶茶，笑着问他。

容徽看了一眼亭外那些飘忽落下，融在湖面薄薄冰层上的寸寸白雪，终归不忍在她那双清澈眸子的注视下，说出一个"不"字。

"嗯。"他轻轻地应。

可这样盛大的雪天里，最惹人注目的，其实是他身旁看雪的人。

但这些，他是绝不会说与她听的。

只是片刻闪神，容徽就感受到有什么冰冷的东西轻触他的脸颊。

他偏头就看见桑枝手里捧着的那个她自己团的小雪球。

她的手已经发红，但她捏着雪球，弯着眼睛，把雪球往他面前递："你喜欢的，我都送你！"

桑枝觉得，她已经取得了第一阶段的成功。

他至少，开始留恋这一场属于人间的雪。

或许以后，他还会喜欢上更多事物，到那时，他的眼睛里或许就会添上光彩。

心跳的声音在耳畔愈有强烈之势，容徵抿着唇，将目光从她那张笑脸上移开，手指不自禁地蜷缩起来。

但他刚接过来的那颗雪球，却被肩头跳下的猫一爪子带到地上，被它一屁股坐扁。

被雪冰到屁股的狸花猫"喵"的一声跳进了容徵的怀里，可它抬起脑袋，却对上了他那微暗的眸子。

被猫坐扁的雪球已经渐渐融成水渍。

狸花猫却蜷缩身体，脊背僵硬，甚至还有点发抖。

寒假的时间并不算长，因为开学就是高二下学期，所以学校布置的寒假作业有点多。

到快开学的前几天，桑枝还在赶作业。

这天，桑天好去跟他的几个朋友烧烤去了，原本是想带着桑枝的，但桑枝却说不去，他只能给她转了点吃饭的钱，就出去了。

桑天好一出门，桑枝就把自己的作业收拾好，跑到旁边小区容徵的家里去。

她趴在玻璃茶几上写作业的时候，妙妙就坐在她的练习册上，舔着爪子，梳理毛发。

"……妙妙你过去点。"桑枝扯了扯自己的练习册。

妙妙却不满意了，伸出爪子就去挠她手里握着的那支笔，但它也没有露出尖利的指甲，只是用软软的肉垫去打她的笔。

"……"

桑枝往后挪了一点，看着这只已经翻身躺在她练习册上，露出肚皮的胖狸花，她只觉得心都被萌化了。

伸手摸了摸它的脑袋，桑枝发出由衷地感叹："你真是我爱学习路上的'绊脚猫'啊……"

妙妙蹭蹭她的手掌，发出软乎乎的喵叫声。

容徽原本手里捏着一颗白子，偏头就看见桑枝低头用鼻子蹭狸花猫的脑袋。

"妙妙……你好像有点儿馊了？"

桑枝吸了吸鼻子，歪着脑袋回味了一下妙妙身上的味道，好像有点鱼腥味儿，又带着一点儿说不出的复杂味道。

妙妙像是听懂了她的话，竟还自己垂着脑袋闻了闻。

"喵？"

它大约觉得自己还挺香的。

桑枝回头，看向一直坐在那边，静默如画的少年："容徽，妙妙它该洗澡了，我们去我家给它洗一下吧！"

去她家？

容徽抬眼看她。

也是这一刻，妙妙似乎对"洗澡"这两个字显得尤其敏感，它竖起毛发，尾巴也不晃了。

"妙妙，你得洗干净了容徽才会允许你钻他的被窝哦！"

桑枝发现它要跑，就一下子把它按住，抱进了怀里。

"喵……"

妙妙开始挣扎。

直到容徽走过来，垂眼瞥它。

明明是很平淡的一眼，但妙妙还是忍不住蜷缩成一团，连喵叫声都弱小了许多。

淡金色的流光如丝线一般，束缚在妙妙的四肢上，令它整个身体都没办法再动弹一下。

妙妙蒙了。

桑枝也愣了。

"走吧。"容徽看着眼前的女孩儿，轻声说。

桑枝眨了眨眼睛："哦。"

桑天好并不在家，所以桑枝才敢带着容徽去家里，但在要到巷口的时候，她还是嘱咐他道："你记得要隐身啊，虽然我爸爸不在，但是我舅妈一家住在一楼，要是被他们看到了，他们就会告诉我爸爸妈妈的……"

桑枝已经领教过了她舅妈田晓芸和那个小表姐赵姝媛的碎嘴功夫了。

容徽没有说话，只是漫不经心地颔首。

没想到的是，桑枝刚走进单元楼里，就正好撞见了被田晓芸叫出来倒垃圾的赵姝媛。

"桑枝，你从哪儿抱回来的猫啊？"

赵姝媛提着一袋垃圾，神情有些不耐烦，她瞥了一眼桑枝怀里的猫，就皱起眉："流浪猫身上脏东西很多的。"

妙妙没办法动弹，但它那双圆圆的眼睛依旧警惕地望着赵姝媛，像是想起了什么事情似的，它紧绷着身体，发出威胁似的声音。

"我讨厌猫，你可别弄回来啊。"赵姝媛说这话的语气并不算好。

桑枝不知道妙妙为什么会忽然变成这样，但她听了赵姝媛的话，有点气笑了："你讨厌猫关我什么事情？"

"桑枝……"赵姝媛的神情稍变，但她话还没说完，在屋子里听到动静的田晓芸走了出来。

"姝媛，让你去倒个垃圾你都磨磨蹭蹭的，你……"

田晓芸话说一半，就看见了桑枝，以及她怀里抱着的那只猫。

"桑枝啊，你这是从哪儿抱回来的猫？你不是要养吧？我跟你说这外头流浪的动物最不干净了，你还是别把它带回去了。再说了，我们姝媛也怕猫，你说，要是我们上你家去，要是吓到她也不好。"田晓芸说道。

这一瞬间，桑枝只觉得他们两个真不愧是母女。

"舅妈，"桑枝神情平静，抱着妙妙时，仍在抚摸着它的脑袋，安抚它的不安，"我养不养它是我的事情，表姐如果怕它，可以不来我家。"

桑枝说完，就往楼上走了。

"桑枝，你这是说的什么话？我跟你说你这样……"

田晓芸的声音在后面就像是比夏日蝉鸣还要聒噪许多倍的噪音，桑枝也没那个心思仔细听。

只是等她刚要上二楼的时候，却听见底下的田晓芸忽然"哎哟"了一声，像是右腿的腿弯被什么重重地打了一下，她身形不稳，直接摔倒，慌乱之间还拽掉了赵姝媛手里提着的那袋垃圾。

垃圾撒了一地，田晓芸头上也落了不少她中午摘在垃圾袋里的烂菜叶子。

"妈？"赵姝媛吓了一跳，连忙去扶她。

桑枝差点没憋住笑，但回过味儿来，她转头就看向一直默默地走在她身边的容徽。

等到回了家，桑枝才问他："刚刚是你弄的吗？"

容徽的神情没有什么变化，却也没有否认。

但面对她隐含笑意的目光注视，他抿着唇，像是有些不太好意思地偏头，躲开她的视线。

桑枝低头去看自己怀里的妙妙，脸上的笑意又收敛了许多："刚刚妙妙看见赵姝媛为什么会那么激动啊……"

妙妙一直算是一只很高冷的猫，它也很少显露出这样一副尤其警惕且恐惧的模样。

容徽看了一眼桑枝怀里的狸花猫。

手指微动的瞬间，淡金色的流光飞出去，似浅浅的气流涌动着浸入了狸花猫那双圆圆的眼睛里，他轻轻闭眼。

不过只是瞬间，他就睁开了眼睛，神情有了细微的变化，似乎还有些惊愕。

这是妙妙的记忆。

容徽现在也仅仅只是勉强摸清了自己所拥有的一些神秘能力，这只猫的记忆却深不见底，他的办法也仅有半刻功效，令他只能窥其边角。

他看清了这只猫此刻脑海里所想的回忆，再多的却也没有办法窥探。

"你……在干吗？"桑枝疑惑地望着他。

"它以前被人拔了指甲，刺穿了耳朵，扔进了垃圾桶里。"容徽盯着那只猫，忽然开口。

他原本以为，这只狸花猫是桑枝的，却没有想到，它原本是他捡来的。

在它的这段记忆里，容徽看清了这只狸花猫挣扎着从垃圾桶里钻了出来。

在那个冬天里，它冻僵在他的窗台，奄奄一息。

在这只猫的眼睛里，容徽并不能看清他自己的影子。

桑枝还在摸妙妙的脑袋，听见容徽的话，她骤然抬头："你说什么？你的意思是……那个人，是赵姝媛？"

半晌，桑枝才找回了自己的声音。

"这不可能啊，赵姝媛她一直在京都，她怎么可能会在这儿……"

话说一半，桑枝的声音戛然而止。

她忽然想起来，两年前的冬天，赵姝媛跟着她爸爸赵明希一起来过林市，还在她家住了两天。

那时，赵姝媛输了一个舞蹈比赛，被田晓芸天天念叨，赵明希怕她心理压力太大，就带着她到林市来玩了两天。

桑枝怔怔地盯着自己怀里的狸花猫。

她能感觉得到，它浑身都在发抖。

被生生拔去指甲，被刺穿一双耳朵，这对于它来说，到底有多疼？桑枝没办法感同身受，但也大概能够想象得到。

桑枝无论如何都没有想到，赵姝媛竟然会做出这样的事情。

她只能轻轻地摸了摸妙妙的脑袋，抿着唇半晌，她说话时嗓音都有点干："妙妙不怕，我会保护你的……"

妙妙渐渐地也平复下来，用脑袋蹭了蹭桑枝的手。

在桑枝喂它吃了小鱼干之后，它又开始摇晃尾巴，想往容徽的怀里跳。

容徽却躲开了它。

"喵……"妙妙有点失落。

桑枝摸了摸它的脑袋："妙妙，你要是洗香香了，他不但愿意抱你，还会让你钻被窝哦！"

妙妙坐在地毯上，像是在犹豫。

但没一会儿，桑枝就看见它站起来，自己往洗手间那边走了过去，然后蹲在那儿，用爪子挠了挠门。

桑枝看了看容徽，又望了望它。

水汽氤氲的浴室里，桑枝往坐在盆子里的狸花猫身上浇水，一边帮它洗澡，一边感叹："妙妙你真的是实心的呀……"

妙妙原本还挺乖的，直到桑枝拿了宠物浴液往它身上涂，它就开始"嗷呜嗷呜"地叫，在盆子里挣扎来挣扎去，弄得桑枝身上沾了不少水和泡沫。

"容徽！"桑枝连忙喊。

这个时候，容徽正站在客厅里，拿了架子上摆放着的一个相框。

相框里的照片，是桑枝和她父母的合照。

照片里的女孩儿笑容灿烂，阳光就在她的肩上，她穿着浅色的裙子，面容比现在还要稚嫩一些。

听见桑枝的叫声，容徽放下相框，走了过去。

然后，他就看见了在水里使劲扑腾的猫，和沾了一身水的桑枝。

"容徽，你快点过来帮我一下，妙妙它……"

桑枝正说着话，就被妙妙扑腾起来的水花给浇了一脸。

容徽走过去，只是蹲下身，淡金色的流光就从他的手指间窜出来，又一次束缚住了妙妙的四肢。

妙妙睁着圆圆的眼睛，整个都蔫哒哒了。

桑枝和容徽蹲在这片朦胧的水汽里，泠泠的水声偶有响起，狸花猫也终于放松下来，从桑枝挠它下巴的时候，它就开始觉得享受了。

没有一只猫，能够抵抗得了被挠下巴。

妙妙也一样。

而桑枝却没有发现，一直蹲在她身旁，自始至终没有说过什么话的容徽，不知道什么时候，已经将目光渐渐移到了她的侧脸。

浴室明亮的白炽灯照着他身旁女孩儿的面庞上细微的绒毛，照着她细腻白皙的肌肤，卷翘睫毛微垂时，投下浅淡的阴影。

她在笑，嘴里还在不断地对盆子里的那只猫说着话。

看见贴在她脸颊的一缕湿发，容徽下意识地想伸手，却又收紧指节，迟迟未动。

直到她忽然抬头，容徽反应极快地侧过脸，神情看起来仍旧冷淡如常。

"容徽，"桑枝帮妙妙洗着澡，却忽然想起来一件很重要的事情，"你家没有电，也没有水……那，你是不是也没洗过澡啊？"

他是不是……十五年都没洗澡？

看见眼前这个女孩儿忽然变得有些怪异的神情，容徽神情稍僵，那双眼睛里终于有了情绪波动，像是有点愠怒。

他撇过脸，伸出手指的瞬间，淡金色的光芒涌动着在浴室上方铺开一层水波似的气流。

"咦？"

桑枝才抬头往上一看，就被那气流里忽然奔涌出来的水给从头到尾浇了个透。

"……"

桑枝被水呛得咳嗽了好几声，人还有点蒙。

"行吧，"她用袖子擦了一下脸，讪讪地说，"你们神仙就是厉害，什么都能变。"

给妙妙洗完澡，桑枝让容徽用吹风机替它吹干毛发，而她则去了自己的卧室里换了一身衣服。

擦着头发走出来时，桑枝看见原本对噪声很敏感的妙妙乖乖地坐在那儿，任由容徽用吹风机吹着它的毛发，它一动也不敢动。

最初她见到他时，他的身边就有着这样一只猫。

对于容徽来说，妙妙对他到底是什么样的存在？或许，是在遇见桑枝之前，唯一可以令他保有几分温度的存在吧？

妙妙陪伴了他一两年的岁月。

即便现在的他，记忆倒退回了十七岁，但那种潜意识里的亲切感，仍不会让他排斥这只猫的靠近。

他也会很自然地像现在这样，当妙妙钻进他的怀里，他的眉眼多少会流露出一丝温和，伸手去摸它的脑袋。

天色渐渐暗了一些，早春时节的黄昏，夕阳余晖也没有多少温度。

桑枝抱着洗完澡的狸花猫，和容徽一起下楼，往他家那边走。

却在快要走到巷子尽头的时候，容徽忽然停了下来。

他面无表情地伸手捏碎了那些寻着他符纹的气息而来的恶灵。

青灰从他指缝间落入凹凸不平的地砖里，而桑枝抱着怀里的妙妙，一边跟它说着话，一边往小区里走，也没发现容徽没跟上来。

等她走进小区的大门，回头才发现容徽不见了，她连忙想回去找他，却意外地在小区里看见了一抹熟悉的身影。

"孟清野？"桑枝有些惊诧。

他怎么会来这儿？

孟清野站在那栋单元楼前，怔怔地仰望着。

或许是听见了身后的脚步声，他回过头，在看见怀里抱了一只猫的桑枝时，他也有些惊愕："你怎么在这儿？"

桑枝下意识地往身后小区外面看了一眼。

孟清野看不见容徽的身影，见桑枝并不回答他的问题，而是往旁边看了一眼，他觉得她有点奇怪："你在看什么？"

桑枝原本还在往小区门口张望着，忽然听见孟清野的声音，她就回过头来，连忙看向他："没什么……我有一个朋友住在这儿，他……他的猫在我家寄养了两天，我今天给他送过来。"

孟清野皱了一下眉："是吗？"

桑枝扯了扯嘴角，干脆问他："那你呢？你来这儿做什么？"

孟清野扬了扬下巴："我来看看我们家以前的旧房子。"

"你以前在这儿住过啊？"

桑枝抱着猫渐渐的有些费劲，索性让它爬到她的肩上。

"嗯，就在三楼。"

孟清野伸手指了指。

桑枝顺着他的手指往上面一看的时候，顿时有些愣了。她眨了眨眼睛，像是有些不确定，于是她也伸出手："是那边，还是这边？"

她的手指在三楼的两个房子的窗户之间来回。

"那个。"孟清野说。

桑枝瞪大眼睛。

那不是容徽的家吗？！

"这边再过些时候就要拆迁了，我想过来再看一眼。"孟清野也许是想起了一些模糊的记忆，他的表情也不似平常那样轻松。

拆……拆迁？

那是什么时候的事情？

适逢容徽走进小区里，远远地就看见站在小花坛边和人聊天的桑枝，她脸上带着笑容，看在他眼里却有些刺眼。

而那个站在她面前的人……

当容徽听见桑枝叫他"孟清野"的时候，容徽的神情有了变化，他那双原本沉静的眸子在看见转过身来的那个少年脖颈间挂着的那枚玉坠时，就已经光影尽灭，晦暗不清。

他的手指屈起，指节泛白。

那个坐在血泊里朝他伸手，哭着喊他"哥哥"的两岁孩童的影子渐渐与那个少年重合起来。

桑枝还在跟孟清野聊天，谁知道下一秒她就看见容徽忽然出现，瞬间就站在了孟清野的面前。

而当他迈开步子，他的脚下便有淡金色的光芒裹挟着一片浓云薄雾铺散开来，渐渐地形成了一个半透明的结界，将他和孟清野彻底与外界的一切隔绝。

桑枝被排除在外。

她眼睁睁地看着孟清野的双眼渐渐变得涣散，就好像是她之前见过两次的那副模样，直愣愣地站在那儿，却好像已经失去了所有的意识。

彼时，容徽下颌绷紧，那双眼睛里笼着浮冰碎雪一般，神情阴郁，戾气横生。

桑枝看见淡金色的气流在容徽周身涌动着，化为寸寸半透明的利箭一般，就悬在孟清野的咽喉前，只要再近半寸，就能刺穿孟清野的喉咙，了结他的性命。

"容徽，你要做什么？！"桑枝瞪大双眼。

容徽像是又陷在了那段他最痛苦的回忆里。

养母的怒骂声，甚至是她夺过养父吸了一半的烟，狠狠地将烟头烫在他身上的痛感，又或者是她和养父吵架，扬起菜刀后却最终落在了他的身上，导致他的手臂留下一道深刻的伤痕。

他们把他送到医院，却说是他自己想要给他们做饭，不小心划了自己。

然后在医生与护士都出去的时候，孙茹把滚烫的热粥强硬地喂进他的嘴里，她明明是笑着的，却低声威胁他："什么话该说，什么话不该说，你应该明白。

"你的玉坠，你还想不想要回去？

"听话一点，容徽。"

那枚玉坠是当初他被孟家和的父亲捡回来时，留在襁褓里唯一的东西。

却最终落在了孙茹和孟家和的儿子——孟清野的手里。

容徽记得那天，那个才几个月大的粉雕玉琢的小孩儿躺在婴儿床上，朝他伸出手，对他笑。

那个小孩儿是那个家里唯一一个会对他笑的人。

容徽动了恻隐之心，伸手去抱他的时候，却被他用小手抓住了挂在脖颈间的玉坠。

然后，那个玉坠就被孙茹扯下来，系在了她的宝贝儿子的脖颈间。

容徽憎恶他们。

他也曾报警，且不止一次，当时事情闹得很大，各路媒体都将目光集中在了这个围棋界的天才少年身上。

但因为他无论遭受怎样的虐打，身上的伤痕总能恢复得很快，也自然不能去做任何鉴定，再加上孙茹那段时间里接受了很多的采访，总是声泪俱下，言之凿凿地表达自己的委屈，说她并不知道自己亲手养大的养子为什么要这样污蔑她，污蔑她的丈夫。

含辛茹苦养大的养子，不念养育之恩，还污蔑养父母虐待他，这是多么令人气愤的事情。

外界的风向总是转变得很快，十五岁的容徵已经深刻见识过。

他们都以为，天才也难逃叛逆。

所有批评的声音落在他的身上，他们的口诛笔伐都像是绵密的针一般，深深刺进他的皮肉。

十五岁的容徵，就已经很绝望。

他也想过逃离，但外界对于他的过分关注，让他永远无法离开那么多人的视线，无论他走到哪里，他都无法获得自由。

他就像是被束缚在这对养父母手里，将死的鱼，无论如何都逃不开他们的掌控。

他厌恶这两个总是在所有人面前戴着虚伪面具的人。

他也厌恶外界那些自以为掌握真相的人，给予他赞誉的是他们，指摘他的，也是他们。

用最深的恶意来揣测旁人，这是人性永远丑陋的地方。

这个世界，从来丑恶。

他厌恶他们，也讨厌自己。

如今容徵的记忆倒退在了他的十七岁，所以无论是孟家和与孙茹惨死的情形，还是那个两岁的小孩儿坐在血泊里的样子，他都记得很清晰，就像是昨天发生的事情一样。

但见眼前这个人，戴着原本属于他的，唯一能证明他身世的玉坠，从那么小的孩童，成长为如今这副少年模样。

那些曾加诸在他身上的痛苦令他本能地幻化出看似虚无，却尖锐锋利到能够轻而易举刺穿这个少年咽喉的利箭。

手心的符纹涌动着，就要令他心智迷失，身体里的每一根血管都因为孟清野脖颈间那枚玉坠的牵引而被无形的气流裹挟。

直到他听见身后传来女孩儿惊慌的声音。

他下意识地回头看她。

而他那双戾气翻涌的眸子里却又多了几丝迷茫无助。

一时间，他竟不知道自己究竟是否该去恨眼前这个已经同他记忆里的那个小孩儿相去甚远的少年。

“容徽！”

桑枝拍打着结界的壁垒，努力地唤他的名字。

“你这是干什么？”

容徽却在听见她的这句话时，神情又沉冷下来。他仿佛又成了当初那个扣着她的下巴，嘲笑她的恐惧的，那个心肠冷硬、浑身是刺的少年。

“你关心他吗？”他的语气很平淡，却无端令人后背发凉。

桑枝并不知道他为什么会这么问，在这样紧急的情况下，她也来不及做任何思考：“容徽，你冷静一点啊。虽然我不知道发生了什么事情，但是你听我说啊，你不能杀人，知道吗？”

桑枝已经急得脑门冒汗：“容徽，你听我的行不行？你不要冲动，有什么事情你跟我讲呀，你别做这么极端的事情……”

而容徽只是望着她。

最终，悬在孟清野脖颈间，只有小半寸距离的利箭如水一般渐渐变得模糊，最后流散成金光，渐渐隐没无痕。

结界消失的刹那，桑枝和她肩头的猫被淡金色的光芒裹挟着，消失在了小花坛边。

只剩孟清野站在那儿，他眨巴着眼睛，摸了摸自己的脑袋。

他来回看了好几圈，也没找见刚刚还在跟他说话的桑枝，他“咦”了一声，有些疑惑：“人呢？”

天色渐暗，夜幕降临。

桑枝抹了一把脑门儿上的冷汗，总算是松了一口气。

她隔了好半晌，才敢伸手去戳一戳坐在沙发上，始终垂着眼睫，沉默不语的容徽。

“容徽……”她怯怯地唤他。

却见他没有丝毫反应，像是根本不愿意理她。

桑枝揉了揉头发：“你今天到底是怎么了？我跟你说，杀人不能解决问题，你有什么事情你就跟我说呀……”

也无怪于桑枝会这么想，因为当时那气流凝成的几支利箭就悬在孟清

137

野的脖颈前，她被挡在结界之外，从她的角度看见的，就是那些利箭已经无限接近于孟清野的脖颈，很容易就能割破他的动脉。

"你告诉我，你刚刚为什么要那么做？理由是什么？"桑枝并不知道他和孟清野之间是否有什么渊源，"你是不是认识他？"

但即便她刚刚亲眼见过那利箭已经悬在孟清野的脖颈，她心里还是有一股执念，那或许是她这么长一段时间同容徵相处下来的一种信任。

她并不愿意相信他会真的杀了孟清野。

她也曾将他在学校教学楼后面小花园里的恫吓当真，可当她开始走近他，了解他，她就越发相信，在这个少年的心底，仍旧留有温度。

可刚刚发生的那一幕，却又是那么真实地摆在她眼前。

他的沉默，令她心急。

"如果我真的杀了他，你会怎样？"

他终于开口，语气平淡。

桑枝静默片刻，她到底还是有着自己坚持的原则，也无法对他撒谎。

"如果孟清野没有做过恶劣到需要用生命作为代价来偿还的事情，而你却要杀了他，那么我无法认同你的行为。"

容徵也许是误会了其中的意思。

他的眉眼寂冷如霜："因为他？

"桑枝。"

桑枝听见眼前的少年清晰地唤了她的名字，眉眼似含讥诮。

"如果仅仅是因为他，你就要惧怕我，远离我……"

他话说一半，忽然抿紧嘴唇，一张漂亮的面庞不带丝毫多余的情绪，毫不留情地一根根掰开她抓着他衣袖的手指："或许是我想错了。"

这世上哪有什么人，会无端地对一个人好？

或许这几个月来的陪伴，不过是她的一时兴起，他将这件事看得很重要，但或许她从未放在心上。

或许用不了多久，她就会厌倦。

他轻抬下颚，面容上不再留有一丝温度，他冷得就像是堆积在荒原，经年不化的冰雪一般。

当他不再看你，当他不再对你保有一丝温柔，你眼前所见的他，只会令你觉得，你与他之间相隔着的距离，堪比山水之遥。

桑枝愣愣地看着自己的那只手，忽然察觉到了他此刻的无端抗拒。

她或许也有些委屈，因为刚刚在楼下她亲眼所见的那一幕，也因为此刻他骤然冰冷的神情。

"你想错什么了？如果孟清野他真的做了伤害你的事情，用不着你，我也会先揍他一顿！"

桑枝眼眶有点红，脑子也很乱。

他的缄默不语更让她不知道自己究竟应该怎么去思考。

而容徵稍愣，他的目光停在她脸上半晌，原本刻意冷硬的神情又忍不住因为她此刻的模样而微微软化。

他又开始偷偷后悔，对她说这样的话。

正在容徵失神的时候，桑枝转身就要走。

狸花猫围着她转圈儿，发出"喵喵"叫。

容徵终于流露出一丝慌乱："你去哪儿？"

"回家！"

桑枝负气地走到玄关，也没有回头看他，伸手就要去拧门把手。

也是这一刻，桑枝听见身后传来他的声音："我没有要杀他。我只是，想要拿回我自己的东西。"

那些由淡金气流凝成的利箭，其实只是他用来割断挂在孟清野脖颈间那枚玉坠的线绳的。

当那些所有不堪的记忆纠缠着他的时候，他也确实有过片刻的迷失。

他想过自己究竟该不该恨当年只有两岁的那个小孩儿，却从未想过，要对方的命。

因为那对他来说，没有任何意义。

他一样无法从这样极端无谓的报复里，获得丝毫的快慰。

桑枝身形微顿，磨蹭好一会儿，还是转过身来看他："是他脖子上的那枚玉坠？"

容徵颔首。

"那原来是你的东西吗？"桑枝皱起眉，"那又为什么会在他那儿啊？"

容徽扯了扯嘴角，没有说话。

桑枝也没有再问下去，走过来又嘟囔着说："那，我刚刚问你，你不说就算了，还吓我……"

容徽垂下眼帘。

在桑枝以为他不会再开口说话的时候，她忽然听到他的声音传来：

"对不起。"

他有些无措，语气也变得有点小心翼翼："我错了。"这次反而是他伸手来拉她的衣袖，"再也不会了。"

他很认真地说着这样的话，下一秒，他又伸手拥抱她。

桑枝还以为自己幻听了，但忽然被他抱住，嗅到他身上甘洌微冷的香味，她侧着脸，望见他的耳郭，她的脸颊有点微红。

好像，她忽然也没那么生气了。

这一刹那，她就好像又看见了那个十岁的容徽一样。

那天，他也曾这样拥抱过她，叫她"姐姐"。

乖巧又黏人。

她绝不知道，他刚刚像个孩子似的怒意，不过是他一时心乱，以为她对孟清野存着过分的关心。

那是一个在冰天雪地里潜行许久的人，对自己的世界里透进来的那一点温暖的光，本能的占有欲。

但此刻，当他的目光不经意落在那边的架子上挂着的那一条红色的毛线围巾上时，他忽然想起了那个除夕夜。

有一个女孩儿曾凑近他的耳畔，悄悄地告诉了他一个秘密。

他悄悄弯了弯嘴角，终于想起来，她喜欢的人，到底是谁。

桑枝终于知道，原来孟清野是容徽养父母的儿子。

当初容徽的养父母离奇死亡，十七岁的容徽自杀，而孟清野却被他的外公外婆接走抚养。

到现在，已经整整十五年过去。

当桑枝听见容徽要再去找孟清野，拿回玉坠的时候，桑枝拦住了他。

"这件事情没那么简单的。"

桑枝回想起自己之前见过的那几次，容徽触碰到那枚玉坠的瞬间，就被玉坠散出来的凛冽光芒划破手掌的情形，她也自然想到了自己手掌里的符纹。

"你只要一碰到那个玉坠，就会受伤。"桑枝低头看着自己手掌里那仅剩的半个"徽"字，"你和我手心里的这个东西，都是那个玉坠弄的。"

容徽却对这一切没有分毫印象，他坐在窗前的藤椅上，闻言也看向自己手掌里一直闪烁着的痕迹："是吗？"

"你不是失忆了嘛……"桑枝摸着妙妙的脑袋，"我感觉你要拿回那个玉坠，可能有点难。"

容徽没有说话，垂着眼睫，也不知道在想些什么。

"我明天就要开学了，而且听说高二下学期开始，学校就要让我们上晚自习了，我可能没有多少时间过来了……"

桑枝趴在沙发背上，望着他。

容徽听了，也只是轻轻颔首，应了一声。

"不过你放心，我也会想办法帮你拿回玉坠的。"桑枝拍了拍自己的胸口，说道。

容徽抬头看她一眼，那双眼睛里光影沉静，似月下潭水，波光粼粼。

"不用了。"他的语气，有些意味不明。

桑枝那会儿还没明白他的意思，直到第二天她早早地坐了公交车去学校后，在教室里坐下来时，抬头就看见门外有一抹身影出现。

少年穿着蓝白的校服，衣袖稍挽，露出白皙的手腕。

他的侧脸在晨光的浸润下显得更加无瑕莹润了一些，纤长的睫毛微垂，浅淡的阴影铺下，他的身形清瘦修长，背上背着一个黑色的书包。

桑枝一下子站起来，脚踝撞到了椅子的边缘，瞬间痛得她皱起一张面庞。

"桑枝，你吓我一跳……"

封悦正在吃面包，被她忽然的动作给吓得差点噎住。

桑枝却伸手去抓封悦的手："封悦，"她伸手指了指站在教室门口，神情平淡地望着她的少年，"你、你看得见他吗？"

封悦看了看站在教室门口的那人，又看了看眼前的桑枝，她有点发愣，但还是老老实实地答："那么一个大活人我怎么可能看不见？那不是周尧吗？"

周……尧。

桑枝一屁股坐下来，人都傻了。

那一瞬间，她脑海里闪过许多的疑问，她甚至怀疑，他……是不是已经恢复记忆了？

否则，否则他怎么会知道周尧？他又怎么会再一次顶替周尧来学校？

桑枝想起曾经那个捏过她下巴，还故意吓她的容徽……她忽然觉得后背有一点点发凉。

他要是真的恢复记忆了，那他会不会……又变回以前那个样子？

脑子里许多的猜想来回闪过，如水一般在她的脑海里翻滚沸腾，烧得她心神不宁。

新学期伊始，按照他们班的惯例，是要重新排座位的。

就按照上学期期末考试的成绩来，班主任赵宇一个个地叫人进去，从考试成绩最好的那个人开始选座位。

上次期末考试，班级的第一是周尧，第二是孟清野。

桑枝一般都在第四五名之间徘徊，却也总在年级排名前二十之内。

上次期末考，她考了班级第五名。

在教室外等着选座位的时候，桑枝仍然在想着事情，直到封悦戳了戳她的肩膀，提醒她赵宇叫了她的名字，桑枝才回过神，走进教室里。

她一抬头，就看见了容徽。

他坐在靠窗那组的第五排边上的位置，在她走来的时候，他的目光就停在她的身上。

那是桑枝原本坐着的位置。

她一向不太喜欢改变，一直以来无论座位怎么选，她都还是选了原来的位置。

但这会儿，她的位置已经属于他了。

而此时的孟清野，却大刺刺地趴在容徽后面的座位上打瞌睡。

"……"

桑枝看着那个闭着眼睛，趴在臂弯里睡觉的少年，这会儿的心情实在是有一点复杂。

孟清野到底知不知道，他自己凭本事选的这个座位很危险啊？

"桑枝？"

或许是见桑枝愣在那儿，迟迟没动，赵宇就叫了她一声。

桑枝回头看了他一眼，连忙去选座位。

她一时间也不知道自己该坐哪儿，当她经过第五排的时候，她的衣袖擦到课桌的边缘。

正打算去中间那组第四五排找个位置坐下来，她的衣袖却被人牵住。

玻璃窗外，是说说笑笑的同学，他们许多人也都在往教室里张望着，也有人在讨论自己想坐哪儿。

课桌挡住了所有人的视线，除了桑枝，没有人知道她此刻被身旁坐着的那个人，悄悄攥住了衣袖。

他明明坐得很端正，此刻也并没有在看她。

明亮的光线洒在他的身上，他冷白面庞更像是冰雕雪琢的一卷画。

当桑枝僵硬脊背，呼吸稍窒，低眼看见自己被他的手指偷偷牵住的衣袖时，她再抬眼看他，才见他终于望向她。

他眼睫微颤，耳郭也烫红得很突然。他有些不自然地抿着薄唇，可抓着她衣袖的手指却是屈起，越收越紧。

桑枝脑子里温度灼烧着，等她绕过他身后，坐到靠着窗的里面的那个位置后，她才反应过来，她怎么坐在这儿了？

她正在对自己的迷惑行为产生灵魂疑问，却没有注意到坐在她身边的少年微微弯起眼睛。

封悦原本以为她应该还能跟桑枝坐一起，但当轮到她的时候，她一走进来就傻眼了。

桑枝的身边……怎么是周尧？！

最终，封悦只能扁着嘴，在桑枝前面一排，里面的位置坐下来。

而从今天起，封悦的同桌就正式变成了赵一鸣。

赵姝媛走进来时，最先看了桑枝一眼，但也仅仅只是一秒，就很快移开，直到她的视线落在了桑枝旁边那个看起来普普通通的男生身后，正在睡觉的孟清野身上。

她瞥见他身旁的位置已经被一个留着寸头的男生给占了，就有点失望，干脆走到中间那组，随便找了个位置坐下来。

上午的第一节课下课后，桑枝把手遮在嘴边，小声对坐在她身边的少年说："你跟我出去一下。"

容徽却像是没有听清似的，刻意偏过身来，凑近她："什么？"

少年的嗓音清凌朗润，此刻又稍带温柔，十分动听。

桑枝只能凑到他耳朵边，说："我说，你跟我出去一下。"

她果然上当。

容徽的眼底光影清澈，却仍不动声色。他只轻轻地应了一声，然后就站起来，率先往教室外面走去。

桑枝见他往外走，就连忙站起来要跟上去。

封悦却叫住她："桑枝，你干什么去？"

"我去上厕所。"桑枝匆忙回答。

"那要我陪你去吗？"

"不用了！"

桑枝说完就跑出教室门。

二楼楼梯转角最里面，是平常很多人都不会注意到的地方。

"容徽，你怎么来了？"

桑枝终于可以把自己憋了好些时候的话一股脑儿地问出来："你要来你昨天也不跟我说，你是不是故意来吓我？我跟你说啊，你这样不行，我生气了我跟你讲……"

她大有滔滔不绝之势，却被他忽然伸手捏住了脸蛋。

"？"

桑枝到嘴边的话戛然而止。

"你要我先回答哪一个？"

他稍稍低头，他们之间的距离有些近，桑枝甚至可以看清他那双眼睛里映照出她的影子。

桑枝的脑子顿时一片空白。

她支支吾吾好一会儿，在他尤其耐心的目光注视下，终于想起来自己惦记了一个早晨的重要问题："那，那个你……你是不是恢复记忆了？"

容徽松了手，乍听她这话，眼里流露出几分不解，但他还是答："没有。"

没，没有？

桑枝一下子就愣了。

"这怎么可能？"她皱起眉头，"你要是没恢复记忆，那么你怎么会弄成周尧的样子，你还来学校……"

容徽道："我需要一个合理的身份。找他，只是因为他正好是个合适的人选。"

桑枝怔怔地望着他，眼睛眨了又眨，反应了好一会儿，才终于恍悟。

他并没有恢复记忆。

但这一次，被他顶替的人，却还是周尧。

"你知不知道，你以前就变过他的样子……"桑枝干巴巴地说了一句。

容徽也有些惊诧："是吗？"

"……"

怎么说呢？桑枝觉得周尧大概就是传说中的"天选之子"吧？

被失忆前的容徽顶替掉包，就连失忆后的容徽也还是准确地盯上了他。

桑枝挠了挠自己有点儿发痒的脖颈，说："但是你老这样，多耽误人家学习啊……"

容徽却说："我问过他，他是同意的。"

"啊？"

桑枝惊了："是、是吗？"

容徽"嗯"了一声："他并不是你以为的普通人类。"

"不是人类？那他是什么？"桑枝目瞪口呆。

"是狐獴。"

"？"

狐獴是什么？

桑枝还没弄明白，就听见他说："他是妖，潜行人世四百年，身份也不断在变换。"

桑枝回到教室后，还有点恍惚。

自从她遇见容徽之后，她就知道，这个世界或许远不如她想象的那样简单，那些曾在她看来虚无缥缈的传说，或许有些并不是空穴来风。

但是当她真的听见他说着世上真的存在妖怪，她也还是会觉得有些不可思议。

拿出手机时，桑枝点开搜索软件，想要打字，却又不太清楚他刚刚所说的，到底是哪两个字。于是，她就凑近他，将手机递到他的课桌下，放低声音问："你刚刚说周尧是什么来着？"

容徽接过手机，打了两个字，点了搜索键，然后就把手机还给了她。

桑枝第一眼看见图片上的那只有着两个小黑眼圈儿的小动物时，她表情有一丝龟裂，脑子里不由自主地出现了周尧那张脸。

好像他常年不散的黑眼圈儿终于有了解释？

桑枝以前还以为，那是他为了爱学习而挑灯夜读付出的代价。

结果……原来是天生的？

"好像，还有点怪可爱的？"

桑枝翻了好几张图片，由衷地发出感叹。

上课铃响起来，桑枝收起手机，在老师走进来的时候，连忙拿出来课本。

一节课的时间，她都在偷看坐在她旁边的容徽。

整间教室都很安静，只有语文老师讲课的声音，或许偶尔还会有人翻页的声音响过。

容徽或许是在看着黑板，纹丝未动。

桑枝却发现他的神情飘忽，根本没在听。

她弯了弯嘴角，伸手去拽了一下他的衣袖。

果然，下一秒，他终于回神，偏头看她时，那双眸子里盛满迷茫。

桑枝却坐直身体，故意做出一副认真听课的样子。

容徽盯着她的侧脸片刻，那双眸子里光影闪动，似有片刻温软一闪即逝。

下课之后，前桌的赵一鸣拆了一袋饼干。

封悦毫不客气地拿了一块，又让他给桑枝吃。

赵一鸣转过来，最先对上的是"周尧"那张毫无表情的脸，他顿了一下，然后才看向"周尧"旁边的桑枝："桑枝你吃吗？"

"吃！"

桑枝果断地伸手去接："谢谢啊。"

但当她就要把饼干喂进嘴巴里时，却看见坐在旁边的容徽正在看她，神情沉静平淡，却让她在这一瞬间，到嘴的饼干顿时就咬不下去了。

"桑枝，你愣着干啥呢？"

赵一鸣咬着饼干，看桑枝捏着饼干也不吃，他问了一句，偏头就看见"周尧"正盯着她。

他转头，和封悦面面相觑。

他迟疑了一下，但他最终还是对"周尧"递出一块饼干："那个……周尧啊，你要吃吗？"

"周尧"有了反应，最先瞥了一眼他手里的饼干，然后才将目光落在这个坐在自己前面的男生身上。

赵一鸣被这么盯着，也不知道为什么，他忽然觉得后背有点凉凉的。

桑枝最先反应过来，她连忙伸手接过赵一鸣僵在半空的那只手里捏着的饼干："他不能吃这个的，我吃我吃！"

桑枝可还没有忘记，容徽吃了东西之后，那副难受的样子。

到现在，容徽也仅仅只是可以喝些水，或者含一块糖，等它在口腔里慢慢地化掉，而其他的东西，他却是半点不能沾染。

赵一鸣却还没放弃。

虽然这位年级第一的学神有点儿难接近吧，但赵一鸣这会儿见对方就坐在自己的后桌，他心里的小算盘也就打得"啪啪"响。

或许他该跟"周尧"搞好关系，这样以后他也会有希望掌握来自学神的独家学习方法了。

赵一鸣虽然喜欢打游戏，但是他自己对学习也并不懈怠，更有一股子拧巴劲。

他一直想再提高一下自己的学习成绩，这样就能得到他垂涎已久的、他爸许诺过的奖励，但是他在物理方面却总是不得要领，为着这事儿他也苦恼了很久。

所以这会儿，他干脆拿出自己的另一袋小零食："那这个你吃吗？"

"周尧"没有说话。

桑枝却先摆手："他不吃不吃！"

赵一鸣还不死心，又从自己的书包里掏出来一包辣条，晃了晃："这个？"

"他不吃！但……但是我想吃……"桑枝还挺喜欢他手里那个牌子的辣条的。

"这个巧克力绝对好吃，周尧你试试这个？"

"他不吃巧克力。"

"那彩虹糖呢？"

"他不吃软糖。"

半个教室里的人都在注意着这边，看着赵一鸣从他那个大大的书包里掏出来一袋又一袋的零食。

封悦也震惊了："赵一鸣，你是兜里只有零食的哆啦Ａ梦吗？你包里藏了这么多？你是不是往家里搬了半个小卖部？"

他们终于知道，赵一鸣买这么大的书包，或许课本没装多少，全都用来装零食了吧？

好多人围上去，故意冲他喊："我吃我吃！"

而容徽自始至终坐在那儿，看着那个一直替他拒绝着坐在他前桌的那个奇怪男同学的所有零食的女孩儿的侧脸。

他的眼睛微弯。

像是这早春里最先融化的冰雪，晶莹清澈，剔透动人。

但那却是，这间教室里所有人都一眼望不见的风景。

除却他身侧的她。

她记得他不能吃任何的食物，她也记得他每天会在客厅里的小桌前下多少盘棋才会罢休；也记得他曾经讨厌阳光，现在却爱坐在她搬来给他的藤椅上，晒太阳。

无形之间，她早已记住了他太多的习惯。

而她此刻的反应，就更显得尤其自然。

容徽抿唇，脸颊有一点稍浅的梨窝显现，耳郭也不知道什么时候就已经染了浅淡的一抹红。

那像是黄昏的流霞。

隐在一片昏黄的光线之后，微红的颜色浅淡，却仍令人移不开眼。

耳畔的嘈杂对于他来说，似乎也没有那么令人生厌了。

他忍不住偷偷地想——

她原来，这么喜欢他啊。

到了三月下旬，天气也终于渐渐有了些暖意。

封悦迫不及待地拉着桑枝去学校的便利店里买了冰激凌，然后就坐在林荫道旁的长椅上聊天。

"桑枝，如果不是我哥昨天跟我说，我都不知道你居然是个小包租婆……"封悦咬了一口冰激凌，感叹着说道。

她的哥哥比她大了七岁，在国外留学了几年，回国之后刚找了一份工作，他想在公司附近租一个公寓，却一直找不到合适的。

封悦前几天跟桑枝在食堂吃饭的时候，就顺嘴说了一下。

"你哥公司在元照区吗？"当时桑枝问她。

"是啊，那边合适的房子不太好找。"封悦一边吃着饭，一边回。

谁知道第二天，桑枝就跟她说家里有房子在那边，如果她哥哥有意向的话，可以先去看看。

封悦回家跟她哥说了这事儿，她哥也没犹豫，就去看了那套公寓。

那里环境很不错，交通也非常方便，她哥只看了一圈就觉得很满意。

桑天好也是个爽快人，再加上有桑枝和封悦这一层同学关系在，他又见过封悦来家里好几次，跟封悦她哥聊天的时候，还很大方地给他减了点租金。

也是封悦她哥回来跟她讲，封悦才知道，原来桑枝的爸爸桑天好是一个拥有好几十套房产的……包租公。

"你们为什么不搬去更大的房子里住啊？你爸爸明明有那么多房子。"封悦有点摸不着头脑。

虽然桑枝现在住的那个房子也挺不错的，但是他们应该还有更好的选择。

"因为爷爷吧。"桑枝手里拿着一个甜筒，嘴角沾了一些巧克力的颜色，但她毫无察觉，"我爸爸想念爷爷，我也是，因为现在住的那个房子是爷爷买的，有很多关于爷爷和爸爸他们父子两个的回忆，我们舍不得走。"

桑枝还很小的时候，第一次面临死别，是前一天还买了菜，亲自下厨给年幼的她做饭的爷爷，在第二天，就被人从抢救室里推出来。

桑枝看不见他的脸，白布覆盖了他整个身形。

妈妈和爸爸都忍不住失声痛哭，桑枝那时不懂，但听到他们哭，她也忍不住跟着哭。

那时她还很懵懂，不明白死亡到底是什么。

慢慢长大后，桑枝发现，无论时间过去多久，她和爸爸，甚至是妈妈，都还是会想念爷爷。

因为爷爷他真的很好。

从来都是一个老好人，没有人不喜欢他的热情善良，也没有人不佩服他在经历了中大奖，又失去所有钱之后，乐观如一的心态。

他永远是那么朴实纯善的一个人，是桑枝和桑天好心里，最最好的人。

虽然桑天好不说，但桑枝和她妈妈赵簌清都很清楚，这么多年以来，他心里对爷爷的思念从未减淡半分，他不肯搬离桑福在中彩票之前，倾尽半生攒钱买下的这个房子。

客厅的阳台上的那些花盆，仍然种着爷爷桑福曾经惯爱种的大葱、蒜苗。

那些封在纸箱里，被珍藏着的桑福曾经订过的报纸，桑天好也从来舍不得扔。

桑天好继承了桑福的雷打不动的乐观心态，也像桑福一样，善良热忱，这或许就是当初最为打动赵簌清的一点吧。

而桑枝也是受了桑天好的影响，慢慢地潜移默化成今天这样的性格。

她无所谓住在什么样的房子里，也并不在意自己到底该穿多少钱的衣服鞋子，以前小的时候，她爸爸被妈妈指使去菜市场买菜的时候，还顺带给她买过十几块的衣服，她也同样很开心。

只是那衣服没穿两天，就开始脱线滑丝了。

"原来是这样啊。"

封悦终于明白，点了点头。

"那为什么赵姝媛要那么说你啊？"

她瞬间就又想起来之前赵姝媛闹的那一出，有点不太能理解。

"……因为她并不知道这些事情。"桑枝想起来赵姝媛，皱了皱眉，"我妈妈不让我和我爸跟他们说。"

她也有些心烦，这两天田晓芸终于表明了真正目的。

因为赵明希才刚刚升职，他们家里也没多少存款，而田晓芸又不想卖掉京都那边的房子，所以赵明希年后找的房子基本都有些小。

田晓芸和赵姝媛都不想住那种又小，又条件简陋的房子，但他们又不愿意租更好的房子。

用田晓芸的话说，就是："租的哪有自己买的住得好。"

实则是，太好的房子他们目前租着也不划算，太差的，田晓芸又看不上。

田晓芸还替她女儿赵姝媛做着明星梦呢，想多替赵姝媛攒一些钱，送赵姝媛去培训班学舞蹈、唱歌。

所以她就想买下桑天好一楼的那个房子。

虽然这房子已经有些年头，但桑天好当年买的时候，也确实是很不错的了。

小的复式户型，四室两厅，再加上桑天好一直没有在一楼住过，装修却是一样没少，看起来仍然很新。

更何况这里的地段很好，距离赵明希的公司也比较近，交通方便，这座城市的繁华都在眼前。

即便是这种十年前的房子，如果要真的买，价格也并不低。

田晓芸想买，但又只肯出一半的钱。

这两天，趁着赵明希不在，她正跟桑天好磨嘴皮子呢。

体育课的时候，桑枝和班里的同学绕着操场跑了几圈，后来在他们看篮球赛的时候，桑枝就和封悦买了瓶水回了教室。

体育课的时候容徽就不在，教室里依旧没有他的身影。

一进教室，桑枝就看见赵姝媛正站在她的课桌前，翻她的书包。

"赵姝媛，你干吗？"桑枝还没来得及说话，封悦就抢了先，"你怎么能乱翻别人东西？"

赵姝媛抬头看见她们，停顿了一瞬，但也仅仅只是片刻，她就从桑枝的书包里拿出来一个小盒子："我只是拿回我的东西。"

桑枝认出来那个小盒子，是早上她走到一楼时，被田晓芸强塞到书包里的。

"桑枝啊，这个是舅妈送你的礼物，你就收着。"

田晓芸说完也不给桑枝反应的时间，就往她手里又塞了一罐牛奶，然后就催促她："快上学去吧，可别迟到了！"

说完，她就走回去，关了门。

桑枝连拒绝的机会都没有。

她想着等晚上放学回家的时候再还给田晓芸算了，所以她也一直没打开过那个盒子。

有几个女同学陆续走进了教室，她们也察觉到了这僵硬的气氛。

"姝媛，那不是你的手链吗？"

有一个平时跟赵姝媛走得很近的女生看见赵姝媛站在桑枝的课桌前，而桌上摆着桑枝被拉开拉链的书包，赵姝媛手里拿着的盒子被她自己打开，露出来里面黑色绒布上的那条手链。

"怎么在桑枝那儿？"那个女生的目光落在桑枝身上时，多了一丝不明的意味。

赵姝媛这会儿正生气，她妈妈为了讨好桑枝，就把她爸爸买给她的手链送给了桑枝。

她捏紧盒子，盯着里面的手链，没有说话。

"陈茗喜，你这话什么意思？"封悦听出那女生话里的味儿好像不太对，直接就跟她呛声，"赵姝媛乱翻人东西有理了是吧？"

陈茗喜被封悦撑得脸色也变得有些不好，直接道："那手链明明就是姝媛的，为什么在桑枝的书包里找到了？你心里没点儿数吗？"

这话已经说得很难听了。

但赵姝媛站在那儿，抬眼看向桑枝时，竟一点儿要解释的意思也没有。

封悦当时就炸了，想往陈茗喜那儿走过去，却被桑枝握住了手腕。

封悦回过头，却见桑枝的神情尤其平静。

封悦愣了一下："桑枝……"

桑枝对她笑了一下，松开她的手，看了一眼站在那儿的陈茗喜："你的意思是，我偷她的东西？"

陈茗喜可没忘记桑枝之前打架的事儿。

她很清楚桑枝看着是一副温软无害的样子，但是那天桑枝拽着那两个女生打的样子，可有不少人看得清清楚楚。

陈茗喜被桑枝那样一双明亮的杏眼看着，莫名有点儿发怵，但她还是勉强着镇定下来："如果不是，那姝媛的手链为什么在你那儿？"

她平日里就不太喜欢桑枝，大约是因为桑枝的人缘一直很好，在班里一直很受欢迎，还有很多男生喜欢桑枝。

就连其他班，也有给桑枝写过情书的。

其中就有一个，是陈茗喜暗恋过的男生。

这本来不应该怪桑枝，也不应该怪任何人，但陈茗喜心里一直就有一个疙瘩，再加上她本来就脾气不好，喜欢钻牛角尖儿，总是自怨自艾，在班里也很少有人愿意跟她玩。

直到赵姝媛转来这里，她才有了新的朋友。

"你家里就算是再困难，你也不能做这样的事情吧？"陈茗喜又添了一句。

这时，教室里的人也渐渐多了起来，许多人都不知道这到底是怎么一回事。

封悦已经气到不行："陈茗喜，你有病啊？桑枝用得着偷她那破玩意儿？"

桑枝拽了拽封悦的袖子，示意她没有必要再跟陈茗喜争论些什么。

"表姐。"

这大约是桑枝这么久以来第一次叫赵姝媛"表姐"。

她看向赵姝媛："你不打算解释一下吗？"

赵姝媛或许是在犹豫着要不要解释，她抿着嘴唇，半晌没有说话。

桑枝看出了赵姝媛的心思，就越发觉得这个人真是又奇怪又好笑："如果你不愿意解释，那我就打电话让舅妈解释一下，你觉得怎么样？"

一听到"舅妈"这两个字，赵姝媛果然有了点反应，她紧盯着桑枝，脸色并不算好。

教室里的人越来越多，赵姝媛最终只能干巴巴地挤出一句话："她没偷，是我妈给她的。"

这就等于当众打了陈茗喜的脸。

陈茗喜的脸色一阵青一阵白，她反射性地想问赵姝媛为什么不早说，但又在周围所有人奇奇怪怪的目光下，她喉咙里发不出一点儿声音。

"我妈给你，你就要？"

赵姝媛握着那只盒子，看着桑枝，嘲笑道："我戴过的东西，你都要，这么不挑吗？"

赵姝媛扯了一下嘴角："也是，你还能挑什么。"

"我对你的东西不感兴趣，我也不知道舅妈早上强塞在我书包里的东西是这个，我原本想晚上还给舅妈，但既然你已经拿了，那我也就不用再跑一趟了。"桑枝走过去，把赵姝媛从自己的座位那儿拉出来，"现在请你让一让，"她抬眼看着赵姝媛，"我劝你这会儿最好也不要讲话，"桑枝忽然冲赵姝媛笑了下，露出一排整齐洁白的牙齿，"不然，我可能会忍不住用胶带封了你的嘴。"

"还有，"桑枝又看向站在那儿的陈茗喜，"你应该知道吧？我打人很疼的。"

她的语气变得平缓疏淡。

陈茗喜没来由地感觉后背发凉，她抿紧嘴唇，再多的不服气也只能因为此刻忽然的胆怯而憋了下来。

孟清野站在玻璃窗外，手里拿着一个篮球，目睹了全程。

等桑枝在位置上坐下来的时候，她偏头就看见了窗外站着的他。

她一愣。

孟清野却主动推开窗，朝她竖起大拇指："厉害啊桑枝。"

距离有点近，桑枝闻到了他一身的……汗臭味。

她果断地关上了窗。

"？"孟清野一脸蒙。

容徽从走廊那边走过来的时候，正好看见孟清野打开窗，对面前的女孩儿笑着说了些什么，然后女孩儿就关了窗。

孟清野摸了摸鼻子，回头的时候，正好撞见了那样一张皮肤微黑，始终留有浅淡黑眼圈的面庞。

是坐在他前面位置的那个年级第一书呆子。

孟清野被他那双平静漆黑的眸子盯着，没来由地觉得心里有点毛毛的。

"周尧，你盯着我干吗？"孟清野没好气地问了一句。

谁知道，人家下一秒就直接转身走进了教室，将他彻底无视。

"……"

孟清野有点摸不着头脑。

教室里的气氛终于不再怪异，但还是有一些同学在小小声地讨论刚才的事情。

只有赵一鸣和封悦坐在位置上，转过身来吹着桑枝的"彩虹屁"。

"'我打人很疼的。'哈哈哈，桑姐，你以后就是我桑姐！"赵一鸣递上一块巧克力。

"陈茗喜脸都白了，哈哈哈……"封悦小声说。

桑枝吃了巧克力，听见他们两个你一句我一句的，她刚刚的气势全无，现在又有点不太好意思起来："你们别说了……"

正逢身边有人拉开椅子坐下来，桑枝一看见容徽，就凑过去问他："你去哪儿了呀？"

"他和你说什么了？"

容徵却没答她，反而开口问她。

啊？

桑枝没有反应过来，没明白他说的是谁。

"孟清野。"

他的语气很平淡。

桑枝终于明白过来，但她还没说些什么，就听见刚刚从教室后门走过来的孟清野出声了："叫我干吗？"

"……"

他来得真及时。

桑枝一时无言。

容徵稍稍偏头，就看见站在他身后，正要拉椅子坐下的孟清野。

他到底什么也没说，只是移开目光。

？？？

孟清野一头雾水。

这书呆子有毛病？

桑枝看见孟清野那副吃瘪的表情，差点儿没忍住笑出声。

体育课的下课铃声响起时，桑枝的手里多了一瓶酸奶，是容徵递给她的。

桑枝有点蒙。

那是她早上才说过想喝的这个牌子的酸奶。

她骤然望向他的侧脸。

少年脊背直挺，正随手翻着桌上的课本，眉眼间颇有几分漫不经心。

手指情不自禁地捏紧酸奶盒子，桑枝有一瞬恍惚，目光停在他的脸上。

心里有一瞬间就好像被果味汽水的碳酸泡泡包裹着，令她有些不知所措。

"你刚刚是去给我买这个了吗？"桑枝凑近他一些，小声问。

"嗯。"

容徵的声音也很轻。

但他实则并不如他面上看起来的这样淡然自若，他心里有许多的想法一闪而过，但他的忐忑，她却休想看清。

他耳郭已经有些烫。

他犹豫了一下，还是问她："有没有买错？"

桑枝跟拨浪鼓似的摇头："没有！这个就是我最喜欢的酸奶！"

容徽大约是有些忍不住想要弯起嘴角，却又被他克制下来。

他只轻轻地"嗯"了一声。

桑枝立刻就插了吸管，喝了一口。

酸酸甜甜的口感让她原本因为赵姝媛和陈茗喜而生出的怒意也渐渐地平复了一些，倒也没有那么生气了。

等等。

桑枝想起来一个很重要的问题。

"你怎么有钱给我买酸奶的啊？"桑枝又凑过去问他。

"以前比赛留下的奖金。"容徽垂着眼睫，简单地解释了一句。

他以前被孙茹逼着参加了很多的围棋比赛，得到了不少奖金，但那些钱全都落入了孙茹的手里，他现在仅剩的，也不过是孙茹和孟家和离奇死亡时，他们还没来得及花掉的最后一部分。

"哦……"

桑枝点了点头。

因为容徽说他下午有事，要先走，所以桑枝的同桌在下午第一节课的时候，就换成了真正的周尧。

在其他人的眼里，周尧还是周尧，什么都没有改变。

只有桑枝看得清楚，上午的周尧和下午的周尧，是截然不同的两个人。

下课的时候，桑枝感觉到手机振动，她拿出来一看，是她爸爸桑天好给她发的微信。

"桑枝，你和姝媛怎么回事儿？"

这话有点莫名其妙。桑枝皱起眉，往中间那组看过去的时候，发现赵姝媛并不在座位上，教室里也没她的影子。

桑枝低头给她爸爸发微信："没怎么啊。"

"那姝媛怎么哭着给她妈打电话，说你在学校里威胁她，说要打她？"

桑天好的回复来得很快。

"你舅妈跟我打电话叨叨了一个多小时,我头都要炸了。"

"你会打她?那不是搞笑吗?你快跟我说说,今天她是闹啥幺蛾子了?"

他还跟桑枝吐槽。

"……"

桑枝愣了。

她抿着唇,半晌才把今天发生的这件事的前因后果都跟桑天好说了。

"……"桑天好隔了好一会儿,才回以一串省略号,用以表达他不能在女儿面前飙脏话的心情。

桑枝原以为她爸爸不会再发什么消息了。

结果刚上了小半节课,她就又察觉到手机振动了,她看了看讲台上的老师,又向四周望了望,正撞见赵姝媛那双微红的眼睛。

桑枝果断扔给她一个白眼,然后就在课桌底下掏出手机,按亮了屏幕。

"枝枝啊,你爸爸我决定了。"

他后面还发了一个点烟的熊猫头表情包。

"啥?"

桑枝打字。

"咱不装了。"

这句桑枝还没看明白呢,就看见他接着又发了一句:"摊牌了。"

再加上一个一只手撑着脑袋的熊猫头。

啊?

桑枝满脸迷茫。

她还没明白他的意思呢,桑天好那边却没什么反应了。

桑枝只好收起手机,认真听课。

但她偶尔还是会忍不住偷看两眼坐在自己旁边的周尧,直到下课,她又在手机上搜出狐獴的图片看了又看。

"那个……"桑枝把手机凑近他,"周同学,你本原是长这样吗?"

周尧像个木雕似的坐了两节课,听见桑枝叫他,又看见她递过来的手机图片，他才终于有了反应："是的。"

桑枝"哇"了一声，又小声地问："那我可以看看你的原形吗？"

"如果大人允许的话。"

他说话时，显得有点板正迟钝。

"大人？"桑枝没明白。

"容徽大人。"周尧缓慢地补上一句。

"……你为什么叫他大人啊？"

"因为大人是神明，是天主。"

周尧那张木讷的面庞上终于显现出几分崇敬的神情。

神……神明？天主？

"神明就是上天的主人。"周尧解释。

"你是说，"桑枝有点发怔，半晌才找回自己的声音，"他……是神仙？"

"嗯。"

"你是怎么知道的？"

"大人的仙灵之气同妖灵是云泥之别，我能够分辨。"

桑枝整个人都呆住了。

如果，如果周尧的话是真的，那……

桑枝瞪圆眼睛。

她那次胡乱说的，居然还误打误撞猜对了？

一整个下午，桑枝都有些恍惚。

脑海里容徽的身影不断闪过，是那多少个雨天里的影子，也是他在每一个晨昏光影间的侧脸。

她回想起遇见他后的许多画面。

桑枝曾以为他是恶鬼，因为她在那个深巷里见过他的眼睛，阴沉空洞，容不得半点光影残留，也从不带有丝毫温度。

可后来当他在那个清晨，站在窗前，那么迷茫无助地望着她，拥抱她，她又觉得，他不应该是恶鬼。

从恶鬼到神明，他在她心里的影子早就已经不再是最初那么单薄，又令人惧怕的存在。

159

后来，桑枝居然也开始跟周尧聊起天来。

"你们狐獴不是挺活泼的吗？你怎么就一直这样愣愣的……"桑枝问他。

"你不懂。"周尧正在解一道物理题，说话时也没有停下来，"这是人设。"

"……啥？"

桑枝蒙了。

"我一百年换一个人设，现在这个是第四个。"周尧很正经地回答。

"……那你都有过哪些人设？"

桑枝震惊过后，还真有点儿好奇。

"人傻钱多暴发户。"

这是他修炼成人形后尝试的第一个人设。

"……你有很多钱吗？"桑枝撑着下巴问。

"开始有很多，"周尧的声音仍旧平铺直叙，毫无起伏，"后来全没了。"

"……"

所以是因为人傻，所以开始的钱全没了吗？

桑枝也没敢问。

"那第二个呢？"

"成熟稳重糖画师。"

嗯？

"……为什么是糖画师？"桑枝问。

周尧提起这件事，还有点骄傲的样子，他竟然还笑了一下："我的钱都没了，而我那个时候只会做糖画。"

"……哦。"

桑枝也是没想到他一穷能穷一百年。

周尧的第三个人设是医生，第四个也就是现在这个书呆子学霸的样子了。

……他们真的好会玩。

令桑枝没想到的是，周尧不但隔一百年换一个人设，还会用幻术换一张脸。

桑枝还真有点儿想知道他到底长什么样。

可她一问他，却见他就像是被她忽然的这个问题给难住了似的。

他迷茫地看着她："我好像也忘了我长什么样了。"

"……"

桑枝当场愣住。

因为今天是周五，高二的晚自习只从周一上到周四，周五是不用上晚自习的，所以桑枝在下午的最后一节课结束后，就收拾好书包准备回家。

令她没有想到的是，她一出校门，就看见了人行道那边的路边，停放了一辆外观极其酷炫夸张、吸引眼球的摩托车。

她爸爸桑天好就站在那儿，穿着他一向喜欢的黑色皮衣，里面是一件白色的衬衣，搭着黑色长裤和一双带铆钉的马丁靴，脸上竟还戴着一副眼镜。

？？？

桑枝简直不敢相信自己的眼睛。

她认得他的那辆摩托车。

那是桑天好最贵的一辆摩托车，大概花了他快八十万。

别看桑天好平时穿得随便，吃得也很随便，但在买摩托车的这件事情上，他很舍得花钱。

他以前跟赵簌清没离婚的时候，赵簌清还因为他在买摩托车这件事儿上的大方程度而不止一次跟他吵过架。

"桑枝！"

正在她愣神的时候，桑天好一摘墨镜，站直身体，露出一口大白牙，笑着朝她招手："快过来！"

周围许多人的目光都停驻在她和桑天好的身上，有不少男生在那儿看桑天好那辆酷炫的摩托车，并发出"好酷"的声音。

"……"

桑枝忽然有点不大想过去。

"那机车好酷啊！"

"那个大叔好帅……"

男生和女生的议论声不断，也有来接自己的儿子女儿的家长们好奇地往桑天好那边看。

还有懂行的男家长走过去跟桑天好搭话，谈及摩托车时，一群男人大有滔滔不绝之势。

赵姝媛和陈茗喜走出学校门口的时候，正好撞见桑天好扯着嗓子在喊"桑枝"，那样的声音与姿态，令人实在难以忽视。

"那是……桑枝的谁啊？"陈茗喜看见那个站在摩托车旁，一身打扮又酷又帅的男人，一时有些呆愣。

无论是陈茗喜还是赵姝媛，他们都听得见周围那些男生女生的议论声。

赵姝媛也大抵从某些喜欢摩托车，并对其有所关注的男生口中，知道了那辆摩托车大约是价值不菲的。

这怎么可能呢？

赵姝媛紧盯着桑天好，一双眼睛里神情闪烁不定。她咬着嘴唇，始终觉得有些不敢置信。

她印象里的姑父应该是一直穿着沾满脏污痕迹的 T 恤衫，身上满是汗臭味和难闻的机油味道，在修车厂里做着最辛苦的工作的那种人。

可此刻，她仅仅只是看着他那辆摩托车，就已经猜得到那辆车应该并不是一个修车工可以买得起的。

这是怎么一回事？

赵姝媛的脸色一阵青一阵白，耳畔是陈茗喜聒噪的声音，她干脆甩开陈茗喜的手，自己往桑天好那边走了过去。

桑枝这会儿已经站在了路边，顶着周围神色各异的视线，她有点不大自在："爸爸……你这是做什么？"

桑天好把自己的墨镜直接戴在了她的鼻梁上，笑着说："不都跟你说了吗？咱不装了，摊牌了。"

"……你是说跟舅妈他们摊牌啊？"桑枝抓着书包带子，"可是妈妈

162

不是让我们不要说吗？"

"你妈那是怕你舅妈知道了以后会动什么歪心思，但是你看，说不说的，有用吗？你舅妈就是知道咱家庭状况一般，也还是盯上了咱家一楼的房子……有什么差别啊你说说？还不如摊牌了事，也别整那些有的没的了，她闹就让她闹，我懒得理了。"

桑天好也是这阵子被田晓芸给整得烦了。

因为房子的事儿，田晓芸每天都要上三楼来跟他扯以前的那些亲戚情分，又扯现在的这些什么乱七八糟的缘分，总之绕那么一大圈儿，就是想只出一半的钱就把他一楼的房子买下来。

"天好啊，咱们是一家人嘛不是？你把房子卖给我，你手头还能多点钱，也多多少少能缓解一下你的压力啊，再说了，咱们一家人上下楼的，多好，多方便，这每年过年啊还能在一起，多好的事儿啊……"

类似这样的话，桑天好最近听了太多遍，耳朵都要长茧子了。

"你爸爸我也不傻，就他们家跟咱的这点子情分，还不至于让我把房子半价卖给他们，这事儿我也跟你妈说过，你妈也坚决不让我卖。"桑天好说完，就摸了摸她的脑袋，"乖女儿，咱们先不理这些糟心事，先跟爸爸去吃火锅行不？"

桑枝还没来得及回答，就听见身后传来了一抹熟悉的女声："姑父。"

赵姝媛这脆生生的一声"姑父"，显得尤为清晰。

桑枝转头就看见赵姝媛不知道什么时候已经站在了她身后几步远的位置。

赵姝媛的脸色有点不太对，这会儿却没看桑枝，只是盯着桑天好。

她还没说下一句话，桑天好就率先道："是姝媛啊，"他笑眯眯地看着她，像是一副和蔼可亲的模样，"听说我们桑枝在学校里威胁你，要打你？"

赵姝媛的神情一下子变得很僵硬。

"我们桑枝啊，嘴皮子功夫不如我，但是她学过一点儿柔道，那打起人来也确实挺疼的，但是吧，我们桑枝也还是挺乖的，总得先有什么事儿，她才会说这种话吧？"

桑天好仍然在笑，说的话却让赵姝媛脸色越发难看了许多。

"姝媛，我们还赶着要去吃饭，就先走了啊，你自己回家注意安全。"他说完，就把挂在车上的头盔扔给桑枝，然后自己也戴好头盔。

父女俩当着赵姝媛的面坐上摩托车，就走了。

只剩赵姝媛站在原地，拽着书包带子的手越拽越紧。

桑天好从来都是这样，看着和和气气，脾气特别好，待人也十分真诚，但他也绝非是个老好人，他一直有着自己的原则和底线。

桑枝就是他这辈子最重要的底线。

甭管是谁，敢欺负到他宝贝女儿身上，他就绝对不会隐忍揭过。

正如赵簌清所说的那样，他现在跟赵簌清已经离了婚，大可以不必要去管她哥哥的事情，但桑天好也是念着赵明希当初也的确帮过他几次忙。

那时候，桑天好把在京都的一套房子送给了赵明希，那也就是现在赵明希他们京都的那套唯一没有在公司破产后被收走的房子。

这事儿到现在田晓芸都还不知道。

桑天好原本可以不管他们家的事情，但是他那时觉得，毕竟赵明希是赵簌清的哥哥，他也的确喊过对方好些年大哥，帮了也就帮了。

但现在，赵明希的妻子田晓芸却大有得寸进尺之势。

桑天好并不是任人揉捏的软柿子，加上这么长一段时间以来，田晓芸和她女儿赵姝媛的那样一副做派，也让他越来越觉得自己当初就不应该答应这事儿。

给自己找了不痛快不说，还让自己的女儿也受了些委屈。

桑天好干脆想撂挑子算了。

在火锅店的时候，桑枝跟她妈妈视频，桑天好一边给桑枝夹菜，一边也跟赵簌清说了今天的这件事儿。

"以前也是我想差了，这瞒着也没比不瞒着好多少，我那大嫂本来就是那么一个人，还想用那么点儿钱就把房子买走？她做梦呢？"

赵簌清说着又开始气自己那哥哥不争气："我哥也是，这么多年了，也没在那个女人面前硬气过一回。那个家就是她田晓芸的一言堂，我都劝了我哥多少年，也为他心软过多少回，可有用吗？他有哪回是认真把我的话听进去的？还不是田晓芸说什么就是什么，既然我哥他愿意，我拦着也没什么用，我也不管了，这事儿你也打住。"

"行行行，好好好。"

桑天好听她说了一大堆，自己吃着毛肚胡乱应声。

火锅吃到一半，他的手机就一直响个不停。

"是舅妈打的吧？"桑枝不用看也知道。

"嗯。"

桑天好把手机弄成了静音，然后放在桌上："你那小表姐可真是一个传声筒，先不管她们，咱先吃饱了再说。"

说着，他就又给桑枝夹了好几筷子牛肉。

这顿饭吃完，桑枝才跟着桑天好回家。

坐在摩托车上，桑枝外面穿着她爸爸的皮衣，原本不甚明晰的风声因摩托车穿行在这渐渐暗下来的天色里，变得急促可闻。

桑枝望着爸爸戴了头盔的后脑勺，有一瞬间觉得自己好像一下子回到了小时候似的。

她那时身量还很小，所以爸爸的后背在她的眼里就显得如山般高大。

她还记得爸爸带她坐朋友的轿车去踏青的那个春日，她被藏在他宽松的皮衣里，等外面的人往车窗里一望，她爸爸就会拉开自己的"大肚子"的拉链，小小的她从里面露头，叫一声"叔叔好"。

几个身形高大，肌肉明显的叔叔站在车外傻了眼。

桑天好在车里笑得很大声。

那时的小桑枝看见爸爸笑，她也跟着笑。

后来站在车外面的叔叔也都开始憨憨傻笑。

还有人边笑边骂她爸爸："桑天好你神经啊？你这是给我们表演了一个原地生孩子？"

"我乖女儿在呢，嘴里干净点儿！"

桑天好顿时就不乐意了。

于是那天，属于几个成年男人的烧烤踏青日，成了他们共同的带娃日，平日里脏话最多的人愣是憋着，没敢说一句不文明用语。

想起来童年里那许多美好的回忆，桑枝忍不住笑出声，又抱紧了她爸爸的腰。在周遭凛冽的风里，她靠在他的背上，进行了人生不知道第多少次的感叹。

她的爸爸，是全世界最好的爸爸。

田晓芸一家搬来之前，桑天好停放在车库里的车就只剩下几辆，都是很普通低调的款，而田晓芸对摩托车又并没有什么研究，所以一直也没注意。

而今天桑天好骑的这辆，算是他目前为止最宝贝的一辆车，他都很少骑，一直寄存在朋友的车场里，每天过去看一看，洗一洗，然后再围着它转几圈儿，感叹几遍。

今天为了摊牌，桑天好特地去朋友那儿把车取出来，一溜烟儿就骑去了桑枝的校门口。

但今天他却打算就骑回去，暂时放在小区的车库里。

田晓芸给桑天好打了好几个电话，桑天好没接，原本桑枝以为田晓芸这会儿正等着他们回去，谁知道她自己工作的单位忽然打电话让她回去把白天处理错误的文件重新弄一遍，所以她就只能骂骂咧咧地拿了包匆匆忙忙地走了。

"不在好啊，等我打打游戏，再睡个好觉放松一下，明天再跟她好好吵一架，最好吵走完事儿。"桑天好伸了个懒腰，在沙发上瘫着。

桑枝在卧室里写了一会儿作业，就想找借口出门。

容徽还没有回来，也没有回她的信息，她有点着急。

桑天好已经去书房里打游戏了，桑枝跟他说下楼去超市买酸奶，然后就出门了。

现在已经是晚上九点多，窄巷里的灯光摇晃着，昏黄一片，明暗交替间，桑枝才走到巷子口，就已经听见了熟悉的猫叫声。

那是妙妙。

但下一秒，桑枝又在那一片晦暗的光影里，看见了一抹模糊的影子。

妙妙的声音变得很警惕，不断发出威胁的声音。

而那人的身影纤瘦高挑，像是一个女孩儿的身影。

"我最讨厌你们这种东西，你说你的爪子为什么要长指甲？拔了才

166

好……你别叫……"

女孩儿带着戾气的声音骤然变得尖厉起来："啊！"

桑枝跑过去的时候，凭着旁边那一盏灯的光亮，她瞬间看清了那一张被猫抓出三道血痕的脸。

伤口明显有些深，血液瞬间浸出来，令她的面容在这样昏黄的灯光里，莫名显得有些瘆人。

在那个女孩儿气急败坏地想要去抓那只猫，恨不得马上拔了它的指甲，打一顿才好的时候，她却见那只猫跳进了一个人的怀里。

当她抬眼，看见站在不远处的桑枝时，她瞳孔微缩，有一瞬的慌乱。

"赵姝媛，你想做什么？"

桑枝把猫抱在怀里，一边安抚它，一边看着脸颊被抓伤的赵姝媛。

赵姝媛在那儿站了许久，才冷笑道："关你什么事？"

"这是我的猫。"桑枝一字一顿。

如果不是容徽，她不会知道，妙妙在两年前就被赵姝媛虐待过。

她更不会知道，平日里顶多就是显得有些高傲虚荣的赵姝媛，原来竟是这样的一个人。

而今夜，桑枝亲眼看见了赵姝媛想要再次虐待妙妙的举动。

或许赵姝媛根本不知道，她现在正要抓的猫，其实在两年前就已经被她虐待过。

她也许根本不会在乎这些。

"这只死了你再去外面捡一只不就行了？反正你不是爱捡？"赵姝媛这会儿也不慌了，她索性站直身体，想笑时，却又牵扯到了脸上的伤口，于是她那双眼睛里又多了些愤怒与戾气交织的情绪。

"你是变态吗？"

桑枝已经很生气了，她原本在安抚妙妙的手也停顿下来。

赵姝媛讨厌桑枝，也讨厌桑枝怀里的猫，今天一整天经历的所有事情都让她感到尤其难受，再加上回到家后还受到她妈妈的唠叨怒骂，更让她此刻心里怒火难忍。

大约是因为自己用以缓解压力的极端方式在这样的黑夜里被她最讨厌

的人给揭穿，她脑子里什么也不剩，干脆就直接冲过去，扬起手就想打桑枝。

桑枝怀里的妙妙叫了一声，伸出爪子就要挠赵姝媛，却被赵姝媛一下子抓着脖颈，给扔到了地上。

"赵姝媛！"

桑枝气极，瞪着一双杏眼，直接握住了赵姝媛想打她的手，手腕一转，再用膝盖去顶赵姝媛的腿弯，令赵姝媛双膝不受控制地一弯，然后就被桑枝直接按倒在地。

"桑枝你放开我！"

赵姝媛的声音变得越发尖厉。

当桑枝把赵姝媛的半边脸按在沾满灰尘泥土的地砖上时，赵姝媛像个疯子一样地想挣脱，却又挣脱不开："你干什么！"

"我想看看你脸皮有多厚？"桑枝笑她，"赵姝媛，把自己所有的心理压力发泄在弱者的身上，是没出息的垃圾才会做的荒唐事。我以前就是觉得你有点奇奇怪怪，现在我才发现你这个人就是有毒。你今天不是说我要打你吗？你的愿望实现了。"

桑枝扭着赵姝媛手臂的指节更用力了几分。

"桑枝你放开我……"赵姝媛还在大叫。

巷子里不再寂静，也因此淹没了一个人的脚步声。

或是忽然的感应，桑枝发觉自己手心里的那道符纹偶尔细微如蚂蚁咬一下的疼痛已经消失了一阵，她顿了一下，徐徐回身时，果然在不远处的路灯下，发现了容徵的身影。

不知道他是什么时候站在那儿的，妙妙已经在他的脚边蹭来蹭去。

或是见桑枝终于注意到他，容徵才俯身抱起那只猫，步履轻缓地朝桑枝走过来。

期间，赵姝媛一直在地上叫骂着，桑枝忍不住扯了一下她的发辫："别吵！"

赵姝媛被桑枝忽然放大的一声吓了一跳，果然安静了片刻。

然后，她又开始猛烈地挣扎。

桑枝按着赵姝媛的手也因为看见了容徽而不自觉地小了些力道，这就给了赵姝媛可乘之机，她迅速挣脱了桑枝的束缚。当桑枝一时不察，没稳住身形，一屁股坐在地上的时候，她已经慌慌张张地站起来，想往巷口跑。

但下一刻，她却发现自己的身体根本动不了了。

在这样三月的料峭晚风里，她后背已经出了细密的汗珠，脸上被猫挠伤的伤口也在一阵阵地刺痛着。

她并不知道，有一个少年站在她的身侧，那样薄冷如雪的目光落在她的身上。

他怀里的猫也因为他而早已隐去身形，在被他的手指戳了一下爪子的时候，它似乎是秒懂他的用意，伸出爪子就对着赵姝媛另外半边脸也挠了几道血痕。

赵姝媛被忽然的疼痛弄得有些发蒙，她想要惊声尖叫，可喉咙却发不出一点儿声音。

"这样才对称。"

容徽掀唇，语气平缓。

可赵姝媛却听不到。

淡金色的光芒从他的指尖飞出，窜入赵姝媛眉心，而她却毫无所觉。

她只是发现自己在刹那间就能够移动身体，于是就尖叫着迅速跑出了这条窄巷。

桑枝站在原地，看着赵姝媛惊慌失措的背影渐渐消失，直到她的视线被眼前的少年挡住。

被他看见自己打架的样子，桑枝这会儿的第一反应是有点不太好意思。

她讪笑一声："你……回来啦？"

"嗯。"

少年轻轻地应，方才还像是浸透着冰雪一般的眉眼，此刻也终于有了一丝柔和的痕迹。

他的目光落在她凌乱的头发上，有一缕发丝因为她面庞的薄汗而贴在她的脸颊。

没有任何犹豫，他伸出手，指腹轻触她脸颊的瞬间，稍稍冰凉的触感令她睫毛颤了又颤。

　　而他将那缕发丝别到她的耳后，神情始终沉静无波。

　　"你去哪儿了啊？"

　　桑枝觉得气氛好像忽然变得有点怪怪的，她有些不太自然地问他："我给你发了多少条微信你知道吗？"

　　"十五条。"

　　令她没想到的是，他居然清晰地说出了具体的数字。

　　桑枝呆愣了片刻，又挺直脊背问他："那你回了几条？"

　　"四条。"容徽答。

　　"你错了没？"桑枝叉腰。

　　"嗯。"

　　容徽始终望着她。

　　"你说什么？"桑枝故意装听不见。

　　"错了。"

　　"谁错了？"

　　"我错了。"

　　桑枝终于满意，但还是不太放心地嘱咐他："那，你以后记得每一条都要回！不然我会担心的！"

　　她这样的一句话，令容徽的那双眼里顿时又有细微的柔波微泛。

　　"可你总是会发重复的问题。"他说。

　　如果容徽没有去学校，桑枝每天早中晚都会给他发许多条消息，因为他是不能吃任何食物的，所以桑枝就每天都会问他：

　　"喝水了没？"

　　"在下棋吗？"

　　"不准乱翻我平板电脑里的照片，知道吗？"

　　还有一些零零碎碎的事情，她也会发微信说给他听：

　　"今天我买了一个新口味的酸奶，也好好喝！"

　　"今天下午上课，赵一鸣吃零食被班主任抓住了，啊哈哈哈……他出去罚站的时候嘴里还叼着一根辣条！"

"今天中午食堂的排骨不好吃……我好失望哦。"

类似这样琐碎的事情，她总会发微信给他，有时候她忘了自己已经跟他说过了，第二天又会发给他。

桑枝没料到容徽会提到这个，她想了一下，好像还真是。于是，她只能干笑一声，说："那，那重复的，你回一遍就好了。"

她说："如果你在忙，也不用急着回复我……"她大约是又觉得自己也不应该这样要求他，于是有点不好意思地笑了一下，"也不用每条回复我，我太话痨了，但是你去哪儿，或者什么时候回来，你还是告诉我一下吧，不然我会很担心……"

他这样冷的性子，平常也不大爱说话，桑枝觉得自己没有理由这样要求他。

容徽微抿薄唇，旁边灯影里的光映照着他的眼睛，好似在他的双瞳里添了几颗零碎的星子，清辉淡淡。

几乎是克制着自己内心里翻涌的欢喜情绪，他小声地应："嗯。"

但他还是会忍不住想：

她好黏人。

田晓芸昨晚十点多才回家，一回到家就发现女儿赵姝媛脸上的抓痕，她是又气又急，还没歇口气、喝口水，就着急忙慌地带着赵姝媛去了医院。

第二天六点多的时候，桑枝家的门就被田晓芸没完没了地敲了又敲。

桑天好从被窝里爬起来，慢吞吞地打了个哈欠，才胡噜了一把凌乱的头发，走到客厅里去开门。

桑枝也被吵醒了。

她原以为她舅妈田晓芸一上来就会吵闹个不停，却没想到她打开卧室的房门走出去时，却见田晓芸是那样一副和和气气的样子，手里捧着一杯水，正在跟桑天好说话。

"天好啊，你不是在修理厂上班吧？"

田晓芸大约还是有些不信赵姝媛所说的话，可昨天赵姝媛回家时，把同学拍了发在朋友圈那张桑天好和他的摩托车的照片给她看了，还搜索了一下那辆摩托车的价格。

八十万一辆的摩托车，桑天好他怎么会买得起？

桑天好吃着昨天夜里桑枝为了圆谎而在超市里胡乱买的小零食："我什么时候说过我在上班？"

田晓芸原本想喝一口水，听到他这话，她握着杯子的手一顿，皱了皱眉："你不上班哪儿来的收入？"

她也不等桑天好回应，就抬着下巴，轻哼一声："天好，以前也就算了，但是现在你跟簌清已经离婚了，你怎么还能这么不务正业？我知道当年我公公给簌清和明希都各自备了一些钱，赵氏企业当初破了产，明希原本想指着他那点钱做点儿小生意，从头来过，谁料想那些钱也都赔了，我们家那时候日子多难熬啊，可就是这样，簌清也没把她那份钱拿出来借她哥哥救救急……我还想着簌清那些钱都哪儿去了……"

说到这儿，田晓芸的脸色就变得不大好，说话也意有所指："现在看来，怕是都被你给作没了吧？"

田晓芸这会儿还在猜着，是不是当初赵家那老头留给赵簌清的钱要更多一些，要不然桑天好哪儿来的钱买这么贵的车？

"你也知道我和簌清已经离婚了，所以我想我也的确不太适合再叫你一声'大嫂'了。"

桑天好也不再吃东西了，这会儿他脸上也没有什么笑意："田女士，我曾经的岳父，赵老先生留给你丈夫和我的前妻各五百万，簌清的那五百万这么多年来我分毫未动，你要是不相信，你可以问她，但你要问，可就得做好准备，簌清是一个什么样的人你肯定很清楚，你既然敢质疑她分得的遗产不合理，那么她肯定是要跟你好好掰扯清楚的，说不定她还能立刻就坐飞机回来跟你当面对质。"

这番话说出来，田晓芸果然脸色变了几分。

她做了赵簌清这么多年的嫂子，哪能不知道她这个小姑子是个什么脾气。

赵明希一直顺着她，但赵簌清眼里却不揉沙子，再加上赵簌清脾气又跟炮仗似的，她跟赵簌清吵嘴就没有一次是赢过的。

专程坐飞机赶回来吵架这事儿，田晓芸还真信赵簌清能够干得出来。

"那你怎么会有那么多钱买车？"

田晓芸仍然在揪着这一点不放。

"很简单啊，我花我自己的钱买的。"桑天好靠在沙发椅背上，一副漫不经心的模样。

"你能有什么钱……"

田晓芸话还没说完，就被玄关那边传来的敲门声打断。

"桑枝，去开门。"

桑天好没有站起来的打算，反而是使唤起在冰箱那儿找酸奶喝的桑枝。

桑枝吸管还没插进酸奶盒，听见桑天好的声音，就把酸奶放在了那边的桌上，只说了一声"好"，就跑到玄关去开门。

打开门时，桑枝意外地在门外看见了去京都开了几天会的赵明希。

"舅舅？"

桑枝叫了一声。

赵明希一身风尘仆仆，大约是连着好些天都没有休息好，所以那双眼睛里明显有着红血丝，眼眶也熬得有些发黑。

他似乎是急匆匆地赶回来的，因为赵簌清在昨天给他打了电话，他结束了在那边的事情之后就赶了回来。

这回对上自己侄女儿那张白皙的面容，赵明希显得有些局促，他勉强扯了扯唇，然后就绕过她，走进屋子里。

"晓芸，你在这儿做什么？"赵明希手里还提着一个公文包，望着坐在沙发上的田晓芸，明知故问道。

"你怎么回来了？"

田晓芸一下子站起来。

"我们先回去吧。"赵明希没有回答她，只是说道。

田晓芸却不愿意走，她还没搞清楚昨天的事情："你爸当初到底给你妹妹留了多少钱？是不是他给你妹妹留的，比给你的多？"

"你在说些什么？"赵明希皱起眉头。

"不然的话，天好怎么有钱能买得起八十万的摩托车？赵明希，你是不是瞒了我什么事情？"田晓芸看见赵明希，原本压着的气性这会儿是怎么也压不住了，"你今天就给我说清楚，这到底是怎么一回事！"

"人家天好用自己的钱买的，跟你跟我，有什么关系？"赵明希满脸无奈，"当年桑叔除了投资我们家的项目，还买了不少房子，天好留着那些房子，出租也能赚不少钱。"

只这么一句，就令田晓芸当场像是被雷劈中似的，站在那儿，傻了好一会儿。

她无论如何也没有想到，她一向看不上的这个当了不少年无业游民的妹夫，居然是一个拥有多套房产，靠着出租就能获得可观收入的人。

赵明希努力工作，是为了养活田晓芸和赵姝媛，而桑天好不用工作，就可以养得起桑枝，甚至还能说买就买一辆八十万的摩托车。

田晓芸只在心里这么一对比，就觉得一阵头晕目眩，大脑一片空白，再也无法思考。

印象里一直家庭状况不如她家的妹夫，居然仅靠收租就已经生活富足，这让田晓芸一时间仍然觉得难以接受。

她原本的那点儿高傲气势，在这一刻全都消失殆尽，就如同霜打的茄子般，仍然不敢相信这就是事实。

"赵明希，你为什么不早跟我说？你是不是一直都知道这件事？"

客厅里安静了半刻，田晓芸在这样尴尬的气氛里，忽然开始向赵明希发难，她觉得自己此刻的难堪，都是因为赵明希对她的刻意隐瞒。

"是又怎么样？田晓芸，我就是太清楚你是什么样的人了，所以我才打算瞒着你。这事儿一开始也是我跟籖清说要瞒着你，但是很显然，瞒着你和不瞒着你，区别并不大。"

赵明希的眉眼间显露出深重的疲态，那是这段堪堪维系多年的婚姻带给他的重重压力。

他的婚姻，早就是锁住他的枷锁，这么多年来，让他在窒息的感觉里徘徊。

"好啊你个赵明希，"田晓芸气得脸色稍青，差点儿没把自己手里那杯子给摔了，"你为什么要瞒着我？！赵明希你问问自己的良心，我为这个家付出了多少？你是不是忘了，你失业的时候是我去让我爸妈找关系，帮你进的现在这家公司？"

"这两件事有什么必然的联系吗？"

赵明希并不想当着自己前妹夫的面跟田晓芸吵架，但田晓芸现在这个样子，大有没完没了之势，也许是他已经压抑了多年，听着她这些数落他的话早已经听够了。

"田晓芸，天好家里的事情，跟你和我没有半点关系，他们家的事情你并不需要知道得那么清楚。"赵明希接着说，"房子我们已经看了不少了，最后看的那套就挺不错的，装修也是现成的，我明天就去签合同办手续，咱们尽快搬过去。"

这大约是他这几年来，第一次这样果决。

田晓芸险些气笑了，她指着赵明希的鼻子道："你敢！那房子我说不准买你就不准买！"

"那你想怎么样？"赵明希的怒气也压制不住，他沉着脸，"田晓芸，你还想着要天好半价把一楼的房子卖给你？你在做什么梦？"

"难道不行吗？"田晓芸一副理直气壮的样子，"既然天好有那么多房产，也不差这一套。再说了，当初你也算帮过他一些忙吧？他就是还你一套房子也是应该！我看啊，还得还一套更好的房子！"

"田晓芸！"赵明希是彻底地怒了，脸色铁青，"京都的那套房子就是天好送的，不然你真以为我一个破了产的人，能有钱买下那个房子？

"我告诉你，做人不能太得寸进尺。我这辈子活得不痛快，但这脸面我还是要的。你最好也别再给天好添任何麻烦，他和籖清已经离婚了，他不欠我们赵家的，你最好明白这一点。

"你也别拿籖清说事，我父母已经去世，我就这么一个妹妹，你最好别再烦她。"

赵明希盯着田晓芸，一字一句都说得很清楚。

田晓芸已经很久没有见过赵明希这副模样了，从赵氏企业破产的那一天开始，赵明希的那双眼睛就已经灰暗下去，再加上后来尝试做生意又失败，他整个人就更加颓废不堪。

田晓芸已经被多年柴米油盐的生活磋磨得越发尖酸虚荣，连带着被她教养的女儿也随了她的性子，赵明希也已经不复当初，失去了对生活所有的热忱，每天都在田晓芸的唠叨指责中浑噩度日。

赵明希很清楚，他的妹妹赵簌清已经为他做了够多，可他却一直没能为她多打算些什么，他不是一个好哥哥，他觉得愧疚，也知道自己不争气，但他已经失去了改变自己这种现状的那种动力。

这会儿赵明希说完，就没再看田晓芸，反而是对桑天好面露歉意道："抱歉，天好，这段日子以来给你造成了很多困扰，我实在是很不好意思。"

桑天好还没来得及说些什么，赵明希转身就走了。

田晓芸好不容易反应过来，一边高声骂赵明希，一边追着他跑了出去。

客厅里瞬间安静下来，只剩下桑天好和桑枝父女俩面面相觑。

赵明希这回说到做到，无论田晓芸怎么闹，他第二天还是去签了合同买了房子，田晓芸磨蹭着收拾东西收拾了几天，期间也上三楼来敲过桑枝家的门，但桑天好都装作不在家的样子，一次也没开过门。

再多的东西，也总有收拾完的时候，田晓芸就是想赖着不走，也是不可能的了。

田晓芸一家人一走，桑枝和她爸爸桑天好的日子果然就清静了许多。

赵姝媛却不太好过。

那天晚上在窄巷里的事情她忘记了许多，根本不记得自己的身体停在原地无法挪动，也不记得自己另外半边脸的伤究竟是什么时候弄的。

但她这些天来，每天晚上都在被噩梦折磨。

每天夜晚都有毛色不同的猫在她的梦里化作身形巨大的猛兽，用爪子划开她的皮肉，用嘴咬断她的脖子。

梦里的猫无一例外，都会直接用嘴咬掉她的指甲，那样深刻真实的痛，总会让她尖叫着从梦里惊醒。

她有时候神情恍惚，还以为自己的指甲真的被全拔掉了，唯有一遍又一遍地盯着自己的手指看，她才能够暂时放下心。

因为搬了家，赵姝媛和桑枝就只有在学校里才会碰面。

也不知道为什么，每当她看见桑枝时，就会觉得浑身发凉。

好比此刻，她只是在下课铃响起的瞬间，瞥见坐在靠窗位置的桑枝的侧脸，她就忍不住颤抖。

而桑枝却毫无所觉，她只打了个哈欠，剥了糖纸刚想把那颗草莓糖喂进嘴巴里，她偏头就看见身旁的少年正在看她。

容徽适时把手从衣兜里拿出来，在她眼前舒展开手掌时，桑枝看见了他手心里被漂亮的糖纸包裹着的一把糖果。

"给我的吗？"桑枝惊喜地望着他。

容徽见她笑了，他也忍不住微弯嘴角，一双眼睛里的光影也柔和了许多："嗯。"

他的声音很轻，还带着她难以察觉的羞涩。

桑枝毫不客气地把他手里的糖果全都拿了过来，又看了看自己另一只手里那颗已经被剥掉糖纸的草莓糖，她干脆把那颗糖果递到他面前："那这颗给你吃！"

她还小心地嘱咐："你不要咬哦，等它自己化掉，不然你会难受的。"

容徽很喜欢她这样事无巨细地关心提醒，他低眼看着她手指捏着的那颗草莓糖，终于低头凑近。

草莓糖外面裹着细白如雪的糖霜，糖霜酸酸的味道很好地中和了草莓糖过分的甜。

其实对于容徽来说，这种味道他并不习惯，但他还是裹在口腔里，什么也没有说。

体育课的时候，桑枝和封悦坐在篮球场对面树荫下的长椅上聊天。

封悦吃着小零食，说："桑枝，你说赵姝媛的脸究竟怎么回事，这都戴了多久的口罩了。"

桑枝正在编手绳的动作一顿，含含糊糊地回了一句："不清楚。"

"也是，你肯定不知道，她不是都从你家的房子里搬出去了嘛。"封悦点点头。

桑枝没有说话，继续编手绳。

"你这手绳真是给你爸爸编的？"封悦话题一转，摸了摸下巴，目光在桑枝的脸上，和她手里那条编了一半的黑色手绳之间来回游移。

"不然呢？"

桑枝故作平静。

"我觉得有一件事我必须得告诉你。"封悦叹了一口气。

"什么？"桑枝抬眼看她。

"最近班上在传你和周尧之间有猫腻。"

"……啥？"

桑枝人都傻了。

"但是大家也都并不敢确定，毕竟你俩看着……也没有很配。"

任是谁，一开始也都没有把桑枝和周尧这两个人联系在一起过，但是最近班里有人无论是上课还是下课，都经常会看见桑枝凑近周尧说悄悄话，还有很多个早晨他们都一起出现在教室门口，就好像是一起来的似的。

再加上周尧每天早晨雷打不动地帮桑枝带早餐带酸奶的举动，是许多人都看得清清楚楚的。

"可要是万一啊，万一你就喜欢他那样儿的呢？"封悦还在叽叽喳喳说个不停。

桑枝也不知道是过了多久，才从震惊中回神。她又呆愣了好一会儿，才僵硬地偏头去看封悦："你也信了吗？"

"我本来是不信的，但是我看见你今天上午给他喂糖了……"封悦的声音变得越来越小。

桑枝再次呆住。

这天下午过后，容徽就发现桑枝变得很奇怪，下课时她很少主动跟他说话了，每天早上快要到学校时，她总会匆匆跟他说上一句话，然后自己一溜烟儿先跑掉。

连他给她带的早餐和酸奶，都被她委婉拒绝了。

这样的情况，已经持续了小半个月之久。

"为什么？"

那天容徽问过她。

"这不是因为大家误会了我们的关系嘛……我怕他们传啊传的，传到教导主任的耳朵里，那就麻烦了。我们那个教导主任抓早恋抓得可严了，我上次还跟他顶过嘴，他要是抓住我的小辫子，肯定不会放过我的！"桑枝是这样跟他解释的。

"我们是什么关系？"

容徽沉默半晌，忽然问她。

桑枝那时眨了眨眼睛，回答得毫不犹豫："当然是朋友呀！"

说完，她还笑着凑近他说："你以前还叫我姐姐呢！"

容徽那时静静地凝望她许久，她是那样坦诚的一副模样，可看在他的眼里，却越发令他觉得之前的自己到底有多么可笑。

那个除夕夜她在他耳畔说过的悄悄话，他曾在意了那么久的一句话，却原来，早被她自己忘了个干净。

姐姐？

容徽冷笑着，将神情迷茫的女孩儿推出门外，重重地关上了那扇锈迹斑斑的房门。

从那天起，容徽再也没有见过桑枝。

无论桑枝来多少次，无论那只猫围着他讨好多少回，他也从未打开过那扇门。

五月的尽头，天气已经很热。

关于那枚玉坠由来的信息一点儿也没查到，容徽这段时间已经遇上了不少觊觎他掌心符纹力量的脏东西。

因为桑枝，容徽心里始终郁结着一团阴戾的火气。

于是下手收拾那些脏东西的时候，他也分毫不曾留情。

但在回去之前，他也还是会先洗干净自己手上的所有血污，最好连衣服也重新更换，不留一点儿血腥的味道。

但今夜不同。

不远处黑沉沉的天空有惊雷砸下，山火连天灼烧一片。

而容徽遇上的这个魔修，是他现在的能力无法与之相抗的存在。

魔修原本修的就是极端之道，依靠夺取凡人的血肉就能在短时间内获得修为上的精进。

容徽被暗红的光芒幻化的如藤蔓一般的绳索束缚着，倒在地上，越是挣扎，身上的束缚就会越来越紧。

他身上被一寸又一寸的黑气划开一道又一道的伤口，衣衫已经被鲜血浸透，而这血液的味道，是令魔修最为兴奋的味道。

这一片山林已经被大片的山火包围。

火舌燎过树木花草，大有趁着这凛冽夜风而瞬间燎原之势。

"真是难得啊。"

隐在山火之间的那一抹被暗红光影包裹的身影终于显现出他的真容，那样一张苍白阴柔的面容，唇色却像是点染了胭脂一般，红得刺眼。

他矫揉造作的笑声，带着阴森的冷气。

"明明是拥有仙骨的天生仙胎，可这仙灵之气却弱成这样……"

他看着那个被他的术法困在地上，浑身是血的少年，终于徐徐蹲下身。他想伸手去捧少年的脸，却在望见少年那双好似浸透着寒潭冰雪的眼瞳时，莫名就住了手。

最终也只能堪堪感叹一句："这样漂亮的皮囊，怎么就不是我的呢？"

"你说，你是不是上头哪个小仙的私生子？"他刻意用这样的话来刺激这个少年，"也幸好有你这样被上头那些高高在上的神仙丢掉的野崽子，才能让我白捡一副仙骨，你说是不是？"

他的笑声尤其刺耳，黑色的指甲微动，一把闪着凛冽寒光的剔骨刀已经握在了他的手里。

"这些日子，我知道你杀了不少妖魔，你这样狠的神仙生的崽子，我也是活了这么多年来第一次见，为了抓住你，可费了我不少心思……"

剔骨刀就握在他的手里，他是要生生地取出这个明明天生仙骨，仙灵之气却尤其虚弱的少年的那一截仙骨，把它炼化成能令他修为更加精进的良药。

但令他没有想到的是，少年却不知道在什么时候就已经挣脱了他的术法。

即便是那些暗光化作的绳索已经在少年不断挣扎的时候越收越紧，割开他的肌肤，几乎就要嵌进骨肉，那种疼痛已非常人所能忍受，可他却甘愿承受，并成功挣脱了绳索的束缚。

淡金色的流光在这片山火之间涌动着，却似微弱的莹光，根本无法撼动此间燃烧的整片火光。

魔修看着他站起来，也看着那些微弱金光在他手指一动的时候转化成了一支又一支的利箭，朝他袭来。

魔修扯了一下嘴角，只当是这个小神仙最后的垂死挣扎。

暴雨如瀑，在漫天的惊雷闪电之间，原本熊熊燃烧的火光渐渐也有了减弱的趋势。

魔修一时不察，被少年手里的金光转化而成的一把长剑给砍断了指骨，他痛得惊声尖叫，嗓音终于不再阴柔造作。

他恼羞成怒，所有的耐心尽失，再出手时，几乎每一招都是极其凶狠的死招。

容徽摔在泥泞里的刹那，魔修手里的剔骨刀瞬间就狠狠地扎进了他的琵琶骨。

这把剔骨刀是极薄的弯刀，刺进去的刹那就已经勾住容徽的骨头。

"你不过就是个没人要的野崽子，还妄想找什么身世？"魔修还在笑他，"还是把你的仙骨，交给我……"

他话还没有说完，就见被他按进泥泞里的少年不顾那把已经刺进琵琶骨里的剔骨刀，用尽力气翻身过来，手里的长剑瞬间融成短匕，用力地扎进他的胸口。

魔修无论如何都没有想到，少年竟然不顾自己的琵琶骨被剔骨刀割断，也要翻身将短匕刺进他的胸口。

魔修骤然脱了力，跪坐在地上，咳出血的同时，他看向那个少年苍白的面容，竟有一种如见恶鬼般的心惊胆寒。

"你对自己都这么狠？"魔修不敢置信地看着他。

少年明明已经断了骨，却仍旧从一地泥泞里摇晃着站起身来，他伸手抹去自己唇畔的血迹，一张苍白昳丽的面容在山火尽灭，闪电忽明忽灭的此间，更添森冷之感。

"我怎么能让你这样的脏东西如愿？"

少年的嗤笑声，揉碎在这片青黑山林里吹过的最凛冽的风里。

那一瞬，那魔修瞥见少年半边沾染了血迹的冷白面庞，忽然之间就觉得，他或许是生错了仙骨，他原本，该是地狱里沉睡的恶魔。

这也许仅仅只是这个魔修一瞬间的荒唐想法，但他根本来不及想再多，因为无论如何，依照这个少年的微弱灵气，即便是伤了他，也还是无法与他抗衡。

但下一秒，这阴沉雨幕里破开层层如水波般的纹痕，忽然出现的黑红的气流不断从破裂的光幕里涌现出来，刹那之间就将他整个人蚕食干净，什么也不剩下。

旋涡般的气流与光幕纠缠着，瞬息之间又消失殆尽，就好像从来没有出现过似的。

这山林寂静，唯剩容徽站在那儿，耳畔尽是雨声雷声。

他那双黑沉沉的眸子盯着遥远天幕，站在如瀑雨幕之间，纹丝未动。

桑枝今天终于因为妙妙的帮忙，得以进入容徽的家里，但她等了好久，一直不见他回来。

后来，她不知不觉地就在容徽家里的客厅睡着了。

可她睡得并不安稳，她被窗外的雷声骤然惊醒时，狸花猫仍在她的臂弯里熟睡着，发出舒服的呼噜声。

桑枝也不知道为什么，心神总是不宁。

她再也没有办法入睡，一遍遍地按亮手机屏幕，盯着时间一遍遍地看，又翻了翻她发给容徽的微信消息，他一条都没回。

蜡烛的火光闪烁着，映在她的眼睛里，成了更小的光影。

淡金色的流光骤然从窗外涌进来，空气中渐渐有了一股若有似无的血腥味。

桑枝一回头，就看见淡金色的光芒消失的瞬间，浑身是血的少年骤然脱力，一下子摔在了地上。

琵琶骨处的伤口有血液流淌出来，瞬间染红了光洁的地板。

"容徽！"

桑枝一下子坐起来，鞋子也顾不上穿，连忙跑到他的面前，蹲下身才发现他那件衣服已经被鲜血染了个透，他的背部仍不断有血流淌下来，她一伸手，就是满手温热的血液。

她眼眶里顷刻间就有眼泪掉下来。

"容徽你怎么了？你为什么会受这么重的伤？"她的声音已经有了哭腔，"怎么办啊，好多血……"

她着急忙慌地去找急救箱，想要止住他的血，可在里面翻找了一通，却并没有找到什么有用的东西，连纱布也仅仅只剩下一点。

"我们去医院，我、我马上带你去医院……"

桑枝把手里的东西全都扔掉，伸手想要去扶他，可他满身的伤口却让她始终不敢触碰他一下。

"桑枝。"

她站起来，想去拿沙发上的手机打急救电话，却被他握住了手腕。

少年的嗓音嘶哑微弱，那双半睁着的眼睛却一直望着她。

"我在，我在……"桑枝跪坐在地上，凑近他时，仍忍不住哭。

"你说我是神。"他开口，轻轻地说。

"是的，你是，周尧也说你是！"桑枝连忙答他。

"可我即便是神，"少年的那双眼睛里似有怅惘，又好似笼着令人始终无法看清的薄雾，"也是被抛弃的那一个。"

"你不是，你不是的……"

桑枝不知道为什么，听见他说这样的话，一颗心就好像是被一只无形的手狠狠攥住，眼泪更加汹涌。

她反驳他："你这么好，怎么会被抛弃？一定是，一定是他们一直没有找到你，他们肯定，肯定会来找你的……"

"不会了。"容徽的声音变得飘忽。

"会的！"

桑枝抹了一把眼泪，她定定地望着他，说话时仍然有些哽咽："就算，就算他们找不到你，你还有我，我会陪着你的！我会一直陪着你的！"

她甚至伸出手指，认真起誓："我发誓！"

"你不会的。"

容徽盯着她那双哭得已经有些发红的眼睛半晌，忽然说。

"你总是骗我。"

"我没有骗你！"桑枝想要伸手去抓他的手臂，却又怕碰到他的伤口。

她已经急得不行："我先送你去医院！"

"不用了。"他松开她的手腕，也不愿她再触碰他一下。

"不去你会死的！"桑枝哭得更凶了。

容徽认真仔细地看着她的眉，她的眼，想要从她的脸上寻找端倪，却发现她的焦急与担忧都不似作伪，他甚至找不出一点儿破绽。

他眼眶渐渐红透，在这一刻，心头的无助与绝望将他纠缠着，撕扯着，可他却还是忍不住，像个孩子一样，又伸手去握紧了她的手，掌心相贴。

"是你让我，至少有那么一刻，也渴望过活着。"

他骤然收紧指节，同她十指紧扣。

他眼底有阴郁笼罩，他握紧她的手，力道渐渐越来越大。

"所以你最好，不要离开我。"

他的声音忽然又变得很轻很轻，好似梦里最朦胧的呢喃。

彼时，桑枝明显感觉到，自己被他紧握着的右手掌心里像是有什么东西在动似的，钻出她的掌心，带着灼烧难忍的温度，令她一时难以忍受。

符纹的光芒渐渐盛大起来，桑枝亲眼看见原本印在自己掌心里的那半道符纹骤然在半空中放大成星盘似的光影，迅速转动着，骤然就将容徽整个人都包裹起来。

一道道繁复奇特的符纹涌进他的眉心，融进他的四肢百骸，气流在他的每一根血管里涌动冲撞着，他整个人蜷缩在地上，始终抿紧嘴唇，痛苦不堪。

桑枝并不知道，她手心的"徽"字便是那玉坠加诸容徽的一道咒术，它能唤醒他体内被刻意压制的神秘力量，也能令他彻底迷失于自己的过往。

幸而是她，那天在雨巷深处，当他握住孟清野脖颈间的玉坠时，无形中替他分担了一部分咒术。

作为一个普通人，那咒术在她身上的作用便微乎其微，至多让她与容徽之间因为掌心的符纹而承受一些牵连之痛。

当她与他掌心彻底相触，她手心里的咒术终于回归他的体内，他被封存的力量，便理所当然地催动运转，令他骨肉重塑，也令他仙骨永生。

"容徽？容徽你怎么了？"

桑枝伸手去触碰他的肩，留有泪痕的一张面容上满是惊慌无措，她眼睁睁地看着他额角与脖颈的青筋突起，像是承受了巨大的痛苦一般，可她却始终什么都做不了。

桑枝只能俯身去抱他，一声又一声地叫他的名字。

那只狸花猫也急得来回乱转，发出"喵喵喵"的声音。

也不知道过了多久。

窗外的雨势终于有所减缓，桑枝发现，被她小心抱着的少年身上缠裹着的淡金色光芒不知道什么时候就已经消失，而他那张苍白的面容就在她的眼前。

少年不知道什么时候已经睁开了双眼，那双漆黑的眸子正一瞬不瞬地盯着她，像是深邃无边的浓浓夜色一般。

桑枝眼眶还留有泪花，在这样寂静无声的夜里，她动了动发干的嘴唇，小心翼翼地轻声唤他："容徽？"

谁知下一秒，她忽然就被他翻身按在了地上。

他的眼尾还沾着些血迹，犹如殷红的脂痕，犹如流霞最后的余韵。

桑枝愣愣地望着他，还有些搞不清楚现在的状况。

但不知道为什么，他此刻看着她的这双眼睛里的神情，好像有了细微的变化，可那到底是怎样的一种变化，她此刻大脑空白，完全想不起来。

她如果还能够正常地思考，应该就会发现，眼前这个少年的这双眼睛，几乎与当初在那条深巷里，扣着她的脖颈，嘲笑她时，一般无二。

肩胛骨处仍有鲜血流淌出来，可他却并没有理会。

在桑枝呆滞的目光中，他捏住她的下巴。

"你是希望我叫你什么？

"桑枝？"

他垂着眼睛，纤长的睫毛遮住他那双眼睛里更多晦暗的情绪，嗓音如敲冰戛玉般清脆：

"还是姐姐？"

第五章 //
喜欢我，好不好？

容徽恢复记忆了。

桑枝手心里仅剩的那半道符纹在那夜就已经消失，像是原本寄存在她身上的某种神秘力量终于得以回归它原来主人的身上，她不会再感觉到手上有任何的疼痛，也不会再被那些莫名其妙的东西包围。

她原本就是一个很普通的凡人，而那些加诸在她身上的所有意外也都在那夜彻底消失。

桑枝洗过澡，换了睡衣之后，就一直愣愣地盯着镜子里的自己。

下巴有点泛青，很难不让人注意。

今晚吃饭的时候，桑天好还问她的下巴是怎么回事，她只能含含糊糊地答："不小心磕到了。"

桑天好也没怀疑，只是夹了一筷子红烧肉到她的碗里，说："怎么这么不小心。"

桑枝已经连续好些天晚上没有睡好觉了，今夜也是一样。

她裹着薄被，在床上翻来覆去。

她只要一闭上眼睛，脑海里浮现的就是那天夜里，浑身是血的少年骤然睁眼，将她按在地上，冷冰冰地看着她。

十七岁的容徽在那夜还未曾来得及同她告别，而如今的他，已经找回了自己所有完整的记忆，也包括他倒退到十岁、十二岁甚至是十七岁时，同她之间的所有经历，他记得所有的一切。

桑枝偏头，盯着床头柜上摆放着的那一盏光芒暖黄柔和的台灯，半晌，她回过神，轻触下唇的手骤然缩进了被子里。

这夜的梦里，他的眉眼近在咫尺。

是一如当初她在学校小花园里的竹林小径上，见过的那样一副薄冷如霜的神情。

可下一秒，少年忽然凑近她的耳畔。

他气息很近，铺散在她的脖颈，如冰雪融化在皮肤上骤然迸发的灼烧感。

"姐姐……"

她听见他忽然这样轻声唤她。

嗓音柔和，稍带羞怯。

桑枝骤然惊醒，一张面容早已染上一层浅淡的薄红，额角也已经有了细密的汗珠。

桑枝坐在床上，大口大口地呼吸着，脸上的温度仍旧灼烫。

清晨薄雾散去，她仍坐在床上，呆愣愣地垂着眼睫，望着自己早已恢复如初的手掌。

夏日已至，玻璃窗外，有阳光跃入阳台，投下耀眼的影。

桑枝已经好几天没有见过容徽了。

他消失得很突然，就在那夜，就在她的眼前，她眼睁睁地看着他周身有淡金色的光芒涌现，寸寸包裹着他的身体，令他的身影最终彻底消失在她的眼前。

从那夜开始，桑枝对面那扇窗里，再也没有这样一个人的存在。

如果不是那只狸花猫仍在，桑枝几乎就要以为，这段时间以来有关于他的一切，都是她做过的一场梦。

他到底，去哪儿了？

桑枝趴在自己的臂弯里，失神地想。

寂静无声的客厅里，她的手搭在棋笸上，手里捏着的是棋笸里的一颗颗棋子，眼前摆着的棋盘上，不知不觉就被她用黑白的棋子拼成了一个人的名字。

那是在她的掌心里已经消失的那个名字。

"妙妙，你说他到底去哪儿了呀？"

桑枝将下巴抵在棋盘上半晌，才直起身，将蹲在她旁边的那只狸花猫抱进怀里。

"他是去天上了吗？"

桑枝偏头看向玻璃窗外，手还在轻轻地抚摸妙妙的脑袋。

就像嫦娥奔月一样，他是不是也飞走了？

"他就是要走，至少也得带着你啊。"桑枝耷拉下脑袋，对上妙妙那双圆圆的眼睛，"你可是他的猫啊。"

妙妙也不知道到底听懂了她的话没有，这会儿用脑袋蹭了蹭她的手背，发出软绵绵的叫声，更干脆在她的怀里舔起爪子来。

今天是周六，桑枝却无心跟她爸爸桑天好打游戏，在容徽家的客厅里一坐就是大半天。

妙妙不知道是什么时候跑出去的，桑枝坐在小桌边用棋子拼着图案，不知道什么时候就睡着了。

他还会回来吗？

桑枝迷迷糊糊将要睡去的时候，都还在想着这样的问题。

桑枝是被妙妙的爪子拍醒的。

她醒过来的时候，刚坐直身体，就在客厅的地板上发现了一只羽翅青蓝的鸟。

这是桑枝从未见过的鸟。

看着是很小的一只，只有麻雀那么大，但它背上的青色翎羽的末端却是犹如湛蓝宝石一般的颜色，还掺杂着浅银色的纹路。

"……妙妙，你怎么又抓鸟回来了？"

桑枝抓了抓妙妙的下巴："你有猫粮吃，不要老抓鸟，你这样子，你

189

想过这只鸟的心理阴影面积有多大吗？"

妙妙歪着脑袋望她。

"算了，你记住，你以后不能再抓鸟了，知道了吗？"

桑枝摸摸妙妙的脑袋。

然后，她就把妙妙放下来，打算去看看那只鸟到底是死了，还是暂时昏迷着。

但等她刚刚走近，就看见那只鸟的爪子动了一下，然后它睁开眼睛的瞬间，鸟喙一动，发出"哎哟"的声音。

？？？

桑枝几乎以为自己幻听了。

下一秒，桑枝就眼睁睁地看着那只鸟忽然拍打着翅膀在客厅里摇摇晃晃，四处碰壁，飞来飞去。

最后，桑枝眼睁睁地看着它飞去了那间已经很久没有用过的厨房里。

桑枝来不及想更多，连忙跟了上去。

她跑到门口时，刚好看见那只鸟从半空中下坠，落入了覆着不少灰尘的……锅里。

"……"

桑枝当场愣住。

这一幕有些过于诡异，难道这就是传说中的"铁锅炖自己"？

那只鸟像是终于挨过了短暂的眩晕，在锅里翻滚几下，终于站起来。它的翅膀就搭在浅口锅边，那双绿豆大小的蓝色眼睛终于对上了站在厨房门口的桑枝的眼睛。

就好像是这会儿才搞清楚自己的处境，青鸟忽然警惕："你你你……你想干吗？"

鸟……说人话了？！

桑枝瞪圆眼睛。

"我肉很少的，你不要吃我……"那只鸟已经在锅里瑟瑟发抖。

谁知，它话音刚落，桑枝就看见它的身形在一阵淡色的光芒中忽然变大了许多，就像是孔雀一般大的身形，顿时让灶台上的那口锅显得小了太多。

一人一鸟，大眼瞪小眼。

妙妙跑过来，忽然就跳了上去，用猫爪打了一下它的脑袋。

被打了脑袋的青鸟顿时用翅膀护住自己的脑袋顶儿，一副委委屈屈的样子，却一点儿也不敢动。

翅膀受伤了，它根本飞不了。

如果不是因为这段时间里桑枝已经经历过太多不可思议的事情，她这会儿或许就会被眼前这只比鹦鹉还会说人话的鸟给吓到。

但她转念一想，她的同桌周尧还是一只狐獴呢。

想起周尧，桑枝连忙跑下楼，去了周尧住着的那栋单元楼里，敲开了他的门。

当她带着周尧回来的时候，她一走到厨房门口，就看见妙妙蹲在那口锅旁，抬着一只爪子，露出尖利的指甲，像是在警告锅里的那只鸟不要乱动。

一见桑枝，妙妙顿时收起爪子，跳进她的怀里。

"这是青鸟。"

周尧一见那只几乎一口锅都要装不下的鸟时，一眼就认出。

"看这翎羽，应该再过不久，就会化形青鸾神鸟了。"

"青鸾神鸟？"

桑枝一听，就又好奇地将锅里那只鸟来回打量了一番。

"你……"周尧看着那口锅，犹豫了一会儿，还是开口，"你不能炖这只鸟，这只鸟是早已化形成人的上仙，你炖了，会出事的。"

"……我本来就没有想炖啊！是这只鸟自己飞到锅里的！"桑枝觉得他看着自己的目光有点奇怪。

周尧却是一副不大愿意相信的模样。

他虽是妖，却也信奉修行仙道，所以这会儿，他小心翼翼地将那只在锅里一动也不敢动的青鸟给抱了出来，把鸟放在客厅里的沙发上，才松了口气："上仙，您没事吧？"

青鸟缩成一团，胡乱"嗯"了两声，又问："有吃的没？我好饿哦……"

桑枝也不知道自己是怎么回事，居然叫了外卖烧烤，在周尧的要求下，还顺带点了几瓶啤酒，然后坐在这客厅的地毯上，跟一只狐獴，一只青鸟，还有一只狸花猫一起吃。

天色渐渐暗下来，桑枝把竹签上的肉弄下来，放在妙妙的猫碗里，旁边是狐獴和青鸟交谈的声音。

"女君何至于沦落至此啊？"周尧殷勤地给那只鸟倒了一杯啤酒，甚至还把杯子摆在青鸟的面前。

只因为他一听她是神界那几座仙山之一——崟山的女君，顿时就又恭敬了许多。

"可别提了，我这不回家一趟嘛，再回来就忘了路了，你也知道的，我们青鸟一族，一直记性不大好。"

女孩儿的声音带着些苦恼，叹了一口气，她又说："但我已经是我们族里，记忆力最好的鸟了……"

他们还在聊，桑枝在旁边吃着烤串，还是觉得有点不可思议。

当她想伸手摸向酒瓶的时候，却眼见着那瓶酒被周尧给拿了去。桑枝一抬头，就看见他那张总是显得有些木讷的脸。

"你还没成年，不能喝。"

"……那你凭什么喝？"桑枝瘪嘴，下意识地反驳他。

"我四百八十三岁了。"周尧提醒她。

"……"桑枝都快忘了这事儿了。

在听他们谈话的过程中，桑枝知道了这只青鸟的名字——照青。

照青受了伤，暂时没有办法幻化成人形，所以就只能维持现在这样一副模样。

桑天好今天去了朋友那儿，桑枝也并不担心他会发现自己并不在家。周尧和照青大有聊上彻夜的趋势，桑枝躺在地上，脖颈边是毛茸茸的狸花猫。

蜡烛的光铺散在整间客厅，桑枝安安静静的，听着他们口中，那些完全超出她认知的许多事情。

她也从他们的口中，渐渐窥见了这个世界最神秘的另外一面的一寸边角。

"周尧。"

桑枝忽然出声。

原本还在聊天的周尧和照青顿时停顿下来，看向躺在地上的桑枝。

"容徽他是不是去了你们说的那个地方？"

她的声音渐渐变得有些飘忽。

在这个看似被人类占领了的世界里，其实还存在着未曾被人所知的神秘境地，那里是属于传说中的神明的，是所有凡人穷极一生都无法到达的地方。

"桑枝，我不知道。"

周尧无法说谎。

但他还是很认真地对她说："但我会帮你找的。"

照青虽然并不知道容徽是谁，但她看了看自己被桑枝包扎好的翅膀，也果断道："我也可以帮你找！"

后来，周尧和照青都喝醉了。

桑枝终于见到了周尧的原形，一只胖乎乎的狐獴。

他和照青都睡着了，只有桑枝还清醒，站在阳台上望着底下亮着昏黄路灯的窄巷，从巷口到巷尾，她的目光来回，始终在等着一抹身影的出现。

但他没有出现。

周一的时候，桑枝早早地起床，收拾洗漱完，就去了学校。

因为现在已经是高二下学期，再过不久，她就要升入高三，班里最近的氛围变得有些紧张。

"桑枝，你最近是怎么回事？遇上什么事情了吗？我感觉你不是很开心的样子。"在食堂吃饭时，封悦对坐在她对面的桑枝问道。

桑枝原本有些走神，听见封悦的话，她摇了摇头："没有。"

封悦原本还想再问些什么，但见桑枝垂着眼帘一副沉默的模样，还是憋住了。

下午第一节课还没上，赵一鸣匆匆跑回教室来："封悦我跟你说，我在老赵办公室里看到个男生。"

"看到个男生你激动什么？"封悦把自己的手指饼干递给桑枝。

"那个男生应该是要转到我们班，这不是重点，重点是他长得……"赵一鸣刻意拖长声音。

"长得怎么样？"封悦来了兴趣，好奇地问，"他长得帅吗？"

赵一鸣叹了一口气："虽然我并不想承认，但是这人的颜值……也太逆天了。"

就连他一个男生看了，都忍不住赞叹。

他这话瞬间就把封悦的好奇心彻底调动起来："真的吗？那我等会儿倒要看看，他到底长什么样！"

封悦觉得有点奇怪："不过，你说这都快高三了，他怎么还转学？"

"谁知道呢。"

赵一鸣耸肩。

桑枝咬着饼干，也没太在意他们说的话，她心里始终装着事情，盯着自己面前的练习册已经有一会儿了，手里的笔却一直没有动。

班主任赵宇走进教室时，班里嘈杂的声音顿时销声匿迹，安静下来。

"今天咱们班转来一位新同学，大家欢迎一下。"赵宇也不怎么爱卖关子，直接看向教室门口。

当那个人从教室外面走进来的时候，教室里静默片刻，又骤然爆发出各种惊呼声，尤其是女生的声音越发难以控制。

"就知道你们一个个的，都给我安静点！"赵宇用教棍拍了拍讲台的边缘，"容徽，你做个自我介……"

话说一半，当他对上那人的眼睛时，他顿时没了声音，像是有一瞬闪神，也许他忘了些什么，直接就说："你找个位置坐下来。"

而桑枝在听见"容徽"这两个字的时候，就已经下意识地抬起头。

他就站在那儿，教室门外洒进来的阳光铺散着，有几寸光线落在他的肩头，刺得她的眼睛有一瞬发酸。

是那样熟悉的一张漂亮面容，也是那样一身和她一般无二的蓝白校服。

少年校服外套里的衬衫如雪，他只静静立在那儿，便已是众人眼中最为惊艳动人的一幅画。

桑枝忽然站起来。

一时间，教室里所有人的目光都停在了她的身上，多少带着些奇怪的神情。

身旁的人拉了拉她的衣袖，她偏头看向坐在自己身边的周尧。

而容徽却站在前面，那些停驻在他身上的目光终于不再像曾经他伪装成旁人时的那样平淡无痕。

许多女生在鼓掌欢迎这位新同学，手都拍红了。

也是在这一片掌声中，坐在周尧后面，原本在打瞌睡的孟清野终于看清了站在那里的容徽的脸，他也如桑枝一般骤然站起来，那双眼睛怔怔地盯着容徽，像是有些不敢置信。

容徽的目光自始至终都没有停留在任何人身上，他甚至没有看桑枝一眼。

那样陌生的神情，让桑枝又坐了下去，情不自禁地握紧了手里的那支笔。

当容徽走到桑枝坐着的这一排时，班里大半人的视线都紧跟着他的身影，随着他的停顿而停留在这里。

周尧仅仅只是被容徽看了一眼，他就立刻动作利落地收拾好自己课桌上所有的东西，全都塞进书包里，站起来直接就去后面搬了一张课桌，坐到了最后一排。

动作迅速，简直令人瞠目结舌。

桑枝也愣了。

下一秒，她就看见容徽拉开椅子，在她身边的位置坐了下来，看也懒得去看直愣愣地站在他身后，正盯着他看的孟清野。

桑枝在他坐下来的时候，就忍不住抿紧嘴唇，连呼吸都变得有些困难。

但此刻，她忍不住偷偷去看他的侧脸时，那些盘踞在她心头许久的乱糟糟的心绪在这一刻也都终于归于平静。

这一天，高二（3）班来了一个转学生。

在五月的夏天，在高二的尾声。

窗外有许多别的班，甚至别的年级听了传言而跑过来看容徽的女生，高二（3）班教室外的走廊上仿佛从没有这样热闹过。

桑枝刚一偏头，就看见窗外凑了好几个女生的脸，她吓了一跳，无意识地往后一仰。

有一只手抵在她的脊背。

桑枝浑身僵硬，回头时，撞进了他那双黑沉沉的眼里。

他松了手，收回目光。

桑枝却还将目光停在他的身上，过了一会儿，她才坐直身体，低头盯着自己的练习册看。

封悦一直找不到机会表达自己的激动心情。

只有在去洗手间的时候，她才终于逮住桑枝的手："桑枝，我的天呀！你的新同桌好帅啊，我的天啊，他那盛世美颜简直让人把持不住……"

封悦叽叽喳喳地说了一大堆，但桑枝却很难集中注意力去听封悦到底在说些什么。

桑枝满脑子都是刚刚容徽瞥她那一眼，冷淡又疏离。

"不过他看起来不太好接近的样子，看人的目光就像是能把人给冻住似的……"封悦叹了一口气，又觉得有点疑惑，"不过，他和周尧认识吗？周尧还给他让位置。"

最后，她拍了拍桑枝的肩："你真是'天选之女'，这样的好事都能被你给捡漏。"

桑枝只能勉强扯了扯嘴角。

晚自习时，班主任赵宇坐在讲台上忙着批改卷子，整间教室里都静悄悄的，唯有偶尔翻书的声音，或是笔尖写字的沙沙声。

桑枝写了小半张卷子，又没忍住往旁边看了看。

少年的侧脸在这样的白炽灯光下，显得细腻白皙，好像也褪去了几分曾经过分的苍白，终于有了血色。

她其实很想问他。

"后背的伤好了吗？"

"这些天，你都去哪儿了？"

……

很多的问题在她的脑海里盘旋，但她这一天却始终没敢开口同他讲话。

她低下头，心里那种莫名的委屈感到底是怎么一回事？

桑枝脑子里很乱，她根本没有办法去思考。

而此刻的容徽手里捏着一支笔，纤长的眼睫毛遮住他眼瞳里更多的情绪，他像是在盯着自己面前的那张卷子看，似乎是有些漫不经心。

同十七岁的容徽不同，如今的他，是历经了那一年的自杀后，被困在那个房子里十几年之久的他。

恢复记忆的他，就如同重生的恶鬼。

他又变回了曾经那个生人勿近，薄冷如霜的自己。

下了晚自习，已经是晚上的八点半。

桑枝看着容徽走出教室，她也连忙收拾了东西跟上去。

路灯照得人行道上是一片又一片暖黄的光芒，树影低垂，形成更深的影子，灯光只能穿过树叶的缝隙，在那一片昏暗之间投下零碎的亮影。

桑枝和他之间，始终隔着不远不近的距离。

直到她看清他向窄巷里走去的背影，她抓紧书包肩带，停在巷口，踟蹰不前。

也是此时，她忽然看见，他停下脚步，回过身来。

寂静的巷子里，再没有往来的行人。

"不过来？"

他的嗓音清凌又冷淡，清晰地传至她的耳畔。

桑枝的腿比她的脑子反应更快，当她回神，她已经快要走到他面前。于是，她骤然停下来，站在那儿，一时再不肯挪动一步。

她的这些变化都落入了容徽的眼底。

他扯了一下嘴角，终于开始认真地打量她的眉眼。

"还记得那天，我问过你什么？"

他忽然又开口。

那天？

桑枝微怔，她的脑海里忽然又闪过那夜他那双冰冷的眼睛。

——"你希望我叫你什么？"

——"桑枝？"

——"还是姐姐？"

他的声音仿佛又一次在耳畔回荡。

此刻在他的注视下，桑枝蓦地后退了一步。

瞥见她的动作，容徽眉眼稍冷。

在桑枝还没来得及反应的瞬间，他已经站在了她的面前，下一秒，他的手就已经揽住了她的腰身。

淡金色的流光裹着她和他的身影，刹那间落入了那扇窗里。

在没有一丝灯火的客厅里，窄巷里散出来的昏黄光芒就成了唯一的光源。

桑枝被他按在沙发背上，她对上他那双近在咫尺的眼睛，也不知道为什么，她的眼眶忽然就红透，眼泪猝不及防地砸下来一颗，滴在他的手背上。

容徽刚要说出口的话就被她忽然的一滴眼泪给卡在喉间。

他怔怔地望着她那双笼着水雾的眼睛，一时间连自己要说怎样的狠话都忘了。

这一瞬，他意识到自己好像什么都说不出来了。

"你，"他的嗓音已经有些发干，或许他是有些不知所措的，他抿着唇半晌，才说，"不要哭了。"

像是在这一刻，他终于肯面对自己此时的挫败。

桑枝早就忍了许久，她这会儿一哭，情绪也就有些控制不住："明明是你之前非要叫我姐姐，你现在还来找我算账，你讲不讲道理？"

她还在"呜呜呜"地哭："都是你！一天天叫我姐姐都给我叫习惯了，我都习惯了，你还不乐意……"

容徽用指腹一遍遍抹去她脸颊上滑下来的眼泪，他也终于不再像刚刚那样稍显慌乱。

他耐心地擦去她脸上的泪痕。

"你脾气那么怪，除了我谁还管你？呜呜呜，你还吓我……"

她真的是什么话都往外说了。

容徽听了，手上的动作一顿，他忽然轻轻地笑了一声。

桑枝一听见他笑，她就愣住了。

眼泪还挂在眼眶要掉不掉，她望着眼前这个已经收敛神情，再一次变得有些深不可测的少年，忽然就忘了要哭。

"桑枝。"

她忽然听见他唤了一声她的名字。

那样悦耳的嗓音，是这一片夜里，唯一动听的声音。

他仍在笑，此刻眉眼生动，却像是在嘲笑她：

"习惯当我的姐姐，这不是一件好事。"

他的手指轻触她的眼尾，微凉的温度令桑枝克制不住地不断眨眼，他的嗓音也凉凉的："你最好戒掉这个不良习惯。

"我并不需要什么姐姐。"

这一刻，他忽然俯身，一如那夜一般，他凑近她的耳畔，嗓音忽然又变得有些缥缈："我原本，是想同你生气的。"他忽然叹息，短暂地透露出几分无奈与遗憾，"可你这么会哭。"

他原本该同她生气的。

不去理会她委屈的模样，也该忽视掉她看向他时的目光，更不该在她掉眼泪的时候，就轻易原谅她当初那份浅薄的喜欢。

在他终于肯小心翼翼地将一颗心交付时，他才发现，原来她的喜欢，早已经无声陨灭。

可当他看向她微红的眼眶，容徽才发现自己已经软了心肠。

这是一种完全陌生的感觉，让他觉得自己已经被玩弄在她的股掌之间，这对他来说并不是一种好的征兆。

但现在，一切都已经晚了。

她是那么弱小可怜的一个凡人，却偏偏会哭。

桑枝感受到他的指腹抚过她的发，她眨着眼睛，感受到他凑近她的耳畔。

"桑枝。"

他的声音又变得柔和起来，像是一个孩童以最乖巧黏人的姿态期盼着她的回音。

那是令人难以察觉的羞怯，或许还带着一丝忐忑不安。

她听见他说："喜欢我，好不好？"

桑枝从不否认，当初她之所以会喜欢容徽，也仅仅只是因为她在那天第一眼看过他的侧脸。

她还从来没有见过，比他还要好看的人。

那时的桑枝并不了解他，不知道他到底是一个怎样的人，也同样不清楚他的那些过往。

她曾经那份浅薄的喜欢，早就在那个暴雨天里，被吓得骤然枯萎。

如果不是因为那阴错阳差落在她手心里的半道符纹，或许她这辈子都不会再和容徽有任何交集，也不会有机会去认识十岁、十二岁，甚至是十七岁的他。

没有人生来就是冷硬心肠，容徽也自然不是。

桑枝见过他最天真纯粹的曾经，也始终忘不了后来他躺在覆满灰尘的浴缸里，被割破的手腕不断有鲜血涌出来的场景，那一寸寸的红，是她直到现在都忘不掉的画面。

当她开始慢慢走近他，了解他时，好像之前那许多因他而生的恐惧不知道什么时候就已经消散无痕。

或许是从那天，他用那样依赖的目光望向她，甚至拥抱她，她听见他的那声"姐姐"，她就已经不再对他心怀恐惧。

桑枝也曾偷偷想过，要是容徽能够一直那么乖就好了，最好不要再变回曾经那副好像浑身是刺，抗拒所有人的接近的那个他才好。

可这对容徽，到底是一件不够公平的事情。

当容徽真的恢复记忆，当桑枝昨天在教室里看见他第一次脱去伪装，站在所有人的面前时，她却心生怯意。

桑枝甚至一时间不知道自己究竟应该怎样面对他。

因为恢复记忆后的他，看起来又变回了曾经那副难以接近，疏冷如霜的模样。

但桑枝无论如何都没有想到，在昨夜，在那一刻，她却听见他低头凑在她的耳畔，低声期盼："喜欢我，好不好？"

桑枝几乎是落荒而逃。

她穿过窄巷半刻不停地跑回家，关上自己卧室房门的瞬间，她靠在门上，剧烈地喘息着，连腿也有点发软。

容徽……

容徽他，怎么可能会……喜欢她？

那么她呢？

如果说以前那份浅薄的喜欢已经消失，那么现在呢？她对他抱有的，究竟该是怎样的一种情绪？

或许她的潜意识里，已经有了一种答案，但彼时的她，已经心乱如麻，无法分辨。

桑枝昨晚几乎一夜未眠。

在小区外的早餐店里买了一个豆包和一杯豆浆，桑枝走出来的时候还在打着哈欠。

她的眼下有着一片极浅的青色，眉眼间是难以掩饰的疲态。

但哈欠刚打了一半，桑枝就看见站在人行道那边的树荫下，那一抹修长清瘦的身影。她张着嘴巴，眨了眨眼睛，险些以为自己看错。

桑枝反应过来，连忙低下头，迈开步子小心翼翼地想要往旁边挪。

但在他偏头看向她时，桑枝骤然停顿，整个人僵在那儿，一只手拿着一杯豆浆，另一只手拿着豆包，不知所措。

下一秒，她就见他向她走了过来。

在往公交车站台那边走的时候，桑枝埋着头，有些心不在焉地咬着豆浆的吸管，另一只手里的豆包却不敢再咬一口。

"桑枝。"

她忽然听见身侧传来他的声音。

桑枝停下来："什、什么？"

她连看都没敢多看他一眼。

脑子里一直装着昨天夜里的事情，桑枝浑身都写满了不自在，走路都差点儿要同手同脚，可容徵看起来却像是什么都没有发生过似的，神情如常。

桑枝差点就要怀疑昨天晚上的那一切，其实是她做过的一场梦。

正在桑枝胡思乱想的时候，她手里的那杯豆浆却被容徵夺走。

"你干吗？"

桑枝下意识地抬头："你不能喝这个，你会难受……"

话说一半，她的声音戛然而止。

而她对上的，他的那双眼里却像是有极浅的光亮闪烁，像是有些欢喜。

在桑枝那双杏眼的注视下，他向她伸出自己的一只手，纤长的眼睫毛微颤，竟也微微垂首，一时间连眼尾都透着微粉的颜色，好似冰雪消融后的早春时节里，绽放的第一抹红。

他有些羞怯地抿了抿薄唇，像是踌躇了片刻，才说："我想牵着你，可以吗？"

桑枝早已被眼前的这样一张漂亮的面庞给迷得大脑有一瞬停滞思考，等她回过神，想明白他刚刚说了什么，她又变得傻呆呆。

"？"

桑枝愣愣地盯着他素白修长的手指，几乎就要以为自己听错了。

她或许并不知道。

此刻只是这样轻轻地牵住她的一根手指，他就已经连呼吸都变得小心翼翼起来，胸腔里的那颗心也好似不够听话，跳得比以往任何时候都要迅疾。

这是一种完全陌生的情绪，却并没有让他心生排斥。

在公交站台等车的时候，周围一直有人将目光停留在桑枝和容徵的身上，但大多数人的视线还是主要集中在容徽的身上。

他过分出色的容貌总是能够轻易地吸引所有人的目光注视。

或许是因为她和他都穿着蓝白的校服，所以周围许多人的目光都神色各异。

桑枝的脸已经有些发红，她想要挣脱开他的手，却反而被他握得更紧。

"容徽……"

桑枝只能凑近他，小声说："你别牵着我了，好多人在看我们……"

"不要。"

容徽垂着眼帘，也没有再看她。

桑枝被他果断的两个字哽住，正想再说些什么，却见公交车已经来了。没有办法，她只能在公交车停下来的时候，拉着他赶紧上车。

容徽没有公交卡，桑枝直接刷了两次自己的卡。

桑枝找了个靠窗的位置赶紧坐下来，埋头啃豆包。

快吃完的时候，她还是没忍住偏头看了一眼从头到尾安安静静坐在自己旁边的容徽，却正好撞见他正将手肘撑在前面的椅背上，那双眼睛正一瞬不瞬地望着她。

桑枝僵住，差点儿没被嘴里咬着的包子呛住。

容徽适时递上那杯已经被他拿在手里很久的豆浆："喝。"

桑枝伸手要去接，却被他躲开。

然后，她眼睁睁地看着他把豆浆凑近她，吸管已经在她的嘴边。

桑枝的脸已经彻底烧红，周围有许多人仍然在往他们这边看，可她对上他那双像是很平静的眸子，最终还是乖乖地咬住了吸管。

容徽的眼睛微弯，伸手戳了一下她微鼓的脸颊。

幸好下车后，容徽也没再要牵着她的手，不然桑枝还真不敢踏进三中的大门。

上午第三节课下课后，桑枝又在走廊外看见了那些故意来回路过的女生，她们的目光越过教室的玻璃窗，纷纷停在容徽的身上。

像这样的情况，每节课下课都有发生。

桑枝也没有什么心思做练习册了，她再一次被窗外忽然凑近的女生的脸吓了一跳，她愤愤地去看容徽，却见他正低垂着眼，虚虚地盯着一处，像是有些出神。

或许是察觉到了什么，他偏头，正对上身旁女孩儿的那双杏眼。

他睫毛眨了一下，侧脸在这样明亮的光线里，显得更加莹润无瑕。

似乎是有些不太明白她为什么是一副气鼓鼓的样子，他的目光停在她的面庞片刻，忽然伸手从自己的外套衣兜里摸出来一样东西。

桑枝眼见着他向她伸出手掌，她看见一颗糖果静静地躺在他的手心里。

他的那双眼睛正看着她，如同被擦拭过的星子一般，坠在他的眼睛里，终于撇去她之前曾见过的空洞无神。

桑枝的目光在他的面庞和他手心里的那颗草莓糖之间徘徊，心头忽然的悸动令她在此刻稍显恍惚，呼吸都乱了。

桑枝默默接过那颗糖，却不敢再看他。

窗外有女生注意到这一幕，桑枝转头的时候，刚好对上她们的目光。

她握紧了手里的那颗糖，皱起眉，干脆拉过窗帘，遮挡住外面所有人的视线。

外面传来不满的声音，桑枝轻哼一声，当作没听见。

把那颗糖喂进嘴里，桑枝不经意地一回头，就看见平时这个时候老是在打瞌睡的孟清野，这一次竟然是清醒着的，还一直在盯着容徽的背影看。

桑枝终于想起来一件重要的事情。

于是，她凑近容徽："你是回来拿玉坠的吗？"

她的声音很小，容徽要微微侧身往她那边低下去一些，才能听得清。

"嗯。"

他应了一声。

"那你为什么不变成周尧的样子了？"

桑枝很疑惑。

容徽的那双眼睛里光影微闪，也许是想起来记忆倒退到十七岁时，他同桑枝一起在新湖公园里度过的那个下雪天。

他忽然反问她："不好吗？"

当他终于愿意尝试着，不再做不被所有人看见的存在；当他终于愿意，站在这夏日炽烈的阳光下，或许这只是他的一时兴起，又或许，是他终于决定面对过去。

那夜他在桑枝的眼前消失，恢复意识时，就已经身在一个烟云笼罩的地方，那里只有一片虚无的白。

那到底是一个什么样的地方，容徽并不清楚。

他是耗费了一些时间与心力，才终于找到了离开那里的法门，再一次回到这里。

从那夜山林之中忽然降下来的强大的黑红气流，再到后来那片云雾缭绕的极尽纯白之地，容徽本能地察觉到，那些都同他原本的来历有着千丝万缕的关系。

"挺好的。"

桑枝盯着他的侧脸看了一会儿，小声地答。

"但是，"她生怕坐在容徽后面的孟清野听到她的声音，就又凑近了他一些，声音仍旧很小，"孟清野他老是看你，他是不是把你认出来了呀？"

毕竟，容徽是在十几年前有过生活轨迹的人，当时外界又对他多有关注，就像桑枝那次捡起来的那张报纸上印着的那张他的照片一样，他曾经留下的痕迹，一直都没有消散。

"那些人不会再记得我的样子。"

容徽只是简短地答。

但听桑枝提及孟清野，他顿了一下："他当时才两岁，也许早已记不清我了。"

在容徽终于肯以自己的本来面目出现在众人面前的那一刻，这个世上所有有关于他曾经存在过的痕迹，都已经被他抹去。

他们或许还会记得十几年前有一个叫作容徽的少年自杀。

但他们绝不会再想起来他的模样，而那些报纸网络上存在着的他的照片，也都已经悄然消失。

孟清野，或许会是那个漏网之鱼。

因为他脖颈上戴着的那枚玉坠，容徽的方法或许并不能对他起作用。

可一个两岁的孩子，会记得多少事情？

即便他记得，那又怎么样？

容徽的眼底闪过一丝讥诮，并没有心思去管身后的那个少年此刻心里到底在想些什么。

"哦……"

桑枝听了他的话，也算稍稍放下心来。

到了中午吃饭的时间，容徽并不在教室里，桑枝收拾了一下，就打算跟封悦去食堂吃饭，但她回头看了一眼容徽的课桌，她想到他一个人孤零零的，就又有点犹豫。

原想跟封悦说她不去食堂吃饭了，桑枝却被教室外匆匆走进来的一个女生撞了一下肩膀。

桑枝稳住身子，抬头就看见那个女生将一个粉色的便当盒放在了容徽的课桌上，然后就一脸羞涩地跑了出去。

然后，桑枝和封悦又目睹了好些个别班的女生趁着教室里没有多少人，偷跑进来，将自己精心准备的零食，或者便当盒放在容徽的课桌上，且渐渐有要堆满的趋势。

封悦看得瞠目结舌。

桑枝抿着唇，盯着容徽课桌上的那堆东西看了一会儿，最终她还是拉着封悦的手，气鼓鼓地往教室外走："吃饭去！"

在食堂打了饭，桑枝就跟封悦找了个空位坐下来。

桑枝啃着排骨，还听见隔了一个走道的隔壁桌的几个女生的聊天内容里时不时有"容徽"这两个字出现，她还不自觉地竖着耳朵听了好一会儿。

"我发誓我这辈子还没见过这么好看的男生！"

"他都可以去当明星了……呜呜呜，真的长得好好看啊！"

"容徽长得是真好看，就是看起来有点不太好接近的样子，人冷冰冰的……"

类似这样的彩虹屁桑枝听了好一会儿觉得没什么趣，谁知道下一秒，吃瓜就吃到了自己的身上。

隔壁桌有个扎着马尾辫的女生开始抱怨："今天我去高二（3）班的教室外面看他，结果他同桌那个女生真的有毛病，反手就把窗帘给拉上了……

气死我了。"

桑枝咬排骨的动作顿时一僵。

"我也想跟容徽坐同桌……那个女生也太幸运了。"有一个女生适时感叹。

另一个女生白了她一眼,说:"这是重点吗?容徽那个同桌是不是喜欢他啊?"

马尾辫女生咬着筷子,轻哼一声:"肯定是,但是容徽能看得上她吗?"

"我记得那个女生上次打过架,平时那副样子也真看不出来她那么会打架……"

"她就装成一个软妹呗,就会骗骗那些男生了。"

"……"

桑枝听得内心有点复杂。

"我说你们嘴挺碎啊?"

听着她们渐渐地越说越过分,封悦先撂了筷子,声音放大了一些。

隔壁桌的女生终于将目光移到了她们俩身上,或许是没想到她们说小话议论的人就坐在和她隔了一个走道的那张桌子前,她们的神情多多少少也有些不大自然。

"我们有说错什么吗?"但也只是一瞬,就有一个女生忍不住反驳。

她笑了一声,抱着双臂看了一眼桑枝:"不说别的事情,就今天,人家看的又不是你,你拉窗帘有意思吗?"

桑枝这会儿心情不太好,也不太想搭理她们。

但见她不理,她们就更来劲了,嘴里吧啦吧啦了一堆没完,也亏得封悦愿意跟她们互撑。

桑枝连饭都吃不下去了,干脆抬头看向她们几个:"窗帘我拉就拉了,下次再有人把脸往玻璃窗上贴,我照拉不误,不服可以找我打架。"

也是此刻,食堂门口那边忽然有了些哄闹声。

桑枝还没回头,坐在她对面的封悦就已经伸手推了推她的手臂:"桑枝桑枝!容徽来了!"

桑枝条件反射性地回头。

少年已经脱了校服外套，只穿着一件雪白的衬衫，手里提着一个袋子，另一只手则插在裤袋里。周围有太多的目光停留在他的身上，可他却像是根本没有注意到似的，只是自顾自地抬眼在人群里搜寻着什么。

终于，他的目光停在了桑枝身上。

那一瞬，桑枝好像明显看见他的那双眼睛里有短暂的光彩闪过。

桑枝的手指收紧，眼见着他一步步地走到她的面前来。

当他在她身边的位置坐下来时，桑枝匆忙回头，就撞见了封悦目瞪口呆的样子。

周围有许多人一直在注意着容徽，见他在她的身边坐下来，人群里有了一阵阵的惊呼声，还有嘈杂的议论声。

"你、你干吗？"桑枝紧张得身体都变得僵硬了。

容徽却将手里提着的袋子放到她的眼前，说话的声音很平静："为什么不等我？"

桑枝终于看清袋子里是一瓶矿泉水，以及一盒酸奶。

酸奶仍是她熟悉的牌子。

她忽然就忘记了自己刚刚想要说些什么。

"我要吃饭呀……"

她小声地说。

中午食堂里的那顿饭，桑枝几乎是难以下咽。

一个下午的时间，桑枝和容徽的名字被连在一起，快要传遍半个校园，很多人都在猜测他们到底是什么关系。

晚自习下课后，桑枝收拾好东西，背上书包走出教室门外时，正看见容徽等在楼梯口。

她磨蹭了一会儿，还是走了过去。

在回家的路上，桑枝心里始终装着今天的许多事情。

从昨天夜里开始，桑枝的心里就一直难以平静。

她克制不住地回想起他昨夜凑在她的耳边，说过的每一句话。

他的眉眼轮廓，以及投在那扇玻璃窗前的昏黄影子，他的呼吸与温度，都失去了应有的真实感。

今天他的只字不提，更令桑枝忍不住去想，是不是昨天他说过的那些话，不过只是他的一时兴起。

可今天清晨薄雾间，他却又是那样真实地牵过她的手。

恢复记忆后的容徽，让桑枝有些不太敢接近，因为她还清楚地记得，当初的他到底是什么样子。

可今天中午在食堂，他却又是那么自然地将她最喜欢的酸奶送到她的眼前。

那明明，是十七岁的容徽才会记得的事情。

夜里人行道上行人渐少，路灯的光芒照得行道树的叶片折射出细微闪烁的光，桑枝垂着头一边走，脑子里装了乱糟糟的事情，谁知下一秒，她忽然被人拽住了后领。

桑枝就像是一个忽然被抓住后颈的小动物，她瞪圆一双杏眼，偏头就对上了身旁少年那双沉静的眼。

桑枝回头就看见还差几步就能撞到的那棵树，她有点尴尬地抓紧书包的肩带："我没注意……"

"在想什么？"容徽松开她的衣领。

"容徽……"

桑枝有点泄气。

她大约是受够了自己这一天以来无论如何思索都还是想不出个所以然，她索性站定，抬头望向他："你昨天……"

她又有些说不出口。

容徽就站在那儿，背着路灯那一圈柔和微暗的光芒，垂眼看她，像是在耐心地等待她再次开口。

"你昨天晚上，说的那句话……是什么意思？"

她终于问出这句话，像是用了自己所有的勇气。

她的手心里都已经有了些细密的汗意，呼吸也好像在这一刻变得有些艰难。

她小心翼翼地打量着他的面庞，像是想从他的脸上寻找到一丝不一样的神情。

"我说的话，"容徵捏着她的手指，"很难懂吗？"

当他抬眼睨她时，那一瞬桑枝明显僵直了脊背，站在那儿，动也没敢动，她嗫嚅着："也没有……"

即便是到了现在这样一刻，桑枝也还是有些不敢置信。

容徵怎么会喜欢她呢？

当桑枝那份本就不算深刻的暗恋湮灭在那个灰暗阴沉的暴雨天里，她就已经忘记了，曾经那份对他的忽然心动，究竟该是怎样的一种感觉。

从她发现他并不是一个普通人的那时候起，从她发现除了自己，这世上再没有任何人能够看清他的身形时起，她本能地开始恐惧。

后来，她莫名其妙地成了记忆倒退到十岁的他，唯一依赖的"姐姐"，在他如深陷梦境般的沉浸在自己十岁时的记忆里时，她也同样因此而见证了他的过去，也见证了他从十岁到十二岁所经历的所有不幸。

记忆倒退到十七岁那年的他，再一次割破了自己的手腕，幻想自己溺死在浴缸的水里。

他生来不幸，被许多的人和事，困死在了对面的那栋居民楼里，从此十五六年的时间，令他永远无法从那些痛苦的记忆里解脱。

桑枝一开始，只是想让他好好地活下去。

后来，她还想让他快乐。

这一年的第一场雪，在新湖公园的湖心亭里，桑枝只是那样看着少年明净漂亮的侧脸，就脱口而出："你喜欢的，我都送你。"

那并不是一时的冲动，就好像他此刻站在她眼前时，虽未言明，却也足够令她从他的那双眼睛中看清他的认真。

他也并不是一时兴起。

桑枝想让他去发现这个世界上还未曾被他发现过的那许多值得留恋的美好事物，让他感受到，活在这个世界上，其实是一件很好的事情。

让他对生活重燃希望，是她最想要做的事情。

她盼着他能够过得快乐一些，这种心情说来简单，却也始终在她的潜意识里留有一些说不清的东西。

他的喜怒哀乐，不知道什么时候就能够轻而易举地左右她的心情。

她会担心他一个人会不会觉得孤单，她也会怕他因为吃了食物而难受，她也会情不自禁地将自己喜欢的东西都分享给他。

只要他微弯眼睛，哪怕只显露出一丝浅淡的笑痕，她也会跟着开心一整天。

同他相处了这么长的一段时间，桑枝从来没有去想过，她究竟为什么会这么在意他的开心与不开心。

或许有些情绪也曾在她的心头有过片刻的犹疑，但她仍旧不由自主地选择了逃避。

"如果你不愿意……"

彼时，容徽忽然松开了她的手，目光停在不远处浓深夜幕间灯火弥漫的那座车流不息的桥上。

好似万家灯火都入了他的眼底，却未曾留有丝毫温度。

半明半暗的光影之间，他的眉眼便清冷疏淡了几分。

桑枝手心里的汗意仍在，但在他松手的瞬间，夜风穿过了她的指缝，带着这夏夜里唯一的一抹凉意。

她什么也来不及想，伸手就抓住了他的一根手指。

容徽即将要说出口的话骤然被他咽下。

他的指节稍稍屈起。

桑枝终于意识到了自己刚刚到底做了什么，她的脸颊在一瞬间红透，那样绯红的颜色落在容徽的眼里，就像是落在宣纸上逐渐晕染开来的微红颜色。

"希望你，不要骗我……"

那一刻，她听见他说：

"桑枝，我只相信你这一次。"

他的目光流连在她的耳郭，瞳色如漆，晦暗深沉。

她绝不知道，此刻拥抱着她的这个少年，仅仅只用了几秒钟的时间，就已经轻易原谅了她之前对于他的，那份浅薄的喜欢。

但，他只相信她这一次。

此刻的她绝不知道，就在刚刚那一瞬之间，她眼前的少年因为她闪躲的眼神，沉默的模样而生出了多少阴暗的心思。

她也不需要知道。

桑枝飞快地跑回自己家，一如昨天晚上那样，还没来得及听桑天好说些什么，她就已经关上了卧室的房门。

她垂着眼帘，怔怔地盯着自己的手好久，面庞上的温度久久未散，胸腔里的那颗心也在提醒着她刚刚到底发生了什么。

明明从那个暴雨天之后，桑枝的那段暗恋就已经无疾而终。

但这夜，她捂着自己的胸口，裹着被子躺在床上时，那样急促的心跳却在告诉她，她为着同一个人，心动了两次。

住在对面的那个少年，他孤僻冷淡，却养着一只狸花猫，他有着这世上最好看的眉眼，是桑枝只看了一眼，就顷刻沦陷的存在。

但在那个暴雨天里，少年沾衣未湿，宛如水墨画里一抹空洞的留白，将她那些加诸在他身上的美好想象毫不留情地击碎。

桑枝从没想过，自己有一天，会再一次喜欢上他。

曾经她以为他是恶鬼，是食人精魄的孤魂，是她永远都不敢再靠近半步的存在。

可那些，说到底不过是她对他浮于表面的浅薄印象。

他也曾赤诚纯粹，眼底有光，可是这个世界对他不够好，将那许多的不幸，都加诸在他的身上。

或许从那第一场雪开始，当她偷瞥身旁少年明净白皙的侧脸时，他之于她，就已经变得不一样了。

当桑枝不知不觉地沉沉睡去时，在她窗外的那条窄巷里，有一个少年穿过巷子，在她对面的那个小区楼下站立良久，最终还是走进了那栋单元楼里，上了三楼，就停在那道锈迹斑斑的门前，手指摩挲着那把钥匙，却迟迟没有开门。

最终，他鼓起勇气，转动门锁。

猫叫声忽然传来，在这样寂静的夜里，显得尤其清晰。

借着楼道里昏暗的灯光，孟清野朦胧中瞥见了客厅里有一抹模糊的影子，于是他愣在那儿，仿佛浑身的血液都在此刻冷透凝固。

这个房子明明已经锁了十几年。

两岁的他从这里走出去，从此就再也没有踏进过这里一步。

因为这里，是他父母惨死的地方。

是他一直以来，都无法面对的地方。

但今夜，他却分明在客厅里，看见了一抹身影。

"你……是谁？"

孟清野站在那儿，隔了好半晌，才终于找回了自己的声音。

"你果然还记得。"

容徽似乎对于他的出现，并没有分毫讶异，他反而显得出奇地冷静，手里攥着几颗棋子，任由它们一颗颗地掉落在棋盘上，碰撞出清晰的响声。

他扯了一下嘴角，语带嘲讽："真难得。"

"你……"

如果说孟清野仅仅只是因为心怀猜测而来到这里，那么现在，他基本可以确定，他那些看似荒唐的猜测，竟都是真的。

从那个叫作"容徽"的少年出现在教室里时，孟清野看着他的那张面庞，就已经开始察觉到了一些什么。

曾经年仅两岁的孟清野，失去了自己的父母。

他们惨死的那天，他就坐在那一片斑驳的血色里，无助地哭喊。

那是他这辈子都没有办法忘记的画面，从两岁时，就已经深深刻在了他的脑海里。

那时哥哥站在玄关的影子，还在他的记忆里留有分毫的印象。

孟清野明明已经记不清他的模样，却仍旧记得哥哥那双过分平静的漆黑眼瞳。

小小的孟清野从惊恐中醒来，朝他伸出手，哭着喊他"哥哥"，可他却始终无动于衷，静静地站在那儿，看着自己被鲜血沾染了衣裤，也静静地看着自己的爸爸妈妈流出来的鲜血氤氲而生的热气渐渐消散，冷透。

直到警察的到来，直到外婆声声哭喊着他爸爸妈妈的名字，一巴掌打向站在那儿的哥哥。

外婆声嘶力竭的怒骂哭喊都已经成了他脑海里很模糊的记忆。

哥哥死在他的父母死后的第二天。

年仅十七岁的哥哥割腕自杀，孤独且悄无声息地死在这个房子里。没有人救他，也没有人在意他。

对于哥哥，孟清野并没有多少有关于他的清晰记忆，但是孟清野知道，自己脖颈间刻着"容徽"两个字的玉坠，原本是哥哥的东西。

在外婆保管着的他父母的遗物里，孟清野也找到了一张哥哥的照片。

站在领奖台上，眼眉清隽的少年如画一般，可那双眼瞳偏是空洞的，就像是永远失去了星子点缀的浓黑夜幕，再也不会有天光乍破的那一刻到来。

那是孟清野如今保有的，唯一一张有关哥哥的照片。

哥哥死后的许多年，在外婆的嘴里，他仍是那个杀害孟清野父母的嫌疑犯。外婆最后悔的事情，就是任由自己的女儿女婿养出来这么一个失心疯的杀人犯。

当年那桩悬案虽然到现在仍然没有查到凶手，警方也同样没有证据证明容徽就是那个凶手，但他却是到死，都仍旧没有洗脱嫌疑。

"你……没有死？"

孟清野浑身僵硬地站在那儿，始终挪不动一步。

但他想起林市墓园里的那块镌刻了"容徽"字样的墓碑，想起外婆说过亲眼见他被火化，被埋入那墓碑地底……

他怎么可能还活着？

即便他活着，那么为什么十几年的时间过去了，他如今的模样，却仍和那张照片上的轮廓别无二致？

仿佛岁月，从未在他的脸上留下丝毫的痕迹。

即便是在这样昏暗的光线里，容徽也仍然看清了孟清野那张略显苍白的面容，于是他嗤笑一声，也懒得说话。

蹲在棋盘边的狸花猫一直警惕地盯着那个站在门口的少年，圆圆的眼睛还闪着光。

也许是因为儿时就已经窥见了这个世界的另外一面，知道了许多看似虚玄却是真实存在的事情，所以孟清野才会在学校里，见到容徽的那一刻，产生那样大胆的猜测。

他到底是人是鬼，孟清野并不清楚。

但他偏偏，就好端端地坐在那片昏沉的光影里，坐在那个小桌旁，那上面摆着的棋盘，也曾在他年幼时的记忆里留下过半寸影子。

哥哥总是沉默地坐在小桌旁练棋，小小的孟清野望见过太多次他的背影。

"我的父母，究竟是不是你杀的？"

这个问题，这么多年来一直困扰着孟清野，他总是会在许多个深夜里，深深地凝视着自己脖颈间挂着的玉坠，盼着自己能再多想起来有关于哥哥的记忆，他才好借此判断，哥哥到底是不是杀死自己父母的凶手。

容徽听见这句话时，那双眼睛里也终于有了几分情绪波动，半晌，他才偏过头，终于肯好好打量起这个少年。

他冷笑："你们不都是这么认为的？"

无论过去多少年，容徽只要看着孟清野的这张脸，他都还是会想起当初的那两个人。

他们的嘴脸，是无论再过多少岁月，都始终无法从他的脑海里消除的梦魇。

"你为什么要杀他们？"孟清野眼眶憋红，隐隐已有些克制不住自己的情绪。

孟清野无法忘记自己父母的死，也没有办法让自己从那一天流淌的血色里挣脱出来，他已经压抑了太久太久。

"即便没有血缘，他们也是你的养父母！"

孟清野终于走到容徽的面前，情绪几近失控。

他或许也没有想到过，有一天自己竟然还能站在一个明明已经死去多年的人面前质问对方有关于当年的一切。

"容徽！你为什么要杀他们！你怎么下得去手你告诉我！"

孟清野紧盯着容徽，这么多年来，他也是第一次眼眶泛泪。

而容徽握在手心里的棋子已经在他收紧指节的瞬间，化作细碎的粉末，从他的指缝间寸寸洒下。

淡金色的光芒闪过的瞬间，孟清野便被一阵无形的气流强硬地推出去，紧紧地钉在了墙壁上。

在孟清野挣扎着的时候，容徽终于站起身来。

他步履轻缓地走到孟清野面前，像是在欣赏孟清野此刻如困兽一般挣扎的可笑模样，他那双眼睛里光影寂冷，晦暗一片。

"我倒宁愿，是我杀了他们。"

容徽的声音平缓，却无端端带着刺人骨肉的寒凉。

他忽然伸手，掐住眼前这个少年的脖颈，一张冷白的面庞上满是戾色。

"我原本不想杀你，"手指毫不留情地用力收紧的瞬间，他如愿以偿看见少年越发苍白的脸色，"但你不该来质问我。

"你不是想知道他们是怎么死的吗？"

他微微弯唇，一字一顿："那你，就亲自去问他们吧。"

满腔的怨戾折磨着他的心神，靠近那枚玉坠时，他仿佛又因此而失去了自控力，就像是心里住着的魔鬼在一次又一次地引诱着他，向往血腥，向往杀戮。

孟清野被他的手掐着脖颈，此刻连一句话都说不出来。

容徽的力道之大，仿佛下一秒就能拧断孟清野的脖子。

但就在这一刻，那扇半开的门外忽然有一抹青蓝色的身影飞来，一簇青蓝色流光打在容徽的手背，瞬间便在他的手背上划出一道血痕。

却也到底没能撼动他分毫。

青蓝色的光芒凝成了一个女孩儿的模样，犹如凭空出现。

"照……青？"孟清野在看见她的瞬间，那双眼睛里盛满惊诧，在容徽渐渐收紧的力道之间，他艰难地喊出一个名字。

照青"扑通"一下跪在了容徽的面前："求君上大人饶他一命，求求您了……"

匆忙赶过来的周尧正好撞见这样一幕。

他在看见容徵掐住孟清野脖子的手时，瞬间就倒吸了一口凉气："容徵大人使不得使不得啊！您可不能杀凡人！不然您会受天罚的！"

容徵却并未将那只忽然出现的青鸟和周尧放在眼里，他此刻好像已经被内心里最为阴暗的情绪攥住了心神，陷在过往的不堪记忆里，无法自拔。

眼见着孟清野就要没命，周尧急得不行，慌乱间他望了一眼玻璃窗外，他忽然伸手，一道光影飞出去，落入了对面那道窗内。

"容徵大人！你要是真的杀了他，桑枝会怎么想？"周尧忙道。

当"桑枝"这两个字响在容徵的耳畔时，他的手指忽然微松，整个人都像是忽然陷入了迷茫，半晌才终于回过神来。

照青趁着这会儿，赶紧把孟清野从他的阵法里救出来，然后她抓着孟清野的后脖颈，一边往门外退，一边给容徵鞠躬："对不起君上大人，孟清野他不懂事，我会教训他的，您大人有大量，千万不要生气……"说着就一溜烟儿跑掉了。

但不出片刻，她又跑了回来，将孟清野脖颈间的那枚玉坠丢到了他的手里："大人，这是您的东西吧？还给您，请您不要再怪罪他一个小小凡人了……"

然后，她转身就跑了。

房间里一瞬安静下来，周尧小心翼翼地看了一眼站在那儿，正垂眸盯着自己手里的那枚玉坠看的容徵，他转头就看见对面的那个女孩儿已经推开窗，在向这边张望着。

周尧心下一松，赶紧指了指窗外："大人，桑枝在对面看您！"

说完，他就跑了。

玄关处的门被周尧关上，客厅就只剩下容徵一个人站在那儿。

周尧临走前说的那句话，让容徵下意识地就往玻璃窗那儿走了几步，果然，他一眼就看见了对面那个趴在窗边，正在向这边张望着的女孩儿。

那一瞬，容徵紧紧地捏住了自己手心里的那枚玉坠，也不知道是为什么，此刻见到她的刹那，他的眼眶就忍不住有一丝微酸。

在那只狸花猫的注视下，他身化流光，顷刻间就落入了对面的那扇窗内。

当桑枝看清眼前忽然出现的这个少年时，她抬头望着他，还没来得及说话，就被他忽然抱住。

"……容徽？"他周身的冷意连带着她的睡意都消失得无影无踪。

而容徽此刻，下颚就抵在她的肩头。

"桑枝……"

他近乎无助地轻唤她的名字，眼眶早已泛红，嗓音里好似融了无尽的迷茫："我没有杀人……"

经年难消的苦痛仍旧折磨着他，曾经在那么多人的口诛笔伐中，他似乎已经成了那个杀害养父母后，又畏罪自杀的杀人犯，而这世上也从未有人肯听他的辩解。

但时隔多年，当初年仅两岁的孟清野已经成长为十七岁的少年，当他再一次站在容徽的面前，就像当初那些人指责质问容徽一样，令容徽好像又一次回到了曾经那些痛苦不堪的岁月。

"我没有杀他们……"

他紧紧地抱着她，仿佛是在紧紧地攥着最后一根救命稻草。

十五年的时间，或许当初的容徽仍然是某些人偶尔回想的记忆里，令人唏嘘的谈资。

那许多的误解、指责，都像是一张无形的密网，将他困在那些人的三言两语里，即便是选择自杀，他也还是无法从中解脱。

他原以为自己早已经不在乎。

但今夜，那个十七岁少年的质问就如同一把刀狠狠地扎进他的胸口，又让他想起了曾经自己被外界所有的舆论压得喘不过气的那种溺水般的感觉。

他原来，仍旧在渴盼着，这世上哪怕有一个人选择相信他……

那样也好啊。

"我知道。"

女孩儿温热的手掌轻轻地抚过他的后颈，她的嗓音柔软，像是这夏夜里不带丝毫凉意的微风。

声音很轻，像是在努力地安抚着他此刻所有的不安。

他缓缓松开她。她床头的那盏台灯的暖黄色光芒铺满了整间屋子，也照着她的侧脸，照着她望着他的那双眼睛里浸染着最温柔的波光倒影。

后来窗外的月亮已经隐没光影，被层云遮挡着的夜，更显浓深漆黑。

容徽躺在桑枝的小床上，睁着一双眼睛，静静地看着她将薄被盖在他的身上。

而她屁股下垫着一只抱枕，就坐在床边，下巴抵在床沿，任由他牵着她的手指，她的眼睛一瞬不移地望着他："容徽，睡吧。"

也许她的声音本就带着某种能够令他平静下来的魔力，他像个乖巧听话的孩童一样，在她话音刚落时就闭上了眼睛。

有多少年，他都习惯于在每一个黑夜与白昼的交替间枯坐着，静待着时间一点一滴过去。

他有多久没有像今天这样，仅仅只是闭上眼睛，就已经昏昏欲睡。

她的被子有一种很清淡的洗衣液的香味，她的气息几乎近在咫尺，令他不自觉地沉溺在更深的黑暗里，意识渐渐模糊不清。

但他的手，仍旧紧紧地牵着桑枝的手指。

夜越来越深，桑枝盯着他的侧脸，忍不住连着打了好几个哈欠。

她晃了晃脑袋，小心翼翼地挣脱他的手，轻手轻脚地走到衣柜前，拉开柜门，从里面抱出来两床被子，将其中一床被子在地毯上铺好，她躺了下去，又扯过另一张薄被盖在身上。

最终，她心满意足地躺在地上，偏着头时，她只能看见他的半张侧脸。

他的呼吸声很轻，熟睡时眉心仍然是紧蹙的。

桑枝还从来没有像现在这样，认真地打量过他睡着时的模样。

或许他本该是现在这样的，除却冰冷如刺的伪装，一张面庞便只剩下此刻的沉静温和，在这样寂静无声的夜色里，他的眉眼好似比窗外早已消失的月辉还要温柔。

想起他刚刚憋红了眼眶，下颚抵在她肩头时，不断重复的那些话，桑枝有一瞬又想起来她之前在那张报纸上看过的他的照片。

他的死亡，并没有让这世上关于他的那些恶意揣测消失，反而在那一年的网络新闻里，达到了一种新的高度。

许多人都在怀疑，是他杀害了他的养父母后，因为良心受到谴责而选择自杀。

因为警方从当时的案发现场一直没有找到一丝一毫有用的线索，在此后的许多年里，也一直没有办法侦破这桩悬案。

而屡屡"诬告"养父母虐待他的容徵，虽被警方判定作案动机并不充分，但还是挡不住外界的种种猜测。

可桑枝却坚信，他没有杀人。

因为她见过曾经的容徵是什么模样，或许从他选择自杀的那时候开始，许多的事情到了那些人的口中，就已经真假难辨，再也说不清了。

但桑枝想，至少她该相信他。

因为她能够感受得到，他是如此渴盼着她的信任。

心头忽然有些酸涩上涌，桑枝抿紧嘴唇，不由得握了握他的手。

沉沉睡去的容徵不会知道，这夜睡在地毯上的女孩儿到底看了他多久，他也不会知道，彼时的她到底有多想替他分担那些可怕又沉重的过去。

在这个城市多少人朦胧模糊的梦境里，这看似无穷无尽的夜色终于渐渐散去，天空开始慢慢呈现出一种漂亮的鸦青色。

天光乍破的瞬间，第一缕晨光穿透玻璃窗，映在浅色的窗帘上，晕染成一片柔和的光影，照得房间里的两个人的身影渐渐明晰。

躺在床上的少年蹙着眉睁开双眼，在望见那一片纯白的天花板时，他似乎有一瞬发怔，也许是昨夜里许多的记忆涌上来，他忽然偏头，果然在床下发现了仍然陷在睡梦中的女孩儿。

她闭着眼睛，呼吸声很轻，白皙的面庞微微泛着粉，嘴唇是浅浅的绯色，不知道什么时候，她就已经把被子踢到了脚边，这会儿睡得四仰八叉，连底下垫着的那床被子都已经被她自己无意识地弄得卷了边儿。

桑枝像是做了一个很长的梦，梦里有一场总是下不完的雨，所有的画面就好像只有黑白两色，猫叫声忽远忽近，少年缓步穿行在幽深长巷，走过她的身旁。

桑枝叫了一声"容徽"，却见他停下脚步，回身看向她时，又是那样陌生冰冷的目光。

当她骤然从梦境里挣脱，睁开双眼时，却正好撞见原本睡在她床上的少年不知道什么时候已经躺在她的身侧，此时正一手撑着下巴，垂着双眸打量着她的面庞。

他的眼睛就像是被春日里最柔软的那一缕风吹皱涟漪，清澈含波，又似琉璃般明净漂亮。

几乎同她刚刚梦里那双空洞冰冷的眼睛形成了最为鲜明的对比。

桑枝眨了眨眼睛，他纤长的睫毛也颤了颤。

"桑枝！"

门外忽然传来了她爸爸桑天好大大咧咧的敲门声："起床了，快点儿！一会儿你上学该迟到了！"

或许是没有听见她的应答，桑天好在外头又喊了两声。

桑枝看见门把手被转动着，她倒吸一口凉气，一个鲤鱼打挺坐起来，还没来得及说话，卧室的房门就被桑天好从外面打开。

桑枝正在推容徽，想让他躲起来，却已经来不及。

她僵在那儿，和桑天好大眼瞪小眼。

她满脑子的"完蛋了"，却并没有在桑天好那张脸上发现任何一丝一毫的异样，他也只是将门开了个缝，站在那儿打了个哈欠："早餐钱放在桌子上，我再去睡会儿，你可别磨蹭了，免得迟到！"

桑枝机械地点了点头，整个人都傻呆呆的。

门"啪"的一声，再一次被桑天好关上。

容徽不知道什么时候也已经坐了起来，饶有兴致地看着她的表情变化，眼睛微微弯起来，像是有细碎的星子光影点染在他的双瞳里。

桑枝松了口气，转头撞见少年干净的双眸，她有点不太自然地移开目光。

"那个，得上学了……"

收拾洗漱完，桑枝先听了一会儿她爸爸桑天好的呼噜声，才放下心来，去卧室里叫容徽出来，然后拿了书包和桌上的早餐钱，拉着他就匆匆地离开了家。

容徽身上有细微的淡金色光芒闪过，当桑枝在小区外的早餐店里买豆包和豆浆的时候，看见那些人有意无意地将目光落在他的身上，她才知道，旁人已经可以看清他的身形。

走出早餐店，他又拿走了桑枝手里的那杯豆浆。

无论周围多少人将目光投注在他们身上，他也像是全然没有察觉似的，只是静静地打量着她埋头啃豆包的模样。

"我怎么觉得我今天的书包好重哦……"桑枝啃了两口豆包，皱着眉抬头，跟他抱怨了一句。

容徽将目光停在她背后的书包片刻，似乎是发现了什么，但他勾了勾嘴角，却是什么也没有说，只是伸手将她的书包取下来，替她拿着。

下了公交车，桑枝原本想让容徽先走，她再等个几分钟，然后再往学校大门口那边走。

但见他只站在那儿，定定地盯着她，桑枝就耷拉下脑袋，干脆跟他一起走了。

也是今天，桑枝到了学校才发现，赵姝媛竟然已经办了转学。

她脸上的伤已经好了，而她也因为在京都面试上了一家娱乐公司的女团选拔，又要转回京都去上学了。

赵明希在林市上班，而田晓芸则带着赵姝媛回京都。

怪不得昨天晚上田晓芸连着给桑天好打了几个电话，桑天好没接，自然也没有听到田晓芸那些原本准备好要炫耀的话。

赵姝媛能得到这样的机会，桑枝也确实是没有想到。

但这事儿跟她也没什么关系，只听封悦说了几句，她也就没什么兴趣了。

封悦原本是迫切地想要问问桑枝，和容徽之间到底是怎么一回事，但见容徽坐在那儿，她也就一直没有找到什么机会问桑枝。

桑枝昨天晚上睡得晚，这会儿忍不住打了哈欠，她伸手去书包摸笔袋，却摸到了毛茸茸的东西。

还带着温度。

仔细听，还有"呼噜呼噜"的声音。

桑枝被吓得瞌睡虫都跑光了，她定睛一看，一只猫脑袋从书包里探出，那双圆圆的眼睛正望着她。

桑枝呆住了。

她转头就对上了容徽那双隐约含有一丝笑痕的眼睛。

桑枝凑近他，声音刻意压得很低："妙妙怎么会在我的书包里？"

容徽却靠在椅背上，轻抬下颚："你问它。"

桑枝下意识地转头又去看自己书包里的那只胖猫，它已经开始在舔自己的爪子。

"……"

桑枝还是忍不住伸手去摸了摸它的脑袋。

为了让妙妙不被发现，桑枝低头跟它说了好多话，也许它是真的听明白了，一上午都待在桑枝的课桌里睡觉。

上课的时候，赵一鸣总是觉得自己幻听了。

他一下课就跟封悦吐槽："我是不是耳朵出问题了？不然我为什么老是会听见猫的呼噜声？"

"我也是欸。"封悦和他对视，两脸蒙。

桑枝趴在课桌上，努力降低存在感，谁也不知道她放在课桌肚里的手正在摸着妙妙的脑袋。

她偏头的时候，就看见容徽身后空着的座位，不知道为什么，孟清野今天没有来上课。

容徽的课桌里每天都会出现许多的小零食小礼物，那些东西无一例外，全都被他扔进了垃圾桶里。

今天也是一样。

桑枝看着他把那些东西丢进教室后面的垃圾桶里，总觉得有点可惜。

"你想要？"

在教室里神情各异的目光注视下，他走回来拉开椅子坐下，偏头瞥她。

桑枝一个激灵，连忙摇头。

"那个……"这时，坐在他前面的赵一鸣弱弱举手，"容同学……扔了怪可惜的，你要是不想要，你可以扔给我……"

容徽没有搭理他。

碰了一鼻子灰的赵一鸣悻悻地缩回手，转过身去。

因为玉坠已经回到了容徽的手上，他迫切地想要去查清一些事情，所以下午他并没有留在学校。

因为今天是周五，晚上不用上晚自习，桑枝放学后就跟封悦他们一起去了奶茶店。

几个人凑在一桌写作业，封悦被一道数学题弄得抓耳挠腮，她拍了拍旁边的赵一鸣："这道题你给我讲一下呗？"

赵一鸣顿时挺起胸膛："求我呀。"

封悦一翻白眼，懒得搭理他，径自看向桑枝："桑枝，这道题你会不会？"

桑枝接过她的练习册看了两眼，点了点头："这道题我刚做过。"

看她们两个已经凑到一块儿讲题了，赵一鸣觉得没趣，耸耸肩，戴起耳机自己做自己的了。

"原来是这么回事啊，我明白了。"封悦终于弄明白解题步骤，她笑着抬头，目光却定在了桑枝身后。

与此同时，桑枝察觉到自己的衣领被人拽了一下。

她下意识地回头，正对上身后那个穿着蓝白校服外套的少年的眼睛。

……那不是容徽吗？

赵一鸣也愣住了。

桑枝背着书包，里面那只胖猫的重量坠着她的肩带有点紧，她垂着脑袋跟着容徽走出奶茶店，却被他忽然拿走了书包。

"容徽……"

桑枝跟上他的脚步："你今天查到什么了吗？"

"没有。"

桑枝听见他的回答，一时间不知道自己应该说些什么才好，踌躇了一

224

会儿，却见他忽然停下了脚步。

"怎么了？"桑枝疑惑地望着他。

容徽轻抬下颚："你昨天说你想喝那个。"

桑枝一抬头，就看见前面不远处的另一家奶茶店，她有一瞬发怔，她都已经忘了的事情，他却好像每一件都记得很清楚。

他轻声道："等我。"

下午五六点的阳光仍然炽烈耀眼，桑枝站在树荫下，呆愣愣地望着容徽的背影。

她记得他讨厌人群，讨厌热闹。

但不知不觉，他已经因为她而有了很明显的改变。

一杯加冰的水果茶被他递到桑枝的手上时，她被那冰冰凉凉的触感唤回了神，她抬头看他，抿着唇很久都说不出一句话。

而此刻，他见她傻站在那儿，一句话也不说，便拢了眉，小心翼翼地问："我记错了？

"你不喜欢这个？"

"没有。"桑枝摇头，回答得很果断。

嗓音却有些干涩，她低头喝了一口，清甜果香入口，她弯起眼睛，冲他笑："很好喝。"

回家的路上，她的目光总是会忍不住落在他的身上。

她大概能够感受到他活在这个世界上的所有迷茫与无助，他不知道自己究竟来自哪里，也不知道自己到底是什么人。

周尧说，他是神。

可即便是神，他也总该有自己的身世。

而唯一可以证明他身世的那枚玉坠，如今也并不能为他带来丝毫有用的信息，就好像这茫茫尘世，唯有他一人身如浮萍，不知来处，也终将没有归处。

"容徽。"

桑枝忽然站定。

少年闻声回首，正好撞进女孩儿那双明亮如星的眼睛里。

"不管能不能找到你的身世来历，"他听见她温软的声音传来，"我都会陪着你。"

她忽然的这些话令他有些猝不及防，他僵直着脊背站在那儿，听见她继续说：

"我会对你很好很好的。"

他明明是那么好的一个人，他更值得这世间所有美好的事。

桑枝想让他快乐。

黄昏时分的夕阳余晖是这一天最后的一抹灿烂颜色，不远处的高楼大厦被隐没在一片耀眼的金光之间，绮丽的流霞在天边晕染着层层云雾，像是暖色的颜料落入笔洗里，被水晕开的层层纹路。

女孩儿的字字句句萦绕在少年的耳畔。

仿佛这么多年来，从未有人对他说过这样的话。

她手心的温度，她那双眼睛里闪烁的光影，始终无法令容徽移开自己的目光。

她……

容徽嘴唇微动，喉间像是被火灼过似的，烧得他半晌都说不出一句话。

也是这一刻，他定定地望着她。

他忽然想，自己究竟为什么要执着于寻找自己的身世？

既然他生来，就已经被抛弃，那么他现在做这些，到底还有什么意义？

曾经他找不到自己活着的意义，这个世界在他眼中也从来不带任何多余的色彩。

活着，已经成了一种麻木的状态。

而唯有割开自己手腕的那一刹那，他才难得地感受到了一丝无端的快慰。

可是他以为的死亡，换来的却是被困在那间房子里整整十五年之久。

恢复记忆后的容徽，仍然记得他的记忆倒退到十七岁时的那个除夕夜，少女明净鲜妍的面庞在她手中绽放的火花间忽明忽暗。

他永远记得那天她将围巾绕在他的脖颈时，他胸腔里那颗心的声声悸动。

此刻的容徽，没有开口说一句话。

他只是忽然伸手将放在校服外套的衣兜里的那枚玉坠拿出来，挂在了她的脖颈。

"你把这个给我做什么呀？"

桑枝伸手就要去摘。

他好不容易取回的玉坠，却被他如此轻易地交给了她。

容徽握住她的手："送你了。"

当他开始试着放下过去，愿意埋藏那些所有不堪的记忆，当他这样平静地看着她的眼睛，他忽然觉得，自己一直执着的那许多事情，都已经变得不再重要。

在这个世界上，对于如今的容徽而言，唯有眼前的她，才是最重要的。

所以她最好——

永远也不要忘记今天的承诺，也永远不要后悔今天的决定。

桑枝问过周尧之后，才知道那天晚上到底发生了什么事情。

孟清野当着容徽的面，质问关于当年的那些事情，桑枝虽然没有亲眼看见，但也能大概想象到，那该是怎样一种场景。

"当时容徽大人应该是气极了……所以我情急之下用了点小方法，把你弄醒。"周尧说着还有点心虚地抬头望了桑枝一眼。

"我说怎么好像有人朝着我脸给了我一下似的……"

桑枝那时候就像是被妙妙的猫爪给拍了一下似的，忽然从梦里惊醒，紧接着她就被窗外的一道淡色的光芒吸引。

"对不起……"周尧有点不大好意思。

桑枝摇了摇头，又问他："那照青跟孟清野又是什么关系？"

周尧还没有开口说话，客房的门忽然被人从里面打开，穿着薄荷绿长裙，身形高挑纤瘦的女孩儿从里面探头出来，对着桑枝尴尬地笑了两声："那个……还是我来回答你吧。"

桑枝盯着这个忽然出现的陌生女孩儿看了两眼，转头又看向坐在沙发上的周尧。

"这就是照青女君。"周尧说。

"……"

桑枝听见他的话，就又将站在那儿的女孩儿细细打量了一遍。

她对于照青的印象明明还停留在那只会变大变小，有着青蓝色翎羽的鸟，但这会儿她面前站着的，却是一个身形模样都与常人无异的少女。

三个人坐在周尧家的客厅里，气氛也不知道为什么有一点点怪异。

最后还是照青搓搓手，主动开始说话。

也是这时，桑枝才知道，原来照青和孟清野本就认识，甚至还颇有渊源。

青鸟一族世代居住在几大仙山之一的峚山，而照青父母早逝，还是一颗蛋的时候就已经成了峚山的女君。

抚养她的那位女长老记性不太好，来人间看一趟将死的老相好的工夫，就把照青给弄丢了。

那时照青已经破壳，两年的时间，她也已经成功从幼鸟的形态幻化成为人类婴儿的模样，阴错阳差地，就被一个离了婚的独身女人捡到，将她抚养了十几年。

而照青养母家的小院子，和孟清野外公外婆家仅有一墙之隔，孟清野的外婆念着照青养母一个女人抚养一个孩子不容易，经常给她家送些吃的，两家人还常在一起吃饭。

照青和孟清野也算是一起长大的。

也是去年，照青才被峚山的长老们找到。

她也就是回峚山去了一趟，回来就迷路了，还被路过的妖修嘲笑了一通，气得她在暴雨天里飞来飞去，最后被雷给劈了一下，这才有了那天她被妙妙捡到桑枝面前的事儿。

照青一边啃着苹果，一边说："我不是人类的事情，他也知道。"

她在孟清野的身上留了一道符纹，所以那天她在周尧家的时候，就感觉到了他的气息，才急匆匆地赶过去。

"我那天要是去晚了点儿，孟清野估计就死在他手里了……"

照青现在想起来都还是觉得那天见过的那位叫作"容徽"的仙长实在

有些可怕。

"说真的，那位君上，同九重天的那些神仙太不一样了。"

桑枝却问："你为什么叫他'君上'？"

"'君上'是对大人的尊称啊，神仙的仙灵之气也是有所区别的，那位容徽大人身上的仙灵之气极其纯粹，并不是寻常仙人能够拥有的。"

照青说："就像我虽然是崒山的女君，但我的仙灵之气却远不如那位大人的精纯剔透。"

桑枝听见照青这么说，她垂着眼想了一会儿，又抬头道："那你能不能帮我查一查容徽的来历？"

她本能地察觉到，自己似乎触及了一个未知世界的边角，而容徽的身世之谜，或许就隐藏在那里。

桑枝从衣领里拽出那枚玉坠："你能不能帮我查清，这枚玉坠原本到底是谁的东西？"

照青是见过这玉坠的，在人间十几年的时间里，她几乎从未见孟清野将玉坠摘下来过。

照青更知道，这是他那位死去多年，毫无血缘的哥哥留下的唯一遗物。

那时，照青就已经察觉到玉坠上附着一抹强大的禁制，而玉坠也绝不是凡间之物，而是神界的东西。

那天夜里，照青从容徽手里救下孟清野，原本想带着他一溜烟儿跑掉，却见孟清野忽然将玉坠从自己的脖颈上拽了下来，扔到了地上。

照青能够分辨得出，玉坠上的气息同容徽身上的气息是一脉同宗，她当即捡了玉坠就送了回去。

"对不起哦，这个我可能没有办法帮到你……"照青看着面前这个面露期盼的女孩儿，低声说道。

她虽然是崒山的女君，但崒山说到底也只是几大仙山里，已经没落无闻的那一支，这么多年来，她也从没去过九重天。

"神和仙其实也是有所分别的，仙界之上才是神界，那是一个鲜有人能够真正踏足的地方，只有从仙渡成神，才有资格进入那个地方。"

由仙渡成神，自古以来一直是一件尤其艰难的事情，对于仙人来讲，那或许是穷尽千万载，都可能达不到的高度。

比起多年如一日的苦寒清修，更重要的却是万中择一的机缘。

而一般已经成仙的那些人，也鲜会有人愿意继续修渡自身，以望成神。

"这样啊。"

桑枝握着玉坠，有些失落。

当桑枝起身要离开的时候，周尧却叫住她："我下周星期天请你们吃饭吧。"

"好端端的吃什么饭？"桑枝回头。

"这里马上要拆迁了，我找了别的房子，得尽快搬走了。"周尧就好像仍旧不会笑似的，平静地说。

拆迁？

桑枝一怔，忽然想起来那次在小区楼下遇到孟清野时，他好像也说过同样的话。.

周尧又道："桑枝，你去问问容徽大人，他有没有别的去处？如果大人不嫌弃，可以和我一起住。"

桑枝下了楼，站在小区楼下的那棵大树下，或许，她还是第一次这样认真地打量起这个破旧的小区。

不知不觉，这里已经不剩什么人了。

值此夏季，可这里却显得格外冷清。

大树的枝叶绿得有些发黑，在这午后的烈日里，被阳光灼烧成更深的颜色，明明不见枯黄，却偏偏不剩生机。

那么容徽他呢？

他要走吗？

桑枝久久地站在那儿。

她走出小区门口，刚刚走进旁边的巷口时，抬头却看见了容徽的身影。

而站在他对面的，则是面露愠色的孟清野。

也不知道是容徽说了什么，孟清野瞳孔微缩，绷紧下颌，握紧拳头就要朝容徽打过去。

桑枝想也不想，连忙跑了过去，并在容徽还没有丝毫反应的时候，她直接攥住了孟清野的手腕，瞪着他："你想干什么？！"

孟清野看见忽然出现的桑枝，一开始还有些发怔，随来他皱起眉头："你怎么在这儿？"

容徽却盯着桑枝握着孟清野手腕的那只手，他一言不发地将她的手指一根根掰开，然后从她的外套衣兜里摸出一张湿纸巾，撕开包装纸替她仔细擦拭着每一寸指节。

桑枝原本警惕得像只小刺猬似的，正瞪着孟清野，却被容徽忽然抓住了手，还眼见着他慢条斯理地替她擦拭起手指。

"我洗过手了啊……"

桑枝讷讷地开口。

刚刚在周尧家里吃了麻辣小龙虾，她吃完就洗了手。

容徽抬眼瞥了桑枝一眼，松开她的手，然后将纸巾随手扔到了旁边的垃圾桶里。

孟清野看着这一幕，眼里闪过一丝惊诧，目光停在桑枝那张白皙的面庞上。

她怎么会和容徽这么熟？

但也仅仅只是片刻，他重新将视线落在容徽的身上。

"容徽，我只是想知道当年的真相。"

他已经在克制着自己的情绪，强迫自己冷静一些。

"真相？"

容徽却像是听到了什么笑话似的，轻嗤一声："既然你心里已经认定了某些东西，又为什么还要来问我？"

"理由。"孟清野深吸一口气，他的眼眶已经有些泛红，"我要一个你杀我父母的理由。"

他停顿了一下，双手紧握成拳，有青筋微露："你为什么，要杀他们？"

容徽那双眼睛里唯一的一丝光影在刹那间沉溺进他眼瞳更深的晦暗颜色里，就如同永远等不来黎明的永夜。

但在这一刻，他的手却被身旁的女孩儿忽然握紧，他神情微松，偏头看她时，却见她已经上前一步，挡在他的身前。

"他没有杀你的父母。"

桑枝迎上孟清野的那双眼睛："如果真的是他杀的，那么为什么警方十几年都没有查到丝毫线索？警方这么多年来，都没有将这桩悬案归结到他的身上，你明白什么叫作证据不充分吗？

"仅仅只是因为外界那些真假难辨的种种传言，你就人云亦云，把不是他做的事情强加到他的身上，这公平吗？"

桑枝的情绪有些控制不住，她话说一半，忍了忍，才又说："我知道当时你只有两岁，什么都不知道，我也大概能够理解，你想要弄清楚自己父母死因的迫切心情，但是，我也希望你能够对容徽公平一些。

"为了一件他从没做过的事情，他就连自杀都仍旧没有办法让自己解脱，你与其来一遍又一遍地质问他，不如自己去查清当年你父母的真正死因，你来这里问他，是想要一个什么样的回答？难道要他回答你一个'是'，你就满意了？"

桑枝说完，也没等孟清野反应，拉着身边容徽的手腕，转身就往来时的巷口走去。也不管她身后的那个少年怔怔地盯着她和容徽的背影，兀自陷在迷茫的境地里，挣扎了多久。

容徽被她拉着手腕，被动地跟着她一步步地往前走。

恍惚间，他垂眼去看她握着他手腕的纤细指节，又默默地抬首，久久地凝望她的侧脸。

好似这燥热的夏日温度，也开始变得没有那么讨人厌了。

胸腔里的那颗心跳动着，一声声地传至他的耳畔，他失神地望着她的面庞，渐渐屈起指节，眼睫微颤。

容徽曾以为，这个世界上再没有任何人和事，是值得他留恋的了。

他讨厌在每一个清晨升起的朝阳，却喜欢在最深的夜幕里久久枯坐着，享受那种黑暗包裹着自己的窒息感。

他厌恶这世间的一切，也包括自己。

可当有一天，有一个女孩儿对他说："你只有活着，才能得到你想要的。"

当她固执地说："就算现在没有，你以后也会有的！"

那天，他发现自己忽然想要得到的，是她。

是她一遍又一遍地告诉他这座城市里每天夜里的霓虹灯有多漂亮，是她让他第一次留恋这一年的那一场初雪。

他记得的，是她围巾的红，映衬着她白皙的面庞，微红的鼻尖。

以及，她笑起来的样子。

她或许永远不会知道，她越是这样，他就越是想要永远的，将她留在身边。

如果在那一年，也有那么一个人，哪怕只有那么一个人，像今天的她一样，替他辩驳一句，就一句，他或许就不会觉得，活在这个世界上的每一分每一秒，都像是沸水浸泡皮肤的煎熬感。

她没有更早地出现在他最绝望最无助的那一年。

但在此刻，他也觉得已经足够了。

上了三楼，桑枝还没有敲门，妙妙就已经挂在门把手上，从里面开了门。它掉在地上打了个滚儿，爬起来就连忙围着桑枝和容徽"喵喵"叫。

桑枝揉了揉有点发酸的眼睛，弯腰把妙妙抱起来，走到沙发边坐下来。

她显得有些过分沉默，容徽在她身侧坐下。

"你看起来很生气。"

他近距离地打量着她的那双眼睛，开口时声音清冷，却隐含着几分不自觉的柔和。

"他、他冤枉你……"

桑枝的声音越来越小。

"你没做过的事情，我不能让他冤枉你。"

她垂下脑袋，躲开他的视线。

"我会去请周尧帮忙，再查一查之前的事情，真凶还在逍遥法外，却让你被污蔑了这么多年……我一定要查清楚这件事情！"

桑枝说着，又抬头望他。

那双杏眼里，仍旧盛着清亮的光影，足以令他只一眼，就忍不住晃神。

"他查不到的。"

也不知道过了多久，容徽才又开口。

"为什么？"

233

桑枝皱眉。

"因为那原本，就不是凡人做的。"

容徽伸手轻抚她乌黑的发，下颚抵在她头顶，那双眼睛像是在盯着窗外那一片炽烈的光线，神情却又是飘忽的。

"这件事，我自己查。"

他的声音忽然变得很轻。

后来，桑枝和容徽坐在小桌前，让他教她下围棋。

但围棋对她到底还是有些困难，只是听着容徽讲了一会儿，她就开始昏昏欲睡，眼睛半睁着，已经有点要打瞌睡的意思。

容徽就坐在她的身边，起初他手里捏着棋子，正看着棋盘，同她说话。后来见她脑袋一晃一晃的，他索性停下来，盯着她好一会儿，眼睛忍不住微弯，有了笑痕。

当她靠在他的肩头，彻底闭上眼睛，容徽却将手里的棋子丢进棋笥里，伸手去捏住她的鼻子。

桑枝被惊醒，她反射性地坐直身体，起初还有点茫然地打了一个哈欠，反应了好一会儿，她才瞪他一眼，然后把棋盘上的黑白棋子搓乱。

她忽然想起来周尧今天跟她说的那件事情。

"周尧说，这里马上就要拆迁了。"她望着他说。

容徽却没有多大反应，只是"嗯"了一声，伸手将棋盘上的棋子一颗颗收捡进棋笥里。

"他问你要不要去他那儿住……"桑枝说这话的时候，一直在注意着他的神情。

容徽刚捡起来一颗黑子，听见这句话，他忽然抬头看向她："你希望我去吗？"

"你……"桑枝抿唇，好一会儿，她撇过脸，小声道，"你问我干什么？"

"你不想我去？"

他忽然俯身，凑近她。

桑枝不得已只能往后退了退，却被他抓着后衣领，退无可退。

她憋着一口气不说话。

容徽耐心地等了好一会儿，见她还是鼓着脸颊，始终都不肯说一句话。

半晌，他忽然轻轻地笑了一声。

原本冷淡的眉眼骤然生动了几分，连带着那双眼瞳里都好似浸润了波光月影般，盈盈动人。

"是我不想去。"

他垂下眼睛，冷静又坦诚："是我，想一直和你待在一起。"

她明明想要忍住的，但还是克制不住地弯起了嘴角，笑时无声，却像个小傻子。

容徽不动声色地抬眼将她所有的神情收入眼底，那双漆黑的眼里有一丝极浅的光影闪烁着。

他知道，她果然，还是喜欢这样的他。

暑假来临，同桑枝家仅隔着一条窄巷的那个小区已经被围了起来，大型机械被运送进去，戴着安全帽的工人进进出出。

容徽站在桑枝卧室里的玻璃窗前，看着窄巷后的那栋居民楼在轰隆隆的机械运转声中，就要被夷为平地。

盛夏蝉鸣都被淹没在了对面的施工声中，像是早早地死在了这夏日的炎热里。

楼下那棵大树枝叶间凝碧的颜色也被扬起的灰尘覆盖，多了一层灰蒙蒙的颜色，细微如粒的灰尘在强烈的光线里漂浮不定。

"我把你的衣服都放在这里面。"

桑枝还在收拾着从容徽家里搬过来的他的东西，这会儿正把他的衣服放进她的衣柜里。

"这半边放我的衣服，那半边就放你的……"

桑枝说着，转头却看见容徽正站在那扇窗前，望着对面那栋已经被拆除得差不多的居民楼，一动不动。

她手上的动作顿了一下，然后就把衣服放在床上，走到他的身边："你舍不得吗？"

那里到底是他生活了那么多年的地方，是他在这里，唯一的家。

"没有。"

容徽却摇头，他又静静地盯着窗外看了一会儿，忽然又说："消失了才好。"

对于他来说，那个房子早已经不剩一丝一毫值得留恋的回忆。

那里更像是一个囚笼，锁了他整整十几年之久。

他早就想要逃离那个地方，却始终未能如愿。而在多年之后，当他站在对面，亲眼看着那个束缚了自己太久的地方被夷为平地，他竟有了一种少有的轻松感。

桑枝沉默了片刻，盯着他的侧脸，有一瞬也大抵读懂了他那句话里潜藏着的几分情绪。

那个地方困住他太久，也让他陷在那些痛苦的记忆里始终没能解脱。

她想，不如就从今天开始，从对面的那栋楼被拆除后的此刻起，他也该放过自己。

"那以后，"桑枝忽然牵住他的手，抬头冲他笑，"你就可以开始新的生活了。"

她说："不要再记得那些不好的事情，要好好生活呀容徽。"

容徽垂着眼帘，望着她的笑脸半晌，他也不由得微弯眼睛。

也许是因为他终于得到了那枚玉坠上附着的完整的符纹力量，所以此刻的他早已不再像是记忆中，阴雨天里那样一张淡去血色的苍白面庞，终于有了几分鲜活的生气。

桑枝打量着他，又清了清嗓子，轻抬下巴，说："有些事，我一定要先跟你说好哦……"

"嗯。"他在那边她特意搬过来的那张藤椅上坐下来，长腿交叠着，漫不经心地拿起旁边的圆玻璃茶几上的一只相框。

相框里压着一张照片，是桑枝初三那年中考结束后，她爸爸带着她去海岛玩儿的时候拍的。

照片上的她披散着乌黑的长发，戴着桑天好亲手给她编的花环，迎着阳光，笑得眼睛都快看不见。

容徽用手指轻触照片上她的那张脸庞，他的眼睛似乎也在这一刻柔和了一些。

桑枝也跑过去，拿过地毯上的一只抱枕垫在屁股底下，随手就把旁边的妙妙抱进怀里。

"在家里你千万不能让我爸爸看见你哦！还有，隔壁的房间我已经收拾好了，你就住在那儿就好了，衣服放在我这边，你每天晚上在那儿睡……"

她掰着手指跟他说了一大堆，却不知道容徽到底有没有在听。

这会儿，他手肘撑在藤椅的扶手上，垂着眼时，双眼皮的褶痕舒展开来，睫毛纤长。

"要是被我爸爸发现，就完蛋了！"

桑枝扯着他的衣袖，严肃着一张小脸。

容徽终于将手里的那只相框放了回去，伸手摸了摸她的头发，轻声应："嗯。"

他说不清楚自己此刻内心里到底是什么样的一种心情，但他仅仅只是坐在这儿，听着他面前的这个女孩儿一遍又一遍不厌其烦地嘱咐他，同他说话，忽然之间，他就觉得这一刻对于他来说，就已经弥足珍贵。

女孩儿把他所有的奖杯全都收好，搬来了她的家里。

那些被封在潮湿的纸箱里，落了灰尘的物件被她一个个拿出来，全都擦拭干净，摆在了木质书柜里。

"你拿这些做什么？"

他静静地盯着半开的柜门里，那一个又一个的奖杯，他发现自己甚至都已经记不清当初那每一场比赛的场景了。

"这些都是你的荣誉呀！"

桑枝拿下其中一个透明的水晶奖杯，那上面刻着烫金的字迹，是他的名字。

"这些可不能丢。"

她的指腹轻拂刻字的地方，像是比他还要珍视他曾经取得的这些荣誉。

她记得收捡好他的棋盘和棋笥，也不忘他的小藤椅，明明在他的那个家里，属于他的东西少之又少，但她还是仔仔细细地收拾寻找了一番，把他的东西一件不落地收拾打包好，搬了回来。

容徽喉结动了一下，盯着她的背影，心头炙热的温度几乎就要比过盛夏午后的灼灼烈日一般，烧着他的胸口，好似心火燎原。

"你真的太厉害了，我从小到大得过的奖都没你一半多。"桑枝毫无察觉，仰着头望着柜子里的那些奖杯，感叹着说。

她忽然的夸奖，令容徽的耳郭稍稍有些泛红。

他抿着嘴唇，也不说话。

那些曾经被他的养父母无视过的，连带着也被他自己彻底无视的所谓荣誉，在她看来，却是他曾经真实活在这个世界上时，为自己赢得过的荣耀。

那些年，他活在了太多人的视线里，铺天盖地的赞誉声他已经听过太多，而后来那些翻江倒海般的指责声，他也听了不少。

只要活在这个世界上，永远没有任何一个人，能够真正做到不听不看。

容徽曾经也是那么想要得到养父母的认可，哪怕只是一句夸赞，可他们永远只会在各路媒体的闪光灯前，用最虚假的嘴脸，说着言不由衷的话。

但此刻，站在他面前的这个女孩儿却是那么真诚地夸赞他，她是那么努力地想要他活下去。

她告诉他这个世界同他曾经认知里的一切有多不一样，她告诉他这世上有太多值得贪恋的东西，而世人之所以会觉得人生苦短，皆因留恋红尘滋味。

可容徽，从那个除夕夜开始，这一生唯一想拥有的，就只有她。

桑枝并不知道他此刻究竟在想些什么，她数了数柜子里的奖杯，也没回头看他，只说："我应该都拿过来了吧？不行，我得再去看看……"

她匆匆地跑了出去，清晰的关门声传来。容徽站在那儿，不自觉地弯起眼睛。

但下一秒，他的神情骤然冰冷，偏头时，他看向盘旋在窗外的那一抹黑红的气流。

晚上吃完饭，桑天好就去了他朋友那儿看他们新买的摩托车，听说还要去打台球，吃夜宵什么的。

桑枝把自己给容徵准备好的睡衣拿出来，敲了敲隔壁房间的门，却没有听到回应。

等她打开门，却并没有在房间里看见容徵的身影。

他去哪儿了？

桑枝拿出手机给他发了一条微信。

等了十多分钟，也没有收到回复，她索性就坐在了床上，戳着屏幕继续发了一条。又等了好一会儿，她都已经趴在床上了，盯着手机半晌，还是没有丝毫的反应。

她气呼呼地戳了几个表情包发过去。

窗外不知什么时候下起了淅淅沥沥的雨，此刻远在林市郊区的某条山间回环的公路上，容徵直接用剑砍断了一个魔修的手臂。

容徵的剑刃就抵在魔修的脖颈，已经划出一道血痕，他敛着眉眼冷笑："监视我？"

"大人，我们、我们对您没有恶意……"

魔修吐了口血，艰难出声。

"我们是在保护您。"魔修喘着气，已经泛红的眼白令他的那双眼睛在此刻看起来有些过分诡异，但他在看向眼前的这个衣衫单薄的少年时，却是忍不住地面露惧意。

"保护我？"

容徵就像是听到了什么好笑的笑话似的，他又将剑刃往前半分，嗓音寒凉："谁派你们来的？"

魔修紧闭嘴唇，似乎是并不打算说。

"大人，请您相信，主人派我们来，只是为了保护您。"他最终，只肯说这一句。

容徵毫不犹豫地割破了这仅存的一名魔修的脖颈，鲜血喷溅出来，却始终未曾沾染他的衣衫半分。

血液同地上的雨水渐渐融合，而那满地的尸体已经在刹那间化作了浅淡的青灰，被雨水冲刷着，没了痕迹。

身上不知道背了多少命债的魔修，嘴里却说着奉命保护他的鬼话。

容徽久久地站在这一片无人的雨幕里，远山已经被这低垂的夜幕给笼罩，唯有在偶尔的闪电闪烁间，显露出一片青黑的颜色。

裤袋里的手机振动着，他终于有所察觉。

他将手机拿出来时，一滴滴的雨水迫不及待地落在屏幕上晕染开一片水痕。

修长的手指划开屏幕，他一条一条地看着她发过来的消息。

在看见那一串头顶着火的表情包时，他面上薄冷阴沉的神情终于有了几分松动，他滑动着屏幕，目光最终落在她最后发来的那句话：

"下雨了容徽，你有带伞吗？我去接你好不好？"

他的整颗心柔软下来，指节捏着手机的边缘，半晌才将屏幕按灭，重新将手机放回裤袋里。

身形化作一道淡金色的流光，在层云之间穿行着，最终落入了一扇窗里。

乌黑的短发沾了雨水，此刻还在滴着水，顺着他的下颌线流淌下来，他站在桑枝的房间里，却并没有看见她的身影。

容徽皱了眉，打开门走出去时，客厅里亮着灯，她却并不在这儿。

当他拧开她隔壁房间的门把手时，房间里灯火明亮，而他刚走进去，就看见女孩儿躺在她白天替他换过床单被子的那张床上，这会儿闭着眼睛，似乎已经沉沉睡去。

她怀里抱着一个米白色的抱枕，容徽走过去时，却见她的手里捏着一支记号笔，而那只抱枕上似乎还有黑色的字迹。

容徽俯身时，却见她忽然翻了个身，那个抱枕被她无意识地扔到一边，而他也在此刻，终于看清了那上面的字迹，只简简单单两个字——"容徽"。

上面还画了一个……老丁头。

容徽微怔。

他静静地盯着她熟睡的脸庞看了一会儿，明明想伸手去触碰她的脸庞，却又惊觉自己一身湿冷，还有浓重的血腥气。

于是，他拿了床头的睡衣，转身就去了浴室里。

再出来时，他身上的水渍都已经被术法烘干。当他再一次在床沿坐下来时，他终于伸手去轻轻地摸了摸她的脸颊。

后来，他瞥了一眼那只被她乱画了一通的抱枕，最终将目光落在她微敞的衣领上。

在这样寂静无声的长夜，坐在床沿的少年忽然弯起嘴角。

他伸出手指，仅仅只是在半空写了两个字，淡金色的字迹在虚空之间凝成，在他手指微动间，那淡金色的字迹就已经印在了她右侧的锁骨上方。

那淡金色的痕迹仿佛是已经融进肌肤，若隐若现。

他终于舒展眉头，久久凝望她的睡颜，眼瞳里就像是有一团化不开的浓墨，又好似永远也看不到尽头的深渊。

桑枝醒来时，发现自己睡在自己的房间里。

她迷迷糊糊地坐起来，掀开被子下床，就听见一阵敲门声。

"桑枝，起床吃早饭了。"桑天好在门外叫她。

"知道了！"

桑枝连忙应声，在衣柜里找了衣服换上。

出了房间，桑枝往隔壁的那间房看了两眼，有点想进去看看，却又听见她爸爸在叫她赶紧去洗漱，然后去吃早餐。

桑枝只好赶紧去洗手间里洗漱。

站在镜子前刷牙的时候，她忽然发现自己锁骨处有一抹闪着淡金色光芒的痕迹。

她凑近镜子一看，她右边锁骨上方清晰地印着"容徽"两个字。

嗯？

桑枝几乎以为自己眼花了，她咬着牙刷，往镜子前又凑了凑。

无论她用指腹怎么揉搓，那两个字却一点儿都没有要消失的征兆，仍在闪烁着细微的光芒。

这是怎么回事？！

桑枝吃饭的时候，一直在往自己卧室旁边的那个房间张望，咬着一个小笼包，吃得有点心不在焉。

她特意换了有衣领的衣服，在这样炎热的夏天里，实在有些难受。

"桑枝，"坐在她对面，正喝粥的桑天好忽然放下手里的勺子，"我听你妈说，你那小表姐去面试那个什么女子偶像团体来着，还给选上了？"

"嗯。"

桑枝吃着包子，应了一声。

桑天好撑着下巴："那她妈那尾巴得翘到天上去了。"

怪不得呢，那几天田晓芸给他打了好些个电话。

但他一直没接，要不是昨天晚上在电话里听赵籁清提起，他还真不知道这事儿。

"管她选没选上呢，和咱家没啥关系。"

桑天好跷着二郎腿，直接拿了一个小笼包扔进嘴里。

吃完早餐，桑天好就去楼下给他的摩托车洗澡。

桑枝把桌上的东西都收拾干净了，趁着桑天好不在，赶紧溜进了她卧室隔壁的那间房。

容徽正坐在小藤椅上，他面前的圆玻璃茶几上摆着一副棋盘，他却懒懒地靠在椅背上，手指微动间，淡金色的流光托着棋笥里的一颗棋子落在棋盘上。

桑枝走过去，就开始解衣领的扣子。

容徽原本平淡的神情在注意到她忽然的动作时，手指间的光芒骤然消失，那颗棋子掉在棋盘上，发出声响。

"你……做什么？"

他的睫毛颤啊颤，偏过脸去。

桑枝却走过去，蹲在他面前，把自己锁骨上的那一抹字迹给他看："容徽，你给我弄这个干什么？"

容徽低眼，就望见了她右侧锁骨上方闪烁着淡金色光芒的字迹。

他微不可见地扬唇。

"你快点给我弄掉！"桑枝去拽他的衣袖。

容徽却撇过脸："不要。"

桑枝来了脾气，强迫他偏过头来，对上她的视线。

242

她的语气刻意严肃了一点，说："我再给你一次机会哦，你快点给我弄掉……"

容徽定定地望着眼前的她。

她气鼓鼓的，眉头微皱着，一双眼睛正一瞬不瞬地盯着他看，阳光有些强烈，足以令他看清她白皙面庞上细微的绒毛。

她好可爱啊。

容徽忽然垂下眼睛，不再看她，喉结动了一下。

桑枝不依不饶："容、徽。"

她抓住他的手腕，才忽然发觉，他的皮肤竟然比她还要白一个度。

"你赶紧把这个给我弄掉……"桑枝揪住他。

"不要。"

"容徽，这个要是被我爸爸看见怎么办？"

"他看不见的。"

"啊？"

"只有我和你能看见。"

"……"

桑枝气呼呼的，半晌没说话。

容徽却伸手揉乱她的头发，眼睛弯弯的。

桑枝坐在那儿玩他的棋子，转头望见那边床上放着的那只米白色的抱枕时，她顿了一下，像是终于想明白了什么似的，她回头看他："你是不是报复我呢？"

"嗯？"容徽正捏着她的一缕头发，漫不经心地抬头瞥了一眼那边床上的那只抱枕。

"你肯定是记着老丁头的仇呢，是不是？"桑枝掰开他的手指，不让他玩自己的头发，然后她又哼了一声，"你这个人好小气哦……"

桑枝扬起下巴："是不是玩不起？"

"……"

容徽干脆捏了一下她的脸蛋，然后就低头去收捡棋盘上那些早已经被她打乱的棋子。

桑枝双手撑着下巴坐在那儿，看着他一颗颗地将黑白棋子收捡进不同的棋笥里，她又忍不住盯着他的侧脸看了好一会儿。

"容徽，我们待会儿出去玩吧？"她忽然说。

容徽抬眼看她。

"中午我们可以去吃……"

她兴冲冲的，话说一半却又顿住。

"对哦，你不能吃东西……"

桑枝挠了挠后脑勺："但是你为什么不能吃东西呀？照青她也是神仙呀，但我看她胃口就很好啊。"

上次吃烧烤，照青一个人就吃掉了她一百多块。

"这同我是不是神，没有任何关系。"

或许是听桑枝提起这件事情，容徽的神情渐渐冷淡下来。

"那是因为什么？"桑枝好奇地问。

容徽迎上她的目光："以前，要是我不好好练棋，拿不到奖，他们就会饿着我。"

他的那双眼睛里的神情在这一刻变得有些恍惚，像是想起了一些事情。

"有一次，我饿了整整三天，"他的声音听起来很平静，"后来我趁他们不在，翻了冰箱……"

他停顿了一下，像是有些想不起太多的细节："我只记得那天我吃了很多东西……"

容徽几乎想不起他到底吃了些什么，那时的他为了追求一时的饱腹感，拼命地往自己的嘴里塞东西。

可是那天吃完后，他却又在洗手间里吐了个干净。

从那天起，他就有了很严重的厌食症。

如果不是到了肠胃绞痛，难以忍受的地步，他几乎都不肯再吃一口东西，而他每次吃完东西，就会有一种强烈的呕吐感。

那时他就知道，或许他的身体，早就已经坏透了。

但他却无所谓。

而十七岁那年死后，他在所有人都不知道的某个黑夜，死而复生，恢

244

复意识。

当他终于可以离开那间屋子时，他去了林市的墓园。

也是那时，他才知道原来被那些人埋入墓地之下的他的尸体，不过只是被火烧过的残损衣料，那上面附着幻术，没有任何一个凡人可以发现其中的端倪。

这么多年以来，容徽一直猜不透，当初附在那些衣料上的幻术，究竟是谁的手笔。

他总觉得有人在暗处窥视着他，却一直没能发现这个人的踪迹。

但从昨天那些监视他的魔修那里，容徽敏锐地察觉到，他似乎已经触摸到一丝有关于十几年前真相的边缘。

从他养父母的死，再到他的死而复生，这两件事都好像笼着迷雾一般，十几年来，他一直没有机会窥其边角。

容徽讨厌这种感觉。

这让他觉得自己就像是旁人手里的一颗棋子似的，他的生死似乎都掌握在别人的手里。

原本桑枝只是出于好奇，才问他这件事，却没有想到，竟然会是这样的原因。

她一时怔怔地坐在那儿，就那么望着他的面庞。

他说话总是三言两语，很简短地就将一段最艰难的往事概括，桑枝几乎无法想象，那时候的他，到底过得有多么艰难。

"不准哭。"

容徽发现她抿着嘴唇，眼眶已经有些发红。

于是，他伸手，轻轻地触碰了一下她的眼皮，令她眨了眨眼睛，瞬间就染了一层浅淡的水雾。

桑枝撑着茶几坐起来："他们怎么能不给你饭吃，他们……"

她想骂，却又有些语无伦次，她挫败地耷拉下脑袋，半晌都没说出一句话。

为什么世上会有这样坏的人？

即便容徽不是他们的亲生骨肉，他们又怎么能狠得下心来，做出这样

245

的事情？

"我要是能早点认识你就好了……"

在此刻从窗外涌入的蝉鸣声中，女孩儿忽然小声地说："我一定会带你去吃好多好吃的，每天都不重样，把你吃得胖胖的！"

说完，她又皱起眉："不对啊，那要是我早生个十几年，那么现在，你是不是都得喊我阿姨了？"

毕竟无论多少年过去，他的容颜始终如一，好似从此都定格在了他十七岁那年。

但她却是会变老的。

"……当姐姐就算了，还得当你阿姨，那就太刺激了。"

桑枝歪着脑袋，开始胡说八道。

容徽闻言，险些失笑。

"看来，"他那双眼睛定定地看着她，语气莫名有些凉凉的，"你还是喜欢做我的姐姐？"

桑枝一个激灵，跟个拨浪鼓似的摇头："没有没有！我不是那个意思，你听我……"

她话还没有说完，却见他忽然凑近了些。

少年漂亮的眉眼里带了些意味不明的情绪，却在她的目光注视下，忽然弯起眼睛："姐姐……""

那一瞬，桑枝觉得自己心脏都要骤停了。

就好像被什么一击即中，她大脑几乎一片空白。

她不知道，那许多不堪的往事，他原本可以一直埋在心底，不必对她提起，也不必再让自己想起，但他却还是告诉她了。

当她主动哄他，当她说着那些天真傻气的话时，他就知道，自己的目的达到了。

他愿意将结痂的伤口重新剖开给她看，甚至还会刻意地重新划上几道，弄得鲜血淋漓才好。

否则，她又怎么会觉得心疼？

他太清楚她到底会喜欢什么样的他，他也甘愿让自己成为她以为的模样。

　　哪怕是像此刻这样，刻意地叫她一声"姐姐"。

　　他垂着眼睫，掩去眼底那许多的晦暗光影，无声地轻笑。

第六章 //
他的身世

神与仙有所不同，像照青这样的仙山女君也还是免不了依靠食物来摄取能量，但当容徽死而复生，在不知不觉之间重塑神格后，他就已经彻底辟谷，从此山川灵气，万物生机，都可以成为他获取能量的本源，哪怕只是静坐，也同样还是会有灵气源源不断地被输送而来。

他从此再不会感觉到丝毫的饥饿感，当然也就不用再忍受那种肠胃绞痛的煎熬。

趁着桑天好还在楼下的车库那边洗车，桑枝带着容徽赶紧下楼，出了小区之后，她才给她爸爸打了一个电话，说她中午和同学在外面吃饭。

桑天好也没说什么，毕竟开学后桑枝就要高三了，这对于她来说，就是高中生涯的最后一个暑假了。

他也乐得自在，干脆跟几个朋友骑车去玩儿了。

盛夏的阳光炙烤着人行道上的每一块地砖，强烈的光线照在高楼大厦间，被各色的玻璃折射出更加刺眼的光芒。

桑枝坐在广场的喷泉边，转头去看喷泉里那些在清澈水波间仍旧泛着光泽的硬币，她咬着一颗草莓味的水果糖，眼睛被阳光刺得几乎快要睁不开。

"容徽，你说，你们神仙到底都住在哪儿啊？"桑枝用手挡了挡迎面照来的强烈光线，"总不会真的都住在天上吧？"

桑枝以前也不相信，直到她遇见容徽。

从那天起，她就开始相信，她眼中原本看见的这个世界，到底只是浩瀚之海间的微末毫厘，这世上藏着太多神秘到不可窥探的事情，还未曾被人类发掘。

"不知道。"

容徽正攥着她的手腕，垂眸在看她的手指，听见她这句话时，他也仅仅只是停顿了一下，而后便淡淡地答了一句。

似乎他对这个话题并不感兴趣。

"我……"桑枝想抽回自己的手，却听见一阵手机拍照的声音响起。她转头就看见有几个年轻的女生撑着遮阳伞，正站在不远处的地方，她们手里的手机正对准了她和容徽。

或许，她们想拍的，也不过只是她旁边的容徽。

但因为他们坐得太近，有一个女生还在找着角度，直到让自己的手机镜头里只有容徽一个人的身影才好。

见桑枝朝她们看过去，她们面面相觑，似乎是迟疑了一下，还是默默地放下了手机。

桑枝转头，正望见容徽的侧脸。

嗯，这样的盛世美颜，一看就是要上绿江热搜的样子。

"容徽，我饿了，你能陪我去吃饭吗？"

桑枝早餐吃得心不在焉，也没吃多少，这会儿才十一点多，她就已经饿了。

"嗯。"

容徽站起来，朝她伸出手。

旁边有多少人在往这边看，桑枝也大概感觉得到，她还有点踌躇。

容徽见她没有动静，他双眉微拢，却是什么也没有说，只是拉起她。

"走吧。"

进了商场附近的一家川菜馆，桑枝拿着菜单点了几个菜，又给容徽要了一杯冰水。

在服务员离开的时候，她撑着下巴望着坐在对面的容徽。

这会儿容徽正低头在看手机，桑枝也不知道他到底在看些什么，就好奇地问："你在看什么呀？"

容徽抬眼瞥她，收起手机："没什么。"

只是他的目光落在她纤细柔白的手腕片刻，那双眼里光影微动，似乎是在思索着什么。

这家川菜馆的菜味道很正宗，桑枝每次和桑天来这里吃，都会被辣得脑门儿浸出一层细密的汗珠。

但是辣椒这个东西，就真的很奇怪，越吃越上瘾。

容徽却并不理解，他看着桑枝吃得脑门儿冒汗，连眼皮都泛着浅淡的红，眼眶里都有了一层极薄的水雾，就像是快要哭了似的。

店里人渐渐多了起来，偶尔有年轻的女孩子瞥见他们这桌，就会忍不住将目光停在容徽的身上，若有似无地打量许久。

少年气质疏冷，一张脸生得漂亮耀眼，却一直都是一副生人勿近的模样。

容徽伸手抽了纸巾，替桑枝擦拭脑门儿上的小汗珠时，桑枝也仰着脸，吸了吸鼻子，乖乖地任他擦，嘴里还念叨："你快点，我要喝水，好辣哦……"

等容徽一松手，她就捧起旁边的杯子喝饮料。

而他端起手边的那杯冰水，圆圆的冰球在里面碰撞着发出清脆的声响，那是这个炎热的夏天里，对于桑枝来说，最动听的声音。

她抬眼时，正见他修长白皙的指节屈起，凝了细密水珠的杯壁被他的手掌包裹着。他将杯子凑近唇边，喝了一口。

桑枝觉得，好像这整个夏天的炽热温度都同他没有丝毫关系，他就那么静静地坐在那儿，整个人就像是他杯子里的冰块似的，始终清冷凉沁。

午后外面越发炎热，桑枝和容徽在商场里逛了一会儿，就回去了。

而在路边停靠许久的一辆黑色宝马车里，有人盯着他们两个人渐渐走远的背影很久。半晌，她勾了勾殷红的唇："我原以为他的心早该冷了。"

她轻轻的笑声在这个近乎密闭的空间里，显得尤其清晰："原来还会爱人啊……"

可惜，那看起来，只是一个再普通不过的女孩儿。

半晌，她眼底的笑意渐渐冷却，收回目光的瞬间，她开口："暮云，走吧。"

"是，夫人。"坐在驾驶座上的年轻男人当即颔首应声。

站在家门口，桑枝回头看了一眼身后的容徵，她的声音放得很低："你一定要隐身哦……等会儿进去一定要小声一点。"

容徵扯了一下嘴角，没有言语。

桑枝拿出钥匙开了门。

刚走进玄关，她就愣在那儿了。

她无论如何也没有想到，她回家最先看到的，居然是这样一幅场景。

她爸爸桑天好正窝在沙发里，电视里正播放着一场球赛的回放，里头偶尔传来解说员的三言两语，而那只胖狸花猫就趴在他的肚子上，圆圆的眼睛正盯着电视。

"回来了？"

桑天好听见开门声，转头望过去，只见桑枝呆愣愣地站在玄关。

对于她身后的容徵，他毫无察觉。

"嗯……"桑枝应了一声，换了鞋子走过去。

"我说最近怎么总觉得家里好像有哪儿不对劲，原来是这只小胖猫跑咱家来了。"

桑天好说着就摸了一下趴在他肚子上的猫："你猜我在哪儿找到它的？"

桑枝看了一眼妙妙，正见它也在用那双圆圆的眼睛望着她，她半晌才出声："哪儿？"

"就在你隔壁的那间客房啊，这胖猫还钻在被子里，被我给拎了出来……"桑天好还把这只胖狸花猫上上下下打量了好几眼，"你说说它在外头都是吃的啥，怎么长得还挺胖的。"

桑枝听见他进了那间房，一瞬绷紧神经，却又听见她爸爸开始念叨："为了给它洗个澡，我也真的是费了好大一番功夫。"

桑枝惊了："爸爸，你还给它洗澡了？"

"对啊。"

桑天好点了点头，又挠了挠妙妙的下巴，听见它的呼噜声，他笑得跟个憨憨似的："桑枝，你不是挺喜欢猫吗？咱把它养了吧！"

桑天好以前就想养小动物，但因为赵籁清不愿意，他也就一直没养。

后来离了婚，他也渐渐地把这事儿给忘了，也是这会儿看见这只猫，他才又动了心思。

桑枝在听他说这些话的时候，就已经看见了摆在落地窗那边的一只皮卡丘猫窝，旁边的墙角还放着几袋猫砂猫粮，连猫砂盆都已经准备好了。

"……"

她以前怎么没看出来，她老爸做事，还有这么雷厉风行的时候？

"明天，我就带它去打个针，再约个时间，给它做个绝育手术。"桑天好摸着下巴，兀自说道。

一听见"绝育"两个字，桑枝就呆了。

原本安安稳稳趴在桑天好怀里的妙妙也忽然多了毛，踩着他的肚皮就跑到了桑枝那边去，往她身后躲。它原本是想往容徵身上跳的，却见他瞥它一眼，它就没敢。

"喵……"妙妙开始扒拉桑枝的裤腿。

"爸爸……我看绝育就不用了。"桑枝觉得自己的眉心都在跳，"我们妙妙是一只很保守的猫，它不会乱来的。"

"妙妙？"

桑天好疑惑地望着她。

桑枝连忙说："我刚给它取的名字！"

"哦……"桑天好点了点头，"那它光保守也没用啊，一到春天，外头那些小母猫，能放过它？"

桑枝明显感到妙妙的爪子都抖了一下。

妙妙现在灵识已开，它早已和普通的猫有所不同，自然不会有发情期。

桑枝就没见妙妙在早春时有什么不对劲的地方，也没听过它一声声地叫个不停。

如果现在给它绝育了，那要是它以后万一哪天修成人形了……桑枝不敢再想。

绝育的事情被桑枝暂时按了下来，在她看着容徵身化流光，无声落入她隔壁的那间房里时，她刚松了一口气，转身就听见桑天好又问她："你什么时候喜欢下棋了？"

"啊？"桑枝一开始还没反应过来。

"你隔壁房间里放着的棋盘，不是你买的？"桑天好皱眉。

"是是是！"桑枝点头如捣蒜，"是我买的！"

桑天好喝了一口可乐："你买来下五子棋的？"

"不然还是下围棋吗？"桑枝抬起下巴。

"……下个五子棋还买那么好的一副棋盘，我刚把你的钱都交给你自己管，你就肆无忌惮了？"桑天好屈起指节，敲了敲她的脑门儿。

好不容易逃离她爸爸桑天好的追问，桑枝赶紧溜回了自己的房间。

等桑天好在客厅里逮着妙妙玩，跟它说话的时候，桑枝又悄悄打开门，先是看了一眼客厅里的情况，然后她就轻手轻脚地钻进了隔壁房间，还把门给反锁了。

她长长地舒了一口气，转身时，就看见容徽正坐在那边的单人沙发上，单手撑着下巴，正偏着头看她。

桑枝赶紧跑过去："吓死我了，我爸爸刚刚问了我好多话……"

她说话的声音还是小小的。

容徽伸手摸了摸她的头发，并不说话。

桑枝并没有在这儿多待，她还惦念着有作业要写，更何况桑天好还在客厅里，她在这儿根本就不敢大声说话，没一会儿她就回了自己的房间。

晚上洗漱完，桑枝趴在书桌前写了一会儿练习册，忽然觉得肚子开始有些疼。

一开始她还没太在意，后来却越来越疼。

她丢了笔，干脆去床上躺着，可翻来覆去好一会儿，那种疼痛却有越演越烈之势。

大约是因为今天她吃了几个甜筒，又吃了很辣的东西，所以例假不但提前来了，还痛得她几乎难以忍受。

桑枝勉强给她爸爸打了电话。

桑天好听到桑枝虚弱的声音，瞬间就从书房里的椅子上弹起来，连游戏也没管，直接就往桑枝的房间跑。

他一进去，就看见自己的宝贝女儿躺在床上，脸色都有些发白。

"桑枝，很疼吗？"

桑天好走过去，一时间有点手忙脚乱，也不知道自己该怎么办。

他连忙给赵籁清打了个电话，又按着赵籁清的嘱咐，赶紧去了药店给她买止痛的药。

容徵听到了动静，在桑天好急匆匆出门时，他就已经出现在了桑枝的房间里。

他从没见过她这样一副模样，面色苍白如纸，在薄被里缩成一团，额头都有了细密的冷汗。

"你怎么了？"

容徵也有些无措，他站在她的床前，俯身用手背去贴着她的额头，感受她的温度。

"肚子疼……"

桑枝疼得都没多少力气说话，她眼睛里都憋出泪花了。

"我带你去医院。"

容徵皱眉，掀了她的被子，俯身去把她抱起来。

桑枝忙说："不用了。"

桑枝用脸颊蹭了蹭他的衣襟，像是一只可怜的小动物。

"我只是……"

桑枝见他仍旧皱着眉，不说话，她支支吾吾好一会儿，才很小声地说："来例假了……"

容徵眼睫微动，似乎是反应了一会儿。

他的脸颊也不知道是为什么，忽然有了些微粉的颜色。

后来，他重新把她放在床上，动作小心翼翼地替她盖上了被子。

桑枝看他翻了一会儿手机，抿着唇半晌，他忽然伸手，隔着被子，贴在她的小腹上。

"你……"

桑枝才刚开口，就感觉到有暖意隔着被子融入她的四肢百骸，当她看见他的手掌之间淡金色的流光微闪时，她忽然没了声音。

周尧带着刚熬好的红糖姜茶赶来的时候，就看见容徽将手隔着薄被贴在桑枝的小腹上。

他原本一直维持面瘫人设的脸终于有些绷不住——容徽大人居然在用那么宝贵的仙灵之气，帮桑枝缓解疼痛？

"欸，"桑枝眨眨眼睛，抱着被子，"我好像不疼了？"

"你当然不会疼了，容徽大人的仙灵之气都……"

周尧话还没有说完，就被容徽冷不丁地瞥了一眼，他瞬间住嘴，赶紧奉上自己熬的红糖姜茶："大人，这是您要的东西。"

"周尧？"桑枝看见他吃了一惊，"你怎么来啦？"

"大人说你肚子疼，让我熬了姜茶给你送来。"周尧把保温杯递给容徽之后，就站在那儿，回答道。

"我先走了，照青女君喝醉了，我得看着她，不然她能把我房子给毁了……"周尧提起照青，额角就隐隐有青筋微鼓。

也不知道她同她那个青梅竹马的凡人到底是怎么了，这几天她就窝在他家，连翎羽都黯淡了许多。

周尧离开后，屋子里又只剩下桑枝和容徽。

"喝吧。"

容徽把保温杯里的红糖姜茶倒出来一些，递到她眼前。

"我已经不疼了，就不喝了吧？"

桑枝坐起来，有些迟疑。

以前她妈妈也给她煮过，她不喜欢这个味道。

"喝。"

容徽却没有要依着她的意思。

桑枝撇嘴，只好伸手接过保温杯盖，鼓着腮吹了吹，勉强喝了下去。

随后，桑枝窝在被子里，懒懒地打了一个哈欠。

她想起出门去给她买药的桑天好，就连忙想给他打个电话，可下一秒，她房间的门忽然被人从外面打开。

桑天好提着一袋子的药，这会儿还在喘着气，他按开了她房间里的灯，走了进来。

"桑枝，现在感觉怎么样？爸爸给你买了药，来，把药吃了就好了……"

桑天好去客厅里倒了一杯水，连忙又走进来。

也是这一刹那，原本站在桑枝床前的容徽适时后退几步，看着桑天好在床边坐下来，又去袋子里抓出一盒药来，仔仔细细地看了看上头的说明书。

"你先吃一次看看，要是还疼，咱就上医院去。"

桑天好摸了摸桑枝的头发。

"我现在已经不疼了爸爸……"桑枝小心地看了一眼站在桑天好身后不远处的容徽，然后她重新对上面前父亲的那双饱含着焦急的眼睛，"我刚想给你打电话的，我这会儿已经好很多了。"

"真不疼了？"桑天好还有些不放心。

"不疼了。"桑枝说。

桑天好点了点头，看着女儿现在的脸庞也没有刚刚那么苍白了，他也就稍稍放下心，但还是嘱咐："要是又疼了，你记得叫我，咱干脆上医院去。"

"嗯。"桑枝应了一声，对他弯起嘴角。

"你是不是今天在外面吃啥了？你说说你，就在吃这块儿上让人不省心，喜欢什么恨不得多吃，不喜欢的就懒得吃一口……"

桑天好开始像她妈妈似的数落她。

桑枝心不在焉地点头应声，目光却在偷瞥一直静静地站在那儿的容徽。

正说着话，赵簌清的电话又打来了，她不放心桑枝，但听桑枝在电话里还算正常的声音，她也就放下心来，然后又把桑天好刚才数落的话又唠叨了一遍，好不容易才挂了电话。

等到桑天好终于离开，房间里最明亮的灯被他在关门前按灭，于是这屋子里就又只余下她床头的那盏暖光。

桑枝见容徽久久地站在那儿，她侧身躺着，问他："你怎么了？"

容徽终于有了反应。

他步履轻缓地走到她的面前，就在她床前摆着的那张凳子上坐下来，静静地盯着她片刻，忽然说："你的父母，都对你很好。"

当容徽悄无声息地住进桑枝的家里，他才终于明白，也许只有这样温暖的家庭，才会养出这样一个就像是太阳花一般的女孩儿。

"嗯。"

桑枝听见他这么说，不由得弯起眼睛："他们都很爱我。虽然他们之前离婚的时候，我也觉得很难受，我觉得自己没有家了，"她说着，神情仍旧柔和宁静，"但是我后来又想，他们两个人在一起又不快乐，三个人的家里，或许只有我一个人是开心的……那我为什么要用自己绑着他们呢？"

父母之间婚姻的失败，似乎并没有对她产生太大的影响。

也许正是因为无论是赵簌清还是桑天好，他们无论对彼此有多少怨怼，无论他们对这段婚姻怀着怎样的负面情绪，但他们却还是能在有关桑枝的每一件事上，都能达成共识。

无论他们之间的关系怎么变化，他们也一直在努力着，毫无保留地去爱他们共同的女儿。

即便这段婚姻最终难以为继，但桑枝从不是他们失败婚姻的弃物，她永远都是他们两个人心里最疼爱的女儿。

桑枝打了个哈欠，已经有了朦胧的睡意："每个人都有自己的人生，就像我妈妈明明还有她自己的梦想，我没有任何理由去阻止她，就好像他们对我也从来都很宽容一样。"

她说完，对上眼前这个少年那双琉璃般的眼瞳。

她忽然又想起来许多关于他的事情，一时间，连带着睡意也被挥散了一些。

她忽然伸手去抓住他的手腕。

那一刻，容徽听见她说："容徽，你以后也会有朋友，或许还会有新的家人，你还有我，我愿意把我拥有的一切全都分享给你。"

她说："这个世界挺好的，我会带你慢慢看。"

她说得很真挚，一如当初那样，笨拙又努力地同他说着她口中那些有趣的人和事，她永远在渴盼着，能够激起他对于这个世界，哪怕一丝的眷恋。

那样也好。

容徽不知道沉默了多久，他眼见着面前的女孩儿强撑着睡意，仍然努力地睁大眼睛，似乎是倔强地要等着他的回答，才肯安心睡去。

"好。"他微弯嘴角，轻轻应声，嗓音有点哑。

与此同时，他的指腹轻轻抚过她的眼尾。

如果她是阳光，那么她就该照进他那一方永夜未明的世界里。

做他的光芒，也该成为他此生唯一的眷恋。

太多的话，容徽都藏进了心底，她从来不需要知道这些事情，他只盼她，能够做到她亲口对他承诺的每一件事情。

"桑枝。"

他忽然轻唤她的名字。

"嗯？"桑枝揉了揉眼睛。

容徽拂开她额前的浅发："我或许，要离开这里一段时间。"

桑枝一听，就连忙问："你要去哪儿？"

"京都。"容徽简短地答。

"我有一些事情，必须要去查清。"

他最近终于撬开一个魔修的嘴，得到了一点点线索，他必须要去京都一趟。

那些总在暗中监视他的家伙，到底是受谁的指使，他一定要查清楚。

"那你要去多久？"桑枝也不困了，干脆坐起来。

"不清楚。"

容徽无法对她说谎。

于是这一刻，房间里顿时安静下来，他看着面前的女孩儿忽然抿紧嘴唇，捏紧被子的边角，一言不发。

最终，她又不死心地问："非去不可吗？"

"嗯。"

容徽的声音很轻。

桑枝又沉默下来，垂着眼睛，也不再看他。

也许是曾经孑然一身，了无牵挂太久，当容徽在这一刻体会到另外一种不舍的情绪时，他也难免有了片刻的迟疑。

他看着她："我会很快回来的。"

"很快是多快？"桑枝闷闷地问。

他却有些答不上来。

只是这片刻的静谧，他却又听见她问："会很危险吗？"

"不会。"他说。

"那……"

她又不说话了。

容徽忽然松开她，伸手时，淡金色的流光从他的手指间飞出去，在她的床头柜上凝成一个透明如水晶的极小的花盆。

那里面盛着的不是泥土，而是透明如水的液体，一抹绿意就在其间生长蔓延。

"原本，"他似乎有些不太好意思，睫毛颤动了一下，"原本是想等它开花了，再将它给你。"

"这是什么？"桑枝伸手去把那个小花盆捧起来，好奇地看了又看。

容徽答："逢生花。"

逢生花？

那不是她小时候听过的传闻里，生长在什么死生之境里的花吗？

桑枝捧着小花盆半晌，又把它放了回去。

隔了好一会儿，他才听见她说："你一定要快点回来……

"我会想你的。"

女孩儿细软的嗓音如翎羽拂过心尖一般，又在他的耳畔灼烧着，好似点燃了一寸心火，摇曳燃烧着。

桑枝醒来时，容徽已经离开了。

隔壁的房间干净整洁，被子平整无皱，仿佛他从来没有在她的家里出现过一样。

床头的逢生花种已经有了小花苞，桑枝把它摆在窗前的小架子上，做作业的时候，她总会忍不住看上几眼。

容徽离开的第六天，妙妙差点就被桑天好带去医院绝育，如果不是从图书馆回来的桑枝及时拦下来，被塞在猫包里的妙妙很有可能就要被成功

259

绝育。

那天之后，妙妙就一直躲着桑天好，只要他一出现，它就使劲往沙发底下钻。

桑天好大约也是明白自己被妙妙嫌弃了，他就用各种小鱼干鱼罐头诱惑它，想挽回这一段才刚开始就已经结束的情分。

但妙妙却并不搭理他。

就好像曾经桑枝对妙妙百般讨好，每天在自己的窗台前放上猫粮和小鱼干，它还是爱搭不理。

"妙妙，时间过得好快呀……"

桑枝坐在书桌前，摸了摸正在抓着她的笔袋玩的胖狸花猫，窗外那条窄巷后的那栋居民楼早已经消失不见，对面的整个小区都已经成了一片开阔的平地。

高楼倾倒，时间流逝，记忆里的许多画面都像是被笼在那些阴雨天的灰败天色里，她静静地盯着对面那一片有人不断进进出出的工地，脑海里浮现的却是容徽的面庞。

背影清瘦的少年站在细雨朦胧的深巷之间，他的肩头坐着一只狸花猫。

泛着鸭蛋青的天幕低垂，层层的雾气忽浓忽淡，而他就是其间，最令人难忘的一幅画。

可惜桑枝的画画水平仅仅停留在老丁头的阶段，不然她就该把他画下来。

容徽离开那天，她在自己的手腕上发现了一串手链。

或许是他在她沉沉睡去后，悄悄戴在她的手腕上的。

那是她前两天在朋友圈里发过的那款手链，她原本打算再存一存零花钱，到时候再买，却没有想到，他先给她买了。

桑枝怀疑，他原来的那些奖金，应该已经不剩什么了。

"你想不想容徽？"桑枝放下笔，挠了挠妙妙的下巴。

妙妙软软地叫一声，用脑袋蹭她的手背。

桑枝按亮手机屏幕，往妙妙面前凑："你想的话，我给你看看呀……"

她那天早上醒来从枕头底下掏出手机时，就发现自己的手机屏保已经被换掉了，上面是一个少年呆滞僵硬地盯着镜头，被定格的神情极其不自然，可那眉眼却仍旧漂亮得不像话。

桑枝每每看着，都会忍不住傻笑。

她几乎可以想象他拿了她的手机，偷偷自拍，又将她的手机屏保换掉的场景。

每天晚上睡前，桑枝都会把那盆逢生花放在床头柜上，她有时也会给容徽发很多消息过去，容徽虽然话少，却也每条都会回复。

但今夜，桑枝盯着床头的那盆逢生花很久，久到她昏昏欲睡，她都还是没有等到容徽的回复。

第二天，她是被手机铃声吵醒的。

桑枝揉了揉眼睛，看清手机屏幕上闪烁着"阮梨"两个字，她滑下接听键："喂？"

那边却是沉默。

桑枝疑惑地又唤了一声："喂？阮梨？"

谁知下一秒，她就听见手机那端传来阮梨崩溃的哭声，像是努力压抑过后，那根紧绷的弦忽然断裂。

"阮梨，你怎么了？"

此刻桑枝再多的睡意，在此刻听见阮梨的哭声时，也都全部消失殆尽。

"你怎么哭了阮梨？是发生了什么事情吗？"桑枝焦急地问。

阮梨在电话那端哭了好久，桑枝几乎从来没有听阮梨哭得这么厉害过。

最终，桑枝只听见电话里传来她哽咽飘忽的声音："桑枝……"

阮梨说："我再也不能跳舞了。"

舞蹈对于阮梨到底有多重要，或许在这个世界上，除了阮梨的父母，就再也没有人比桑枝更明白。

从小学开始，桑枝就习惯了跟着阮梨去舞蹈班，看着阮梨练舞，等着她下课，再一起回家，这件事，一直持续到初中。

这天上午，桑枝就跟桑天好说，她想要去京都看阮梨。

桑天好跟阮梨的爸爸之前也算是有些来往的朋友，听见阮梨出了事情，他也打电话过去问了一下。

因为不放心桑枝一个人去京都，所以桑天好二话不说，就收拾了自己的东西，订好机票，打算跟桑枝一起去。

至于妙妙，他给自己的铁哥们儿沈继荣打了个电话，让对方这几天时不时过来喂一下。

桑枝和桑天好到了京都，刚下飞机就先找了个酒店订了两个房间，然后把行李放好之后，就赶紧去了中心医院。

桑枝去的时候，阮梨的父母正准备带她回家。

该检查的都检查了，单从检查报告来看，阮梨的身体并没有出现任何的问题，但摆在眼前的事实却是，她明明只是在一两个月之前崴了一下脚，可从那天起，她的腿就开始绵软无力，根本没有办法承受她所在的舞蹈学校每天的必修训练。

原本这件事阮梨并没有打算告诉桑枝，她原来只以为自己是状态出了问题，以为休息调整一下，应该就会有所好转。

但事实却是，她原本十多年的舞蹈功底仿佛都已经从她的身体里彻底抽离，她现在就完全像是一个从没学过舞蹈的人似的，连最基本的拉伸都会有点吃力。

而一段时间过去，她的双腿也开始变得比以前要软绵许多，到现在，她已经完全没有办法跟上学校里的任何训练了。

阮梨在学校舞蹈老师的口中一直属于天分很高的那种学生，她这么多年来也得过许多大大小小的奖项，忽然变成现在这个样子，她心里除却迷茫，承受的压力也越来越大。

到昨天，当她知道自己的身体检查不出任何问题时，她就已经彻底崩溃。

明明检查不出任何问题，但她却感受得到自己的身体出现的种种陌生变化，就像是原本一直转动着的齿轮，渐渐停滞。

"阮梨……"

桑枝看着这个坐在自己身旁，垂着头，一言不发的女孩儿。她握住阮梨的手，明明是想说些什么的，但此刻看着好友的侧脸，却又不知道自己到底该说些什么才好。

"我就不该让她去参加那个什么女团面试，就是在那儿，她崴了脚，回来之后就……"阮梨的妈妈孙茹正在跟桑天好说话，但说了一半，她回头看见自己的女儿坐在走廊里的椅子上，她又住了口。

"小梨。"

孙茹走过来，在阮梨面前蹲下来，伸手去摸女儿的脸颊时，才发现她的脸上不知道什么时候已经沾了泪痕。

孙茹也觉得很难受，她也很清楚舞蹈对于阮梨的意义究竟有多么重要，而她这么多年以来，为了培养女儿学舞蹈，也耗费了许多心力与金钱。

但现在的情况，却不得不面对。

"我们转学吧？再留两级，好好学学文化课……"孙茹说这话时，心里也很不是滋味。

但凡还有一点儿办法，她也不愿意让自己的女儿轻易放弃这条路。

孙茹这话一说出来，阮梨的眼泪就开始一颗颗地掉下来。桑枝连忙掏出纸巾，替她擦脸。

"这怎么会查不到病因呢？"

桑枝看向孙茹："阿姨，阮梨之前跳舞跳得那么好，怎么忽然就不能跳了呢？"

这是很没道理的事情。

孙茹摇头："我也不知道……连医院都查不出来什么，我是真不知道该怎么办才好了。"

下午，桑枝和桑天好回到酒店，她始终惦记着阮梨掉眼泪的样子。

她从小到大都没怎么见阮梨哭过。

阮梨生得高挑，是标准的鹅蛋脸，五官生得柔美，因为从小练舞，她身上总是有一种温柔的气质。

桑枝很清楚，阮梨看着柔弱，但其实她有一股韧劲，她从小到大上舞蹈班，桑枝在旁边看过不知道多少次，从没见她懈怠过。

阮梨有着自己的骄傲，她热爱舞蹈，从小就是这样，而对待她唯一热爱的这件事，桑枝也知道她到底为之付出了多少努力。

这件事处处透着诡异。

桑枝坐在酒店的房间里，却始终没有想出个所以然。

直到她想去摸放在书包里没来得及拿出来的手机时，她忽然在里面触摸到了柔软温热的不明物体。

桑枝吓得书包都掉在地上了。

下一秒，她就看见跟一只孔雀一般大的青蓝色的鸟从里面钻出来。

青碧的眼，漂亮的翎羽，都同上次被妙妙抓回来的那只昏迷的青鸟一般无二。

"那个，我首先声名一下啊，我喝醉了就喜欢到处钻，我也不知道为啥我就钻你包里了……"

照青拍拍翅膀，说话间，淡色的光芒缠裹着她，在桑枝的眼前逐渐地凝成了一个少女的身形。

这大约是桑枝第一次亲眼看见照青幻化成人形。

她瞪着眼睛，半晌都说不出一句话。

"现在有个事儿我想跟你说，你听不听？"照青还记着桑枝上次帮她包扎伤口的事情，和桑枝相处起来，也有些自来熟。

她直接就一屁股坐在了桑枝的身边。

"什么？"桑枝终于找回自己的声音。

照青也不啰唆，直接道："你们刚刚在医院里说的那些话，我都听到了。你朋友她本来就没有生病，医院当然就查不出什么了。"

闻言，桑枝当即看向她："那她是怎么了？"

"她这种情况，应该是被人用阵法夺去了天赋。"照青又蹲下去，在桑枝的书包里翻出一包巧克力豆，"那种阵法说起来应该也是魔修才会的邪阵，他们要生生地夺走一个凡人所具有的能力，是一件很容易的事情。

"而被夺走能力的凡人，也会因为这个阵法，从此不论再怎么努力，也都起不了任何的作用了，你那朋友的腿……估计再过些时候，就连知觉都会消失，怕是站不起来了。"

站不起来？

桑枝忽然攥紧她的手："你是说，她的腿……"

照青猛地被桑枝握住手腕，手里的巧克力豆都撒在了地上，碰撞着光可鉴人的地板，发出清晰的响声。

"是的，如果不尽快找到夺走她能力的人，或许她很快就再也没办法站起来了。"

"那你能帮我找到那个人吗？"

桑枝说着，就把自己书包里所有的零食翻出来，都塞进照青的怀里，又拿起手机，按亮屏幕："你要吃什么你都告诉我，随便点，我请客！"

照青瞥见桑枝的手机屏保，险些以为自己看错了，还凑过去定定地又看了一眼："……这不是容徽大人吗？"

照青还记得当初第一眼见容徽时，他当时险些要杀了孟清野，那副样子看起来阴戾又可怕。

哪里像是桑枝手机屏保上的这个表情极其不自然，甚至还有点……萌的少年？

照青呆滞半晌，才憋出一句话："这容徽大人，真的不怎么会拍照哦……"

桑枝迅速划拉开屏幕，点开外卖软件，把手机交到照青的手里："你想吃什么，都可以点。"

"行，等我吃饱，我就帮你去找！"照青开开心心地挑选起自己爱吃的东西。

等她点完，桑枝就拿回手机，拨通了容徽的电话。

但铃声响了很久，却一直没有人接。桑枝连着打了好几次，那边还是没有什么反应。

她握紧手机，一时又开始担心起容徽来。

他会不会……遇到什么事情了？

桑枝无论如何也没有想到，吃饱喝足的照青施展术法查来查去，竟然查到了赵姝媛的头上。

夜色已深，桑枝被照青带着来到赵姝媛所在的小区里时，她才惊觉，自己以前来过这里，还不止一次。

她的舅舅赵明希在京都的房子，就在这个小区里。

等照青带着桑枝去了六楼，站在那扇门前时，桑枝才终于确定，原来夺走阮梨天赋能力的人，竟然就是赵姝媛。

难怪赵姝媛学舞蹈的时间明明并不算长，平时又因为疏于练习经常被田晓芸唠叨责骂，之前她也想考阮梨所在的那所舞蹈学校，却并没有考上。可忽然之间，她就面试上了京都一家娱乐公司的女团人选，现在已经作为准出道成员，开始进行出道前最后一阶段的训练。

而那家公司，也正是阮梨去面试的那家。

初试时，阮梨明明表现得很好，可到了复试阶段，她忽然崴了脚，从那以后她的腿就出了问题，连最基本的舞蹈动作都完成不好。

照青带着桑枝悄无声息地进了赵姝媛的家，此时此刻，田晓芸应该已经睡了，客厅里一片漆黑，连一盏灯也没有。

赵姝媛睡得正香，在她做的这场梦里，她已经顺利出道，成了炙手可热的当红女团成员之一，被无数粉丝追捧。

相机被按下快门的声音，闪光灯闪烁的瞬间，都让她越发沉溺在这场光鲜亮丽的美梦里，甚至不知不觉地弯起嘴角。

直到她被一盆冷水，彻底泼醒。

因为照青事先设下了结界，所以赵姝媛被泼醒时骤然的惊呼声并没有惊动隔壁的田晓芸。

被子和衣服都已经湿透，赵姝媛坐起身时，抹了一把脸上的水痕，抬眼却在昏暗的光线里，看见了桑枝……还有另一个陌生女孩儿。

"桑枝？"赵姝媛一见她，先是愣了一下，随后面上难掩怒色，"你干什么？！"

"她手腕上的痕迹，就是阵法的标识。"照青精准地找到了赵姝媛手腕上的那一抹痕迹。

桑枝握住赵姝媛的手腕："赵姝媛，你怎么会有这个东西？"

赵姝媛被桑枝攥着手腕，想挣脱却又挣脱不开。她听桑枝提及她手腕上的那一抹黑色的痕迹，脸上闪过一丝慌乱，却仍强装镇定："关你什么事？桑枝，你是怎么跑到我家来的？给我滚出去！"

"你知道你这么做的后果吗，赵姝媛？"桑枝却捏紧了她的手腕，一张白皙明净的面庞上神情严肃，"你抢了别人的东西，还能这么心安理得？"

赵姝媛根本没有耐心听桑枝说些什么，她伸手就去打桑枝，指甲直接在桑枝的脖颈划出两道血痕。

赵姝媛手腕上的黑气闪烁着，她手指一动，下一秒那一抹黑气就要钻入桑枝的眉心，蚕食桑枝的气血。

幸好照青及时出手，淡色的光芒从她手指间飞出去，替桑枝挡了下来，她看向赵姝媛的神情也肃冷了一些："你竟然对她下死手？"

桑枝心里也装着怒气，这会儿赵姝媛动了手，她干脆就直接把赵姝媛扯到床下来，趁着赵姝媛被床单绊了一下摔在地上，她一手锁着赵姝媛的手臂，和赵姝媛扭打在一起。

说是打架，但赵姝媛哪里打得过桑枝，基本就是被桑枝按在地上打。

她被桑枝打得惊声尖叫，开始大声喊田晓芸，却始终没能等来她妈妈开门进来。

"照青，这个东西怎么弄掉？"桑枝用手肘压着赵姝媛的后背，回头去看已经呆住的照青。

"我来，我来。"

照青拿出一把小刀，她刚知道桑枝和赵姝媛之间原来还是亲戚关系，这会儿也有点迟疑。

"但是要弄掉这个，可能会比较疼……"

"不要！"赵姝媛惊恐地叫了一声。

桑枝却用手肘抵着她的脑袋，让她半边脸都紧紧贴在冰冷的地板上。

桑枝看着照青："动手。"

桑枝回头，对上赵姝媛那双写满惊惧的眼睛："就因为你的一己之私，就要害别人失去原本拥有的东西，赵姝媛，这世上没有任何一个人活该欠着你什么，知道吗？"

刚刚赵姝媛想对桑枝下死手，这是照青亲眼看见的。

所以这会儿桑枝都不顾念什么表亲情分，照青也就没有再犹豫，手里握着那把小刀就蹲在了赵姝媛的面前。

毕竟，这事关另一个无辜女孩儿——阮梨的后半生。

"你、你要干什么？"

赵姝媛紧盯着照青手里极薄的刀刃，在这样昏暗的光线里，那刀锋好似浸润了森冷的光，凛冽刺骨。

"你别过来……"赵姝媛浑身都在颤抖，那双眼睛里是难以遮掩的恐惧。

"桑枝，桑枝你放过我，你让她放过我好不好？"

赵姝媛挣脱不开桑枝的束缚，只能望着她，苦苦哀求："我知道错了，我真的知道错了……我以后再也不会做这样的事情了，我、我是你表姐啊，你不能这么做……"

以前的赵姝媛，一直不喜欢桑枝。

也许是因为从小时候开始，周围亲戚朋友，包括她爸爸夸赞桑枝夸得太多，但她却每天都要面对自己母亲田晓芸的唠叨责骂。

她以前喜欢跳舞，田晓芸却舍不得报舞蹈班的钱。

后来上了初中，田晓芸又觉得她成绩一般，又打算让她去学舞蹈。

当时赵姝媛很开心，她原本以为自己很喜欢舞蹈，但在学了一段时间之后，她却又觉得自己好像并没有想象中那么喜欢这件事。

或许她原本就只是因为田晓芸当初不允许她去学，才对舞蹈产生了一些执念。

当田晓芸要求她必须要学好舞蹈时，赵姝媛对这件事就已经产生了一种逆反心理，她讨厌母亲时时刻刻的唠叨数落，也讨厌母亲在学习上总拿她同桑枝作比较。

可她基础不好，在舞蹈班学得也很慢。

想考京都的那所舞蹈学校也没有成功。

赵姝媛早就不想学舞蹈了，田晓芸见她没进成那所舞蹈学校，气得有几天都吃不下饭。后来，他们家搬到林市，田晓芸也终于开始考虑着，要不要让赵姝媛继续学舞蹈。

就在赵姝媛伤了脸的那段时间里，赵姝媛的朋友带着她去了一家隐藏在深巷之中的小店里。

那里挂满了颜色各异的水晶宝石，到处都是一面又一面的镜子，宝石水晶在暖色灯光的映照下，折射出各色璀璨的光芒，投射在镜子上。

赵姝媛在镜子里看见了一个女人的脸。

女人的脸时而沧桑如老妪，时而又细腻似少女，她就静静站在赵姝媛的身后，开口时嗓音娇柔颓靡，带着诱惑："你有什么想要的吗？"

女人说，她是贩卖愿望的人。

她可以帮赵姝媛实现愿望，只要赵姝媛肯将头发剪下来一半，交给她。

女人的每一句话，都好似有着足以摄人心魄的蛊惑之力。

当赵姝媛离开那里的时候，她摸了摸自己的头发，发现不知道什么时候她的头发就已经只到齐肩的长度。

赵姝媛的愿望实现了。

她明明没有付出多少努力，却拥有了惊人的舞蹈天赋，像是凭空得到了别人十几年辛苦练出来的成果似的，她也成功圆了自己的明星梦。

她知道，那个女人帮她窃取了别人的天赋能力。

但那又怎样，既然已经成了她的东西，那么就永远只会是她的了。

那个女人说，当有人要动她手腕上的标记时，她大可以将附着在上面的一缕气息唤出来，情急之下可以解决掉诸多不必要的麻烦。

即便赵姝媛知道，那可能会伤人性命，但刚刚，她面对桑枝时，也没有丝毫的犹豫。

如果被那黑气钻入眉心，那么桑枝就很有可能会被慢慢地蚕食气血，在查不出任何病因的情况下，半个月之内就会没命。

所以赵姝媛并不担心桑枝的死，会给她带来什么麻烦。

但令赵姝媛没想到的是，跟着桑枝一起出现在她家里的那个陌生女孩儿，似乎同那个神秘女人一样，拥有普通人无法拥有的能力。

"你现在倒是记着你是我表姐了？"桑枝觉得她有点可笑，"你抢了别人的东西，就该还回去。"

桑枝的手肘仍然抵着赵姝媛的肩背，另一只手则按着赵姝媛的头："既然你不愿意还，那我就来帮你还。"

桑枝很清楚，到了现在这个时候，她跟赵姝媛讲再多的道理，也是没有什么用的。

因为一个原本就不觉得自己有错的人，又怎么会在此刻，真正心甘情愿地去听她说的话。

桑枝索性也懒得说。

"照青。"她看向蹲在自己身边的那个女孩儿。

照青举起小刀："交给我，交给我。"

与此同时，赵姝媛见哭求无望，她就开始用力挣扎，大声叫着她母亲田晓芸，但照青设下的结界已经阻隔了所有的声音，即便田晓芸就在隔壁，也仍然不会听到半点儿声音。

"等等。"就在照青抓着赵姝媛的手臂时，桑枝却又出声。

赵姝媛眼眶里还衔着泪珠，听见桑枝的声音，她那双眼睛在一瞬间又燃起一抹希望的光芒。

但下一秒，她却见桑枝撇过头，闭紧了眼睛。

"好了，你……你动手吧。"桑枝说。

她这就跟小时候怕看护士给自己打针时的样子似的。

"……"赵姝媛呆了。

照青撕下来赵姝媛睡裙的边角，团成一团塞进赵姝媛嘴里，堵住她吵闹的声音。

"我跟你说啊，这可是你自己自找的，总不能因为你的贪心，就让别人下半辈子在轮椅上过活吧？桑枝说得对，人家又不是活该欠你的，凭什么被你夺走原本属于人家的人生？凭你脸大？凭你不要脸？"

照青哼了一声，她可没忘记刚刚赵姝媛想对桑枝下死手的事情："你这个人还挺毒的。"

桑枝听不到赵姝媛惊惧的哭闹声，因为照青已经封了赵姝媛的嘴，而这会儿桑枝闭着眼睛，却也能感受到赵姝媛的挣扎。

像是被按在海滩上的一条鱼，拼了命地想要挣扎着，回到海里。

但她到底还是被桑枝牢牢地按在地上，照青毫不犹豫地捏着她的手腕，用力按压那道黑色印记。

赵姝媛痛得眼眶已经发红，浑身都在发颤。

照青故意没有弄晕她，就是想要她记住这种疼，这也算是她为了自己的私欲而害人，所要付出的代价。

后来，照青也没用仙术，直接一手劈在赵姝媛后颈。

"好了没？"桑枝还闭着眼睛。

"好了，人我也弄晕了，你快起来吧。"照青抹了一下脑门儿上的汗珠，伸手去把桑枝从地上拉起来。

她看见桑枝脖颈上的两道血痕，就有点儿不大高兴："她指甲留挺长啊？都给你挠成这样了……"

桑枝睁开眼睛，后知后觉地伸手去摸了一下自己的脖子，正好触碰到伤口，一阵刺痛蔓延开来。她"嘶"了一声，摇了摇头："没事。"

"我把她指甲给拔了算了……"照青挽起衣袖。

"不用了。"

桑枝拦住照青，回头看了一眼倒在地上已经失去意识的赵姝媛。赵姝媛的脸色看起来很苍白，手腕上是一片血肉模糊……

桑枝不敢再看。

"你这个表姐虽然被我及时地除去了印记，但她的身体已经受到了一些影响，而被她夺来的天赋能力已经从她身体里抽离，怕是她以后身体就会慢慢变得很虚弱，要努力调养很久才能恢复。"

听了照青的话，桑枝不由得又看向赵姝媛。

其实这会儿她心里挺复杂的。

她对赵姝媛并没有什么亲厚的感情，但是她对于赵明希这个舅舅却还是有几分挂念，她很明白赵姝媛作为赵明希唯一的女儿，对于他来说该有多么重要。

可是，桑枝没有办法因为赵明希而容忍赵姝媛的所作所为，如果她今天选择了容忍，那么这就对付出努力练习十多年，却被夺走了原本属于自己的一切的阮梨不公平。

赵姝媛犯的错，就该由她自己来承担最终的恶果。

桑枝不后悔今天的选择。

"如果我猜得没错，那个神秘的女人应该是个魔修，她应该是靠收集像赵姝媛这样心志不坚，贪心好控制的凡人女孩儿的头发，一步步地将她们控制起来，最后制成人偶，供她驱使，甚至吸取她们的气血来提升自己的修为或是稳固容颜。"照青说着，眉头渐渐紧皱起来，"既然她说那个女人是开了店，那么其中被用这种邪阵夺取了天赋能力的人……可能还有很多。"

照青自顾自地说着。

然后，她又看向桑枝："要不我去把那个老巫婆的老窝给端了吧？"

照青是个急性子，说做就去做。

她花了两三天的时间做了个局，在网上联系了人，最终成功得到了那个女人店铺的地址。

"你说这个老妖婆，业务面儿还挺广啊？林市有一个，京都竟然还开了个分店？"

照青原以为要等回林市才能处理这件事儿，但她没想到的是，那个女魔修竟然还开起了连锁店。

但是店主从来都只有一个人，譬如她上个月在林市，这个月就会出现在京都。

在京都的这几天，桑枝一直没有联系上容徽，这会儿听照青跟她说着话，她也有点心不在焉的。

她只愣愣地盯着酒店的落地窗外，神思飘忽着，忽然想起来林市家里，被她放在床头的那盆逢生花。

也不知道它开花了没有。

而此时此刻，容徽推开生了铁锈，更沾染了不少血迹的铁门，手里拖着一把长剑，剑锋随着他踏上阶梯的每一步，摩擦着石阶，溅出点点的火星子。

额前的短发被血痂粘连在伤口上，少年精致漂亮的面容上没有丝毫的表情，眉眼间好似笼着冬日清晨的薄雾微寒。

穿着一身铁灰色西装的男人就站在客厅里，手里提着一坛酒。他闭着眼睛，静静等待着。

终于，他听见身后传来一阵犹如被炸药引爆后的轰隆声，地板碎裂的瓷片划过他的脸颊，擦出一道血痕。

男人伸手抹了一下，垂眼看见自己手指上沾染的一抹血迹，他反倒弯了弯嘴角，终于转身。

这别墅的客厅之下，由长阶连接着的，是一片幽冷的深渊。

他把这位小殿下锁进底下的深渊里，可还真是费了不少功夫。

"大人，喝酒吗？"

男人解开西装外套的纽扣，看着那个站立在不远处，手里还拖着一把长剑的少年。他一边走到长桌边倒酒，一边问："不知这把剑，容徽大人用着，可趁手？"

下一秒，那把剑的剑锋就已经直指他而来。

气流划破的声音显得有些刺耳，男人从容避开，转眼便见那长剑深深地嵌在了墙壁之上，墙上裂痕满布，抖落灰尘。

"这把剑可是当年仙门剑宗最负盛名的某位宗主的遗物，如今在大人你的手里，竟也剑气铮鸣，可见，这剑灵也是认了大人你这位新主。"

男人的声音稍显低沉，带着些磁性。他端起一杯酒，看向容徽时，说话仍不紧不慢："暮云恭喜大人，得此宝物。"

容徽却站在那儿，只定定地看着他，神情冷漠疏淡，好似深潭死水般。

"你辛苦做局骗我来这里，到底是什么目的？"容徽用指腹抹去嘴角的血迹，嗓音冷淡，听不出丝毫起伏。

"只是想送大人这把宝剑罢了。"

暮云喝了一口酒，答得很随意。

容徽嗤笑一声，那张冷白的面庞此刻沾了血迹，却凭空多出几分妖冶之色，他一笑，眉目便更加生动。

"算了，我也不想知道了。"

容徽伸手，那把原本还深深嵌在墙壁上的长剑便已经落入了他的手里。

暮云知道眼前的少年修为或已到深不可测之境，他当然不是容徽的对手，但他此刻却也没有丝毫的慌乱，而是攥着那只玉色的酒杯，道："大人如果继续在此逗留，恐怕你那位小女朋友的性命，就难保了……"

在容徽神情微滞的时候，暮云一挥手，一道光幕便已经凭空出现。

画面里是桑枝闭着眼睛，好似沉睡的面庞。

她似乎身在一个贴满镜子的房间里，其间坠着的各色宝石和水晶在灯光的作用下，折射出光怪陆离的影像。

容徽看清她身上的绳索后，他瞳孔微缩。

"花园路平巷 32 号。"暮云说出地址。

也是此刻，他眼见着方才还站在那儿的少年转眼间就已经化作一道淡金色的流光，消散不见。

暮云微勾嘴角，却又忽然皱起眉头，他根本来不及闪躲，就有一道气流破开窗，在清脆的玻璃破碎声中，击中他的后背。

暮云毫无预兆地吐了一口血，整个人失去支撑，倒在地上。

这是极狠的死招。

暮云只觉得自己的五脏六腑都要被那道气流生生绞碎，痛得他紧紧地攥住拳头，指节泛白。

高跟鞋的声音响起，在这样偌大寂静的客厅里，显得尤为清晰。

"吃了吧。"

女人走近，素白的手掌中有一颗朱红的药丸。

"谢过夫人。"

暮云伸手接过来，毫不犹豫地吃了下去。

"秋昀的那把剑，要拔出来可不容易。"女人踩着高跟鞋，走到那已经碎裂得不成样子的床前，看着那一地破碎的玻璃渣子，嗓音里似乎隐含几分愉悦，"千百年了，秋昀的剑终于有机会重见天日。"

"夫人，您为什么……一定要将秋昀大人的剑，赠给他？"

暮云原本知道自己不该问，但此刻，当他迎着破碎的窗外透进来的刺眼光线，看向那个身为他的养母，却从来不曾准许他叫她一声"母亲"的女人，他还是忍不住开了口。

"这凡世里住着的妖魔太多，想要他命的人也太多了，那把剑送他傍身，是再好不过。"女人抱着自己的双臂，站在那儿，竟破天荒地没有治暮云的罪，反而还答了他。

此刻的她，似乎心情很是不错。

但暮云却很清楚，她的脾性，到底有多么阴晴不定。

女人弯着嘴角，细细想着方才在暗处见过的，那个少年那张昳丽的面庞，她的眼睛里似乎多了些什么难以言喻的情绪。

那或许是一种已经纠缠了她许多年的矛盾情绪，到了现在，她都还无法从那些过往的诸多纠葛里挣脱出来。

"他长得有些像息蕊，可我却偏觉得，他那双眼睛……还是最像我。"

她轻轻的笑声在这一片静谧的客厅里显得有些森冷。

"他最好听话一些。"

她唇畔的笑意敛尽，仿佛又陷入了某段荒唐不堪的回忆里："别逼着我……亲手杀了他才好啊。

"暮云，他喜欢的那个女孩儿叫什么名字？"

女人像是自说自话般，沉吟半晌。

"桑枝。"

她终于准确地叫出这个名字。

而后，女人又弯起眼睛，殷红的唇轻勾着，语气清淡平缓：

"你找机会，杀了吧。"

桑枝刚睁开眼睛，就被灯光投射到各色宝石上的光芒刺激得又再一次闭了闭眼，空气中弥漫着一种淡淡的烟草味，混合着玫瑰的花香味。

桑枝清醒了一些，身体动了一下才发现自己不知道什么时候就已经被乌紫色的绳索五花大绑，她躺在椅子上，根本动弹不得。

也是此刻，她在面前的镜子里看见了自己身后不远处的珠帘外，好似有一抹窈窕的身影。

纤纤素手撩起珠帘，一颗颗的珠子碰撞着，好似坠落在玉盘里，其音清脆。

容貌姝艳的女人走出来，她穿着一身暗红色绣花旗袍，恰到好处地勾勒出她完美的曲线，涂了鲜红丹蔻的手指里捏着一把长杆烟斗，涂了深色口红的嘴唇微启，便是一阵缭绕烟雾徐徐而出。

高跟鞋踩在地上，她看着镜子里映照出的女孩儿那张白皙动人的面庞，眼睛弯起来，轻轻地叹："年轻可真好……"

"你是谁？"桑枝看着镜子里那个就站在她身后的女人。

她明明在酒店的房间里睡觉，可当她再次醒来，她才发现自己不知道什么时候就已经来到了这样一个陌生的地方。

黑色的窗帘将外面的阳光遮挡得严严实实，几乎漏不进一点儿光来。

这间屋子里只亮着暖黄色的灯光，照射着整间屋子里坠着的各色宝石水晶都在闪烁着漂亮耀眼的光芒。

桑枝忽然意识到，这里的一切，怎么跟赵姝媛口中所说的那个神秘商店那么相像？

"你有什么想要的吗？"女人没有答她，反倒是伸出一只手，扶在椅背上，凑到桑枝的耳畔轻声问。

嗓音柔媚，仿佛带着某种神秘的蛊惑力。

但这些幻术，对桑枝来说，却好像并没有什么作用，女人抬头，就对上了镜子里女孩儿那双清亮的眸。

"见多了贪心的人，这么多年第一次见你这样的，倒是有些不习惯了。"女人握着长杆烟斗，站直身体。

"你想干什么？"桑枝警惕地盯着她。

女人弯起嘴角："原是想和你做个交易，我帮你实现愿望，而你只需要将你的头发交给我。"

听她提到头发，桑枝终于确定，她应该就是那个和赵姝媛做交易的魔修没错了。

没想到，照青还未有所行动，这个女人却先找上了桑枝。

"我没什么想要的。"

桑枝拒绝得很果断。她挣扎了几下，但那绳索绑得太紧，她实在是没有办法挣脱。

"嗯……"

女人像是有些遗憾，片刻后却又笑起来："反正这半个月来我也没什么正经生意，索性今天我也不做生意了……"

她说："对于普通的凡人而言，我如果要得到她们的气血，就必须要

276

同她们结契，只有在她们自愿的情况下，我剪下来的她们的头发对我来说，才是最有用的。

"但你不一样。"

女人说着，忽然动了动手指，用她手里的长杆烟斗挑开了桑枝的衣领，也不管滚烫的烟丝烫在她细嫩柔滑的脖颈上。

桑枝右侧锁骨上方那一行淡金色的小字仍在闪烁着微弱的光芒，那分明是神明留下的痕迹。

"你身上好像残存着仙灵之气的味道……"

女人看着女孩儿被她的烟丝烫得脖颈发红，甚至很快就有了水泡，但她却丝毫不在意，反而俯身凑近女孩儿，轻轻一嗅："这种味道，一般的妖魔是很难发现的，但对我来说，这却并不是什么难事。"

女人胸前挂着一只银丝勾嵌缠成复杂纹路的精致怀表，那只怀表有些小，正中心嵌着一颗青蓝的玉石，周围还点缀着或无色，或幽蓝的碎钻。

当她凑近时，桑枝几乎可以听到那只怀表秒针转动的声音。

原本放平的椅子忽然被女人往上一收，桑枝转眼间就已经正对着镜子，她先是有些发蒙，直到她看见女人打开旁边的抽屉，从里面取出来一把剪刀时，她瞪圆了眼睛："你你你……你想干吗？！"

"把你的头发交给我，我不伤你性命。"

女人伸手轻轻地拍了拍桑枝的肩，笑吟吟地俯身："但如果你敢乱动，我或许就会杀了你……"

她的声音稍显甜腻，却带着几分阴森之感。

不知道为什么，在女人说完这句话之后，她胸前的那只怀表中间的那颗玉石光影微闪，桑枝就没有办法说出一句话来了。

她挣扎不了，也无法开口。

空气里的玫瑰花香变得稍稍浓烈，在各色宝石折射出的迷乱光线里，桑枝就像是一只木偶，坐在那张椅子上，她好像连思绪都已经出现短暂的停滞，任由身后那个穿着旗袍，身姿摇曳的女人一缕缕剪下她的头发。

一颗颗浸染着光芒的宝石在她的眼睛里凝聚成一点点如星子般的光影，坠在她的眼瞳里，就像是飘浮在漆黑的夜空。

直到一抹气流忽然破开紧闭的店门,烟尘四起时,大片的阳光散落进来,如驱散永夜的第一缕晨光般,刺目耀眼。

少年提着长剑,踩着破碎的门板走进来,长剑周身涌动着的透明气流四散开来,击碎了桑枝眼中那一颗颗原本浮动缥缈的星子。

珠帘散落,各色的水晶和宝石也都被气流荡尽,破碎成细碎如砂砾般的颗粒。

女人手里的剪刀掉在地上,连带着她另一只手里握着的刚刚剪下来的头发也都被风吹得四散。

如此强大的仙灵之气,令她在还没来得及看清门口出现的那个少年时,就已经转身想要逃跑。

但那把长剑破空而来,擦着气流,迅速地刺穿了她的腰腹。

女人身形一颤,半晌才抬头去看自己腰腹间滴血的剑锋,殷红的血色刺激着她那张秾艳姣好的面庞顿时鼓起一层层的青筋,幻术脱落,她年轻绝艳的容颜骤然苍老,皱痕满脸,双眼混浊,连带着被她编成手绳的那一缕黑发都在瞬间褪去颜色,化为银丝。

长剑抽出,血雾弥漫。

女人倒在地上,朦胧中,终于瞥见那少年一张犹如浸润着山间寒雾般,无瑕冷白的脸。

他的眉眼间,压着深不见底的冷戾之色。

比起神明,他更像是她的同类,或许他,比她更狠。

淡金色的流光袭来,如无形的箭一般,刺穿她所有的关节,钻心刺骨,不留余地。

女人惨叫着,她的身形在一瞬间化作一缕青烟,比香炉里飘散出来的烟雾要烧得浓烈。

原本挂在她胸前的那只怀表掉在地上,碰撞着冰冷的地板,发出清脆的响声。

桑枝在女人的尖叫声中回神,她还没有反应过来,就已经被人抱在了怀里,如夏日里最清冽的涧泉般微凉,又好似带着一丝青柠的酸,稍有回甘。

他的气息很近,桑枝垂着眼帘,仿佛她的视线里从此就只剩下他衣襟的这一抹白，皑皑如雪，好似皎月。

"桑枝。"

彼时，她恍惚听见他清冽的嗓音，是那么清晰地唤了一声她的名字。

桑枝刚想抬头，却被他按在了怀里。

周遭所有的镜子在这一刻碎裂成极其零散的碎片，他单手抱她起来，另一只手则覆在她的眼前。

"容徽？"桑枝轻轻地唤。

"我在。"

少年的嗓音稍低。

"你回来啦……"桑枝靠在他的胸膛，因为被他的手挡住了眼睛，所以她根本没有办法看清周围的状况，她耳畔只剩他的脚步声，后来又成了缕缕的风声。

"嗯。"少年在猎猎风声之间，低首凑近她，轻轻地应。

她看不见他此刻的眉眼温柔，也无法看清他结了血痂的额头。

桑枝消失了一整天，急得桑天好到处找人，这会儿甚至跑到了警察局去，而照青磨磨蹭蹭一天的时间，才终于磕磕绊绊地想起来被她忘掉的神秘商店的地址。

可当她去到那儿的时候，却只见满地的镜子碎片，宝石水晶破碎的一地颗粒。她愣愣地站在那儿，来回看了好几遭，才后知后觉地摸了摸脑袋："怎么还有人比我先到，把这儿端掉了？"

她的目光落在一地碎片之间，显得特别亮眼的那只怀表上。

照青走过去，捡起怀表，她的指腹轻触嵌在其间的那颗青玉。半晌，她的眼睛亮了起来："哇，好东西呀！"

躲在暗处的女魔修此刻已失去了她的躯壳，只余下魂灵。如果不是她在情急之下，将自己珍藏多年的跃灵符贴在身上，或许她此刻已经连带着躯壳魂灵一起，被那强大的仙灵之气绞了个粉碎。

她原本正要去捡自己的怀表，却见一个少女走了进来。

她能感应得到这个少女身上的仙灵之气，虽远远不如刚刚的那个少年，但很显然，此刻的她并不是这个少女的对手。

于是她只能咬着牙，看着少女捡起地上原本属于她的那只怀表，高高兴兴地揣进自己的衣兜里，转身就走。

女魔修先失了躯壳，又失了怀表，她气得牙痒，正盘算着是否该去夺舍哪个傀儡的躯壳以供她暂时使用时，却忽然又见门口不知道什么时候已经立着一个男人。

他穿着铁灰色的西装，面庞清俊，轮廓深邃，此刻就静静地站在那儿，看着她时，似乎是在打量一只将死的蝼蚁。

"你是谁？"女人能够感觉得到，这个男人身为魔修，却比她要强大太多。

男人缓步走进来："谁给你的胆子，胆敢幻化成夫人的模样。"

夫人？

女人起初并不知道他口中的夫人是谁，但当她被气流幻化而成的绳索钉在墙壁上时，她想起自己最常幻化的那副容颜。

那是传闻中，魔域女君——颜霜的脸。

这世上原本纯粹的魔修极少，大多都是凡人因为贪嗔痴念太盛而堕落入魔的，但有的人却生来就是魔修，他们比人类修成的魔修更加强大。

而魔域现在的主人，就是那位天生是魔的颜霜女君。

"大人，大人我错了，我再也不敢了，求您放过我……"女人大约也猜出这个男人的身份或许并不一般，她连忙求饶。

但下一秒，她就被黑红的气流彻底吞噬，魂飞魄散。

男人久久地站立在满地的碎片之间，想起方才站立在那偌大的客厅里，凝望着那一扇破碎的窗的那个女人。

"他去救那个人类女孩儿了，你跟着去，如果他没有处理干净，你就替他把人料理了吧。"

他来时，女人曾这样嘱咐他。

"暮云，你记住，我不容许任何人算计他，伤了他。"

桑枝被容徽带去了他来到京都时，自己找的临时住所。

是一间并不算大的公寓。

桑枝早就想拉开他挡在她眼前的手。

"你干什么一直挡着我眼睛？"

容徽却沉默不语，只是将一杯水凑到她的唇边，轻声说："喝。"

桑枝一张口，就咬到了杯壁。

她只能先喝了一口水，然后继续去抓他的手："你不要挡着我……"

也不知道她自己脑补了什么，她停顿了一会儿，攥着他手臂的手指收紧："那个，容徽你告诉我，你这几天到底去哪儿了？我给你发消息打电话你都不理我，你是不是遇到什么事情了？"

她都没等他开口，像是忽然想到了什么不好的事情，她倒吸一口凉气："难、难道你……毁容了？所以你才不给我看？"

"……"容徽一时无言。

半晌，他说："如果是呢？"

"那你更得让我看看了！"桑枝说。

"为什么？"他好奇地问。

"我得看看到什么程度了，严不严重，如果严重……"

"如果严重？"

容徽直起身，盯着仍旧被他挡着眼睛的女孩儿的面庞。他问："那你是不是……就不喜欢我了？"

"你不要给我搞送命题我跟你讲！"

桑枝起初愣了一下，然后她就双手并用，想要挪开他的手："你快点，快让我看看呀……"

容徽原本是想要笑的，但当他看清她半掩的衣襟里的那一片肌肤好像浸润着一片红时，他眼底的笑意敛尽，忽然松了挡着她眼睛的手，转而去拉开她的衣襟。

眼前原本是一片黑的桑枝骤然迎上这屋子里的光线，她被刺激得短暂地闭了闭眼睛。

也是此刻，容徽看清了她那片被烫红的痕迹，甚至还有了几颗水泡。

桑枝还没睁眼，就感觉到一抹微凉的风轻轻吹过她的脖颈，令她被烟

281

丝烫过的那片肌肤在顷刻间终于减去了几分灼烫的痛感。

她一睁眼，就看见眼前的少年垂首，薄唇微启，小心轻柔地吹着她的烫伤。

他纤长的睫毛几乎根根分明，桑枝低头的时候，差点晃了神。

她不由得往后瑟缩了一下，却被他拉住手腕，然后她就见他抬头看向她，那双眼瞳浸润着琉璃的光泽，漂亮得不像话。

"疼吗？"

桑枝怔怔地摇头，但片刻后，她又点头。

她这样自相矛盾的表现，令容徽轻蹙的眉头有半刻微松。他伸手轻轻地触碰她的脸颊，原本是想说些什么的，但在看了她片刻后，他忽然抿唇，像是在忍着笑。

桑枝摸不着头脑，但见他无瑕的面庞，她终于想起来刚刚的事情，于是她伸手去捧住他的脸，瞪他："你骗我？"

"我没有。"容徽的下巴抵在她的手掌上，眨了眨眼睛。

"你知不知道你吓死我了都，我刚刚真的以为你毁容了……"桑枝开始说个不停。

容徽静静地听着她说的每一句话，目光一直停在她的脸庞上，直到她说完，末了再问他一句："你知道错了没？"

他竟也十分温顺，垂着眼睛，说："我错了。"

他是如此温顺又黏人，倒让桑枝一时间忘记了自己到底该说些什么了。

因为担心她爸爸桑天好到处找她找不到，桑枝就催促着容徽带她回之前住的酒店。

容徽的身形隐去，陪着桑枝刚刚走到酒店的六楼，就在走廊里看见了神情凝重的桑天好。

"爸爸！"桑枝喊了他一声。

桑天好在听见桑枝声音的瞬间，他就朝她看过来："桑枝你去哪儿……"他的声音骤然卡了壳。

"爸爸？"桑枝觉得他有些奇怪。

桑天好话还没有说完，容徽指尖的流光就已经飞出去，浸在了桑天好的眉心。

桑天好一顿，脑海里关于桑枝消失一整天的记忆就在瞬息之间被无声抹去，他反应了好一会儿，站在那儿，有些怪异地看着桑枝："桑枝你这头发……"

头发？

桑枝这时才回想起来，那个女人手里拿着一把剪刀，说要她的头发。

她伸手一摸。

下一秒，她的表情龟裂了。

她赶紧掏出房卡，打开了自己住的房间的门，直奔洗手间。

容徽站在外面，抿着薄唇。

他闭了闭眼睛，下一秒就听见女孩儿的惊叫声。

他轻轻地叹了一口气。

桑枝简直不敢相信自己在镜子里看到的那个自己是真实存在的，她的头发被剪到了齐耳的长度，还参差不齐的，就像是被狗啃了似的，后脑勺接近脖颈的地方摸着还刺刺的，显然已经被剪到了最短。

她傻呆呆地看着镜子里的自己好一会儿，眼圈儿渐渐红透，最终没忍住，"哇"的一声哭了出来。

桑枝终于知道，容徽到底为什么要挡着她的眼睛。

一开始是为了缓解她在昏暗室内待久了，再面对强烈光线时的不适感，后来则是犹豫着，怕她看见自己的头发成了这副参差不齐的样子。

桑枝在镜子里看到自己的头发时，就没忍住哭得好大声。

容徽很少见她哭，这会儿他就站在洗手间的门口，看着桑枝在那儿吸鼻子抹眼泪，他刚想走过去，却见桑天好迅速走了进来。

容徽顿了一下，往后退开了几步。

桑天好最见不得自己的宝贝女儿哭，他拍着她的背，哄了好一会儿，才问："枝枝啊，理发店把你头发剪坏了？"

桑枝哭得厉害，根本无暇回答。

桑天好只能继续安慰她："没事啊，别哭了，头发还会长出来的，不哭了……"

"那长得多慢呀……"桑枝哭得上气不接下气，她这会儿都不敢去摸自己后脑勺那一块，"都快要开学了，呜呜呜……"

桑枝哭得鼻尖都红了。

好不容易等桑枝平静下来，桑天好回了对面的房间，照青却适时从窗外飞了进来。她最先看到的是坐在单人沙发上的容徽，原本要说出口的话骤然卡在喉咙，她连忙行了个礼："大人。"

下一秒，听见洗手间那边开门的动静，照青一偏头，就看见了从洗手间里走出来的桑枝，她的目光停在桑枝的头发上，差点没憋住笑。

但感受到旁边的容徽冷眼瞥她，照青根本不敢笑，她忍了一会儿，才开口："桑枝你……这是怎么了？"

"剪了赵姝媛头发的那个老巫婆她把我绑了过去，把我的头发也给剪了……"桑枝说着就又想哭了。

她干脆拿毛巾把自己的脑袋裹住，被子一掀，躺在床上就开始自闭模式。

"啥？！"照青惊愕地看着她裹着被子的自闭背影，"她把你给绑了？"

照青无论如何都没有想到，她费了几天工夫寻找那个老妖婆的踪迹，没想到那个老妖婆先绑走了桑枝？

照青刚想说一句"她绑你做什么"，但话还没说出口，她的脑海里像是有什么一闪即逝，她瞬间明白了那个女魔修这么做的目的。

虽然照青并不知道是为什么，但她的确能够感受到，桑枝的身上残留着容徽的仙灵之气，桑枝现在仍然是一个普通的凡人没错，但对于妖魔来讲，即便是她身上只残存着那么一点仙灵之气，对于他们来说，也堪比灵药。

照青想清楚后，也不免有些自责："对不起大人，是我忽略了这件事，才让桑枝她……"

她抿了一下嘴唇。

也是此刻，照青终于知道，那个快她一步，解决了那个女魔修的人究竟是谁。

"跟你没关系。"桑枝虽然裹在被子里，但也还是听见了照青的话。

她的声音有点闷闷的，显然还沉浸在自己失去了长发的悲伤里，她根本没有办法面对自己现在这个乱七八糟的发型。

照青原想再说些什么的，但她看容徽坐在那儿，看似一点反应也无，实则目光却一直停在床上拱起来的小山丘上。

于是，照青识趣地先离开了。

夜色深沉，但窗外却仍有各色霓虹闪烁交织着，投注在玻璃上的光晕层叠交错，底下有来往的车流声不断。

桑枝把自己裹得像只粽子。

彼时房间里寂静无声，她等了好一会儿，仍然没有听到丝毫声响，她动了动，犹豫了一会儿，还是忍不住掀开被子回头望了望。

容徽不知道什么时候，已经坐在了另一边的床沿，同她之间隔着不远不近的距离。

桑枝接触到他的目光，瞬间又缩回被子里。

容徽凝视她的背影半晌，伸手想去掀开裹在她身上的被子，却被她紧紧地拽着被角。

"桑枝。"

容徽唤她一声："出来。"

"不要。"

桑枝又往被子里缩了缩。

周遭再次沉寂下来，桑枝在被子里已经闷出了一身汗，却还是强撑着不肯掀开被子钻出来。

她最终还是悄悄用脚掀开了一点儿缝隙，也不至于让她在里面待得太过憋气，难以呼吸。

容徽索性在另一边躺下来，一手撑着脑袋，在床头昏暗柔和的台灯光线里，静静地盯着她的背影良久，似乎也忘了要开口。

"你今天不让我看，是不是你也觉得我的头发好丑……"

被子里的"蜗牛"出声了。

说着说着，她竟然又有了些哭腔："真的太丑了，呜呜呜……"

听着她小声的啜泣，这一次容徽终于伸手去强硬地将她从被子里抓出来。

被毛巾和被子捂出来的汗意让她就像是刚从水里捞出来似的，额头上细密的汗珠令那被剪得七长八短的头发都沾湿许多。

容徽握着她手腕的动作顿了一下，他大约是想笑的，却生生忍了下来。

"你刚刚是不是想笑来着？"这会儿的桑枝很敏感，在被他强行从被子里抓出来，又被迫面对他时，她就紧盯着他的那双眼睛，也当然看清了他刚刚明显想要上扬的嘴角。

她一手捏住他的脸，质问他。

容徽任由她捏着他的脸，他用手指轻轻拂开她鬓边的浅发："不丑。"

"你骗人……"桑枝负气地松开了手，转身又想往被子里钻。

容徽干脆探身过去，拉开被子，将她拽回来："我不骗你。

"我怎么会……骗姐姐呢？"

他的声音变得很轻。

他太知道她究竟喜欢怎样的他，此刻他微微弯起眼睛，仿佛所有的阴郁戾色都被他隐藏在了这无尽的深夜里，他伸手轻轻地捏着她的下巴，迫使她转头过来。

当她看清他那双清澈如水，更似倒映星辰的双眸时，好似一瞬恍惚间，她又见到了那个记忆倒退到十七岁时的容徽。

少年的眉眼轮廓褪去诸多锋利，犹如一夜盛放的白昙般，却又在弯唇浅笑时，又似黄昏之际绮丽动人的流霞。

一声"姐姐"，就让她的心跳声在耳郭边如擂鼓一般，疾跳不止。

桑枝的睫毛颤了又颤，她盯着眼前这个少年近在咫尺的漂亮面容，半晌都说不出一句话，仿佛满心满眼，都已沉溺在他此刻的温柔里。

"你……"桑枝憋了好一会儿，她干脆用毛巾遮住脸，偏过头，"你犯规……"

她的声音变得小小的，有点害羞，又有点无措。

容徽把毛巾拿掉时，女孩儿的脸已经红了个透，也不知道是因为憋气憋的，还是因为他刚刚那一声忽然的"姐姐"。

容徽眼底有好似得逞般的笑意："不要哭了。"

"你受伤了？"

也是此时，桑枝才终于注意到他额头的伤口。

容徵几乎都要忘了自己的伤口，但此刻他望见她微微蹙眉的模样，他神思微动，眼底的情绪不着痕迹，他忽然凑近她："嗯。"

"疼吗？"桑枝想去触碰他的额头，却又害怕弄疼他。

容徵低首，枕在她的肩头，就如同一只恶狼小心收起自己所有尖利的爪牙，故作乖顺地靠近她，哄骗道："疼。"

他甚至伸手去撩起自己的衣摆，露出腰侧那一片乌青浸血的伤："这里也疼。"

她看见他腰上的伤处时，眉头蹙得更紧："你这是怎么弄的呀？谁欺负你了吗？"

桑枝也不急着往被子里钻了，她直接坐起来："你还没告诉我你来京都之后的事情！"

"遇上一个人，一时不察，被他锁入了地牢之下。"

容徵单手撑着头，他轻描淡写地说着这句话，那双眼睛却一直没有离开眼前的她。

他省去了许多的细节，只说："他手里的那枚玉坠，和我送你的那枚看似别无二致，其中的符纹虽有不同，其中的仙灵之气却是一脉同宗。"

这也正是容徵疑惑不解的地方。

为什么一个魔修，手里却有着原本属于神界的东西？

他本能地察觉到，这件事情或许并没有那么简单，而那个叫作暮云的魔修，一定也知道些什么，只是对方似乎并不打算据实相告。

容徵微垂双眸，眼眉之间神情冷寂了几分。

"是吗……"桑枝伸手把衣襟里的那枚玉坠拽出来，低眼看了看，听他说的这些话，她也有些云里雾里的。

"那你是怎么逃出来的啊？"她又问他。

容徵却不答她，他只是伸手去握住她的手腕："疼。"

只简简单单一个字，却莫名带着几分刻意撒娇的意味。

桑枝又看向他腰间那一片已经泛着紫，还浸着血丝的伤处，她跪坐在

287

床上，有点不知道该怎么办才好。

"那、那我去给你买药涂吧？"她说着，又伏低身子，凑近他的腰腹，细细看了他的伤。

容徵的身体有点僵硬，像是有点不太自然，但他的目光停在她的狗啃刘海上，他又有点禁不住，笑了一声。

桑枝反应过来，直接抄起旁边的枕头往他身上砸。

只要他的目光多停留在她的头发一会儿，她就像是一只爹了毛的小动物，看着气鼓鼓的，又有些可怜分分的。

扔完枕头，桑枝就又忍不住委屈地哭了。

她只要一想起来自己的头发，就忍不住地难过。

容徵神情稍滞，又忙说："会很快长好的。"

桑枝抽抽搭搭地问："很快是多久？"

被她这样一双笼着水雾的双眸注视着，容徵的眉眼也不由得柔和了些许。

他还没来得及回答，就见她那双眼睛忽然亮起来，"你肯定有办法对不对？你是神仙呀！你能帮我让我的头发长得快一点吗？"

"……"

容徵不知道该怎么答她。

在这方面，他还真没有办法。

见他沉默，桑枝那双眼睛里的光亮又很快黯淡下来，她耷拉下脑袋："你也没有办法吗？"

后来，桑枝终于困了，拥着被子昏昏欲睡，还不忘告诉躺在沙发上的他："看来我只能戴帽子了……"

"嗯。"少年的嗓音很轻，好似还带着更加令人睡意浮动的魔力。

"那你要陪我一起戴帽子。"她的声音越来越小。

"好。"

少年始终注视着她的侧脸，无论她说什么，他都轻轻应声。

为了弥补桑枝在理发店剪坏头发受到的心灵创伤，桑天好给她买了好多顶颜色不同，样式各异的帽子。

桑天好在订好机票，临行前一天，带着桑枝去了阮家。

桑天好在客厅里和孙茹、阮少奇聊天，桑枝则在阮梨的房间里同她说话。

"桑枝，我的腿好像好了一些，没有之前那么无力了……"阮梨拉着桑枝的手，那双原本黯淡的眼睛也终于有了一丝光亮。

"那就好。"

桑枝把一瓣橘子递到她眼前，冲她笑："你肯定很快就能好起来的。"

阮梨垂着眼帘，看着手里的那瓣橘子，半晌才说："希望吧。"

这段时间以来，她已经失望过太多次，是因为医院始终查不出具体的病因，也是因为她能明显感觉到自己的身体在发生着变化，但她却没有任何办法。

这种绝望，或许没有人会比阮梨更清楚。

在母亲的声声劝慰中，她甚至连自己都觉得，她可能真的要放弃舞蹈了，放弃自己这份从小到大唯一坚持着的执念，放弃自己想要站上舞台的梦想。

放弃，注定是痛苦的。

她几乎快要看不到自己的未来。

但从昨天开始，她却察觉到自己的双腿似乎不再像之前那样绵软无力，那是一种难以形容的感觉，甚至细微到她几乎都要以为那只是她的一种短暂的错觉。

她的腿究竟能不能恢复到以前的样子，这似乎仍是个未知数。

"阮梨，你放心吧，你肯定只是之前练舞练得太累了，你这段时间好好休息，一定很快就能好起来的。"

她不知道，但桑枝却很清楚。

被赵姝媛夺走的天赋能力现在已经回到了阮梨的身上，照青说，不出半个月，阮梨就能够恢复到原来的样子。

如果不是照青喝醉酒，误打误撞钻进了桑枝的背包里，或许桑枝就不会知道发生在阮梨身上这一系列的诡异状况到底是怎么一回事。

阮梨听着桑枝的话，勉强扯了扯嘴角，坐在那儿时，整个人都显得很沉默。

这段时间，许多的打击相继而来，刺激着她的自尊心，也让她变得不再像以前那样自信。

"你的头发……剪短了？"

直到她抬头时，目光轻轻扫过桑枝鸭舌帽下齐耳的短发。

桑枝一僵，一手拉着帽檐儿。

"……理发店给我剪坏了。"她含含糊糊地说了一句。

"剪成什么样了？"阮梨伸手想去摘她的帽子，"我看看。"

桑枝下意识地往后一躲。

因为头发被剪成了这样，所以桑枝变得有些敏感，她开始介意走在路上时某些路人不经意的目光注视，即便人家很可能并没有发现她的头发有什么异样，但她就是忍不住想来想去。

她恨不得自己是一只可以缩进壳子里的蜗牛才好。

但在这一刻，看着面前的阮梨半晌，她抿着嘴唇，忽然自己拿掉了帽子。

阮梨无论如何没想到，桑枝的头发居然被剪成了这副模样……她差点没忍住笑出声，却又看着桑枝耷拉着脑袋，像一只可怜巴巴的小动物似的，她也就忍了下来。

但下一秒，却听见桑枝闷闷地说："你想笑就笑吧。"

阮梨没有憋住，"扑哧"一声笑出来，还被口水呛了嗓子，咳嗽了好一阵儿。

她已经很久没有像这样笑过，不能再跳舞的打击对于她来说就好像彻底击碎了她对于自己的未来的所有幻想，也让她开始离自己向往的舞台越来越远。

她每天都像是浸在沸水里，坐立不安，极其难受。

但她看着桑枝那被剪得乱七八糟的头发，她想要忍下来，却因为桑枝一句话，还是没憋住。

"怎么给你剪成这样了？你是去的什么理发店啊？"阮梨笑得眼眶都有些湿润。

但见桑枝一副蔫哒哒的样子，阮梨伸手去抱她，一手轻拍她的背："没关系的桑枝，你这头发……"

阮梨想找一个好一点的词来形容，却半晌都没有憋出来。

"你不用安慰我了……"桑枝的下巴抵在阮梨的肩头，"我知道我的头发到底有多丑。"

阮梨听着她的声音，嘴角仍然带着几分笑意，好像原本灰暗的那双眼睛里，也因为桑枝而有了片刻的神采。

她知道，桑枝的头发被剪成了现在这个样子，其实应该挺不愿意被别人看到的。

但桑枝却主动地摘了帽子给她看。

桑枝想让她笑一笑，哪怕是笑自己被剪得乱七八糟的头发，也甘愿。

此刻，阮梨看着桑枝对她傻笑的样子，她原本因为憋笑而微湿的眼眶在此刻却开始有些发红。

她重新抱住桑枝："枝枝，你的头发会长好的……"

桑枝也拍拍她的肩，轻声说："你的腿也会好的。"

桑天好带着桑枝离开阮家时，本打算第二天就回林市，但赵簌清一个电话打过来，桑天好才知道，赵姝媛出了事。

赵姝媛跟那家娱乐公司解约了，就在她即将站上舞台，正式出道的前几天。

仿佛是一夜之间，赵姝媛连公司每天必须完成的训练任务都做不到，还没练几个小时就脸色发白，晕倒之后就被送进了医院。

赵姝媛的身体出了一些问题，而以她目前的这种状态是完全没有办法继续完成公司的高强度训练的，所以那家公司只能选择跟她解约。

田晓芸哭天抹泪地抱怨来抱怨去，最后还跟赵姝媛大吵了一架。

原本在林市工作的赵明希都赶了回来。

桑天好去赵明希家的时候，桑枝并没有跟着去。

照青说，为了不给桑枝带来一些不必要的麻烦，她就抹去了那天晚上赵姝媛脑海里关于桑枝的所有记忆，赵姝媛只会记得照青，也同样不会忘记那天晚上被生生割下皮肉的剧痛。

赵姝媛自己不肯努力，却偏窃取别人的人生来满足自己的私欲，现在她所面临的一切，都是她自己应该付出的代价。

容徽比桑枝先一步回到林市。

因为他是神明，所以他同照青一样，完全可以凭借术法，能够在一瞬之间去到任何他想要去的地方。

桑枝回到家时，还站在玄关，就看见容徽坐在小阳台的那把藤椅上，妙妙就趴在他的怀里，闭着眼睛，像是睡着了似的。

此刻的他穿着一件黑色的短袖衫，长腿交叠，懒懒地躺在藤编的摇椅上，头上戴着一顶黑色的鸭舌帽，那是桑枝昨天扔给他的帽子。

她让他陪她戴帽子，他就真的没有摘下来。

桑天好看不见容徽，而此刻被容徽抱在怀里的妙妙他自然也看不见，他只是轻轻拍了拍桑枝的肩膀："挡在这儿做什么？过去点儿。"

桑枝换了鞋走到客厅里，把书包放下来。

桑天好提着大包小包的东西放在玄关的柜子上，因为外头那样高的温度弄得他浑身是汗，他也没什么心思去整理那些东西，赶紧开了空调。

他走过去关阳台那儿的玻璃门，却见摇椅晃啊晃的，他就觉得有点儿奇怪："怎么这椅子还自个儿晃了？"

桑枝连忙说："藤编的嘛，轻。"

桑天好点了点头，也没再多想。

把阳台的门关上之后，他转头去看那只颜色明亮的皮卡丘猫窝："妙妙哪儿去了？"

也是这一刻，桑枝看见被关在玻璃门外的那个少年伸出白皙修长的手指戳了戳怀里那只猫的脑袋，然后胖狸花猫睁开眼睛，在同他对视的瞬间，它反应了一会儿，偏头看见隔着玻璃门，背对着它的桑天好。

它一下子跳下来，走到玻璃门外，用爪子挠了挠门，又"喵喵"叫了两声。

桑天好听到猫叫声一转头，就看见那只胖狸花猫，他连忙打开了玻璃门："妙妙，你这几天吃得好不好？你沈叔叔有没有饿着你？"

妙妙似乎还惦记着之前桑天好三番五次想把它带去绝育的事情，在桑天好蹲下身来想要抱它的时候，它直接从他身边溜了，跑到桑枝的脚边蹭来蹭去。

"……"桑天好悻悻地摸了摸鼻子，站起来又把玻璃门给关上了。

然后，他就跟桑枝说："我先去洗个澡，你想想今天晚上吃什么，我一会儿订。"

"知道了。"桑枝抱起妙妙，一边摸着它的脑袋，一边回答。

眼见着桑天好回了房间，桑枝赶紧打开玻璃门，抱着妙妙走过去。

"容徽。"

她抱着妙妙蹲在他的面前。

容徽垂眼时，看见她额头上都已经有了汗珠，就想伸手去摘掉她的帽子。

桑枝往后躲："你要干吗？"

"既然已经回来了，你还戴着它做什么？"容徽俯身，凑近她。

在这样强烈炽热的光线里，他的肌肤仍然冷白细腻，同他这一身黑色形成了鲜明的对比，更衬得他的肌肤好似冬日冰雪般，丝毫不曾沾染属于这夏日里的黏腻汗意。

"你管不着。"

桑枝憋着一口气，回答得很小声。

少年那双沉沉的眼轻瞥她，手指轻轻地捏住她的下巴，嗓音冷淡："你说什么？"

她的声音很小，他却并不至于听不到。

但此刻，他却还是故作不知。

"没什么……"

桑枝抿着嘴唇，抱着妙妙，不肯再说话了。

容徽大约也能猜到她此刻心里到底在想些什么，她无声的倔强应该是他最无法应付的了。于是，他轻轻地叹了一声，刚要说些什么，却见她放下妙妙，气呼呼地转身跑回房间了。

桑枝刚刚关上门，下一秒就有一把长剑骤然横在她的脖颈上。

剑锋薄冷，窗外炽烈的阳光似火般燃烧着映照在这剑刃之上，却泛着森冷的光。

剑锋稍动，她的脖颈间就有了一道细微的血痕。

细微的刺痛感袭来，桑枝看着凭空出现在自己房间里的那个陌生男人，脸色泛白。

男人穿着一袭月白长袍，广袖微翻，露出一截白皙的手腕，而那把长剑就被他握在手里，极薄的剑刃贴在桑枝的脖颈。

他的眉心有一道水滴状的银色痕迹，一张面庞轮廓深邃，俊美如铸。

长发有一半被一根银簪绾起作髻，缠着月白发带，同他披在身后的乌黑长发形成鲜明对比。

鬓边散下两缕龙须发，剑气微荡，气流涌动着，垂着的发丝摇曳飘动。

他的剑锋仍然停在桑枝的脖颈，在看清她衣襟里微微闪光的一抹痕迹时，他眉头一蹙，剑锋直接挑着她脖颈间的线绳，牵扯出隐在她衣襟里的那枚玉坠。

他惊愕抬头："这枚玉坠，怎么会在你这里？"

也是这一刻，原本坐在客厅阳台上的容徽像是察觉到了什么似的。他眼底极浅的笑意敛尽，一瞬站起身来，身形在刹那间就化了一道流光，出现在了桑枝的房间里。

淡金色的流光飞出去，顷刻间就令那人手指一松，那把长剑掉落在地上，却未曾来得及发出任何声响，就化作了一道银色的光芒涌入他的眉心。

容徽伸手拉住桑枝的手腕，却见她脖颈上不知道什么时候已经有了一道细微的伤口，他的神情陡然阴沉下来，回头再看向那个凭空出现的陌生男人时，他一伸手，气流涌动着一寸寸地在他的手指间凝成一把长剑。

剑刃中心是镂空的繁复符纹，两道鲜红的竖线横亘其中，就好像是永远都擦拭不掉的血迹一般，他手腕一转，剑锋光影冷冽。

"千叠雪？"那人一见他手里的那把剑，神情顿时有了变化。

容徽根本无暇听那人说些什么，他偏头看向站在自己身边的桑枝，伸手将一缕浅浅发绕到她的耳郭后。

桑枝只记得自己看了他的那双眼睛。

漆黑黯淡，好似没有星子月亮的永夜。

然后，她就失去了所有的意识，浮沉在一片朦胧黑暗之间。

容徽将女孩儿扶着在旁边的单人沙发上坐下来,淡金色的光芒涌出去,化作了透明的结界,原本在浴室里洗澡的桑天好正在花洒底下唱歌,可是唱着唱着,他就慢慢地合上了眼睛,靠在墙边睡着了。

容徽转了转手腕,看向眼前的神秘男人时,他眼底戾色流转成更深邃晦暗的光影。

但他刚握紧了手里的剑柄,却见那个男人忽然俯身一跪:"臣,拜见殿下。"

容徽立在那里,蹙眉,冷眼看着这个跪在自己面前的男人。

男人脊背直挺:"殿下,臣孟衍,奉容晟帝君之命,来寻殿下。"

桑枝沉沉地睡了一觉,再醒来时,她才发现窗外不知道什么时候就已经缀满天星与霓虹的影。

她打着哈欠慢吞吞地坐直身体,却发现自己的屋子里还有两个人。

桑枝吓了一跳。

容徽一伸手,房间里顿时灯光亮起。

也是这一刹那,桑枝终于看清那个坐在另一边,穿着长袍的年轻男人。他忽然站起来,对着她拱手一礼:"抱歉,今日之事,是我鲁莽。"

他说话文绉绉的,还有些板正。

桑枝愣愣地偏头,望向容徽。

容徽的身形隐在半明半暗的光影里,桑枝看不清他此刻的神情,但她却能明显感觉到,他的心情似乎并不好。

这个叫作孟衍的男人说,他是神界昆仑神君座下的大弟子,虽是剑仙,却因身兼容晟帝君侍卫的身份,所以他也能自由出入神界。

数日前,有人闯入了人界与仙神两界之间唯一有所关联的虚无之境,并从那里带走了一颗逢生花种。

凡人与妖魔是绝对无法闯入虚无之境的,除非神仙。

而要从那里带走一颗逢生花种,便更非一般的神仙所能做到的事情。

逢生花无根,花种散落在凡人与妖魔这辈子都无法窥其边角的死生之地,花开时便如最绮丽的流霞般灼烧着层云,那绝非人间该有的风景。

没有人能从那里带走一颗逢生花种，但容徽却可以。

他不但带走了它，还令它发了芽。

在桑枝和他都在京都的那几天里，一直放置在桑枝床头的逢生花的花苞不知道什么时候已经绽开，殷红炽烈的一团，好似永远燃烧不尽的火焰般，竟还隐隐散着柔和的光华。

孟衍说，容晟帝君早年同他的妻子蓬莱神女息蕊育有一子，息蕊为其取名——容徽。

身为神界的太子殿下，容徽生来便该是万人敬仰的存在。

但在容徽刚出生后不久，帝妃息蕊就和太子容徽一同消失，从此人世匆匆千载，于容晟帝君而言，便是无比煎熬。

容徽是天生的神，更是帝君容晟的血脉，他刚出生时便是一颗混沌灵珠，如果离开了神界，他便需要千年的时间才能幻化为凡人婴孩的模样。

容晟找了息蕊和容徽千年，却始终未有丝毫线索。

直到数日前，他发现有人从虚无之境里带走了一颗逢生花种。

容晟帝君立刻遣了孟衍入世，一探究竟。

无论是息蕊，还是容徽，他都已经惦念了太久太久。

"殿下，帝君他绝对没有抛弃您，他这么多年以来，一直在找您。"孟衍如何不知道容徽的沉默究竟是因为什么，但帝君是孟衍此生除却师父之外，亦无比崇敬的存在，他跟在帝君身边已有几百年之久，也深知帝君为了寻找自己的妻儿到底耗费了多少心力。

"滚。"

容徽此刻根本不想去听孟衍所说的每一个字，他的脑子里就像是有一团乱麻，不论怎么理都理不清。

孟衍看了容徽一眼，又去看坐在那儿的桑枝。

半晌，他只道："殿下，臣此次来，便是要带殿下回神界，请您相信，帝君他……这么多年并不好过。"

说完，他便化作了一道流光，无声消散。

房间里寂静下来，桑枝坐在那儿，因为孟衍说的那些话，她几乎陷在自己的思绪里，险些回不过神来。

容徽坐在她对面的沙发上，她站起来，走近他，在他面前蹲下身。

她抬头望他，小心翼翼地开口："容徽？"

他垂着眼帘，并未将目光停留在她的脸上。在这样明亮的光线里，他的神情寡冷淡薄，好似又恢复到了曾经他在那个雨天里那副生人勿近的模样。

他久久不说话，桑枝蹲到腿发麻，干脆就一屁股坐在了地毯上。

她的手放在他的膝盖上，轻声问他："容徽，你不开心吗？"

"我应该开心吗？"

他终于开口。

他的嗓音有些低，却不见丝毫情绪的起伏，桑枝并不能感受到他此刻究竟是怎样的一种心情，或许，他已经习惯了隐藏自己所有的情绪。

"如果他的话是真的，那你就该开心呀。"桑枝把下巴抵在他的腿上，望着他。

容徽低眼望见她那双清透的眼，他的喉间有些发干。

抿着唇半晌，他仿佛忘了自己该说些什么。

"你以前不是一直想知道你是谁吗？"

桑枝去握他的手，冲他弯起嘴角："你看，我没说错吧，你真的是神仙，你还是太子殿下呢！听着多神气呀！"

曾经为了让他活下去，桑枝说，他是神仙。

为的，是不让他怀疑自己的存在是这个世界上最多余的一笔。

后来从周尧口中，桑枝知道，他原来真的是神仙。

"可是我，"容徽俯身，额头抵着她的额头，声音变得飘忽不定，"早就已经，不想知道了。"

曾经他迫切地想要寻求一个答案，想要知道自己的来处，知道自己究竟是谁。

但是后来，他又觉得这一切，本就毫无意义。

"桑枝。"

他忽然唤了一声她的名字。

他的声音清凌，好似涧泉击石般。

此刻他的手紧紧地扣在她的肩膀，抵着她的额头，那样近的距离，让她根本看不清他此刻微红的眼尾。

他像是在告诉她，又像是在告诉自己：

"我只要你，就够了。"

什么身世，什么曾经，早在他十七岁那年，就已经变得不再重要了。

少年容徽对于这个世界的所有期盼与热切，都随着他溺死在了那浴缸冰冷的水里，此后的重生于他而言早已是一种犹如行尸走肉般的煎熬。

但在那一天，当桑枝将沉溺在十七岁那段记忆里的他重新解救，当他半睡半醒间瞥见她那泪眼蒙胧的面庞。

或许，一切就都不一样了。

记忆倒退到十七岁那年的容徽，曾在那个除夕夜发誓。

他要将她据为己有。

从此这世间，他唯一贪恋的，就只有她。

他也只要她。

人间热恋

下

山栀子 / 著

四川文艺出版社

第七章 //
劫后逢生

孟衍的出现，总算是解开了容徽的身世之谜。

在距离这凡尘不知道有多遥远的仙神两界，传闻中的满天神明，都存在于那个未知的地方。

"容徽，如果孟衍说的是真的，你爸爸找了你那么久，他一定很想你，你应该回去见见他的。"

夏日微凉的夜，桑枝和容徽坐在楼下小区花坛边的小长椅上纳凉，桑枝怀里还抱着妙妙，她靠在椅背上，仰头望着天空，忽然说。

容徽起初并不说话，他只是跟随着她的视线，仰头望着漆黑夜幕，旁边路灯暖黄色的灯光铺散成浅浅的光影穿梭在枝叶间，在他的肩头投下破碎零星的影。

"这也许并不是他的错，容徽。"桑枝去握他的手，"或许在你深受煎熬的这些年里，他也并不好过。"

她说着，那双眼睛望向他："就好像我爸爸一样。我小的时候他带我去游乐园，那天游乐园门口人很多，我走丢了，有一个中年男人把我抱走了，我根本挣脱不开，我就一直哭，一直喊爸爸，在被那个男人带到车站等车的时候，我趁着过安检的时候跑掉了……等爸爸带着警察叔叔找到我的时候，已经是两天后了，那个时候他什么都没说，跑过来就抱住我。

"我小时候觉得我爸爸是这个世界上最厉害的人，就好像一座山一样高大，好像什么事情对于他来说都特别容易，我也特别崇拜他……但是那天，我看见爸爸脸色苍白地朝我跑过来，他一声不吭，但我却还是看见他的眼眶已经有些发红。"

桑枝回想起那天的事情，忍不住眉眼都带了笑意："后来他带着我在游乐园里玩了很久，还带我去了鬼屋……那时候我们从鬼屋里出来，我看见他眼睛红红的，眼眶里有眼泪掉下来，我还以为他是被鬼吓的。"

她唇瓣的笑意稍顿："但其实不是。"

小时候的桑枝忽略了一件事情，那就是她的爸爸桑天好并不是她以为的超人，他有血有肉，是这渺渺尘世里再普通不过的一个凡人，他也会有憋不住眼泪的时候。

但他却很少会哭。

妈妈说，她这辈子只在桑枝爷爷桑福的葬礼上见过桑天好掉眼泪。

再有，就是后来桑枝差点走失的那一次，桑枝亲眼见到的那一幕。

那天出了鬼屋，她爸爸就在门口，也不管那么多人异样的目光，就把桑枝紧紧地抱在怀里："枝枝，以后一定要抓紧爸爸的手，知道吗？"

或许是因为失去了父亲，所以桑天好就不由得想要将自己身边最亲的两个人攥得更紧一些。

可是赵籔清和他之间，早已经横亘了太多无法修复磨合的东西，无论是他还是赵籔清，或许早就已经没有办法重新找回曾经对彼此的那份热忱。

于是在这个世界上，桑天好就只有桑枝了。

"我爸爸弄丢我仅仅只有两天的时间，他就已经那么难过了……听孟衍说，你爸爸失去你，已经有一千多年的时间了……"

桑枝忽然感叹："一千多年，我都不能想象那到底是多么漫长的岁月。"

她已经在尽力地想要让坐在自己身旁的这个少年打开心扉，去找回他曾丢失的那份亲情。

"容徽，你去见一见他吧。"

桑枝看着他，认真地说。

容徽听着她说的每一个字，心里却是迷茫更甚。

实际上，关于亲情，他已经失去了太久太久，当有一天，忽然有一个人告诉他，他其实从未被抛弃，原来他还有一位父亲，这多年来一直不曾放弃寻找他……容徽忽然觉得自己不知道应该如何面对。

曾经他也想过，自己的亲生父母究竟应该是什么样的人，他也一遍遍地问自己，他们究竟为什么要抛弃他。

他怨恨过，但后来，那诸多难以消解的怨恨都已经在年深日久的绝望中，渐渐地归为死水般的平静。

但此刻，面对桑枝时，他却说不出一个"不"字。

如果这是她所期望的，他想，他无法拒绝。

"但是你一定要记着回来啊！"桑枝忽然攥住他的一根手指，她有点担心地说，"我看电视剧里有什么'天上一日地上一年'，要真是那样的话，你可一定要快点回来，不然我都变成老婆婆了……"

桑枝脑补出自己白发苍苍、满脸皱纹的模样，她的声音变得有些闷闷的："到时候可就晚了。"

桑枝忽然用那双杏眼望着他："容徽，你能不能跟你爸爸说一说，等我老了，你再回去好不好？

"这对你们神仙来说，一点儿也不久，对吗？"

身为一个普通的凡人，桑枝知道自己的一生，在神明的眼中或许正如朝生暮死的微末蜉蝣一般，比不得他们享有千年万载，无尽的生命。

桑枝不贪图任何，她只要在喜欢着他的这一辈子，能够和他待在一起，就已经足够了。

至于下辈子，又或者她还有没有下辈子……那都不重要了。

面对女孩儿如此期盼的目光，似乎还带着几分小心翼翼，容徽伸手去触碰她的脸颊，嘴角微扬。

桑枝忽然听见他极轻地笑了一声。

"你希望我去见他，我就去见他。"他的声音听起来仍如涧泉般泠泠动人，"但我不会留在那里。"

剩下的话，他并没有再说给她听。

她也不必知道。

或许她所求的，不过是这一辈子喜欢他，所以她才想要跟他在一起，而再往后的那些对于她而言太虚无缥缈，她都懒得去想。

但他不一样。

他要留住的，可不仅仅只是这一瞬间。

这天夜里，桑枝和容徽说好，让他跟着孟衍回曾经他出生的那个地方，去见他的亲生父亲。

第二天，桑枝醒来时，容徽已经离开了，跟着那个穿着月白长袍，银簪玉带，好似从古装神话剧里走出来的衣袖飘飞的剑仙孟衍，去往一个未知的世界。

而桑枝身为凡人，那里或许是她永远都无法真正窥探的，仅属于神明的世界。

在开学的前一天，桑枝还在研究市面上各种各样的生发液。

她想让自己的头发长得快一点，但无论是照青，还是周尧，都没有办法让她的头发生长得快一些，所以她就只能开始尝试生发液。

或许是她现在使用的那种生发液的生姜味太重，桑枝早上起来洗了头刚吹干，那种浓重的生姜味就熏得她有点上头。

她一走出卧室，就见她爸爸房间的门大开着，里面还传来他打电话的声音。

桑天好因为容徽忘记了结界的事情，而昏睡在浴室里，整整冲了一下午的澡。

他喷嚏是一个接一个地打，往鼻子里塞了卫生纸后就上网搜索自己无缘无故在浴室里昏睡了一下午究竟是怎么一回事，不搜不知道，一搜就是"癌症"起步。

桑天好吓得就往医院跑，各种全身检查做了个遍，还没拿到结果呢，他就蔫哒哒地拥着被子趴在自己卧室的床上，给自己的兄弟一个个地打电话。

"继荣啊，"桑天好鼻子里塞着纸团，说话有些浓重的鼻音，"我这次身体可能出了些问题……嗯……似乎有点严重。"

叽叽呱呱聊了一堆，他又接着给下一个兄弟打："谢东啊，你天好哥我不太好啊……我现在很难受啊。"

"唉……大梁啊，你说这人活一世，有什么用啊？我这身体怎么说出问题就出问题了？你说我要是有个什么三长两短，我们家桑枝……我们家桑枝该怎么办？"

"这烧烤啊，以后我怕是也整不了了，酒估计也不能喝了，好家伙，上网一查吧，那网上的医生就说这也不能吃，那也不能喝的……你说说，这得多难受啊。"

"我现在感觉怎么样？我感觉我浑身都没什么力气，我觉得我明天收租都没法去了……"

桑天好这一顿唉声叹气的电话内容，桑枝在外面听得一字不差。

关于这件事，容徽认错的速度很快。

桑枝几乎就要以为他的下一句应该紧接着就是"我下次还敢"，但见他微抿着嘴唇，轻轻地拉着她的衣袖，一副不知所措的模样，桑枝憋了好半晌，一句话也没说出来。

所幸的是，当晚他就给桑天好输送了一点仙灵之气，虽然仅仅只是一点点，但这对于凡人来说，却是太多人求而不得的造化。他的仙灵之气不但令桑天好避免了得重感冒的风险，而且还在无形中将原本积压在身体里的毒素都清除了出来……

但桑天好醒过来时，一见自己身体上泛着一层浅淡的黑色尘垢，他就吓坏了。

一上网搜索，他就更加怀疑自己是不是得了什么不治之症。

"爸爸……你为什么不给我妈妈打电话？"桑枝现在比较疑惑的是，她听见他一个个地给他的那些好朋友都打了电话，却一直没有给她妈妈赵簌清打。

桑天好看着出现在房门口的桑枝，他刚挂了一个电话，听了她的话，憋了一会儿才说："我多了解你妈啊，她这个人，要是真知道我身体出了什么问题，她肯定能马上订机票回来……她是好不容易才去了她喜欢的那所音乐学院进修，我听说她最近课业挺重的，我耽误她那些时间做什么？"

停顿半晌，他又说一句："没必要。"

桑枝发觉自己看不太懂她父母之间到底是怎么一回事，明明两个人都说着不再爱对方，也始终无法理解对方在许多事情上的不同抉择，但他们却偏偏又会在任何一方有了困难的时候，毫不犹豫地给予帮助。

这到底是因为爱情还未曾磨灭，还是因为那许多艰难时光里的相伴相护早已经令他们之间变成了另外一种很难说得清楚的情感。

此刻的桑枝，并不明白。

"……"

她现在有点儿烦恼，该怎么跟他解释，他的身体根本没有出问题，只是容徽一时间把他给忘了。

桑天好起初真以为自己是得了什么病，直到医院的检查报告拿到手里，又听医生和他解释了几句，他才终于放下心来，当晚就开开心心地跟朋友们喝酒吃肉去了，而桑枝则留在家里写作业。

桑枝已经高三了，等到明年的六月份，就要高考。

班里的学习氛围很浓厚。不知道从什么时候开始，孟清野也不再逃课，但他整个人都变得很沉默，尤其是当他看见桑枝的时候，他似乎总是想说些什么，却又很快就移开目光，垂下眼睑，神情复杂。

容徽的消失，仿佛也曾在这里掀起过波澜，但因为班主任赵宇并没有表现出任何异样，所以大家也仅仅只是私下猜测他是不是转学了或者是出了什么别的事情。

他就像是一抹短暂停留在炎炎夏日里的清冽微风，吹过了最炙热的七月，然后消失得无影无踪。

桑枝的头发还是很短，参差不齐到她在学校里的每一刻都不敢摘下帽子。

因为无时无刻戴帽子这件事，某天教导主任刘新平在校门口查仪容仪表的时候，桑枝还被他拦在校门口，硬要让她摘下帽子。

幸好那天早上是桑天好骑机车送她来学校的，他戴着墨镜，一手拿着头盔正要走，抬头却看见自己的女儿走到校门口时被那个头发稀疏的中年男人拦住了，对方腰板直挺，模样严肃板正，还对她指指点点的。

桑天好低了低头，眼镜从高挺的鼻梁上滑下来些许，他看清了那个中年男人的模样，那不就是上次桑枝跟人打架时，他来学校见过的教导主任吗？

桑天好把头盔放在车上，迈开长腿就往校门口走。

"你戴个帽子像什么样子？摘了！"

桑天好走过来的时候正好听见刘新平的声音，眼见着他伸手就要去摘桑枝的帽子，桑天好先伸手去扯桑枝的书包带子，一下将她带到了身后。

刘新平一看见桑天好，他嘴里滔滔不绝之势的批评之语就都戛然而止，悬在喉咙，将发未发。

他可还记得眼前这个看起来很年轻的男人，就是当初在办公室里一个人撑了那两个女生家长的桑枝的父亲。

偏偏这人说的每一句话都条理清晰，叫人挑不出一点儿错处，即便是刘新平这样参加过很多次辩论赛，还得过最佳辩手，最擅长将话题带偏的人，也没有办法插上一句嘴。

就更不用提当时那四个原本怒气冲冲地来，最后却蔫哒哒地走的家长。

"是桑先生啊……"刘新平条件反射性地扬起在每一位家长面前都会露出的标准笑脸。

"刘主任，我女儿的脑袋上前两天受了点儿伤，为了缝针剃了点儿头发，所以我就让她戴了帽子……"

末了，桑天好顿了一下，笑着又道："刘主任应该能理解吧？"

刘新平原本就因为之前桑枝几次顶撞他而有些不悦，今天也是逮着桑枝的错处，就想多训她几句，但谁知道桑天好却突然出现。

这会儿，他讪笑一声："原来是受伤了啊，桑枝，你怎么不早告诉我？好了，没事，你快进……"

他话还没有说完，桑枝就已经抓着书包肩带，走进了校门。

"……"刘新平脸上的笑意一僵。

"那我先走了啊刘主任。"桑天好看了一眼桑枝的背影，忍不住笑了一声。他直接转身，懒懒地冲身后的刘新平招了招手，也不管此刻的刘新平到底是个什么表情。

桑枝在学校里无论什么时候帽子都戴得很严实，别人也都以为她是头上有伤。桑枝每天沉迷学习，渐渐地，她似乎也就习惯了短发的自己，也不再执着于买生发产品。

呃……就是回家摘帽子的时候有点儿冷。

桑枝给容徽发的消息一直发不出去，她每天都会看很多次手机，但却一直没有收到过他的回复。

昨天夜里，照青从桑枝房间的窗户飞进来，送了她一只怀表。

那是一只样式小巧精致的银色怀表，中间有一颗青蓝色的玉石，周围点缀着一颗颗晃人眼睛的小钻石。

照青说，这是那个剪了她头发的老妖婆的东西。

那原本该是一件神物，也不知道怎么落入了那个女魔修的手里。

怀表里有一株兰絮草，那是生长在最古老的仙山里最珍贵难得的灵草。古籍记载，佩之，可吸收山川灵气，化为己用。

时至现在，仙山陨落，只剩寥寥几座。

或许这世间，如今就仅存这么一株而已。

但它在心术不正的女魔修手里，却发挥不了太多的效用，因此那个女魔修佩戴它这么多年，也不过只是靠着它提供的微薄灵力，来吸取年轻女孩儿的气血，维持自己的容颜。

而在桑枝这样的凡人手里，它所能提供的灵气也非常有限，因为她是肉体凡胎，所以她无法借由它来获得更多的力量。

但兰絮草，会保护每一个佩戴它的良善之人。

"它会保护你的，桑枝你可要收好它。"

照青原本是想自己留着的，但她又愧疚于那天因为自己的疏忽而险些让桑枝丢了性命。

身为一个凡人，却同天生的神明扯上了关系，或许以后，还有更多未知的险阻在等着她。

于是照青想，这只怀表与其自己留着，倒不如送给桑枝。

"桑枝，你有没有想过，容徽大人他身份特殊，这对你来说，或许并不是一件好事……"昨夜的茫茫月辉洒了一地，好似细碎的银霜一般，散落在这光影昏暗的窗台前。

"你是一个普通人，有许多的事情你本不用知道，因为那些事情对你来说，或许是神秘的，却同样是危险的。"

那时的桑枝一手撑着下巴，听了照青的话，她"嗯"了一声："我知道啊，但这也不是我能选择的事情。"

或许是被妙妙挠了那一爪子之后，她开始看清住在对面的那个少年的面容，从那时起，她就已经在不知不觉中，被命运推向了这个世界神秘未知的另外一面。

从她开始发现他的那天起，或许一切都已经注定。

"我也不能因为恐惧害怕，就退缩吧？"桑枝望向窗外，借着楼下昏黄的灯光，却再也看不见曾经屹立在对面的那栋旧居民楼。

"那容徽要怎么办？"她的声音忽然变得很轻。

桑枝仍旧记得记忆倒退到十七岁的容徽割开自己的手腕，躺在浴缸里，险些死在那些早已过去十五年之久的回忆里的场景。

他好像终于看见了一点点的光，桑枝还想让他看到更多的星子，看见月亮。

然后在某个晨光熹微的清晨，他或许还会发现，他将喜欢上这人间尘世里，最灿烂的阳光。

她曾经不够了解他，那份说来浅薄的喜欢也都在她对于鬼怪的恐惧里全都无声湮灭。

那时，她已经转身逃跑过一次。

她不会再那样了。

桑枝告诉自己。

"我要是有你这样的勇气……就好了。"在最深沉的夜里，照青听了桑枝的话，沉默了很久，最终轻轻地笑了一声，眉宇间却压着愁绪。

"可是桑枝，你会老，但他不会。"照青又说。

桑枝怎么会没有想过这一点。

容徽身为神明，他的容颜同桑枝在十几年前的报纸上看见的那张照片上的模样一般无二，好似他早已逃过了岁月的流逝，或许他也将永远不老不死。

或许她同他之间横亘着的，又何止是生老病死那么简单。

但是桑枝不想去想那么多的事情。

"我只知道我现在很喜欢他，这就足够了。"

桑枝按亮手机屏幕，在看见锁屏壁纸上那个目光呆滞，神情动作都很僵硬，却依然漂亮得不像话的少年时，她不由得弯起眼睛。

"想太多会掉头发。"她说。

也许是无论如何都没有料想到桑枝会这么说，照青愣在那儿，仿佛她已经烦恼了许久的难题，却被桑枝轻易地解开。

照青久久说不出话。

今夜是同样的时间，照青明明说好要带着烧烤来跟她吃夜宵，但桑枝一边做作业，一边等到现在，却始终没有等来照青。

照青大约是……迷路了。

桑枝想。

他们青鸟的记忆能力就真的是一个谜。

这夜，照青最终没有来，却来了一个不速之客。

年轻男人西装革履，一张面庞生得丰神俊秀，他周身都好似涌动着黑红色的气流，悄无声息地出现在桑枝的房间里。

冰凉的目光轻轻扫过床上女孩儿熟睡的面庞，他倒也盯着她细细地打量了一番，却也没想明白，这分明是一个看起来再普通不过的凡人女孩儿，到底有什么是值得容徽动心的？

他轻嗤一声，似乎并不能理解那位遗落人间多年的小殿下的心思。

他手里浮动着一团黑红色的火焰，燃烧着的火光照着他的眉眼，更显无情。

火焰飞出去的瞬间，瞬间便像是一把利刃，无声浸透薄被，刺穿了仍在沉睡中的女孩儿的腰腹，她在睡梦中呜咽一声，还未醒来便陷入了更深的黑暗之中。

而男人看着那渐渐被鲜血浸染得殷红刺目的被子，他始终神情未动，只站在那儿，静静地听着她越来越微弱的呼吸声。

他在等待着，她的死亡。

桑枝觉得自己很疼，但她又像是陷在无尽深沉的黑暗里，始终无法醒过来。

后来她又像是落入了最冰冷的海水里，湿冷的水漫过她的鼻腔，将她胸腔里的空气渐渐挤压了出去。

桑枝就连睁开眼睛，甚至是挣扎一下的力气都没有。

在这个世界上每天都会有人面临死亡，而对于隐匿在这人世间的妖魔来说，要杀一个凡人，且悄无声息，不留痕迹，那本就是一件极其简单的事情。

暮云就站在海岸边，从他将桑枝抛进海里后，他就一直站在那儿，静静等待着翻覆不断的浪涛冲击着一层又一层的浪花，听着浮浪翻滚的声音。

直到原本漆黑浓深的夜幕渐渐退去最深沉的颜色，第一缕晨光穿透层层阻隔，洒下一层浅浅的青灰色。

这一刻黎明已至，朝阳也在慢慢升起。

海风吹着他的发，衣袂猎猎作响。

他过分冷静无波的双眸迎上那海面上晕染开来的层层金光，最终，他解开领口的一颗扣子，转身便化作了一道黑红的气流，消散无痕。

青黑色的藤蔓爬满了这座极具异域风情的古堡，花园里的地设灯如蛇一般，大张着嘴，尖利的毒牙在下颚里点燃的灯火摇曳间，更显森冷。

有人踩着鹅卵石的地面，步履轻缓地走来。

"夫人。"男人一开口，便是低沉磁性的嗓音。

站在玫瑰花圃前的女人穿着一身暗红色的旗袍，银丝绣线层层勾勒如云如花，在周遭不甚明亮的光线里，闪烁着清冷的光泽。

她乌发微卷，披在身后，此刻便只见着背影，也觉其身姿袅娜，十分动人。

"回来了。"

女人的嗓音听着平淡："事情办得怎么样？"

"已经办妥。"暮云低头，恭敬地答。

女人闻言，勾了勾殷红的唇，那双眼睛里像是终于流露出几分愉悦的情绪。她凝白如雪的手指捏着高脚杯，垂眼看着里头深红的酒液："处理得干净一些，别让那几个破败仙门发现了。"

"暮云明白。"他应了一声。

女人口中的破败仙门，便是如今这个世界里，仅存着的修仙宗门。

他们都是一些凡人，却因千百年前祖宗获得的机缘，才能有机会窥得修仙之法，学习宗门仙术。

很久以前，这人世间也曾有过仙门万宗的繁盛之景。

向往仙途之人，从古至今都不在少数。

但随着日月更迭，仙神两界同凡尘的关联就仿佛在朝着一个不可逆的方向而去，凡人修仙也在这种神明与凡尘的剥离之间，成了遥不可及的神话。

曾经的仙门万宗已经凋敝得只剩下几个破败零散的宗门，靠着自家宗门流传下来的仙法典籍，更凭借着他们同仙神两界唯一的一丝关联，肩负起了监督妖魔，保护凡人社会正常秩序的责任。

他们已经是这世间最古老的修仙氏族。

他们虽为仙门子弟，但也到底不过是身具仙术的凡人，普通的妖魔他们尚能对付，而对于天生为魔的女君颜霜来说，他们本就不是什么值得被她放在眼里的对手。

至多，不过是一些臭鱼烂虾罢了。

而对于他们来说，魔女颜霜，便算是那些流传了千百年的传闻中，极其神秘的一笔。

当年她独上九重天，弑杀昆仑剑仙。

万般风流轶闻盛传，魔女颜霜因爱生恨，妄想得到昆仑剑仙的一颗真心，却始终未能如愿，所以她便只能提剑上昆仑，亲手挖出了剑仙秋昀的那颗石心。

昆仑神君失去爱徒秋昀，怒极哀极，奏请容晟帝君，倾九重天满天仙神之力，围剿魔域，重创魔女颜霜。

从那以后，颜霜便消失了。

时年，上至仙神两界，下至人间仙门万宗，这桩风流轶闻引发的仙魔混战，始终留存在许多人的记忆里。

谁也不知道颜霜如今到底在哪里，更不知道，她实则早已藏在人间多年。

"接下来，我就只需要等着看，徽儿的反应了……"

女人轻笑着，颜色浓烈的红酒在她的那双眼里映照出更深的色泽。

"凡人有什么好的，既然他被一时的风月迷了眼睛，那么我啊……就得替他解决了这个麻烦。"

凡人弱小又贪婪，应是这世间比妖魔还要狡猾可鄙的存在。

"徽儿他，明明早该明白的。"

她明明语气轻柔，可一字一句，却都令人胆寒心颤。

与此同时，远在千里之外的遥遥海域里，有人冲破海涛波澜，毫不犹豫地坠入深海，他手中那把刻满符文的长剑周身涌动着淡金色的气流，剑气荡开层层水波，霎时山摇地动，勾动着天雷炸响，暴雨忽至。

桑枝也不知道什么时候开始，那种被咸涩的海水包裹着，拼命挤压胸腔的感觉消失了，她好像浮沉在一片黑暗之地，眼皮沉重得睁不开。

后来她终于能半睁眼睛，却瞥见自己胸前挂着的那只怀表中间嵌着的那块青玉正散着柔和的光芒。

那光刺得她的眼睛再一次闭上，意识也又一次陷入昏沉不清的境地。

直到她在模糊中，好像听见有人在一声声地唤着她的名字。

"桑枝！"

这声音……好像他啊。

这一瞬，桑枝终于彻底清醒，这才发现自己身处一个奇怪的地方。

这里像是幽蓝的海底，游鱼来往，珊瑚绮丽，壮美而神秘。

她发现自己身在一颗半透明的泡泡里，胸前挂着的那只怀表仍在散发着阵阵柔和的光芒，一点点地浸入她腰腹的伤口，却始终未能修复半分。

泡泡外，是一张桑枝无比熟悉的面庞。

但他脸上那样惊惶无措的神情，却是她从未见过的。

桑枝想开口叫他的名字，可她一张口，就有腥咸涌上来，殷红的血液从她的嘴角流淌下来。

她满眼迷茫地望着他。

原本因为昏迷而渐渐不够明晰的疼痛在此刻就像是死灰复燃般，腰腹的伤口里就好像凝聚着一团火焰，烧得她痛苦不堪。

像是深海里脊背最为宽阔的鲸鲨嘴里吐出来的泡泡，将她裹在其中，隔绝了海水的侵袭，也隔绝了他手心的温度。

后来，他破开水波，那颗保护着她的泡泡也在顷刻间破碎消失。

容徽小心翼翼地将女孩儿抱在怀里，落在碎石泥沙缠裹的岸边。他几乎不敢轻易去碰她的伤口，可当他试着给她输送仙灵之气的时候，她却又吐了血，细嫩白皙的脖颈间青筋浮动。

他输送给她的仙灵之气不仅没有起到丝毫作用，反而加剧了她的痛苦。

容徽脸上血色褪尽，扶着她臂膀的手指有些颤抖。

口腔里蔓延的腥咸味道令桑枝觉得有些难受，她剧烈地咳嗽着，每一声都好像有一把刀子在划过她的喉咙，撕扯着伤口，牵扯着耳朵也开始有了尖锐的疼痛。

她耳朵里流出鲜红的血液，他即刻伸手，指腹触摸到那温热的液体时，他瞳孔微缩，仿佛从未如此惊慌恐惧过。

"你回来了？"

桑枝艰难开口，明明这是她自己的声音，但她听着，却好像是从这一片海域的另一端传来的渺渺之音，令她自己都险些听不清。

"我回来了……"

他嗓音干涩，惊惶难定。

"发生什么了桑枝？"他捧着她苍白无血的面庞，渐渐有些失控，"你怎么会，怎么会……"

桑枝沉默地摇头。

她也根本不知道究竟发生了什么，就好像她不过仅仅只是睡了一觉，而醒来，便已是世界末日。

"我好疼啊容徽……"她的五脏六腑都仿佛在被烈火灼烧着，眼眶里积聚着泪花，更令她开始看不清眼前的他。

她无助地捏着他的手指，声音哽咽。

"我是不是要死了？"

她不过是一个再简单不过的凡人女孩儿，对于死亡有着本能的恐惧。

无论是谁，仅仅只睡了一觉，醒来忽然发现自己的生命即将结束的时候，都会觉得难以接受。

"不会的……"

容徽明明想抱紧她，可他的目光落在她腰腹间被鲜血染红的那一片狰狞伤口时，他又不敢再动一下，他只能一遍遍地重复着这句话。

明明曾经，他曾是那样向往着，通过死亡，来获得一种极端的解脱。

可他却一直没能如愿。

但现在，当他的手攥紧她的手腕，感受着她越来越微弱的脉搏，他是那么清晰又直观地察觉到，她的生命，正在一点点流逝。

她腰腹间被撕裂的伤口，无论他用多少仙灵之气，都无法令其愈合。

桑枝一颗颗的眼泪砸下来，那一瞬，他听见她轻轻地叹着，哽咽的声音又好像还带着明显的颤抖："我舍不得我爸爸，还有妈妈。"

眼泪沾湿了她的睫毛，她胸膛起伏着，呼吸似乎越来越困难。

"妙妙的碗，也应该空了吧？"她轻轻地喃喃。

桑枝从没想过，死亡的这一天，竟会来得这样早。

"我连自己是怎么死的都不知道，是不是挺憋屈的？"桑枝哭着哭着，忽然又笑了一声，鼻涕泡都出来了。

而容徽沉默着，用已被沾湿的衣袖和指节轻轻擦去她的鼻涕："你不会死的。"

他的眼尾已经有些泛红，凑在她的耳畔："枝枝，我会救你的。"

只是，他怀里的女孩儿已经听不到了。

她陷入昏睡之中，在这迅疾的雨幕里，她的脸色苍白如纸，血色尽失，仿佛生机已经流逝。

容徽用指腹轻柔地拂开贴在她脸颊眉眼的丝缕浅发，浩渺烟波同盛大的雨势交织着，将他同他怀里女孩儿的身影减淡，就好似晕开在笔洗里的墨色散开，若隐若现。

孟衍赶来时，正见容徽浑身湿透，抱着一个女孩儿，踩着泥沙碎石，一步步从烟雨尽头走来。

"殿下，这……"

孟衍收了手中的那把剑，匆忙迎上去，话还没说完，就见容徽已经绕过他，身化流光，落入层云之间。

孟衍连忙掐了诀，跟上去。

暴雨如倾，冲刷着酒店房间的落地窗，发出清晰的声响。

孟衍看着容徽伸手用术法将女孩儿湿透的衣服烘干，又将她小心翼翼地放在床上，替她盖好被子。

"殿下，桑姑娘的伤……看起来像是魔修所为。"孟衍在那儿安安静静地站了许久，终于出声。

"还是修为不低的魔修。"

孟衍皱了眉。

他在神界多年，此次也是第一次来到凡尘，此前，他一直都不知道这里还有修为如此高深的魔修，明明在那几个宗门每五年递上来的折子里，并未提及此事。

凡间出了高阶魔修，甚至还有可能是天生的魔，这实在不是一件好事。

"殿下，桑姑娘虽有兰絮草替她在关键时刻护住了心脉，但此人对其出手时分明是下了极狠的死招，烈焰不灭，始终灼烧着她的伤口，所以，兰絮草极有可能，无法支撑太久……"

后面的话，孟衍没有再说下去。

偏偏这种魔修密术最为毒辣，与仙灵之气相生相克，容徽如果强行输送仙灵之气给她，只会加速她的死亡。

虽然孟衍来到这里的时间极短，但他也能看得出，这位桑姑娘对小殿下来说，应是一种极其特殊的存在。

孟衍天生仙骨，生来便是昆仑子弟，从小又是剑痴一个，同学堂的同学好几百年来不知道认识了多少个仙娥，有的甚至已经结了仙侣，唯有他，一人一剑，独来独往，不会情爱。

就好像，他天生不会风花雪月，缺失了某方面的感悟力。

此刻的他，自然也无法理解，容徽对于桑枝的情感。

"所以，"容徽终于开口，嗓音有些哑，"我救不了她，是吗？"

孟衍一时间沉默下来，没有言语。

凡人的生老病死，或许早就已经不是一个神明能够轻易左右的事情了，更何况，桑枝是被与仙灵之气相克的魔域秘术所伤……仙灵之气越强，被秘术反噬的后果就更甚。

所以无论是容徽，还是他，都没有办法救得了桑枝。

孟衍的沉默，就等于给了容徽一个确切的答案。

这昏暗的房间里陡然寂静下来，外面霓虹折射在雨水斑驳的窗前，有一瞬染着窗上滑落的雨水痕迹，就如同被冲淡的血液颜色一般。

孟衍抬眼，正见容徽伸手轻抚躺在床上，陷入昏迷之中的那个女孩儿的脸。

此刻的容徽垂着眼，孟衍并不能看清他的神情。也许是想给容徽一个希望，孟衍到底没忍住开口："不过，如果能找到那个魔修，或许还能有转圜的余地。

"只要他一死，这秘术就不攻自破。

"可是殿下，那几个宗门那边从未上报过高阶魔修的事情，想来这么多年，他们也从来没有发现过这个人的存在，所以这件事……并不好查。"

容徽闻言，却像是没有听到似的。

孟衍唯见他在暖黄灯光下的侧脸，仍如冰雪般冷白无瑕。

"替我照顾她。"

最终，容徽站起来，走过孟衍身边时，他手指微动，一把犹覆霜雪般，深刻着道道符文的长剑便已在一道淡色的光芒之间显现。

"殿下，您要去哪儿？"孟衍转身，连忙问。

容徽身形一顿，在那一片宽阔的落地窗前，他的背影在窗外层叠的雨幕前，更显孤清颀长。

"既然查不到，那我就一个个地杀。"

他的嗓音冷冽："我总会找到他的。"

短短三天时间，孟衍就听闻容徽杀了两百多个魔修。

其中有几十个在凡人社会里拥有显赫身份，他们由人入魔，身上多多少少都背着命债，而这一次他们相继死亡，在社会上掀起了极大的波涛，凡人并不知道，死的这些人都是魔修，警方更是将其定为性质极其恶劣的连环杀人案。

可令人百思不得其解的是，如果这是同一个人所为，那他又为什么能在那么短的时间内，横跨林市、京都，甚至是其他城市去杀人，且时间间隔极短，那是无论什么交通工具都不可能达到的速度。

如果不是一个人所为，那么又为什么，他们查不出一丝一毫的个中规律，更无法判定凶手的杀人动机。

319

眼见着林市几乎要乱了套，孟衍赶紧联系了几个仙门，让他们派人过来，用术法洗去众多凡人脑海里关于那些伪装成凡人，并声名在外，引人注目的魔修的记忆。

孟衍觉得，容徽大约是疯了。

容徽如此不管不顾地胡乱杀人，势必会引起社会秩序紊乱，而魔修的贪嗔痴念比之凡人更为浓烈逼人，他们遭受如此重创，必定会如疯狗一般极限反扑。

容徽如今神格才刚刚恢复，他便亲手将自己置于风口浪尖之上，烈焰火海之间。

他实在不像是一个心怀仁慈的神明，他比那些魔修还要更加狠辣。

孟衍甚至怀疑，容徽是否真是容晟帝君的亲生骨肉。

毕竟帝君从来仁慈宽厚，即便是弑魔，他也不会如容徽这般，极尽折磨。

同样未料到容徽会这么做的，还有颜霜。

他喜欢的那个女孩儿虽被兰絮草救了一命，但也没两天活头了，幸而暮云谨慎，用了颜霜交给他的魔域秘术。

"为了那么一个凡人女孩儿，他竟能做到这一步……"

颜霜躺在铺了柔软毛毯的软榻上，涂了鲜红丹蔻的手指撑着自己的发鬓："我们的人，他杀了多少？"

"三十六个。"

暮云站在阶梯下，在这阴冷潮湿的洞府里，他多年缠身的旧疾折磨得他的面庞已经有些泛白。

而颜霜听了他的回答，垂眼盯着自己的指甲看了半晌，忽然笑了一声，漂亮妖冶的面容顿时更显风情。

"徽儿果真还是像我……"她满足地弯起眼睛，像是个天真的少女般，神情却又带着诡异的愉悦，"容晟妄称慈悲，怜蝼蚁，惜岁暮，他却不知，他心心念念的亲生骨肉，实则一点儿也不像他……"

不但不像他的儿子，更不像是一个满口仁慈的神明。

可偏偏，容徵身具神格。

这多有趣啊。

身为神明，却心怀恶魔。

这应当是颜霜最乐意看到的局面。

"暮云，你可要藏好，不要被徵儿找到了……"

颜霜笑着看向站在底下的年轻男人："他现在，怕是恨不得将你挫骨扬灰吧？"

暮云垂首不语，冷峻坚毅的面庞在明灭不定的灯火映衬间，看不出多少情绪。

桑枝的失踪，令桑天好每天都往返在警局和家之间，连远在大洋彼岸的赵籁清也赶了回来。

桑枝失踪的第三天，警方还是没有查到丝毫有关于她的线索，就好像这个人在那个夜晚人间蒸发了似的。

这对于桑天好和赵籁清来说，无异于致命打击。

仅仅只是三天，可他们焦灼等待着警方消息的每一分每一秒，都像是一种被抛在沸水里的煎熬。

而桑枝对这一切却一无所知，因为从那天夜里开始，她就陷入沉睡，始终未能醒来。

像是陷在一场冗长又模糊的睡梦里，她几乎都要忘了自己，也开始渐渐地有些分不清那些发生在自己身上的事情究竟是梦境还是现实。

她并不知道，在她昏沉睡着的这些天里，容徵到底杀了多少魔修。

更不知道，他如今在仙门与魔修的眼里，该是多么令人恐惧的存在。

在海浪翻覆的泥沙海岸，殷红的鲜血蜿蜒曲折流淌深陷进沙石之下，被白色的浮浪冲淡淹没。

但空气里的血腥味仍旧浓烈逼人。

一群身穿玄色长衫的男男女女个个手持长剑，他们或年轻或年老，却到底是多少年都未曾见过这样血腥的屠戮。

数百魔修已被斩杀，在他们赶来的这一刻刚好化作浅淡的青灰，被海水卷进了深海里，不留丝毫痕迹。

再看站在礁石上，衣袖被风吹得猎猎作响的那个人。

乌浓的短发微湿，如画的眉眼间深藏戾色，在这样灰暗稍沉的天色间，他冷白的侧脸沾染着星星点点的血迹，那双眼睛好似浸润过冰雪般，毫无温度。

他周身涌动着淡金色的仙灵之气，但此刻他手中的那把长剑仍在滴血，沾了血迹的眉眼阴郁冰冷，好似冲破地狱而来的恶鬼一般。

隐隐有黑红的气流交织涌动在他的眉心。

他们一时竟分不清，他到底是仙是魔。

"都退下！"

孟衍赶来之时，正好瞧见明氏仙门的那些弟子与容徽两相对峙的一幕。他连忙出声："明少亭，不得放肆！"

留着胡须的中年男人站在人群之前，正举棋不定，却听后方忽然传来孟衍的声音，他一回头，便见孟衍已飞身前来。

于是，他连忙俯身一拜："孟仙君，臣明少亭拜见仙君大人……"

他身后的那些明氏子弟也连忙俯身行礼。

"大人明鉴，此人三日内屠杀数百魔修，造成多个地区秩序紊乱，如今我明氏宗门与夏氏宗门正为解决此事而奔波不停，但此人却仍存心作乱……"

"除魔卫道，不是你等职责？怎么，今次有人帮你们解决了那些为祸人间的东西，你们反倒不乐意了？"孟衍打断了明少亭的话，冷眼一扫，"这人间妖魔到底近年来增长了多少，又有多少身负命债，你们可都查清了？你们递上神界的折子里，可有这些？"

孟衍的诘问，令明少亭顿时冷汗直冒，他的胡须抖了抖："这……"半晌也说不出个所以然。

"除魔自然是臣等的职责，可此人所杀之人中，有不少人社会关系极其复杂，要抹去他们的痕迹，那实在是有些难……"

明少亭还想解释。

"你们几个宗门闲了这么久，也该给你们找些事情做了吧？"孟衍冷笑了一声，"再者，你们可知他是谁？"

他抬手，剑柄指向站在远处礁石上的那一抹清瘦身影。

明少亭之前见那少年眉心有一丝魔气涌动，还猜测着对方是否是夺取了某位仙长的仙骨的魔修，因为他也曾见过夺了仙人仙骨，强行炼化后却心智全失，错将同类当作敌人屠杀的魔修。

更何况他带着人赶来时，容徽周身的仙灵之气已经渐渐有所收敛，他未能分辨容徽究竟是仙是神。

"还不拜见太子殿下？"孟衍厉声道。

"太子殿下"这四个字一出，明少亭瞳孔微震，他身后的那些人闻言，也都在一瞬面面相觑，惊诧不已。

但孟衍在此，他是昆仑剑仙，更是容晟帝君御前常侍。

他的话，在场之人，不敢不信。

于是一时间，明少亭和他身后的那些人都伏跪下来，齐声道："下臣拜见太子殿下！"

人间，有多少年再未见过神明。

即便他们是通晓仙术的修仙宗门，他们也终究难逃宿命，至多也仅仅只能比凡人多活百年，衰老的速度减缓一些，却并不能跳脱生死轮回。

而他们对于神明，总是如此崇拜与敬畏。

当明氏宗门的人都离开之后，孟衍踩着湿润的沙石地面，朝那一抹已背对着他，站立在巨大礁石之上的身影走近。

"殿下。"

孟衍出声唤了一声。

"回去吧，桑姑娘她……"

孟衍的话没有再说下去。

或许今夜，便是她的死期。

短短三天，容徽杀了太多的魔修，也用尽了他所能想到的所有方法，却始终没能找到能够保住桑枝性命的办法。

时间一点一滴地过去，于他而言，便是烈火烹油，灼透皮肤的煎熬。

可他不知，颜霜身为魔域女君，身具万载修为，而他如今还未能彻底恢复所有的神力，自然更不可能与她种下的秘术相抗。

桑枝醒来时，微咸的海风味道袭来，令她的五感终于恢复了一些知觉。

她一睁开眼睛，就是那一片在深沉夜幕里显得更加深沉阔大的海域，海岸边的巨石上点了一簇又一簇的烛火，就好似天空倒映下来的星子碎光。

她被身后的人抱在怀里，鼻间满是他身上清冽微甘的香味。

"容徽。"

桑枝准确地叫出他的名字。

她嗓音干涩，声带振动时，嗓子便像是刀割一般疼。

她大约，也是明白自己的身体，究竟到了什么地步。

腰腹的伤口从未愈合，那团烈火仍在灼烧着她的血肉，令她无论是在清醒还是昏睡时，都难逃折磨。

"我在。"他轻轻地应。

"我是不是没救了啊？"她竟然还扯了扯干裂的嘴唇，像是自嘲，却又忍不住湿了眼眶，"我其实……我好想活着呀……"

她的声音哽咽："这世界上有那么多好吃的我还没吃过，还有好多地方我都没有去看过……我想我的爸爸妈妈，我想妙妙。"

她控制不住地掉眼泪，却又抿着唇忍了好一会儿，才轻轻地叹道："我也……好舍不得你啊，容徽。"

从前，桑枝总以为，死亡离她很远很远。

明年的六月她就要高考，然后就会上大学，再找一份喜欢的工作……她原以为自己能够等到那个时候的。

她又勉强弯起嘴角，仰头望他："你看，我是那么想要活着，却没机会了，所以啊容徽，你该珍惜活着的每一刻。

"不要再因为任何人、任何事，让自己无端背负那些原本不该你背负的苦痛折磨，更不要对这个世界失去希望。"

后来，在海涛浪潮声声之间，她的声音显得有些飘忽虚弱。

"等我死了，你能消除我爸爸妈妈关于我所有的记忆吗？"她的眼眶红透，"就让他们当作，从没有过我这个女儿吧。或许这样，他们就不会伤心了。"

明明她对于这个世界，对于自己的父母，对容徽……还有诸多不舍，可是这一刻，当她如此明晰地感受到自己身体的变化，她却没有办法逃避。

说到底，她不过还只是个十几岁的普通女孩儿。

要她面对这突如其来的变故，实在是有些过分残忍。

"容徽，你有见到你的父亲吗？"她咳嗽两声，脸色苍白无血，气息也开始变得越来越微弱。

"没有。"

容徽伸手轻抚她的额头。

"为什么？"

桑枝连说话也有些艰难。

他却没有回答她，只是轻抵着她的额头："那些都不重要了，桑枝。"

这一刻，桑枝根本看不清他那双深沉晦暗的眼。

但她却无端有了一丝不好的预感。

"殿下！"孟衍的声音在层层海浪翻覆间，显得不够清晰。

半透明的结界阻隔着，令孟衍根本无法靠近一步。

"殿下您要做什么？殿下！"孟衍似乎已经明白了容徽的意图，但他无论如何掐诀施法，都还是没有办法撼动那结界半分。

"容徽？"桑枝抓住容徽的衣袖，几乎是强撑着一口气，"你想……做什么？"

容徽伸手替她拂开挡在脸上的浅发，望着她的目光褪去寒凉，一双眼瞳里好似映衬着清溪月华似的温柔波光。

他弯着薄唇，一张漂亮的面庞因为这样一抹温柔笑意而更加动人心弦，好似月下谪仙一般，乌发白衫，眉眼清隽。

那一瞬，桑枝听见他低声轻喃："我救不了你了枝枝……"

他的嗓音清凌，却好似藏着数不清的迷茫与无助。

此刻他无法不承认自己的挫败。

眼见着她生命耗尽，他却始终未能找到有效的解决之法，更没有办法替她分担一丝一毫的痛苦……

"那我，"他嗓音里带着几分低哄，"就陪着你走，好不好？"

他眼底藏着的疯狂偏执被这夜色淹没，他略带撒娇意味的声音响在桑枝耳畔，令她陡然瞪大双眼。

反应过来后，桑枝猛地摇头。

她想说话，却被他的手掌捂住了嘴唇。

"殿下！殿下您不能那么做！"孟衍几乎声嘶力竭。

"桑枝。"

容徽像是贪恋着她的目光，他用指腹抹去她眼尾的泪痕，嗓音轻缓："我知道你为了想让我活着，做了很多的事情，可是桑枝，我还是讨厌这个世界。"

他早就已经失去了对这个世界的所有热切希望。

从十七岁那年开始，一切就都结束得干干净净。

可当她出现，当她那么努力地想要让他好好活下来，让他发现这个世界上任何值得留恋的一切……她曾说，她想让他快乐。

可她不知道，他曾留恋过的那第一场雪，是因为身旁看雪的人，是她。

他难以忘记的那个除夕夜，也是因为，陪着他从旧岁至新年的人，是她。

清晨站在窗前，傻笑着朝他招手，唤他名字的人，是她。

从来没有一个人，如此在意他的生命，也没有人像她这样，笨拙却又赤诚地带他去认真感受她所看到的这个世界里，最美好的事物。

容徽曾经没有任何在意的东西，也没有在意的人。

也许是孤独得太久，他捡了那只在他的窗前冻僵的狸花猫来陪伴自己，却也时刻不停地盼望着，有朝一日，能够获得解脱。

曾经，他只有那只猫。

后来，有一束光照进了他眼前的永夜。

堕落的神明，竟开始有些向往活着。

但那，也不过只是因为她。

"你不要怕，我会陪着你的……"他轻轻地呢喃着，下颌抵在她的发顶。

"殿下！您可知道您自毁神格的后果是什么！您用这样的极端之法来给伤了桑姑娘的那个魔修种下神咒，他是死了，桑姑娘的命也可保，但您便会神魂俱灭，您知道吗？"孟衍大声地喊，"殿下！您是太子，您不能这么做！帝君还在等着您回去，您不可以！"

也是此刻，桑枝才知道，原来他口中的生死同赴，不过是他的谎言。

他是想用自己的命，替她搏得一线生机。

"骗子……"

桑枝气血上涌，她又吐出一口鲜血来，捶打他胸口的手却是绵软无力，没有丝毫力道。

容徽却俯身抱紧她。

身后的结界似乎有了些将要碎裂的声音，容徽神色一凛，他松开桑枝，回身便往结界处飞身而去，淡金色的气流涌动着，将裂痕修补。

"殿下！"孟衍几乎急红了眼。

他几乎不敢相信，容徽竟会为了一个凡人女孩儿连命都不要。

也是此刻，桑枝在朦胧之间看着容徽的背影，她的眼眶早已红透，泪水晕开，巨石上点缀着的缕缕烛火摇曳着在她的眼睛里成了模糊的光点。

容徽甘愿为她而死。

但她，却不愿他为她而丢了性命。

瞬息之间，桑枝回头看了眼那片深沉波涛，她用尽力气站起来，在容徽还未发觉之际，便跟跟跄跄地往海水里走去。

"殿下！"孟衍最先看清桑枝单薄的身影，他一怔，连忙伸手指向容徽身后。

容徽回头，正见女孩儿一步步地走入海里。

忽来的浪涛拍打过来，她身形不稳，骤然栽进翻覆的海水里。

容徽瞳孔微缩，毫不犹豫地飞身过去，落入海水之间，将她从层层波涛之间拽出来。

"你做什么？"

他眼眶发红，面露怒色。

可见女孩儿浑身湿透，不住地颤抖着，又在猛烈地咳嗽，他又小心翼翼地把她抱在怀里，带着几分慌乱，更有些不知所措："桑枝，你不要再吓我了……"

他近乎哀求的语气，令桑枝的眼眶顿时又盈满泪水。

如果可以，她也不想就这么死了。

但她生的希望，绝不能由他的生命来换。

"你怎么……"她嘴唇颤抖，"你怎么那么不惜命啊？"

容徽的神情却忽然平静下来，冰冷的海水浸泡着他的衣摆，他额前沾湿的碎发掩去他眼中更多的情绪。

那一刻，桑枝听见他微哑的嗓音传来："桑枝，你这辈子，会只喜欢我一个人吗？"

少年期盼似的声音，如此动听缱绻。

"嗯。"桑枝轻声应。

"我只喜欢你。"她哽咽着说。

少年像是得到了自己心心念念的那颗糖果，甜得他眉眼都温柔得不像话："那你一定要一直……记得我。"

最好永远，都不要忘了我。

在这个世上，是你发现我，救了我。

我希望你，也最好永远喜欢我。

他眼眶微湿，淡金色的流光便在他的手中凝成了一把短匕，下一秒便被他毫不犹豫地刺进自己的胸口。

鲜血在他的胸口晕染开来，就好像是曾经的桑枝在浴缸里发现的那个少年手腕上深刻的伤口处流淌出来的血液，殷红刺目。

"容徽！"桑枝几近失控，她的鼻腔、嘴唇，甚至是耳朵里都有血液流淌出来，她躺在他的怀里，再也没有办法多说一个字。

而他拥着她，指腹摩挲着她的眉眼，像是带着无尽缱绻难舍的贪恋。

他抹掉自己嘴角的血迹，俯身轻轻对她说："枝枝，如果你还能活着，那你就答应我，要好好地活下去，如果不能……"

他抱紧她，弯起眼睛笑着说：

"那，你也不要怕。

"我陪着你。

"或许你并不知道，比起活着，我更想，跟你一起死。"

染了血色的唇更令此刻的容颜多添了几分难言的风情，像是一个伪装许久的疯子终于肯将自己卑劣的一面撕破给她看。

曾经也有阴暗的想法在他的脑海里一闪即逝，他想要将犹如阳光一般，又似白纸一般纯粹的她拉入他的地狱里，消磨掉她身上所有关于阳光的味道，让她彻底沦为跟他一样的人才好。

因为他是如此嫉妒她的纯粹，嫉妒她轻易地拥有了那许多他曾经从来都不曾拥有过的爱与光明。

"可我舍不得……"

但那到底只是某一瞬间不可理喻的想法，他到底还是舍不得那样对待她，更舍不得在她的那双眼睛里从此再也看不到清亮的光影，也绝不忍心让她变得同他一样。

就好像她是那么努力地想要让他活下去一样，他也想让她快乐。

他舍不得伤害她分毫，更甘愿为她收敛自己所有的阴暗面，在她眼前尽量活成她最喜欢的模样。

他从不觉得这有什么不好。

只要能让她永远喜欢他，只要能让她留在他身边，就已经是再好不过。

"枝枝，不要哭。"

他扬唇对她笑，眼眶泪意闪烁，终于还是闭上了眼睛。

这夜月华如练，遗落人间的神明，怀抱着他心爱的姑娘，沉入了深深的海底。

颜霜未曾料到的是，容徵喜欢那个姑娘，竟到了为她生死不顾的地步。

"他这是做什么？"

颜霜将手里的杯子扔出去，砸在地上，飞出去的碎片划破了站在阶梯下的暮云的脸颊。

他伸手抹了一下，并未言语。

"他这么多年，果然还是没有一点儿长进！"颜霜怒极，那双微挑的凤眼里阴云聚拢，在周遭暗红的光线里，她的面容更显妖冶动人。

也许她有过片刻的挣扎，但她的手紧紧攥着软榻一方的扶手，涂了鲜红丹蔻的指甲颜色鲜妍。她闭了闭眼睛，深吸一口气，像是这么多年来，那种矛盾纠缠的心绪终究还是未能放过她。

"暮云。"

她看向站在阶梯之下，一直沉默不言的年轻男人，咬牙道："去，把那个女孩儿身上的咒术解了。"

"夫人……"暮云闻言，惊愕地望向她。

"难道真要我看着他死？"

颜霜从来讨厌受人威胁，而在此刻，她也不是没有想过放任容徽，他若想死，她便成全他好了。

但，她心里无数复杂的情绪交织着，终究令她未能下得去手。

"他用神格为代价，是要和你同归于尽。暮云，他一死，你也会死。"

颜霜如何不清楚自己的咒术到底有着何种威力，如今的容徽还未曾恢复所有的神力，修为也堪堪只在暮云之上，要破她的咒术，于他而言，便是绝无可能的事情。

颜霜是无论如何都没有想过，他竟会选择一条死路，来为那么一个普通的凡人女孩儿谋求生机。

之前她之所以交给暮云这道与仙灵之气相生相克的咒术，便是存了心要置那个女孩儿于死地，她就是要让容徽没有机会救那女孩儿。

但现在看来，颜霜还是失算了。

或许，她本来就不曾了解过容徽。

"他可真是个疯子……"颜霜忽而冷笑。

桑枝以为自己死了，可当她再一次睁开眼睛，盯着头顶那盏浸润了暖黄色光芒的水晶灯看了好一会儿，她才后知后觉地动了动手指。

巨大的落地窗外，是一片掩映在漆黑夜幕间，又被各色霓虹点映着显现出模糊轮廓的高楼大厦，万家灯火汇集成一片连贯的光影，好似排列整齐的数万星辰。

这像是在酒店的房间里。

桑枝下意识地去触摸自己的腹部，她惊奇地发现，原本一直没有愈合的那道伤口不知道什么时候已经消失，连一丝痕迹也未曾留下，而那种一直折磨着她的被烈火灼烧的感觉也已经消失得无影无踪。

她摸着自己的肚子，半晌都回不过神。

难道……那一切都是一场梦吗？

身旁有人的呼吸声很浅，桑枝回过神，偏头时，正好撞见躺在一旁的少年那张苍白的脸。

他的衬衣纽扣都已经被解开了，胸口缠着雪白的纱布已经隐隐浸出了血迹，狭长的锁骨，无瑕冷白的肌肤，少年柔韧的腰身半掩在纯白的被子下，他此刻静默得就像是一幅画。

即便桑枝能够感受到他的呼吸，却还是下意识地伸出手指凑到他的鼻下。

他温热的气息喷洒在她的指节，终于令她感受到了属于他的温度。

他没有死……

而她也还真真切切地活着。

万里波涛翻滚，层层淹没她和他，冰冷的海水浸透衣衫，灌过口鼻，那窒息的感觉明明如此强烈，可当她再醒来，那一切都好像离她很遥远。

桑枝眼眶里有了泪意，她小心翼翼地靠近他，却又不敢靠得太近，生怕碰到他的伤口。

容徽睁开眼睛时，意识还未曾清醒，便听见耳畔传来的小声啜泣。

他稍稍偏头，便看见缩在一旁的女孩儿正抿着嘴唇，用手擦眼泪。

房间里很安静，安静到他此刻只能听见她细弱的哭泣声。

"桑枝？"

他一开口，嗓音有些干涩。

正在抹眼泪的桑枝听见这一声轻唤，动作一顿，抬头时，正好对上他那双漆黑的眼。

桑枝抿着嘴唇，忽然又往后一缩拉开两人的距离，然后背对着他，也不肯再讲一句话。

容徽眼底多了一丝慌乱，他连忙伸手去扣住她的肩膀，想把她拉近一点，可她却固执地不肯转身，抓着被子不愿意挪动一下。

容徽停顿片刻。

他大约也明白，她到底是因为什么事情而同他闹脾气。

他垂着眼睑，忽然重新躺了下去，捂着自己的胸口时，他的手指刻意按压了一下自己的伤口，原本结了血痂的伤口骤然撕裂开，浸出更加鲜红的血液来，又将纱布染得更加殷红。

他的前额有了冷汗，而他的目光却一直停在女孩儿的背影上，他动了动微微泛白的嘴唇，嗓音刻意放低了一些，显得有些细弱可怜："枝枝，我疼。"

果然，桑枝一听就转过身来。

她一见他胸前的纱布又被鲜血浸透，就皱起眉头，有点着急："你怎么不小心点啊，你受着伤就不要乱动……"

容徽却忽然握住她的手腕。

他拉着她，小心地抱住她，小声说："你不要理我，好不好？"

桑枝有点泄气。

"你总是这样……"

她憋了半晌，像是有点挫败。

"装乖认错，下次还敢"，这简直就是容徽在桑枝面前的真实写照。

桑枝还有些话没有说完，却听房门忽然被人从外面打开，她回头时，正见穿着一件连帽衫，戴着鸭舌帽的孟衍走了进来。

"殿下，桑姑娘，你们醒了。"

孟衍将手里提着的那一袋子吃的放在了旁边的小圆桌上。

"孟衍，这是怎么回事？"容徽一见他，便收敛神情，一手撑着床坐起来。

"殿下您小心一些。"

孟衍走过来，将枕头垫在他的身后。

"其实这件事，我也并不清楚。"

孟衍停顿半刻，像是有些欲言又止。

"说。"容徽紧盯着他。

孟衍只好继续说下去："那日我还未来得及冲破殿下您设下的结界，便见一抹黑红的气流凭空出现，坠入波涛之间，连带着您设下的结界，也都应声碎裂。

"我将您和桑姑娘从海底带出来时，便察觉到桑姑娘身上的咒术不知道什么时候已经消失了，而殿下您的神格也因此而完好无损……"

"你有查出些什么吗？"容徽垂眸沉思片刻，忽然问。

孟衍摇头，但他沉吟片刻，却又皱眉："臣虽未能查出些什么，但那日我却也能依稀分辨，那道气流分明……是魔气。"

这件事说起来，孟衍也是满腹疑惑。

如果那道神秘气流真的是魔气，那么救了桑枝和太子殿下的人，必然是魔修无疑，而且还更有可能就是当初想置桑枝于死地的那个人。

可这怎么说得通呢？

伤人在先，救人在后，这背后之人，究竟想要做什么？

眼前好似有一片云山雾罩，拢在他的眼前，令他看不真切。

孟衍离开后，桑枝就坐在小圆桌前喝粥。

容徽躺在床上，一手撑着头，那双眼睛一瞬不瞬地望着她。

桑枝还生着气，感受到他的目光注视，她抱着小碗，背过身去。

"枝枝。"

他轻声唤她。

桑枝装作没有听见，背对着他，小口小口地喝着粥。

"你不要生我的气。"

容徽坐起来，赤着脚下了床，踩在铺了薄薄一层地毯的地板上，走到她的身后。

他的嗓音刻意放得很柔和："枝枝……"

桑枝咬着勺子，鼻翼一酸，忽然就掉了眼泪。

容徽不防她忽然的眼泪，他神情微顿，当即用指腹轻蹭她的脸颊，抹去她脸上的泪痕。

"你以后不要再那样了。"

他忽然听见她说。

容徽自然知道她这句话的意思是什么。

但他此刻却沉默不语。

而桑枝只要看见他胸口缠着的纱布，就会想起那夜所有的事情。

她会想起他像个偏执阴郁的疯子，毫不犹豫地将匕首捅进自己的胸口，执意要用他的命，替她寻求一线生机。

即便是死，即便他很有可能救不了她，他也还是那么做了。

桑枝曾以为，他或许对于这个世界已经有了自己所眷恋的事物，她几乎就要以为他已经在她的潜移默化中，开始慢慢有所改变。

可那天夜里，当他凑在她的耳畔，轻声说："比起活着，我更想跟你一起死。"

她才发现，或许他从来都未曾变过。

他仍旧是她曾在深巷里见过的那个眉眼衔霜，冷似坚冰的阴郁少年。

此刻，她身后的少年忽然站直身体，转身走向落地窗边，他背对着她，忽然道："你害怕了，是吗？"

桑枝回头看向他。

他的声音冷淡下来，清冽无波："可是桑枝，我原本就是这样的人。"

他身为神明，心中却藏着恶鬼。

或许，他永远都无法依照她的想法，活成她所希望的那副模样。

"很抱歉，让你失望了。"他忽然回头，对上她那双呆滞的泪眼，他轻声笑着，神情却越发冷淡。

他或是想问她，她是不是要离开他了？

因为他那些从未对她言明，却在那夜一朝暴露的阴暗想法，也因为他那天那样毫不犹豫地当着她的面，将短匕刺进自己的胸口。

她或许从来都没有见过像他这样的人吧？

疯狂又可怕。

但是容徽动了动喉结，有些话却无论如何都说不出口。

他的指节蜷缩，下颌绷紧，似乎已经在极力克制着什么。

也是此刻，他忽然见桑枝放下手里的碗，站起来就要往外面的客厅里走。

容徽瞳孔微缩，他的身体几乎比他的脑子反应还要快，直接快步走过去，拉住她："你不要走……枝枝，我错了……"

这一刻，他也只能这样无助地一遍遍重复着这样的话。

"我没有要走，你的伤口又浸血了，孟衍的药留在外面……"她解释着。

容徽稍怔。

下一秒，她转过身来。

他恍惚垂眸，正见她仰着头望他。

"容徽。"

她唤了他一声。

"你是什么样子的，我相信我自己看得已经很清楚。"

她对他弯起嘴角，那双眼睛也带了笑意的弧度："在我心里，你哪里都好。

"那天我说，我只喜欢你，我没有骗你。"

她问："容徽，你喜欢我吗？"

少女望向他的那双眸子是那么纯粹清澈，浅浅地映照着他的模糊影子。

仿佛她此刻满心满眼，就只剩下眼前的他。

容徽薄唇微抿，似乎带着一丝难以言说的羞怯，却在面对她这样的目光注视时，他还是轻轻地应："嗯。"

半晌，他又添了声："喜欢。"

桑枝听见他的声音，她的脸颊不争气地有些微微泛红，她的嘴角有点想上扬，却又被她生生忍住。

胸口的伤明明还在时不时传来一种钝痛感，但他此刻胸腔里的那颗心却急促地跳个不停。

"这样就够了呀，容徽。"

她轻轻地说。

他是否愿意去喜欢这个世界，他是否愿意留恋这世间的春花秋月或是朝朝暮暮，她都无权去强求。

她也没有必要，一定要他为了她而改变些什么。

容徽，永远都是他自己。

而她，愿意喜欢他，永远永远。

第八章 //
秋后算账

关于自己这些天的失踪，桑枝正烦恼着该怎么同自己的父母解释。

可在回家的路上，她却被告知，她父母甚至是学校里老师同学的记忆都已经被照青用术法清洗了一遍，他们都不会记得桑枝的无故失踪，只会记得她是生病在家待了几天。

时隔一年，桑枝再见到自己的母亲赵籁清，她忍不住抱住赵籁清，抿着嘴唇久久没有说话。

桑枝长得像桑天好，但眉眼间也有几分赵籁清的影子。

赵籁清五官生得明丽，即便现在四十出头，但她同桑天好也差不多，岁月没在她的脸上留下多少痕迹，看起来仍如三十多岁的年纪似的，鲜妍漂亮。

虽然脑海里的记忆已经被照青修改，但赵籁清这会儿还是忍不住红了眼眶。

桑天好订了一家火锅店的位置，晚上他和赵籁清就带着桑枝去了那家火锅店吃饭。

桑枝被红汤辣得嘴唇发红，额头上也有了细密的汗珠。

平时打电话时桑枝总能听见桑天好跟赵籁清互撑，但一见了面，在饭桌上，他们两两相对，却都没了言语。

也许是不知道该说些什么，他们都在拼命地给桑枝涮肉，夹菜。

桑枝面前摆着两个小碗，一个是放了麻酱的，另一个则是放了香油蒜泥的，这会儿全都已经被她父母夹的肉和菜给堆成了小山。

赵籁清喜欢麻酱的，桑天好喜欢香油的。

虽然这会儿他们并没有跟对方多说什么，但还是各自给桑枝调了不同的碗。

仿佛仍在暗暗较劲。

"……"

桑枝只能埋头吃。

因为赵籁清回来了，所以桑枝隔壁的房间容徽是不能再住，幸好那里也没有摆放什么他的东西，赵籁清也并没有看出什么端倪。

自从桑枝回来，妙妙就变得比以前更黏她。

它总是围着她转，一直"喵喵喵"地叫个不停。

晚上桑枝洗完澡出来，赵籁清主动拿了吹风机给她吹头发。

吹风机的响声几乎盖过了电视机里的所有声音，但桑天好握着遥控器坐在旁边，却并没有多说些什么。

虽然桑枝从来不说，但桑天好心里很清楚，她一定是很想念赵籁清的。

关于离婚这件事，无论是桑天好还是赵籁清，他们对于女儿桑枝始终还是心里有愧，因为他们没能给她一个完整的家庭。

所以他们一直很注重给予女儿足够的关心与爱，生怕他们失败的婚姻给她带来影响。

这天晚上，桑枝是跟赵簌清一起睡的。

分离一年多，桑枝却觉得，她和母亲之间，似乎已经太久没见。

这夜她和赵簌清说了很久的话。

像是要将这一年多来从未来得及说的话都统统说出来，她枕着母亲的手臂，仿佛从未像现在这样深刻体会到，她还能好好地活着，是多么幸运的一件事。

因为差一点，她就要永远见不到她的爸爸妈妈，也再见不到阮梨，还有妙妙。

"枝枝，妈妈对不起你。"

就在桑枝陷入恍惚之际，她忽然听见赵簌清轻轻的叹息声。

"妈妈，你没有对不起我。"

桑枝回过神，抬头望向母亲的脸："就像我有自己的人生，你也该有你想过的生活呀，我知道你和爸爸都很爱我，这就够了。"

说完，她抱紧赵簌清，冲母亲笑："我现在过得很开心。"她认真地说，"我也希望妈妈能够过得开心。"

没有谁的人生就该依附在别人的身上，谁也不知道自己究竟还有没有下辈子，所以即便桑枝想要一个完整的家庭，但她也还是没有办法把自己当成锁住父母的枷锁，因为每一个人从生来便是独立的个体，她也无法要求父母为了她而舍弃些什么，妥协些什么。

既然他们作为夫妻，彼此都不快乐，那么她又为什么要强行把他们绑在一起？

女儿如此真挚简单的话，顿时让赵簌清的眼眶里染了泪。她也不好意思被桑枝看见，就干脆抱紧了女儿，抿着嘴唇沉默半晌，才深吸一口气："谢谢你，枝枝。

"你永远都是妈妈最爱的女儿。"

她险些哽咽。

强势如赵簌清，在这一刻，却只因为女儿的几句话就差点没控制住情绪。

桑枝到底太过懂事，就如同一朵向阳而生的太阳花，将赵簌清心头那许多的复杂情绪都融化成涓涓细水。

赵簌清请假只请了几天，所以第二天清晨就早早地起床，赶去了机场。

桑枝醒来的时候，赵簌清已经坐上了飞机。

桑枝睡眼迷蒙地爬起来，没有发现赵簌清，跑到客厅里看见正好从机场回来的桑天好。

她小声抱怨："爸爸，你怎么不叫我？"

"是你妈不让我叫你的，她说你去送她的话，她舍不得走。"桑天好昨天睡得晚，这会儿一边说话，一边还打着哈欠。

"哦……"桑枝闷闷地应了一声。

桑天好换了拖鞋，走过来摸了摸她的脑袋："等你高考结束，我就带你去你妈那儿玩。"

"好。"桑枝道。

昨天晚上因为赵簌清在，桑枝只跟容徽发了几条微信消息，也没有多聊，今天她洗漱完，随便找了个理由跟桑天好说了一声，然后就出门去找容徽了。

"你现在在哪儿呀？"桑枝下了楼，一边往小区外面走，一边跟容徽打电话。

"你出来就知道了。"容徽的回答很简短。

桑枝走出小区，就看见不远处的路边停着一辆车。

容徽就站在那儿，穿着浅色的外套，搭着深色的休闲长裤，明明是最简单的衣着，但穿在他身上却依旧令人移不开眼。

他微短的碎发稍稍遮了他的眉，少年冷白的侧脸在初秋的阳光里更显温润无瑕，行道树的枝影摇晃落在他的肩头，他的身影清瘦修长，好看得像是一幅画。

或许是忽然的感应，他偏过头来，正好望见站在小区门口，还傻傻地把手机凑在耳畔的女孩儿。

他忽然弯了弯嘴角，眉眼风情顿生，一张面庞昳丽动人。

阳光照着他的面庞，桑枝看见他的眼睛里好似浸润着清凉的光。

心口像是被什么蜇了一下，桑枝把手机塞回衣兜里，然后跑过去。

"你想我吗？"桑枝忽然问他。

"嗯。"容徽脸色微红，却仍诚实地应声。

桑枝听了，忍不住弯起嘴角，傻笑。

"走吧。"容徽伸手摸了摸她的头发。

"去哪儿？"

桑枝抬头看他。

见容徽伸手拉开车门，桑枝才注意到坐在驾驶座的周尧。

她一愣："这车……"

"当然是殿下的啊。"周尧在里面接话道。

桑枝愣了一会儿，看向容徽："你剩的那些奖金……不是应该已经用光了吗？"

他哪里能买得起这样的车？

容徽没有答她，只拉着她上了车。

当车停稳在一座别墅的大门前时，桑枝下了车，看着缓缓打开的雕花铁门，她整个人都愣住了。

孟衍早已等在客厅，在容徽牵着桑枝的手走进来时，原本正在擦拭自己那把幽泉剑的他顿时站起身。

"殿下。"

桑枝走进来时就在打量着这里。

这座别墅的装修风格结合了中式风格，看起来淡雅且隐含禅意。

一道透明的珠帘后，雕花木屏风前摆着一张罗汉床，床上的小几上摆着一副棋盘，两只青玉做的棋笥里盛着黑白棋子。

旁边的镂空缠花香炉正燃着浅淡的香，丝丝缕缕的烟雾缭绕而出，如层云吹散。

落地窗外铺设着木质的地板，木质栏杆边摆着一盆又一盆的绿萝，还有各色的花点缀其间，绿意与花簇拥着，十分漂亮。

木质的地板阶梯下是一条鹅卵石铺成的小径，两边都铺设着绿色的草坪，再往前就是假山顽石，甚至还有小桥流水，绿树成荫，花团锦簇。

桑枝还看见了不远处的小秋千。

好像在那道月洞门之后，还有另一番天地。

"这房子……是你的？"桑枝回头，看向孟衍。

孟衍摇头："不是，这座宅邸是太子殿下的。"

他解释道："神仙虽远离尘世许久，但容晟帝君早年在凡间也存有一些家财，仙神两界与人间剥离后，容晟帝君留下的所有财宝都交由夏氏宗门守着。"

"那……有很多吗？"桑枝小心翼翼地问。

孟衍倒还认真地回想了一下，那几座洞府里堆积成山的金银珠宝到底算不算多。他沉吟片刻，只道："还好。"

只这么一会儿的时间，照青也赶来了。

她还点了好多烧烤外卖，还有好几份麻辣小龙虾，笑嘻嘻地说："为庆祝殿下和枝枝劫后逢生，我特地买了这些，大家都不用客气，吃！"

桑枝对小龙虾一向没有什么抵抗力，闻到香味她就赶紧戴上了一次性手套，开始剥虾。

周尧则买了酒。

一开始，孟衍还端着身为剑仙的古板架子，不肯吃也不肯喝。

大约是见桑枝吃得香，再加上那种香味刺激得他不知不觉地咽了几下口水，他到底还是没端住架子，从沙发上挪到地上，和他们几个坐在地上一起吃。

容徽就坐在一旁看着。

桑枝剥了虾，递到他的嘴边。

容徽迟疑了一下，还是张了嘴。

但下一秒，他却见桑枝骤然收回手，果断喂进了她自己的嘴巴里。

她吃完之后对他笑："我忘记你不能吃了……"

"……"

明知道她是故意捉弄自己，容徽短暂怔了怔，却也到底没有说些什么，反而看着她的笑脸时，他也忍不住弯了弯眼睛。

容徽不能吃任何食物，但此刻，他却忽然想尝试一下酒的滋味。

周尧最喜欢的其实是白酒，他给自己定的下一个人设是酿酒师，这会儿他们喝的酒，就是他为了下一个人设做准备学习酿酒时，亲自酿的露引香。

露引香极易醉人。

桑枝是他们几个人当中，唯一一个不被允许喝酒的人。

她只能吃着小龙虾，看着他们喝。

孟衍大约是从来没有尝过酒的滋味，只喝了两三杯，他就已经脸色发红，有些恍惚，甚至开始在那儿玩自己的本命剑，把它变大变小，然后发出憨憨笑声。

照青和周尧还在吹牛，互相灌酒。

容徽也是第一次喝酒。

滋味明明并不算好，入口时还有些割喉，其味浓烈，好似一团火焰滚过喉头，径直灼烧到他的胸腔里。

但回味时，却又偏偏多出几分清冽淳厚，令人贪恋。

明明是那么容易醉人的酒，但容徽喝了十几杯，那双眸子却仍旧清亮无波，就好像他喝的是白水似的。

桑枝觉得他大概是天生的能喝酒。

但当她坐在落地窗外的小草坪的秋千上时，她攥着两边的绳子，回头看他："容徽，你推我呀。"

容徽"嗯"了一声，试探着伸手推了推。

没有抓到绳子，他有些疑惑地看着自己的手掌，似乎并不清楚这是怎么一回事。

"……"桑枝呆了。

她终于知道他原来也喝醉了。

于是，她站起来，拉着他坐在秋千上："我来推你吧。"

桑枝就站在他的身后，推着秋千，看着他的身影在秋千上来回晃荡，她忍不住扬起笑脸。

初秋的风还未见凛冽，容徽在秋千晃荡的时候，忍不住眯起眼睛。

微风吹开他的额发，露出一小片光洁白皙的额头。

他忽然后仰。

桑枝一见他这样，就连忙去扶住他的后背："你干什么呀？不怕摔下来吗？"

他却仰着脸，打量着她的眉眼半晌，忽然像个孩子一样眯起眼睛，似乎是想避开她肩头的阳光，将她的面庞看得更清楚一些。

下一秒，桑枝忽然见他皱起眉头。

他似乎是想到了什么事情。

然后，她就听见他忽然问："你为什么……不喜欢我了？"

他的声音稍低，带着几分莫名的沙哑，又藏着几分孩子气的幼稚，有些可怜兮兮的。

"？"

桑枝一开始还没明白他为什么忽然说这样的话。

"你以前喜欢过我的，对吗？"他仍然仰着脸，看着站在身后的她。

"嗯……"桑枝一愣，随即有些不大好意思地抿了抿唇。

"那你后来，为什么不喜欢我了？"他固执地盯着她的脸。

桑枝终于明白了他到底为什么会这样说。

他这是秋后算账啊。

她有些尴尬地讪笑了一声，说话都变得有点小声："那、那不是因为我那会儿以为你是鬼吗……"

再说了，那时候，她又并不了解他。

那份浅薄的喜欢，不过是始于某天瞥见他漂亮面容的那一瞬。

那并不是多深刻的情感。

自然也会理所当然地在那个暴雨天里，变得摇摇欲坠，消失殆尽。

彼时，他的眼睛眨了一下："什么？"

他的神情无辜又迷茫，似乎并没有听清她说了些什么。

桑枝只好低下头，凑近他："我说，我……"

她话还没有说完，她听见他说：

"我原谅你了。"

容徽原本该同孟衍回九重天的。

这个世界远比凡人眼中看见的还要浩大神秘，在极尽边缘之地，星河与沧海无穷相接，天水一色，在永夜与极昼的交替之间，唯有神仙才能寻到通往另一个世界的明路。

但当孟衍带着容徽去到那儿的时候，他才发现，他来时的路已经莫名消失，像是被人刻意冲散了星辰流光的痕迹，暂时隐没了另外一个世界同凡尘之间的关联。

"似乎是有人，并不想让殿下回去。"孟衍说。

"那你们是永远都回不去了吗？"

那天桑枝问道。

"倒也不是，只要星辰阵法再次转动之时，我同殿下便能回去。"

孟衍说，大概还要等一段时间。

"也许等帝君发现星辰之境的异样，阵法转动的时间就会来得更早一些。"

只是令孟衍百思不得其解的是，星辰之境所设阵法，倾万里星辰与沧海水波之力，独蕴仙灵之气，至今已有千年万载的时光，算是仙神两界如今与凡尘之间唯一的关联，非是神仙，不得进入。

那么，又是谁有如此能力进入星辰之境，阻止殿下回归九重天？

孟衍并不清楚。

但容徽却敏锐地察觉到，这或许同之前桑枝被人暗害的事情脱不开干系。

夏氏和明氏两个宗门得了孟衍带去的太子谕令，这些天正忙着彻查这件事。

而桑枝则有着身为一位高三生的自觉，每天都沉浸在漫漫题海里，而桑天好为了给她补身体补脑子，学了不少煲汤的方法。

桑枝现在最讨厌的就是鸡汤和鱼汤。

虽然已经拿回了玉坠，但容徽却还是没有离开学校，或许正是因为桑枝在那里，所以他也喜欢每天同她一起去上学的时光。

虽然已经到了高三，但是三中还是没有取消高三生每周一节的体育课，或许也是为了让他们能够在繁忙的学业之中，有一时的喘息之机。

桑枝因为来了例假，肚子有些痛，她就让封悦帮她请了个假，没有去操场。

天气渐渐转凉，桑枝穿了一件浅色的卫衣，外面套着校服，这会儿正捧着杯子小口小口地喝着热水。

昨天晚上桑天好跟她提起了赵姝媛。

据说赵姝媛现在的境况并不算好，似乎是免疫力在逐渐降低，三天两头发烧感冒，人也越来越消瘦。

也因为这件事，田晓芸往日里风风火火的嚣张气焰都熄灭了不少，她现在对待她女儿也不再像以前那样严格苛刻，反倒有了些轻言细语的模样，似乎整个人都柔和了一些。

曾经她想强加在赵姝媛身上的许多不切实际的愿望似乎都已经落了空，也许这一刻，她终于意识到，什么都没有自己女儿的身体重要。

只是赵姝媛的后半生，或许也就只能这样混沌下去了，但这也都是她自己所种的恶果。

桑枝打了一个喷嚏，吸了吸鼻子，又喝了一口热水。

现在她每次来例假，就容易感冒。

容徽走进来时，正见她低着头在喝水。

"你去哪儿了？"桑枝听见脚步声，抬头就看见他走了过来。

容徽拉开椅子在她身边坐了下来，把一盒热牛奶放在她的桌上：

"喝。"

桑枝放下水杯，开开心心地捧起那盒奶："谢谢。"

她插了吸管，就开始喝。

桑枝忽然想起来一件事情，她拿出手机，按亮屏幕，凑到他的眼前："容徽你看看这个。"

容徽瞥了一眼屏幕，看清了"全国围棋比赛"几个字。

"你要参加吗？"桑枝咬着吸管问他。

"没兴趣。"

容徽推开她的手，垂眼翻看自己手边的一本书。

那是孟衍给他的仙术典籍，看在他的眼里，那每一页都是图文并茂，但看在桑枝这样的凡人眼里，却是一本无字天书。

"你怎么会没兴趣呢？"

桑枝放下那盒奶："你明明每天都在下棋！"

容徽闻言，瞥她："不过只是无聊时的消遣，那并不代表，我想去参加这些没有意义的比赛。"

"怎么会没有意义呀？"桑枝有点不太明白，"奖金有好几万块呢！据说那个奖杯还是纯金的！

"我听说，冠军还会有金银两种棋子做礼物！"

容徽听了，险些失笑。

"不过，"桑枝把手机重新塞回衣兜里，又打了个喷嚏，她拿了纸巾擦了擦鼻子，"如果你不喜欢，那就算了。"

她说："我只是以为你会想参加的……"

毕竟桑枝还记得她房间墙壁上嵌着的柜子里，还摆放着许多他的奖杯。

那全都是他曾经的荣誉。

她仍记得那张照片上他站在领奖台上的模样。

她仅仅只是以为，他多少也会想念当初他为自己赢得的那些荣耀。

"你想我去吗？"容徽却忽然收敛了眼底极浅的笑意，他看着眼前的桑枝，忽然问。

桑枝乍一听他这话，抬头迎上他的目光。片刻，她小声说："你问我做什么……"

她认真地说："你想去就去，不想去就不去，你自己的想法最重要。"

身后浅色的窗帘被半开的玻璃窗外袭来的风吹起，轻柔的料子飘啊飘，刹那间拢在了她的头上。

桑枝连忙伸手想要去拽下来，却被另一只骨节分明的手抢了先。

他的手挥开轻飘飘的窗帘，在女孩儿被撩起的布料弄得眼睫微颤时，他心思微动，如画的眉眼在如此明晃晃的光线里，仿佛更柔了一些，漂亮得令人心惊。

桑枝忽然听见他说："我会去的。"

她弯起眼睛，清了清嗓子："我要学习了，你不要做我学习路上的绊脚石！"

容徽看着桑枝装模作样地拿起笔，在草稿纸上乱写乱画，或许连她自己都不知道在写些什么。他的目光平静柔和，如同月华之下波光粼粼的一溪泉水。

桑枝的卫衣帽子上有两个毛茸茸的兔子耳朵，容徽撑着下巴望了她好一会儿，没忍住伸手去拉了拉。

桑枝挥开他的手："你别弄，我做题呢。"

这一幕，正好被率先走进教室里的几个女同学看见了，她们先是愣在那儿，面面相觑了片刻，然后就又小心地看了一眼容徽。

无论偷偷看过多少次，无论她们在学校论坛上保存了多少他的照片，她们看向他的每一眼，都如第一眼时那般令人心悸。

像是停留在另一个次元里的人，他是撕破漫画走出来的神仙。

封悦说，三中竟然还有人偷偷建起了容徽后援会。

但他看起来有些过分疏冷，似乎从未将任何人放在眼里，也没有任何人敢轻易靠近他，除了他的同桌桑枝。

容徽和桑枝之间究竟是什么关系，没有任何人能说得清楚。

但是在这天晚自习时，坐在桑枝前面的封悦趁着讲台上坐着的班主任赵宇正低头看手机，她想转身给桑枝扔一个小零食，却发现容徽正趴在课桌上，半张脸都埋在臂弯里，并没有睡觉，而是半睁着眼睛在看旁边的桑枝。

而桑枝这会儿正沉迷解一道物理题，在草稿纸上奋笔疾书，根本没有注意到封悦那副惊异的模样。

"桑枝，你实话告诉我，你跟容徽……是怎么回事啊？"

封悦自从昨天晚自习看见容徽偷看桑枝的那一幕，就一直惦记着要问桑枝这件事。

这会儿第三节课下课之后，她趁着和桑枝到便利店买小零食的时候，终于问出声。

桑枝咬着一颗糖，冷不防听见封悦的这句话，她顿了一下："没什么事啊。"

封悦一见她这反应，眯着眼睛，哼哼两声。

细细想来，容徽似乎从刚转来的时候，好像就对桑枝的态度是不一样的。

他从来没有跟班里任何人多说过一句话，除了周尧，就是桑枝了。

"你们是不是早就认识了？"封悦追问道。

"嗯……"

桑枝应了一声，却也没有说得太清楚，因为那关乎容徽的身份。

封悦并不知道这个世界上存在着多少妖魔精怪，也更不会知道，那些看似虚无缥缈的传说里的神明，原是真实存在的。

这些都已经超出了一个普通凡人的认知，除非是亲眼所见，否则是没有人肯相信的。

封悦并不知道桑枝此刻在想些什么，她一手撑着下巴想起容徽，他那样的人，就好像一个不够真实的童话。

封悦也会好奇桑枝究竟是凭借什么才能走近那个少年，但她觉得，这一切又好似理所当然。

桑枝一向人缘很好，很多女生都愿意跟她玩，她脾气也很好，又经常愿意带零食来分给大家，哪怕她一口没吃，全都分给了别人，她也还是很开心。

她看起来明明是那么柔软的一个女孩儿，可该承担什么的时候，她也从来不会退缩，再加上之前出了她为了被校园暴力的小学妹打架的事情之后，就更令一群女孩儿对她心生崇拜，高一高二都有她的小粉丝。

封悦抬眼，忽然看见了站在不远处树荫下的清瘦少年。

少年轮廓分明，浓荫里散落的细碎光影落在他乌黑的发梢。

他的那双眼睛正一瞬不瞬地望向封悦和桑枝。

封悦忽然松开了桑枝，她深吸了一口气，拍了拍桑枝的肩："看那边。"

桑枝后知后觉地转头，看见容徽就站在不远处。

"快去呀。"封悦推她。

桑枝被封悦推着往前走了两三步，又回头看她。

封悦把桑枝手里的那包零食夺了过来："这个归我了。"

她冲桑枝笑。

桑枝有点不太好意思地说："那，我先过去一下，下节课是班主任的课，他总喜欢提前到教室，你赶紧回教室，不要被他发现你带零食了。"

"你放心，我有特殊的藏零食小技巧！"封悦说着就把两袋零食都藏进了校服外套里，拉链一拉，瞬间隐形。

桑枝没憋住笑，眼睛弯起来时，眼瞳里都映着清亮的光影。

她朝封悦招了招手，然后就往容徽那边跑。

封悦看着桑枝跑到那个少年的面前，然后仰着头对他说了些什么。

眉眼漂亮的少年此刻明显有些不大高兴，但他还是垂着头，露出自己最为乖顺的一面，顺从她所有的言语，可他盯着她的眼神却从来都是那样认真专注。

他愿意聆听且记得她所说过的每一个字，也会为她而不自觉地流露出几分温柔神情，又或是极浅的笑意。

他的神情和姿态，都骗不了人。

所以他一定，很喜欢桑枝吧？

"咦？"

封悦正走神，却忽然听见身旁传来一道清润的嗓音。

她偏头就看见一个皮肤微黑，五官平平无奇的少年。

"你在哭？"

他一手拿着单词本，一手拿着一杯还没喝过的热奶茶，看着封悦时，就像是看到了什么稀奇事。

"我没有。"封悦连忙抹了一下自己的眼睛。

"明明就有。"

少年似乎有些过分相信自己眼前看见的事实了。

"你放屁。"

封悦瞪他。

"你说脏话。"少年皱了皱眉。

"怎么，周尧你是小学生吗？这就叫脏话了？更脏的你想不想听？"封悦叉腰，哼笑了一声。

周尧沉默片刻，干脆把自己的单词本装到衣兜里，又把那杯奶茶递到她手里："这个给你吧。"

温热的奶茶拿在手里，封悦原本还有些刻意嚣张的神情都在片刻僵硬了一些，又收敛下来，她有些搞不清楚现在的状况。

周尧也没多说什么，绕过她就往前走。

那一刻，封悦似乎还听见了他一板一眼地背单词的声音。

"……"

这真的是个书呆子吧？

"你喜欢抹茶口味的吗？"

他忽然又停了下来，转身问她。

封悦条件反射地摇头。

谁知下一秒，她就眼见着他又走到她的面前，将她手里的那杯奶茶拿走："那还是我自己喝吧。"

封悦人傻了。

临近寒假，天气变得越来越冷。

容徽一举夺得了围棋比赛的冠军，将当初桑枝在海报上看见的那座亮晶晶的奖杯捧到了她的眼前。

两只棋笥里的金银嵌玉的棋子，也都被他毫无保留地送给了桑枝。

"这、这不好吧？"

桑枝起初还不好意思要。

"毕竟是你赢来的奖品嘛，你都给我做什么？你以后下棋就用这副棋子吧。"

容徽却对这副棋的兴趣不大。

"太花哨，不适合我用来练棋。"

他还是喜欢光滑圆润，毫无修饰的玉棋。

"这用着多富贵呀，你还嫌弃……"

桑枝当时说着就捧到了自己的怀里。

自从容徽出现，三中年级第一的位置就从之前的周尧变成了他，他每一次考试的试卷都近乎完美，只在语文试卷上略微扣一些分数。

他的容颜连同着他无限接近于满分的成绩，都像是过分完美的童话。

总带着一种不那么真实的感觉。

现在他忽然不声不响地拿了那么大的一个围棋金奖回来，这就更像是一道平地惊雷在三中炸开来。

封悦知道的时候，连拍桌子感叹："容徽还是人吗？他是个神仙吧？！"

她摸了摸下巴，扶着桑枝的肩膀认真地问："桑枝，他是不是还有另外一个名字叫'江流儿'？"

桑枝当时差点儿没憋住笑。

这一学期的时间，桑枝花了大量的时间用来学习，她也算是比以前还要多了些长进，在临近期末的一次月考中，她考到了年级第十二名的成绩。

三中是林市的重点高中，分数水平线一直比别的高中要高出许多，而依照桑枝现在的成绩，她要考一个重点大学是没有问题的。

她每天做题做到脑子发涨，好像以前还从来没有努力到这种程度过，但即便是这样，她和容徽之间的差距也并没有缩短很多。

桑天好拿到她的成绩单却很高兴，还拍了照，发到了兄弟群里。

"兄弟们，我女儿厉不厉害？啊哈哈哈哈哈哈哈！"

然后他的兄弟们个个都出来捧场：

"干女儿牛！"

"桑枝这孩子就是聪明！真给我长脸！"

"桑枝都高三了，这一天天多辛苦，老桑，多给孩子弄点儿好吃的，要不今晚就上我酒店里来吃？我给咱枝枝弄个满汉全席！"

……

桑枝连着被好几个叔叔请着吃了几天的大餐。

"我这两天吃肉吃得快吐了……"桑枝趴在罗汉床上的小案几上，看着容徽把一颗棋子放在棋盘上，她看起来有点蔫哒哒的。

容徽抬眼看她："孟衍说，今晚给你准备了烧烤。"

桑枝一下子抬头："我又可以了！"

容徽不由得弯眉。

桑枝喝着汽水，又开始把自己带过来的练习册拿出来做。

房间里暖气开得很足，她的外套放在一边，只穿着一件浅色的毛衣，趴在另一只小案几上，背对着容徽写作业。

彼时，透明的珠帘偶尔晃动着发出细微的声响，容徽的手指捏着棋子轻叩在棋盘上。

桑枝忽然停顿了一下，捏着笔，回头去看坐在那儿的少年，她鼓着脸颊有些幽怨：“你都不用做作业的吗？”

容徽正思考着下一步棋，却听桑枝忽然这么说，他轻轻摇了摇头，也没有说话。

容徽穿着一件米白色的薄毛衣，V字领半露出锁骨，少年纤薄的身形隐在稍显宽松的衣摆之下，乌浓的发，白皙的脸，在案前香炉里的香雾缭绕间，忽浓忽淡的雾色染着他的眉眼，隐去了眉宇间的几分锋芒，多了些似梦似幻的美感。

“也是，你那么厉害，哪还用得着做作业……”桑枝叹了一口气，“你们神仙就是天赋异禀。”

容徽却道：“不是天赋。”

他取了风炉上温着的茶壶，倒了一杯茶，慢条斯理地喝了一口，才说：“我以前学过。”

以前？

桑枝一听，愣了一会儿，然后才想起来，在十几年前，容徽就已经上过高中了。

“这么多年过去了，你都还记得？”

桑枝咂舌。

“我的记忆力还算好，许多事我都记得很清楚。”容徽简单地说了一句。

所以是过目不忘的意思吗？

桑枝小声说：“那不还是天赋异禀吗？”

但忽然，她意识到了一件事。

“你十几年前就十七岁了，那你现在……”

桑枝望着他，眼睛眨了又眨。

"……"

容徽也大约明白了她的意思，脸色也在一瞬间变得有些奇怪。

"错了，殿下如今已有一千多岁。"孟衍忽然掀了帘子走进来，认真地说。

……一千多岁更吓人好吗？

桑枝干脆继续埋头做题。

但她偏头时，却在晃荡的珠帘之间，隐约看见了外面那一抹高挑纤瘦的女子身形。

她穿着一件白色的连衣裙，披散着乌黑柔顺的及腰长发，珠帘遮挡着她的面容，桑枝却还是依稀看出，那是一个很漂亮的女孩儿。

桑枝看着那个女孩儿的头发，不由自主地摸了摸自己仍旧有些短的头发。

桑枝有点抑郁。

她的头发长得好慢呀。

"殿下，她是明氏宗门的长老明少亭的女儿——明槐雪。"孟衍对容徽拱手行礼，又道，"明长老特遣她来照顾您的起居。"

照顾……起居？

桑枝一听见这句话，就猛地转头去看容徽。

容徽在孟衍话音刚落的时候，就将手里的那枚棋子扔了出去，正打在孟衍的膝盖上。

孟衍吃痛，踉跄后退。

"你倒是很听明少亭的话。"容徽冷眼看他。

孟衍后背一凉，连忙低首道："臣知错……"

"臣女槐雪，拜见殿下。"

也是此时，站在珠帘之外不远处的少女忽然盈盈一拜，嗓音婉转动听。

容徽把下了罗汉床，想要伸手去拉珠帘的桑枝给抓了回来，也没有理会外面跪着的那个少女，只对孟衍道："让她离开。"

"是。"孟衍看了一眼被容徽抓回去的桑枝，应声道。

也许是因为他天生缺少七情一脉，所以有些事情他也没有办法理解，只当明少亭的话有些道理，便随口应了一声，只说回来请示殿下。

但明少亭却让明槐雪直接就跟着他过来了。

他虽不通情思，但在此刻，在殿下的冷眼注视下，他也忽然就恍悟了明少亭此举，到底是什么意思。

他明少亭，还真敢肖想。

孟衍的神情忽然严肃了许多。

他转身就想打发明槐雪，却听跪在那儿的明槐雪忽然说："殿下，家父只是担心殿下这里无人照管，才命槐雪前来，还请殿下不要怪罪……"

话还没说完，她小心翼翼抬头之际，却在珠帘缝隙里看见了一个女孩儿的侧脸。

明槐雪愣了一下。

"桑枝。"

随后是珠帘后那个少年清凌的嗓音，细听之下，还有几分温柔无奈。

明槐雪是第一次瞥见这位传闻中的神明殿下。

正如宗门子弟盛传的那样，仅仅是隐约得见，就已经足够令人惊艳，好似浓墨铺陈开来，笔画晕染间最精妙动人的留白。

明槐雪还从来没有见过像他这样好看的人。

或许这才是脱离凡尘，身处世外的神明。

"你回去吧，告诉你父亲，殿下身边不用他派人伺候。"孟衍走出来，对她道。

明槐雪堪堪收回视线，垂下眼睑："是。"

她站起来，转身往外走的时候，却听身后那珠帘之后传来了一道闷闷的女声："容徽，你干什么抓我的衣领！"

女孩儿柔软的嗓音，带着几分不自觉的撒娇式的抱怨。

明槐雪顿了顿，也许是有些好奇，她想要转身去看那个女孩儿的真容，但她知道，此刻她不能那么做。

于是，她只能离开。

"我的毛衣都被你扯皱了！"桑枝挥开容徽的手，却没躲开他从青瓷小碟里捻起来喂到她嘴边的黄豆糕。

桑枝下意识地就咬住了。

孟衍在旁边看着眼前的这一幕，他却没有丝毫单身狗的自觉。

直到容徽回头瞥他一眼。

"臣告退，这就去准备晚膳。"孟衍顿时有点儿站不住了，只想离开。

"孟衍，等一下！"

桑枝嘴里的糕点还没吃完，挥开容徽摸她脑袋的手。

她问："周尧和照青会来吗？"

"桑姑娘想让他们来？"

孟衍倒是没想到这一点，于是他便点了点头，道："好，我这就通知他们。"

他说着就掏出自己怀里叠好的蝴蝶、蜂鸟，掐了诀，那纸做的蝴蝶和蜂鸟就在淡色的光芒中悬空，翅膀扑扇扑扇的，十分漂亮。

"……你打个电话不就行了吗？"桑枝眨了眨眼睛。

孟衍摇了摇头："不行。"

"为什么呀？"桑枝好奇地问。

孟衍憋了一会儿，才说："它们……我叠了好久的，飞起来多好看。"

"……是、是吗？"

桑枝万万没想到是这个理由。

她只能讪笑两声，朝他摆了摆手："那就这样吧……"

令桑枝没有想到的是，照青来的时候，还带上了孟清野。

"照青……你带他来干什么呀？"在小草坪里烧烤的时候，桑枝和照青坐在旁边的秋千上，她小声问道。

"是孟大人让我带他来的，说是殿下的意思。"

照青也小声地凑到她耳边说："不然我才不敢带他来，就他跟殿下那针锋相对的样子，我心脏病都要吓出来……"

这普天之下，胆敢对九重天的太子殿下不敬的人，可没什么命好活。

照青也不想孟清野三番五次冒犯殿下，她还真怕他因此而丢了小命。

毕竟，她虽没有去过九重天见过容晟帝君，但对其爱子如命的事却有所耳闻。

这么多年来，他都没有找到容徽殿下，却仍力排众议，令太子之位悬空千年，就是为了等到他的儿子重归九重天的那一日。

再者说，容徽殿下上次也差点杀了孟清野，如果可以，照青并不想带孟清野过来，但她身为峚山女君，不能不听殿下谕令。

"我之前怕殿下再对他动杀心，就把他藏起来了，结果他一醒来发现我把他给弄到山洞里了，他差点没把我翎羽给拔了……可凶了。"照青说起这件事还有点委屈。

后来因为她记性不好，带他走出那座大山，整整花了一个星期的时间。

她还记得当时孟清野脸色铁青的样子。

但……照青又想起那个月夜，她又忍不住抿唇笑："但是我晚上又冷又饿的时候，他还去给我摘果子吃……"

照青捧住了微烫的脸。

"……"

桑枝这下总算知道孟清野之前为什么有一个星期没来学校了。

孟清野来了之后一句话也没说，就一个人静静地坐在那儿，不吃也不喝，还是照青把周尧烤好的肉串递到他面前，一直吵着让他吃，他才勉强吃了。

少年的眉宇间似乎压着浅显的不耐烦，但细看之下，他却又十分在意照青的举动，也到底没有舍得拒绝她递过来的所有东西。

连周尧烤煳的那串，他都吃了。

"……味道还行吗？"周尧凑过去问。

孟清野心不在焉地答："还行。"

"煳味儿还行？"周尧喝着抹茶味的奶茶，又添一句。

"……"

孟清野这会儿才反应过来。

而另一边，站在落地窗那儿的容徽正听着孟衍说的话。

"殿下，您真的要将这件事告诉那个凡人吗？这本不该是他知道的事情。"孟衍说。

幢幢灯火间，容徽似是漫不经心地盯着坐在秋千上的桑枝的背影，他的目光显得柔和了一些，仿佛停驻了溪泉的粼光。

容徽的声音听起来冷静平淡："这件事，他应该知道。"

孟清野的父母，并非死于普通凡人之手，而是死在魔修的手里。

那似乎也并非是单纯地为了夺取凡人气血而杀了他们。

因为他们当年的死状如今容徽仍旧记得很清楚，那时他并不知道自己的身份，也被禁制锁着自己的仙灵之气，他根本不知道他们的死，并不是普通的谋杀那么简单。

但如今，他通过孟衍的追查，再加上同记忆里的许多细节严丝合缝地比对，终于确认，他的养父母是死在魔修的手里，且并非死于气血尽失的样子——如果那魔修是为了夺人气血而杀人，那么孟清野也不会幸免于难。

就好像是有人刻意地那么做了。

杀了那两个容徽最恨的人，却又偏偏留下了一个憎恨容徽的人。

对方，似乎就是在等这样一天。

等着当年的幸存者长大，然后再站在容徽的面前，将他结痂的伤口彻底撕裂，弄得鲜血淋漓，再将匕首狠狠地刺进去。

"臣知道了。"见容徽如此，孟衍也就没有再多说什么。

思及白天的事情，孟衍便又拱手道："殿下，今日是臣疏忽，并未看出那明少亭的小算盘……他敢将主意打到您身上来，真是痴心妄想。"

孟衍皱起眉："太子妃之位，也是他明氏敢肖想的？"

他原想说自己当初在神界随侍在容晟帝君身边时，听了帝君多少次感叹，要是殿下在身边，如今早该是成婚的年纪了。

仙神两界的那些神女仙姬，容晟帝君都替殿下考虑了好些个，最后却又不免为着殿下与消失许久的息蕊帝妃而黯然伤神。

孟衍忽然又想起桑枝脖颈上戴着的那枚玉坠，顿了一下。虽然他并不懂情思，但他也能看得出来这些日子里，殿下对待那个凡人女孩儿的不同态度。

又或是波澜翻覆的那夜，殿下毫不犹豫地将匕首捅进自己胸口时的场景带给了他极大的震撼。

殿下为了一个凡人姑娘，竟到了以身殉情的地步。

这是孟衍从未料到过的事情。

他或许，也永远无法体会那种极端偏执的情感。

但他怕是也忘不掉，那夜殿下抱着女孩儿，沉入海底时的那般模样。

殿下对自己的性命毫不珍惜，却是那般小心翼翼地想要去保护那个女孩儿的生命。

孟衍一时有许多话想说，像是忍了一会儿，却到底还是开口："殿下，桑姑娘她……毕竟只是一个凡人。"

她的人生如此短暂，并不能陪伴殿下天长日久。

神明与凡人之间，本就隔着毫不相干的两个世界。

红尘匆匆，向来留不住的，便是那许多凡人的生命，他们不似神明，千年万载，与天同寿。

他们只能一次又一次地轮回，忘却所有的前尘，成为另外一个人。

这些话，孟衍到底没敢说。

但他想，殿下一定很清楚。

"所以呢？"容徽似乎并不喜欢听孟衍说这些话，他的神情显得更加冷淡。

孟衍顿时噤声。

"臣明白了。"孟衍觉得自己该屃还是得屃。

殿下的事情，他的确也无权置喙。

孟清野从没有想过，有一天他会同曾经盛传的那个杀害他父母的"凶手"像今天这样心平气和地相对而坐。

也许是照青在他耳边说的那些话吵得他头疼，又或是在他心里，对这个早已陌生的"哥哥"，还曾留有一丝说不清道不明的复杂心绪。

这么多年来，孟清野经常会做一个噩梦，梦里父母惨死，满地鲜血。这样的梦境时而清晰时而模糊。

但他也很清楚，警方这么多年来都没有将当初的那桩悬案的犯罪嫌疑人列为容徽，而当时的确也是外界的传闻太盛，几乎没有多少人会去关心其中的真相。

毕竟容徽已经死在了那场声势浩大的舆论重压之下，无数人的口诛笔伐都"坐实"了他的"犯罪事实"。

但孟清野却不能像那些人一样，不负责任地用自己主观的臆测去断定容徽是否就是那个杀害他父母的人，因为这样一来，他不但很有可能会错失真正的真相，还会变得和那些人没什么两样。

于是，他对于容徽，其实是怀着一种特别矛盾的心情。

"所以你的意思是，我的父母，是死在魔修的手里？"

这一刻，当孟清野听完孟衍的一番话后，他的手指蜷缩成拳，半晌才道。

"是这样没错。"孟衍说道。

关于当年那件事的种种细节，都由孟衍重新梳理了一遍，或许是担心孟清野不相信，所以孟衍伸出手掌，将一缕残留的红黑气流捧到他的眼前："这是我去你父母的墓地时，收集到的魔气。

"杀害你父母的这个人出手极狠，几乎将你父母的生魂生生捏碎，这残留的魔气代表着，你父母再无轮回的可能。"

这就证明，当时那名魔修的确是冲着孟清野父母的性命去的，而且还是这样狠厉的手段，令他们活生生地魂飞魄散，从此消失。

"殿下身为九重天太子，行事磊落，若是他杀的，他绝不可能否认，但他没有做过的事情，谁也没有资格强硬地扣在他的身上。"

孟衍话到此处，也不由自主地收敛神情，拿出了几分身为帝君剑侍的气度，微抬下颚。

"孟衍。"

容徽原本一直没有言语，听孟衍忽然这么说，他才开了口。

孟衍当即低首，不再多言。

"信或不信，是你的事情。"此刻，容徽看向坐在对面的孟清野，"但若你以后，再借此生事，"他扯了一下嘴角，嗓音平淡，却无端令人生寒，"我一定不会轻易放过你。"

容徽并不是刻意吓唬孟清野。

同这个少年之前憎恨他一样，他也同样厌恶孟清野。

只要看见孟清野，他就会想起那些纠缠他多少年都始终没能放过他的许多往事，更会想起同孟清野眉眼相似的那对夫妇。

那是容徽曾一心想要逃避的过往。

但偏偏就是有人刻意留下孟清野，将他当作一根毒刺一般的存在，在十几年后的现在，再一次刺进容徽的心。

或许对于之前的容徽来说，这背后之人的做法几乎如钻心毒药一般，所以容徽才会在之前孟清野忽然出现在那栋旧居民楼里，声声质问他的时候，几近失控。

于旁人而言，十五年可能很长，但对于被困在那个房子里的容徽来说，那么多年他无以为伴，养父母的死，他的自杀，都仿佛还是昨天的事情。

而他不过是这世间的行尸走肉，困于苦痛之间，仿佛永远也得不到分毫的解脱。

但现在，他变了。

那些他曾一直刻在心头，始终难以忘却的人和事，似乎都已经变得没有那么重要了。

但如果孟清野今后再敢因为这件事情而来纠缠他，他也仍然不会手下留情。

容徽并不是一个仁慈的神明，从孟衍第一次见到他的时候起，就已经察觉到了。

但孟衍又无法多说些什么，因为他也的确没有办法去想象，这位流落人间多年的小殿下，究竟经历了怎样的磨难。

必是极其苦痛不堪的经历，才会成就其如今这样偏执阴郁的本性。

"等等。"

在容徽站起来，想要往玻璃门外走的时候，孟清野却忽然出声，叫住他。

容徽站定，却没有回头。

他的目光仍然放在不远处的那个女孩儿身上，看着她指着周尧那张染了灰痕的脸大笑，也看着她坐在秋千上，晃荡着双腿，一副惬意开心的模样。

心头原本积聚的阴云，仿佛在这一刻透进流霞的光彩。

"照青……跟我说了一些事情。"

孟清野将手里捧着的热茶放在桌上，然后站起来，看着容徽的背影，道："她说，我的父母，曾经对你并不好，还……"

他停顿了一下，没有说下去。

这些事情，是照青大着胆子，用了青鸟一族的回溯之法，窥见的关于孟清野的一些过去。

青鸟一族天生记忆力不够好，所以青鸾先祖创下回溯之法，就是为了让青鸟后辈们能够凭借这一方法，回溯自己的过去，想起那些被自己遗忘的重要事情。

当时的孟清野太小了，还没怎么记事，但通过照青的回溯之法，他还是看见了自己两岁时的某些片段。

虽然只是一些片段，但也能令孟清野看清当时容徽在孟家，到底过着怎样的生活。

孟清野对于自己母亲已没有什么记忆，这么多年来他也不止一次想过自己的母亲到底该是怎样一个人，只依稀还记得母亲曾经在他耳畔哼唱过的小段童谣。

所以他想，他的母亲一定是一个很温柔的女人。

可在照青幻化出的那道光幕里，他却看见那个容颜与他保留多年的照片上的母亲如出一辙的女人一巴掌狠狠地打在身形清瘦的容徽的脸上。

他听见了母亲尖锐的怒骂声，也看见容徽一声不吭地从满地的碎玻璃里站起来，抹掉手背上的血迹，一言不发地走进那个狭窄昏暗的小屋子……

孟清野去警局里了解过这桩案子的情况，警方当时就将容徽在案发那天的行动轨迹线查了个清楚——那天容徽在围棋馆里，将自己关在一间棋室里很久，以至于没有人可以证明他到底是什么时候离开的。

那年舆论发酵，警方却未轻易断案。

那天打扫过棋室的清洁工因为出车祸而在医院里昏睡了一段时间，后来他站出来替容徽证明清白，但这件事却被网络上铺天盖地的所谓"真相"给覆盖。

当然，也有许多人为此而感到抱歉，承认自己轻率地相信了舆论，冤枉了容徽。

可容徽，已经死了。

但还有一些人，他们只会在茶余饭后谈论起自己道听途说来的某些流言，提起容徽，他们只会故作唏嘘："啊，那个自杀的围棋天才啊，我听说他是因为杀了养父母，受不了良心的谴责才自杀的……"

"就凭那个清洁工随口说一句，就能证明不是他杀的了？"

这样的言论，屡见不鲜。

孟清野还问过当年负责这桩案件的人，知道容徽报警了多次，指控养父母虐待。

曾经的他是绝对没有办法相信的，但当他看见那道光幕里的一切时，他发现，他曾为自己和父母砌起来的那座"高楼"，在顷刻间便已有些摇摇欲坠。

"那些，都是真的吧？"

孟清野定定地盯着容徽的背影，手指屈起，紧握成拳。

容徽仍旧没有回头，神情却陡然变得更加薄冷如霜。

孟清野明明心里已经知道了答案，此刻，却偏偏还是想要亲口问一问容徽。

但容徽的沉默，却让他无法再逃避事实。

任谁突然发现自己的父母居然并不是他想象中的模样，都会觉得有些无法接受。

容徽直接就往外走。

孟清野却上前了两步，或许是忽然的冲动，他脱口而出："哥。"

容徽脊背一僵。

孟清野眼眶已经有些泛酸，但他是从来不允许自己轻易掉眼泪的。

他站在那儿，忽然认真地说："对不起，哥。"

他低头，俯身对着容徽深深地鞠了一躬。

这并不能抵消他的父母给予容徽的伤害，孟清野也没有要求得到容徽的原谅。他很清楚，自己的父母并不值得容徽原谅，此刻，他仅代表自己，代表着自己此刻心内那种难言的愧疚。

照青的回溯之法，让他看见了曾经那个身形单薄、沉默寡言的少年，曾是那样真切地将他从婴儿车里小心翼翼地抱起来，也曾笨拙地哄过哭个不停的他。

他戴了十几年的玉坠，原来并不是父母留给他的东西，而是曾经被母亲粗鲁地从容徽的脖颈间扯下来的物件。

那原是容徽的东西。

听到孟清野的这一声"哥"，容徽有一瞬微怔，却到底还是一个字都没有说，径自走了出去。

从客厅到小花园，他仿佛踩碎了周遭所有的漆黑夜色，在斑驳的灯影间，瞥见不远处的女孩儿站起来，朝他笑着招手的瞬间，好像地上那些破碎浅薄的光都变得暖了一些。

照青在给桑枝读网上看到的笑话段子，笑得眼泪都出来了。

而桑枝也在笑，却在下一秒看见从昏暗处走来的容徽时，她连忙站起来，朝他挥手，唤他："容徽你快过来！"

初冬的夜已经足够冷，但旁边烧烤的炭火却烧得通红，偶尔还溅出几颗火星子。

容徽忽然想起那场初雪。

他站在窗边，看着对面的女孩儿朝他招手，言笑晏晏。

也是那一瞬，他才终于好奇这个世界，开始打量漫天飘飞的雪花，并开始留恋她的笑脸。

"容徽，这个糖是照青给的，我刚刚吃了一颗，特别好吃！"

桑枝不知道此刻的他到底在想些什么，只是迫不及待地走过来，将糖纸撕开，把那颗糖凑到他的嘴边。

容徽下意识地张口，咬住了那颗糖。

甜丝丝的味道，又混合着青柠香味的一缕酸。

后来，照青硬要喝酒，却被一杯倒的孟清野给拖走了。

周尧和孟衍两个人商量着，去最大的澡堂里泡个澡，不一会儿也溜走了。

桑枝和容徽坐在客厅的沙发上，一起看电视。

"容徽，那件事，你告诉孟清野了？"桑枝啃着苹果，问道。

"嗯。"

容徽撑着下巴，漫不经心地盯着电视屏幕。

"那他怎么说？他信了吗？"

桑枝说完，又想了一下今天孟清野来时的情态，她又说："我感觉他今天来的时候，对你的态度就已经转变了好多……一点儿也不像之前那样。"

"他信不信的，都无所谓。"

容徽对于这个话题显得有些兴致缺缺。

桑枝也没有再说下去。

啃完苹果之后，她就靠着沙发背，盯着天花板上那盏如花叶开合般的水晶灯片刻，又伸手去挡住自己的眼睛。

"容徽，今天你开心吗？"

容徽听见她这么问，偏头去看她。

桑枝对他笑："我觉得挺好的，大家都在一起，多热闹呀。"

或许连容徽都没有察觉，在不知不觉间，他早已经不是孤身一人，从桑枝开始，他的身边接连有了周尧、孟衍。

无论是神明还是凡人，都不该是注定孤独的存在。

容徽也许是明白了她话里的意思，他没有说话，却是伸手轻轻地摸了摸她的头发。

桑枝打了个哈欠，看了一眼时间。

"快点容徽，我该回家了，我爸爸还在家等我呢。"

她紧紧闭起眼睛，抱着他的脖颈："我准备好了。"

她深吸一口气："你飞吧！"

下一秒，她的身形就同容徽一起模糊成了淡金色的流光，飞出去，跃入云霄，好似一霎灿烂的烟火。

容徽把桑枝送到了家门口。

这夜桑枝睡得很沉，第二天闹钟响起来，她按掉之后，还险些又睡了过去。

幸好桑天好特地在门外又叫了她一次。

桑枝洗漱完，背上书包出门，在小区外的早餐店里买了豆浆包子，边走边吃。

容徽原本应该来接她一起去学校的。

但因他今天必须要去见那两个宗门的宗主，并听听他们这些天来到底查出了些什么东西，所以今天周尧就被孟衍叫了过来，让他和桑枝一起去学校。

这么做的原因主要是怕再发生像上次那样的事情。

桑枝刚走出早餐店，就看见周尧站在路边的树下打喷嚏。

"你怎么就忽然感冒了？"桑枝咬着包子问。

"昨天和孟大人一起去澡堂，我不小心变回原形了，在水里泡了几个来回，吓跑不少澡堂子里的男人，我就只能着急忙慌地跟孟衍大人一起去追那些逃跑的人，消除掉他们的记忆……这么一来二去，我的皮毛还湿着，汗也出了，就……阿嚏！"

"……"

桑枝几乎能够想象那个乱七八糟的画面了。

路边停着的一辆车里忽然走下来一个女人。

她穿着一身浅色的旗袍，一张面庞却显得有些过分素淡，眉眼间稍带几分岁月的痕迹，眼尾也有着极浅的皱纹。

即便冬日里的阳光并不灿烂，女人还是撑着一把伞，站在路边，静静地盯着不远处的那个女孩儿纤瘦的背影，嘴唇微勾。

那双眼睛里的神情浓暗。

她忽然好似不经意地瞥了一眼缀在一旁枝叶间的那只羽毛青蓝的鸟。

她极轻地笑了一声。

似乎是带着几分阴沉的不屑。

颜霜向来厌恶凡人。

所以她也绝不会允许容徽和那个叫作桑枝的凡人女孩儿在一起。

颜霜原本是想直接杀了那个女孩儿的。

但她没想到的是，容徽竟会为了那个凡人，连命都不要。

他这样宁为玉碎，不为瓦全的脾性，倒真是像极了她。

也是因此，颜霜才会对那个女孩儿多出几分好奇之心。

"夫人。"暮云的声音从她身后传来，"这件事您大可不必亲自去……"

颜霜撑着一把伞，闻言，她回头看了一眼站在那儿的年轻男人。

她轻轻摇头，再看向渐渐走远的那个女孩儿的背影时，微微一笑："我如果不亲自去瞧瞧她，又怎么能知道，她到底有什么过人之处，才让徽儿甘愿为她去死？"

那些人只知，容徽是九重天遗落人世的小殿下，只当他是神明。

却不知，他的命运从一开始就已经被魔女颜霜攥在手中。

从千年前的某一天开始，颜霜就在等待这一日的到来。

她在等待容徽这个天生的神明，终有一日，心甘情愿，自降神格，沉沦魔域，再无退路，从此同她彻底成为一路人。

那样才好啊。

可如今，却偏偏有一个凡人女孩儿，自不量力地妄图改变他。

这对于颜霜来说，并不是一个好消息。

所以，她很想去见一见那个女孩儿，看看那个女孩儿到底有着什么样的本事，能让她精心设计、养出来的恶狼竟也开始对半寸阳光心存奢望。

桑枝总觉得有人盯着自己。

但一天下来，她每每环视周遭，却又什么也没发现。

晚上下晚自习后，因为桑天好打电话来说在校门外等她，所以周尧也不好再继续送她回家，就只能悄悄给趴在走廊外面那棵大树的枝叶上的那只鸟打手势。

但是那只翎羽青蓝的鸟儿早就已经呼呼大睡，翅膀和脚爪都不由得舒展。

眼见着桑枝已经下了楼，就要往校门那边走，周尧连忙拿了一截断掉的粉笔扔出去，准确地砸中了那只鸟的脑袋。

那只鸟被砸醒，差点没从树上掉下去。

周尧连忙指了指楼底下那个背着书包，越走越远的身影，趴在走廊的栏杆上小声喊："照青女君，快，快跟着太子妃……"

照青这会儿才想起来自己的任务，连忙扑棱着翅膀，朝桑枝那边飞过去。

桑枝是坐桑天好的摩托车回家的。

冬天骑车很冷，所以桑天好特地给桑枝带了她的毛线围巾来，将围巾围住她的大半张脸，再把头盔一戴，基本就不会在路上被凛冽的寒风刺得脸疼。

因为围巾缠了好几圈，裹住了她的半张脸，所以她也就不方便左右转头，也就看不见身后有一只鸟在多努力地想要追赶她爸爸"风驰电掣"的速度。

照青一边在寒风中哆嗦，一边努力地扇动翅膀。

但在下一个红绿灯时，她被前面的几道混杂的光线刺了眼睛，眩晕的瞬间，她没控制好翅膀，摇摇晃晃地往前飞。

桑枝眼见着一只鸟撞在了她爸爸戴了头盔的后脑勺上，发出清晰的声响……

看着落在自己怀里的那只四仰八叉的小青鸟，桑枝整个人都愣了。

照青？

"桑枝，啥玩意儿砸我后脑勺了？"

桑天好大声问她。

桑枝慌慌张张腾出一只手去捧住已经昏过去的小青鸟，然后道："没什么，爸爸我不小心撞了你一下！"

回到家，桑枝就捧着照青回了自己的房间。

她腾出来一只盒子，在里面铺了柔软的纯棉毛巾，然后把昏迷的青鸟放了进去。

桑天好敲门问她："桑枝，你饿不饿？还要吃点什么吗？"

"不了爸爸，我等下就睡了。"桑枝答了一声。

等桑枝洗漱完出来，吹完头发，盒子里的小青鸟都还没有醒过来。

桑枝把盒子拿到床头放着，然后掀开被子躺到床上。

这时，手机振动起来。

桑枝拿起手机，看见屏幕上显示着一条容徽发来的微信消息。

"睡了吗？"

只是简单的一句话。

"没有呀。"

桑枝连忙打字回。

她抱着手机，干脆点开了视频通话。

那边很快接了起来。

下一秒，桑枝就在手机屏幕里看见了少年清隽的面庞。

他就像是躺在薄冰之上，却又像是剔透温润的玉，底下则是脉脉流动的清澈水波，水光倒映微晃着映在他的侧脸上。

这是孟衍特地让宗门为容徽建的修炼之地，就隐藏在别墅之下。

桑枝之前也去过。

"你已经回家了啊？"

桑枝侧身躺着。

"嗯。"

容徽枕着自己的手臂，看着屏幕里的桑枝，应了一声。

"我跟你说，今天好奇怪哦，我爸爸来接我回家时，路上照青忽然出现，撞在了我爸爸的后脑勺上，一下子就把她撞晕过去了，到现在都还没醒呢。"

桑枝说着，就把手机屏幕移到床头柜那边，给容徽看了看躺在盒子里依然在昏睡的青鸟。

"……"

容徽微微皱眉。

他觉得自己就不该让孟衍派照青去暗中保护桑枝。

两个人并没有聊多久，桑枝就已经开始打哈欠。

于是容徽道："你睡吧。"

桑枝揉了揉眼睛，问："那，明天放假，我们去市中心的图书馆好不好？中午我还想去那附近的一家川菜馆吃饭……"

"好。"

容徽没有任何犹豫地应下来。

就在桑枝准备挂断视频通话时，她看见屏幕里的他仍在一瞬不瞬地望着她。

桑枝手指微顿，突然有点按不下挂断键。

她抿了一下嘴唇："你先挂吧。"

"不要。"

容徽一手撑着下巴，拒绝得很快。

大约是水光灯影在此刻融合得恰到好处，柔柔地铺散在他的身上，好似清凌凌的一层浅淡月辉般，照得他的面庞更加好看得令人心惊。

桑枝忽然说："你别动。"

容徽不明白她的意思，但听她这样说，他还是下意识地没有动。

桑枝趁此机会，赶紧截图。

撇去画面上右上角的小框里的她，这张截图简直就是一张海报的质感，光影间的少年，是那么令人移不开眼。

桑枝满足地笑出声："好了，晚安容徽！"

容徽眨了一下眼睛："嗯。"

在视频通话挂断之后，桑枝就把刚刚截的图裁剪了一下，设置成了手机新的壁纸。

屏幕暗下去，她就按亮。

这夜，桑枝是抱着手机睡着的。

她并不知道，这一切都被站在她楼下的那条窄巷里的某个人看得清清楚楚。

暗红的光幕如血液晕开的浅淡颜色，照着女孩儿的睡颜，连她的呼吸声都清晰可闻。

颜霜看着桑枝抱着手机熟睡的模样，不由得嗤笑了一声。

看来这个小姑娘，是真的很喜欢徽儿啊。

暗红色的流光落入那扇窗内，沉沉睡着的女孩儿骤然间坠入了更加光怪陆离的梦境……

桑枝不知道自己身处什么地方。

在与她之间隔着一道看似无法逾越的河水的另一端，她看见一个人影。

朦胧中，她看见了那个人的脸。

"容徽？"

是容徽吗？

他看起来又有些不太一样。

玄色的衣袍松松散散地穿在身上，露出狭长的锁骨，一头乌浓长发披散着。

他站在那儿，面无表情地看着她。

那双眼瞳里隐隐有些暗红的颜色。

眉心一点朱砂，给那张漂亮的脸陡然添了几分妖冶。

可他的目光又是冷的，仿佛终年不化的寒冰一般，阴郁寒凉，甚至要比她曾经在那个深巷里见过的他，还要冰冷。

"容徽！"桑枝朝他招手。

380

下一秒，他抬手挥袖间，一把覆了霜雪冰晶的长剑朝她袭来。

桑枝瞪大双眼，但脚下却好似生了根一般，根本挪不动一步。

利剑刺穿了她的胸口，鲜血晕染开来，染红一片。

那种深刻钻心的疼，让桑枝几乎就要毫不怀疑此刻自己所面临的这一切的真实性。

她眼见他飞身前来，微凉的衣摆拂过她的脸颊，恍惚间，她见他忽然俯身，伸手掐住她的脖颈。

那力道之大，令她根本说不出一句话。

胸腔里所有的空气快被耗尽，桑枝的意识朦胧之时，却忽然见眼前人的身形破碎成了一道模糊的影。

桑枝剧烈地咳嗽着，发现自己胸口的那把剑也不知道什么时候消失不见，而她身上也不见丝毫的伤口，就好像刚才的一切，都不过只是她的幻觉。

也是此刻，桑枝忽然看见一个身穿素色旗袍的女人从不远处的烟云里一步步地走了过来。

她踩着一双裸色的高跟鞋，一身旗袍，婀娜曲线体现得淋漓尽致。

她虽然穿得素淡，但那张面庞却是欺霜赛雪，侬丽娇艳，几乎令人移不开眼。

但桑枝却认出，这不是之前那个神秘商店里剪坏了她头发的坏女人吗？

她不是死了吗？

桑枝眼见着她走过来。

女人蹲下身，涂了鲜红丹蔻的手指看似轻柔，却实则强硬地捏住了桑枝的下巴，她的目光停在桑枝的脸上半刻，似乎是在细细地打量桑枝的模样。

"刚刚的一切，你害怕吗？"女人开口，轻柔如水，却无端端令人背后发凉。

这声音，分明与之前桑枝见过的那个坏女人不一样。

见桑枝不说话，女人微勾红唇，说："刚刚的一切都是假的，你不必害怕。"

如此柔和的嗓音，仿佛刻意地带着某种安抚人心的意味。

但下一秒，桑枝又听见她轻轻地笑起来："这次是假的，但以后可未必是。"

女人的声音轻缓，打量桑枝的视线却变得阴恻恻的。

"小姑娘，你身为凡人，原本就只有那么匆匆几十载可活，你可千万不要走错了路，早早地搭上了性命……"

她轻轻地叹气："那可不值当啊。"

女人冲桑枝弯唇浅笑，仿佛是真心在为她考虑一般："我啊，劝你一句。要想活命，就离容徽远一点。"

桑枝皱起眉："你是谁？"

眼前的女人虽然同之前的那个神秘商店的店主长得一模一样，性格却是截然不同，连说话的语气、神态都不一样。

"你不必知道我是谁。"

女人却好似有些失了耐心似的，她松开桑枝的下巴，站起身来，戴了宝石戒指的手指微动的瞬间，暗红色的光幕凭空出现，里面显现着玄衣黑发的少年，目光沉冷又空洞。

那便是刚刚提剑刺进她胸口的他。

"容徽迟早会变成这副模样，他不需要任何无用的，属于凡人的那些情感，他会变得比你想象中的，还要残忍，还要无情……你如果现在不离开他，"女人回身看她，"日后，你一定会死在他的手里。"

"他不会的。"

桑枝沉默良久，定定地望着那道光幕里的人，忽然说。

"小姑娘，"女人仿佛是在嘲笑她，"你不要太过相信他了，别看他现在为了你连命都敢不要，日后却不一定。

"他为了你，敢放弃自己的生命，你以为是你在他心里有多重要？"

女人摇头："不，那不过是他那极端的脾性作祟罢了。

"我越不让他得到什么，他就会像个疯子一样，硬要得到，哪怕是付出生命，他也不会犹豫的。

"今天可能是你，明天啊，也许就是为了什么别的人啊，什么物件儿啊，都说不定。"

女人说了很多话，却不知道她眼前的凡人女孩儿到底听进去了多少，因为此时此刻，女孩儿一直都显得过分安静。

也只在她停下来时，她才听见女孩儿说："你到底是谁？你又凭什么自以为很了解他？"

女人一怔，似乎并未料到女孩儿竟会这么说。

她眼见着坐在地上的女孩儿一手撑着地面，站起来，那双清亮的杏眼迎上了她的目光，说："我知道，我只是一个普通人，我没有办法预知未来，所以我并不知道以后究竟会发生些什么，但我很清楚，至少现在，容徽喜欢我，是真的。

"我是一个凡人，而他是传闻中那么遥不可及的神仙，我知道我遇见他，就已经足够幸运，而他喜欢我，对我来说就已经是一件很好的事情了，以后的事情谁都说不好，而他的生命很漫长，我却就像你说的，只有这么匆匆的几十年，所以他喜欢我的时候，我也很喜欢他，既然这样，我又为什么要因为某些没有影子的事情而离开他？

"这对他不够公平，对我也是。"

桑枝这一番话，令此刻站在她面前的神秘女人有那么一瞬的惊愕。

她或是从没想到过，这个看起来年纪极轻，仿佛受不得任何惊吓的小姑娘，竟会说出这样坚定的话。

桑枝的想法很简单。

她不过是想在这样最好的时候，在她喜欢着容徽，而容徽也恰好喜欢他的时候，和他在一起。

桑枝从一开始，就没有想那么多未来或许会发生的事情。

无论是她相对于他来说，算是极其短暂的寿命，还是她与他之间隔着的，凡人与神明之间的天差地别。

她只要珍惜现在的一切，就好了。

而他永远，也会是她在那个朦胧雨天里，重新认识的小神仙。

不知道什么时候，桑枝的意识又归于宁静。渐渐地，她也忘却了这一晚那场光怪陆离的梦境。

忘记了眉心一点朱砂的玄衣少年，也忘记了那个穿着素色旗袍的神秘女人。

与此同时，身在林市郊外的幽深地宫之间的颜霜睁开双眼。

一直守在台阶下的暮云见状，便低声道："夫人。"

颜霜闭了闭眼睛，手指揉着太阳穴。

大约是忽然想起来她给那个小姑娘编造的那场梦境里，那个女孩儿说的那些话，她忽然忍不住笑了一声。

再睁眼时，她神情却有些阴冷。

她原本想让凡人女孩儿主动离开容徽，却没有想到，对方竟敬酒不吃，吃罚酒。

果然是个小姑娘，还是太天真。

但如今有些事情，她已经再也等不得了。

"容晟不日便会发现星辰之境的异样，我必须要抢在他之前，将徽儿，彻底同化成我魔域的人。"

颜霜站起来，对台阶下的暮云说道。

"我苦心设局，便是在等这一日。"

女人笑着，神情却更加阴戾："做神仙有什么好？徽儿他本该是属于魔域的。"

一个神格魔化，堕落欲海的神，便是炼狱间，众生皆惧的恶魔。

第九章 //
只想对你好

今天是桑枝的生日，所以桑天好早早地就去菜市场买了好多菜回来，中午亲自下厨，给她做了一顿豆花牛肉火锅。

桑天好买了最细嫩软滑的豆花，又调好了酱汁，腌了牛肉，就连火锅料都是他自己炒的。

毕竟桑枝的爷爷桑福以前做过厨师，烧得一手好菜，连这些炒料的手艺也都有着自己的独门秘籍。桑天好这个人虽然看着大大咧咧的，有时就像个小孩儿一样不太着调，实则心细，少年时便已懂得父亲的不易，时常也会跟着父亲学习做菜的手艺，等桑福忙了一天回家，他也能给父亲做做晚饭，让父亲多少轻松一些。

用桑福的话来说，学好了这门手艺，哪怕桑天好不做厨师，以后找了媳妇儿，也能把人家照顾好。

桑福就是一个普通又简单的老头儿，有时候还有些固执。

他心里从来没那么多的弯弯绕绕，即便后来凭借一张彩票暴富，他的生活也还是一如往常，该上街溜达就去溜达，该去菜市场买菜就去菜市场买菜，虽然不做厨师提前退休，闲了下来，但他也还是不舍得乱花钱。

也就在买房这事儿上，他脑子一热，想着自己辛苦了大半辈子却没有让自己老婆住上自己的房子，心里泛苦，就一拍大腿买了好多。

这或许说来有些荒唐可笑，但他倒也从来不后悔。

桑天好也很清楚，房子对于他们这个家来说，曾经是一种求而不得的奢侈。

桑福把桑天好教得很好，他是桑福这辈子唯一的骄傲。

而身为桑福的骄傲，桑天好也从来都没有做过任何让父亲失望的事。

"我跟你说啊桑枝，就你爸爸我这手艺，出去开个餐厅绝对生意超好，你信不信？"桑天好穿着粉色的碎花围裙，一边在厨房忙活，一边还跟客厅里的桑枝说话。

桑枝抱着沈叔叔送的礼物，走到厨房门口，一边拆着包装纸，一边抬眼看向厨房里的桑天好。

他炒火锅料的香味弥漫着整个厨房，甚至飘到了客厅里，让桑枝一瞬吞咽了一下口水，但她看见她爸爸身上那件粉色围裙时，又有点想笑。

桑天好穿着的围裙还是他和赵籔清没离婚时，赵籔清在家时常穿的那一件，他之前的那件纯蓝色的沾上的油污太多了，早就被他丢了。

因为他身形高大，那围裙就跟绑在他身上似的。

"爸爸，你怎么不再买一个围裙，你穿这个……"桑枝说着说着就笑出声了。

"这个咋了？这不是还能穿吗？我就穿着呗，又不是穿出去，咱父女俩没那么多讲究。"

桑天好说着，还挺直了脊背。

桑枝看见他已经炒完了火锅底料，马上就要开始弄火锅，桑枝吞了口口水，连忙说："爸爸，你快点，我饿了。"

"行，你先拆你那些叔叔阿姨给你的礼物去，你妈给你寄的东西我也放在茶几上了，我一会儿就好。"桑天好一边动作利落地切着菜，一边对桑枝说道。

桑枝只好坐回去，闻着香味拆礼物。

沈叔叔送了她一个动漫人物的手办，桑枝认出这是最近刚上的纪念款，听说价格并不算便宜。

沈继荣真不愧为桑枝的干爹，连桑枝喜欢什么动漫人物他都一清二楚，无比上心。

桑枝的确很喜欢这个礼物，小心翼翼地把它放在自己房间的玻璃柜里。

然后，她又拆了她妈妈送给她的礼物，是一条漂亮的冰蓝色连衣裙，还有一双鞋跟稍微矮一些的高跟鞋，和一根缠着蓝色丝带、镶嵌了珍珠与蓝色钻石的发箍。

这是赵籁清送给十八岁的桑枝的成人礼。

女孩儿都喜欢漂亮的衣服，桑枝小时候还偷偷穿过赵籁清的高跟鞋，还把她的钻石戒指、宝石戒指，全都套在手上过。

这会儿桑枝看着这三样东西，开心得不得了。

早上醒来的时候，桑枝就接到她妈妈的电话了，两个人视频聊了好久。

赵籁清在这一天显得特别温柔，她身后落地窗外的光线晦暗，将至日暮，但桑枝这里却光线充足，正是清晨。

"乖女儿，生日快乐，你是个大人了。"

赵籁清对桑枝笑。

最后，桑枝朝着手机屏幕里的母亲招手，笑得很灿烂："妈妈晚安！"

给桑枝送了礼物的，还有谢叔叔、梁叔叔、林叔叔，他们有的送了她一整箱的零食，有的送了她最新款的手机，还有人送了她照相机。

至于桑天好，他原本想送桑枝一辆摩托车，但又想着她没有驾照也不会开，就只能作罢。

他就给她买了一台配置更高的电脑，主要是为了她玩游戏的体验感能更好一些，又或许是惦记着她还是一个高三学生，他又在书店给她买了一整套测试题。

"……这么高兴的日子，爸爸你怎么能送题呢？"桑枝看见那一本本的测试题，脑子就有点疼。

"那我不是给你买完电脑之后，我才想起来你高三了嘛，游戏要少玩，做题多做点儿。"

桑天好把火锅摆上桌，伸手摸了摸她的脑袋。

等他又从厨房里端来几盘煮火锅的食材，桑枝又听见他说："你成年了，我原本想给你买套房子，但又想你还没高考，我不确定你到底在哪儿读大学，索性就等你考完再说。到时候你在哪儿上学，爸爸就给你在哪儿买房！"

见桑枝愣住，他又说："虽然咱家房子多，但再多一套也不错。"

桑天好笑得露出一口大白牙。

"……"

桑枝干笑了一声，咬着花生米没说话。

等桑天好把所有的菜都端上桌，他坐在那儿，却没有要动筷子的意思。

看着桌上只摆了一个碗，桑枝拿着筷子，眼巴巴地看向桑天好："爸爸，我的呢？"

桑天好的笑容不变，忽然将一只乌木棋笥摆到了她的面前，里面盛着一颗颗的黄金棋子，金灿灿的，直晃人的眼睛。

桑枝的心脏骤然紧缩了一下。

她盯着那只棋笥，忽然有了一种不太好的预感。

"要不要用这个吃？"桑天好还慢悠悠地问她。

"……不。"桑枝把筷子放下，垂着脑袋半晌，才憋出一个字。

桑天好原本就是逗她的，转身就去了厨房，把调好蘸料的碗端出来，但碗摆上桌，她才看见桌上摆了三个碗。

中午这顿，明明就只是桑枝和桑天好两个人吃，可他此时，却摆出来三只碗。

桑枝揪紧了衣摆。

桑天好把那只棋笥转了一圈，将刻有烫金字体的那面向着她："枝枝，容徽是谁？"

昨天桑枝外出后，下了暴雨，桑天好担心桑枝的房间没关好窗，就去她的房间检查一下，却见她房间靠墙摆放的柜子没关紧。

他原想去关上，却见里面有不少金灿灿的东西。

他一打开，就看见了一堆奖杯。

桑枝什么时候得过那么多的奖？

他认真一看，那上头写着的是围棋比赛一等奖，奖杯上获奖者的名字是——"容徽"。

昨天晚上桑枝还没回来时，桑天好发现妙妙忽然"喵喵喵"地一直叫，还冲进了桑枝的房间。

他跟过去想看看那只胖猫怎么了，却见它一直扒拉着玻璃窗，望着外面，急切地叫着。

然后，桑天好立在窗边，正好就看见了底下的窄巷里，他的女儿桑枝笑容灿烂地对着一个男生说着什么，而那个男生宠溺地看着她，两人之间的氛围别提多甜蜜了。

　　桑天好形容不出来自己当时看见这样的一幕时，究竟是一种什么样的感觉，是心脏疼还是肝疼，他捂来捂去，也没捂对地方。

　　那只狸花猫看着出现在身后的桑天好脸色看起来不太好的样子，也许是忽然意识到自己可能给主人惹了麻烦，于是就炸了毛，慌乱间，它还伸出爪子想去挡住桑天好的眼睛。

　　桑天好默默地移开它的爪子，然后就看见底下的那个面容不清，身形修长清瘦的少年似乎伸手轻轻地拂开桑枝的耳发，还捏了一下她的脸。

　　桑天好脸都贴在玻璃窗上了，眼睛瞪得大大的。

　　这到底是哪里来的臭小子居然敢捏他宝贝女儿的脸？！

　　啊！

　　桑天好气得不行，却见那个少年和桑枝已经走出窄巷，而他脸贴在窗上，也看不到他们的身影。

　　他气得一整晚辗转反侧，根本没有睡好觉。

　　但今天他还是一大早起来出去买菜了，毕竟给桑枝过生日也很重要，而且他也得琢磨一下这事儿该怎么问桑枝。

　　但是他到底憋不住。

　　看女儿脸色微变，像是忽然有些害怕的模样，桑天好又连忙道："枝枝，你生日一过就是一个成年人了，爸爸呢，也并不是要反对这个事儿，我只是怕你被外头那些小男生给骗了，知道吗？"

　　桑枝总算是放松了一点点。

她小声地说："他没有骗我……"

桑天好点了点头："我知道你那一柜子的奖杯，都是他的，他似乎也挺优秀的，但是啊枝枝，有些人啊那是知人知面不知心……"

他话还没说完，就对上了女儿那双清澈的杏眼。

桑天好忽然有点说不下去。

"那，你俩没做啥不该做的事情吧？"他忽然话锋一转。

"？"

桑枝起初还没反应过来，但见她爸爸那副神情紧张，浑身绷紧的模样，她瞬间明白过来，连忙否认："没有！"

"那就好，那就好。"

桑天好终于松了一口气，但他紧接着又说："你看啊，你这交朋友我是不该干涉你，但是枝枝，你爸爸我啊，吃过的盐比你多，见过的人也比你多，我一眼就能看出来他到底是个什么样的人。"

桑枝耷拉着的脑袋忽然一抬："爸爸你……想干什么？"

桑天好把另一只碗摆在空位前，放上筷子："我这都准备好了。"

他扔了一颗花生米到嘴里，看起来像是一副很淡定的样子："你打个电话，让他过来。"

"？"

桑枝傻了。

桑枝现在就是后悔。

十分后悔。

如果昨天没有下暴雨，如果昨天她把壁柜关严实了，或许她爸爸就不会发现这件事情。

桑枝原本的打算是，等她高考完，再跟她爸爸妈妈坦白的，谁知道，她爸爸昨天就"破案"了。

"枝枝啊,我说了,我就是想见见他嘛。你也不要紧张,没啥好紧张的。"见桑枝迟迟没有什么反应,桑天好就又说了一句。

他倒是想看看,那小子是个什么模样儿怎么就把他的女儿给迷住了。

桑枝见桑天好这副模样是铁了心要见容徽,她磨蹭了好一会儿,才从衣兜里掏出手机,拨通了容徽的号码。

见她爸那双眼睛一瞬不瞬地紧盯着她,桑枝连忙跑到了自己的房间里。

锁好门之后,桑枝正好听到了电话那端传来容徽的声音。

"桑枝?"

桑枝走到窗边,应了一声,想再说些什么,却又有些支支吾吾的。

"怎么了?"容徽察觉到了她似乎有些不太对劲,"是发生什么事了?"

桑枝慢吞吞地将刚刚发生的事情跟他说了,说完她还有点懊恼:"都怪我昨天忘了把柜子关好……"

容徽沉默几秒钟,忽然问:"你很不希望你的父亲知道我的存在吗?"

他的语气听着平静,好像没有什么异样,但是桑枝本能地觉得,这似乎就是一道送命题。

"我不是那个意思……"

桑枝连忙解释:"我、我现在还没高考呢,我是怕我爸爸妈妈知道了,不让我见你……"

她那会儿看见她爸爸忽然把那只乌木棋筒摆在她面前的时候,她脑子里已经刷起了"完蛋了"这样的弹幕。

但令她没想到的是，她爸爸看起来还算镇定，也没有很生气的样子。

说到最后，桑枝又小心地问："那，你要来吗？"

她的手不由自主地握紧了手机。

"嗯。"

容徽简短地应了一声。

挂了电话，容徽看了一眼被孟衍踩在脚下的那名脸色乌青的仙门子弟，他直接走下阶梯。

"废了他。"

"殿下，您不能这样对我，我什么都说了！"那年轻男人闻言，身体几乎抖如筛糠，双眼之中尽是惊惧之色。

"明氏出了这样的奸细，他们自己倒全然不知。"

容徽就像是根本没有听见那人的声声求饶似的，径自对孟衍道："废了给他们送回去。"

"是，殿下。"孟衍低首应声。

孟衍收拾解决好一切出来时，找了一圈才在楼上的更衣室里找到了容徽。

只见他站在那一排木质衣柜前发呆，眉头微蹙，似乎有些为难。

周尧来时，也正好看见这一幕。

"殿下，您在做什么呢？"周尧小心翼翼地问。

容徽回头看了周尧一眼，然后又盯着衣柜里那些衣服看了片刻。

忽然，他从里面拿出一件卫衣，转身看向周尧和孟衍："这件，好看吗？"

"？"

无论是周尧，还是孟衍，都愣住了。

容徽觉着他们的反应有些无趣，把衣服随手扔在存放手表的玻璃柜上，然后又从里面拿出来一套西装。

"这个？"

孟衍和周尧面面相觑，谁也不知道这位太子殿下究竟是要做什么。

想起桑枝，周尧脑子灵光一闪，也算是比孟衍在这方面要反应快许多："殿下是要去见太子妃吗？"

谁知容徽点了点头后，又忽然摇头："不是。"

嗯？

周尧不禁产生了一个大胆的想法。

难、难道殿下要去见什么别的小姑娘了？

那桑枝……

周尧的神情变得有一点复杂："那殿下，是要去见谁？"

容徽仍在翻看着衣柜里的衣服，闻言便淡淡道："去见桑枝的父亲。"

哦，桑枝的父亲。

嗯？？？

周尧瞪大双眼，谁？

"殿下……"他憋出一句，"您这么快就要去见长辈了？"他终于反应过来，点了点头，"哦，那这件事的确要慎重一些。"

他赶忙上前去替殿下挑选衣服。

孟衍却跟个憨憨似的站在那儿，似乎是不太明白为什么殿下去见太子妃的父亲还要挑选衣服。

当然，他多年在昆仑修炼，两耳不闻窗外事，再加之其天生情丝缺失，又从不食人间烟火，自然也不会明白这其中的诸多东西。

最终，容徽换了一件浅色的薄绒毛衣，外面穿着一件黑色的长款外套，搭着深色的长裤。

这大约是这么久以来，他第一次站在镜子前审视自己，像是想找出自己有什么不妥之处。

周尧从柜子里拿出来一只手表递到容徽面前，看着他接过去戴上，问："殿下可准备了什么礼物？"

"礼物？"

容徽轻瞥镜子里，站在自己身后的孟衍："孟衍。"

孟衍一开始还没反应过来，但见容徽神色稍冷，他一个激灵。

"哦，夫人的生辰礼啊，臣这就去拿过来。"

周尧一听是桑枝的生日礼物，连忙道："殿下，您既然是去见太子妃的父亲，那也该给他准备点礼物啊。"

具体是因为什么，周尧其实也不是很懂。

就是他住在凡尘已经有几百年了，也见过不少人成婚什么的，也自然知道一些世俗之礼。

总之，这么做一定没什么错。

容徽出门时，桑枝正和父亲坐在桌前，她看着自己面前的小碗，有点心不在焉。

桑天好给她烫了一片牛肉，夹到她碗里。

"该吃吃，别饿着。"

桑天好自己吃了一筷子豆花："多大点事儿，看你坐立不安的。而且，今天不是你生日嘛，我把他叫过来给你过生日不挺好的，反正中午就我跟你两个人，这不是怕你觉得没意思嘛。"

桑天好想起昨天晚上在窗边朦胧看到的一幕，他的语气忽然有点酸溜溜的："你这样，看着就好像我把他叫过来是欺负他似的。"

"……没。"桑枝的声音弱弱的。

"吃肉！"桑天好催促她。

桑枝只好低头吃牛肉，吃完一片，她的碗里又来一片，然后她就听见桑天好仿佛是不经意地问了一句："他是学生吗？"

"是的。"桑枝坐直身体，老老实实答。

"哪个学校的？"桑天好又问。

"跟我一个学校……"

"哪个班的？"

"跟我一个班……"

"什么？"

桑天好还真没想到，那小子竟然跟桑枝还是同班同学。

他哪知道，他们不但是同班同学，还是同桌。

但这个他没问，桑枝也没说。

"那……"桑天好清了清嗓子，问，"他成绩怎么样啊？"

"这次考试，他年级第一。"桑枝这次回答得很迅速，语气还隐隐地透出几分骄傲。

桑天好知道，三中已经是一个很不错的重点高中了，能达到年级第一的程度，那估计……

他愣了一下，倒也没想到那小子竟然学习也这么好。

反应过来后，桑天好轻哼一声："看看你那样，跟你得了年级第一似的。"

桑枝瞬间耷拉下脑袋。

桑天好还想问些什么，便听见门铃声响起。

桑枝立刻站了起来："我去开门！"

然后，桑天好就见她直接往玄关跑去。

桑枝打开门，就看见容徽站在外面，他身后还跟着提了两袋子东西的孟衍。

他对孟衍说："你去做你该做的事。"

容徽回身拿了孟衍手里的东西，然后拍了拍桑枝的后背，跟着她走进去的时候，毫不犹豫地把孟衍关在了门外。

也许是关门声令孟衍有一瞬失神，他站在门外眨了眨眼睛，半晌才想起来自己到底要去做什么事情。

他敛了敛神，转身走了。

桑天好这会儿已经正襟危坐，却忘记了他身上那件不合身的粉色围裙，还顶着一副严肃的模样。

但是看见跟在桑枝身后走过来的那个男生时，看见那张冷白无瑕的面庞时，桑天好一下子就愣住了。

这长得……跟他想象中的也太不一样了吧？

桑天好昨晚仅凭一个背影，也猜测过这个男生可能长得还有点好看。

但是他也没想过，这小孩儿……还能长得这么好看。

少年穿着简单，浅色的毛衣，深色的长款外套，短发乌黑柔软，额前的碎发有些微卷的弧度，肌肤冷白，容颜似玉。

这看起来，就跟画里走出来的人似的。

桑天好知道自己长得帅，这是赵簌清当年都承认过的事实。拼颜值，那他也是他的几个兄弟里，最帅的那个，但这会儿他也不得不承认，这小孩儿还挺会长啊，怎么长得跟个神仙似的。

桑天好忽然就忘了自己刚刚在心里想好的开场白。

"桑叔叔。"

容徽走过来时，微微颔首地打招呼。

这孩子声音也挺好听……桑天好忽然发现自己的思绪有点儿跑偏了，他连忙继续坐直身体，看了一眼容徽手上提着的东西，脸上仍维

398

持着一副严肃的神情："来就来吧，还送什么礼……"

"这是桑枝的生辰礼。"

容徽将其中的一个袋子递给桑枝，然后又将另一个布袋子放在了桌上，里头沉重的东西瞬间发出了碰撞的声响。

"这是送给您的见面礼。"容徽道。

"看着挺沉啊？"桑天好极其"矜持"，作为一个"见过大世面，永远不差钱"的人，他这会儿表现得很淡然，"我们家什么都有，你不用送这些有的没的……"

但是当他瞥见袋子里露出的东西闪了一下他眼睛时，他顿时愣了。

"这里面都是什么啊？"桑天好觉得这礼物也不像什么烟酒或是保健品什么的。

容徽伸手将袋子打开，露出里面那一堆的金银玉器、宝石珍珠，还有一些桑天好从来没见过，但一看就不是什么寻常物件的东西。

桑天好愣了。

这年头，还有人直接上门送这些玩意儿吗？

桑枝也惊了。

她没想过，容徽第一次来见她爸爸，竟然直接提了一大袋子的金银珠宝……

桑天好憋了好一会儿，才说出一句话："你……家里有矿啊？"

饭桌上的气氛有一点点的尴尬。

桑枝看了看桑天好，又看一看坐在她对面的容徽，中间隔着火锅缭绕的热气，翻滚的红汤散发着诱人的香气。

桑天好瞟了一眼桌上那满满一大袋子亮闪闪的东西，故作镇定："那个，你家是哪儿的啊？"

"之前住在隔壁小区。"容徽敛着眉眼，简短答道。

"隔壁小区？"

桑天好也是没有想到，这小子居然还住得挺近？

怪不得呢，就他这进进出出的，长得又这么抢眼，桑枝和他还是一个学校一个班，那相处起来可不是天时地利又人和吗？

但桑天好随即想起来一件事，说："隔壁小区现在都给拆了，那你们家住哪儿去了？"

"平南区，花荫路。"容徽如实回答。

平南区？还花荫路？

桑天好作为一个资深的包租公，哪能不知道哪个地段的房子好。

那平南区整个一富人聚集地，花荫路更是一个大别墅群。

看来……这小子家里是真的有矿？

那怎么之前还能住隔壁那老房子？

孟衍给容徽编造了一个新的身份，故事有点狗血，总之就是容徽之前一直跟养父母住在一起，后来养父母意外身亡，容徽被京都有名的书香名门认回，因为容徽已经高三，考虑到他自己的意愿，所以京都那边才没有接他回去。

桑天好觉得自己好像看了个电视剧，这剧情跟走马灯似的。

"这样啊……"桑天好干笑了一声，喝了一口冰啤酒。

桑枝坐在一旁，眼见着她爸问了一个又一个的问题，却还不忘往她碗里夹菜，不一会儿就堆成了山。

只要她想开口讲话，她爸就会再给她夹一筷子菜，堵住她的嘴巴。

跟查户口似的问了好多问题之后，桑天好又问道："你现在有十八了吗？"

"嗯。"容徽不明所以，但还是应了一声。

他此刻也是正襟危坐，腰背直挺，虽然脸上看起来没有什么情绪变化，但身体却还是稍稍有些僵硬。

桑天好整个人也有些不大自然，这会儿他拿了一个新的杯子，倒了满满一杯冰啤酒，推到容徽面前："喝点儿？"

容徽垂眼看着眼前的那杯啤酒，杯壁凝着水珠，满满的一杯酒液里漂浮着白色的泡沫。

他还从没有喝过这种酒。

"爸爸，他还是个高中生，不能喝酒的！"容徽还没有开口，桑枝却抢先道。

"你还知道你们是高中生啊？"

桑天好一句话就把桑枝给堵得语塞了。

她耷拉下脑袋。

容徽看了一眼对面坐着的女孩儿，他忽然端起那杯酒，凑近嘴边喝了一口。奇怪的味道在口腔里蔓延，他本能地想要皱眉，却生生地忍了下来。

"喝光。"

桑天好并不打算放过这个臭小子。

"爸爸……"桑枝小声抗议。

容徽却果真端起杯子来，仰头全部喝光了。

"看你那样，我还没拿那最大号的杯子呢。再说了，这是啤酒，我又不是要灌他白酒……"桑天好瞧见桑枝一副担心臭小子的模样，语气就又有一些酸酸的。

两个人一杯接一杯，就当着桑枝的面，喝了好几瓶。

虽然这啤酒并没有很醉人，但无论是桑天好还是容徽，似乎都没有之前那么僵硬了，桑天好甚至还跷起了二郎腿，一只拖鞋都飞到了桑枝的脚边。

桑枝喝着果汁，一脚给他踢了回去。

容徽脱了外套，只穿着一件薄毛衣，在阳台那边投射进来的阳光中，他的五官精致漂亮得不像话。

桑天好撑着下巴，打了一个嗝："你说你这小孩儿，可真会长……"

他也是不太知道，自己到底是第多少次这样感叹。

"其实啊，我并不反对你们交朋友，我并不是什么老古板，我也年轻过，谁不知道青春其实也就那么几年，我也不想桑枝因为我或者她妈妈给她定的什么条条框框，把她给捆着……我以前上学时还暗恋同班女同学呢，这事儿啊，没啥大不了，不过有一件事，我并不确定……"

桑天好的神情忽然变得沉静了许多，他盯着眼前这个长相过分出色的少年："你是真的喜欢我们家桑枝？"

桑天好摸着下巴问："我有点整不明白啊，你这小子，到底喜欢我们家桑枝哪儿啊？"

容徽垂着眼帘，似乎是在斟酌着该怎样回答，又或许，他不过是又在稍显朦胧的几分浅薄醉意间，想起了一些事情。

他撑着下巴，歪头看了一眼桑枝。

她正把牛肉喂进嘴里，对上他的视线时，她眨了眨眼睛。

"桑叔叔，您不用怀疑我对桑枝的用心，她对我来说，很重要。"容徽忽然开口，看向桑天好。

这大约是他第一次如此直白地表露自己的心迹，还是当着桑枝的面，他的脸色隐隐有些泛粉，手指也不由得攥紧了杯子。

他知道，即便他再不善表达，今天当着她父亲的面，他也该有一个明确的态度。

这原本就是他今天来这里的目的。

桑天好听了少年的话，怔了一下，但见眼前这个少年那双眼睛里认真的神情，他又忽然问："那我今天要是反对呢？"

容徽沉默下来，那双眼睛却仍看着桑天好。

似乎并不用再多说些什么，桑天好就已经从他的眼睛里，看出答案了。

这小子还挺有脾气……桑天好也不知道为什么，后背有点凉凉的。

桑天好并不知道，桑枝让容徽重新感受到了属于这个世界，属于她的，许多鲜活的色彩，但也同样令他更加渴望她的目光。

十七岁那年他所经历的绝望，如同乌云盖顶般的阴霾将他压得无法喘息，他曾以为自己要一辈子被囚禁在那样的怨恨与折磨里，不得解脱。

但她，却像是跨越了时间一般，在他记忆倒退到十七岁那年的时候，给了他另一个结局。

那个结局，是自杀未遂的十七少年，找到了他此般残破人生里，唯一的光亮。

而一个在永夜里踽踽独行那么多年的人，是无论如何都会攥紧这仅有的温暖的。

"把肉吃了。"桑天好忽然夹了一筷子肉到他的碗里。

容徽看着自己面前的那只小碗里的那片仍在散着热气的牛肉。

"爸爸不可以！"桑枝连忙说，"容徽他不能吃这个！"

"一片牛肉，有什么不能吃的？"桑天好不以为意，还觉得这小子是不是矫情，成了名门贵公子，就变得讲究起来了？

桑天好哼了一声，觉得自己终于抓住了这个小孩儿的错处。

他正要开口说"你这样可不行"之类的话，却见桑枝急忙开口："不是的，爸爸，容徽他的胃出了问题，很多东西他都不能吃，像这种，辣的就更不能了……"

桑枝看了一眼容徽，又说："不然，他会吐得很厉害。"

桑天好哪里知道，原来是这么一回事。

他原本微扬的下巴忽然低了低，又清了清嗓子，缓解了一下尴尬，然后说："是吗？那、那就不吃吧……"

最后，桑天好指了指那一袋子的金银珠宝："这些东西，你还是拿回去吧。你说说，普通的那些吃的啊用的啊，我还能收一收，但你直接就给我整这么大一袋子……"

他一顿，然后撸了一把头发："我看着就慌得慌。"

桑天好自认是见过大世面的人，但是他也没有想到过，有一天他会忽然发现自己的乖女儿居然有了一个男朋友，而且她这个男朋友一上门，就往桌上扔了一大袋子的金银珠宝作为见面礼。

……有点不太真实。

"既然已经送您了，那就是您的了。"容徽却并没有要收回的意思。

桑天好语塞。

这还不回去了？

这一顿饭吃得桑天好没滋没味儿的，看见自己的女儿还时不时地偷瞟容徽，他的心情也变得十分复杂。

"这件事还是先不要告诉你妈了，她虽然也不怎么反对这些事情，但你现在正高三呢，她肯定担心影响你的成绩，等你高考完，再告诉她吧。

"再有就是，我虽然不反对，但是你们可千万不能因为这个事儿而耽误了学习，知道吗？"

桑枝乖乖点头："我知道了。"

桑天好原本还有很多的话要说，但是这会儿他看着眼前这两个人，又忽然不知道自己该说些什么了。

"行了，你不是还要跟你同学出去玩吗？"桑天好朝桑枝摆摆手，"时间也差不多了，你收拾一下出门吧。"

他现在仍然有一种矛盾的心态，所以他面对容徽时，就无可避免地有着一种身为父亲的别扭感。

昨天晚上他辗转难眠，忽然想起来，自己家里莫名出现的棋盘和棋子，甚至是桑枝房间里的那把藤椅，又或者是她床上那个已经洗过，却依稀看得出模糊轮廓的抱枕上的字迹。

当时他没想明白那写的是什么，可是这个中午，当他得知这个少年的名字——"容徽"时，却又忽然想明白了那些笔画勾勒出的，究竟是哪两个字。

桑天好心里有些不是滋味，抬头没好气地威胁容徽道："臭小子你记着啊，你敢欺负我女儿，我可不会放过你！"他一边说一边秀了秀自己的拳头。

"……"

"……"

桑枝和容徽同时沉默。

容徽下楼之后，桑天好收拾着碗筷，眼见着桑枝戴上围巾，就要出门，他忽然叫住她。

桑枝回头，疑惑地看向他："爸爸？"

"你真的，喜欢他吗？"桑天好此刻没有笑，却也没有很严肃，他只是在认真地向她寻求一个答案。

"嗯。"

桑枝虽然有点不好意思，但还是点了点头。

桑天好沉默一瞬，半晌才说："你去吧。"

他记得刚才在饭桌上，他故意为难容徽时，桑枝下意识的种种维护行为。

而他自然也看得出来，容徽对于桑枝也同样珍视。

但他对于这个少年的了解仍旧浅薄，他心里有着一种隐秘的担忧，还有一种……说不出的失落。

在客厅的沙发上坐了一会儿，桑天好点开微信群，发了一条消息：

"兄弟们，今天真冷。"

然后群里多了另外四个人连续发的"？"。

"可是我的小棉袄不见了……"桑天好发了一个瘫在地上的泪流成河的表情包。

"你说什么胡话呢？中午不是给干女儿做好吃的吗？"

沈继荣不明所以。

其他的人也纷纷问他是不是喝醉了。

"不，你们不懂。"

桑天好摇了摇头，然后又惆怅地发了一条消息：

"我有个大秘密，但我不说。"

群里沉默了半分钟，然后桑天好就发现自己被移出了群聊。

"……"

他们都是假兄弟吧？

桑天好叹气。

桑枝跟周尧、封悦约好，下午在新湖公园滑冰，然后去开卡丁车玩。

容徽临时有些事情，只能先去处理。

封悦一直惦记着上次周尧递给她一杯奶茶，却又拿走的那件事儿，这会儿趁着周尧不在，她就跟桑枝说了两句。

"我觉得他是故意要我……"封悦哼了一声。

桑枝憋不住笑了两声，然后思索了一下，说："我觉得，他可能真的是怕浪费……"

这时，周尧从冰场的另一边走了过来，他提着的袋子里有三杯奶茶，先递了一杯给桑枝，然后又把另一杯递给封悦。

封悦没想到他还给她和桑枝买了。

她正犹豫接还是不接，却听周尧忽然说："不是抹茶的。"

封悦愣了一下，到底还是接了。

握着温热的奶茶，她有点别扭地小声说了一句："谢谢。"

桑枝滑冰又无可避免地摔了个跟头，封悦看着她穿着厚厚的衣服，像只熊一样趴在地上，忍不住哈哈大笑，结果下一秒自己也摔了。

周尧慢吞吞地坐着滑冰车过来，一个一个地把她们拽起来。

照青蹲在树上，看着他们玩，她动了动翅膀，有点昏昏欲睡。

桑枝并不知道她的存在，和周尧、封悦从滑冰场出来，就又去另一边的场地开卡丁车。

周尧回头瞥了一眼那树荫间一动不动的小青鸟。

他无声地叹了一口气，干脆掏出手机，给孟清野发了一个消息。

孟清野正在家里煮面，他外公出去跟那一群老头下象棋去了，他昨天晚上打工回来得晚，今天休息，没闹钟吵他，一觉睡醒就已经下午了。

一碗面刚端上桌，孟清野还没来得及吃上一口，放在桌上的手机就振动了一下。

他瞥了一眼，只见手机屏幕上显示着"周尧"两个字。

孟清野划开屏幕，进入微信界面，然后就看见了周尧发过来的那句：
"照青女君在树上睡着了，你来接一下。"

后面跟着一个定位。

"……"

孟清野愣了两秒，随后皱起眉头。

他看了一眼自己碗里加了个蛋还有肉的泡面，最终把手机往兜里
一塞，拿着筷子吃了一大口面，然后认命地站起来，走到玄关那儿去
穿外套，穿鞋子。

他早已经习惯了。

照青经常迷路，有的时候就会趴在路边的树上睡上一觉，孟清野
从小最常做的一件事就是去外头的那一棵棵树上找鸟。

小时候有一次，照青迷路，撞在一棵树上晕了过去，醒来就已经
身在花鸟市场的铁笼子里。

最后还是孟清野听清了她传给自己的信息，带上存钱罐里的钱，
去花鸟市场把她给领了回来。

从小时候到现在，知道照青秘密的，从来都只有孟清野一个人。

而孟清野或许也早已习惯了做这唯一一个知情人，并在她迷迷糊
糊闯祸的每一次，都替她收拾烂摊子。

他觉得自己甚至有点儿过分自觉了。

另一边，桑枝和周尧、封悦玩了卡丁车，路过之前她和容徽看雪
的河边时，她看了一眼湖中央的亭子，朱红的颜色似乎被侵蚀得颜色
更暗沉了一些。

也不知道，今年的第一场雪，什么时候来。

滑完冰，又玩了卡丁车之后，封悦也不像之前那样对周尧爱答不

理了，这会儿甚至还在跟周尧聊着天。

一杯奶茶的"仇"，就这么被另一杯奶茶化解。

封悦提议去一家网红饭店吃，被桑枝给果断拒绝了，因为那家店会为过生日的顾客唱生日歌，服务相当热情周到。

"干什么？怕我大声喊祝你生日快乐啊？"封悦笑起来。

"……你别说，确实是有点害怕。"桑枝一边走，一边说道。

吃饭的地方其实昨天就已经订好了，是桑天好的朋友梁斌打电话过来，一定要让桑枝去他店里吃，沈继荣又让桑枝去他的酒店里吃。

桑天好说，这两个人甚至还在微信群里互相斗了会儿表情包。

最后是拥有海量表情包的梁斌获胜。

桑天好也没法拒绝，就跟桑枝说了。

梁斌开的是火锅连锁店，林市就有好几家，更不提周边城市，甚至是京都，都有他的分店。

他家的火锅底料，还是当初桑天好帮着他一起研究的秘制配方，这么多年，他的火锅店，口碑一直很好。

原本梁斌想让桑天好入伙，每年给他分些红利，但桑天好说什么都不要。

桑枝带着周尧和封悦到了火锅店，她进去就看见梁叔叔已经坐在那儿跟人聊天。

"梁叔。"桑枝走过去，叫了一声。

梁斌转身来一见她，笑得眼睛眯成一条缝："枝枝来啦。"

桑枝点了点头，又给他介绍："梁叔，这两个是我的同学，他叫周尧，她是封悦。"

梁斌看向周尧和封悦，笑着说："你们好！你们好！"

他说："枝枝啊，去楼上吧，楼上标了'武松打虎'的那个房间啊，我都给你准备好了，你和你这两位朋友上去就行。我就是等你来，你来了我就得走了，赶着和你爸他们骑车去。"

梁斌摸了摸她的脑袋："生日快乐，枝枝。"

他又说："今天你先跟你这些朋友玩，明天就得是我和你的几个叔叔，再请你吃顿饭，给你过生日了。"

桑枝有点儿不好意思："其实不用的梁叔，我生日就今天一天，不用过两次……"

"那我们也得请你吃顿饭啊。"

梁斌笑得爽朗："好了，快去吧。这里的经理我都跟他说好了，你有什么事儿找服务生就行。"

桑枝点点头："谢谢梁叔。"

这家店分上下两层楼，梁斌给弄了个《水浒传》的主题，就像桑枝他们这个包厢的门牌是"武松打虎"一样，其他房间的门牌也都是出自《水浒传》里的故事。

底下的卡座也都各有各的名儿，桌子上还刻着那一百零八人的肖像，用金粉涂了一遍，看起来栩栩如生。

四大名著有一个算一个，梁斌都弄了专门的主题火锅店，对于年轻人来说，这反倒是一个新奇的点。

"我上次就来这家吃过，火锅是真的挺好吃的……"

封悦说着，又一手撑着下巴看向桑枝："我是真没想到，你居然认识这家店的老板。"

"梁叔和我爸爸是好朋友。"桑枝简单地解释了一句。

然后她就给照青打了一个电话。

彼时，照青刚被孟清野从树上摇下来，她还有些迷糊，就被他提溜在手上，往公园的僻静处走。

她的手机在她身上翎羽隐藏着的微小的百宝袋内忽然响起来。

她的翅膀动了动，袋子掉下去，瞬间变大了许多。

孟清野停下来，俯身捡起袋子，从里面拿出手机，一见屏幕上闪烁的名字，他停顿了一下，选择了接听。

"喂？"

听见少年微低的嗓音，桑枝要说的话瞬间堵在喉咙，反应过来后，她就问："照青呢？"

"找她干吗？"孟清野没有回答，反而问道。

"今天我过生日，找她来吃饭。"桑枝说。

孟清野"嗯"了一声，低眼瞥着手里那只小青鸟。他道："发个定位过来。"

桑枝挂了电话，就点开微信，发了定位。

不一会儿，桑枝就看见穿着一件薄羽绒服的少年推开了包厢的门，慢悠悠地走进来坐下，把一只翎羽青蓝的鸟放在面前的碗碟里。

桑枝愣了。

容徽推开门时，正看见这样一幕。

他没有料到会在这里见到孟清野，似乎有一瞬微怔，但也仅仅只是片刻，随后他便移开目光，走了进来。

他身后的孟衍也跟着走了进来。

孟衍还未修成神格，故而对于食物也有着一种执念。闻到这火锅的香味，他的喉结动了一下。

"哥。"

孟清野一见容徽，一改之前那副散慢悠闲的模样，反倒有些拘谨地站起身来，像是有些不知所措。

容徽却像是没听到似的，根本没有理会他。

于是，他垂下眼睫，沉默不言。

"孟清野，你快坐下吧。"桑枝赶紧说道。

孟衍带来的蛋糕就摆在旁边的柜子上，是她最喜欢的草莓蛋糕。

她看着看着，又忽然想起来曾经那个阴沉的下雨天里，从她手里掉在地上，最后被他踩过的那个草莓小蛋糕。

那本该是送他的礼物。

最后却成了她暗恋被吓哭的标志。

桑枝在蜡烛点燃的瞬间，忍不住笑了一下。

大约是大家给桑枝唱生日歌的声音吵醒了照青，她发现自己被放在一只碗里的时候，吓得扑棱着翅膀飞起来，又因为太过慌乱，而一屁股坐在了蛋糕的中心……

顿时，房间里变得寂静起来。

照青沾了满身的奶油，她忍不住吃了两口，抬起脑袋却对上了容徽那双看似平静的眼瞳。

她忽然觉得后背发凉。

整只鸟都在抖。

"对、对不起，殿下……"

她说话都结巴了。

孟衍还等着分蛋糕呢，谁知道生日歌一唱完，那只鸟就一屁股坐进了蛋糕上，洗了个"奶油澡"。

"照青你完了，这个蛋糕是我们殿下亲手做……"

孟衍话说一半，忽然见身旁的容徽看向他，他顿时没了声音。

房间里又没了声音，气氛变得有点怪。

桑枝看向容徽，却见他有些不太自然地偏过头，面庞还微微泛粉。

封悦这会儿已经睡着了，从那只鸟开口说话前，周尧就稳准狠地将一缕流光打进了她的脖颈。

"殿下我错了！"照青意识到问题的严重性，率先打破沉默，脑袋耷拉下去。

"哥，照青她不是有意的，"孟清野不由得开口，"我去买一个吧。"

孟衍想说话，却没敢开口。

即便桑枝说不用了，孟清野还是出去买了一个蛋糕回来。

这时，封悦悠悠转醒，有点搞不清楚状况："我怎么睡着了？"

周尧坐在她旁边，看了一眼正在揉眼睛的她，说："你昨天肯定熬夜了。"

"我没有啊。"封悦皱眉。

周尧却很肯定："不，你有。"

"十一点睡的也算熬夜？"

"算。"

"……"

封悦满脸疑惑，本能地觉得自己好像错过了什么。

离开火锅店时，天色已经暗了下来。

容徽和桑枝并肩走在人行道上，周遭的灯光交织着，将这一方天地照得透亮，这会儿还不是深夜，路上仍旧有来来往往的行人。

他们的目光大多会在桑枝和容徽的身上停留片刻，有的女孩儿还会凑在一起窃窃私语。

"那个蛋糕是你做的呀？"桑枝踩着路上的地砖格子，忽然问。

容徽仍旧有些不好意思。

他抿着薄唇，在女孩儿停下来一直问"是不是"的时候，他才勉强"嗯"了一声。

"你不是下午有事吗？"

"我在厨房，他们在客厅，虽是谈事，也并不耽误。"容徽乖乖地答。

他并不知道，在客厅里等着的那两位老宗主瞥见他在厨房里的身影时，脸上的神情有多么奇特。

他们虽是这世间仅存的修仙宗门，但天神在他们的心中仍旧是遥不可及，高高在上的，而这位九重天的太子殿下，便更是如云如月一般的存在。

谁能想到，他们两个老家伙，还能看见神明在厨房里……做蛋糕。

"可惜没吃到……"桑枝的语气有点闷闷的。

不过想起照青在蛋糕里滚了一圈，沾了一身奶油的样子，她又忍不住笑起来。

抬眼时，她看见容徽敛着眉眼，一副不大高兴的模样，她连忙道："你可不要怪照青哦，她也不是故意的……"

容徽没有说话，似乎还是有些不开心。

"那你下次再给我做一个，好不好？"桑枝晃了晃他的胳膊。

容徽捏了一下她的脸蛋："不好。"

"为什么？"桑枝气鼓鼓。

容徽却并不言语，在此刻难得的寂静间，身旁忽然没有了行人往来，唯有耳畔偶尔的车流穿行声瞬息而过。

他将眼前的她细细打量，认真地说："枝枝，生日快乐。"

他想起她给他过生日的那一天。

她那时是那么努力地想要让他重新面对这个世界，盼他能够感受到哪怕丝毫的温暖。

也再不会有人，会像她一样。

桑枝微红着脸，胸腔里的那颗心脏在他说话间就已经跳得迅疾。

她小声问："你怎么都不问我的生日愿望是什么啊？"

容徽闻言，便问："是什么？"

然后，她忽然踮起脚，伸手去捧他的脸。她的眼睛弯起来，像是盛了粼粼碧波："我希望容徽天天开心！"

容徽稍怔。

他眼睛里的光影都柔软下来，他喉结动了一下，伸手想要去触碰她的脸。

桑枝衣兜里的手机却忽然响了起来。

桑枝一接电话，就听见她爸爸在那端扯着嗓门儿喊："桑枝你是不是该回家了？这都八点多了，快点回来！"

他下命令道："赶紧的！"

桑天好什么都算准了，就是没算到，他女儿的朋友并不是一个普通人。

桑枝回去的时候，容徽就站在她的身后。

"那小子没送你？"桑天好向她身后张望了两下，并没有看到今天中午见过的那个男生。

"送了，"桑枝有点心虚地小声说，"送到楼下就走了。"

桑天好点了点头，抹着下巴说："还挺自觉。"

"……"

桑枝偷瞟了一眼身后的容徽。

见他神情没有什么变化，她转头就将书包往玄关的柜子上一扔，说："爸爸我先回房间了。"

妙妙飞快地从猫窝里钻出来，追着桑枝跑。

415

在桑天好的印象里，这只胖狸花就是一只懒猫，他平时也不怎么见它有这样兴奋的反应，也就是昨天他亲眼见它往桑枝的房间跑，还在那儿扒拉窗子。

也亏得它，他才发现了自己女儿的这个"秘密"。

桑枝一关上卧室的门，转头就看见妙妙扑进了容徽的怀里，"喵喵喵"地叫个不停。

容徽在小藤椅上坐了下来，抱着猫，神情柔和。

桑枝坐在单人沙发上，把自己刚刚顺手从冰箱里拿出来的水递给他，自己则一手撑着下巴，望着他和他的猫。

躲避着妙妙故意捣乱伸出来的猫爪，容徽拧开瓶盖，喝了一口，水有些冰，他喝过之后，嘴唇就显得越发绯红了一些。

他抬眼，见桑枝正一瞬不瞬地盯着自己。

他的睫毛颤动了一下，又有些不太自然地抿了一下嘴唇，问她："怎么了？"

"没什么。"

桑枝却只是撑着下巴，望着他傻傻地笑。

你看窗外，这夜的月像什么？

像是投在他身上的灯影柔光般动人，令他多多少少褪去几分尖刺，少却阴郁，终于像是一个活在红尘里的人。

有温度，却又仍旧不染烟尘。

桑枝每一年的生日，都过得很开心，因为她拥有爱她的家人、朋友，还有那几个叔叔……

而这一年又不太一样，她有了容徽。

桑枝忽然拿出手机，站起来后就又直接蹲在了容徽的旁边。

她打开手机的拍摄功能。

手机的摄像头对着桑枝白皙莹润的面庞，也对着少年漂亮的眉眼，以及他怀里的胖猫。

"容徽，你笑一下呀。"桑枝说。

容徽看着她手机屏幕里的自己，却半晌都没能挤出一个笑容来。

桑枝试了好几次，都被容徽僵硬的表情给笑得前仰后合。

最后，她只好放弃："算了，你不笑就不笑吧，不笑也好看！"

她干脆又指挥起胖猫："妙妙，你把你的右爪抬起来，快点。"

妙妙叫了一声，也不知道有没有听懂，还是容徽把它的爪子抬了起来，它才懵懂地举着爪子，被迫营业。

一张照片定格的是桑枝露出八颗洁白牙齿的灿烂笑容，还有容徽那张没有过多表情，眼睛里却映着灯光影子的模样，以及妙妙一直举着爪子，歪着脑袋好奇地看着镜头的样子。

但桑枝放大照片，却在自己的锁骨上方看见了那一抹淡金色的字迹。

"容徽"两个字，如此明晰。

桑枝把手机举到容徽的眼前："你看看！怎么照个照片出来这上面都还能看得到？"

桑枝拉了拉他的衣袖："你快点给我弄掉！"

容徽垂眼瞥着她扯着自己衣袖的手，悠悠地说一句："不要。"

桑枝气得就想去书桌上放着的笔袋里找记号笔出来，往他脸上画，却被他轻易制住，令她一时挣脱不开。

"哪怕你弄的是我自己的名字也好呀，这要是被看见了，我都不敢想象……"桑枝小声说道。

容徽却并不言语。

但下一秒，他却忽然伸出一根手指轻轻地碰了一下她的手指。

淡色的光如同仙女棒刹那燃烧的火花悬在她的指腹，桑枝惊异地睁大眼睛："这是什么？"

"你如果觉得不够公平，"他垂着眼睛看她，仿佛很认真，"你也可以。"

桑枝反应了几秒，她的目光慢慢地移到他的身上，她才明白他的意思。

大约他的声音有魔力，房间里静悄悄的，她盯着他半晌，竟然也真的试探着伸出了手指。

隔着薄毛衣，她一笔一画在他锁骨上方写下了两个字。

那是她的名字。

她指间的光色如足以浸润骨肉的金粉颜料般，最后一笔落下，她就看见他的衣领里有了浅浅的光色隐约闪烁。

她有点出神，片刻后反应过来，她缩回手指，还是有点恼："这是公不公平的事吗？我是让你把我的这个弄掉。"

但她到底也没继续追究这件事。

这夜，容徽陪着桑枝等到了深夜十二点。

她十八岁了。

随着天气越来越冷，容徽也迎来了他认识桑枝后的第二个生日。

桑天好或许是听了桑枝跟他说起的那些发生在容徽身上的一些事情，也渐渐地对这个看着沉默、不善言辞的少年有了一些复杂的情绪。

听见桑枝说起容徽的生日，他握着电视遥控器，有些不大自然地清了清嗓子，问了一句："那他那边有人给他过生日吗？"

桑枝还没说话，他就又道："要是没有的话，你就把他叫过来，咱给他过。"

桑枝愣在那儿，半晌没回过神。

桑天好被她那样的目光看得有些头皮发麻："你看着我干啥？还不去给他打电话？"

"谢谢爸爸！"

桑枝一下子跳起来，高高兴兴地冲到自己的房间里去了。

考虑到容徽的胃已经脆弱到了吃什么就会吐什么的程度，桑天好特地给他炖了一锅好汤，再炒了几个清淡点儿的菜，考虑到桑枝的喜好，他又弄了两个川菜。

等容徽过来的时候，他看着这一桌子的饭菜，有些回不过神。

或许是曾经那个家给过他的回忆太过糟糕，令他几乎都要忘了人间烟火的味道，那大概就是眼前这些热腾腾的饭菜间氤氲缭绕的热烟。

也是这么多年第一次，他闻到食物的味道，竟也不再像之前那样厌恶。

桑枝其实有点担心，她怕容徽真的吃了这些东西后，又呕吐不止。

可当着桑天好的面，见他专门替容徽做了这一桌好菜，她又什么都说不出来。

她这样一副纠结的模样落入容徽的眼中，在桌下，他轻轻拍了拍她的手背，示意她不要担心。

"上次确实是不知道你胃病这么严重，才让你喝了酒……这次啊，咱都不喝酒了。"

桑天好特意盛了一碗汤给容徽，又给桑枝盛了一碗。

"这汤啊，我可炖了不少时间，也算是我拿手的汤，你们都尝尝。"

容徽的手捏着汤匙，喝了一口。

"怎么样？好喝吗？"桑枝连忙问他。

"嗯。"

容徽应了一声。

大约此刻的心是暖的，他的眉眼又柔和了一些，看向桑天好时，他认真地说："桑叔叔，谢谢。"

"谢什么呀，你觉得好喝就成。"

桑天好得到了肯定的答案，这会儿也乐呵呵的，他夹了一筷子菜吃了，然后就跟容徽聊起了天。

无论他说什么，容徽都会回答。

虽然语句简短，但也并不影响什么。

"吃菜啊你，你看啊，这都是我弄的清淡些的菜，专门给你做的。"桑天好用公筷夹了一筷子到他空空的碗里。

正在吃排骨的桑枝忽然抬头，欲言又止。

容徽轻瞥她一眼，随后在桑天好的目光注视下，将碗里的菜吃了。

这一天，大约是容徽这辈子最不真实的一天。

他喜欢的女孩儿和她的父亲笑容灿烂的，在灭了灯光，只余下蛋糕上的幢幢烛火的光影间，给他一遍又一遍地唱着生日快乐歌。

他呆愣愣地站在那儿，眼见着面前的女孩儿忽然伸出手指把奶油抹到了他的脸上，然后和她爸爸一起哈哈大笑。

"容徽，许愿啊。"女孩儿望着他，眼睛里的光芒是比蛋糕上的蜡烛的光还要清澈漂亮的影子。

桑天好也在催促他："臭小子，你快点儿。"

于是，他闭起眼睛，这辈子如此认真地，许下一个生日愿望。

他不贪图更多。

只要这一个。

可凡人许愿，都是祈求于天，寄期望于神明。

那原本就是最虚无缥缈的事情。

而他本就是神，所以他的这个愿望，只能由他自己来守护。

他想留住现在这一刻，想要自己此后的岁月都像此刻这样平和宁静，想要永远守在她的身边。

哪怕青丝白发，哪怕辗转轮回。

蜡烛所有的光芒熄灭的那一刻，容徽告诉自己，这就足够了。

因为对食物的生理抗拒，所以容徽还是不可避免地在洗手间里呕吐不止。

后来他洗了脸，站在盥洗池前看着镜子里的自己，额前的碎发已经有些湿润，发梢还滴着水珠，鼻梁上有水珠流淌下来，他的眼眶隐隐有些泛红。

桑枝敲了敲门，听见他稍有些嘶哑的嗓音时，就拿着毛巾走了进来。

她拿毛巾擦拭着他看起来有些苍白的脸，问："容徽，你还是很不舒服吗？"

容徽在她给他擦脸的时候，维持着微微俯身的姿态，一动不动。但见她那双眼睛里毫不掩饰的担心，他又动了一下喉结，像是想说些什么，却又忽然听见外面传来桑天好的声音："容徽，你没事儿吧？要不咱上医院去看看吧？"

这一刻，容徽忽然俯身，下颌抵在桑枝的肩头。

桑枝一愣，此刻她看不见他的神情，却听见他忽然开口：

"桑枝，我很开心。"

嗓音有些哑。

这时桑天好推开了洗手间的门，不防看见这样一幕。

桑枝红了脸，赶紧松开了容徽。

桑天好的神情变了几变，但见容徽微红的眼眶，他最终憋出一句："那个……臭小子我告诉你啊，生病归生病，但咱们可是男人，不能借机撒娇知道不？"

桑天好干脆把桑枝拉出去："你出去给他倒杯温水，别在这儿待着了，我来照顾他。"

然后，他就夺过桑枝手里的毛巾，往容徽脑袋上一扔，来回地揉了几把。

"……"容徽顶着一头乱糟糟的头发，一言不发。

孟衍来时，桑枝已经有些昏昏欲睡了，但见她的房间里凭空出现了一个人，她原本半睁着的眼睛骤然大睁了一些，却又紧接着打了一个哈欠。

"殿下，夫人。"

孟衍本能地行了礼，然后就将手里的盒子递给桑枝："夫人，这是您的衣服。"

因为夏氏和明氏知晓容徽的生辰，便要共同给容徽办一个生辰宴，就设在明氏宗门。

容徽是晚饭后才跟桑枝说起这件事情。

"原来有人给你过生日啊。"桑枝当时正在帮他整理头发，听了他的话，就哼了一声。

容徽其实并不想让他们办什么生辰宴，但此次生辰宴，却并非那么简单。

他需要借助这样一个机会，去引出一些人，解决一些事。

今夜，本就不会平静。

容徽原本没有打算让桑枝去，但她听了，却心生好奇，说想去宗门里看一看。

"让我去吧，好不好？"

桑枝可怜巴巴的模样落在他的眼睛里，他就说不出拒绝的话了。

到底那些也不是什么不好对付的人，他索性也就由她去。

就当是带她去看看热闹了。

"怎么还要换衣服吗？"桑枝接过来，看见里面是一件殷红的长袖衣裙，她的眼睛就亮了起来，"好漂亮呀！"

她也不问为什么了，开开心心地就去换衣服了。

当她回来的时候，就见容徽穿着一件白色的衬衫，衣摆都收进了深色的长裤，他站在那儿，就好像她曾经第一眼看过的他那样。

少年疏冷的眉眼，却比月亮的华光还要动人。

她却不知，此刻她乌发红裙的模样落在他的眼里，到底掀起了怎样的波澜。

红色的衣裙到了小腿的长度，衣袖很薄，如纱却又不是纱，好似拢着更加细腻柔滑的光泽，衣袖有更深颜色的丝带穿插着在袖口收紧，裙子是对襟的设计，金色的绣线在她胸前勾勒出逢生花的轮廓，又在裙摆上绣着点点的星子般的图案，好似一团炽烈的红铺开，点缀其间的火星子便已经要燎人心原。

"好不好看呀？"

桑枝跑到他的面前来，兴冲冲地问。

彼时，容徽弯起眼睛："很漂亮。"

第十章 //
他的母亲

作为世代修仙的宗门，明氏与夏氏所居住的地方，都是隐藏在凡人眼皮子底下，却又从来没有被他们发现过的地方。

譬如林市郊外的天放山，因为那里遗留着明氏最后一位得道升仙的祖先曾留下的洞府，其中明珠玉嵌，一树长春，堪称是科学难解之谜。

再加上天放山雾气缭绕，山光水秀，好些年前就被开发成了旅游景点，对外宣传也不忘带上点儿神秘的传说。

现在临近除夕，很多人都已经结束了一年的忙碌，有了假期。

以前很多人都选择回家过年，可最近几年却又有了一种新的趋势，越来越多的年轻人喜欢带着家人出来旅游。

而没有人知道，古老的修仙宗门就隐藏在这里，隔着忽浓忽淡的层层云雾，恍若天堑般的结界笼罩其间，没有人能探知这座大山真正的秘密。

此时已经入夜，山里一片静悄悄的。

寒雾笼罩着这片在月光下更显青黑的山林，凛冽的风吹着人的脸庞时，还有些刺痛。

桑枝身上穿着容徽的黑色长款外套，孟衍还给自己叠的小兔子施了咒术，让它在淡金色的光芒间慢慢变大，像是只兔子灯似的。

桑枝捧在手里时，惊喜地发现，这只纸兔子竟然比她买的那种充电式的热水袋还要暖和，只是捧在怀里，就好像能够阻隔所有的寒气似的，竟半点儿不觉得冷。

桑枝毫不吝啬地夸赞了他一番。

孟衍听见桑枝夸他，平日里惯爱端着一副板正严肃模样的他倒有点不好意思，挠了挠后脑勺。

但见不远处那一池湖水，淡金色的流光裹挟着一只纸鸢落进他的手里，孟衍忽然正了正神色："殿下。"

彼时，桑枝正在打量着眼前的这一片形如弯月般的湖水，旁边还有山石上流淌下来的水流汇入湖中，发出淅淅沥沥的声响，而对面则屹立着这天放山的最高峰。

在此刻散漫月辉的映衬下，这里的山石、树木、花草，乃至粼粼水波，都像是出自名家之手的水墨画一般，浓淡皆宜，神韵俱佳。

桑枝还从来没有在夜里，打量过这样的山水景致。

"走吧。"

容徽说道。

桑枝还在好奇地盯着月湖那一面的瀑布看，下一秒，她就被身旁的容徽忽然揽住腰身。

她下意识地抱住他的脖颈，然后他便已身化流光，带着她稳稳地落在了对面最高最陡峭的那座山峰顶端。

桑枝落地刚站稳，却见眼前云雾浓深，蔓延一片，缓慢飘浮。

她看不见的是一道如水的光幕，如漩涡一般慢慢散开层层细微的波澜，阻隔了这座山峰之后的整片天地。

桑枝被容徽牵着手，朝着她眼中那一片虚无缥缈的浓雾走去。

朦胧中，她的脑门儿忽然被撞了一下，就跟撞在墙上似的，痛得她皱起眉。

桑枝呆了一瞬，捂着自己的脑门儿，有点儿搞不清楚状况。

她试探着伸手去半空中慢慢摸索着，却又什么都触摸不到。

彼时，她已亲眼看见容徽的半个身子都已经在浓雾里隐没不见，而孟衍在踏出几步外时干脆整个人都消失不见。

这一切落在桑枝的眼里，就成了极其诡异的一幕。

她倒吸一口凉气，一双杏眼瞪得圆圆的。

容徽原本都已经走了进去，那明氏和夏氏的两位宗主以及他身后的那一群弟子明明都已经看见了不远处他和孟衍的身影，明老宗主拄着拐杖，登时便伏低身子，等待着他走过去。

可下一秒，明老宗主抬眼却见那位太子殿下忽然皱了眉，竟又后退两步，退了回去。

在场的所有人都面面相觑，谁也不知道这是什么情况。

容徽一退回来，就看见了桑枝发红的脑门儿。他抿了一下嘴唇，似乎是有些懊恼："枝枝……对不起，我忘记了。"

桑枝还没明白，就见原本消失的孟衍也忽然出现。他看了看容徽，又看了看桑枝，这才恍然："殿下，这结界是当年明氏先祖、如今九重天的长瑜神君设下的，夫人是凡人，自然是没有办法过去的。"

桑枝终于明白了。

她的脑门儿还有些疼，她干脆往地上一蹲，说："那，我在这儿等你们吧？"

容徽却把她拉起来，伸出另一只手时，淡色的流光在他手里凝成一把短匕。

他忽然松开握着桑枝手腕的那只手，然后锋利的短匕在他手心里迅速划过，殷红的鲜血流淌出来，滴落在地面。

"你干吗啊？"桑枝吃了一惊，连忙去捧他的手。

容徽另一只手里的短匕骤然消失，破碎成浅淡的星火，转瞬陨灭。

他就像是根本感觉不到疼似的，只是在桑枝抓着他手的时候，他手腕一转，握住了她的手，与此同时，他手心里伤口流淌出来的血液也沾染在了她的指缝间。

桑枝怔怔地望着他的侧脸，几乎是被动地跟着他往前走。

当她回过神时，才发现眼前的那片雾气不知道什么时候已经消失了，而她这一刻已经身在一个全然陌生的地方。

木制的浮桥横过了碧水柔波，桥上灯火幢幢，河畔人影绰绰。

桑枝站在河水最中央的木制圆台上，心里总有一种极不真实的感觉，就好像做梦一样，她前一秒还在天放山山巅，这一刻却又到了一个完全陌生的神秘境地。

好像人间永不相见的四时景致，却在这个神秘的地方奇妙地融合在了一起。

桑枝听到蝉鸣，也望见红枫。

明老宗主眯着眼睛时，便看清了那边太子殿下再一次从结界尽头出现，他的身侧还跟着一个年轻姑娘。

明老宗主愣住。

不单单是他，就连他身边那个身着烟青色长袍，长发披散的年轻男人这会儿也明显有些惊诧。年轻男人偏头，瞥见自己身旁的那个老头儿的奇怪神情时，又看了一眼站在老头儿身后，衣裙霜白的年轻女子，眼底便多了几分笑意。

"明老宗主，看来你的如意算盘要落空了？"男人轻笑着，嗓音稍显沙哑，却颇靡动听。

那须发花白的老头儿听了他这话，瞥了他一眼："夏宗主慎言。"

年轻男人觉得他这反应实在有些无趣，便失了兴致，眼底的笑意也淡去了许多。

直到不远处的少年和那个年轻姑娘走近，在场的所有人才看清，太子殿下牵着那姑娘的手走来时，指缝间分明有血珠一颗颗滴落下来。

那姑娘是个凡人。

而殿下，竟以自己的血为引，隐去她的生人气息，带她走进这千百年来都少有凡人踏足过的地方。

"恭迎太子殿下！"

桑枝还在想着掰开容徽的手指时，却忽然听见一阵整齐响亮的声音，她反射性地抬头就看见前面已经跪倒了一片。

桑枝什么时候见过这样的场面，她站在那儿，脊背都僵硬了。

"臣明霄，向殿下问安。"

那头发和胡子都已斑白的老者忽然高声道。

"臣夏靖舒，问殿下安。"穿着烟青长袍的年轻男人也适时道。

"起来。"

容徽的嗓音冷淡，似乎并不喜欢他们这些跪来跪去的毛病。

一时间，所有人都连忙起身让到道路两旁，明霄低头道："殿下请。"

桑枝觉得自己像是穿越到了一个遥远缥缈的年代，这里的人都留着长发，穿着那些她只在电视剧里见过的衣裳，就连这隐匿在石壁之后的那一方天地里所有的建筑，都是依靠石料而建的古代建筑。

在最高处的琼楼里往下望，烟云缭绕，飞瀑长流，桑枝甚至还看见了一只又一只羽翅雪白的鸟从她眼前飞过。

桑枝有点儿不敢往下望，原本并不恐高的她，身在这高耸的楼宇里，望向下方时，便如临万丈深渊一般。

挂在檐角的赤金铃里垂下长长的金质链条，末端还坠着一颗剔透的珠子，桑枝伸手去碰了碰。

这里就好像是人间仙境一般，空气中都带着一种沁人心脾的芳草香味。

这殿内一片寂静，许多人面面相觑，甚至还有人偷瞥坐在高位上的那位太子殿下，又去看他坐着的那把乌木椅后，正趴在窗边的那个女孩儿。

许多人满心疑窦，却都不敢开口。

而明少亭则一直在等身为宗主的明霄开口，却又见他老神在在，坐在那儿，自向殿下祝酒之后，便握着一杯酒，似乎并没有要说话的意思。

明少亭偏头看向坐在自己旁边的女儿。

"殿下，今日是您的生辰，小臣之女槐雪，特为您献上我们榕山明氏的朝神舞。"

榕山明氏，在千百年前除了是有名的修仙宗门之外，明氏之女的朝神舞也是出了名的神秘动人。

明槐雪微微低首，然后便收敛神情，站起来，走到殿中央，对着容徽行了礼。

桑枝听见乐声响起来的时候，就端着糕点跑了回来。

站在殿中央的那个年轻女子，桑枝之前就在容徽的别墅里，依稀见过，此刻见她衣裙如雪，头戴银制花冠，好似一簇琼花般，每一片花瓣都雕琢得如此细致，其间还点缀着一颗又一颗的珍珠，透明的珠子串在一起坠下来，随着她的每一步的起落而晃动。

像是夜里盛放的白昙般，桑枝从来没有见过这样的舞。

一姿一态，飘飘欲仙。

那女子的腰肢柔软到可以在半空中翻身而起，又在下落的瞬间，足尖一点，再一次一跃而起，层叠如雪的衣袖铺展开来，她翻身的瞬间，衣裙便如花簇一般，叫人移不开眼。

坐在下首处左边的夏靖舒却一手撑着自己的下颚，脸上明明是笑着的，可他看着那一抹在大殿中央跳舞的纤瘦身影，神情却分明越发寡冷。

他忽然笑了一声，意味不明。

桑枝这会儿看呆了，她还从来没有看过这样的舞。

也许没有任何普通人能够学得来这样神秘繁复的舞姿，至少没有人能像明槐雪这样，半空起舞，不落烟尘。

这是明氏女的朝神舞，其中也自然传达着千百年前的明氏对于神明的崇敬与好奇，更多的，是一种缥缈的憧憬。

而他们演奏用的乐器，桑枝一个都叫不出名字。

那些都是她从来没见过的东西。

明槐雪一舞毕，额头已经有些许汗意，但当她抬眼时，却见容徽正伸手在抢他身旁那个女孩儿手里的一块糕点。

在场的所有人，都亲眼看见那个凡人姑娘，伸手拍了一下他的手背。

明霄的胡子抖动了一下，但此刻内心里的诸多想法都被他很好地隐藏起来，面上看着并无波澜。

明槐雪垂下眼睑，退了回去。

这时，明少亭彻底坐不住了。

他站起来对着容徽拱手行礼，道："殿下，臣斗胆一问，不知您身旁的这位姑娘……究竟是什么身份？"

桑枝忽然被点名，她抬起头，对上了那个中年男人不善的眼神。

这个大叔瞪她干什么？

桑枝索性也瞪了回去。

彼时，孟衍站在一旁，抱着一把剑，开口说道："这位，是殿下的准太子妃，桑枝。"

"准太子妃"这四个字就像是平地惊雷一般，在此间所有人的耳畔炸响。

任谁也想不到，这位九重天唯二尊贵的太子殿下，他身为神明，钦定的太子妃，竟然是如此普通的一个凡人。

明少亭当即变了脸色。

他眉头紧皱，挤出很深的痕迹，连忙道："殿下，您的太子妃，怎么可以是一个凡人？"

容徽并不说话，只是瞥他。

孟衍适时道："明少亭，依你之见，殿下若不能娶一个凡人，那又该娶哪家的神女仙姬才好？还是说，你是觉得，殿下必定要娶了你的女儿，才算合适？"

这一句话，便堵得明少亭说不出话。

"你别忘了，你们也是凡人，不要高看自己，也不要低看旁人。"孟衍这话已经说得极其直白。

明少亭此时的脸色已经一阵红一阵白。

连带着那边坐着的明槐雪也忽然脸色泛白，她轻手轻脚地站起来，避开视线，走到殿外。

看着眼前的这一幕，夏靖舒握着酒杯，悠悠地喝了一口，然后瞥见明槐雪的背影，忽然又弯了弯嘴角。

他大约知道孟衍的哪一句话刺得她心里不好受了。

桑枝心里其实是有一点点后悔今天来这儿的，作为造成现在这个剑拔弩张的局面的中心人物，她现在有点不知所措。

"明霄，你知道我今天来，是为了什么？"

这时，容徽忽然握住桑枝的手，却并没有看她，而是看向坐在下首处右侧第一个的那名老者。

闻言，明霄连忙由身旁的大儿子搀扶着站起来，压低身子回答："殿下，臣……"

他小心翼翼地看了一眼坐在台阶上那张乌木椅上的容徽，却忽然有些说不出话来。

"孟衍。"

容徽已经没有什么耐心了。

孟衍当即低首应声，然后便走到桑枝的身边来，俯身道："夫人，先随我出去吧？"

"去哪儿啊？"桑枝有些疑惑。

"明氏宗门景致极好，臣带夫人去看看，殿下有些事要处理。"孟衍低声说。

桑枝早就如坐针毡了，连忙点头："好好好！"

站起来时，她不忘嘱咐容徽，让他不要乱动他那只已经包扎过的手，不能让伤口裂开。

她却不知，那纱布底下的伤口，早已经无声愈合，他却不愿将那纱布摘下来，仍当那里还有着一道血淋淋的伤口。

此刻，容徽望着她的面庞，弯了弯嘴角，轻道一声："好。"

桑枝听了，这才跟着孟衍走出去。

就在孟衍带着桑枝飞身下楼之后，原本坐在台阶之上的容徽忽然收敛了稍显温和的笑意，那双眼里骤然疏冷。

一把覆了细碎霜雪的长剑在淡金色的光芒中显现出来，破开光影，几乎晃了所有人的眼睛，他们刚听见那长剑划过气流时发出的铮然声响，下一刻，便刺穿了一个人的胸口。

血花溅洒出来。

明霄的脸色终于有了些变化，他站起来，颤颤巍巍地唤了一声："殿下息怒……"

可长剑沾血的剑峰一转，又迅速地刺穿了另一人……

长剑重新握进容徽的手里，他站起来，步履轻缓地走下台阶，剑峰朝下，仍在滴血。

"剩下的，是你自己来，还是我帮你？"

偌大的明殿内，所有人眼睁睁地看着那位九重天的太子殿下连杀两人，都变了脸色，有的人更是连手里的酒杯都有些端不住，战战兢兢地站起来，全都伏低身子，不敢轻易动弹。

神明动怒，便是他们谁都承受不起的天罚。

夏氏宗门的大长老夏程原本是开开心心过来看太子殿下的，谁知道赶上这一出，他这会儿偷偷用纸巾擦着汗，心里正后悔着自己不该来这一趟。

但一偏头，他才发现，自家那位新上任的宗主夏靖舒不知道什么时候已经不在座位上了。

夏程那褶皱足有三层的眼皮往上一挑，因为年岁而日渐混浊的一双眼睛瞪大了些。

夏靖舒这个臭小子自己溜得倒快？

好歹叫自己一声"程叔"，这臭小子怎么净不干人事儿？也不提点一下他。

"这千百年来，当初宗门林立的盛况不复，仅剩下你们。"

容徽手里那把长剑的剑峰抵在最后一级阶梯上，他站在那儿，眉眼疏冷，却又忽然微勾嘴角，似是哂笑："你们既比普通人多了寿命，修炼了术法，就该担负起自己的责任，而非懒怠，包庇。

"该担的责任你们忘了，那些千百年前遗留下来的陈词滥调你们却记得清楚？"

他冷笑一声，眼含讥诮。

这一刻，明殿之内寂静无声，仿佛刚才的笙歌舞乐，都不过是粉饰太平的幻觉罢了。

所有人都低着头，连大气都不敢出。

"殿下……"

明霄花白的胡子抖了抖，他跪在殿中央，闭了闭眼睛，深吸一口气，半晌才终于开口："臣知错，臣……知道该怎么做了。"

明霄原本是想借今日的生辰宴，再与殿下求情，盼他能够宽恕自己的重孙明裕。

明裕与魔修勾结，背上凡人命债，甚至谋害殿下，这是重罪，本该万死难逃。

可宗门血脉延续艰难，如今已更是凋零，明霄活了太多年，甚至以满鬓霜白之姿送走了自己的儿子儿媳，孙女孙女婿……

而明裕，是他一手带大的，他怎么忍心让明裕死？

于是，明霄当时才斗胆瞒下来，却不想，这件事还是被殿下知道了。

"殿下态度坚决，臣也该维护宗门法度，护住明氏的清静之地……"

明霄站起来，在望见人群里明裕那张慌张惊恐的面庞时，他眼眶微微泛红，像是有很多的话想对自己的这个重孙说，却又在这众目睽

434

瞬之下，什么都说不出来。

殿下选在今日，便是要逼他，不仅仅是当着明氏弟子的面，更要当着夏氏宗门的面，公正地处理宗门叛徒。

谁说神明，一定是仁慈的？

这一刻，或许在场的人都开始对这位太子殿下有了新的认知。

包括明裕在内的三十五名弟子，在今夜，都难逃一死。

此时此刻，桑枝并不知道那高楼之上的明殿里到底发生了什么，她被孟衍带去了另一处断崖上，对面有飞瀑奔流下来，细密的水珠迎面，湿润微冷。

桑枝早就脱了容徽的外套，因为这里并不寒冷，一如夏夜一般。

她坐在崖边的一块仿佛被打磨过的光滑可鉴的大石上，小心翼翼地向下望。

周遭是她说不出名字的花树，花瓣飘啊飘的，落得满地都是残红，身后是一簇又一簇来去飘忽的流萤，像是遥远天幕里的星星都掉了下来，就在她的眼前。

人间仙境，或许便该是眼前的模样。

"夫人你小心一些。"孟衍看她低着头向下望，便提醒了一句。

桑枝往后缩了缩："知道了。"

虽然这下面还有一个石台，看起来不算高，但是她要掉下去，也肯定得摔断腿。

孟衍心里还牵挂着明殿里的事情，面上却并不显波澜，他看了一眼桑枝的背影，站在那儿，沉默不语。

桑枝忽然听见像是什么破出水面，又重重落下去的声音。

她一回头，就看见不远处紧靠瀑布那边的一汪泉水里有一条鱼蹦出水面，她的眼睛亮起来，指着那边："孟衍！好肥！"

孟衍看过去的时候，刚好看见那条鱼坠入水波里。

"……"

孟衍知道，她的一句"好肥"是什么意思了。

"夫人在殿中未能吃饱，臣这就去抓鱼来烤。"

孟衍十分上道。

然后，他就毫不犹豫地伸手召出自己的本命剑，裹挟流光飞出去，破开层层水波，下一秒那把剑再飞回他眼前时，就已经扎着三条鱼。

桑枝看得目瞪口呆。

然后，她连忙鼓掌："厉害！"

为了保证烤鱼的风味，孟衍便准备去附近的另一座峰上的膳房借些东西过来。临去前，他嘱咐桑枝道："夫人你站在此地不要走动，臣这就去借个炉子来。"

"……哦。"

桑枝总觉得他那句话有点不大对劲的样子？

孟衍飞身离开，桑枝看着他的背影，仍然忍不住感叹，神仙就是好，上天入地，无所不能。

桑枝原本蹲在那儿戳鱼尾巴，心里想着妙妙要是见到了这么肥的鱼，肯定很馋吧？

干脆再让孟衍给妙妙打包一条回去。

桑枝正出神，却忽然听见有人说话的声音。

她寻着声音走到崖边时，便见底下的石台上不知道什么时候已经站了两个人。

借着周围的灯笼光芒，桑枝看清了那一抹霜白的身影，以及在她身前，那一抹烟青色。

"夏宗主出来做什么？"女子看着他的背影，娇柔的嗓音却好似隐含着一种无可发泄的怒意。

"明殿里有些热闹，我不想看，便出来走走。"夏靖舒回头，笑吟吟地说。

他这话有些深意，但她却并没有听清。

夏靖舒大约也是觉得无趣，他绕过她便想离开这里，却听见她忽然唤了一声："夏靖舒。"

他身形一顿，却并未回头："明小姐还有事？"

"解除婚约的事情……是我父亲的意思，对不起。"明槐雪犹豫了片刻，还是解释了一句。

夏靖舒回头，看向她："那你的意思呢？"

明槐雪怔住，一时无言。

"这也是你的意思吧？"夏靖舒嗤笑了一声，那双好似天生含笑的桃花眼在此刻却没有丝毫的温情，"何必说得那么冠冕堂皇。"

"明槐雪，"他的声音里带着几分讥讽，"你和你父亲，还有你们明宗主，可真敢做这春秋梦……九重天的太子殿下，那是天生的神明，你们凭什么以为，他会看得上你这样的？

"明槐雪，无论是你明氏，还是我夏氏，说到底，还是彻彻底底的凡人罢了，不是旁人夸赞你几句'神妃仙子''仙人之姿'，你便真当自己是什么仙子了。"

这话几乎是刀刀都刺在明槐雪的心头，刺得她鲜血淋漓。

青梅竹马二十年，夏靖舒如何不懂明槐雪心中最在意、最渴望的是什么，于是此刻，他便毫不犹豫地撕破了这一层虚假的窗户纸，让她直面这一切。

明槐雪向来是骄傲的，在她父亲的影响下，她认为自己跟那些普通的凡人是不一样的。

"夏靖舒！"明槐雪红了眼眶。

夏靖舒却只是站在那儿冷眼看着她："明槐雪，你我姻缘既断，或许于我而言，也未尝不好，所以有些事情，我也就不必再为你顾忌良多。"

年轻的男人以拳抵唇，咳嗽了几声，脸色又苍白了几分，却衬得他的嘴唇越发绯红。

"你好自为之。"

最终，他只说了这样一句话，然后便毫不犹豫地转身离开了。

明槐雪看着他走进山洞，身形渐渐隐没在一片黑暗里，她咬着唇瓣，深吸了一口气。

但下一刻，她却像是察觉到了什么似的，仰头时，正好看见了趴在崖上还没来得及把探出的脑袋缩回去的桑枝。

对上底下明槐雪的视线，桑枝不免有些尴尬。

下一秒，她便见明槐雪忽然足尖一跃，飞身向她而来。

霜白的衣袂在风中翻飞，束着明槐雪乌黑发髻的琼花冠间垂下来的珠串碰撞，沾染了月辉的光华。

可真像是一个仙女。

但也仅仅只是像而已。

明槐雪在桑枝的面前站定。

她的身影逆着光，看着桑枝的那双眼睛还有些微红的痕迹，眼神似乎有些不善。

"你配不上殿下。"

明槐雪忽然开口，第一句便已如此直白。

大约是刚刚夏靖舒说过的那些话真的刺痛了她，此刻的她忘记了父亲严苛管教下，她必须时刻遵守的礼法，也忘记了隐藏自己的真实情绪。

桑枝觉得有点好笑："我不配难道你配啊？这都什么年代了还配不配的？"

桑枝索性在大石上好好地坐着，也没打算站起来。

"你只是一个普通人，你的寿命只有区区几十年，你怎么可能和殿下长久？"明槐雪的语气平静。

"……长不长久，也不关你的事啊。"桑枝一手撑着下巴，"这些跟我活多少年，有什么关系？"

"你……"明槐雪显然是没有料到，桑枝竟如此不按常理出牌。

孟衍拿了炉子飞回来的时候，远远地便瞧见不远处的两抹人影，待看清另一人是明槐雪时，心中警铃大作。

他飞速落地，快步上前："明姑娘。"

回身看见了孟衍，明槐雪终于收敛神情，连忙俯身："孟大人。"

"明姑娘没说什么不该说的话吧？"

孟衍看了一眼桑枝，见她神情如常，看不出什么变化，便又看向明槐雪。

"我……"明槐雪有些迟疑。

"明姑娘请回。"孟衍直接道。

明槐雪揪紧了自己的衣裙，转身便要离开。

可孟衍放下炉子和背上的背包后，又叫住她："明姑娘似乎忘了一件事。"

明槐雪疑惑地转身。

孟衍神情严肃："你还未向太子妃行礼。"

明槐雪的脸色一瞬泛白，她抿紧嘴唇，看向桑枝，见桑枝坐在那儿正歪着头在看她……

最终，她还是对着桑枝俯身屈膝行了大礼："太子妃，臣女槐雪……告退。"

做惯了这宗门里众人追捧的"明珠"，她享受着那些称赞的同时，习惯了高人一等，于是今夜的一切于她而言，便更有些难以忍受。

眼眶里积聚了泪意，明槐雪再多余的话也来不及说，转身便匆匆离开了。

"我们仙界都不兴这一套了，偏他们宗门迂腐，上位的人总喜欢下面的人跪拜行礼，他们喜欢便让他们做好了。"孟衍一边摆弄炉子，一边说，"他们喜欢这些东西，便让他们做个够。"

他还记得那日在海边，他刚说了一句"还不拜见太子殿下"，然后就看见那一大群人都"扑通"一下，跪地上了。

那都是多少年的旧皇历了，偏他们遵守得紧。

便是如今的仙神两界，位低的见了位高的，最多也只是鞠躬作礼，跪拜大礼早就不兴了，也只是孟衍第一眼见到容徽殿下时，见识了那般纯净的仙灵之气留存的威压，一激动行了跪礼。

"你们那里到底是什么样的呀？"桑枝蹲在炉子边儿，好奇地问。

"我们仙界比这里漂亮多了，神界就更不用说，那是这苍穹宇宙里，最美的地方。"

孟衍提起自己的家乡，连神情都柔软了一些。

"要是有机会你能去……"

孟衍话说一半，像是忽然意识到桑枝的凡人身份，这是一道永远无法跨越神明与凡尘的隔阂。

桑枝或许永远，也到达不了这苍穹宇宙里最美的地方。

440

桑枝大约也明白了孟衍忽然的沉默，但她还是笑了笑："我要是能去，我肯定得好好看看那个地方。"

容徽来时，正见桑枝跟孟衍站在烟雾缭绕，火星微溅的炉子旁吃烤鱼。

这明氏宗门里养出的鱼，竟然同她以前吃过的鱼都不一样，像是总有一种芳草的甘美味道掺杂其中似的，肉质更加细腻鲜嫩，再加上孟衍烤鱼的本领奇佳，就更加美味。

"你不是神仙吗？你怎么还这么会做烤鱼啊？"桑枝问他。

孟衍撒着香料，如实回答道："从前在仙门书院里读书，我经常在下学后和同窗一起去书院后面的天池里抓鱼烤着吃。"

这话刚说完，孟衍察觉到容徽的仙灵气息，他一抬头，果然看见容徽已经稳稳地落在不远处，于是连忙俯身行礼，唤了一声："殿下。"

可他一抬头，却无意间瞥见容徽微敞开的衣襟里，露出的半边锁骨上方有一道金光微闪的痕迹。

那是……

孟衍看清了那两个字，神情一下子变得有点怪异。

因为桑枝身上的字迹被容徽施了术法刻意隐藏了起来，所以没有人看得见，但桑枝写在容徽锁骨上方的那两个字他却并没有要遮掩的意思，此刻他因为衬衣领口的束缚感而有些不舒服，所以就解开了两颗扣子，那一抹字迹也就因此而展露了出来。

偏他自己却像是毫无察觉似的。

"……"

殿下他，干吗把夫人的名字往自己身上写？

当然，身为一个感情白痴，孟衍这个憨憨自然是没有办法理解的。

"容徽，孟衍烤的鱼好好吃！"桑枝一见容徽，就连忙想要去拿炉子上烤着的鱼给他吃，却被铁签子烘烤出的温度烫了一下。

她的手瑟缩了一下。

在容徽抓住她手腕的时候，她抬头看他，才慢吞吞地说："我又忘记你不能吃东西了……"

容徽抬头看她一眼，也没有说话。

他只是又低下头去，轻轻地吹了吹她被烫到的指腹。

"疼吗？"他问她。

桑枝摇摇头，却忽然嗅到了丝缕的血腥味，若有似无。

可眼前的他衣衫纯白干净，并没有沾染半点其他痕迹。

桑枝咬着鱼肉，又觉得只是幻觉。

今年除夕，桑家不再只是桑枝和桑天好两个人，多了一个容徽。

桑天好把那间客房收拾出来，专门给他住。

"虽然这间房是给你收拾出来了，但你多少也自觉一点儿，不要总在这儿住着，知道不？"他还不忘对容徽说了一句。

"平时你家里要是没人做饭，你也可以来这儿吃，不过你得提前给桑枝打个电话啊，我还得给你买点儿菜。"

桑天好到底是嘴硬心软。

容徽低低地应了一声。

"谢谢您。"他说。

这么多年，从来都不曾有人像这样考虑过他的胃口，关心着他的生活，除了桑枝，容徽好像也在她的父亲这里，感受到了一丝温暖。

或许他终于开始变得幸运一些了。

他曾经活在这世上，只觉得煎熬难挨。

可是后来，有人教会他，学着去看这人间的一场雪，学着感受阳光的温度，不再厌恶那样刺目的光线。

也许，从那个冬天开始，他就已经变得不一样了。

桑天好最近喜欢上了下棋，一开始是下五子棋，后来他又让容徽教他下围棋。

围棋有些难，但桑天好学得却津津有味，对容徽的态度也终于少了几分别扭，显得更加自然了一些。

桑枝觉得自己的家庭地位有一点点受到威胁。

除夕的前一天晚上，桑天好和容徽还在客厅里下棋，桑枝洗了一个苹果，走过去想看一会儿。

桑天好却朝她摆摆手："你看什么呢，还不复习去？还差几个月就高考了，你抓点儿紧！"

桑枝咬了一口苹果，指了指容徽："那他不也快高考了吗？"

桑天好却答得理直气壮："人家是年级第一。"

"……哦。"

桑枝无法反驳，看了容徽一眼，回房间学习去了。

晚上，桑枝被一道物理题难得抓耳挠腮，最后还是容徽帮她解出来的。

第二天的除夕夜，容徽又在桑天好热切的目光注视下，吃了一些饭菜。

桑枝想拦，却在桌下被他握住了手腕。

他强忍着，直到桑天好出去扔垃圾的时候才去洗手间里吐了个干净。

这种肠胃绞痛灼烧的感觉并不好受，容徽的眼睛里几乎都有了点血丝，双手撑在盥洗池前半晌，才缓过神来。

"你不能吃就不要吃，逼自己干什么？"桑枝看他难受的样子，心里也觉得有点不好受，用毛巾擦他脸的时候，她的鼻子都有点泛酸。

可是下一秒，她却忽然看见眼前的少年苍白着一张面庞，对她笑了。

她听见他很认真地说："枝枝，你的家，比我的好。"

他的语气有些飘忽，大约是想起了什么。

桑枝拿着毛巾的手顿了一下。

也不知道为什么，这一刻她觉得就像是有一根针猝不及防地刺了一下她的心口，她差点掉了眼泪。

她说："以后我的家，也是你的家。"

这世上有太多无奈的事，谁也没有办法选择自己的出身，自己的家庭。

能够遇上这样好的父母，是桑枝的幸运。

桑枝希望用自己的幸运，去化解容徵的不幸，让他从他那些阴沉痛苦的回忆里解脱，从此以后，放过自己。

或许这一场雪来得太迟了一些，映在微微覆了雾气的玻璃窗外，便显出更加朦胧梦幻的影子，霓虹的光纠缠其间，斑驳漂亮。

遗落人间的神明，曾以为自己不过是这世间怨戾难消的恶鬼。

他理所当然地厌恶着这世间一切的人和事，阴暗邪恶的种子或许早已埋下，他早就想毁掉这世间所有浮于表面的安宁平静。

但在某个雨天，当他因为那道符文的作用而记忆倒退，回到自己最脆弱不堪的那些年。

她的靠近，她的关心，若他还曾清醒，便该提醒自己，拒绝她，远离她，讨厌她。

但他却到底在那一场自己制造出的荒唐"梦境"里，做了第一个沉睡不醒的人。

如果不是记忆倒退，他或许永远也不会向任何人打开心扉。

而她的"乘虚而入"，让他无知无觉地开始贪恋她的存在，并将晨光作为那个除夕夜里的第一个盼望。

盼她推开窗，盼她的目光。

夜里的大雪覆了屋檐窗台，早上醒来就是白茫茫的一片，桑天好让桑枝下楼去买早餐，容徽也跟着一起去。

踩在小区里的雪地上，桑枝忽然俯身捧起雪，随便团了团，回头就往容徽身上砸。

他闪得很快，碎雪都没有沾湿他黑色外套分毫。然后，他动动手指，淡金色的流光飞出去凝聚起一个雪球。

"你干什么？你要作弊吗？"

桑枝叉腰瞪他："你是不是玩不起？"

下一秒，她看见细碎的雪花簌簌而落，如盐般一粒粒地落下去，那个雪球渐渐地显现出更加立体清晰的轮廓。

小小的身子，雪白晶莹，是一个戴着毛线帽子，穿得有些圆鼓鼓的女孩儿的模样。

桑枝的眼睛一瞬亮起来，她忍不住笑。

听着她清晰的笑声，容徽也忍不住弯了弯眼睛。

仅仅只是片刻，小小的雪人再一次散成细碎的雪花，簌簌地落在地上。

下午的时候，孟衍忽然出现在书房里，彼时桑枝正瘫在旁边的沙发上打游戏。

"殿下，夏宗主说有事求见您。"孟衍带着新年的喜气，今天竟然穿了一件红色的毛衣。他倔强地不肯剪掉自己的长发，此刻披散着的头发都被一根皮筋简单地扎着。

"知道了。"

容徽简短地答了一句，然后便道："下去等我。"

"是。"孟衍低首应声。

容徽将自己整理出来的一些有用的笔记，还有他出的一些试题都放在桑枝的书桌上。仅仅只是卷子就有一本习题的厚度，这还是他只花了半天的时间就想出来的。

"这些都要做完。"

容徽把手里的笔放下："笔记也要记下来。"

桑枝只是看着那些卷子和笔记本，就觉得脑袋疼。

"我做题做得要吐了……"她的声音有气无力的。

"好好学，我明天回来。"他说。

等容徽回到他的别墅时，夏靖舒早已等在那里多时。

"臣夏靖舒，拜见殿下。"

他恭敬地躬身行礼，并没有像明霄那个老头子一样，次次都是跪拜大礼。

"什么事？"

容徽坐下来，旁边的孟衍便适时端来一杯热茶："殿下，请用茶。"

"殿下，您难道真的相信，当初勾结魔修，意图谋害殿下您的，只是明裕那么简单？"

夏靖舒也不多做寒暄，直接开门见山。

容徽刚喝了一口茶，听见夏靖舒这句话，他一顿，抬眼看过去。

夏靖舒一见容徽这样平静的神情，便知自己的猜测没有错，于是他道："看来殿下也是不信的。"

"看来你知道是谁？"容徽垂眼，不动声色。

"想必臣的答案，与殿下是一致的。"夏靖舒咳嗽两声，脸色也有些苍白。

"臣年少时，父亲便遭人暗害，死得离奇，几乎所有人都说，父亲是死在魔修的手里，可我越长大却越发觉得这件事里隐藏着许多的疑点。"

宗门凋敝，如今的夏氏更是不比明氏，于是这么多年来，一直屈居明氏之下，被其差遣。

但在十五年前，夏靖舒的父亲夏逢年是宗门里出了名的天资奇高的英才，若他不死，夏氏宗门的核心仙籍若不被盗，夏氏又何至于此？

多少年来，夏靖舒拖着残破病躯，一直在寻找着一个真相，他想要找到父亲之死背后隐藏的秘密，也想要手刃仇人，光复夏氏宗门。

"一年前，我查清了所有的真相。"

夏靖舒说："殿下，明霄为了脱罪，竟然连自己一手养大的重孙明裕都能毫不犹豫地舍弃，此前明霄一直不屑与妖族往来，如今却愿设下妖族与宗门的集会，臣担心，他会再次对殿下不利。"

"一个明霄，哪有那么大的胆子？"孟衍皱起眉，思索片刻才抬头去看容徽，"殿下，莫非他身后还有……"

孟衍问道："那这集会，殿下您还要去吗？"

"为什么不去？"

在两人惊异的目光中，容徽的神情始终沉静冷淡："我等这个人，很久了。"

他掀唇晒笑："既然他们都在等我，我也不能让他们失望。"

夏靖舒走后，容徽便去了这别墅底下的地下室，在那里，已经有一个人被关了半月有余。

昏暗的地下室里潮湿阴冷，被锁链锁着的年轻男人衣衫已经被鲜血浸透，插在他心口的那把匕首的边缘仍有鲜血渗出。

男人脸色苍白如纸，半睁着眼睛，仿佛昏昏欲睡般，迷蒙地看着容徽走近。

男人咬紧牙关，没有发出一点儿声音，唯有脖颈间凸起的青筋仍在昭示着他的痛苦。

"你们魔修的心脏，原来真的会慢慢石化啊。"容徽语气缓慢。看着眼前这个年轻男人时，容徽漂亮的眉眼间，笑意都似嘲讽。

"半个月了，还是不肯说她在哪儿？"

容徽忽然收敛了笑意，那张无瑕的面庞隐含阴郁戾色。

这哪里像是一位世人口中仁慈的神明。

男人咳嗽着吐出鲜血来，睁着眼睛打量眼前的少年，开口说话时，嗓音干涩低哑："少君，你很快就能见到她了。"

他竟还扯了扯干裂的唇。

身为义子，暮云从未体会过什么叫作亲情，也从来不知道什么叫作爱。

但他此刻，却无法否认自己也有过那么一瞬间，是嫉妒过容徽的。

因为他从未见过自己的义母，真的关心过哪一个人。

她要杀了容徽喜欢的姑娘，最后却因为容徽的极端赴死而不得不咬牙妥协。

从来没有人，能够改变她的想法，也没有任何人可以威胁她。

除了容徽。

但那些都不重要了，暮云很清楚地知道，身为神明的这位殿下，从他开始留恋这人间，爱上那个姑娘的时候开始，许多的事情就早已经注定了。

因为颜霜，终会将容徽从神明，变成恶魔。

到那时，他再不会爱人，再不会有丝毫的情感，从此以后，神格尽失，沉沦欲海。

这就是他的悲剧。

是颜霜等待多年，最想要看到的一幕。

那一天，就快到来了。

新年伊始，大雪纷纷。

细碎雪花掩埋下的平静，终于还是被无情打破。

大年初三，桑枝没能等到容徽回来。

无论多少个电话打过去，都始终是无人接听的状态。

第二天，桑枝去了容徽的家，在那儿坐了整整一天，直至天幕渐暗，风雪更盛时，她站在落地窗边，等来了一捧好似撕破阴沉天色骤然倾洒下来的流光。

那道光芒在一片白茫茫的天地间渐渐凝成一个人的身影，桑枝匆匆跑过去，才发现那个浑身是血的人，原是孟衍。

"孟衍？孟衍你怎么了？"桑枝跪在雪地里，费尽力气才把倒在雪地里，身体几乎已经僵冷的孟衍扶起来。

孟衍的眼睫已经凝结了细小的冰霜，一张面庞苍白得可怕。大约是殿下的嘱咐支撑着他的意识，他在听见桑枝一次又一次的急切呼唤时，终于勉强睁开了眼睛。

他一见桑枝，苍白干裂的嘴唇便翕动着："夫人，夫人走……"

他努力地想说话，却始终说不清楚。

桑枝干脆扶着他，一路艰难地将他从花园里带进了客厅里。

暖气的温度很足，孟衍身上被桑枝盖了好几层毛毯，他鬓边和眉眼间的薄霜渐渐消融，却成了似泪般的水痕，滑过他的下颌，没入脖颈。

"孟衍，容徽呢？容徽去哪儿了？"桑枝见他再一次睁开眼睛，便急忙问道。

孟衍听见她口中的"容徽"二字，便不由得想起昨日那场血腥的混战。

他想过隐藏在暮云身后的那个人该是怎样的强大，却从未想过那个人竟是她——一个似乎永远存在于容晟帝君的那幅画卷里的女人。

那张脸分明，是息蕊帝妃的模样。

孟衍守在帝君身边多年，亲眼见过帝君最珍视的那幅美人画像。

可是息蕊帝妃身为蓬莱仙山的神女，又怎会一身魔障，满身杀业，强大如斯？

这场集会，是心怀鬼胎的各路人马同隐藏其间的魔修为容徽设的一个局，同时也是容徽筹谋许久，为了抓住暮云背后的那个人顺势而为的将计就计。

容徽如今神格已经彻底恢复，这俗世红尘，少有敌手。

身为帝君之子，他那些曾经被刻意封存起来的力量如今都已经慢慢复原，修为已经大成。

但无论是孟衍，还是容徽，都未料到原来一直隐藏在这许多事情背后的那个女人，会是容徽的血亲。

她以血作祭，用阵法围困住了容徽。

那是神界最极端的秘法，本该是只有容晟帝君一人掌握，如今却成了她唯一可以将容徽困住的手段。

孟衍忘不掉，那个女人身着暗红旗袍，乌黑的长发卷如夜海波涛，耳畔的红宝石耳坠几乎红得滴血，仿佛还在闪烁着诡异的光芒。

她的面容与息蕊帝妃如出一辙，却又分明不是容晟帝君那幅画上的衣裙如雪，明丽清妍的仙人之姿。

反而如这世间最浓艳妖冶的花一般，红唇始终勾着一抹恶劣的笑意，连带着看向容徽的目光都是那么凉薄。

她毫不犹豫地出手，原本已经被容徽一剑刺穿腰腹的明霄便被黑红的气流蚕食了躯壳，魂灵一瞬消磨干净，只留一地青灰。

"徽儿，你还不够狠。"

女人踩着高跟鞋，顶着那么多人各异的目光，一步步走上石阶："你知道他为什么跟我合作吗？"

她笑着说："他想要你的仙骨，想要获得永恒的寿命。"

明霄这些年一直在苦苦追寻长寿之法，他用尽各种办法，甚至杀了夏靖舒的父亲夏逢年，从夏逢年的手里夺走了夏氏宗门最重要的一本仙籍。

但那也仍旧无济于事。

夏氏比明氏更长寿，但那秘密却并不在那仙籍之中。

明霄也是费尽心思才挣扎着活了两百多年。

他为了活下去，为了变得更加强大，甚至不惜让自己唯一的重孙明裕做了替死鬼。

他也并不担心，谋害九重天的太子殿下会引来仙神两界怎样的怒火。

毕竟如今的九重天，已经以一种不可挽回之势，彻底与凡尘剥离，神明与凡人之间隔着的壁垒越来越厚重。

如今的这个世界，凡人早已不再信仰神明，而他们也再不需要神明的庇护。

一旦明霄得到了容徽的仙骨，得到了容徽的神格与修为，未来便是帝君容晟真的下界，他也能有底气与之一战。

毕竟容徽的神格渐成，身为他的父亲，帝君容晟的神力便会相应地减弱许多。

这便是神的传承。

容徽身为九重天的太子殿下，他的力量远比众人想象的还要强大。

而明霄便是要趁着他修为还未彻底恢复完全的时候，杀了他，得到他的仙骨。

但明霄却未料到，容徽的修为实则早已恢复。

"他想要你的命，你就该更果决一些，灭了他明氏整个宗门才好。"女人终于走到了容徽的面前，看他被锁在自己耗费了数百年修为引血为荐，设下的灵阵里。

一道深刻的血痕蜿蜒如蛇一般缠在她白皙纤细的手臂上，此刻仍在滴血，可她却像是分毫感受不到疼痛似的，她深深地看着容徽，似乎是在仔细打量着他。

少年的脸颊沾染了星星点点血色，好似冰霜裹着他的轮廓，那双眼亦深沉如夜，又似荒原皓雪。

"徽儿，我是你的母亲。"

即便少年双眸里的光比这严冬的风还要凛冽，女人却还是对他笑起来，眼角眉梢都好似保有浓艳动人的风韵。

他确实是像极了她。

"我把你放在这尘世里这么多年，不是让你去学着怎么爱人，也不是让你去学着怎样付出自己那无用的情感的……"

女人的双眸里泛着阴沉的波澜，她嘴角温柔的微笑似乎都在此刻减淡几分："我是要你记住什么是恨，什么是怨，我要你记住凡人最丑陋的面目，记住所有人给你的伤害，可你呢？徽儿，仅仅是为了一个姑娘，你便要将那些全都忘了？"

女人摇头叹息："这怎么可以。

"我对你很失望。"

话至此处，女人那张美艳的面庞已经失了所有的笑意。

她忽然嗤笑一声："徽儿，母亲来接你回家。

"回你真正的家。"

也许这个女人，真的是他的母亲，所以容徽才会在看见她的那一瞬间，心中涌起许多复杂难言的情绪。

但那又怎么样呢？

他奋力伸手，原本落在不远处的那把长剑陡然回到了他的手上。

在女人朝他伸出手的瞬间，他便直接一剑刺进她的腹部。

很奇怪的是，就在那一刻，原本一身魔障，好似天生邪魔般的她周身骤然有仙灵之气涌现，淡金色的光芒有一瞬漫过黑红色的气流，而女人那张阴沉的面庞忽然变了神情，她如此近距离地盯着眼前的少年，没了阴戾之气的那双美眸里泪光闪烁，好似温柔的星子光芒落在层层的水波里。她眼眶泛红，嘴唇微颤，再开口时，柔和的嗓音里不知潜藏了多少悲愁："徽儿……我是你娘啊……"

她眼泪掉下来，仿佛想隔着那道泛着红光的灵阵，触摸他的脸庞。

下一刻，仙灵之气忽然消散无痕，女人再一次恢复成那样阴冷的神情，她垂眼看着自己腰腹间的那把剑。

"秋昀的这把剑，看来你很喜欢。"女人轻轻地笑着，手指却轻而易举地握住剑刃，将之拔出。

她腰腹的伤口骤然消失。

彼时孟衍已经斩杀了一百多个蜂拥而至的魔修，他回头见那女人越发靠近殿下，便飞身过去："殿下！"

他的修为并不足以抵挡那女人轻飘飘的一掌。

孟衍倒在地上吐出一口鲜血，抬眼却见那女人漫不经心地向他看了过来，却又在触及他眉心的一点痕迹时，瞳孔微缩。

"……秋昀？"

孟衍朦胧间，听见她喃喃着一个人的名字。

那是他们昆仑，曾杀妻证道，最终又死于魔女颜霜之手的那位声名赫赫的剑仙。

"孟衍，保护好她。"

当那个女人向孟衍走过去之时，他忽然听见容徽的声音，后来，他便被殿下强行突破阵法而来的一道气流卷走。

那场集会，在场之人无一例外，尽数被魔修屠杀干净。

尸山血海一般。

孟衍不知道自己落在哪个山巅，在那里昏睡了一夜，再醒来时自己已经被层层的白雪掩埋。

他想起那集会上的血流成河，便止不住地干呕。

在仙界多年，他还从未如此直观地看过这般残忍血腥的场面。

"殿下被魔域的女君带走了。"

孟衍的嗓音有些发干："夫人请快跟我走……"

但他话还没有说完，便见落地窗外已立着一抹暗红的身影。

女人容颜靡丽，同身后那一片冰冷纯白的雪色形成鲜明对比的，是她衣裙炽烈的红。

女人手指间戴着的宝石戒指在此间明晰的光线内闪烁不定，她在看桑枝，也在看孟衍。

桑枝回头时，便正好撞上那女人的一双眼睛。

"夫人你快走。"孟衍勉力站起来，只身挡在桑枝的面前，伸手便召出本命剑，破开玻璃，朝那女人而去。

但孟衍已经受了重伤。

女人不过一挥手，他便已倒在碎玻璃之间，唇畔染血，猛烈地咳嗽。

她深深地看了他一眼，仿佛是愤恨与眷恋的两种情绪不断交织在她的眼底，令她的脸色越发阴沉难看。

大约是一些不好的回忆缠上了她，令她有些分不清眼前人究竟是谁。

但见他昏迷过去，她的目光便停留在了桑枝的身上。

"你想见他吗？"

她弯起嘴角，嗓音明明极其轻柔，却又无端令人毛骨悚然。

"我可以带你去。"

桑枝再醒来时，只觉得迎面而来的是一缕缕仿佛要灼烧人肌肤的热气。

前额、脖颈都已经有了细密的汗珠，桑枝终于看清自己像是身在一个山洞里，她被绑在石柱上，旁边就是昏迷着的孟衍。

再往前，便是深渊。

桑枝看不清那深渊之下到底是什么，但那炽烈的温度，灼人眼球的金红光芒，还有偶尔升腾，却又在下一秒陨灭的火星子。

她分明看见，容徽就站在那里，一动不动。

她只能看清他的侧脸，并不能看清他此刻的神情。

"醒了？"

455

彼时，一道娇柔的女声传来，隐含笑意。

桑枝一偏头，便见一个女人正从另一边走过来，手里还拿着一方手帕，凑在鼻间略微擦了擦。

她脱去了高跟鞋，赤脚踩在凹凸不平的地面，涂了殷红丹蔻的指甲在周遭各色的光影里就像是血的颜色。

"徽儿很在意你。"

颜霜走到桑枝的面前，看她挣扎的样子，便抿唇笑着说："所以我是一定要带你来看看他的。

"我要你亲眼看着他是怎么从神明沦落成魔的。"

颜霜伸手攥住桑枝的下巴，偏头看着站在深渊旁的巨石上，那一抹被锁链束缚住全身的身影。

桑枝挣脱开她的手，狠狠瞪她："你要做什么？！"

再重新见到这个女人的一刹那，桑枝忽然想起来自己那天仿佛亲身经历过的那个奇怪梦境，也想起了那天这个女人对她说过的每一句话。

"你很快就会知道了。"

颜霜微勾嘴角："你把我的儿子变成了现在这副模样，我很不喜欢。

"记得那天我跟你说过什么吗？

"他迟早会杀了你。"

颜霜眼底的笑意未减，压抑着的疯狂在她的眼瞳里沉湎成更深的痕迹，她轻轻地说："很快。"

容徽终于清醒，睁开眼睛便看见了深渊之下那一片翻覆的熔岩。

他回头，正对上桑枝的眼睛。

桑枝正处于震惊之中，她无论如何都没有想到，容徽的母亲，竟然会是眼前的这个女人。

容徽他不是神吗？他的父亲不是帝君吗？

可……桑枝不得不承认，眼前这个女人的容貌，的确同容徽有几分相似。

"容徽！"

桑枝一见他，眼眶里就有眼泪不听话地掉下来。

"你敢动她？"容徽咬牙，那双眼睛看向颜霜时，便如恶狼一般凶狠阴沉，饱含戾气。

"徽儿，"颜霜轻轻地叹道，"情爱是这世间最无用的东西，你不该留恋，就像我曾经被你的父亲背叛一样，你也迟早会被她背叛。"

"你放屁！"

桑枝眼眶发红，听见颜霜的声音便急得连脏话都说出来了。

颜霜或许没料到这个凡人女孩儿在此刻竟然还没有被吓得腿软，反倒敢和她呛声。

她回头瞥了桑枝一眼，弯唇："我看你的舌头，是没必要留着了。"

颜霜再一次看向容徽，流露出自认为最慈爱的笑容。

"徽儿，若是你从这里跳下去，我便放过她。"她的语气轻柔缓慢，好似极耐心地诱哄一般，"我是你的母亲，答应你的事情，我不会食言的。"

容徽果然一顿，回头看向那深渊之下翻覆不定的熔岩。

"容徽！不可以！"桑枝连忙喊他。

在他再一次看向桑枝的时候，桑枝猛烈地摇头，眼泪鼻涕都糊成一团，但她却已经顾不得那么多了，嗓音带着哭腔："容徽，你不能跳……"

她哭着说："跳下去会死的，容徽。"

可是容徽静静地盯着她看了片刻，又看了一眼桑枝旁边同样被捆着，还未醒来的孟衍。

少年的侧脸在这样金红的光线里，被晕染得更加无瑕，好似人间的风雪与冰霜，都在此刻从他的眉眼间褪去，灯火的暖光在他眼底淋漓成海，散落成细碎的星辉。

"徽儿，你若不跳，便是她死。"颜霜手里的匕首散着凛冽的寒光，轻轻一下，就在桑枝的侧脸划下一道极细的血痕，她的语气慢悠悠的，"你是喜欢她什么？喜欢她的脸吗？

"徽儿，她这样的凡人，可经不起我这么一划……"颜霜已经将刀刃凑近了桑枝的脖颈。

"你敢！"

容徽死死地盯着颜霜。

如同恶鬼一般，目光森冷骇人。

"你若是恨我，那也是再好不过。"

颜霜笑起来，像个疯子一样，眼底流露出几分快慰："你不需要在意这世上的所有人，包括我。

"徽儿，我没有多少耐心了，你最好按我说的做。"

她不再笑了，匕首又在桑枝的脖颈间更近半寸，几乎已经贴着桑枝的肌肤，只要她用力一划，桑枝就会没命。

"容徽，不要！"桑枝哽咽着唤他。

容徽认真地盯着女孩儿苍白柔弱的面庞片刻，忽然哑声道："桑枝，别哭了。"

从前的他，比起活着，可能更愿意同她一起死。

因为曾几何时，对于他来说，死亡才是最令他感到轻松的解脱方式。

可他记得她面临死亡时的恐惧，也记得她对这个世界的留恋。

她生来便在阳光下，活得温暖又恣意，所以她在这世间有着许多在乎的人和事，可他不一样。

他生于永夜之间，是早就堕落的神明。

他在这个世上，没有那么多眷恋的人和事，而从她开始，到如今也仅仅只有她而已。

他只在乎她，唯一的不舍，也是她。

他远比她要果决，因为他原本就没有那么多的牵挂，只她一个，就已经抵过一切。

遇上她，便算是他容徽这潦草一生中，最幸运的事情。

但现在，他却觉得，或许遇见他，就是她这辈子最不幸的事情。

倘若她没有被那只胖猫抓伤了手，倘若……她从一开始就未曾望见对面那扇窗里的他，没有心生好奇，也不曾心生爱慕……

如果她从不曾在那个雨夜救下最狼狈的他，没有在他记忆倒退的时候成为他最依赖、最喜欢的"姐姐"，也许，他就该悄无声息的，死在自己的回忆里。

容徽眼中光影微闪，他弯着嘴角，语气轻柔："不要怕。"

少年漂亮无瑕的面容在如此炙热明晰的光线里，更让人移不开眼，桑枝明显看见他稍稍移动了一下，脚后跟便有碎石落下。

桑枝哭得上气不接下气，失控地朝他喊："容徽，你不要听她的！"

这一刻，她已经什么都来不及去想，曾经那么惧怕疼痛，惧怕死亡的她，竟主动凑近了颜霜手里的刀刃。

一道细痕显现，如丝线般的血迹晕染开来，容徽那双如墨的眼瞳骤然紧缩："桑枝，你做什么？！"

幸好颜霜反应极其迅速地将匕首收回。

她也是惊讶的，这个看起来脆弱又胆小的凡人女孩儿，竟也有这样的胆子，为了容徵而赴死？

她皱起眉，眼底阴戾陡生。

她讨厌这种事情不受控制的感觉。

于是，她干脆施了术法，让桑枝瞬间就失去了所有的力气，且再说不出一个字。

桑枝只能无力地靠着身后的石柱，眼睁睁地望着站在熔岩翻覆的深渊旁的容徵，眼泪不受控制地一颗颗掉。

"徵儿，既然答应了你，我就不会杀她。"颜霜把玩着手里的那把匕首，笑吟吟地说。

大约是不能再等了。

容徵深深地看了一眼那个被绑在石柱上，眼泪总止不住地流淌下来的女孩儿。

她似乎想说话，想叫他的名字，可她嘴唇翕动，却始终没有丝毫的力气。

"枝枝，我这辈子，"他的眼尾微微泛红，纤长的睫羽投下两片剪影，那双如墨的眼瞳里映着她的容颜，他喉结动了动，"只喜欢你。"

再也没有人，能够像你一样了。

无论我是生是死，这都是我最不敢忘却的事情。

年少的姑娘，在某一天的旧报纸新闻里望见了本该死在十几年前同一天的那个他。

她救了他。

那个原本早该结束的故事，被忽然闯入的她，续上了新的结局。

那已经是最好的结局。

"桑枝，你不能忘了我。"最终，他轻轻地说。

最好，一辈子都记得我。

桑枝是那么努力地想要喊出"容徽"这两个字，却只能眼睁睁地看着他后退一步，再退一步，然后闭上眼睛，仰身坠落。

桑枝瞪大双眼，泪水模糊了视线。

胸腔仿佛被挤压着，肺部仿佛有一种撕裂的感觉，但桑枝始终发不出丝毫的声音。

她哭得没有声音。

少年如断线的风筝一般，在她眼前坠落深渊，她无法想象底下的熔岩该是怎样在瞬间就吞噬掉他，消去他的声息。

仿佛，他从来没有出现在她的世界。

颜霜站上巨石，看着深渊，终于发出快慰的笑声。

热风吹着她的衣摆，火星子溅在她纤细的双腿，却并没有灼烧出丝毫痕迹。

她张狂地笑起来，像是一个喝醉酒的疯子。

当她回头瞥见桑枝恨意分明的目光时，她有些发怔，又再一次走到桑枝的面前来，一手捏住桑枝的下颌："看来你是真的很喜欢徽儿……

"可是你们这些人的喜欢，又能值几个钱？"

她掩唇轻笑："我既答应了徽儿，那便不会杀你。"

随后，她看向容徽方才跳下去的地方，神情得意："但他会不会杀了你，可不好说。"

骤然听见她这样一句话，桑枝还没有反应过来，下一秒，便感觉到地面忽然开始颤动起来。

碎石都往深渊滚落，周遭烟尘四起，裹着灼热发烫的风迎面扑来。

桑枝的鼻腔很难受，却连咳嗽的力气都没有。

这山洞就像随时都要崩塌似的，飞沙走石。

颜霜站在那儿，凝望着深渊，分毫没有要走的意思。她有些错愕："怎么这么快？"

但当她看见熔岩之下那一抹身影在一道黑红气流之间陡然上升，渐渐显现之时，她转念一想，又露出笑容。

"也是，我的徽儿，身体里有着我的传承，魔化自然也不会很慢。"

碎石滚落深渊，山洞顶端有了裂痕，强大的气流铺散出去，草木摧折，四海动荡。

雷声滚滚，劈落下来，好似道道紫色的光。

云层汹涌着从洞顶的裂缝里涌入，汇成混沌的旋涡。

桑枝眼眶里仍然衔着泪珠，但当她看清那一抹玄衣黑发的身影之时，她整个人都愣住了。

他眉心有一点朱砂似的印记，令他原本就隽秀如玉的面庞在此刻平添妖冶。

他陡然睁开双眼，漆黑如墨的眼瞳好似荒芜的雪原。

那是桑枝在梦里见过的，他的模样。

"徽儿。"

颜霜满含笑意地唤他。

而他却目光僵冷地盯着她，仿佛是在看一件死物一般。

颜霜也毫不在意："徽儿，你是我魔域的少君，我是你的母亲。"

母亲？

他毫无光彩的双眸里仍旧没有丝毫的波澜，好似一潭再不会有任何波澜兴起的死水。

颜霜一伸手，那把千叠雪便已经到了容徽的眼前。

"徽儿，这是你父亲留给你的剑。"

颜霜望着他："现在，握紧它。"

她转身，看向被绑在那儿的桑枝，唇畔带着恶劣的笑，语气却是十分的温柔："然后杀了这个凡人。"

跟随着颜霜的视线，容徽的目光落在了桑枝的身上。

那看起来是一个如同蝼蚁般脆弱不堪的凡人。

可身为恶魔，他并不会在意任何人的死活，所有的贪欲都被放大，他早已经忘记了曾经的自己该是什么模样，或许他也懒得去记起。

剑气铮鸣的刹那，桑枝只觉得迎面有风拂过，下一秒她睁眼，就看见容徽已经站在了她的眼前。

他望着她时，是那样陌生的目光。

此刻，桑枝喉间一点儿声音也发不出，但她看得清他手中向她悬起的那把剑。

剑锋距离她的胸口已经很近很近。

桑枝想开口唤他，却无论如何都开不了口。她越发无助，眼眶里有眼泪一颗颗地掉落下来。

那场梦，或许在这一刻，便要应验了。

无论是桑枝，还是颜霜，在这一刻都是这么想的。

但是，谁都没有想到，当容徽那双似乎透不进一点儿光亮的眸子盯着桑枝那张苍白细嫩的面庞，看着她眼眶里的眼泪一颗颗地掉落时，原本他紧握着那把长剑的手稍松。

他自己都不知道为什么，他会有这样奇怪的情绪。

长剑落地，剑锋深深地嵌进石缝里。

他忽然凑近她，像是在打量什么最脆弱的可怜猎物。

气息稍近，桑枝根本来不及看清他的脸，下一刻，他的舌尖忽然舔了一下她脸颊的泪痕。

微咸的味道令他皱了一下眉。

颜霜站在旁边，一张明艳的面庞上笑意尽失，只余震惊。

容徽伸手，原本束缚在桑枝身上的铁锁在顷刻间断裂。他把她抱进怀里，然后闪身化作流光，消失在颜霜的眼前。

颜霜站在原地，久久无法回神。

她等了这么多年，便是在等今日。

但如今，她觉得自己的计划似乎出了一些纰漏。

这不该是入魔后的容徽该有的样子。

到底是哪里出了问题？

颜霜阴沉着一张脸，始终想不明白。

她或许是忘记了，无论是谁，入魔后便会彻底沦为欲望的化身，从此只听欲望的差遣，不分善恶，一念杀人。

而容徽，却和那许多的人并不一样。

他从头至尾，贪念欲海，也皆因一人浮沉。

所以他即便入魔，即便他忘却一切记忆，他唯一贪求的，也仅仅只是一个桑枝罢了。

桑枝满脸泪痕，目光呆滞地任由这个玄衣长发的少年带着她穿云追月，在凛冽寒风中穿行。

她痴痴地望着他的脸，很久很久，忘了反应。

直到他将她藏进一个潮湿阴冷的小山洞里，抱着她缩在一个小角落里，她被冻得使劲往他怀里缩。

他像是很喜欢，亲昵地用脸颊去蹭她的头发，又用指腹轻轻地抹过她脸上的泪痕，似乎是并不理解她为什么要哭。

桑枝原本已经不哭了，但见此时此刻他如此陌生的模样，又忍不住落下泪来。

现在她不得不面对一个现实。

他不记得她了。

她认识的那个容徽，消失了。

他又想伸手去抹她的眼泪，有点手足无措。

桑枝却忽然抓住他的手腕。

连她自己都没有意识到自己身上的术法是什么时候解开的，此刻她定定地望着他。

明明已经知道了答案，可她却仍旧固执地盯着他，嗓音有些干涩暗哑："你知道我是谁吗？"

少年迷茫地望着她。

眉心那一点殷红的痕迹便是他已经彻底沦为恶魔的事实。

桑枝松开了他的手腕，却又忽然伸手去拽开他的衣襟，露出他大半白皙的胸膛，然后指着他狭长锁骨边的那一抹闪着淡金色光芒的字迹，说："我是桑枝。"

她哽咽着扯开自己的衣领，闪烁着光芒的"容徽"二字就那么深深印刻在她的锁骨上。

她哭着对他说："你是容徽……"

你是容徽。

我的容徽。

对于颜霜来说，她是等了千年才等来今日的机会。

将遗落人间的神明变成恶魔，让容徽真正成为她的儿子。

这深渊里的阵法，是她花了许多年的时间修筑而成的，当容徽从那层层的熔岩浪涛里洗去神格，再一次出现在她眼前时，他就该成为她想象中的那般模样。

无须世间那所有无用的情感牵绊，忘却善与恶之间的沟壑，成为这天地间，最令人闻风丧胆的恶魔。

可她无论如何都没有料想到，容徽即便隐去神格，沦为恶魔，也始终执念根深，纵使记忆封存，他也仍旧本能地想要保护一个人。

烈火炼狱，本该是很恐怖的地方，但桑枝待在这儿的这些天，都被容徽照顾得很好。

桑枝不愁吃喝，因为他会让人送来很好吃的饭菜，她甚至还在这样阴森恐怖的地方吃到了一顿火锅。

就是洞里有熔岩炙烤，她吃得一头汗。

这些天桑枝也没有很怕颜霜了，因为容徽总会把她看得很紧，并且极其讨厌颜霜的靠近。

颜霜来了很多次，次次吃瘪。

这一天，桑枝刚睡醒，打着哈欠睁开眼睛，转脸就看见了躺在她身侧的他。

少年眉心的殷红印记令他原本冰霜般无瑕冷淡的面庞平添妖冶风情，他的长发散乱地披在身后，一身单薄的玄色衣袍披在身上，衣襟微敞，狭长锁骨上方的那一抹字迹好似镌刻在他的骨肉之间，犹如不会熄灭的细碎萤火。

那天之后，他就变得有些不太一样。

比起神明，如今的容徽更像是神秘传说中容颜靡丽，魅惑人心的海妖。

桑枝觉得自己的脸颊比深渊下的熔岩还要烫，她眨眨眼睛，见他又低头凑近，她连忙捂住自己的嘴巴。

他轻轻地笑了一声，嗓音清凌微低，无端颤人心弦。

颜霜来时，便见容徽正斜靠在石椅上，给坐在他身旁的女孩儿剥橘子。

骨节分明的手指一片一片地剥开橘皮，慢条斯理，稍显暧昧。

这宽阔的洞府内的魔修站成了两行，他们已经在这儿立了许久，可台阶之上的那位少君不开口，他们便没有一个人敢抬头，甚至多说一个字。

直到颜霜一来，他们方才跪地行礼："臣等拜见女君。"

"徽儿。"

颜霜一见桑枝，那张秾丽动人的面庞便陡然添了几分阴沉。她如今最后悔的事情，就是没有在容徽跃入深渊的时候，就将这个凡人女孩儿杀了。

容徽早已听见脚步声，却连眼皮都没有掀一下。

"那两个宗门碍眼得很，你该去把他们收拾干净了。"颜霜一袭暗红色的衣裙穿在身上，身后的红纱长长地拖在地上，便如同忽浓忽淡的血色河流一般逶迤蔓延。

"他不去！"

桑枝正在吃橘子，听见颜霜的这句话，陡然警惕。

她抓住容徽的手，皱着脸对他摇头。

容徽原本正用深色的锦帕漫不经心地擦拭着自己的手指，但见桑枝忽然抓住他的手腕，他抬眼瞥见她紧张兮兮的模样，他那双黑沉沉的眸子里有了细微的光影闪烁。他勾唇，轻轻拍了拍她的手背。

这洞府里的所有人都没有想到过，那个被少君护在怀里的凡人姑娘，竟敢如此对魔域的女君说话。

大约是感受到了女君的威压，他们顿时冷汗涔涔，伏低身子。

颜霜的目光就像是刀子似的，寸寸落在桑枝的身上。她对这个凡人女孩儿早已失去了耐心。

指尖暗红的火焰忽起，照着她阴戾的眉眼，令人背后生凉。

桑枝瞬间往容徽的身后一躲："容徽你看！"

下一秒，他周身气流涌现，犹覆霜雪的长剑划破空气迅速飞出。

颜霜神色一变，闪身之际，那长剑已经深深地嵌进了石壁之中，更引得这地面震动，碎石滚落。

颜霜不敢置信地看着自己手心里的那一缕断发，再抬眼看向坐在那长椅之上的玄衣少年时，她咬牙道："徽儿，你这是做什么？我可是你母亲！"

少年唇畔衔着凉薄的笑，眉眼间尽是明艳风流："可我不需要母亲。"

颜霜顿时一怔。

她无端想起那日，自己对站在深渊边的那个少年说，他可以不必在意这世间的任何一个人，也包括她这个母亲。

可桑枝呢？

他又为什么偏偏，总无法将这份无情，分给她？

"你让我不高兴，我也不会让你好过。"

容徽一手撑着下颌，宽袖滑下来，露出一截白皙的小臂。他望着底下立着的那个与他眉眼相似的女人，眼底却无半分温情，唇畔反而衔着恶劣的笑意："所以你最好，别动她。"

如今的容徽虽然入魔，却也因此，终于冲破了那枚玉坠上附着的强大禁制，他浑身的骨骼终于不再被束缚，骨肉重塑，尽可生长。

并因此，而获得了更强大的力量。

才仅仅几天的时间，桑枝明显感觉到他的身高似乎已经比之前要高了几厘米。

他仍是少年的轮廓，却无人分得清他究竟是神明还是恶魔。

颜霜不知道自己究竟该不该后悔将他魔化，因为此刻她站在这儿，对上少年那双漆黑的眸子时，忽然发觉，事态已经不受她的控制。

之前颜霜抓来几个凡人，想让容徽就此背些业债，不要再活得那么干净。

更重要的是，她要桑枝亲眼看着他是怎么杀人的。

血腥的味道，该是魔修最喜欢的味道，容徽自然也不会拒绝。

但令颜霜没有想到的是，容徽仅仅只是因为那个女孩儿拉了一下他的衣袖，对他说"容徽，你不能杀人"，他便没了杀人的兴致，放下了手中长剑。

这些天来，桑枝已经阻止了太多的事情，这令颜霜怒火中烧，却又一时无计可施。

"我倒是小瞧了你。"她紧盯着藏在容徽身后的凡人女孩儿，忽然嗤笑了一声。

桑枝知道颜霜是在跟自己讲话，从容徽身后探出头来。她刻意对颜霜露出笑容，然后又往容徽身后一躲："容徽，她瞪我……"

是又害怕又委屈的声音。

"……"

这么多年以来，颜霜第一次被人气得说不出话。

但她却不得不承认，即便容徽的记忆已在阵法里封存，但他对桑枝仍旧保有本能的情感，那是无论多少次的熔岩烈火，都无法消磨的痕迹。

所以，她不能再动桑枝了。

这样只会适得其反。

"徽儿，我可以不杀她，但你要记住，你是我魔域的少君，你有你要承担的责任。"

颜霜再一次妥协。

与此同时，容徽却感受到躲在他身后的女孩儿凑近他的耳畔。她温热的气息喷洒在他的脖颈，他听见她说："她骗你的，你才不是什么少君……"

此时洞府里人影退却，寂静无声。

他回首，垂眼睨她："那你说，我是谁？"

女孩儿正抓着他的一缕长发试图把自己的草莓发卡往上一放，见他忽然回头，两个人顿时靠得很近很近，他的鼻尖几乎就要蹭到她的鼻子。

桑枝红着脸颊："你是神仙，特别特别好看的神仙……"

容徽轻笑了一声，不知道是信了，还是根本当她是信口胡说。

反正，他也并不关心这些。

他微微侧着脸，靠她越近。

他骨节分明的手指一勾，她半边圆润的肩头便露出来，精致的锁骨上方有一抹字迹，他的指腹摩挲着，嗓音有些哑："我什么都不记得。"

他说："只记得你那天告诉我，"他的声音很轻，有些缥缈轻缓，无端惑人，"这是我的名字。

"我是你的容徽。"

这些，就已经足够了。

如同恶龙凭着自己的本能终于寻到了自己此生唯一在乎的宝藏，他甘愿守着她天长地久，且不容许任何人觊觎她，伤害她。

哪怕为她，奉献所有。

她是信仰，亦是光芒。

除此之外，他什么都不在乎。

啊啊啊犯规！！！

桑枝的脸颊已经烫红，她翻身就往被子里缩。

他到底为什么会变成现在这副……奇奇怪怪的样子，桑枝在被子里拱成一个小山丘，红着脸始终想不通。

容徽在桑枝身上设了禁制，而他如今的修为比起以往，便更加深不可测，所以即便桑枝一个人在魔域里行走，颜霜也暂时无法伤害她。

所以桑枝竟然还敢大着胆子，在颜霜的寝殿里涮火锅。

她一边大口大口地吃肉，一边看向那珠帘后面，贵妃榻上颜霜的身影，她甚至还让人去给她多买了几份臭豆腐，还有螺蛳粉。

寝殿里弥漫着奇奇怪怪的味道，颜霜忍无可忍，一道暗红的光芒截断了珠帘，直直地向桑枝袭来，却被桑枝身上神秘的禁制挡住，瞬间抵消无痕。

桑枝早就习惯了这样的场面，也不害怕了。

看着颜霜那副阴沉的模样，她用竹签扎了一块臭豆腐喂进嘴里，问："颜霜阿姨，你吃吗？"

吃完臭豆腐，她又故作好奇地问："你们魔修是不是吃人肉啊？"然后一撩衣袖，露出自己的手臂，"来呀来呀，给你吃？"

颜霜坐在榻上，手腕一转，一道气流涌来，瞬间便掀了桑枝面前的桌子，顿时所有的东西都散落在地。

桑枝躲得快，并没有被桌上掉下来的东西波及，她拍了拍胸口："老阿姨，你脾气还挺大。"

"我不杀你，便已是极限，你如今倒硬往我眼前凑，你到底是想做什么？"颜霜冷笑着，眼风扫向站在那一片狼藉前的少女，周身的戾气已经按压不住。

好在最心爱的冰激凌被拿在手上，才没有落到地上，桑枝挖了一勺冰激凌喂进嘴里，对她露出灿烂的笑容：

"当然是来……气死你啊。"

第十一章 //
星辰之境

寂静的寝殿内，所有的侍女都俯身垂首，努力降低自己的存在感，生怕女君的怒火会波及自身。

桑枝却仗了容徽的势，不仅敢在颜霜的寝殿里涮火锅、吃臭豆腐，还敢跟她呛声。

从那天容徽当着她的面，跳下深渊的那一刻起，桑枝的心里就已经憋着一股怒气。

她差一点，就要永远失去容徽了。

"小丫头，你最好不要出现在我面前，现在我杀不了你，并不代表我以后不能。"

颜霜气笑了，那张面庞美艳依旧，眼角眉梢皆是动人风情。

"以后的事，"桑枝也对她笑起来，语气却十分平稳，"那就以后再说啊。"

四目相对之间，桑枝梗着脖子，半点儿不让。

这倒让颜霜一怔，毕竟这么多年以来，当真还没有任何人敢在她面前如此放肆。

这样讨厌的凡人，就该死在她的手里。

颜霜指节收紧，幽蓝的宝石戒指熠熠生辉，宛若深海最神秘的颜色，全都被收拢在了她的指间。

她盯着眼前这个面庞素净白皙的女孩儿，一双眼睛微微眯起，浓深如墨的光影在她眼底汇聚成山雨欲来时的阴翳。

桑枝只觉得后背有点凉凉的，她的睫毛颤了一下，却也仍旧镇定。

桑枝哼了一声，转身就叫上已经化为原形的周尧："走，我们回去再弄个果盘吃。"

周尧是被容徽抓来的。

因为魔域的魔女基本都是人狠话不多的类型，跟在颜霜身边的那些侍女更是如此，桑枝跟她们待在一起也瘆得慌。

再加上如今孟衍还被关在牢里，始终没有醒过来，所以她也存了心思，想要和外界取得联系，有个可以商量的人，所以她才会眼巴巴地拽着容徽的衣袖，求着他把周尧带来。

周尧来是来了，就是不再被允许在魔域里幻化成人形。

这是容徽的要求。

虽然有点奇奇怪怪，但周尧也没有胆子违抗。

"夫人，难道殿下他真的……洗去神格，彻底魔化了？"

周尧跟着桑枝回少君寝殿的路上，用爪子抓了抓自己的胳肢窝，有些忧心忡忡。

"我也不知道。"

桑枝停下来，定定地望着不远处的山石上一滴滴落下来的水珠正好落在一株花草的枝叶间，水珠滑下，晶莹剔透，映着枝叶的颜色，宛如珍宝。

在这样阴冷潮湿，且好似永远也看不见光明的地宫里，竟然也能有花草在肆意生长。

桑枝有些迷茫。

从九重天的太子殿下，到如今魔域的少君，她明显能够感觉得到，容徵的确有些变了。

"如果殿下真的入魔……那，他怕是再也回不去九重天了。"周尧喃喃着说。

容徵还没有见过他的父亲。

却再也回不了家了。

或许此刻的容徵并不知道他到底失去了什么，但桑枝替他记得。

"走吧。"

最终，桑枝仅仅只说了这一句，然后迈开步子，率先往前走去。

令桑枝没有想到的是，她才去颜霜的寝殿里连着吃了两天的螺蛳粉、臭豆腐，颜霜就病倒了。

"是被我气病的吗？"

桑枝捧着脸，惊喜地望着毛茸茸的周尧。

周尧的耳朵动了两下，有点无语："……堂堂魔域女君，怎么可能被你一个凡人气病？"

这说出去谁信？

"女君寝殿那边的人说，女君是旧疾复发，每一年这两天都会闭关修炼。"

他把自己打听来的事情跟桑枝说了。

"哦。"桑枝撇撇嘴。

桑枝一边写卷子，一边跟周尧有一搭没一搭地聊着天："我爸爸那边……没什么事吧？"

"放心吧，我给照青传了信，她用结梦之术就能编造梦境，你父亲是不会发现你并不在家的。"

周尧的这番话，算是给桑枝吃了一个定心丸。

"可是过两天，就要开学了……"桑枝紧接着又烦恼起来。

"这个你也不用担心，照青会幻化成你的模样，替你去上学。"周尧说道。

"那你呢？"桑枝又问他，"你也去不了学校啊。"

"我有朋友帮忙。"周尧答得简洁。

桑枝稍稍松了一口气，可捏着笔半晌，她又趴在桌上，叹了一口气："你说，容徽什么时候才愿意离开这里，和我回去？"

"回哪里去？"

她没有听见周尧的回答，却听见身后传来一道熟悉的清凌嗓音。

周尧已经从凳子上跳下去，像模像样地对容徽行礼："殿下。"

然后，他就迅速溜走。

桑枝回头看见身着玄衣，乌发玉颜的少年时，她抿了一下嘴唇，把手里的笔扔在了桌上。

"你想去哪儿？"

他缓步走来，停在她的身侧，垂眼睨她时，一缕长发从身后滑落到了胸前来，湿冷的风吹着他的发轻轻拂过她的脸颊，勾起略微的痒意。

"容徽，你和我离开这里，好不好？"

桑枝抬眼望着他，期盼他能够给她一个肯定的答案。

"为什么要离开？"

他却疑惑地低眼看她，修长的手指轻抚她的发顶："枝枝，我属

476

于这里，你也该陪着我留在这里。"

他说："我讨厌光，讨厌凡人的热闹。"

他俯身来抱她，手指轻扣的肩，那双眼瞳就像是几经濯洗的琉璃一般，浸润着神秘幽冷的光泽，却又总令人无知无觉地陷在他的目光里，难以回神。

如同海妖，摄人心魄。

"你陪我留在这里，不好吗？"他的声音越来越轻，仿佛带着某种诱哄的意味。

恶魔怎么可能会愿意离开原本属于他的，阴暗、幽冷的领地？

相反，他只会把自己唯一在意的宝藏深深地藏进这样暗无天日的地方。

在这一刻，桑枝终于察觉到了，现在的容徵同以前的他，究竟有着怎样的差别。

而这一切，都是颜霜造成的。

颜霜病倒，容徵却从未踏足她的寝殿一步，仿佛就真如那日所说，他不要什么母亲，也更加不会在意她的死活。

也是趁着这样的机会，桑枝才和周尧去牢里把孟衍接了出来，安置在偏殿里。

谁也不知道，为什么颜霜一直没有杀了孟衍，反倒将他关在牢里，派人守着。

但也因此，桑枝和周尧才有机会把他救出来。

孟衍清醒过来的那日，听见容徵已经洗去神格，彻底魔化的消息，眼前一黑，差点再一次晕过去。

如果不是周尧给他输送了些灵力，他或许还要再昏睡几日。

"是我孟衍……没有保护好殿下。"

他苍白着一张脸，指节收紧，揪着锦被的边角，手臂青筋微鼓。

他召出本命仙剑，单手握紧剑柄，极其锋利纤薄的剑刃已经横在自己的脖颈。

"孟大人！"

周尧反应极快，见他要引剑自刎，立即伸手握住他的手腕，淡色的光影流散出去，震得孟衍手腕一麻，长剑瞬间就从他手里落下。

"孟衍你干吗？"桑枝吓了一跳。

"我有负帝君重托，未能保护好殿下，致使殿下入魔……"孟衍猛烈地咳嗽着，因为发着烧，所以他的脸颊还泛着不正常的薄红。

彼时，有人立在珠帘之外，抬眼瞥见内室里的女孩儿伸手扶在年轻男人肩头，他那张无瑕的面庞上看似波澜未显，可长睫半掩下的那双眸子里却多了几分阴沉。

一阵冷风无端袭来，吹开珠帘，一串串的珠子碰撞着发出清脆的声响，好似一阵淅沥的雨声，坠落庭前。

桑枝忽然被人握住手臂，往后一拉。

她一时不防，踉跄着后退了几步，撞进了一个人的胸膛。

她一回头，就望见了容徽的脸。

他似乎有些不大高兴，眉头微皱，低眼看她时，那一双深沉的眸子里映照着她小小的影子。

"殿下，"孟衍一见容徽便挣扎着起身，但看清容徽眉心的印记，周身暗自流转的黑红气流时，他双膝跪地，额头抵在冰冷的地砖上，眼眶渐红，"臣，愧对殿下……"

而容徽仅仅只是冷淡地瞥了孟衍一眼，覆着霜尘的长剑在无形之中凝聚锋芒，直指孟衍。

"容徽，你要做什么？"桑枝抓住他的衣袖。

"你不能杀他！"桑枝急忙说道。

容徽眉间压抑的戾色似乎因为她阻拦的举动而更甚，但他仍克制着自己心头莫名汹涌的情绪，努力地在她面前显得平静一些。

"留在魔域里的神仙，迟早会被旁人撕碎。"

他似乎无法理解她究竟为什么要阻拦他，但他仍愿意用最温和的口吻同她道："即便不是我，他也活不了，枝枝，你不该阻止我。"

少年刻意放低的声音，带着极其耐心的温柔。

桑枝才不管他怎么说，她伸手就要去握那把悬在半空的长剑，却在快要接触到剑柄的时候被剑身半隐半现的银色气流给划出了一道口子。

她吃痛一声，眼眶里已经有了生理泪花。

容徽脸色一变，连忙去握住她的手，见她掌心里已经被划了一道血痕，还在不断往外渗血。

他自然也顾不得那许多，转身便拉着她离开了。

周尧直愣愣地站在那儿，半晌才反应过来，连忙想去扶跪在地上的孟衍。

"大人，你快起来……"

他的爪子刚搭上孟衍的肩膀，却听见孟衍吸了吸鼻子，问："你是谁？"

周尧呆了。

他怎么能忘了呢？他还化成原形跟孟衍一起在澡堂子里泡过澡，追过那些光屁股逃跑的凡人呢。

容徽将桑枝带回了他的寝殿里，只说了一句话，便有侍女立即奉上了灵药。

千叠雪是仙剑，它造成的伤口并不是那么容易愈合的。

容徽替桑枝涂抹药膏，却听她抽抽搭搭，还在哭。

"疼？"他问。

桑枝点点头："疼。"

这种疼痛，并非是普通刀刃造成的伤口可与之相比的，桑枝痛得整只手都动不了了。

瞥见她腾出另一只手自己抹眼泪的可怜模样，容徽的那颗心莫名柔软了许多，于是他低垂双眸，凑近她的手心，薄唇微启，吹出气息。

他小心翼翼地捧着她的手，是那样认真地想要替她减轻疼痛。

桑枝失神地望了他半晌，又忽然开口："你不要杀孟衍。你也不要伤害任何一个无辜的人。"

她伸手去抱住他的腰，靠在他的肩头："容徽，在你找回记忆之前，你不要相信颜霜跟你说的每一个字。"

这个世界辜负了容徽太多，眷顾他太少。

但在他踽踽独行于世的那么多年里，他从未将自己的痛苦，发泄在任何人的身上。

桑枝永远相信，他原本就是善良的。

而颜霜却要他亲手，泯灭自己的这份善良，从此沦为真正的恶魔，欲望的化身。

"容徽，你只能相信我。"

桑枝的眼眶里有眼泪无声地滴落下来，浸润了他的衣襟。

容徽，我会保护你。

尽我所能，不让你在不知不觉中，沦为一个沾满鲜血、身负杀孽的人。

"如果我不答应你呢？"他的手指捏住她的下巴，另一只手则轻轻擦拭着她脸上的泪痕，望着她时，他的目光深沉又专注。

桑枝伸手去捏他的脸，吸了吸鼻子，故意凶巴巴："你不答应我，我就走！走得远远的！"

少年眉眼间的散漫骤然消失殆尽，他把她圈在怀里："你敢。"

而他怀里的女孩儿梗着脖子，瞪他。

桑枝发现她的手腕上多了一道暗红的流光，如同绳索一般，缠在她和他的手腕间。

她半天没反应过来。

"枝枝，你要听话。"

他轻笑着，像是在嘲笑她刚刚刻意"吓唬"他的那番话。

她怎么可能走得了？

桑枝盯着自己和他的手腕之间连接的那道光索，她耷拉着脑袋半晌，决定认尿："我错了……"

"嗯。"

容徽眉眼微扬，似乎很满意她此刻的表现。

"去洗澡。"

他站起身，顺势将她抱起来。

桑枝瞬间瞪圆了眼睛："洗、洗澡？"

容徽皱了一下眉头："你以后不要再吃那些……"他顿了一下，"味道奇怪的东西。"

"……"桑枝终于明白，大约是她身上还残留着螺蛳粉的味道。

她自己闻了闻："我每天都有洗啊，我自己都闻不到……"

"臭。"

容徽抱着她就往殿外走。

481

“等等！”桑枝在他怀里挣扎，“我自己去！”

最终，桑枝是被容徽扔进浴池里的，他同她手腕之间的光索不知道什么时候已经消失了，他弯唇看着水汽氤氲间，浑身都已经湿透的桑枝，转身便走了出去。

桑枝咳嗽了两声，总算松了一口气。

桑枝洗完澡换了一身衣服出来后，女君寝殿那边就有侍女来请桑枝过去。

“女君请姑娘殿中一叙。”

侍女面无表情，一字一句都说得缓慢。

桑枝觉得有点奇怪，但她擦完头发，还是决定让周尧跟着她一起过去看看。

因为容徽设在她身上的禁制，她现在并不怕颜霜，但为了保险起见，她还是从孟衍那儿要来一枚保命玉符，关键时刻打碎，就能触发结界，并同时通知孟衍。

孟衍手里有另一枚玉符，到时桑枝一旦打碎玉符，他就会随之被传送过去。

当桑枝和周尧去到颜霜的寝殿时，却被守在殿外的侍女拦了下来。

“姑娘，女君只让你一人进去。”

桑枝皱起眉，总觉得有些不妙。

她踏上台阶的脚往回一收，要不……还是回去算了吧？

正当她转身打算离开的时候，殿门却忽然自己打开了，然后桑枝就听见里面传来了一道缥缈的女声：

“桑姑娘，进来吧，不要怕。”

这分明是颜霜的声音，却又不同于她平日里的强势狠戾，反而温柔如水，令人听来便觉舒心。

桑枝定在原地，同周尧面面相觑。

最终，她凑近周尧，小声说道："容徽这会儿应该在寒潭，你和孟衍去那儿找他，如果我打碎玉符，你们就都能及时过来了。"

"我知道了。"周尧点点头。

桑枝深吸一口气，提着裙摆走上台阶，一步步走进殿门。

沉重的殿门在她走进去的刹那便合上了，桑枝却并没有在珠帘后的内殿里看见颜霜的身影。

桑枝握紧了手里的那枚玉符，心里越发紧张。

突然，她脚下踩着的刻着繁复花纹的地砖间有一抹光圈显现，将她包裹其中。桑枝还没有来得及反应，整个人就被光束刺得睁不开眼睛，极速下坠。

最后，她掉在浸了浅浅一层水波的冰冷地面上。

桑枝摸着摔得生疼的屁股，"嘶"了一声，然后就望见了立在最中心的圆台上，手脚都已经被锁链束缚的女人。

那分明是颜霜的脸，可她衣衫银白，长发乌浓，眉眼之间少了几分浓艳，多了几分不食烟火的仙姿玉态。她周身的气息都是那么圆融柔和，好似脉脉春水一般，又似山间清风，寸寸月辉都似她双眸间清澈如波的倒影。

然后，桑枝看见她露出了温柔的笑容。

女人还准确地唤了她的名字："桑枝。

"你好，我是容徽的母亲，息蕊。"

眼前的这个女人分明和颜霜有着同样一张脸，就连左边太阳穴上的那一点殷红的小痣都如出一辙，可她却说，她叫作息蕊。

这是一个完全陌生的名字。

桑枝从地面上爬起来，皱着眉打量着那个被锁在雕刻着一瓣瓣栩栩如生的莲花瓣的圆台上的女人，一时分辨不出这到底是不是颜霜的阴谋诡计。

桑枝握紧手里的玉符，没有贸然靠近。

"徽儿他不愿过来，所以我就只能趁此机会，寻你过来。"

女人的手腕和脚腕都被铁索束缚着，她站在石刻莲花的中央，银白的衣衫在周遭通透微青的光线里，似泛着莹莹华光。

如同枝头凝了剔透冰晶的雪玉兰，脆弱又美丽。

她是息蕊，是仙岛蓬莱的神女。

三千多年前，她被父君许给了初登帝位的帝君容晟，成为九重天的帝妃。

但没有人知道，在息蕊成为帝妃之前，她的身体里，就已经多了另一抹名为颜霜的魂灵。

就在昆仑仙山的那场试剑大会上，当昆仑神君最看重的首徒秋昀惨死于魔域公主颜霜手里的时候，昆仑神君震怒，倾整个仙山之力方才使得已经继承颜烈魔君强大传承的颜霜当场肉身损毁，修为被封印了大半。

她的魂灵如一簇暗红的流火，只在息蕊的眼前那么一晃，就在所有人都没有察觉的情况下，侵入了息蕊的识海。

息蕊是蓬莱神君唯一的女儿，是蓬莱金尊玉贵的神女，只可惜她母亲当年被侍女暗害，误食了东海芸草，致使修为再无法精进，而生下的女儿息蕊，自小更是修炼不济，身体羸弱，更无法获得永生。

也是因此，蓬莱神君才会甘愿与容晟的父君定下亲事，将自己这唯一的明珠，嫁给容晟。

天家秘法，不但可重聚损毁的魂灵，也能帮助息蕊重塑仙身，免去修行不济，体弱多病之苦。

也正是因为息蕊的羸弱，颜霜才有可乘之机，侵入息蕊的识海，并在得知天家秘法可重聚灰飞烟灭之魂灵时，掌控了息蕊的身体，应下了这桩亲事。

息蕊当初并不愿意嫁给一个素未谋面之人，即便对方是初登帝位的年轻帝君，谁料她前一日才态度强硬地拒绝父君的提议，第二日她在毫无知觉的情况下，莫名其妙地应下了亲事。

息蕊起初并没有发现颜霜的存在，因为那时的颜霜还很虚弱，并不能长时间地掌控息蕊的身体，但随着后来息蕊越来越多次的记忆缺失，再到后来，她甚至可以清晰地听见另一个女子仿佛就在她耳畔说话的声音。

息蕊无法将这件事告知任何人，因为颜霜已经对她种了共生咒。

共生咒的禁制令她无法对任何人吐露有关于颜霜的任何事情，从此她的性命便与颜霜绑在了一起。

颜霜不死，她便不灭。

息蕊很绝望，是因为那一桩忽然而至，便已成定局的亲事，也是因为她身为神女，身体里却还住了一个来自深渊魔域里魔女的魂灵。

那时息蕊并不知道那魂灵就是魔域公主颜霜，也并不知道颜霜抢占她的身体，强硬地应下这门亲事的目的究竟是什么。

息蕊和颜霜不同，她活在父君与母亲为她所筑造的温室里，从未见过风雨，而颜霜却自小被她父君囚禁，苦修术法，不明善恶，心智还曾懵懂时，手上便已经沾了鲜血。

如此截然不同的两抹魂灵，却偏偏共存于一副躯体里。

令息蕊没有想到的是，容晟帝君却并不像是她想象中高高在上，目下无尘的模样，他生得一副俊美容颜，就像是息蕊闲暇时看过的那些由仙娥从凡间寻来的话本上的温润公子一般，光风霁月，温柔纯善。

他尤善下棋，书画之工也堪称一绝。

息蕊那时并不知，她想拒绝的这桩亲事，原是容晟向他的父君求来的。

年少的容晟，早年便在蓬莱隐去真实面容，在蓬莱神君的默许下，拜入门下修习蓬莱阵法。

那时的他便以蓬莱弟子的身份，见过息蕊多次。

容晟对息蕊，是早有预谋。

而息蕊对容晟，则是日久生情。

这些事情一开始息蕊都瞒着颜霜，瞒得很好，因为那时的颜霜灵力太弱，并不是每日都有机会掌控息蕊的身体。

直到后来，息蕊怀孕。

后来，颜霜稍稍恢复，有机会掌控息蕊的身体时，却替息蕊经历了好一番强烈的孕吐。

息蕊瞒着她和帝君容晟两情相悦，还有了身孕，这令颜霜大怒，并当即服下灵草，想要这个孩子从此消失。

却不曾想，颜霜始终未能如愿。

也许，是这个孩子命大。

后来，息蕊以死相逼，言其若再敢伤她腹中孩儿，便与她同归于尽。

颜霜无法，只得妥协。

"容徽"之名，亦是颜霜定下的。

于息蕊而言，这个孩子是她与容晟之间最深的羁绊，但于颜霜而言，却是一种束缚。

"徽"，便是束缚。

无论颜霜究竟愿或不愿，容徽也的确是她和息蕊共同怀胎，最后也是她替息蕊诞下的。

后来，如愿得到天家秘法的颜霜修为恢复大半，随后便强行封印息蕊，从此消失在神界众多人的眼前。

神界的帝妃与太子殿下无故失踪，魔域的魔修们，却迎回了他们的女君。

也许是因为这个孩子是她辛苦怀胎，最终诞下的，这位手上自小便被父君逼着杀人杀到麻木的魔域女君将自己内心里最后的一丝怜悯与不忍都给了他。

她没有杀了他，将他送去了人间。

……

"共生咒无解，一旦种下，便只能永远依附彼此而活，同生共死……我修为不济，每年只有趁着颜霜旧疾复发的这个时候，才有机会掌控我自己的身体。"

女人的嗓音像是无端带着某种令人安宁的意味，温柔得不像话。

"但共生咒唯一的破绽便是，这禁制能阻止我对任何拥有灵力的神仙妖魔说出真话，却无法阻止我对一个本没有任何收聚灵气、炼化修行能力的普通凡人说出这些事情。"

她深深地叹息着："这么多年来，我藏了太久，"她抬眼望向桑枝，"好在终于等来了一个你。"

两抹魂灵，一体同生，这对于桑枝来说，实在是一件听起来便觉荒唐的事情。

如果是曾经，当她还未遇见过容徽的那时候，或许她并不会相信这世间真有如此离奇的事。

487

但当她遇见容徽，当她知晓这个世间原来真的有神明，有妖魔，所有的光怪陆离似乎都已经变得不那么遥远荒诞。

在桑枝打量息蕊的时候，息蕊也在打量着桑枝。

其实近两年来颜霜给息蕊的封印有些许松动，但息蕊为了不让颜霜发现端倪，所以一直没有显露出任何异样。

她沉睡在识海里，也偶尔会听到颜霜的声音，知道了一些颜霜所做的事情。

可她始终无法掌控自己的身体，所以没有办法在容徽坠入熔岩深渊的那日进行阻止。

颜霜亲眼看着容徽跳了下去，那时的息蕊也看到了。

可她却什么也做不了。

这或许是息蕊这么多年来，第一次同颜霜闹得如此天翻地覆，甚至不惜伤害自己，也要颜霜为此而疼。

也是那时，颜霜为了故意刺激她，特地将容徽在人间最不幸的那十几年的时光，如同电影放映般化作一道光幕，每一帧，都如同一把锋利的刀刃深深地刺进她的胸口。

……

"徽儿的眼光真好。"

息蕊细细打量桑枝许久，她忽然想起来那天容徽跳下深渊之前，这个女孩儿凑近颜霜手里的刀刃，那副决然赴死的坚定模样。

她忽然红了眼眶。

大约是想起自己的儿子，她心中痛苦与愧疚更甚，再同桑枝说话时，声音已经近乎哽咽："谢谢你……给了徽儿，活下去的希望。"

她无法想象他在这凡世里的那些年，到底承受了多少的苦痛折磨，她也恨自己，身为他的母亲，却始终未能为他做些什么。

"我……"

桑枝望着那个泪眼婆娑的美人，嗓子有些发干，忽然不知道自己究竟应该说些什么才好。

息蕊眼中的悲恸不似作假，通身的气息与眉眼间的神情也与颜霜截然不同。

若非是那样一张与颜霜一模一样的面庞，桑枝或许根本不会将这两个人联系在一起。

也许是意识到时间不多了，息蕊深吸了一口气，稍微平复了一下心绪，便对她道："姑娘，我接下来的每一句话，你都要牢牢记住。

"容徽他如今还未完全入魔，但若等到他心脏石化的时候，他不但不会再记得你，还会彻底沦为一个只知道血腥与杀戮的恶魔，到时即便是你，他或许也不会放过。"

与天生的魔不同，无论是凡人还是神明入魔，他们的心脏就会渐渐石化，而与此同时，他们也会失去对任何情感的感知，沦为欲望的化身。

"所以你必须赶在他彻底魔化之前，去打开星辰之境，与九重天取得联系。"

息蕊被锁链缠住的手腕微转，下一刻她手指上的那枚幽蓝的宝石戒指便从她的指间脱落，朝桑枝飞去。

戒指落入桑枝的手掌时，发出碎裂的声音，幽蓝的光芒散开来，眨眼之间，那枚戒指便已经化作了一朵冰蓝的水晶花。

"你拿着这个，让孟衍带你去星辰之境，它能让星辰之境被扰乱的气流重新恢复如常，也能传讯给九重天。"

息蕊定定地望着这个看似普通又柔弱的女孩儿，神情流露出几分凝重，夹杂着哀伤："姑娘，一切，便看你了。

"这件事十分危险，倘若……"

她顿了顿，嗓音仍旧柔和："倘若你不愿，我也不愿强求。"

凡人的生命不过匆匆几十载，若非被逼无奈，息蕊也不忍将此事托付给桑枝。

"我愿意的。"

桑枝捧着那朵冰晶花，连忙道："我会去的！"

息蕊微怔，那双美眸里仿佛有水雾微拢，她久久凝望桑枝，半晌忽然俯身弯腰，深深一礼："谢谢……"

"您不用这样，"桑枝连忙也弯了弯腰，"为了容徽，我愿意去。"

息蕊身形微顿，再抬首看着桑枝那张白皙鲜妍的面庞，说："徽儿能遇上你，是他的幸运。"

身为容徽的母亲，息蕊无比庆幸，他能遇上这样一个纯善勇敢的姑娘。

在那些堪比永夜的岁岁年年里，他所经历的痛苦与折磨，也都该因为眼前的这个女孩儿而慢慢结痂，愈合。

忽地，息蕊眉头一皱，气息稍乱，回神之际她连忙掐了诀，自封经脉，下一秒，她整个人便已经倒在了地上。

"您怎么了？"

桑枝吓了一跳，本能地想要往前。

"不要过来！"息蕊却大声呵斥。

桑枝愣在原地，看着她在黑红与银白两种气流纠缠涌动间翻来覆去，脖颈间连着手臂的青筋都已经微微鼓起。

银白如霜的衣裙便好似凋落的花瓣，她将自己困在铁链之间，一双眼睛已经有血丝蔓延。

只见她的神情忽然变得阴沉，开口亦是充满戾气："息蕊，你长进了，敢暗算我？你不知道这么做你自己会经历什么？你修为太弱，你这么做会反噬自身你难道不明白？"

下一秒，她就又变回了刚刚同桑枝说话时的那副温柔无害的模样，咬着牙，手指也握紧了铁链："颜霜，我说过，你不能伤害我的儿子……"

"那是我的儿子！他属于魔域！"

"你和秋昀的孩子早就已经死了……"

"住嘴！他没有死！他就是容徽！他是我的儿子，他是我生下来的……"

如同两种不同的人格在同一个躯壳里来回挣扎，争吵。

"桑枝，你快走！"

息蕊努力地维持着自己的神志，逼迫自己不要松懈半分，让颜霜有丝毫可乘之机。

桑枝如梦初醒，转身便跑。

颜霜却在这一刻掌握了身体的主动权，但有铁锁牵制着她暂时无法靠近桑枝，于是她干脆施了术法，黑红的气流如火一般映照着她那张苍白的面容更显妖冶诡秘。

火光朝桑枝袭来的瞬间，她正在往这密室的出口奋力跑去。

女人的神情骤然一变，好似痛苦不已。

她看向桑枝的背影的目光陡然一变，连忙伸手，银白的流光飞出去，及时打散了那团黑红的火焰。

也是这一刻，桑枝一直握在手里的那枚玉符忽然散发出灼热的温度。

她整个人顷刻间便被玉符散发出来的光芒包裹，一瞬间消失在了这间潮湿昏暗的密室里。

桑枝一屁股坐在石头上的时候，脚接触到了极寒的池水，浑身一颤，下意识地缩回了脚。

"夫人，你没事吧？"

孟衍和周尧连忙走过来。

桑枝摇摇头，还没弄清楚这究竟是怎么一回事，抬头却看见了靠在寒潭石壁，双眸紧闭，脸色惨白的容徽。

她连忙跑过去："容徽，容徽你怎么了？"

大约是听到了她的声音，容徽挣扎着睁开眼。

在对上她的那双杏眼时，他似乎还反应了好一会儿，然后才迟疑地唤了一声："桑枝？"

"殿下的心脏已经出现石化现象，他浑身的血管都在承受着剧烈的疼痛……"孟衍垂着双眸说道。

桑枝闻言，再一次看向容徽。

容徽玄色的宽袖浸润在水中，当他抬手时，便牵连出一阵水声泠泠，他的手指带着池水冰凉刺骨的温度，轻轻地抚过她皱起的眉心。

"很疼吗？"桑枝忍着眼眶里的泪意，问他。

"不疼。"

他望着她的目光从来专注。

桑枝俯身，额头抵着他的额头，眼泪到底没有止住悄悄滑下眼眶。

她说："容徽，我必须要离开这里了。"

果然，一听她这句话，容徽脸上唯一的一丝笑意瞬间湮灭，他的手扣住她的肩。

"你想去哪儿？"

桑枝抬眼，便对上了他那毫不掩饰占有欲的晦暗目光。

他说："你只能待在我的身边。"

桑枝伸手摸了一下他的脸，然后一根根掰开他扣着她肩膀的手指，站起来。

"容徽，我要去帮你找到你的家。"

她勉强弯起嘴角，却对他露出一抹比哭还难看的笑。

现在的容徽十分偏执，他忘记了许多事情，同颜霜所期望的那样，他本能地觉得自己就该属于魔域。

可桑枝，却不能让他从此沦为真正的恶魔。

"我会回来的。"她说。

他死死地盯着她，那双眼睛里有怒意，也有惊慌。

他轻轻摇头："你不会的。"

桑枝抿紧嘴唇。

她知道息蕊或许根本拖不了多久的时间，所以她对孟衍道："孟衍，你带我去星辰之境，越快越好。"

她捧出那朵冰晶花。

孟衍一见那朵冰晶花，满眼惊愕，有许多想问的话却都被他压在心头，他知道现在或许并不是细问的时候。

"容徽，我会回来的。"

转身要离开时，桑枝看着无力地坐在寒潭池水里，正奋力地想要朝她伸手的容徽，又认真地说了一句。

"桑枝，"容徽那双眼睛紧紧地盯着她，眼眶已经有些泛红，他咬着牙，威胁她，"你敢离开我……"

眼底明灭不定的光影被揉碎成更加阴郁病态的痕迹。

他忽然冷笑："你最好不要被我找到，否则——我一定会把你锁起来。"

不见日月天光，不见任何无关紧要的人，只需要看着他一个人，就足够了。

"变态。"

桑枝听见了，哭着哭着又笑了一声。

她抹了一把眼泪，回头最后望他一眼，泪眼模糊间，她看不清他的脸，但她还是冲他笑："好啊，等我回来，让你锁。"

星辰之境处在极尽边缘之地，是凡人永远都到达不了的地方。

随着岁月流转，山河变迁，世人不再信奉神明，也不再相信任何超乎自然之外的神秘力量。

而九重天与尘世之间的壁垒也越发深邃，这数千年的岁月流逝，如今仙神两界同凡间唯一的联系，便只剩这星辰之境。

即便是神，也无法在九重天与人界之间来去自如。

他们只能等待特定的时机，才能有机会通过星辰之境，来到凡世。

星辰之地极寒，这里没有四季轮转，仅仅只有两种天气来回循环——前一天冰雪，后一日雷雨。

雨水凝成冰，冰雪融作雨，千年万载，循环往复。

极夜笼罩，天幕低垂，好似万顷星辰都尽在眼前，星子萤火，触手可及。

桑枝穿着孟衍临时给她找来的厚重棉衣，戴着厚厚的棉手套，紧紧地抓着孟衍的剑鞘，迎着风雪努力地往更深处走去。

桑枝算是第一个踏足星辰之境的凡人。

因为息蕊给的冰晶花，再有孟衍在她身上设下的几道符文帮她掩去生息，桑枝才能勉强在这样恶劣的环境里存活下来。

即便孟衍施加在她身上的术法有一定的抵御寒冷的功效，但桑枝还是难免瑟瑟发抖，一双脚早已经在她深一脚浅一脚地踩过莹莹白雪的时候冻得麻木。

那朵冰晶花戴在颜霜手上许久，颜霜很清楚它的作用，于是便更加不可能让其有落入神仙之手的可能，且它早已经浸透了她的魔气，因而如果息蕊把它交给孟衍，它便会应声碎裂，再无修复的可能。

颜霜从来都是如此极端的一个人。

但她这一番好算计，到底毁在了桑枝这样一个凡人的手里。

凡人弱小如蝼蚁，可这世间万物相生相克，绝没有任何一方是永远强大的存在，再强大的术法，也往往有其意想不到的漏洞。

许多针对神明与妖魔的术法，对于凡人来说，却是无用的。

"夫人，你饿不饿啊？"周尧在后面扯着桑枝的衣角，一边艰难地往前走，一边大声问。

冷不防被天空里飘落下来的雪花给呛了嗓子，周尧咳嗽得好大声。

桑枝回头，就看见那只毛茸茸的狐獴身上还穿着一件大棉袄，他这会儿正从自己的口袋里掏出一块压缩饼干递给桑枝："吃点儿吧，不然你没力气再往前走。"

走在最前面的孟衍也停了下来。

他一直握着长剑，小心地牵引着桑枝和周尧往前走了这么久，他额角已经有了细密的汗珠。

孟衍点了点头："也好。"

桑枝干脆躺倒在雪地里，接过周尧递过来的压缩饼干，机械地咬了一口，舌头有些麻木，连是什么味道都没有尝出来。

囫囵吃了一块，桑枝在雪地里翻了个身。

周尧现在维持着原形，皮毛温暖，坐在雪地里的时候，他的尾巴被雪冻得不住地晃来晃去。

"我们走吧。"桑枝又喝了一点保温杯里的水，再分给孟衍和周尧喝了一些，然后就挣扎着从雪地里站起来。

三个人的身影在这样的漫天风雪间显得越发渺小。

强撑着走了许久，仿佛永远等不来天明的茫茫夜空里雷声阵阵，如同投影在眼前的那些星子莹光也都在刹那陨灭殆尽。

闪电袭来，照得白茫茫一片的雪地枯山，时隐时现。

闪烁的雷电降下来，灼烧着覆在尘土之上的层层白雪在刹那消融了些许，仿佛极尽纯白的一张宣纸被炽烈摇曳的火焰无情灼烧了几寸边角。

素白的天地添了焦黑的痕迹。

因为距离不算太远，电光石火之间，火光几乎闪了桑枝的眼睛，那道雷劈下来的瞬间，她吓得往后一倒，栽进松软冰冷的雪地里。

大雨来得很突然，伴随着越发强烈的雨势，桑枝发现自己脚下踩着的白雪渐渐都已经消融成水，掩埋在大雪之下的地面露出最原始的颜色。

孟衍连忙施展术法，淡色的流光刹那间便化作半透明的气泡，罩在他们的身上，替他们遮挡风雨。

原本就厚重的衣物，如果再被雨水浸湿，那就更加寸步难行了。

那座矗立在漆黑长夜间，高耸入云，仿佛是最接近云霄天际的形如弯月的悬崖上，神秘漂亮的极光成了近在咫尺的炫光倒影。

人间与仙境，仿佛从未如此接近。

桑枝站在悬崖之巅，雨水无法近身，但凛冽的风却仍在无形之中刮过她的脸颊，莫名刺痛。

"只要让那些被移位的气流回归原位，人间与九重天之间的通道，就能够打开了。"

孟衍指着远处那一片神秘壮阔，却又美得令人心惊的极光更深处的金色气流，对桑枝说道。

桑枝点了点头，从厚重的棉衣里捧出那朵冰晶花。

忽然，桑枝听到身后的周尧发出一声惊呼。

她刹那回头，便见那只裹着棉袄的狐獴已经被站在昏暗光影间的那一抹窈窕身影给抓住了后脖颈，就那么拎在手里。

银白如霜的衣裙，乌黑如缎的长发。

女人的面容秾丽绝艳，那双眸子里已经被一层浅淡的血色笼罩，显得妖冶又危险。

她周身萦绕的暗红光影昭示着，此刻的她并非是桑枝所希望见到的那个人。

"桑枝，把你手里的那朵冰晶花，交给我。"

女人朝桑枝伸出另一只手，她的手指葱白纤细，宛若柔荑。

她的嗓音刻意放柔了一些，却到底还是有一丝难以压制的不耐烦。

"你快放了周尧！"桑枝的脸已经冻得僵冷泛红，说话时的声音都有些发干。

"把你手里的东西交给我，我自然会放了他，不然，你知道后果。"

颜霜仍是笑盈盈的，但她的笑与息蕊的笑天差地别，即便是同一张面容，也不会令人分辨不清。

"夫人你不要管我！别忘了你答应息蕊帝妃的事！"

周尧在半空中挣扎着，朝桑枝喊。

他生而为妖，几百年的岁月都浸在人间烟火里，这个生在红尘里的小妖怪，这么多年来，都仍然同他入世那时一样纯粹善良。

桑枝无法眼睁睁地看着他因此丧命。

这本不该牵连周尧。

可是……

桑枝握紧了手里那朵幽蓝的冰晶花。

她知道，这或许是唯一可以令容徽恢复神格，重塑仙骨的办法了。

桑枝抬眼看向站在雨幕里，却未曾沾染雨水的颜霜。

她恍惚了一会儿，心道，怎么忘记了，颜霜这样的人，想来喜欢斩草除根。

魔女的承诺，便已是一种谎言。

即便她将冰晶花给了颜霜，颜霜怕是也同样不会放过周尧，更不会放过她和孟衍。

"你说的话，你自己会信吗？"

桑枝看着颜霜。

颜霜那双浸润着浅淡血色的眸暗了暗，她嗤笑一声："丫头，你倒是聪明……"

她伸出手，凑在鼻间，语气有些轻缓："你若识相，我也会看在徽儿的面子上，让你死得不那么痛苦。你知道的，虽然徽儿在你身上下了禁制，可此刻不是在魔域，你与他之间距离遥远，所以我即便不能对你使用法术，但也有办法让你死。"

"是吗？"

桑枝干脆把身上最厚重的那件棉衣脱掉，把那朵冰晶花藏进自己胸前挂着的玉坠里，那是容徽后来发现的，玉坠的另一个作用。

桑枝只要默念一段咒语，就能将自己想要装进去的东西放进玉坠里的虚空之地。

"要打架是吧？"桑枝朝颜霜笑。

孟衍连忙拉住她的衣袖："夫人，不可……"

他干脆挡在桑枝的面前，看向颜霜时，他神情肃冷，手中长剑已经出鞘，黑沉沉的天幕里降下来的雨水滴落在他的剑刃上，溅开一簇又一簇凛冽剔透的水花。

颜霜在望见孟衍眉心的那一点银色印记时，仍旧难免有些晃神。

对于眼前这个年轻男人，她心思复杂深沉，仿佛还有许多矛盾的情绪在交织纠缠。

孟衍朝她举剑而来时，颜霜仿佛在朦胧间，瞥见了那一抹从烟云缭绕的长阶上飞身前来的身影。

记忆里的他温柔地拥抱了她，微凉的唇吻过她的眉眼，吻去她的眼泪，缱绻动情。

然后，那把覆了霜雪的长剑，就刺穿了她的胸口……

回忆至此，心底积压多年，从未消散的怨戾一朝翻覆，颜霜周身暗红的气流涌动。

在那个年轻男人提剑而来的时候，绚烂如火的黑红气流便好似带着强劲的风，袭向孟衍，寸寸流光割破他的衣衫，鲜血浸润出来，他重重地摔落在地，吐了口血。

记忆里那个男人凉薄的眉眼，与眼前这个狼狈的年轻人的容貌并不相似，他们之间唯一的关联，就只是眉心的那一点痕迹。

但这，也足够令颜霜想起那些痛苦不堪的往事，想起那个死在她手里的男人。

颜霜已经没有什么耐心了。

桑枝只觉得寒风拂面，不过刹那之间，那个原本还站在不远处的女人便丢掉了抓在手里的狐獴，骤然出现在了她的眼前。

颜霜伸手便要去拽桑枝脖颈里的玉坠。

桑枝反应很快，躲开她的手，想往孟衍那边跑，可颜霜却握紧了她的手臂，那力道之大，几乎就要捏碎桑枝的骨头。

桑枝痛得厉害，却仍咬着牙，见实在挣脱不开，便索性用足了力气，伸脚重重地踢在颜霜的腿弯。

颜霜大约是受旧疾复发的影响，又或是息蕊的这副躯壳本就日渐虚弱，而她现在又无法对桑枝使用术法，于是她一时不察，被桑枝狠狠地踢了腿弯后，便膝盖一软。

桑枝身上的气泡已经消失，雨水寸寸落下来，令她浑身湿透，那股子寒冷便像是已经钻进了骨髓深处，但此刻她已经顾不了那么多，在颜霜用手肘抵着她的后背，将她压在尘土里时，她奋力地想要挣脱。

颜霜手里的那把匕首在她手臂上划了一道，疼得桑枝眼睛里泛起了泪花，和着雨水，也已经分不太清。

"我还从来没有见过，像你这么讨厌的凡人。"颜霜用匕首抵着桑枝的下巴，那双眼睛里是毫不掩饰的轻蔑。

"我也，"桑枝喘息着，又剧烈地咳嗽了几声，"我也从来没有见过像你这么讨厌的老阿姨……"

她说话都有些吃力，却仍是不肯让颜霜只言片语。

颜霜像是在嘲笑她的倔强。

"我大约知道，徽儿究竟喜欢你哪一点了。可惜，感情是这世间最无用的东西，而今日一过，他就再也不会对你留有半分印象了。"

当他的那颗心渐渐石化，从此以后，他将再也记不起喜欢一个人，究竟是什么样的一种感觉。

从此他将再不会懂得什么叫作付出，什么叫作甘愿。

自私，贪欲，才是他的本源。

"他不会的……"

桑枝咬着牙，艰难反驳。

即便此刻，她已经痛得身体都在发颤，但在颜霜伸手探向她脖颈上的玉坠时，她本能地，不顾抵在下巴处的匕首，低头下去。

锋利的刀刃划破了桑枝的下颌，留下一条很深的伤口，她却没顾及那么多，狠狠地咬住了颜霜伸向她脖颈的那只手，用尽了力气。

颜霜吃痛，瞳孔缩紧。

她又惊又怒，望向桑枝。

桑枝脖颈上的伤口不断流出血来，染红了她的手背，也浸湿了桑枝的衣襟。

而女孩儿死死地咬着她的手，那双眼睛也在狠瞪着她。

颜霜忽然冷笑。

这双眼睛，该剜了才好。

桑枝忍着疼，迫使自己侧身，然后用力挣脱开颜霜的一只手，挣扎间，抓住了颜霜的长发。

她胡乱地一拽，颜霜便猝不及防地被迫后仰。

躺在地上，没有分毫力气的孟衍半睁着眼，朦胧间看清桑枝的这一举动，也是愣了。

连栽在泥污里的周尧刚从泥水里挣扎出来，看见这样一幅画面，也是蒙了。

他们谁都没有想到，桑枝竟然会和魔域女君打起架来，还……扯了头发。

这一幕实在有点诡异。

"周尧，打她！"

桑枝一看见周尧，就大声喊。

与此同时，她奋力地将颜霜的手脚锁住，手上还没有放开颜霜的头发。

周尧一个激灵，连忙去拖孟衍的那把剑。

光芒闪动间，他幻化成了人形，手握长剑，直接跑过来，在颜霜被桑枝锁住手脚的时候，将剑刺入颜霜的腰腹。

颜霜周身暗红的气流陡然盛大，瞬间就将周尧弹出百米开外，摔落在地上时，他浑身的骨头几乎都碎了。

桑枝身上的禁制受到些许波及，她吐了血，却仍不忘抓着颜霜的头发，颜霜反手就掐住了桑枝的脖颈。

颜霜腰腹间的伤口在暗红的光芒涌动间慢慢愈合，此刻她掐着桑枝的脖颈，眼底阴云笼罩："你们杀不了我。

"我已经没有耐心了。"

见女孩儿挣扎着，整张脸也渐渐地涨红发紫，颜霜轻笑着说："你若是听话一些，我便不会让你死得如此痛苦。"

颜霜朝她举起匕首，刀刃在如此明灭不定的光线下，显得过分森冷。

桑枝已经濒临窒息，雨水更是阻隔了空气吸入。

那一刻，她仿佛听见了周尧和孟衍叫她的声音。

桑枝眼皮微垂，肺部就好像压着一块巨石，在不断地挤压着残留的空气。

她痛不欲生。

突然，凛冽如霜的剑影袭来，在半空中勾勒出银色的虹影。

雨珠压着桑枝的眼睫，令她越发觉得眼皮沉重。

在她即将闭上眼睛的那一瞬间，暗红与淡金色两种流光交织着袭来，覆了霜尘的长剑划过颜霜的手指间，抵着那把匕首，应声落地，又在下一秒刺进了她的胸口。

颜霜喉间涌上一抹腥咸。

她怔怔地低首，瞥见刺穿自己胸口的那把长剑时，她睫毛微颤，仿佛又回到了数千年前的那一日。

她此生唯一爱过的那个人，便是用这把剑，刺穿她的胸口的。

眨眼之间，她眼前便出现了一道玄色身影。

当她抬头，看见那个脸色苍白的少年小心地将正捂着自己脖颈，剧烈地咳嗽的少女抱进怀里的时候，她嘴唇微动，嗓音飘忽："徽儿……"

凝了霜雪的长剑重新回到了他的手里，他将女孩儿小心翼翼地放在不远处的石块旁，然后才迈着缓慢的步子踱至颜霜的身前，俯身时，他手里的长剑嵌进泥土，每一滴落在剑身的雨水都在刹那凝结成冰。

他似乎是在打量着她胸口那个血肉模糊的血洞，没有多少血色的薄唇微勾，此刻连脸色都泛着病态的苍白。

他又饶有兴致地捡起那把落在她身前的匕首，刀锋轻轻地划过她的伤口，那双漆黑的眸里没有丝毫温情可言。

他开口时，嗓音如敲冰戛玉般，却仿佛浸润着深渊里最刺骨的寒意："我说过，你让我不高兴，我也不会让你好过。"

"你居然，还能强撑着来这儿？"

匕首的刀锋就抵在颜霜伤口的边缘，明明是极其柔和的力道，可那刀尖却刺着她的血肉，钻心地疼。

容徽的心脏已经开始石化，此刻的他必定也承受着非人的痛苦，本该是步履维艰，却能强撑着来到这里，甚至还毫不犹豫地出手伤了她。

"你不要命了？"

颜霜又惊又怒。

容徽眉头一直紧皱着，一张面庞苍白得可怕，他能感觉到自己胸腔里的那颗本为血肉的心脏正在一点点地产生某种变化。

他握紧了手里的匕首，下颌绷紧。

千叠雪是神剑，剑刃之中早有剑灵蕴气而生，所以它造成的伤口一时难以愈合，但这并不妨碍颜霜施展术法。

一抹银霜，一抹玄衣。

容徽手里的匕首掉落泥泞尘土，那把裹缠了细碎霜雪的长剑却在剑身细微颤动间，发出清凌铮鸣，随着他一同跃入云霄。

暗红和淡金色的气流交织碰撞，勾动着天雷道道落下，暴雨如瀑。

颜霜和容徽的身影在层层流光间，渐渐不再分明。

正逢他们缠斗之时，桑枝朦胧间听见周尧唤她的声音：

"桑枝，你快去，快……"

周尧全身的关节几乎已经断裂，他躺在地上，奋力地喊着桑枝的名字，想让她清醒一些。

盛大的雨势冲刷着她，全身彻骨的凉意令她恍惚间觉得仿佛伤口都没有那么疼了。

大约是麻木了。

桑枝拼命地想要看清容徽，却只能看见天边那两簇互不相让的流光。

她捏紧了自己脖颈间挂着的玉坠，挣扎着站起来，艰难地往弯月崖移动。

当她站在几近悬空的山崖之巅时，她将那朵冰晶花捧在手上。

不知道默念了多少遍息蕊交给她的咒术，桑枝终于看见自己手里的冰晶花似乎被忽然袭来的风牵引着，如蒲公英一般，脱离了她的手掌，渐渐飘向远方，飘向那几束颜色各异的光柱，其中星河涌动，万千星辰的光影在其间便显得渺小如沙砾一般，持续流动，连接着天与地之间最深最深的地方。

冰晶花被忽来的风牵引着，在层层雨幕间，慢慢地飘向光柱中心，然后碎裂成细碎幽蓝的光芒，在刹那间涌入天际，搅弄风云。

也是这一刹那，桑枝眼见着天边有一抹流光包裹的玄色身影从云端极速下坠,那把散着淡金色光芒的长剑也在一阵铮鸣声中,直直坠落。

剑气划破长空,周遭乱石飞动。

他如断线风筝般的身影在桑枝的眼里只是那么小小的一簇影子,她什么也顾不得,就在他要擦着如同悬空的弯月般的山崖坠入深渊时,桑枝抓住了他的手臂,瞬间便被拖行着跪倒在了山崖的边缘。

她用尽力气,攥住他的手腕,也不管此刻她的双膝已被坚硬粗粝的石地磨破。

容徽的嘴角残留着血迹,那张原本就已经苍白如纸的面庞在此刻便显得更加脆弱病态,他脖颈间青筋微显,身体里两种相克的力量相互冲撞着,那是一种仿佛被硬生生凿开胸口,碾碎心脏似的剧烈疼痛,他连每一分每一秒的呼吸,都疼得厉害。

他没忍住地吐出了血,殷红刺目的血液流淌过他的下颌,沾湿了他玄色外袍里的白色里襟。

"容徽……"桑枝哭着喊他,"容徽你抓住……"

千叠雪适时落在他的脚下,支撑着他一跃而起,翻身上了弯月崖。

容徽剧烈地咳嗽着,嘴里又吐出鲜血来。

他紧紧地攥着桑枝的手腕,那双眸子却紧盯着那一抹暗红光芒包裹着的身影坠落在不远处,水花四溅,殷红的鲜血流淌下来,被冲刷成浅淡的红。

此时,有人迎着如瀑的雨,撑着一把伞缓缓走来。

颜霜在这样盛大的雨势里,朦胧间瞥见那个穿着铁灰色西装,身形高大的年轻男人,她心下一喜,那双原本灰暗下来的眸子里瞬间又有了异样的光彩。

"暮云!"

颜霜的声音在这淅淅沥沥的雨声中显得有些渺远。

失踪许久的养子终于出现，这让颜霜再一次看到了一些希望。

她指着不远处山崖上的那个浑身是伤的女孩儿，命令他："杀了她！"

男人提着一把剑，伞檐上流淌下来的雨水冲刷着镂刻着繁复纹饰的剑鞘，他停在颜霜的身前，俯身唤了一声："女君。"

"暮云，你快杀了她！"颜霜无暇顾及他朝自己伸出的那只手，反而固执地指着桑枝，大声喊道。

如今光柱已经在慢慢归位，若要阻止，就只能杀了启用咒术、将那朵冰晶花送入光柱间的桑枝。

暮云遥遥一望。

苍茫雨幕里，周遭所有的景色在夜色之间都呈现出一种青黑色，神秘瑰丽的极光不顾风雨，四散倾洒，汇作壮丽的光河。

那个曾经险些死在他手里的凡人少女，此刻正用那双黑白分明的杏眼，盯着他。

暮云早已习惯于听从颜霜的命令，此刻他手指微松的瞬间，剑鞘便已经落入泥泞，长剑在如此盛大的光影之间泛着冷冽的光泽。

容徽勉强起身，将桑枝护在身后。

他那双眼睛已经充血，握紧剑柄。

在暮云还没有向他走来时，他便已经手执长剑，飞身而来。

寒风冷雨之间，他衣袖猎猎，好似这夜色便已尽在他身。

锋利的剑刃划开金色的气流，四散开来，暮云堪堪躲避，手里那把伞已经脱手，被风吹入崖底。

容徽招招狠厉，不留有任何余地。

暮云旧伤未愈，曾经他便不是容徽的对手，而此刻容徽更如疯子一般，招招致命，于是他很快就败下阵来，被剑气震出百米开外，浑身的经脉几乎尽断。

"没用的废物！"颜霜怒斥。

暮云躺在地上，却如行尸走肉一般，眼底光影尽灭，仿佛早已经习惯这位养母对他的种种苛责。

容徽拖着长剑，一步步地朝颜霜走去。

剑尖划过寸寸泥泞，鲜血与脏污混合，却又很快被雨水冲刷着，什么也不剩下。

"徽儿，你当真要杀我？"颜霜勉力站起来，定定地望着缓步走来的容徽，"你知不知道，你现在这样动用灵力，终会反噬自身，危及性命？！"

"你不要她活，"容徽用指腹蹭掉自己嘴角的血迹，长发湿漉漉地披在身后，几缕浅发贴在鬓边，他的肌肤在此刻显得更加冷白，"我就要你死。"

仿佛此刻，他的脑海里什么也不剩下，唯有这样一抹执念如此坚定。

当容徽朝颜霜举剑，剑锋直指她的时候，从山崖上跑过来的桑枝却看清颜霜那张面庞近乎扭曲的神情。

她在笑，那是一种恶劣诡秘的笑容。

就在容徽握紧剑柄，要朝颜霜刺去的时候，桑枝瞳孔微震，连忙喊：
"容徽！住手！"

容徽晃神的瞬间，面前的女人已经换了一副神情。

她深深地凝望着这个浑身鲜血的少年，那双眸子里忽然泛起盈盈水光。

"徽儿……"

她嘴唇颤抖，嗓音哽咽。

"徽儿……"她忍不住一遍又一遍地唤着他的名字，仿佛这多年来，她从未有机会如此真切地，打量着他的模样。

"是娘不好，是娘对不起你。"

泪水浸湿了她的眼眶，情绪也渐渐有些控制不住，这多年无望的思念折磨着她，始终令她痛不欲生。

她思念自己的夫君，也思念自己的儿子。

可是那么长那么长的岁月流逝，她从未有机会再见他们一面。

她的儿子在人间，受了多年的苦。

可她却没有任何办法，守在他的身边。

息蕊想要触碰他的脸，却又迟迟不敢伸手，因为此刻，他持剑相向，眉眼间犹覆冰雪寒霜，望着她时，分明也没有分毫暖意流露。

她并不知道，自己究竟该如何向他解释，她与颜霜之间的事情。

也是这一刻，她脸色骤变，一双眼睛目光呆滞，脖颈间青筋显露，周身的气流几经流转，暗红的光芒时隐时现。

桑枝见状，立刻伸手去拉容徽的手。

她动作很快，但还是被颜霜手中的烈火灼伤了手背，而更尖锐的光刺，却都被她身后的容徽挡住。

他的后背被鲜血浸湿了衣衫，桑枝回头的时候，正见容徽那双眼睛已经浸润着一片朦胧血色，她伸手触摸他的后背，温热的鲜血便染红了她的手掌。

桑枝眼眶红透，无助地扶住摇摇欲坠的他的身形。

"容徽！"

颜霜的光刺从他的后背刺入，直抵心脏，这便是她的诡计，目的是让容徽心脏石化的速度加快。

容徽躺在地上，胸腔里的那颗心脏如同被烈火烹烧一般，令他大脑一片空白，好似周身的灵力都在随之而冲撞，令他的每一根血管都胀痛难忍。

颜霜手握匕首，直指桑枝。

下一秒，一抹月白的身影挡在了桑枝的面前，原本虚虚握在容徽手里的千叠雪此刻强烈地震动着，仿佛是欣喜万分。

随后，颜霜便眼睁睁地看着千叠雪从容徽的手里挣脱，瞬间横在了那个男人的眼前。

他仍是孟衍的容颜，可颜霜看着他，看着他眉心的那抹印记，对上他那熟悉的目光，心里有一个猜测隐隐而生，却又迟迟不敢相信。

"颜霜。"

他开口唤她时，是低沉磁性的嗓音。

那是她无论消磨了多少年的时光，都无法忘却的声音。

爱是他，恨也是他。

颜霜此生痛苦的根源，原本就是为了他。

颜霜是魔君颜烈唯一的女儿，是魔域未来的女君。

她的父君从未教过她礼义仁孝，她也从来不知道什么叫作良善与邪恶，更不知其间沟壑纵深，是两种永远不可相交的极端。

不知善恶的她在年少时就已经听从父君的命令杀了许多人，她根本不知道他们究竟是什么人，但父君教会她不问缘由，把自己当成立于这世间的一把利刃。

父君让她杀人，她便杀人。

从一开始的心生抗拒，到后来被关在火牢里整整六年，颜霜在那个最肮脏最黑暗的地方，年少的脊骨终于折断于父君的眼前，她学会沉默，学会听从，也学会如何将自己当作尘器之上最锋利的刀剑。

因为生而为魔的父君，永远也不会像人间那些最平凡最普通的凡人一样，去疼爱自己的女儿。

她生来，便在地狱里。

十八岁那一年，颜霜受父君之命，去人间追杀一个得道的散仙，这算是她第一次踏出魔域，也是她的父君颜烈，交给她的第一个真正意义上的任务。

颜霜年少，而那散仙也并非是泛泛之辈。

她一时不察，便上了当，吃了亏，身受重伤，奄奄一息。

那是一个雨夜，颜霜意识朦胧间瞥见一抹烟青色的衣袂，空气中仿佛有一缕兰香浮动，细嗅之下却又什么也不剩下。

雨滴拍打在翠如碧玉般的竹林，声音清脆，像是这世间最动听的声音。

有人撑着一把纸伞，替她遮挡了迎面的风雨。

他将纸伞搁下，伞檐在泥泞尘土里翻滚了几圈，带出混浊的水珠子，瞬间又没入泥土里。

他俯身背起颜霜的时候，一刹那便有疏淡的兰香入怀，令她神思飘忽，目光模糊朦胧地盯着藏在他耳后的一点小痣，昏昏欲睡。

次日醒来，颜霜发现自己身在一座竹楼里。

花草蓊郁，葳蕤生光，庭前有青绿的藤蔓蔓延着爬上窗台，绽出一簇又一簇的花朵，周遭尽是花与草，竹与木的清香。

生在血潭地狱的颜霜，从未见过如此漂亮的景致。

她更从来没有见过，如那青年一般动人的颜容。

他身着烟青长袍，立在花草繁茂的小石亭中，修长白皙的手指里握着一卷书，侧脸无瑕，好似美玉。

他轮廓深邃，自有一种凌厉的俊美，但偏偏他气质疏淡，好似带着一身的书卷气，温雅和悦。

颜霜看出他的原身，应是一株深谷里的兰草，道行不过百年，周身浅薄的灵气便是他已踏上漫漫修仙之路的最好证明。

而颜霜离开魔域之前，颜烈便交给她一颗敛息珠，那足以令她掩去自己身上的魔气，令她看起来与常人一般无二。

所以那时，在他的眼里，她应该也不过只是一个刚刚踏上修仙之道，却资质平平的小修士。

那天，天色稍青，是云销雨霁之后，稍显阴沉的余韵。

可那时，他站在小石亭的石阶上头，回身瞧见立在竹廊里的那个脸色苍白的姑娘时，他原本神情平淡的双眸里便添了一丝温和的笑意。

颜霜傻呆呆地看着他，看他朝她伸出手，看他向她勾了勾手指。

她方知，原来这株兰草，是个哑巴啊。

后来宣纸上落下的风骨秀逸的"秋昀"二字，便是他的名字。

颜霜从未想过，她也会有痴迷红尘的一天。

这里和魔域一点也不一样。

这里不再有赤裸裸的血河，也不会有尸骨堆砌的九层恶塔每日都在发出冤魂诡异的哭和笑。

魔域不见天日，但这里每日都有天光倾漏，日月同辉。

秋昀纵容她的贪吃，也纵容她的贪玩，同她红尘一路，吹梦几洲，他与她同看千里日月，兼程风雨，仿佛真要踏遍这世间每一寸土地。

但秋昀最烦忧的，还是该想什么办法劝颜霜勤修术法，精进修为。

那或许便是颜霜这一辈子，最快乐的时光了。

因为敛息珠，人间十年，从未有任何魔域的人找寻到她的踪迹。那时候颜霜心中切盼，若是身为魔女的自己，能够永远消失在这世间，就好了。

她宁愿，自己只是一个普通人。

可世间万般，哪能件件如愿。

颜霜在人间偷来的这十年里，秋昀教会她什么是善，什么是恶，更教会她什么是世间千头万绪起，从来情思不由人。

那时的颜霜知道，父君期望下，她这把本该悬在四海九州所有人脖颈间的锋利刀刃，或许已经开始生锈了。

颜霜嫁给了秋昀。

在他们回到曾经相遇的那片竹林里时，颜霜此生第一次，如此心甘情愿地跪拜天地。

她嫁给了自己最喜欢，最喜欢的小兰草。

颜霜几乎都要忘记自己原本该是魔女，是魔域未来的女君。

她贪恋着凡世里的一切，沉溺在秋昀望向她的每一寸目光里。

即便父君给她灌输的杀戮与血腥留给她的印象始终深刻，她也从来没有被人间那些所谓的善与恶而束缚，可她却甘愿，为了秋昀而洗净手上的鲜血，此生此世，再不杀任何一个人。

生而为魔，她要压抑自己喜欢血腥的本性并不容易，可她却甘愿这么做。

他说不可以，那就不可以。

颜霜遇上秋昀的第二十年，原本幽静少人的竹林里多了一群宽衣博带，仙风道骨的神仙。

颜霜这才知道，她的夫君根本不是什么深山里修行的散修，而是昆仑仙山神君座下，誉满三界的大弟子——剑仙秋昀。

他因旧友麒麟死于昆仑之事而耿耿于怀，身受重伤，自请离开昆仑，来到凡世里，隐去仙灵之气，试着去过一段普通的生活。

这一天，颜霜魔女的身份，在昆仑神君那强大如斯的存在面前，终于被毫不犹豫地撕破。

无论是颜霜还是秋昀，都以为自己才是那个说谎的人，他们毫不犹豫地将对方当作在这凡世里唯一的温暖，却原来，他们彼此都背负着自己的秘密。

昆仑神君在细数颜霜身上欠下的业债，她周身涌动的一簇簇业火证明着昆仑神君所说的每一个字，都是那般真实。

自称是秋昀的师叔师弟的那些人，他们每一个人都在对秋昀说："她骗了你，她是魔女，她罪无可恕……"

那一瞬，颜霜在秋昀那样震惊又复杂的目光注视下，甚至出现了幻觉，她垂眼去看自己的手，入目便是满手血腥，殷红刺眼。

那一天，颜霜第一次听见秋昀开口唤她的名字。

他走近她，那样缱绻又温柔地吻过她的眉眼，吻过她脸颊的泪痕，却最终用那一把覆了霜雪的长剑，毫不犹豫地刺穿了她的胸口。

颜霜的梦，从那一天就醒了。

世间传诵着昆仑剑仙杀妻证道的美谈，无人敢疑剑仙秋昀的道心。

而秋昀的长剑刺穿她胸口的时候，剑气同样震碎了她胸前挂着的那颗敛息珠，魔域的人很快就找了过来，颜霜也因此而捡回了一条命。

重回魔域的颜霜忘却了她在人间爱过的那位夫君教给她的所有道理，唯独记住了恨。

饮恨多年，颜霜终于重新成为她父君眼中的利刃，而她也终于在父君油尽灯枯的时候，获得了他的强大传承。

成为女君后的第一件事，颜霜便独上昆仑，于试剑大会上，当着那许多神仙的面，如当年秋昀毫不留情地刺穿她胸口那般，她也一剑刺穿了他的腰腹。

她是存了要他死的目的。

可那时，烟云缭绕间，那个男人却没有丝毫反抗，或许他早就已经注意到她，因为她在他的眼中，从来都是与众生绝不一样的存在。

可他，却一直无动于衷。

直到她一剑刺穿他的身体，他从头至尾，都没有反抗。

在他一如曾经那般温柔的目光注视下，颜霜无知无觉，泪流满面，她握着剑柄的手，忽然发颤。

"你来了啊……"

他咳嗽着，鲜血流淌过他的嘴角，可他用指腹抹了一下，盯着自己指尖残留的血迹，却又笑起来，又像是叹息："我好想你。"

他的眼底竟有了些许朦胧闪烁的泪意："霜霜，你说我们，何至于此啊……"

秋昀死在颜霜手里的那天，她知道，她的小兰草，从未忘却她，也从来都爱着她。

是他刻意抢在昆仑神君前出手，虽一剑刺穿了她的胸口，却始终留着分寸，暗自用自己的灵力控制着剑气的流散，他不惜反噬自身也要小心翼翼地保下她的性命，并同时故意震碎了她的那颗敛息珠，好让魔域的人能够找到她。

可他却不知，那一日，她未能死在他的剑下，可他那尚未出生的孩子，却悄无声息地胎死腹中。

秋昀是昆仑的大弟子，他生来便具仙骨，是天生的神仙，昆仑给予了他无比重大的使命，他这一生便该为除魔卫道而活。

他的师门，他的师父，他皆不敢辜负。

可身为神仙的千年岁月里，秋昀越来越觉得仙界冰冷，从他最重要的朋友自仙堕成魔的那一刻，从他的师父毫不顾念地处死麒麟的那一刻，秋昀就变得很痛苦。

麒麟什么也没有做，他或许是还没来得及做任何危害苍生的事情，昆仑神君就处死了他。

秋昀深知神仙与妖魔之间那条深邃的沟壑，他也明白自己身为剑仙，便该守护昆仑，除魔卫道。

可他心里，始终有一个心结。

遇见颜霜，对他来说到底幸或不幸？秋昀早已经不愿意去想那么多。

或许从他暗自保下她的性命的那一刻开始，他的道心，便已经不稳。

这么多年来，他活得麻木，脑海里循环往复的，还是他误落尘网的那二十年。

她是魔女还是凡人，在他心中，早已经不是什么重要的事情。

可他爱她，便不能作为一个神仙而活在满天仙神的世界里。

若她真是当初那个资质平平的小修士，那该有多好啊……

秋昀曾经逼她修练，逼她看书，将自己寻来的天财地宝都赠予她濯洗灵根，为的就是有朝一日，他若重回昆仑，也必将要带着她一起走。

可到底造化弄人，他与她之间，原本就已经站在对立面。

秋昀身死于魔域女君之手，这该是昆仑莫大的耻辱。

那一日，颜霜失去了她曾在某个雨夜深林里寻到的那株兰草，她也失去了自己的躯壳。

从她与息蕊共生的那刻开始，她便已经存了要盗取天家秘法的心思。

不是为了自己，而是为了，死在她剑下的秋昀。

她仍旧爱他，却也恨他。

爱他迢迢红尘，一路相伴，岁月流年，从未负她。

恨他只言片语，不做辩解，故意让她怨恨了他那么多年。

可是后来她即便盗取了天家秘法，也依然没能重聚他的魂灵，令他起死回生。

颜霜像个疯子一样活了好多年，她甚至时常幻想，若是息蕊与容晟的这个儿子容徽，是她和秋昀的就好了。

情爱无用，只会让她痛苦难当。

所以她一定要让容徽活成她想要他成为的模样，就如同当年她的父君，对她的期盼一样。

时至今日，她仍旧这么认为。

可当此刻，当颜霜这么多年来第一次瞥见眼前那人熟悉的目光，虽样貌已改，她却仍旧一眼就认出来，他是秋昀。

"我不是告诉过你，不要再杀人了，要好好活着吗？"

他就站在她的眼前，仍是当年那样熟悉的口吻。

他们两个人辗转多年，当初最先遇上彼此时的模样或许都已经没入了时间的洪流，此刻的他们，对于彼此来说都是两张陌生的脸。

"颜霜，早知今日，我当初便不该留有余地。"

他轻轻地叹息着，望着她的那双眼睛里似有几分复杂。

颜霜听清了他的这句话，她当然知道他所说的"当初"，就是他用千叠雪刺穿她胸口的那个时候。

她终于回过神，却没有发怒，反而笑了一声。

"你是后悔未能与我断得干净，以至于如今那满天仙神都仍不忘将你这位死在我手里的剑仙，当作谈资？"

她的声音有些细微的颤抖，明明她已经很努力地在克制着自己的心绪，可她并不知道，在她眼前的这个男人，到底有多了解她。

他几乎可以很轻易地看穿她的情绪。

"霜霜，"他的声音听起来有些无奈，"你明知道的，我从未有此意。"

他说："收手吧，霜霜。"

秋昀适时地看向身后躺在那个凡人女孩儿的怀里，几乎已经快要彻底魔化的少年。

"你不该这么对他。他是帝君同帝妃的孩子，而你，也不能一直占着帝妃的躯壳。"

颜霜沉寂良久，忽而冷笑："我不能，我不该……"她那双泛红的眼紧盯着他，"是不是在你心里，你同那许多的人都一样，也认为我此生诸多行止，皆是个错？"

秋昀却平静地反问她："难道不是吗？"

颜霜握紧了手里的匕首。

她望着他，恍惚间以为自己回到了多年以前，他像一个老先生一般，誓要纠正她的观念，让她懂是非，明善恶。

"这世上没有任何一个人的性命就该是低贱的，无辜的人死在你的手里，那便是你欠下的业债，而这些业债，你终究是要还的。

"我无法教会你向善，这也该是我的错。

"这些事情不能妨碍我爱你，但也同样不能让我认同你。"

秋昀望着她的目光仍如当初那般缱绻含情，好似这么多年过去，即便他只剩下这一缕微弱神识，也始终未能忘却曾经。

在此间这场滂沱大雨里，在远处那些颜色瑰丽的光柱缓缓移动的盛大壮丽的光彩里，颜霜眼前的青年忽然倒在地上，闭上了眼睛。

一缕烟青色的衣袂若隐若现，曾经旧人那般熟悉的模样再一次展现在她的眼前，那是一抹半透明的身形。

他朝她伸出手："霜霜，和我走吧。"

颜霜怔怔地望着他向她伸出的那只手。

她此刻也该沉溺在他那样柔和的目光里，生与死，都已经不再那么重要。

可她却忽然摇头。

她后退了几步，望着他时，眼眶里明明已经有了眼泪，将落未落。

直到秋昀的身形逐渐减淡，在她眼前快要破碎的那一刻，颜霜又本能地想要上前去抓住他的手。

可她到底什么都没有触碰到，他的身影也在刹那之间，破碎成了零碎的光影。

这是秋昀留在这世间，唯一的痕迹了。

颜霜终于泪流满面，她想要去捧起那些破碎的莹光，却始终触碰不到一厘一毫。

与此同时，躺在地上，仍在沉睡的孟衍眉心那一抹银色的痕迹如一道流火一般飞出来，直直地落入了颜霜的识海深处。

仿佛有一股无形的气流，在息蕊的这副躯壳里冲撞着，准确地攥住了颜霜的魂灵，魂印钉上，便是死期。

这是昆仑的同归之术。

秋昀留在这世间的最后一缕神识，便附着在他身死那日，留下来的最后一道同归符里。

他甘愿死在她的手里，是为了让她好好活下来。

原本那日他不该死在颜霜的剑下，但为了保全颜霜的性命，他情急之下，只能用自己最后的灵力，抵挡住他师父的术法，所以颜霜虽失了躯壳，但也勉强保全了魂灵。

也许这对秋昀来说，便已经是最好的结果。

因为他不想辜负仙道，也不愿辜负他的妻子。

那时的秋昀，将同归符封进了孟衍的眉心，为的就是有朝一日，若颜霜不愿听他的话放弃魔域里的一切，仍在徒增杀孽，不肯醒悟，那么他便带着她，一起死。

颜霜不防，同归符深入神识，便犹如烈火一般灼烧着她。

在一旁一直守着容徽的桑枝看见颜霜忽然倒在地上，翻来滚去，一副痛苦万分的模样，她还有些惊诧，下一秒却又被自己怀里的人给掐住了脖子。

桑枝猝不及防，那力道大得几乎要捏断她的脖颈。

她只来得及看清容徽那双已经布满血丝的眼睛，看清他眼神的空洞，却根本连一句话都说不出来。

她无助地抓着他的手，只听见那边已经没有办法动弹的周尧在一声声地喊她的名字。

桑枝几乎以为自己就要窒息而死。

下一刻，容徽那双原本空洞的眼却忽然有了一丝神光，他不敢置信地看着自己捏着桑枝脖颈的那只手。他松开指节，她脖颈间乌紫的痕迹尤为明显。

心脏石化的声音仿佛就在耳畔，容徽愣愣地盯着眼前这个不住地咳嗽的女孩儿半晌，他又望着自己的手掌。

内心里有一种恐惧，伴随着浑身从未停歇的剧痛，令他那双眼睛里有了慌乱的神情。

他是如此惧怕，自己在不够清醒的情况下，伤害她。

他伸手时，原本落在孟衍身前的那把千叠雪便颤动着，飞入了他的手掌。

"桑枝。"

那一刻，桑枝听见他开口唤她的名字，嗓音暗哑艰涩。

他的指腹轻轻地蹭着她的脸颊，下一秒，他直起身，下巴抵在她的肩头片刻。

"你还是，不要记得我好了。"

曾经执着于一定要让她永远记着自己，永远喜欢他一个人的少年，在这一刻，却在她看不见的角度，憋红了眼眶。

桑枝心肺生疼，仍然没从刚刚濒死的窒息里回过神，却听见他说："有你的这些日子对我来说，已经足够了。"

"你要做什么……"

下一秒，桑枝不受控制地被淡金色的流光带着后退的时候，她眼睁睁地看着他举起那把长剑，剑锋凛冽，雨珠在其间绽开水花，簇簇陨落。

"容徽！"桑枝奋力地想要挣脱，却始终挣脱不开流光的束缚。

她只能看见少年用指腹轻轻地蹭去剑刃上残留的血迹，仿佛是在借着这场雨，想要彻底洗净上面沾染的所有痕迹。

他垂着双眸，就好像根本听不见桑枝的声音。

直到她崩溃哭喊："你敢！容徽你敢！你要敢那么做，我就跳下去！"

容徽一顿。

他抬首，正对上女孩儿那双通红的眼睛，她那样狠瞪着他，仿佛她从未如此坚定。

"枝枝……"

他忽然对她笑，笑着笑着，有眼泪顺着眼眶滑落，可雨水流淌，谁也分不清那到底是眼泪还是雨水。

淅淅沥沥的雨声中，桑枝听见他说："为了我，不值得。"

少年将那把长剑凑近自己的脖颈。

他遥遥望向身后那片绮丽神秘的光影，又回头来看那个仍然在奋力想要挣脱束缚的少女。

只深深一眼，脑海里便又想起了那许多他曾幻想过的未知的岁岁年年。

他以为自己能够守着她永远永远。

可那些到底，还是梦幻泡影。

少年闭上眼睛，仰面向天，轻轻叹息。

他的衣袖猎猎，好似振翅欲飞，眨眼便可消失无踪的蝶。

"容徽！"

桑枝仍在哭喊。

千钧一发之际，远处的光柱汇成一道汹涌的漩涡，电闪雷鸣。

山摇地动间，桑枝几乎站不住，身后有巨石滚落，眼看就要朝她而来。

弯月崖上的少年回首之间，剑锋陡转，飞窜出去的瞬间，强大的气流将那巨石瞬间粉碎成了细沙。

桑枝被灰尘呛了嗓子，咳嗽得肺部更加疼痛。

容徽飞身前来，扶住她的肩膀，脸颊贴着她的脸颊，在飞沙走石，天塌地陷间将她紧紧地护在怀里。

"别，别……"

桑枝明明说不出话，可她攥紧了他的手腕，仍然在努力地想要开口。

她最终，抱着他失声痛哭。

天边过分明亮的光彩给了这极夜之地短暂的幻觉，仿佛是雨势过后的一寸天青。

强大的金色气流穿透层层云雾，在颜霜终于承受不住同归符的灼烧，魂灵从息蕊的身体里陡然飞出的瞬间，她便被那气流给瞬间包裹。

不过刹那，她的魂灵被生生碾碎，消却声息。

身穿绛紫长袍的年轻男人从天而降，他周身涌动着极其纯粹的仙灵之气，隐隐犹如龙的轮廓，可气吞万里，可使山河俱灭。

当目光停留在那个玄衣少年的身上时，姿容俊美的年轻男人大唤一声："儿子！"

但他刚刚闪身到少年的身前时，偏头却又望见那一抹倒在泥泞里，却依旧衣裙霜白的人影，他那双凤眼微睁，又喊了一声："娘子！"

第十二章 //
我将永远爱你

坐在容徽别墅的客厅里，桑枝显得有些局促。

因为坐在她对面的那个男人此刻正毫不避讳地打量着她，似乎对她充满好奇。

孟衍醒来的时候，迷迷糊糊瞥见对面沙发上坐着的那个金冠玉带，一身绛紫锦袍，身形颀长的男人时，他一个激灵，脚一蹬，躺在沙发另一头的狐獴就被他踹到了地上。

"帝君，臣孟衍拜见帝君！"

他翻身摔在了地板上，干脆就调整了一下姿势，跪得端正了一些。

"……你怎么忽然喜欢跪来跪去的了？"

容晟有些怪异地看着他，然后朝他招手，说："快点儿起来，跟没骨头似的，你不还受着伤吗？消停会儿。"

孟衍只得讪讪地重新爬回沙发上，躺下来。

帝君……果然还是这么的话痨。

他偏头望见坐在另一边单人沙发上，脸上、手臂上，甚至是下巴底下都有不同程度的伤口的桑枝。

他注意到帝君打量她的目光，便连忙道："帝君，这位是殿下自己选定的太子妃……"

容晟一听见"太子妃"这三个字，那双凤眼里便有光彩流露，于是他连忙又将桑枝看了又看。

"徽儿连媳妇儿都选好啦？我就说嘛，这姑娘跟徽儿之间看起来就不一般……"

容晟笑眯眯地看着桑枝："姑娘啊，今年多大了？"

桑枝老老实实地答："……十八了。"

"家里都有什么人啊？"容晟手肘抵在膝盖上，手撑着下巴望着她接着问。

"我爸爸妈妈离婚了，我现在和爸爸住在一起，妈妈在国外进修。"桑枝像个小学生似的，不论容晟问什么，她坐得端端正正地一一回答。

帝君应该是他们九重天上最厉害的神仙了吧？

桑枝也在偷偷打量着容晟。

他看起来仍如二三十岁的年轻人一般，生得一副好相貌，看起来根本不像是孟衍口中那个已经活了万年的人。

神明不老不死，与天同寿。

若非容晟的父君当年与魔君颜烈一战，重伤难愈，或许容晟也不会失去他的父君。

眼前的这位帝君容晟，同桑枝脑海里想象的容徽父亲的模样，简直是两种极端。

"和离了？"

容晟反应了一会儿，才明白她口中的"离婚"是个什么意思，而后又想追问些什么，但见桑枝一直在往楼上看，便对她道："你放心吧，徽儿他现在已经没有大碍了。"

说到这里，容晟终于变得严肃了一些："他尚未完全魔化，我已经替他除去了体内所有的魔气。"

桑枝终于松了一口气，点了点头："那就好……"

"你还是担心担心你自己吧，"容晟看她一眼，"好好的一姑娘，为了我那儿子弄得浑身是伤。"

他手指一动，金色的流光飞出，刹那之间便有一只瓷白的小瓶子落入了桑枝的怀里。

"这灵药有奇效，你涂一下吧。"容晟说道。

桑枝应了一声，又道："谢谢您。"

她打开药瓶，里面是淡青色的粉末，她凑到鼻间闻了闻，好似竹叶清香的味道，又混杂着更清冽的冷香。

去楼上的房间里稍微擦洗了一下，桑枝将药瓶拿了出来。

膝盖磨破的那一大片血淋淋的伤口在她把药粉洒上去的时候，瞬间就感觉不到丝毫疼痛了。

很神奇的是，才短短两分钟的时间，那伤口就已经愈合，恢复如初了。

除了她下巴底下那道尤其深刻的伤口仍需要时间来恢复，她身上其他伤都已经完全愈合。

就是膝盖无可避免地还是有些发疼，她走起路来一瘸一拐的。

她打开容徽的房门。

房间里窗帘紧掩，透不进一点光来，床头那一盏微黄的台灯是整间屋子里唯一的光亮。

光影昏暗间，桑枝先是在门口站了一会儿，但她看不清此刻容徽的模样，于是拖着仍旧疼痛的腿，走到他的床前。

从单人沙发上随手抓过来一只抱枕，桑枝垫着抱枕，坐在床边的地毯上。

她下意识地想趴在床沿，却又扯到了下巴底下的伤口，疼得眼眶里浸出些许泪花，嘴唇都有点发颤。

容徽睡得很沉。

他的脸色苍白得不像话，在此刻的光影间，更如无瑕美玉一般，漂亮惊艳，却又带着一种易碎的脆弱感。

桑枝盯着他的脸看了好一会儿。

他睡着的时候，眉心仍然情不自禁地微蹙着，就像是被噩梦纠缠着似的，他连指节都不曾松开过。

桑枝伸手去拂开他额间的碎发，便发现他眉心间原有的那一点朱砂似的印记不知道什么时候已经消失不见。

可他的头发，却还是乌浓如缎的长发。

从那深渊熔岩里出来的时候，他的头发便从短发迅速生长成了现在这样到腰的长度。

桑枝忍不住摸了摸自己的头发。

之前被那个神秘商店的老妖婆剪得乱七八糟的头发到现在才长到了肩头往下一些的长度。

这也许就是神仙同凡人之间的差别。

容徽醒过来的时候，并不知道自己身处的究竟是黑夜还是白天，他只是定定地望着头顶那一片雪白的天花板良久，才终于眨了一下眼睛。

当他偏头时，便一眼望见了睡在床下地毯上的女孩儿。

她此刻闭着眼睛，呼吸平缓，蜷缩在地毯上，仿佛这些天来，她从未睡得如此安稳。

此刻的容徽，不再是入魔后的那个他。

他记得自己的曾经，也记得她。

有些事，他早就想忘记，忘得一干二净才好，可有的人，他却不舍得忘记有关于她的一分一毫。

这一刻，容徽静静地打量着她，那双黑沉沉的眸子里情绪翻涌，好似有一种酸涩从心脏蔓延出来，令他避无可避。

她瘦了，脸色也苍白了许多。

不像是当初在新湖公园里，容徽站在冰场边缘，在冬阳下，望见的那个在冰上旋转的她。

她的憔悴与疲惫，都是因为他。

容徽掀开被子，赤着双脚站在地毯上，就那么盯着她看了好久好久，然后他又动作极轻地在她的身边躺下来。

他小心翼翼地把她抱进自己的怀里。

轻柔到微不可感的吻落在她的发顶，他闭上眼睛，逐渐收紧自己的双臂。

这时，房间的门忽然被人大力打开，有人中气十足地喊了一声："儿子你醒啦！"

容徽的眼睛骤然睁开，对上了站在门口的那个男人的目光。

一个热切，一个疏淡。

"你怎么……"

容晟一感应到容徽的灵气波动，就知道容徽醒过来了，他连忙抛下周尧叫来的外卖烧烤，直接奔上了楼。

却没有想到，他打开门的瞬间，看到的竟然会是这样一幕。

桑枝悠悠转醒。

一开始她还没搞清楚状况，直到她稍稍偏头，原本要打哈欠的嘴

527

唇微张，却轻轻地蹭过了容徽的脸颊。

一时间，四目相对。

桑枝眨了眨眼睛，她忽然听见有人在猛烈地咳嗽。

她一转头，就看见了站在门口的容晟。

桑枝的脸顷刻红透。

她连忙挣脱开容徽的束缚，着急慌忙地站了起来。

她看了一眼容晟，又看了一眼容徽，就重新蹲下身，去把容徽扶起来，让他重新坐到床上，然后才说："我想喝点水，我先出去了。"

桑枝走出去之后，房间里顿时便只剩下靠在床头的容徽，以及走进来之后，就一直站在那儿，看似有些忐忑踟蹰的容晟。

跨越千年的岁月，这当是这一对父子，这多年来，第一次相见。

当初息蕊带着刚出世的容徽消失得毫无征兆，容晟找遍了九重天，翻遍了蓬莱仙岛，也一直没能找到她和容徽的踪影。

这么多年来，容晟也时常会想，息蕊到底为什么要离开他。

难道是她同他作为夫妻的这些年来，他仍旧未能让她看清他的心意？

又或者，她移情别恋了？

作为帝君的这些年来，容晟花了很长很长的时间用来思念妻子，思念儿子，也花了太多的时间去思考自己与息蕊之间，究竟哪里出了问题。

直到现在，当他听了孟衍同他说了那许多的事情，容晟方才知晓，原来自己的妻子在嫁给自己之前，身体里就已经住进了另一个魔女的魂灵。

他也是到如今才知道，自己的妻子究竟背负了什么，这么多年来，她颠沛人间，又到底经历了多少。

而他的儿子容徽，又因此而遭受了怎样的不幸。

容晟是第一次这样深深地注视着自己的儿子，也是第一次这样认真打量着儿子的模样。

"你还是像你娘多一些。"

容晟盯着儿子良久，才忽然开口，嗓音莫名有些发干，又好像在刻意压制着自己的情绪。

"徽儿，"他双眼微红，"我是你的父君，容晟。"

阔别多年，当他再见自己的儿子时，儿子已经长大成人。

容晟盼着这一天很久了，可当他真的站在容徽的面前时，却又有些不知所措。

因为此刻他的儿子望向他的目光，是如此陌生平淡。

容徽也说不清楚这一刻的自己内心里究竟是怎样的一种情绪，也许时间已经过去太久太久，令他在人间作为一个凡人而活的时候，他对于亲情的期盼早已消失在了那对养父母的冷漠苛待里。

他一时间也不知道自己该以何种心情来面对自己这位忽然出现的父亲。

"对不起儿子……"容晟到底还是没有憋住，他一个身形高大的男人站在那儿，伸手抹了抹自己发红的眼睛，竟然掉了眼泪，"你受苦了啊。

"你可千万不要不认我啊，我这么多年，想你娘和你想得吃不下睡不着，可难受了。"

"……"容徽原本平淡的神情终于有一丝龟裂。

他大约也没有想到过，他的亲生父亲，竟然会是这样的。

这一点也不像是位居万神之上的帝君。

容晟忽然想起他的妻子，神情添上几缕愁绪："只是可惜，你娘还睡着呢。"

原本颜霜一死，息蕊也该跟着一同丧命。

共生咒本无解，但若施咒人以破灭魂灵为代价自愿承受反噬的后果，那被施咒的人便也能获得一线生机。

颜霜如此自私冷血，做尽恶事，却在最后关头，放过了息蕊。

也许是这多年来，她受尽孤独，长此半生也唯有息蕊长伴身侧，她和息蕊之间，或许早已经不是三言两语便可以概括的关系。

当年在蓬莱，体弱多病的蓬莱神女也曾对她身体里住着的小魔女有过一些温暖的印象，是因为当初万仙会上，是颜霜替她守住了自己作为神女该拥有的自尊，后来凡尘一游，也是颜霜替她惩治了言语轻佻、心怀不轨的照海仙尊。

颜霜勇敢，果断，嚣张又耀眼。

而息蕊被父君护在象牙塔里，不知风雨，不见险恶，她从来温柔乖巧，是父君掌上的那颗易碎的明珠。

曾经的息蕊，也曾羡慕过那样的颜霜。

这是她藏在心底多年的秘密。

颜霜总是说她笨，总是嘲笑她天真，却又总替她解决许多的事情，那时的息蕊，也曾偷偷将颜霜当作姐姐一样的存在。

颜霜这一辈子杀人无数，她此生的温柔，更多的都给了她的兰草秋昀，后来也许也有一些是留给了息蕊，而对于容徽，她或许也是在乎的。

毕竟，容徽是她生下来的。

否则她不会执着于要他彻底成为一个无情的人，她也不会亲手杀了他的那对养父母。

息蕊曾对她说："颜霜，你摸摸我的肚子，他在动。"

息蕊也曾这样哀求她："他是我的孩子，也算是你同我一起孕育的，你不要杀了他，好不好？"

那天，颜霜鬼使神差地听了息蕊的话，伸手去触碰自己的腹部，感受到那个孩子的动静时，她忽然想起来自己那个尚未出世，便已经死在他父亲手里的孩子。

她也许是在乎容徽的。

可如此极端又疯狂的她，给予容徽的，是他作为凡人的那十七年里，生不如死的痛苦。

颜霜彻底消失了，同她的那株小兰草一起，灵魂粉碎，从此散作这世间的一缕风，一滴露。

过往云烟，皆该随之消失。

而她，到底还是将她此生唯一的善良，留给了息蕊，留给了容徽。

她没有让息蕊同她一起死，也在最后快要消失的时候，将深种在容徽体内的光刺拔除。

她也许不是真的醒悟，因为生而为魔，她在刀光血影间行路漫漫，原本就不知道什么叫作良知。

这仅仅只是她，唯一仅剩的一缕不舍，一丝不忍。

桑枝在楼下待了一会儿，就看见容晟从楼上下来了，一边下楼梯还一边在抹眼睛。

她到现在也还是没有办法习惯，容徽的父君竟然是这样的画风。

再回到楼上时，她敲开容徽的房门，便见他正靠坐在床上，偏着头在看着那边窗帘拉开后，展露出一片细碎灯影的落地窗。

"容徽。"

桑枝走过去，唤了他一声。

容徽听见她的声音，终于有了反应，回头来看她时，那双漆黑如

531

墨的眼里好似拢着迷茫的雾气。

桑枝伸手去捧他的脸。

"你不高兴吗？"

他垂着眼帘沉默半晌，才缓缓开口："桑枝，我不知道。"

他不知道自己此刻究竟是怎样的一种心情，好像并没有很高兴，却又总有些异样难言。

桑枝无法设身处地地想象他此刻的心情。

她看着他的面庞半晌，忽然俯身去抱他。

她弯起眼睛，嗓音柔和温软，好似令人心安的夜曲："容徽，你应该高兴的。"

她的眼眶里氤氲着温热的泪意，她干脆闭起眼睛，在如此深沉的夜，在此刻静谧无声的房间里，她的声音如此清晰：

"你找到你的家了。"

颠沛人世多少年，经历了那么多不幸与痛苦的小神仙，在这一年的阳春三月，终于寻到了他的来处，他的归途。

因为一副躯壳容纳两抹魂灵已经有千年的时间，所以当颜霜彻底消失的那一刻起，息蕊便也陷入沉睡。

她还需要一些时间，才能醒过来。

容晟这两天都守在息蕊的床前，孟衍晚上起来上厕所还看见容晟在冰箱里拿了好几罐可乐，慢吞吞地挪回房间。

熬最深的夜，喝最冰的可乐。

九重天可没有这样令人上头的饮料。

清晨的阳光洒进落地窗，照得一片枝影横斜，摇摇晃晃，凝结在碧绿叶片上的露珠慢慢蒸发，不留丝毫痕迹。

桑枝从洗手间走出来，换了一身衣服，然后就走出房间。

站在隔壁房间的门前片刻，她轻轻地敲了敲门。

"容徽，你醒了吗？"

听到里面有人应了一声，桑枝推开门走了进去。

躺在床上的少年似乎还有些睡眼惺忪，他身上的被子已经滑下腰际，他只穿着一件墨蓝色的单薄睡衣，领口微敞，狭长的锁骨上方仍有淡金色的字迹闪烁着，同他冷白的肌肤形成鲜明的对比。

现在已经是三月份，天气虽然不似冬日里那么寒凉，但也仍旧残留着冬雪刚刚消融后的几分凛冽。

桑枝走过去把被子往上拉到他的脖颈，深蓝色的大床上，少年只露出一张白皙的面庞，他静静地盯着桑枝。

桑枝撞见他的目光，眼睛眨了又眨，嗫嚅着："我今天要回家了。"

她已经很久都没有见过爸爸了，也没有跟妈妈联系过，在经历了一番死里逃生后，她越发想念他们。

容徽皱了一下眉，抿着嘴唇不肯说话。

"容徽……"桑枝伸手隔着被子戳了戳他，这会儿她也看不清他的神情，"我真的要回家啦。"

"我也去。"

容徽终于开口说话了。

"不可以，你的伤还没好呢，容叔叔说，你还不能下床。"桑枝说道。

他身上的伤是容晟那瓶灵药也没有办法很快使之愈合的。

而桑枝下巴底下的伤口涂了两三天药之后，就已经看不出什么痕迹了。

少年似乎在赌气，他也不再说话了。

"容徽。"

她又戳了戳他，稍稍弯了弯腰，很认真地说："所有不好的事情都已经过去了，以后你要永远开心呀。"

不论是神明还是凡人，只要活在这尘世里，就必将会经历许多的事情，不论悲苦或是喜乐，从未有人幸免，也从未有人错过。

悲苦是人世，喜乐是人间。

只盼望，你所有的不幸，终将会有人温柔包容。

别怕世味苦，因为人生漫漫，你也终会等来一个人，她手心里或许会捏着一颗糖，足以甜你余生。

山雨已尽，容徽也终于找到了他的亲生父母，这应该就是最好的结果。

即便容徽万般不情愿，但最后他还是乖乖地松开手，放开了桑枝。

"我每天都会来看你的。"

因为桑枝对他再三保证过。

孟衍全身的骨头都被颜霜震断，但容晟仅仅只是朝他的肩背呼了一巴掌，他的骨头就全都续上了。

躺了几天，他便能行动自如了。

周尧身为一只妖怪，活了好几百年，也是第一次见着传闻中，九重天上的帝君，也因此有幸，被帝君的"神之手"呼了一巴掌，他的伤也差不多痊愈了。

桑枝回家时，容晟正在息蕊的房间里守着，大约是不知不觉睡着了。

她也没有多打扰，轻手轻脚地下了楼。

孟衍没管那只正在扒拉他的本命剑玩的狐獴，站起来就说要送她

534

回去。

周尧这才有了反应："那我得给照青打个电话。"

他说着就用爪子去抓放在玻璃茶几上的手机，可他盯着自己的爪子半晌，想起来自己这样根本解不了锁，这才不情不愿地幻化成了人形。

身为妖怪，他还是觉得维持原形的时候，最舒服。

桑枝回到家的时候，照青早就已经化作青鸟，飞出窗外了。

她站在门外按了几次门铃，才等来桑天好打着哈欠，开了门。

"你什么时候出去的？"

桑天好看见站在门外的桑枝，抓了抓自己乱糟糟的头发，那双眼睛里流露出几丝迷茫。

而桑枝时隔几个月，再见桑天好，她憋不住眼圈儿泛红，下一秒就往桑天好的怀里扑。

桑天好有点蒙："你这是怎么了？"他低头去看自己怀里的女儿，"桑枝？"

"早餐店的豆包卖光了……"桑枝埋在他的怀里，声音有些闷闷的。

"我当是什么事儿呢，卖光了就卖光了嘛，哭什么啊乖女儿？"桑天好神情稍松，伸手摸了摸她的脑袋，"爸爸给你订一顿豪华早茶！"

粤式早茶种类繁多，很是丰盛。

桑天好戳着手机点了一堆，等外卖员送到之后，他也洗漱完毕，跟桑枝坐在餐桌前，一起吃早餐。

"乖女儿啊，"桑天好一边吃着肠粉，一边打量着桑枝，他忽然皱了皱眉，"我怎么感觉你比昨天看着瘦了许多？"

桑枝正在吃虾饺，听见桑天好的话，差点呛到。

她还没想明白该怎么搪塞过去，就听见桑天好又自顾自地说："你这些天饭量明明比以前都大了不少，怎么还瘦了呢？桑枝，你是不是最近学习压力太大了？"

桑天好说着，又叹了一口气："爸爸那天是不该说那些话……"

"……"

桑枝满眼迷茫。

"可是你想想嘛，你以前那一直是班里前几名，年级前二十的好成绩啊，你忽然给我考个倒数回来，还连着三个月的月考都是这样，那我肯定是会怀疑人生的啊。"

桑天好说着，大约也是心疼桑枝，他叹了一口气，把一只蟹黄包夹到桑枝面前的瓷碟里。

"但是啊，爸爸我这些天都想明白了，考不好啊没事儿，你也不要太给自己压力，大不了，"他喝了一口粥，"大不了高考完回来继承你爸爸我所有的房子嘛。"

"……"

桑枝彻底蒙了。

她忽然有一种不太好的预感。

时隔几个月，桑枝再一次回到学校，第一时间就收获了学习委员发到她手上的数学卷子。

上面鲜红的"30"令她几乎有些没反应过来。

她一坐下，就从自己的课桌里掏出来好多小零食、小玩具，还有漫画书，还有一堆分数低到惨不忍睹的各科试卷。

桑枝的太阳穴开始发疼。

"你的手抓饼。"

忽然，有一只修长的手伸过来，透明的袋子里是热气氤氲了一片小水珠的手抓饼。

男生的声音有点哑，似乎有些感冒。

他半睁着眼，仿佛还没睡醒，看向眼前这个女孩儿时，一直在静静地等她接过去，也没有流露出半点不耐烦的神情。

似乎他早已经习惯了这样慢吞吞的"她"。

桑枝抬头就看见孟清野的那张脸，她看了看他，又看了看他递过来的手抓饼。

这时候班里仍有许多人的目光停留在她和孟清野的身上，但也都不是惊讶的神情，很显然，这几个月来，他们都已经见惯了这样的场景。

大约是发现她的神情看起来有些不大对劲，孟清野终于察觉到什么。

"……桑枝？"

他试探着开口。

"嗯。"桑枝应了一声。

一时间，孟清野和她大眼瞪小眼。

他咳嗽了一声，然后默默地收回了手，趁着还没上课，他干脆自己坐在位置上啃起手抓饼来。

片刻后，他盯着桑枝的后脑勺看了看，终于还是没忍住叫了她一声："桑枝。"

桑枝原本正在看着自己那一堆试卷怀疑人生，忽然听见孟清野的声音，她回头看向他。

"我哥他……还好吗？"

桑枝先是一愣，随后点了点头："他很好。"

孟清野"嗯"了一声，一时也不知道该再说些什么，便没了下文。

封悦走进教室的时候，看见桑枝坐在那儿翻看自己的那些卷子，她也不忙着喝牛奶了，走过来就把卷子翻过去。

"桑枝，别看了。"

桑枝一抬头，就对上封悦那双稍显担忧的眼睛。

"你别给自己压力了。"封悦把自己带的小蛋糕放到她的桌上。

"我就是想看看我到底错在哪儿了……"桑枝把自己的数学试卷重新翻开，话还没说完，她就只在那张卷子上看见了四个鲜红的钩，那是那么多道选择题里，她选对的四道题，后面填空题对了两道，然后剩下的后面那些题都空了大片，只有一个大大的"解"。

"……"

桑枝觉得这三十分可能也最多是赌的成分。

下了第一节课的时候，桑枝还被班主任赵宇叫去了办公室。

"桑枝，这都高三了，还有多少时间你就要高考了？你能告诉我你最近到底是怎么一回事吗？"

赵宇把"她"做对的那四道选择题、两道填空题都记得很清楚，当然也记得试卷后面大片的空白，这三个月来，他是真的想不明白，原本成绩一向不错的桑枝，怎么就忽然各科下滑得这么厉害，直接成了班里的倒数。

"是有什么烦心事？你可以跟老师说说，这高考关乎你未来的命运，你可不能拿成绩开玩笑。"

赵宇说到这里，又想起来这些日子里"桑枝"的所作所为，又皱起眉："你说你，以前怎么没这些毛病？上课吃东西，搞小动作，课桌里不装课本试卷，倒是装了一桌肚的零食？"

赵宇大抵是真的因为她的成绩而着急，他找不到她成绩下滑的原因，但他又不想眼睁睁地看着这么一个好苗子就这么不明不白地耽误了。

桑枝只能耷拉着脑袋，一一认错，再态度端正地表明自己一定会努力学习，再也不划水摸鱼。

回到学校的第一天，桑枝被班里同学各异的目光，还有课桌里那些惨不忍睹的试卷，和班主任老师的种种劝诫弄得蔫哒哒的。

她回家的路上就把这些事一股脑儿地都跟容徽在电话里说了。

"今天每一科的老师都念叨我了，每一个都把我叫去办公室里，痛心疾首地和我说了一大堆的道理……"

桑枝的声音听起来有点闷闷的。

老师们就像是唐僧念经似的，一个个地在她耳朵边念了又念，导致她这会儿脑子里还循环着他们的谆谆教诲。

容徽认真地听着她说的每一个字，眼角眉梢都似浸润着极浅的笑意。

这一刻，他也感受到了什么叫作安宁。

仅仅只是听着她的声音，听她向自己吐露自己所有的琐碎小事，他就会觉得轻松。

"我明天下午放学，就来看你哦。"

末了，桑枝对他说。

容徽抿着薄唇片刻，即便有些不甘愿，但他还是应了一声："嗯。"

大约是听出了他的语气里有一丝不高兴，桑枝弯起眼睛："是不是一会儿不见我你就特别特别想我？"

她原本是开玩笑。

可电话那端沉默片刻，她忽然听见他又轻轻地"嗯"了一声。

她并不知道，此刻同她打电话的少年躺在床上，拥着轻柔的被子，轻轻应声的时候，他的一只手捏着被角，原本冷白的面庞竟也有些泛粉。

像是有些羞怯，可他却又总想让她知道，他的认真。

桑枝正顺着人行道的格子一步一步地往前走，身旁匆匆来往许多行人，少年极轻的一声回应就好像温暾摇曳的火焰，一瞬燎过了她的耳郭。

就像是吃了一颗蜂蜜糖，甜得不像话。

"容徽，你这个黏人精。"

桑枝忍不住小声笑他。

她回到家的时候，桑天好也才刚回来不久。

他下午去了朋友那儿看摩托车，又去了超市买了一堆食材回来，打算亲自下厨给桑枝做顿好吃的。

桑枝晚饭吃得有些撑，因为桑天好说她瘦了许多，该多吃点儿，就一直给她夹菜。

吃过晚饭之后，桑枝在客厅里坐了一会儿，跟桑天好看了一会儿电视，又给妈妈赵簌清发了一个视频通话过去。

已经很久没有跟妈妈说话的桑枝不由得缠着妈妈多说了一会儿，最后挂断视频的时候还有些依依不舍。

她在浴室里洗了个澡，又用吹风机吹干头发，才趿拉着拖鞋回到自己的房间里。

桑枝刚抱着好久不见的胖猫妙妙坐到床上，下一秒就听见玻璃窗外传来了一阵清脆的敲击声。

桑枝抬头的时候，就看见一只青鸟立在她的窗台，正在用鸟喙……敲打着玻璃窗。

桑枝一愣，然后放下妙妙，连忙走过去开窗。

"照青？"

夜风仍带着冷冽的温度，令桑枝在推开窗的时候，不由得瑟缩了一下。

而那只翎羽青蓝的小青鸟站在窗台上，似乎是有些忐忑不安，她望着桑枝片刻，忽然郑重地垂下脑袋。

"桑枝对不起！"

"啊？"桑枝一开始还没反应过来。

"你肯定看见你课桌里的那些卷子了……"

照青拍了拍翅膀，有些颓丧：

"题好难哦！我是真的不会！"

青鸟是出了名的记忆力差，要不然怎么能在万年前就弄丢了作为神界使者的差事。

照青已经算是青鸟一族里记忆力比较出色的了。

所以她之前流落人间的时候，也多少能跟得上凡人小孩儿们念书的速度，就是成绩一直处在中下游。

她的养母知道她记忆力差，也从来不多给她在学习方面的压力，倒是她自己觉得过意不去，对不起养母每天起早贪黑地赚钱养她。

照青曾经也很努力地想要念书，但记忆力始终是一种硬伤，她记不住语文的古文古诗，也记不住数学的许多公式，即便她付出再多的努力，成绩也始终不尽如人意。

小升初考试结束后，照青是哭着走出考场的。

孟清野也许这辈子都不会忘记，那时炽烈的阳光下，空气燥热得令人心烦，只有那个女孩儿的头顶拢着一团乌云，她哭得鼻涕泡都出来了。

那天，照青一看见在校门口等着她的孟清野，就忍不住哭得更厉害："呜呜呜呜孟清野我是不是，我是不是笨蛋啊？我明明已经很努力了，我真的很努力了……"

对于许多年少的小孩来说，除了好吃的零食，好玩的玩具，大约最多的烦恼应该都是来自看似永远做不完的作业，还有每次都要拿回家的成绩单。

因为每次考完试，总会有一些叔叔阿姨不知道从什么地方就溜过来闲聊，再顺嘴问一句："你家孩子考了多少分啊？"

无论付出怎样的努力，都无法在学习上得到回报，这在很久很久以前，就已经是扎在小小的照青心头的一根刺。

"你不是笨蛋。"

那时的孟清野很笨拙地安慰她："每一个人都会有不擅长的事情，或许你并不擅长这件事，但在别的地方，别人或许永远都达不到你的高度。"

不要以为，日渐长大的你也在渐渐变得不像是你想象中的那个与众不同，天生闪光的存在。

承认平凡有时并不是一件很痛苦的事情。

因为每一个人从来都如此平凡，而每一个人也从来都如此独特。

有些你做不到的事情，别人或许轻而易举，但有些你能轻松做到的事情，对别人来说却并不容易。

"每一个人都有自己的天赋，你要做的，就是去发现它。"

十二岁的孟清野摸了摸自己面前哭得眼睛都肿了的小姑娘，已经在很努力地说着安慰的话。

"是吗？"

小小的女孩儿眼眶里还悬着泪珠，有些似懂非懂："那，我的天赋到底是什么呀？"

这可把孟清野给难住了。

他憋了半晌，才凑近她的耳朵边，小声地说："你有翅膀，别人没有……"

小时候的照青，烦恼很多，快乐也很多。

她喜欢自己的妈妈，喜欢住在隔壁院子里的小哥哥孟清野，喜欢那些缠在院墙上的碧绿藤蔓，喜欢每一个早晨的阳光，也喜欢妈妈烧菜时从厨房里飘出来勾人馋虫的香。

同样是流落人世，容徽颠沛痛苦，照青却安稳幸运。

后来她被峚山的长老们找了回去，也就不用再和凡人待在一起上学，经历中考、高考，但那些曾被学习成绩支配的恐惧，还是给照青留下了阴影。

"我宁愿在仙门书院学术法，也不想学这些……数学和物理就真的让人很搞不懂嘛，我一点也看不明白。"照青整只鸟瘫在桑枝的书桌上，翅膀也不爱动弹了。

"孟清野他也没告诉我，现在写'解'也不会得分了啊……我还以为至少还能再多考一点点分呢。"她对这件事还是有些耿耿于怀。

桑枝一边安抚想要去扑桌上那只小青鸟的妙妙，一边听着照青说了许多她曾经为着学习而经历过的那许多事情。

她说："没事的照青，我怎么可能怪你啊。"

怕妙妙追赶照青，桑枝干脆打开了卧室的门，把妙妙放到客厅里的猫窝里，然后再走回来关上房门，坐到书桌前，用手指摸了摸照青的脑袋。

"我不在的这段时间，要不是你替我生活，替我上学，我可能就已经被列为失踪人口了，如果真是那样，我爸爸妈妈肯定都担心死了……你明明不喜欢学校，却还帮我去上学，我真的很感谢你。"

桑枝说着，就从抽屉里拿出一盒榛子巧克力，那是她之前买了还没来得及吃的。

结果这会儿她刚要说话，发现盒子居然轻飘飘的。

嗯？

桑枝打开盒子，发现金色的格子里一颗巧克力也不剩下，就只有一张小纸团。

她把纸团展开，然后就发现上面写了一句话：

"对不起桑枝，我承认这样子有点不太好，但是我真的好想吃哦……我下次给你买行不？"

后面还画了一只线条简单的鸟。

圆滚滚的一只小肥啾，还挺可爱。

桑枝盯着字条片刻，抬头看向照青时，却见她已经缩了缩脑袋，埋进自己的翅膀里。

"反正，也是给你的。"

桑枝忍不住笑了一声，伸出手指摸了摸青鸟的羽毛："我明天再去请你吃顿好的！"

照青飞走之后，桑枝关上窗，躺在床上打着哈欠刚想睡觉，却听见妙妙在门外"嗷呜嗷呜"的声音，她隐约还听见了桑天好的声音。

她打开卧室的门，就看见她爸爸正蹲在地上，想把妙妙往自己怀里带。

"爸爸，你这是干什么？"

桑枝有些疑惑。

"我想让妙妙跟我一起睡觉，它还不乐意。"桑天好哼了一声，"我偏要跟它睡！"

"……"

桑枝一时无言。

最后，妙妙还是被她爸爸抱进怀里，带去卧室里了。

桑枝睡了一觉起来，迷迷糊糊走出卧室，发现她爸爸正坐在沙发上打哈欠，看着不是很精神。

"爸爸你起好早啊。"桑枝有些惊诧。

如果不是特殊情况，桑天好一般是不会起太早的。

桑天好眼皮耷拉着，闻言也勉强看了桑枝一眼，然后抬起手指了指正在落地窗那边吃猫粮的妙妙。

"它六点就开始拿猫爪子打我。"

桑枝不由得看向妙妙，见它仍在埋头吃猫粮，毛茸茸的尾巴还一晃一晃的，就忍不住弯了眼睛。

吃早餐的时候，桑天好仍然很困，大约是昨晚打游戏有点晚了。

"枝枝啊，爸爸昨天跟你说的话都是真心的，你要是实在不行，也别强迫自己，那样反而更难受，学习嘛，这玩意儿也说不清。"桑天好咬了一口包子，对她说道。

桑枝"嗯"了一声，又道："我知道了。"

"还有啊……"

桑天好大约也是憋了很久，仿佛是经过深思熟虑的，他忽然把一袋子东西从桌子底下提上来，那袋东西似乎重量不轻，被他放在桌上的时候，就发出了一阵声响。

好似金属玉石碰撞的声音。

桑枝认得那个袋子，就是容徽之前来她家里见她爸爸的时候，硬要送给他的那一袋子金银珠宝。

"……爸爸你干吗？"桑枝总有点不大好的预感。

果然，下一秒，她就听见桑天好说："我早说了那臭小子不靠谱吧？他那模样儿长得是好看，但是也不顶用啊，你们俩分开也好，这些东西咱都还给他！你啊也别为这事儿再伤心了，知道吗？"

这些日子以来，桑天好一直没在桑枝面前提起容徽，也许是这几个月来他见惯自己的女儿把自己关在房间里抓耳挠腮地学习，又没见着那个臭小子的身影，他心里难免不多想点儿什么。

搞得他都隐约觉得，自己的女儿好像变得跟以前不大一样了。

但这两天，他又觉得她恢复成以前那样了，所以他才开了这个口。

"……"

桑枝呆了一瞬，然后连忙说："爸爸你在说什么呢？我和容徽，挺好的。"

她捏着勺子，有点哭笑不得。

"行了，都什么时候了你还瞒我？那小子以前巴不得天天住在咱家，这几个月倒是一面儿都不露，我学下棋遇到点儿事给他发微信，他倒好，还不理人了？"

说起来这些事儿，桑天好就来气："长得帅的就是不靠谱！"

他停顿片刻，又觉得不大对劲，又添了一句："你爸爸我除外！"

"……真的没有啊爸爸。"

桑枝挠了挠脑袋，忽然灵光一闪，连忙说："他其实是回京都了。"

桑天好顿了一下，皱眉："咋？回京都就可以不回我的微信？回京都就可以一声不吭直接走？你护着他干什么呢，桑枝？"

桑枝只能继续圆谎："他，那不是因为他不愿意回去，然后被他爸爸给强行带走了嘛……"

"是吗？"桑天好歪着脑袋，似乎仍有些不大相信。

"嗯嗯！"

桑枝道："你又不是不知道，他之前的那个家对他一点都不好，现在找到自己的亲生父母了，他又难免有些不安，他爸爸也是等得着急了，才给他绑回去的！他被他爸爸硬留在京都几个月，手机早在路上就弄丢了。"

桑枝煞有介事地说着这些话，桑天好听得一愣一愣的。

"是这么回事儿吗？"桑天好有些将信将疑。

"真的！"

桑枝用力点头："容徽可喜欢我们家了，他上次还说爸爸你煲的汤是他喝过最好喝的汤，他要是能来，怎么可能不来嘛……"

桑天好好像有点被说服了，但又总觉得有些怪怪的。

"可是啊桑枝，"桑天好看向她，义正词严地嘴硬道，"他影响你学习了。"

桑天好直接拿最近的一次数学考试来举例："你以前考试，数学分数三位数，现在，三十分。"

"爸爸，我考差不是因为他。"桑枝有点无奈。

"那是因为什么？"

"……反正，我以后不会这样了。"

桑枝觉得这件事情有点解释不清，她干脆也懒得解释了，只说："下次考试，不，以后的考试，还有高考，我都会很努力的。"

她说："所以你也不要怀疑我考差是因为他了。"

末了，她看了桑天好一眼，然后小声说："他只会是我的动力，才不是负累。"

桑天好眉心一跳。

完了。

他的小棉袄，真的丢了。

用了一个月的时间，桑枝在最近一次的月考上，终于回到了班级前五，年级前二十的成绩。

这让封悦觉得很吃惊，她盯着桑枝片刻，说："你迷糊了几个月终于睡醒了？"

桑枝讪笑了一声，没有说话，专心看自己刚发下来的各科试卷上的错题，再把它们一一订正。

她必须要比以前付出更多的努力才行。

拿着新鲜出炉的分数条回家的时候，桑天好在客厅的水晶灯下看了好一会儿，然后拿出手机拍了一张照片，直接发进了重新被拉回去的兄弟群里：

"我们桑枝棒呆！"

然后，沈继荣这个常年 5G 冲浪的男人回复得很快："我们桑枝棒呆！"

不过几分钟的时间，群里潜水的两个人也都冒了泡，复制一条消息发出来，再吹一大波彩虹屁。

看得桑天好直乐呵。

晚上，桑枝坐在沙发上吃苹果，却忽然听见坐在她旁边跷着二郎腿看电视的桑天好说："容徽回来了吧？"

桑枝愣了一下，点了点头："嗯。"

这段时间，她每天都会去见容徽，经过这一个月的休养，他已经可以下地行走了。

"你让他过来跟你一起学习。"桑天好端着姿态，说这话时也有点不太自然。

"啊？"

"快高考了，我觉得我很有必要监督你们两个学习。"

桑天好说得理直气壮。

周六这天，桑天好起了个大早，去菜市场里买了一些菜，还有一只乌骨鸡回来煲汤。

他刚回家喝了口冰可乐，门铃声就响了起来。

桑枝正在房间里跟容徵发微信消息，看见聊天界面里他发来一句"到了"，她就连忙打开卧室的门，往客厅里走。

谁能想到，她刚刚走到客厅，就看见愣在玄关的桑天好，和站在门口的容徵，以及……身后那个笑眯眯的长发男人。

容晟原本过分年轻俊美的面庞似乎刻意弄了些岁月才能刻画出的沧桑痕迹，下巴甚至故意蓄了些胡子。

容徵穿着一件深色连帽衫，戴着一顶鸭舌帽。

他冷白漂亮的面庞上流露出几分别扭的神情，绯红的薄唇微抿着，似乎并不想去看站在他身后的那个，硬要跟着他过来的男人。

桑枝刚喝了一口酸奶，差点被呛到。

她瞪圆了眼睛。

"你好，我是容徵的父亲，容晟。"

容晟对桑天好扬起礼貌真诚的笑脸，然后举起自己双手提着的两大袋子东西，每一只袋子都装得鼓鼓囊囊的，看起来很有分量。

"……"

桑天好看着那熟悉的袋子，以及那两个袋子上熟悉的纹样，他左眼皮跳了一下。

"冒昧上门，略备薄礼，不成敬意。"

容晟在客厅的沙发上坐下来，对着桑天好笑得很和善。

"这些太贵重了，我想我还是……"

桑天好本能地想要拒绝。

细看之下，桑天好也看出来这个名为容晟的男人的确与容徽是有那么几分相似，再加上他们两个第一次上门时一模一样的操作，就让桑天好更相信他们是一对父子没错了。

怎么还都喜欢用金银珠宝上门送礼呢？

还一个送得比一个多。

"桑先生不必客气，我们迟早都是一家人嘛。"容晟笑眯眯地说。

"……那倒也不一定。"

桑天好停顿片刻，反驳了一句。

他们两个人在客厅里尴尬而不失礼貌地聊着天，而桑枝和容徽已经去了书房里。

"容叔叔怎么也来了啊？"

桑枝捏着一支笔，却也没有什么心思做题，她歪着头去看坐在自己旁边的容徽。

"是他自己跟来的。"

提起这件事，容徽就皱了眉。

"你爸爸和你还真的……挺像的。"桑枝想起容晟把那两袋子东西往玻璃茶几上一扔，差点把茶几都给弄出裂痕，她忍不住笑，"你们父子俩送的东西都一样。"

但见容徽始终没有什么反应，桑枝撑着下巴望他。

"容徽，我觉得容叔叔挺好的呀，你不要对他这么冷淡，他会伤心的。"

她把手里的笔扔在桌上，然后去抱他的手臂："他找了你那么多年，肯定也伤心了好久，你就对他好一点吧。"

可对于容徽来说，亲情在他的心里早已经只剩一种模糊的轮廓，他曾经被这两个字折磨得不轻，以至于当他的亲生父亲站在他的面前时，他早已经忘记了，自己究竟应该以何种面目面对这位忽然出现的父亲。

容徽年少时，或许也曾想象过自己的父亲究竟该是什么样子。

但他想象过的千种面貌，百种性情，都与如今出现在他眼前的容晟没有丝毫相似之处。

"我知道。"他的声音清冽，犹带迷茫，"我只是，一时不知道该怎么同他相处。"

如果说，曾经的那许多往事令容徽在漫长的岁月里渐渐成了一块永不融化的坚冰，那么后来，当他从自己那些错乱的记忆里醒来，当她凭借一腔孤勇，闯进他的过去，她便已如熔岩烈火一般，一点一点地消融着他那颗心上凝结的冰霜。

是她让他重新拥有了感受温暖的能力。

因此，他也能够感受得到，容晟对他的珍视与爱护到底有多么真实。

他早已不是曾经的那个生而无望，行尸走肉般的自己了。

"没事的容徽，慢慢来。"

桑枝从自己的衣兜里掏出一颗糖来喂进他的嘴巴里，然后对他说："你和容叔叔，还有很长的时间。"

无论是凡人还是神明，血缘永远都是各自之间最深的羁绊。

把一切交给时间，容徽和他的父亲之间，总会好的。

"甜吗？"

桑枝弯着眼睛问他。

容徽下意识地点头："嗯。"

桑天好说是要监督容徽和桑枝学习，却连着好长一段时间没空理他们，他发现自己现在跟容徽的父亲容晟算是很聊得来。

桑枝只知道桑天好那天和容晟尴尴尬尬地聊了会儿天，可当她跟容徽走出书房的时候，就已经见桑天好和容晟开始称兄道弟了。

"容晟啊，你看着年纪好像比我小，以后你叫我一声桑哥，有事儿就说话，哥铁定帮忙！"

桑天好拍着容晟的胳膊，爽朗地笑起来。

桑枝整个人都呆了。

爸爸，其实坐在你旁边的是个活了好几千年，都快一万岁的神仙啊！你怎么能让人家叫你哥呢！

桑枝的内心极其复杂。

可下一刻，容晟居然笑眯眯地应了一声："好的，大哥。"

是那么爽快的一声。

"……"

桑枝机械地转头去看容徽，便见他的神情也多多少少有点怪异。

然后，她就看见她爸爸桑天好端着一罐冰可乐，跟同样拿着一罐冰可乐的容晟愉快地碰了杯。

那天之后，容晟除了每天固定的时间要陪着尚在昏睡中的息蕊，还会跟着容徽跑来桑枝的家里，他跟桑天好学打游戏，有时还被桑天好骑机车带出去跟他那些兄弟玩，而容晟则教桑天好下围棋。

大约是父子遗传，容晟棋艺极其高超，而身为他儿子的容徽，也在这一方面很早就显露出了自己的天赋。

桑天好不止一次在桑枝面前感叹："这遗传基因就是强大啊，你看他们父子两个，都是天才！这一个个也太优秀了！"

桑枝觉得，她爸爸都快要变成吹容氏父子彩虹屁的专家了。

凡人的高考对于容徽来说并没有什么意义，但他大约是想陪着桑枝，所以也回到了学校。

他是神明，当他消失，所有凡人有关于他的记忆便会陡然消失，所以当他重新出现在学校里时，桑枝再一次见识到了走廊窗外全是来看他的女生的盛况。

"真厉害哦，课桌里一本书没有，礼物就已经塞不下了。"桑枝刚把窗帘拉下来，回头看见容徽正从课桌里往外面拿那一个个粉色的饭盒或者是包装精美的礼物时，她忍不住哼了一声，说话还有点酸溜溜的。

容徽看她一眼，然后拿着手里的东西，站起来就要往教室后面走。

桑枝拉住他："你要干什么？"

"扔掉。"容徽眉眼冷淡，答得毫不犹豫。

桑枝觉得有些可惜，但她还没说话，就对上容徽的目光，她讪讪地松开他的衣袖，没有再说什么了。

那些摆满了容徽课桌的礼物最终还是归了垃圾桶。

而桑枝往课桌里放书包的时候，却也从桌肚里摸出来一个蓝色的礼盒。

封悦一回头，就看见桑枝一脸蒙地拿着一个蓝色的礼盒，她的眼睛一瞬间亮起来，八卦之魂熊熊燃烧。

"桑枝！谁给你送礼物啦？！"

她这嗓门并不小，原本因为容徽坐在桑枝的旁边，班里就有诸多目光一直注意着这里，这会儿听见封悦的声音，许多人都注意到了桑枝手里的那个蓝色盒子。

平时喜欢跟桑枝玩的女生都凑了上来，连封悦的同桌赵一鸣也转过来看热闹。

桑枝心里"咯噔"一声，果然，她一偏头，就看见了站在一堆女生后面的容徽。

他那张冷白的面庞上看不出多少情绪，可桑枝却知道，他的目光就停在她手里的那个盒子上。刹那间，桑枝觉得那盒子就像是烧着烈火似的，烫手得很。

她忽然听见有人憋不住笑了一声。

桑枝一看，居然是孟清野。

他注意到桑枝瞪他的目光，于是就清了清嗓子，埋头做题。

容徽走过来，就有女生自动让开来，见他拉开椅子坐下，她们面面相觑，也都没再聚集在这儿，全都乖乖回座位了。

连封悦和赵一鸣都不由得转回身了。

也许是容徽太过疏冷，不好接近，无论是谁都没敢轻易跟他说话。

桑枝正要把那个盒子悄无声息地往桌肚里一塞，却忽然听到身旁传来他平淡清凌的嗓音：

"不打开？"

"……不了吧。"桑枝干笑一声。

下午趁着容徽不在，她把那个盒子交给了周尧，盒子底下粘着一张纸，她让他按照那上面的信息原封不动地去还给高二的那个学弟了。

大约是看出来容徽有点不大高兴，上晚自习的时候，桑枝忍不住偷偷瞟他。

他的侧脸线条干净流畅，迎着教室里白炽灯的明亮光线，更叫人移不开眼。

因为施了幻术，所以在桑枝和所有凡人的眼中，此刻的他是短发的模样。

物理老师在讲台上批改卷子，教室里静悄悄的，偶有翻书页，或是写字的声音响起。

容徽垂着眼，似乎是在看书，可半节晚自习过去了，桑枝也没见他翻页。

对他来说，这些印在书本上的内容早已深刻在他的脑海里，但他还是愿意陪着桑枝在学校里消磨时间。

桑枝故意把自己写了一半的物理卷子往他那边挪了挪，小声地说："容徽，这道题好难，你会不会啊？"

容徽目光下意识地停在她手指指着的那道题上。

她的解题过程已经写了一半，最难理清楚的一环明明已经被她写得很明白，推演下去并不难得出最后的答案。此时她却睁着一双无辜杏眼，竟还稍稍皱了皱眉，仿佛真的被这道题给难住了似的。

说谎精。

他眉眼未抬，夺了她手里的笔，替她写了剩下的部分。

桑枝看着自己的卷子上，那属于他的飘逸秀致的字迹，她用手指蹭了一下，指腹上沾了点未干的墨渍，她又把自己的卷子往他那边移了一下："这道我也不会。"

"你昨天才做过。"容徽这次却把笔搁下了。

"……那这道？"桑枝又指了一道。

容徽终于抬眼瞥她。

桑枝仔细看了一眼自己指的那道题，那好像也是她做过的题型，于是她只能讪讪地把卷子拿回来。

她终于安静下来，可容徽却静不下心来了。

"桑枝。"

忽然，物理老师在讲台上叫了她的名字。

"你这卷子是怎么回事？"物理老师站起来，扬起手里的练习册，

"都快高考了你知道吗？你就是这样的学习态度？你看看你这上面前后两种字迹相差多大？你怎么还能让别人帮你做题？你当我看不出来？你就是这么敷衍老师的？"

物理老师对于桑枝之前的成绩骤降一直很在意，这段时间见她成绩好不容易又上升了，也就对她盯得越来越紧，批作业也很仔细，谁知道她交上来的作业，却是两个人的字迹。

"对不起老师，我错了……"桑枝垂下脑袋，没办法反驳。

"说，谁帮你写的？"物理老师总觉得自己见过这字迹，却又始终想不起来是谁的。

教室里所有人的目光都集中在桑枝的身上。

她抿着嘴唇，有些迟疑。

这时，原本坐在她身边的容徽忽然站了起来。

"是我写的。"

容徽冷淡的嗓音响起，教室里陡然归为一片寂静。

物理老师人都傻了。

"她昨晚写到一半睡着了，我替她写的。"

少年再度开口，声音冷淡，仿佛是在说一件再平淡不过的事情。

可这句话的信息量太大了。

教室里一片哗然，交谈的声音越发嘈杂。

最后的这半节晚自习，容徽和桑枝是在教室外罚站度过的。

"都怪你……"

"不可以吗？"

容徽却垂眼，反问她。

少年的目光带着几分认真询问的意味，她并没有看见藏在他那清澈粼光背后的几分得逞的快意。

桑枝到底还是说不出"不可以"这三个字。

她从自己校服外套的衣兜里掏出来一样东西，紧握在手中。

容徽看不见她的手里到底捏着什么，直到她神秘兮兮地把手伸过来，说："你伸手。"

容徽不明所以，却还是乖乖地伸出手掌。

一朵被特意涂红了的叠纸花就那么落进了他的手心里，看起来有些丑丑的，可他面前的女孩儿却羞怯地笑了笑，抬着下巴凑近他小声说："你拆开呀。"

容徽神色微闪，依言缓缓拆开了那朵叠纸花。

满是折痕的纸被徐徐展开，借着走廊里微黄的灯光，容徽垂着眼帘，看清了那上面的一行字：

"希望容徽天天开心，和桑枝一起喜欢这个世界。"

那上面的每一个字都被他看过一遍又一遍，他捏着纸张的手指不由得收紧。

感受到容徽的目光，桑枝捏紧了校服的衣摆。

这夜，教室里灯火通明，许多人埋头写题，在讲台上的老师的监督下，他们谁都没有时间望向窗外。

容徽捏着那张纸很久很久。

也许是因为还有一个多月就要高考，容徽成绩稳定到近乎满分，而桑枝虽然之前有几个月成绩下滑得很严重，但现在也明显恢复了从前的状态，甚至在最近一次的月考中，考得还要比以前好一些，直接超越了周尧，年级名次也到了前十。

赵宇也怕这个时候请家长，对他们两个产生影响，所以这事儿到他这儿也就没什么可说的了。

最后的一个月，身为高三生，都将更多的时间留给了学习。

桑枝也越发努力。

容徽给她押了题，把她最容易出错的题型拎出来，让她练到不会再错为止。

桑枝每天脑子里全是那写在卷子和草稿纸上的一道道题。

当你越发珍惜时间时，它往往会在你的不知不觉间流逝得越来越快。

高考前一天，桑枝和阮梨通了电话。

"枝枝，我可还记得，你之前还跟我嘴硬，说你不喜欢他了。"阮梨和她聊了一会儿，就开始故意旧事重提，揶揄笑她。

"我那不是……"

那不是以为他是鬼嘛。

桑枝嗫嚅片刻。

她梗着脖子，理直气壮："谁还不能反悔了？"

阮梨笑得开怀，末了却很认真地说："枝枝，高考加油。"

桑枝也弯着眼睛："我们都加油！"

桑枝的妈妈赵簌清结束了一期的进修课业，匆匆赶了回来，为的就是在桑枝高考的时候，和那许多家长一样，守在考场外，等着孩子从里面走出来。

高考当天，赵簌清特地起了个大早，给桑枝做了早餐。

因为桑枝执意说不用连续两天都守在考场外面，所以第一天考试的时候，桑天好把她送到考场外，就回了家。

考试期间，赵簌清和桑天好比桑枝还紧张，两个人在家里坐立不安的，桑天好连游戏都不愿意玩了，就好像他又经历了一次高考似的。

"去吧。"

容徽站在教学楼下，两边楼梯都是匆匆往上走的人，他把透明笔袋和准考证递到桑枝的手里。

"可是我有点紧张……"桑枝站在他的面前，捏着笔袋，看起来有些忐忑不安。

虽然她的成绩一直很稳定，但这毕竟是她第一次，或许也是唯一一次的高考，是每一个老师口中都认真强调过的一生中最重要的考试，她难免紧张。

"怕什么？"

眉眼明净的少年站在这穿透了薄雾的晨光里，那双犹泛清澈粼光的眼睛里好似浸润着丝缕的笑意，他没有在意周围那许多忍不住停驻在他与桑枝身上的视线，伸手摸了摸她的脑袋。

第一天考试结束后，赵簌清和桑天好也都没有问她"考得怎么样"，"题难不难啊"之类的话，他们小心翼翼，不给自己的女儿施加任何一点儿压力，他们只是尽己所能，努力让桑枝吃得好一些。

等到第二天考试的时候，赵簌清戴好自己的墨镜，还拿着一把遮阳伞，和桑天好一起坐出租车送桑枝去了考点。

六月份的阳光从清晨就开始初见热意，行道树的繁茂枝叶里的蝉鸣声都比不得学校大门外面人山如海的聒噪嘈杂。

"枝枝啊，你不要紧张啊，照常发挥就是了。"桑枝走进考场之前，桑天好叮嘱道。

"你爸说得对，枝枝，你要加油。"赵簌清也连忙说了一句。

桑枝只知道一个劲儿地点头："我知道了，知道了。"

"桑哥啊，你也来啦？"

这时候，一道低沉爽朗的嗓音传来，在那么嘈杂的声音中，显得尤为清晰。

桑天好一转头，就看见了乐呵呵地往他这边走的容晟。

他头皮一紧，连忙去看站在他身旁的赵簌清。

却冷不防瞧见赵簌清已用手指勾下那快遮住她半张脸的大墨镜，目光停在正朝他们走过来的容晟和身后那个容貌过分惹眼的少年身上。

她眼中难掩惊艳之色，同许多停留在容晟和容徽身上的视线一样，她差点儿也没回过神。

桑天好知道，这事儿可能在今天就得捅破了。

他手疾眼快，赶紧推了推桑枝，又对容徽招了招手："容徽，快点儿，快跟桑枝进去，别误了考试！"

容徽走过来，还没有说过一句话，就被桑天好推着后背，让他赶紧和桑枝离开。

桑枝当然知道她爸爸这么做是因为什么，她也没敢多看赵簌清，攥住容徽的手，就匆匆走入考场。

"容徽快点走……"她一边拉着他往前走，一边小声说。

容徽被动地迈开长腿，跟着她往前走，还不忘回头望了一眼桑天好和他身旁的那个穿着浅色连衣裙，还打着一把遮阳伞的女人。

"桑枝怎么……"赵簌清的墨镜滑下鼻梁，"她怎么乱拉人家男孩子的手啊？"

"……"桑天好默不作声，抬眼看了一眼站在他对面，仍然笑眯眯的容晟。

"桑哥，给。"容晟不知道从哪儿掏出来一罐可乐。

桑天好接过来时，才发现这玩意儿居然还是冰的。

赵簌清终于将目光从桑枝和容徽渐渐被人群淹没的背影移到面前这个陌生男人身上，她又看向桑天好："这位是？"

桑天好还没来得及说话，就听见容晟笑着开口道："嫂子好，我儿子是你女儿的男朋友。"

桑天好一口可乐喷了出来。

赵簌清的墨镜也掉到了地上。

什么乱七八糟的？

中午，桑枝和容徽出来，到了考点附近的一家餐厅里时，正好看见赵簌清、桑天好和容晟三个人相对而坐，气氛似乎有一点点尴尬。

桑天好像只鹌鹑似的不敢说话。

而容晟面对赵簌清的严肃打量，也一直是笑眯眯的。

仿佛尴尬只是桑天好和赵簌清两个人的，容晟仍然是最轻松自在的那一个。

"什么时候的事？"桑枝埋头吃饭的时候，忽然听到赵簌清开了口。

桑枝还没说话，就被桑天好抢了先："你别这个时候问孩子啊，再说了人家都已经长大了，谈个恋爱怎么了，你别跟个老古板似的……"

虽然对赵簌清的炮仗脾气还是心有余悸，但是护着女儿要紧，他也没管那么多。

"你说谁老古板啊，桑天好？"赵簌清瞪他。

"……我。"桑天好怂了。

"你倒是开明啊，你不古板，你多厉害啊桑天好，这么大的事儿你居然敢瞒着我？你是不是忘了我是谁啊？我不是桑枝的妈是吗？这事儿我都没有知情权？"赵簌清噼里啪啦说了一大堆。

"那我不也是怕你拆散两个孩子嘛。人家容徽挺好的，你看啊，这孩子长得又好，比那些明星好看了不知道多少倍，再说了，人家也优秀啊，不但是年级第一，还是围棋高手，拿过不少全国金奖！再说了，人家对我们桑枝也好啊，对我那也是没的说……"

桑天好瞬间化作彩虹屁十级学者，当着所有人的面就把容徽夸得天上有地下无的。

"长得好看能当饭吃？"赵籁清胡乱反驳了一句。

"废话吗不是，我要是长得不好看你当初能看上我？"桑天好条件反射地回了一句。

"再说了，这么好看的孩子你要是让给别家了，那你以后想起这事儿来你就说你后悔不？别以为我不知道你啊赵籁清，你就喜欢长得好看的！还学人小姑娘追星呢，你就说你喜欢的那小明星有咱容徽长得好？"

"你怎么知道我追星？我朋友圈不是屏蔽你了吗？！"赵籁清瞪起眼睛。

桑天好心里"咯噔"一声，知道自己说漏嘴了，但他还是梗着脖子回嘴："怎么，继荣跟我说的，不行啊。"

眼看着两个人越吵越起劲，桑枝忍不住放下筷子，偏头看了看容徽。

容徽似乎也从来没有经历过这样的场面，此刻显得也有些无措，整个人坐得端端正正，垂着眼帘一言未发，直到桑枝伸手偷偷去拽他的衣袖。

容徽才抬眼看她，然后轻轻摇头。

只有容晟一个人吃饭吃得很香，还不忘插一句嘴："桑哥，你跟嫂子感情真好。"

"谁跟他感情好？"

"谁跟她感情好？"

两个人异口同声，并同时看向容晟。

容晟刚夹了一块红烧肉，被这么忽然一吓，肉都掉碗里了。

"阿姨。"

容徽忽然站起来，对着赵簌清微微颔首："很抱歉这件事一直到现在才让您知道，这也该是我的错。"

赵簌清盯着他那张无瑕的面庞片刻，刚刚撑桑天好的气势又弱了下去。她动了动嘴唇："那倒也不是你的错……"

这是心软的趋势。

"你，是真喜欢我们桑枝啊？"

这个少年漂亮到不像话，以至于看在赵簌清眼中便透露出一张朦胧的不真实感，她差点没晃了神。

这一刻，似乎隔绝了周遭所有嘈杂的声响。

无论是赵簌清，还是容晟、桑天好，抑或是桑枝，都看到容徽轻轻点头，应了一声："嗯。"

他看向桑枝："很喜欢。"

这辈子，他再也不会像现在这样，如此热切地喜欢着一个人，并因她才慢慢察觉到，枝头春露，长夜蝉鸣，银霜白雪，都是这人世间，值得人眷恋的风景。

无论是赵簌清还是桑天好，他们都不会知道，容徽和桑枝之间，到底经历了多少生与死的磨难，他们要握紧彼此的手，到底有多么艰难。

但此刻，却没有人敢怀疑他那双眼睛里的认真。

高考结束后的一段时间里，容徽因走出考场时被人拍到的照片而在网上掀起了不小的波澜，后来当高考成绩出来的时候，他以省内第一名的优异成绩又引起了许多媒体的注意，除了想要采访他的记者，还有一些想要让他签公司，还有很多星探，一个个地都在找他，可却没有任何一个人真正见到他一面。

桑枝的高考成绩出人意料的好，是省内前几名，她的分数绝对够填京都的靖海大学。

填报志愿那天，桑枝没有急着填，她先问了容徽："你的第一志愿要填哪个大学啊？"

"你先填。"

容徽却只是抬了抬下巴。

桑枝看他那副神色淡淡的样子，气得鼓起脸颊。她干脆张嘴咬了一下他的下巴："小气鬼！不说就不说！"

容徽的下巴瞬间就添了微红的痕迹。

桑枝看到了，才想起来今天她涂了阮梨给她寄来的口红。她看着他下巴上的红痕，就好像是无瑕的美玉上骤然添了一道朱砂的颜色，令人无法忽视。

而他伸出手指，摸了一下自己的下巴，垂眼看着自己指腹间的那一抹微红片刻。他睨了她一眼，下一秒桑枝就被他扣住了肩膀，直接被按在了桌上。

桑枝顿时呼吸都有点不畅，眼睛眨了又眨。

"你、你想干什么？"她结结巴巴地开口。

她面前的少年没了幻术遮掩，乌黑的长发有一缕垂至身前，若有似无地拂过了她的耳侧、脸颊，带起微痒的感觉。

他穿着一件宽松的单薄白袍，广袖微翻，露出一截白皙的手臂。

当他俯身时，桑枝从他的衣襟里，看清了他锁骨上的，她的名字。

这一刻，她眼见着他忽然伸手，指了指自己的脸颊。

桑枝红着脸，亲了他一下。

后来，桑枝看也没敢再看他，挪了挪凳子，坐得离他远了点，然后就开始噼里啪啦地敲打着键盘，填报志愿。

等她填完，偏头就看见旁边的容徽正撑着下巴，在看她。

少年神情慵懒，眉眼似画。

"照着你的，帮我再填一遍。"

桑枝一怔，然后就开开心心地跑到他的面前，要帮他填。

但在填报专业的时候，她却迟疑了。

"容徽。"

"嗯？"

容徽懒懒地应了一声。

"你的专业呢？你的专业要填什么？"桑枝问他。

"照着你的填。"容徽连电脑屏幕都没有看一眼。

"可是，我……选的是动物医学啊。"桑枝看他一眼，"就是那种以后可以给小动物看病的那种。"

自从收养妙妙之后，桑枝就有了这个想法。

她以前一直不知道自己未来想要做什么，也是因为妙妙，她才有了一个方向。

"我选这个是因为我喜欢这个，你也选一个你喜欢的吧，既然是一个学校，同不同专业也不重要啊。"桑枝抱着他的胳膊说。

最终，容徽点了鼠标，选了个生物学。

"你喜欢这个啊？"桑枝问。

容徽点了提交，慢条斯理地答："不是。"

"……啊？"桑枝一愣。

"随便选的。"他简短地说了一句。

"……"

桑枝气得又想咬他下巴，但见他垂眼睨她，桑枝后背一僵，下意识地捂住自己的嘴巴，警惕地看着他。

容徽无声轻笑。

桑枝是一个凡人，这便是她与容徽之间最大的区别。

因为她的人生只有匆匆几十载，不及神明千年万载，与天同寿。

可她佩戴许久的兰絮草早在无声的时间流逝间，慢慢地改变了她的体质，抑或是当初颜霜让暮云对她下了死手，最后却又无奈收手，救回她的性命时，她的骨肉与魂灵就早已经被濯洗过，所以她虽是凡人，却也在这诸多原因的作用下，与其他的普通凡人有了一些区别。

岁月辗转更迭到如今，凡人已没有任何一条路可以修成仙道。

即便是延续多年的修仙宗门，他们虽然本就与普通凡人有所不同，可以修习术法，但他们到底还是没有办法通过修仙来达到一跃升仙的目的。

仿佛是天道，施加在他们身上的咒印，他们永远无法成仙得道，而比凡人多活百年，也已是天道对他们最后的仁慈。

即便是神明，也没有办法改变一个凡人的命数。

可兰絮草大抵是这世间唯一对凡人来说，最能濯洗体内杂质的神物，它在潜移默化中改变了桑枝，而颜霜的所作所为也在无形之中替她重塑了骨肉。

桑枝成了一个例外。

这也许是冥冥之中，上天给予这位孤独流落人间多年，受尽苦难的小殿下的一份礼物。

他的幸运，从他最爱的姑娘，终于可以陪他千千万万年的那时候开始。

只要桑枝同容徽真正成亲，只要她的名字被印上了太子妃的金册，她就会享有他所拥有的，无穷无尽的生命。

大学毕业后。

赵簌清和桑天好还在跟容晟商量着他们什么时候结婚的事儿。

但容晟却没告诉他们，桑枝和容徽的婚礼，必得是先要在九重天里举行的，如此才能将桑枝的名字印在太子妃金册上。

容晟身为帝君，此生第一次来到凡世里，就被这里的人和事吸引，他在这里等着容徽大学毕业，也在等着他的妻子醒来。

可直到星辰之境打开的那日，息蕊还是沉沉地睡着。

容晟带着他的妻子息蕊，还有桑枝和容徽回到了九重天。

桑枝终于有机会，看见传闻中神明所在的仙境到底是怎样的绮丽壮美。

云雾缥缈，就像是棉花糖一样柔软，可她伸手，却又什么也握不住。

万顷星辰尽在眼前，白昼与黑夜之间的区别并不分明，天边流霞寸寸如锦，烟云缭绕间的琼楼殿宇都好似只存在于工笔画中最精巧细致的笔触。

桑枝是第一次看见羽翅雪白，却又泛着金色光影的仙鹤在天边云影间徘徊鸣叫。

那天，身披霞光的仙娥将桑枝迎进一座古朴华美的殿宇里，让她在云蒸雾霭，缭绕一片的巨大浴池里洗了个澡，然后又按着她在清晰无比的铜镜前，替她来回涂抹，上妆。

神界是众仙都轻易去不了的地方，所以这场属于九重天太子容徽的婚宴，便设在了仙界重楼。

桑枝趴在楼上，眼见着那些仙人乘着一朵又一朵形状各异的云朵前来，有的像桃子，有的像一辆车，还有的像……飞机。

她还看见一个大胡子老头儿骑着一只她从来都没有见过的异兽，看起来威风凛凛的。

殷红的嫁衣上绣着金色的凤凰尾羽，一寸寸绵延在烈火般的红色之间，腰间的束带有些紧，桑枝摸着上面那一颗颗宝石玉珠，连忙让人帮她松一松。

头上戴着的金丝花冠有些重，长长的金质流苏垂下来，红色的宝石在散着明珠莹光的内殿里，闪烁着点滴光泽。

这一天，容晟也将从他这么多年替妻子一件件存下来的衣裳中找出来最漂亮的一件，替息蕊换上衣衫，又为她描眉画唇，梳理发髻。

"息蕊，徽儿要和他喜欢的姑娘，成亲了。"

容晟望着怀里的妻子，那双凤眼微微泛红。他是如此认真地打量着她的眉眼，看着她好久好久，都仍觉不够。

这千年的思念，便如心火一般，灼烧得他痛苦难当。

她是他费尽心思，从蓬莱求娶的心上人。

他将她放在心上，已是多少年的岁月。

失去她的那些年里，他许多夜晚都会想起她在蓬莱瀛水畔，朦胧似幻的身影。

那一梦啊，就梦了好多年。

容晟的脸颊贴着妻子的侧脸，他轻轻闭眼。

半晌，他将她抱起来，一步步走到重楼正殿里，当着一众仙神的面，抱着他的妻，坐上了台阶之上最高的位置。

此刻，殿中立在两旁的所有神仙都适时低首，齐声道："恭迎帝君，恭迎帝妃重回九重天！"

此间仙境，无人不知，帝君容晟到底找了他的妻儿多少年。

到如今，才终于圆满。

"多谢……众卿。"

容晟将息蕊小心翼翼地放在宽椅上，让她靠着椅背，然后才重新站起来，对着在场的所有神仙颔首道。

为了帮他找寻息蕊与容徽，这仙神两界，都付出了很多的努力。

"帝君言重。"

底下的神仙们又连忙道。

桑枝被容徽牵着走进内殿时，她头上拢着红纱，并不能看清此刻周围所有人的神情，只能影影绰绰见着他们的影子。

她什么时候见过这么多的神仙，这会儿也是紧张得厉害，抓着容徽的手，也忍不住更用力了一些。

容徽动了动手指，似乎是无声的安抚。

"恭迎太子殿下，太子妃！"

一时间，一众神仙异口同声，其音震天。

桑枝被吓了一跳，人还有些发蒙。

直到她行完了礼，被几个仙娥扶着送去了金殿里，她坐在床榻上，才掀了头上的红纱，找照青要水喝。

照青是从宴客的重楼殿里跟着过来的，此刻殿里的仙娥都被照青给打发了出去。

听见桑枝说渴，她就勾了勾手指，那桌上的玉壶就已经到了她的手里。

可桑枝接过来刚喝了一口，就被呛得怀疑人生。

"这是酒啊照青……"桑枝被辣得眼睛里都有了一层浅浅的水雾。

"啊？是吗？"

照青接过来喝了一口，然后她也皱起脸："……这酒一点也不好喝。"

容徽回来时，原本为他和桑枝备下的合卺酒已经见了底，酒壶都被扔在了地毯上。

他皱着眉，看着那只已经不知不觉变得跟孔雀一般大小的青鸟，目光不善。

"孟衍。"

他冷声开口。

瞬间便有一抹光影骤现，孟衍立在容徽的身后，拱手道："殿下。"

"把她扔出去。"容徽道。

"啊？"

孟衍一愣，他动了动嘴唇："殿下你这样……"

不好吧，这才成亲啊，就要把太子妃扔出去？

他话还没说完，就看见床上除了在翻来覆去打滚的太子妃，还有一只……青鸟。

哦，他知道殿下是让他把谁扔出去了。

孟衍抹了一下额头上的冷汗，连忙道："是！"

他动作迅速地提溜起那只已经喝醉的青鸟，眨眼之间消失在了内殿之中。

内殿一时寂静下来，唯有殷红床榻上的那个女孩儿还在翻来覆去地哼着不着调的歌。

容徽走过去，在床沿坐下来时，他伸手便将床上的桑枝带到怀里，捏着她的下巴，垂眼睨她。

她今天看起来和平日里有些不一样。

精心装扮过的面庞在此刻满室的明珠光辉里，更添几分霞明玉映般的动人风情，教他分毫移不开眼。

"你和她把我们的酒给喝了，我和你又喝什么？"容徽嗓音淡淡。

而桑枝盯着眼前这个金冠玉带，一身锦袍殷红灼眼，好似古时，霁月清风般的世家公子一般，却又偏偏眉眼潋滟如画，生得一副仙姿玉骨。

"你真好看……"桑枝答非所问，发出傻傻的笑声。

她伸手去摸他的脸，却被他抓住了手。

等殿外的仙娥再送来一壶酒时，容徽放在床榻边的小案几上，倒了两杯之后，他端起其中一杯递到她的眼前。

"拿着。"

"不要……"

桑枝摇头，靠在他的怀里，打了个哈欠，顿时眼中水雾浸染："我不能再喝了。"

"桑枝。"

容徽盯着她。

桑枝眨了眨眼睛，只能扁着嘴，委委屈屈地接过来："你现在就对我不好了，你变了……"

容徽险些气笑："我怎么不好了？"

"我说了我不想喝了。"

桑枝喝醉了之后，说话都软绵绵的。

"可是你要同我喝了这杯酒，才算是真的嫁给我。"

容徽低声说着，好似轻哄一般，刻意引诱着她变得听话一些："难道你不愿意嫁给我了吗？"

他低首亲吻她的额头，语气里带着几分刻意的委屈："枝枝，你不喜欢我了？"

桑枝反应了好一会儿，才用力摇头："喜欢，喜欢……"

容徵嘴角微勾，如愿以偿地拉过她的手臂，同她喝了合卺酒。

桑枝喝完就把酒杯给扔掉了，她在容徵的怀里动来动去，最后还把容徵给压在了床榻上。

她捧着他的脸，盯着他好一会儿，忽然说："容徵，我有一个愿望，你要不要答应我？"

"什么？"容徵不防被她按在床榻上，金冠脱落，如瀑的黑发散在身后，他望着她，轻声问。

桑枝低头，凑近他，亲了一下他的下巴。

然后她笑起来，埋在他的脖颈小小声地说："我……想听你叫我一声'姐姐'。"

容徵一僵，或许他从未想到过，她的愿望竟会是这个。

他沉默良久，差点失笑。

"谢谢你救了我，"

他的嗓音暗哑，撩人心弦："姐姐。"

无论是记忆倒退到十岁的他，还是十二岁，又或是十七岁的他，容徵将永远不会忘记，在那个雨夜骤然闯入他那许多不堪回忆的她。

他也将永远感念她不知后退的靠近，小心翼翼的保护。

她从未放弃他。

这便是那时的容徵，一度支撑着自己活下去的理由。

那一年的雨夜，桑枝拯救了堕落于永夜的神明。

而神明，将永远爱她。

九重天似乎和桑枝想象中的不太一样。

这里的确有琼楼神殿，悬浮飘忽，如坠在云端之间，绮丽的流霞半遮半掩，星幕低垂，周遭烟云缭绕，玉树同春，一片海市蜃楼般的奇景。

神仙们的生活，也比桑枝想象中的要丰富多彩。

九重天没有人间的网络，但有专门负责通讯的络音殿，那里的神仙专门研究传音传讯之术，建立起了细密如织的结界。

只要是在络音殿的结界之内，所有神仙都可以借助朝云镜来联络，甚至是通过朝云镜投影的光幕，日常观看晨笙殿里那些仙娥舞姬，甚至是乐官仙人排演的舞蹈、戏剧。

每一次星辰之境大开之时，他们也会趁机窥探人间。

于是，那天桑枝才会看见有些仙人把自己所乘的云朵变成汽车、飞机，又或是别的一些人间常有，但仙界却从未有过的物件的形状。

桑枝发现，朝云镜上面还有一个按钮，按下去就可以"注册"一个类似于人间社交软件的账号，日常在上面发一些虚拟留影（照片），或是对着朝云镜说话，就可以发出一个小云朵气泡，把声音转化成文字。

"太子妃，加个好友吧！"

这些天，桑枝不知道听到多少仙人跟她说过这句话。

"我都不知道，神仙们的'网络'也这么发达……"桑枝坐在天河边的流云亭里，旁边那棵琼花树也不知道是经过多少年的沉淀，如今已是参天之势，亭亭如盖。

同凡间的琼花有些不一样，这棵琼花树，枝叶凝碧，花瓣如雪，仿佛每一寸都沾染着银河的余晖，在这星河滚烫的边缘，它常年有花瓣簌簌而落，每一片花瓣落入天河水中，便是一寸天星。

"凡人有凡人的活法，神仙也当然有神仙的活法呀。"

照青撑着下巴，一边翻看着自己面前的朝云镜里投影出来的光幕中，那些她之前发过的云朵动态，一边跟桑枝说着话。

"帝君不是送了容氏玉令给你爸妈嘛，那可是天家的宝物，即便是在凡间，只要启动了附着在上面的阵法，也能让你在九重天和他们联系上，只要他们给你发微信视频，就会自动连接你的朝云镜，多方便呀。"

照青说着随手把一枚甜果递给桑枝。

"……就是一年只能回去三次。"桑枝吃着酸甜的果子，看着石桌前摆着的那把精致小巧的朝云镜。

时间一点一滴地过，可对于大学刚毕业的桑枝来说，她在父母的关爱下长大，好像到了现在也还是没有一个身为大人的自觉。

可是她很清楚，从她选择嫁给容徵的那一天起，她就同他一样，拥有了漫长的生命。

而桑天好和赵簌清，却仍旧会老会死。

即便桑枝从未遇见容徽，即便她不曾嫁给神明，她的父母也终有离开她的那一天。

他们是凡人，轮回一世，灵魂濯洗，下一世便又会成为陌生人。

桑枝能够获得永生，是她陪伴容徽经历过那些所有幸与不幸，在艰难苦痛之中，意料之外的结果。

但她的父母却只是普通的凡人，他们甚至并不知道这个世界上真的存在着神明，他们有限的生命，是神明也没有办法延续的。

如果不是兰絮草，如果不是桑枝经历了那许多次的死与生，或许她和容徽之间，也将始终隔着凡人与神明之间应有的遥远距离，且将永远深受生老病死的束缚，令她无法同他相守。

如此一来，容徽便只能守着她从青丝到白发，从这一世的黄土白骨，到下一世的黄泉逢生。

兜兜转转于她的每一次转世，设计无数次与她的相遇，相守。

这该是他永远循环的痛苦，也该是他甘之如饴的幸福。

幸而，那诸多好与不好的事情掺杂在一起，反而让他心爱的姑娘，得以同他相伴千千万万年，从此所有情思也不必在人间颠沛流离。

"是啊，我也要等好久才能见到孟清野……"照青也许是忽然想起来那个陪她长大的少年，明明是最不羁的性子，却偏偏温柔包容了她的所有，为她收拾了好多年的烂摊子。

"不过，他现在应该也不太想见到我吧。"照青啃着甜果，闷闷地说。

"为什么啊？你做什么了？"桑枝疑惑地问。

照青垂着脑袋说："我把我的青鸾尾羽给他了。原本再过个百年，我就可以化形青鸾了……"

照青说着说着，眼圈有些泛红："但是我一点儿也不想看着他慢慢变老，最后死掉……"

那一尾青鸾翎羽对于照青来说，是最重要的东西。

因为那是她快要化身青鸾，位居神界的标志。

青鸾神鸟已是传闻中早已陨灭的存在，数千年来，从未有青鸟成功化形成青鸾，而照青生来便是青鸟一族唯一的希望，因为她尚在蛋壳之中的时候，她身上就已经显露出许久都未曾出现在青鸟族的神鸟纹样。

她是天道眷顾的青鸟，日后也必将化形青鸾。

但在这一年，她却把自己唯一长出来的青鸾尾羽，绑在了凡间那个少年的手腕上。

拔尾羽很疼很疼，照青那天却忍着一声没哭，在夜里偷偷潜进孟清野的房间里，把它绑在了他的手腕。

尾羽一瞬隐没，只在他手腕留下了一道青蓝色的翎羽印记。

那天夜里，被她惊醒的孟清野沉着脸，对她发了很大的火。

"照青你是不是傻？你的尾羽对你来说有多重要你不知道吗？"

孟清野还从来没有那样吼过她。

他记得她曾经向他炫耀自己青鸾尾羽时所说过的那些话，也当然明白她的尾羽对于她来说到底是多么重要。

可她，却偏偏给了他。

照青在人间的那许多年里，早就喜欢上了那个抱着存钱罐，急匆匆地跑到花鸟市场来把她带回家的他。

她的记忆力不好，经常忘记回家的路，经常会忘记许多的事情，可他的模样，却永远深刻在她的脑海里。

可那么多年过去，他却始终不敢正面回应这份感情。

因为孟清野从一开始就很清楚，他们之间隔着的，是凡人与神仙之间纵深的沟壑。

"我没有了尾羽，再等个百年千年也还是会重新长出来。"

照青望着桑枝，认真地说："可我不能没有他。"

尾羽不能让照青同孟清野今生相守，却能让他在每一次的轮回中留下印记，让她找到他。或许数百年之后，他的灵魂经过浴火的青鸾翎羽的濯洗，终有一日，他也将如桑枝一样，有永生的可能。

即便只是可能，照青也愿意付出自己的翎羽。

"我可以等他的，等他再久我也不怕。"照青说。

桑枝看着她，也看清她眼里的认真。

桑枝还什么也没来得及说，照青就已经在转眼间化作一只青蓝色的小鸟，一边扇动着翅膀，一边对她说："殿下过来了，我先走了！"

说完，她就飞走了。

照青似乎很怕容徽，每次只要容徽一来，她就会赶紧溜走。

桑枝抬头望向横跨天河的玉桥时，便见垂杨花深处，有一人玉冠束发，一身锦袍如雪般，随着他的步履微动的衣袂翩翩，在此间的星子光影里，便好似月辉莹白，坠在他的衣摆之间。

缭绕的烟云，遮掩不住他昳丽的眉眼。

即便桑枝早已经看过他的那张脸不知道多少遍，此刻还是会忍不住心神晃荡。

他真的，好好看呀。

"枝枝。"

他张开双臂，宽袖被微风吹拂着，他的眉眼间残留着几分疲惫，像是这些天来，被他父君扔到手上的那许多政务给弄得身心俱疲。

桑枝扔下手里的甜果，乖乖地朝他跑过去，抱住他的腰。

他的下巴抵在她的肩头，她听见他低声抱怨："好累。"

桑枝轻轻地拍了拍他的后背："辛苦啦，小殿下。"

容徽似乎每次听到桑枝叫他"小殿下"，他都会有些害羞，这会儿更像是含羞草似的，埋在她的脖颈间，抱她抱得紧紧的，也不说话，像个黏人精。

他亲亲她的脸颊："晚上我让孟衍去准备烧烤。"

桑枝眼睛亮了起来："真的吗？"

孟衍现在的烧烤技术已经是一绝，一听到又可以尝到孟衍做的烧烤，她就兴奋到不行。

仙与神不同，他们虽不像凡人那样需要一天三餐从食物里摄取能量，但一天起码还是要吃一顿饭的，虽然这里的食物大多是仙花玉蕊，仙酿琼露，但也有来自人间的百味烟火。

这都要归功于每年都在星辰之境打开之际，用朝云镜研究凡人所有食物的那些神仙们。

所以桑枝在这里睡得也好，吃得也好。

这天夜晚，在天河边的烧烤架旁边，九重天的太子妃桑枝更新了她的云朵动态：

烧烤好好吃！太子殿下好好看！

照片上是桑枝手举烤串，还有那个坐在石亭边握着玉盏低头喝茶的锦衣公子，琼花吹落，在他的肩头与乌发间，是如雪的颜色。

桑天好看见了女儿的"朋友圈"，虽然看见自己的女婿穿成那样他着实是愣了一下，但转而又想到现在好像不少年轻人喜欢那么穿，他也就没多想，连忙打字评论：

"乖女儿少吃点烧烤！"

然后还附赠一条"关于烧烤的几大危害"的推文链接。

赵簌清的评论也来得很快：

"妈呀我女婿真的好好看！！截图做屏保了！！"

然后，她还不忘回复一下桑天好："说得就跟你前天晚上没吃似的，这会儿倒是惜命了，笑死。"

因为桑枝的拍摄角度看不出那到底是什么地方，周围的景致也看不清楚，入镜的只有半个石亭，所以他们并没有发现什么异样。

而他们也不知道，在他们回复之后，底下还出现了一些他们看不见的评论。

那都是来自仙神两界神仙们的评论。

日常服侍太子妃起居的小仙娥："太子妃拍的殿下好好看！！"

日常跟着容徽处理政务的司政殿的仙官："太子妃少吃点，不然太子殿下又要让我去司药殿要山楂丸了。"

然后底下的队形全都变成了：

"太子妃少吃点。"

"太子妃少吃点。"

"太子妃少吃点。"

他们歪楼了，桑枝气鼓鼓。

然后，她翻了翻自己的朝云镜，忽然发现容徽居然发了人生第一条云朵动态。

只有一个简简单单的句号，剩下的就是一个只有大约十多秒的视频。

视频里，是桑枝昨天晚上在他回来的时候，靠在朱红栏椅上，蒙住他的眼睛，偷亲他的那一幕。

桑天好不愧是 5G 冲浪高手，直接发了一串："……"

别问，问就是棉袄丢了，丢了好久了。

赵籁清反手就是一个赞。

容晟这个常年发不少云朵动态的话痨帝君当然也不可能缺席："儿

579

子你挺会啊。”

孟衍：“嘻。”

周尧：“嘻。”

然后就是一群神仙刷屏：

“太子妃太子殿下 99。”

“太子妃太子殿下 99。”

……

桑枝回头就瞪他：“容徽！”

“嗯？”

石亭里的太子殿下故作迷茫地抬眼看她，白皙如玉的面庞好似在这月辉星影间更显动人。

“你怎么能发这个出去！”桑枝的脸都羞红了。

番外二 //
小殿下，得到了他的救赎

桑枝成为九重天的太子妃的第三年，帝妃息蕊还是没有醒来。

容晟将所有的政务都交给了太子容徽，他则一直陪在自己的妻子身旁，自顾自地说着许多话，盼望着终有一日，能够将她唤醒。

蓬莱神君也来过多次，他不见爱女息蕊多年，一来便忍不住潸然泪下，难受不已。

别看容晟表面上乐乐呵呵的，谁也不知道他这么多年来，背负了什么。

"母亲她什么时候才能醒过来啊？"

桑枝坐在天河畔的那棵琼花树上，双腿晃荡着，好似清风都擦着她的衣袂而过。

"父君虽然嘴上不说，但我每次看他守在母亲床边的样子……他心里应该特别特别难受吧。"

桑枝今天早晨才去看过息蕊帝妃，她在那儿只坐了一会儿，容晟就来了。

桑枝亲眼看着他帮昏睡中的妻子擦拭面庞，梳洗头发，再绾发髻。

"你母亲最爱打扮，她以前就喜欢收集朱钗首饰，还有各式各样的胭脂水粉，这些年啊，衣裳我都要命司衣殿的人多替她裁剪许多套。"

容晟一边替息蕊梳发，一边跟桑枝讲话。

后来，他甚至让桑枝去后殿的更衣阁里，在那许许多多套不重样的漂亮衣裙里，拿出一些来，又让桑枝帮着他替息蕊挑选。

"以往我挑选的，息蕊都不大满意，你是她儿媳，你挑的，她定然喜欢。"容晟对她笑着说。

容晟看起来明明不是那么细致的人，但在对待有关于他妻子的每一件事情上都显得心细如尘。

"她，会醒过来的。"

容徽垂着眼，半晌才轻声说了一句。

手里的竹简被他准确地扔到了树下小石亭里的石桌上，此刻桑枝看不清他眼底的神情。

对于母亲，他的印象大约还停留在人间那场宗门与妖族之间的集会上，前一刻以血作祭，围困住他的那个女人，却又在后一秒，红着眼眶，想要去捧他的脸庞。

"徽儿，我是你娘啊……"

那个时候的容徽，根本不知道那样一副躯壳里原来住了两个截然不同的灵魂。

一个极端偏执，逼着他跳进熔岩深渊里，逼迫他去成为一个她从来都没有真正做到的，无情无欲、自私贪心的恶魔。

另一个却温柔似水，好像望向他的每一寸目光都是那么小心翼翼，珍惜万分。

大约那时候，他便能够准确地感受到，什么是母亲的温柔。

可因为颜霜的存在，令他将心底的那份异样忽略，仿佛那时她眼中的哀愁与慈爱，都不过是他以为的，一时假象。

曾经容徽活在永夜，透不进一点儿光来，他或许也早就对亲情失去了所有的渴盼。

后来是他最爱的姑娘，凭着孤勇，撕开夜幕天空的一条口子，从此阳光倾漏，好像曾经他所经历的那许多绝望的事情，都已经变得没有那么令人难以忍受。

那些年，她的每一个生日愿望，都是希望容徽，能够每一天都过得开心快乐。

除此之外，她从此再没许过别的愿望。

"枝枝。"

年轻的太子殿下深深地望着坐在他身旁的树干上，正伸手去摘落在他肩头的琼花瓣的姑娘，他伸手去抱她："和我在一起，你开心吗？"

他也会害怕，这九重天上的生活于她而言会显得很枯燥，而一年也仅有三次回去探望她父母的机会，他怕年深日久，她会开始厌倦这里的一切，也会变得不像从前那样快乐。

他小心翼翼地，想要保护她眼里的光。

生怕她会因为他，在某一天会失去她在乎的东西。

明明曾经，他还曾有过那般阴暗的想法，因为他曾嫉妒过她所拥有的那些平凡的，却温暖的一切，他曾告诉自己他讨厌她眼里的光芒。

可事实却是，他到底甘愿收敛起自己所有的阴暗情绪，就像她一直在为了让他活下来而努力一样，他也一定要，活成她喜欢的模样。

桑枝也许是读懂了他此刻的不安，她回抱着他，手指却不由得勾住他的一缕长发，她弯起眼睛，凑在他耳边时，笑着说："我特别开心！"

就好像是活在现实世界里，普普通通的她，在曾经的那个暴雨天里，对上他的目光时，便触碰到了仿佛永远都停留在幻梦之间的童话之门。

她爱上的少年，是遗落人间的神明。

而回望曾经，她也从未后悔过，当初不听他恶狠狠的威胁，执意救他。

或许这辈子，桑枝再也不会像喜欢他一样，再去喜欢任何一个人。

也再没有人，会像他一样了。

而桑枝在这里，也找到了自己的价值。

她跟着司药殿里的仙君学着认识这里的仙草灵药，这几年也慢慢摸索出了自己的一套医理，现在她都可以给各路仙家的灵宠们看病了。

还可以趁机去摸好多她从来都没有见过的"毛茸茸"！

生活别提多幸福了！

"容徽，这里所有的神仙都很好，这里也很漂亮，我没有不喜欢这里，我也永远不会厌倦这里，因为这是你的故乡。"

她轻轻地说："你已经为我做得够多了，为我的父母也考虑了很多。"

神明无法轻易为任何凡人续命，更不用说让他们获得永生，但容徽还是耗费了许多的心力，遍寻九重天的秘宝，命司药殿里的仙君制成了养寿丸，送给了桑天好和赵簌清。

那养寿丸能够替他们排除体内所有的杂质，并自蕴灵气，在服用之人的体内运转维持近五十年的时间。

养寿丸并不多，且服用一颗后，便对已经服用过的人，再也不会有任何效用，所以五十年，已经是容徽所能为桑枝的父母所做的，生命最后的延续。

"容徽，我会永远喜欢你的。"她小声地在他的耳畔保证。

她或许，远比她想象中，还要喜欢他。

喜欢到，每天醒来的第一眼见到他，就会忍不住笑。

喜欢到，每一次看见他不经意流露出的笑容，就会忍不住在他脸颊上亲一下。

这辈子，或许会很漫长，很漫长。

身为一个凡人，她从没想过自己会拥有无穷尽的生命。

那就像是一个永远空洞，且不真实的遥远命题。

桑枝也不知道，拥有这样漫长的生命，到底是好还是不好，但是，她只要一想到他就在身边，她就拥有了足够的勇气。

爱他，永远不会是一件辛苦的事情。

桑枝愿意陪伴小神仙容徽，永远永远。

就像，她曾经命悬一线的时候，他是那样极端又疯狂地想要陪着她死。

他不在意陪着她灵魂破灭，再无转世的机会。

她也将永不后悔，陪着他日月同看，千年万年。

听着她的一字一言，容徽忍不住心头悸动，好似滚烫的沸水在他的心口蔓延，令他始终无法平静。

年轻的小殿下抱着他心爱的小妻子，轻轻吻过她的眉眼，额头相抵，漂亮无瑕的面庞上笑意微漾，便好似雪后初春般，风情动人。

琼花簌簌而落，连带着桑枝手里的那一枚花瓣也随之落入天河之中，波纹浮动，寸寸雪白的花瓣便成了一颗又一颗点缀其中的星子，闪烁着苍穹宇宙里，最亮眼的光芒。

这一年，桑天好和赵簌清复婚了。

以前他们以为对彼此来说，对方都不是最好的选择，两个人明明也曾相爱过，却最终败给了他们心里自以为的不合适。只是后来，他们在各自的生活里也遇见过形形色色的人，却再也没有任何一个人能带给他们当初的那份心动。

离开桑家，在遥远的国度进修的那些年，赵籁清才发现，理想和现实的差距太大，她对自己想要拥有的生活憧憬太高，她或许早就习惯于和桑天好斗嘴，也开始慢慢想起许多被自己忽略的东西。

她曾经不喜欢桑天好"不务正业"，成天摆弄他的破摩托车，没有去找个正经工作。

那时的她太过强势，也因此和桑天好吵过很多次的架。

他们都以为分开是最正确的选择。

可分开后，赵籁清即便是遇上了条件不错的追求者，却还是会下意识地将其和桑天好比较。

桑天好也是这样。

即便他那几个兄弟总是让他相亲试试，他也总是下意识地回避。

虽然有点别扭，但是磨磨蹭蹭兜兜转转这么多年，最终赵籁清还是和桑天好复婚了。

他们复婚的日子还是桑枝定的，就定在星辰之境打开的那天。

那天真的是个好日子。

容晟也带着他的妻子来到凡间。昏睡了那么久的息蕊，终于醒来。

她第一时间看清站在床前的容晟时，那双眼睛里瞬间染了浅淡的水雾："夫君……"

容晟念了她多少年，她就想了容晟多少年。

容晟更是忍不住红了眼眶，平时那么话痨的一个人，在这一刻却偏偏抿紧嘴唇，一声不吭。

彼时，容徽和桑枝都站在那儿，静静地看着他们。

桑枝捅了捅容徽的胳膊。

容徽恍惚回神，垂眼看她时，便见她睁着一双清澈杏眼，下巴往那边扬了扬。

他眼睫微颤，手指不由得屈起，似乎是有些紧张。

"徽儿……"

忽然，他听见一道柔和的女声在轻轻唤他。

他下意识地抬首，便见他的父君容晟不知道什么时候已经松开了母亲息蕊，委委屈屈地站在一边，用手去抹红红的眼眶。

而他猝不及防对上母亲的泪眼，也不知道为什么，那一刻，他心中就好似有酸涩裹挟翻涌，令他下颌一瞬绷紧。

"容徽，过去呀。"桑枝戳了戳他的后背，小声说。

容徽偏头看了桑枝一眼，犹豫片刻，才终于迈开步子，缓缓走到息蕊的床前。

那一刻，他听见靠在床头，眉眼明丽的女人哽咽着唤他："徽儿，我是娘……"

容徽抿紧嘴唇，片刻后，他喉结动了动，开口时嗓音还有些干涩："我知道。"

息蕊艰难起身，抱住他。

那一刻，她不再隐忍，哭了起来。

"对不起徽儿，是娘不好，是娘让你受了那么多的苦……是娘不好，娘没有保护好你……对不起……"

她此刻，也只能这样一遍又一句地说着"对不起"。

母亲的怀抱，是容徽从小就缺失的温暖。

这该是他此生，第一次感受这样的温暖。

眼眶有些发酸，但他僵直着脊背，没有轻易落泪。

"都过去了。"

最终，他只说出这样一句。

在望见桑枝期盼的目光时，他忍住心底那种陌生异样的感觉，轻轻唤了一声这个抱着他的女人："娘。"

在赵簌清和桑天好的复婚宴上，他们终于见到了女婿容徽的母亲息蕊。

当时赵簌清就没忍住多盯着人家看了又看，最后还不忘感叹一句："容徽长得真像你啊亲家母，你们家的人怎么都长得跟画上的人似的！"

赵簌清又接着说了一句："桑枝就不像我，像她爸爸多一些。"

息蕊偏头去看桑枝时，她正在喝果汁。

发现息蕊在看她，桑枝有点不好意思地放下杯子，对息蕊腼腆地笑了笑，然后又回头去看坐在旁边的容徽。

容徽正在用筷子专注地替趴在他怀里的妙妙挑鱼刺，妙妙似乎等得有点着急，它用爪子去抓他的衬衣衣袖，"嗷呜"了两声，容徽却不搭理它，仍在专心致志挑鱼刺。

"你让妙妙自己吃，它不会被卡住的。"桑枝凑过去小声说。

容徽却不肯："它是只笨猫，它会的。"

桑枝并不知道，在还没遇见她时，他就亲眼见妙妙不知道从哪里捡回来一条鱼，当着他的面吃得很香，最后却被鱼刺卡了喉咙，"喵喵喵"地叫着，还在地上打滚。

桑枝还想说些什么，却忽然被息蕊摸了摸脑袋，她一下子脊背僵直了，下一秒就听见息蕊对赵簌清笑着说："桑枝的眼睛还是像你多一些。也亏得是你们把她生得这么漂亮，还偏做了我们家的儿媳妇。"

息蕊认真地说："这是容徽的福气。"

三言两语之间，赵簌清发现自己跟这位亲家母简直太合得来了。

她们两个从容徽和桑枝，聊到珠宝，再聊到美容护肤。

桑枝甚至还中途被要求换过座位，她眼睁睁地看着赵簌清和息蕊坐到一起，最后还手拉手去楼上的琴房里了。

赵簌清说要给息蕊弹钢琴听，息蕊也乐于倾听。

赵簌清进修结束，且在国外的钢琴比赛上拿了好几个奖，回国之后，办了好几场音乐会。

而桑天好和容晟，从聚在一起的时候就坐一起喝可乐聊天去了。

桑天好吹着牛，容晟还听得津津有味。

至于孟衍，从那一年回到九重天之后，就再也没有来过凡间。

之前桑枝问他为什么。

他说，他怕自己在这里有了怀念的东西，或是人。

世上没有那么多的幸运，秋昀的神识消失，终于拥有了情思的孟衍，怕自己会爱上凡间的姑娘。

而周尧喜欢上了封悦，当桑枝知道这件事的时候，她一点也不意外。

这一天，桑枝终于看清了周尧原本的模样。

他生得白白净净的，看起来还有些婴儿肥，唇红齿白，五官俊秀，是一个清澈少年的模样。

他没有孟衍那么多的烦恼。

"我喜欢她就肯定要跟她在一起的。"

周尧戴了一副银色边框的眼镜，说这话时，他还有些不好意思地推了推自己鼻梁上的眼镜："就是……她那天看到我的原形了。我在想我到底是消除她的记忆还是……干脆就告诉她算了。"

他挠了挠后脑勺。

"要是真的消除了她的记忆，我就又要重新追她了。"他有点烦恼。

妖怪的生命并不会像神明一样永恒，他至多活千年。

他虽然没有办法留住封悦的生命，但所幸的是，容徽记得他曾经那许多的帮助，赠给了他一颗养寿丸，再加上他作为妖族少君所掌握的妖族秘术，他想他能够替封悦延续更长的生命。

直至陪他度过他此后的数百年时光。

这就已经足够了。

人生至此，同去同归。

而妙妙作为一只猫，它是曾被容徽亲手点化灵识的猫，不像凡人与妖魔，它作为动物，反而可以被星辰之境轻易接纳，允许它到达另一个属于神明的世界。

桑枝和容徽这一次回来，就会带着它一起走。

桑枝的朋友阮梨也因为没有放弃舞蹈，在大学时就面试入了女团，从女团成员到单独出道，星途炽热坦荡。

至于照青，孟清野也终于不再逃避她的情感，愿意同她约定，此后数次轮回，他都等她找到他。

然后，或许在未来某一天，他便能同她永生长久。

这该是最好的结局。

也并非是最终的结束。

从前经历过那许多痛苦折磨的小殿下，得到了他的救赎。

从此白日，更迭黑夜。

也希望每一个在看似无尽的黑暗里挣扎的人们相信，他们终将等来那一缕穿透漆黑夜色的天光倾漏。

这世间所有温暖且有力量的人，都是藏在茫茫人海里的宝藏。

能够遇见，就已经是一种幸运。

番外三 //
他的家，他们的家

　　"我们阿绛今年都两岁了，怎么还是这么点儿大？话也不会说，你们在国外住着，就没带他去医院检查检查？"

　　赵籁清抱起沙发上只会咿咿呀呀的小孩儿，左看右看，眉头皱得紧紧的。

　　"检查过的，医生说了有的孩子说话就是会晚一些，没什么大问题。"桑枝正用勺子挖西瓜吃，感受到赵籁清看向她的目光，她不由得讪笑一声，多多少少有点心虚。

　　"我看你对阿绛就是不上心，好歹也是二十七八的人了，孩子都生了，平时啊要多放点心思在阿绛身上……"赵籁清说着说着，忽然又起了别的心思，"我看，你要不就继续把阿绛放我们这儿养。"

　　"妈，你音乐会不开啦？"桑枝一边吃西瓜一边道。

　　"那不是还有你爸爸……"

　　赵籁清说着，抬起下巴看向在那边撅着屁股给小外孙拍照，穿个老头汗衫，但脸上竟半点儿看不出皱纹的桑天好，她眉心一跳："算了，

591

你爸不靠谱，还是你们养吧。"

"我怎么就不靠谱了？"桑天好才把小外孙的照片一股脑儿都发到兄弟群里，转头不满地问。

"你那德行，我怕我不在家，你就带着阿绛骑摩托车兜风。"赵籁清可没忘了桑枝小时候的那些事。

"绛绛这么小，我怎么可能骑摩托？那怎么说也得是我新买的大奔！"桑天好理直气壮地反驳。

"桑天好你还真敢？"赵籁清瞪他。

桑枝听着他们你一句我一句又开始呛起来，捧着西瓜偷偷地笑。

他们是吵习惯了的夫妻，因为争吵和互不理解而分道扬镳，但最终学会理解彼此后又走到了一起。

他们对彼此的情感，大约都融在了日常的吵闹里，让人听来并不觉烦，反而觉得放松温馨。

或是养寿丸效用足够好，他们如今也已经差一脚就迈入五十岁的年纪，可时间留在他们脸上的痕迹却并不明显，桑天好出去还经常被当作是三十多岁的年纪。

"行了，不跟你说了，我得出门帮容晟多买几箱可乐。"桑天好一向是吵不过赵籁清的，碰了一鼻子灰他也懒得再吵了，转身就去拿茶几上的车钥匙。

"咱们这亲家也真是怪。"

提起容晟，赵籁清也不惦记跟桑天好斗嘴了："这城里住着多好，他偏要住到乡下那深山老林里头，连买东西也不方便。"

她哪里知道，他们住的根本不是什么深山老林，而是凡人永远不会发现，更难以抵达的九重天。

"桑枝啊，要不你跟容徽说说，你们年轻人要去外头住着我们没什么意见，但亲家他们可以来跟我们一块儿住啊，反正咱家房子多。"赵籁清忽然看向桑枝。

正默默吃瓜的桑枝闻声抬头，对上赵籁清的目光，她讪笑一声，咬着勺子正愁着该怎么答。

桑天好却先出声了："这你就不懂了吧？那深山老林对咱们来说是啥也吃不着的荒山野岭，但是对容晟他们两夫妻来说可不就是人间仙境吗？人家喜欢的就是那份静，相反这城里对他们来说就太闹腾了。就好像这可乐吧，容晟他偶尔喝点儿还挺得劲，要是天天喝，我估计他也不觉得有什么意思了。"

赵籁清起初还想反驳，但是听桑天好说完，她又不由得点点头："好像也是这么个道理。"

天还没黑，赵籁清就忙着开始准备晚饭。

这些年音乐会多了起来，她也没什么机会下厨，只有在两家人一聚的时候才会从头到尾亲力亲为。

桑枝想去帮忙，却被赵籁清打发出去照看容绛。

容绛是个不太会哭闹的小孩儿，很多时候他都只是睁着一双像极了容徽的眼睛打量周围的环境和人。

但桑枝抱他，他也知道朝她伸手，那模样乖乖的，让她忍不住"啵唧"亲了他一口。

小孩儿"咯咯咯"地笑起来，直往她怀里钻。

容徽过来时正看见桑枝抱着容绛和他说话，小孩儿望着她，什么也听不懂，但还是乖乖地听她说。

容徽眼睛微弯，没打扰，先走到厨房，看见赵籁清的背影便唤了声："妈。"

赵籁清拿着锅铲转身，便见穿着衬衣西裤的年轻男人已经走过来在流理台边洗手，她露出笑容："容徽来啦？你爸妈呢？"

"他们一会儿就到。"容徽答了一声。

"那好，快出去坐会儿，等你爸妈来了咱们也差不多要开始吃饭了。"赵簌清见他手已经洗毕，便说道。

容徽轻应了一声，依言离开厨房。

桑枝逗小孩儿逗得不亦乐乎，连容徽什么时候来的也不知道。看他忽然在身边坐下，她还吓了一跳。

"你什么时候来的？"

"两分钟前。"容徽答了一声，目光停在她怀里的小孩儿脸上，隔了两三秒，他又看向她。

"怎么了？"桑枝不明所以，摸了摸自己的脸。

容徽摇头："没什么。"

只一瞬间，他忽然有点恍惚，她看起来和十七八岁时并没有太多的差别，一样爱哭爱笑，像个长不大的孩子。

但她，却已经给了他一个容绛。

"容徽。"

桑枝并不知道他此刻究竟在想些什么，她回头看了一眼厨房里忙碌的身影，然后又凑近他，小声地说："你今晚真的要吃饭吗？要不我帮你找个理由算了吧？我就说你……"

"不用了。"容徽伸手摸了摸她的脑袋，用跟她一样小的声音凑近她耳畔，"妈用心准备的，我不能辜负。"

"可是……"

桑枝还想说些什么，容徽先亲了她的脸颊一下，她一下子就忘了自己要说什么了，忍不住傻笑。

容徽还是没有办法食用任何食物，他的胃早就在作为凡人的那十几年里被彻底折腾坏了，但为了不让赵籁清和桑天好担心他的身体状况，他便说自己已经痊愈。

才亲了桑枝，容徽偏头就对上桑枝怀里那小孩儿一双乌溜溜的眼睛，小孩儿仰着脖子张望着，容徽的神情忽然有点僵硬。

容徽对自己的小孩儿态度很奇怪，桑枝生容绛的那天，侍女才把容绛带出殿，他却看都没看一眼，像一缕风似的跃入内殿里把桑枝抱在怀里，抱得紧紧的，眼眶不知道什么时候都憋红了。

"容徽？"桑枝勉强出声唤他，声音都有些嘶哑。

他仍然抱她很紧，她等了半天才听到他说："不生了。早跟你说过，不要生。"

只是一个孩子，凡人怀胎十月，她则需怀胎一年，凡人生产尚且痛苦难当，她生孩子也自然不会是一件轻易的事。

他并不想要她承受这些。

可桑枝想要一个小孩儿，容徽能够决断九重天上的任何事，却偏偏总是不能违背她的意愿。

容晟和息蕊一直觉得容徽并不喜欢容绛，让他抱小孩儿，他也总是僵硬地抱几秒钟便塞回他们怀里，好像不愿多抱。

因为当年颜霜为一己之私从中作梗，连带着他们两个人都错过了容徽许多年，如今也不知道该怎么去弥补他缺失的那些东西，更不清楚该怎么去要求容徽学会去爱容绛，这也一直是息蕊和容晟忧心的一件事。

而此刻桑枝看到这父子俩对视，也察觉到容徽的异样，她转了转眼珠，故意抱起小孩儿往容徽怀里一放："绛绛，亲亲爸爸！"

小孩儿眨了眨眼睛，"咿咿呀呀"几声，歪着脑袋望容徽。

事实上，容绛今年已经五岁了，他不是凡人血肉，既然继承了容氏的血统，那么就注定享有漫长的生命，所以比起凡人来，他开口说话的年纪也会晚一些。

小孩儿真的抱着容徽的脖颈，亲了他脸颊一口，留下了点口水印。容徽浑身僵硬，有点不知所措，但他的手却一直有意识地扶着小孩儿的身体，怕小孩儿从腿上摔下去。

可他动作僵硬，小孩儿在他怀里还真有点闹腾，他一时间有点手足无措，但听到小孩儿模糊地喊了声"爸爸"，他也还是忍不住眼睛亮了一下，下意识地应了一声。

他有点傻傻的，又好可爱。

桑枝在一旁捂着嘴笑，那双眼睛一直盯着容徽的脸，没移开过。

大约这世上最了解容徽的，只有她了。

或是因为曾经年幼的他缺失了本该属于他的亲情陪伴，而后来又被困在那座旧楼里好多年，他来时孤单，死时也是一个人，没有人爱他，没有人陪伴他，所以他并不知道该怎么跟自己的这个小孩儿相处。

但这并不代表，他不喜欢容绛。

晚上七点多，容晟和息蕊都来了，两家人聚在餐桌前吃饭，息蕊跟赵簌清从见了面就开始聊个没完，容晟也还如往日里那样笑眯眯地听着桑天好吹牛。

他们聊得正开心，桑枝却从头到尾都绷紧神经，一直注意着容徽的神情变化。看他一筷子又一筷子地吃东西，她的眉头微不可见地皱了皱。

和父母相聚的这顿晚餐对她来说该是最温馨眷恋的时光，但又有些矛盾的漫长，息蕊当然知道容徽的身体状况，一顿晚餐接近尾声，她便借口要给赵簌清看她带来的礼物，跟赵簌清去了卧室。

而桑天好和容晟见面是不常喝酒的，今天也只是喝了冰可乐，两人便说着要去开桑天好新买的车兜几圈。

　　客厅里少了人便寂静下来，桑枝还没来得及放下筷子，她身旁的容徽就已经站起身，快步走向洗手间。

　　饱腹感对常人来说是一种满足，但对他来说，却成了这辈子都没办法克服的折磨，他也是忍了好久，到现在才去洗手间吐了个干净。

　　桑枝在外面听到马桶抽水的声音，片刻后又听到盥洗池放水的声音，她抿了抿唇，先敲了敲门，才打开门走进去。

　　容徽就站在镜子前，双手撑在盥洗台边，他也许刚洗了把脸，额发和无瑕的面庞都留有些湿润水泽，他偏头看她，纤长的眼睫上似乎还坠着晶莹的水珠，他的脸色显得有些过分苍白了。

　　"你吃归吃，你也少吃一点啊。"桑枝拿了毛巾走到他面前替他擦脸，才终于开口说了一句话。

　　"没事。"

　　容徽总是不善言辞，他由着她替自己擦脸，怕她觉得累，还低了低身体，他的眼睛始终看着她，好像只是这样看她，他就会觉得很开心。

　　就好像这一刻，他又不自觉地，弯起眼睛。

　　"你还笑。"

　　桑枝拿毛巾挡住他的脸，她有点生气，但是又舍不得跟他发什么脾气，明明难受的是他，她憋了好一会儿，又伸手抱他："容徽，有时候你真的好固执。"

　　容徽低头，毛巾掉在了她的脑袋上，他没有说话，只是伸手拍了拍她的后背。

　　夜里十一点，赵簌清和息蕊已经休息，桑天好和容晟还没回来，容绛是个很好哄的孩子，一手搭在妙妙身上，被妙妙用猫尾巴一下又一下轻轻地敲打着后背，很快就睡着了。

妙妙还是从前的妙妙，但又有些不太一样了，比如它一放松下来，身体就会"砰"的一声变得很大，像快成年的老虎一般的体型，但毛发却还是专属于狸花猫的颜色。

桑枝只是打了个哈欠的工夫，低眼一看就发现容绛躺在了一只超大狸花猫的身上，她早已经见怪不怪，伸手摸了摸妙妙的脑袋："你也快睡吧妙妙。"

妙妙轻轻"喵"了一声，软乎乎的，跟它的体型一点也不匹配。

轻手轻脚地出了房间，桑枝走到客厅的阳台外面，看见容徽躺在那把藤椅上，那还是他以前被她捡回家，常坐的那一把。

这夏夜的风很凉爽，在满目高楼大厦的霓虹里，最高最远的，永远是夜空点缀的一颗又一颗的星子。

颗颗星子移动，稍暗的算作黑子，明亮的算作白子，散布在夜空里，随着他手指微动，星星也跟着移动。

他下棋竟然还下到了天上，桑枝惊奇地望着天空。

"容徽，你以后还是不要像今天这样吃那么多东西了。"

桑枝还是没忘记这件事。

因为她站在栏杆旁，所以躺在藤椅上的容徽便抬眼望着她："枝枝，我真的没事。"

桑枝闻声回头看他。

他已经坐直了身体，夜风吹得他鬓发微乱，可他的眉眼在这五光十色的霓虹里却有种莫名的漂亮。

他垂下眼睛，也不知目光停在哪里："是因为我，你才没有办法一直留在这里，更不能时时刻刻见到你的父母，我知道你眷恋这里，想念他们。

"我总是亏欠你,总是找不到更好弥补你的办法。"

他忽而抬起眼睛:"我并不辛苦,至少比起你来,我一点也不。"

他从来没有什么好怕的,但总会忐忑不安地怕她过得不开心。

桑枝愣神了好一会儿,后来在他认真看她的目光里回神。

她在他身旁坐下来,又伸手去环住他的腰:"你不要总是把事情都憋在心里,有话要多跟我讲啊,我哪有你想的那么辛苦?跟你在一起的每一天我都觉得可开心了,我从来都没有后悔过。"

她在他怀里看见的是对面的霓虹灯影,可脑海里却是她房间对面在这些年中拔地而起的高楼。

曾经的小巷已经不在,那旧居民楼也早就没了影子。

桑枝曾在那灰尘斑驳的玻璃窗里望见一个少年的影子,浅薄的喜欢被称作暗恋,又湮灭在了那个撑伞的雨天。

可是后来,那份喜欢死灰复燃,越烧越烈。

"容徽,等绛绛十岁了,我们就把他放在我爸妈这里养几年好吗?那个时候他看起来应该就跟凡人小朋友没什么两样了。"她忽然开口。

趁着还有机会,她想让容绛跟赵簌清和桑天好在一起生活一段时间,多陪陪他们。

"好。"

容徽轻轻地应了一声。

隔了片刻,他大约是犹豫了一会儿才又开口:"枝枝。"

"嗯?"

桑枝仰头望他。

她看见眼前的容徽抿了抿唇,像是有些不好意思似的,又有些莫名的别扭:"我没有不喜欢容绛。"

"我知道啊。"

桑枝弯起眼睛笑。

曾经的容徽缺失了太多的东西，而死后被困在那旧居民楼里的岁月让他变得更加阴郁冷漠。

很多的事他不懂，甚至少了些普通人本该有的情感，他无法感知，也无法面对。

他不多抱容绛，是因为他第一回抱容绛，小孩儿就哭得稀里哗啦，他后来就没敢多抱，因为他不知道小孩子哭了要怎么去哄。

"绛绛也没有不喜欢你，我们还有很长的时间，你不会的，我都可以教会你。"桑枝捧着他的脸，认真地说。

曾以为自己一无所有的容徽在那个雨天遇见了他生命中最为重要的一束光，她一定要让他活下来，一定要向他证明这人世远没有他想象中那么不堪。

如果不是她，遗落人间的神明或许将永远堕落成最阴暗的一道影子，没人看得见，也没有人会在意。

偏偏是她，帮他找到了可以回去的家。